I0817679

NORA ROBERTS

EL ESPEJO

NORA ROBERTS

EL ESPEJO

La maldición de las siete novias

Traducción de
M.ª del Mar López Gil

Papel certificado por el Forest Stewardship Council®

Título original: *The Mirror*

Primera edición: julio de 2025
Primera reimpresión: noviembre de 2025

Printed in Spain – Impreso en España

ISBN: 978-84-10257-83-2
Depósito legal: B-8.862-2025

Impreso en Black Print CPI Ibérica
Sant Andreu de la Barca (Barcelona)

SL57832

A la familia,
tanto la de sangre como la elegida

PRIMERA PARTE

La testigo

Can I get a witness?
[¿Puedo tener un testigo?]

Brian Holland, Lamont Dozier y Eddie Holland

Prólogo

La casa solariega se alzaba, desde hacía generaciones, en los altos y abruptos acantilados contra los que batía el mar. A lo largo de veranos sofocantes, frente a tempestades invernales, en el transcurso de esplendorosas primaveras, y en lánguidos otoños, conservaba su espacio en la costa rocosa de Maine.

En el interior de sus muros de piedra y revestimientos, tras el brillo de los cristales de sus ventanas, había sido testigo de nacimientos y muertes, había conocido triunfos y tragedias. Sobre sus suelos pulidos se habían derramado tanto sangre como lágrimas; sus numerosos rincones albergaban secretos y sombras.

Y los guardaba todos en su memoria.

Desde las torrecillas y el mirador, desde la escollera situada en las inmediaciones de la señorial puerta doble, multitud de ojos habían contemplado la localidad de Poole's Bay.

Muchos ojos aún la contemplaban desde allí.

Desde la apertura de aquel señorial portón en 1794, un heredero de los Poole había recorrido esas estancias. Un Poole había subido por la suntuosa escalera, observado fijamente desde las ventanas, soñado sus sueños. Y algunos habían vivido su peor pesadilla.

Algunos aún la vivían.

Una novia asesinada, la primera de las siete condenadas, perpetuaría —con toda su inocencia— la maldición que se cernía sobre la casa solariega. De generación en generación, la sombra del maleficio se transmitía a la siguiente, y así sucesivamente, a través de la rabia de una bruja celosa.

Junto a esas novias perdidas, otros vagaban por el laberinto de habitaciones. Quienes antaño habían encendido la profusión de chimeneas, hecho las camas y cocinado, continuaban cumpliendo con sus obligaciones.

Otros, que habían alzado sus copas para brindar, bailado en el salón de baile o mecido a un bebé inquieto por la noche, continuaban brindando, bailando y meciendo.

El tiempo transcurría en las numerosas habitaciones. La música sonaba, los relojes marcaban las horas con su tictac, los suelos crujían mientras la casa solariega aguardaba a la siguiente generación.

Más de doscientos años después de que Astrid Grandville Poole muriera engalanada con su traje de novia, más de doscientos años después de que su asesina maldijera la casa solariega y pusiera fin a su propia vida arrojándose desde los acantilados, otra ocupante de sangre Poole cruzó aquel señorial portón.

Sus antecesores observaron y aguardaron mientras tomaba posesión de la casa solariega. Mientras soñaba sus sueños… o los de ellos.

Mientras recorría el laberinto donde la música sonaba, los relojes marcaban las horas con su tictac y los suelos crujían. Hasta el espejo donde el tiempo transcurría.

Los depredadores tallados en el marco del espejo parecen bufar, gruñir y reptar. Y el cristal abre una puerta al pasado para ella, y para otro de sangre Poole.

Con las manos entrelazadas, cruzan al otro lado juntos.

Y se convierten en los fantasmas.

1

La música que instantes antes era tenue y lejana ahora la envolvió.

Los colores y las formas que parecían borrosos y desdibujados desde el otro lado del espejo cobraron nitidez.

Sonya asió con fuerza la mano de Owen, la mano del primo cuya existencia desconocía tan solo unos meses antes. Esa mano era cálida; esa mano era real.

En vez de muebles almacenados cubiertos de sábanas blancas, había gente dando vueltas alrededor de ellos, mujeres con voluminosos moños en el pelo, vaporosos vestidos largos, y hombres con elegantes trajes oscuros bailaban, reían, bebían. La sala —el salón de baile— olía a flores; había abundancia de ellas. Y a perfume. Una orquesta tocaba algo animado y rápido.

Por encima de la música, oyó la risa fuerte y alegre de una mujer. Vio un hilo de sudor resbalar por la sien de un hombre con el cabello repeinado hacia atrás mientras guiaba a su compañera de baile.

Y oyó los latidos de su propio corazón, más fuertes que el redoble del tambor.

Como le temblaba la mano, Owen se la apretó con más fuerza y seguidamente dijo, casi a la ligera:

—Joder, qué raro es esto.

El cosquilleo de histeria emanó de la garganta de Sonya en una risa ahogada.

—Y tanto que sí. Lo he atravesado otras veces, pero esta es la primera que lo hago despierta. En ocasiones anteriores pensé que se trataba de un sueño, pero no lo es.

—No. —Owen escudriñó la sala—. Sabemos dónde estamos. En el salón de baile. ¿Tienes alguna idea de en qué fecha?

—En 1916. Leí el libro de la historia familiar de los Poole que documentó Deuce y miré las fotografías las suficientes veces como para tener la certeza de que esta es la celebración de la boda de Lisbeth Poole.

Un hombre, obviamente disfrutando de su ginebra, se topó con ella y la atravesó.

—Oh, Dios mío.

—Eso sí que es raro. —Con el ceño fruncido, Owen se volvió hacia ella y la escrutó con unos ojos de la tonalidad verde de los Poole algo más clara que los de Sonya—. ¿Estás bien?

Ella consiguió asentir con la cabeza.

—Somos nosotros los que estamos fuera de lugar, de época o de lo que diablos sea. Ellos no nos ven, ni perciben nuestra presencia, al menos la mayoría. Ella no está aquí.

—¿Quién?

—Hester Dobbs. La bruja asesina. No está aquí, todavía no. Esta tampoco es su época.

—Dado que llevaría muerta más de cien años.

—A lo mejor podemos impedírselo. No se trata de un maldito sueño, de modo que quizá estemos aquí para impedírselo. A consecuencia de trece picaduras de araña, bajo su vestido de novia: así es como morirá Lisbeth hoy. Si pudiéramos…

—¿Qué? ¿Desnudarla?

—No lo sé. Tenemos que intentar hacer algo. ¿Dónde está? ¿Dónde demonios está Lissy?

Owen hizo una seña.

—¿Al fondo del salón de baile? Yo soy más alto, puedo ver más cabezas. También he visto fotos de ella, y me parece que eso es un vestido de novia.

Movió a Sonya hacia la izquierda.

—¡Sí! Sí, es ella.

Cuando Sonya comenzó a avanzar, la gente bailaba a través de ella. Algunos le provocaron una sacudida, como una suave descarga eléctrica; otros, un súbito escalofrío que le caló hasta los huesos.

—Es como avanzar por un barrizal —masculló Owen con impotencia, y se pasó la mano por su rebelde pelo castaño—. O por arenas movedizas, maldita sea.

—Ya, ya. Igual que antes. Ya no la veo. Hay muchísima gente. ¿Tú la ves?

—Sigue adelante. Se está moviendo hacia nuestra derecha. Está bailando. Está... ¡Mierda!

—¿Qué? ¿Qué ha pasado? Yo... —En ese momento vio, a través de un hueco entre los bailarines mientras giraban, la expresión de shock y dolor en su joven y dulce rostro.

Y acto seguido oyó el alarido.

—Hemos llegado demasiado tarde, demasiado tarde. —Sin embargo, Sonya continuó avanzando a duras penas—. Si no podemos salvarla, hemos de impedir que Dobbs le quite la alianza. Necesita los siete anillos. Es preciso que nos adelantemos a ella.

Cuando Lisbeth se desplomó en los brazos de su esposo, Sonya percibió un súbito cambio en el aire, enrarecido.

Hester Dobbs, con el rostro radiante en su adusta belleza, un destello maligno en sus ojos oscuros, casi flotaba en todo el salón de baile. Su largo y ondulado cabello de color negro pareció agitarse con una ráfaga invisible mientras se aproximaba a la novia agonizante.

Enfurecida, Sonya exclamó a voz en grito:

—¡Detente! ¡Zorra, déjala en paz!

Dobbs giró bruscamente la cabeza. Por un momento, tan solo un instante, Sonya percibió su sorpresa, y tal vez un atisbo de temor reflejado en su rostro de austera hermosura.

A continuación, esa ráfaga invisible embistió contra ella como un puño de hielo que la hizo soltar la mano de Owen y salir despedida, volando entre la gente que se apresuraba en dirección contraria.

La caída fue lo bastante fuerte como para dejarla aturdida y mareada. Mientras pugnaba por recuperar el aliento, por levantarse con esfuerzo, vio que una araña, más grande que la palma de su mano, avanzaba rauda por el suelo hacia ella.

Era real, en cierto modo era real, en cierto modo era el presente, pensó.

En la sala estalló una algarabía de gritos, de llantos, de pasos apresurados mientras ella trataba de incorporarse y alejarse.

Vio cómo sus ojos rojos brillaban, y se preparó para recibir la primera mordedura brutal.

Cuando la araña se hallaba a escasos centímetros de su pie descalzo, Owen la aplastó de un pisotón. A Sonya se le revolvió el estómago al oír el desagradable crujido.

—Arriba. —Tiró de ella para levantarla—. ¡Muévete!

—¿Lo tienes? ¿Has conseguido el anillo?

—Se ha ido, como la novia. Nosotros no.

Owen se abrió paso entre la marabunta mientras tiraba de ella, la empujó al otro lado del espejo, y lo atravesó de un salto.

Sonya cayó directamente en los brazos de Trey. Él la sujetó con fuerza al tiempo que los tres perros se arremolinaban a su alrededor.

—Te tengo. Madre mía, estás helada.

—El ambiente se ha vuelto muy frío. —Los dientes le castañeteaban.

—¿Estás herida? —Mientras la palpaba, Trey miró a Owen—. ¿Alguno de los dos estáis heridos?

—Sonya ha salido despedida por los aires igual que tú del salón dorado.

—Estoy bien. Solo un poco aturdida. —Acurrucándose contra Trey, reconfortada con su calidez, Sonya miró a Cleo—. Era Lisbeth Poole. Nos ha resultado imposible evitarlo.

—Vamos a llevarte abajo. —Cleo le acarició el pelo—. Vamos a llevaros a los dos abajo.

—Necesito una copa. —Al decirlo, mientras Jones, su chucho tuerto, le olisqueaba la suela del zapato, Owen bajó la vista—. Y un par de zapatos nuevos.

—¿Qué es eso? —inquirió Cleo.

—Las tripas de una araña.

—¡Descálzate! No puedes ir arrastrando las tripas de una araña perniciosa por la casa.

—Sí, es lo primero que he pensado.

Cleopatra Fabares, la mejor amiga de Sonya y con la que compartía la casa solariega, tomó el mando.

—Trey, llévate a Sonya abajo. A la cocina. Todos necesitamos una copa. Y tú quítate esos repugnantes zapatos —ordenó a Owen de nuevo—. Déjalos aquí mismo hasta que encontremos algo donde meterlos.

—Vale, vale, vale.

—Enseguida bajamos. Podéis ir sirviéndonos un whisky. Que sea doble.

Justo cuando Owen se agachó para descalzarse, Cleo tomó una súbita bocanada de aire que lo alertó de inmediato.

—El espejo. No está. Ha desaparecido de buenas a primeras.

Él se giró.

—Qué cabrón.

—Quítate esos malditos zapatos —insistió ella—. Y vámonos de aquí echando leches. Sonya y tú vais a empezar por el principio, desde el preciso instante en que os habéis desvanecido dentro del maldito espejo.

—Primero el whisky.

A pesar de ser una MacTavish —de sentimiento, aunque no de sangre—, Sonya no era muy aficionada al whisky; esa noche haría una excepción. Aún conmocionada, dejó que Trey la condujera desde el salón de baile, cruzando pasillos a través de la casa al tiempo que encendía luces, hasta la planta baja.

—No recuerdo nada antes de estar ahí arriba delante del espejo.

Sonya se recogió el pelo hacia atrás, pensando que ojalá tuviera un coletero, y acto seguido dejó que cayera con todo su peso.

—No recuerdo haber salido de la cama, subir allí. Y tú estabas conmigo.

—Cleo me avisó.

—Cleo te avisó —dijo ella por lo bajo.

Cleo, su mejor amiga desde hacía una década. Cleo, que se había mudado a la casa solariega con ella sin vacilación a sabiendas de que albergaba una maldición, fantasmas y el espíritu de una bruja enloquecida.

Tratándose de ella, Sonya llegó a la conclusión de que esos factores, lejos de constituir una especie de elementos disuasorios, supusieron un aliciente. Pero, claro, la abuela criolla de su amiga se consideraba a sí misma una bruja... de las buenas.

Con sus respectivos perros, Mookie y Yoda, a su lado, Trey condujo a Sonya a la planta baja.

Al pie de las escaleras, ella se detuvo a contemplar el retrato de Astrid Grandville Poole. La primera novia, tan hermosa, tan trágica con su vestido blanco.

—Comenzó con ella. Todo lo que está sucediendo ahora empezó con ella, el día de su boda, en 1806. Cuando Hester Dobbs la asesinó y le arrebató el anillo. Tiene que finalizar conmigo, sin más remedio. —Levantó la vista hacia él, hacia esos ojos de un azul intenso en los que había llegado a confiar—. Has venido. Cleo te llamó por teléfono, y has venido. Pasadas las tres de la madrugada.

—Por supuesto que sí.

—Pero... estabas con una clienta. En el hospital. —De pronto, le vino a la memoria—. Ay, esa pobre mujer. Su marido, su exmarido, la agredió. Sus hijos...

—Están bien —dijo él en tono tranquilizador. Todavía se encontraba muy pálida—. Todos estarán bien. No te preocupes.

—Estabas preocupado. Y furioso. Lo percibí en tu voz cuando llamaste para contármelo.

—Su madre y su hermana están con ella ahora. —Trey se volvió hacia ella y la condujo hacia la cocina—. La policía lo ha detenido, y ella está con su familia. Los niños también.

—Y tú te ocuparás del resto, porque es propio de ti, más allá de tu deber como abogado. Es propio de ti velar por los demás. —Apoyó ligeramente la cabeza contra su hombro mientras caminaban—. Me siento un poco descolocada.

—¿En serio? Por qué será.

Al encender las luces de la cocina, Trey reparó en que el fuego chisporroteaba en el hogar; otro crepitaba en el inmenso comedor.

Aportando luz, aportando calidez. Él no era el único que velaba por los demás.

Condujo a Sonya hasta la mesa.

—Siéntate. ¿Quieres un vino? ¿Té? ¿Agua?

—Un whisky. —Ella dejó escapar un suspiro.

Trey pensó que apenas unas horas antes, cuando él necesitaba desahogarse de toda esa angustia y rabia, de toda la frustración que le generaban, con un amigo, Owen había ido a por una botella.

—Parece ser que esta noche es lo suyo.

Mientras ella empezaba a entrar en calor con el fuego crepitante, lo vio sacar galletas para los perros, que rondaban a su alrededor, y reservar otra para Jones, el perro de Owen, antes de entrar a la despensa con aire relajado y resuelto con sus tejanos y su camisa de franela.

Al igual que cuando se conocieron, cuando él le hizo un recorrido por la casa solariega, mientras seguía desorientada se sumió en sus cavilaciones: sobre el abogado de tercera generación, larguirucho y de piernas y brazos largos, con el pelo negro y los ojos de un azul intenso.

Sobre su aparentemente infinita paciencia.

Él conocía la casa tan bien como ella; mejor, matizó Sonya. Había deambulado por sus habitaciones y pasillos desde la infancia, invitado por el tío de Sonya, de cuya existencia esta jamás supo. El gemelo de su padre: la típica separación al nacer.

Sin embargo, los hermanos se habían encontrado a través de ese mismo espejo, ¿no? Esos gemelos. En la infancia, en la madurez. Ambos artistas, ambos con esa gran semejanza en multitud de aspectos. «Telepatía entre gemelos», según Cleo.

Uno se convertiría en Andrew MacTavish, de Boston, hijo de unos padres que le profesaron amor, esposo de una amante esposa, padre de una hija amada que le correspondía, todos los cuales lloraron su pérdida y lo recordaban.

Y el otro se criaría como un Poole en Poole's Bay, como el hijo de una mujer que en realidad era su tía, bajo el implacable yugo de la matriarca, Patricia Poole, y con el tiempo heredaría el próspero negocio familiar junto con la casa solariega en la que viviría.

El mero hecho de pensar en todo eso le pesaba en la cabeza, en el corazón. Se llevó las manos a la cara y respiró despacio con el fin de recomponerse.

Cuando Trey regresó con una botella y copas, en su teléfono, que llevaba en el bolsillo, sonó *Please Don't Worry* [«Por favor, no te preocupes»].

Medio riendo, Sonya dejó caer las manos.

—Clover nunca falla. Es solo un pequeño empujoncito musical por parte del fantasma de mi abuela a los diecinueve años.

Trey dejó la botella encima de la mesa.

—¿Ha surtido efecto?

—Supongo que sí. —Cuando Yoda le plantó las patas delanteras sobre el regazo, ella le rascó la cabeza—. Ya estamos todos —dijo cuando Jones, con un parche en el ojo, entró pavoneándose con sus robustas patas delante de Cleo y Owen.

—Hemos pasado por tu habitación para traerte un jersey por si sigues teniendo frío.

—Ya estoy mejor, pero gracias. —Cogió la prenda y agarró la mano de Cleo—. Muchas gracias por cuidar de mí. Por llamar a Trey y a Owen.

En el teléfono de Cleo, Dionne Warwick anunció: *That's What Friends are For* [«Para eso están los amigos»].

—Cierto. —Cleo se sentó y miró a Owen—. Invítame a una copa, marinero.

Él sirvió tres generosos dedos en cada una.

—Brindo por estar aquí —declaró Owen—. En este preciso lugar e instante. Hay una buena movida ahora mismo.

—Así es. —Sonya levantó su copa, bebió un trago y se estremeció—. De acuerdo. Vale, sé que queréis saber qué ha pasado, pero ¿os importa que comencemos por el principio? Ignoro cómo acabé en el salón de baile, pero tú estabas allí, Cleo. ¿Me despertaste?

—No. Pero alguien lo hizo. —Tras beber un largo y lento trago, Cleo lo dejó reposar y lo saboreó—. A las tres oí el carillón del reloj, el piano, a alguien que lloraba, y a alguien que parecía estar quejándose de dolor. Ya sabes.

Miró a los otros y se echó hacia atrás su mata de pelo rizado.

—El entretenimiento habitual en la casa solariega de madrugada. Cuando me disponía a acomodarme para seguir durmiendo…, alguien me tocó. En el hombro —añadió, llevándose la mano al lugar—. Y pronunció tu nombre. —«Sonya», solo «Sonya», pero en tono apremiante.

—¿Mi nombre?

—Así es. Al encender la luz pensé que probablemente lo hubiera soñado, pero esa sensación de apremio seguía latente y me levanté. Iba a echar un vistazo en tu cuarto, pero me topé contigo justo cuando salías sonámbula, en trance o lo que demonios sea. Volví corriendo a por mi teléfono y llamé a Trey mientras te seguía.

Se dirigió a este:

—Owen me ha dicho que estabas en su casa. Me ha puesto al corriente acerca de tu clienta, la amiga a la que agredió el cabrón borracho de su ex. Me alegro de que esté recuperándose, ella y sus hijos.

—Estaba cabreado. En eso tenías razón —explicó Trey mirando a Sonya—. Fui a recoger a Mookie a la casa de Owen, y me desahogué con él. Me quedé a dormir en el cuarto de invitados.

—Hiciste bien —continuó Cleo—. Subiste a la segunda planta, Sonya, y oí el llanto de esa mujer con mucha claridad. Te detuviste junto a la puerta de esa habitación… Lo que antaño era el cuarto del bebé, ¿no? Abriste la puerta y, Sonya, te juro que alcancé a ver la mecedora y oír su vaivén además de los sollozos, y dijiste… algo así como que noche tras noche, año tras año, Carlotta llora sin consuelo por su bebé.

—Con quien se casó Hugh Poole en segundas nupcias, más o menos seis años después de que Marianne muriera en el parto de… gemelos, Owen y Jane. Hugh tuvo tres hijos más con Carlotta. Uno murió a muy corta edad. —Sonya bebió de nuevo, y se estremeció de nuevo—. Figura en el libro.

—Yo también me acuerdo. Le mandé un mensaje a Trey para que supiera adónde nos..., te dirigías, y te repetí sin cesar que estaba contigo. Tenía miedo, no me avergüenza reconocerlo, de que continuaras en dirección al salón dorado, a la habitación de esa arpía. Vi un destello rojo alrededor de la puerta, de la que emanaban volutas de humo. Tú miraste fijamente hacia la puerta y pensé: «Ay, por lo que más quieras, no entres». Dijiste que ella existe para alimentarse de miedo y aflicción. Debería haber encendido la grabadora de mi teléfono para reproducirlo al pie de la letra, pero no se me pasó por la cabeza.

—Me pregunto por qué.

Ante el comentario de Owen, Cleo se rio entre dientes.

—Dijiste algo más, que saciaba su sed con lágrimas noche tras noche, año tras año. Después, gracias a la diosa, giraste en dirección contraria.

Sostuvo la copa en alto mirando a Owen.

—Ponme otro chute.

Y bebió un poco más.

—Alguien se desgañitaba de dolor en las antiguas dependencias de los criados. Te aproximaste a una puerta, y te juro que olí el hedor a enfermedad y oí los crujidos de la cama como si hubiera alguien rebulléndose nerviosamente en ella. Tú dijiste que te apenaba, que te apenaba mucho no poder hacer nada por la pobre Molly O'Brian.

—Molly —murmuró Sonya. El espíritu que hacía las camas, encendía las chimeneas y mantenía la casa en orden.

—Dijiste que era oriunda de Cobh y que aquí encontró un hogar, mencionaste lo mucho que disfrutaba abrillantando la madera, y lloraste por ella. Dijiste que solo podías ser testigo de ello.

»Cuando te diste la vuelta, pensé: "Mierda, va al salón dorado". Pero fuiste hacia el salón de baile, de lo cual informé a Trey. De camino fui encendiendo luces porque estaba oscuro como boca de lobo. Después, cuando abriste la puerta doble del salón de baile, encendí las de dentro.

»Y ahí estaba el espejo. Antes no estaba allí. Todos subimos allí arriba no hace mucho, y no estaba. Pero en esta ocasión sí. Hacía un frío de muerte, y alcancé a oír el latido del salón dorado. Como en el maldito libro *El corazón delator*.

Esta vez fue Cleo quien se estremeció, ligeramente, antes de continuar:

—Son, a juzgar por cómo mirabas al espejo, supe, supe a ciencia cierta que veías algo que a mí me resultaba imposible ver. Entonces, uf, qué alivio, oí ladrar a Yoda, y después a los otros perros. Oí que corrían, y te dije que esperaras. «Por favor, espera un segundo». Trey y Owen entraron a toda prisa, junto con los perros. Y te despertaste.

—No me acuerdo de nada. Bueno..., de algo sí, como el recuerdo vago de un sueño cuando te despiertas. Te oí decirme que esperara, creo. Y los ladridos de los perros. Supongo que me encontraba entre la vigilia y el sueño. Entonces, al espabilarme, me encontré de pie frente al espejo. —Se dirigió a Owen—. Tú viste lo mismo que yo.

—Luz, movimiento, colores.

—Trey y yo no. Nosotros no somos Poole. Es una puerta —afirmó Cleo con plena convicción—. Pero no para todos. Según tú, te arrastraba.

—Así es. Había música. Oí música.

—Sí —confirmó Owen—. Yo no sentí esa atracción, pero vi algo, oí algo.

—Y a pesar de ello me acompañaste.

Esta vez en el teléfono de Owen sonó *We Are Family* [«Somos familia»].

—Qué viaje más raro —comentó Owen, y se sirvió otro chupito de whisky—. De cinco minutos, diez a lo sumo, pero memorable.

—Más bien una hora —corrigió Trey—. Cincuenta y seis minutos.

—Es imposible. —Negando con la cabeza, Sonya miró a Owen en busca de confirmación—. Si apenas fueron unos minutos...

—Eso solo demuestra que el tiempo transcurre de manera diferente aquí que dondequiera que estuvierais. ¿Dónde diablos estabais? —inquirió Cleo.

—En el banquete de bodas de Lisbeth Poole. En el salón de baile, en 1916 —respondió Sonya, y lo relató—. Dobbs no nos esperaba. —Apartó su copa y se reclinó—. Cuando grité, se desconcertó. No…, no creo que nos viera, pero me oyó. Y me da la impresión de que por un momento se asustó, durante unos segundos. Sin embargo, eso no la frenó.

—Ya era demasiado tarde. —Owen bajó la vista a su copa con el ceño fruncido—. No había manera de impedirlo, de impedírselo.

—Pensé en adelantarme a ella para coger el anillo de Lisbeth e impedírselo, pero…

—Saliste despedida por los aires —apostilló Owen—. Yo no era su objetivo; ella fue derecha a por ti. Te lanzó tres o cuatro metros más atrás, y atravesaste a personas que corrían en la dirección contraria.

Owen cogió su copa por última vez y apuró el whisky.

—Eso no es algo que se vea todos los días. Lo de la araña fue diferente.

—¿La de las tripas pegadas a la suela de tu zapato? —preguntó Trey.

—La misma. Más grande que una tarántula, pero con manchas como la viuda negra. La gente corrió atravesándola mientras la araña avanzaba derecha hacia Sonya. A toda velocidad, la muy jodida. Aplasté de un pisotón su feo culo, y salimos de allí por patas. —Miró a Sonya—. Lisbeth Poole estaba muerta, como siempre va a estar muerta aquella noche de 1916.

—Entonces ¿qué sentido tiene todo esto? —inquirió Sonya, toqueteándose con impaciencia su largo cabello castaño—. Si siempre va a ser demasiado tarde, si nada puede impedir que ella las asesine, ¿qué sentido tiene?

En el teléfono de Cleo empezó a sonar *7 Rings* [«7 anillos»] de Ariana Grande.

—La cuestión nunca ha sido salvar a esas novias, a esas mujeres, Son —dijo Cleo con delicadeza—. Se trata de encontrar las alianzas, los siete anillos, y romper la maldición. De echar a Hester Dobbs de esta casa, y romper su maldición.

—Dobbs tiene los dichosos anillos.

—Averiguaremos cómo hacerlo. —Trey posó la mano sobre la de Sonya—. Averiguaremos cómo hacerlo —repitió—, pero no esta noche.

—Esta mañana —corrigió Owen—. Tengo que estar en el trabajo dentro de... —Dio un toque a la pantalla de su teléfono para consultar la hora—. Mierda, dentro de una hora y media más o menos. Y necesito unos malditos zapatos. Voy a hacer huevos revueltos. —Se levantó—. ¿Hay beicon?

—¿Vas a hacer huevos revueltos?

—Prima, si estoy despierto para ver el amanecer, quiero desayunar. Yo me ocupo del beicon.

Trey dio otra palmadita en la mano a Sonya.

—Yo voy a dejar salir a los perros un rato.

Cuando él se levantó, Sonya se giró para mirar fuera. Sí, estaba amaneciendo, y la noche muriendo.

Ella tenía su propio trabajo, su propia vida. Si la casa solariega le había proporcionado un propósito más allá de eso, haría lo posible por lograrlo.

Pero el alba deparó un nuevo día.

Se apartó de la mesa y se puso manos a la obra.

—Yo preparo el café.

Mientras el día clareaba, se sentaron a desayunar tal y como se habían sentado a compartir el whisky y los relatos de fantasmas.

Después de que los perros engulleran el suyo, Trey dejó que salieran de nuevo.

—Necesito que me lleves a casa —le dijo Owen—. He de asearme antes de irme a trabajar. ¿Tenéis una bolsa o una caja donde meter estos zapatos?

—Yo me ocupo de ellos —dijo Cleo.

—Cuando dices ocuparte de ellos te refieres a...

—Quemarlos.

—¡Venga ya!

—Al aire libre —apostilló Cleo—, con un buen puñado de sal.

—Madre mía.

—Así es como se hace —replicó Cleo—. No es que fueran nuevos que digamos. Lo pude ver con mis propios ojos.

—Se me amoldaban realmente bien.

Ella se giró, le dio unas palmaditas en la mejilla y le rascó la barba de dos días.

—Seguro que un exitoso empresario y artesano como tú tiene más.

—¿Es una pulla?

Ella se limitó a sonreír con dulzura.

—Has sacrificado tus zapatos, que se te amoldaban realmente bien, por mi mejor amiga. No es una pulla... esta vez. De hecho, si supiera hacer empanada al horno, te haría una.

—Podías aprender. Me gusta la empanada. Vamos, Jones. Tenemos que ponernos en marcha, Trey.

—Voy. Estás bien, guapa. —Trey lo afirmó al tiempo que agarraba a Sonya por los hombros para besarla.

Su seguridad en sí mismo fortaleció la de Sonya.

—Estoy bien. Es mi casa. Mientras ese espejo siga aquí, también es mío.

—Bien. Os debo una cena a las dos. Puedo recogeros a las siete.

—Vente a cenar. Tú también, Owen. Voy a hacer estofado de carne.

Trey parpadeó.

—¿En serio?

—Lo cociné una vez, puedo hacerlo de nuevo. Creo.

—Me apunto. —Owen se metió el teléfono en el bolsillo.

Sonya se acercó a él y se estiró para besarlo en la mejilla.

—Gracias por salvarme.

—Podía decir que cuando quieras, pero... Qué diablos, cuando quieras.

—Llámame si me necesitas —dijo Trey—. Vamos, Mooks.

Cuando se marcharon, Sonya se volvió hacia Cleo.

—Estabas coqueteando con él.

Cleo puso sus ojos ámbar como platos.

—¿Con Trey?

—Con Owen. Estabas en modo coqueteo. Te tengo calada.

—Él atravesó ese espejo contigo..., de hecho, delante de ti. No se lo pensó dos veces, lo hizo y punto. Y evitó que salieras malparada. Se ha ganado mi coqueteo.

—Lo de quemar sus zapatos iba en serio, ¿verdad?

—Y tanto que sí.

Sonya asintió con la cabeza de camino a un armario para coger una bolsa de basura.

—Entonces vayamos a por ellos y acabemos con eso. Después quiero darme una larguísima ducha caliente antes de comenzar la jornada.

—Buen plan.

2

Dado que Cleo se ofreció voluntaria para elaborar la larga lista para el estofado de la cena e ir al mercado, Sonya se acomodó junto a su escritorio en la biblioteca con la botella de agua y la tableta.

A lo largo de los últimos meses había adquirido el hábito de dejar que Clover, la DJ residente, eligiera el repertorio musical. De modo que, sin poner una lista de reproducción, echó un vistazo a sus paneles de ideas.

Teniendo en cuenta que había desayunado muy temprano, podía permitirse el lujo de dedicar parte de la mañana a trabajar en la propuesta para Ryder Sports.

Aún disponía de tiempo antes de viajar a Boston para la presentación, y pensaba que existían bastantes posibilidades de que se agenciara a ese cliente. Sin embargo, sus antiguos jefes en By Design se postulaban como unos rivales formidables.

Matt y Laine la habían formado bien, y ella había trabajado duro para ellos durante siete años. Sabía cómo montar una campaña publicitaria de primer orden.

Sin embargo, no podía ignorar el hecho de que había creado su propia empresa de diseño gráfico, Visual Art by Sonya, hacía menos de un año. Desde entonces, su iniciativa de empresaria independiente le había generado encargos y había realizado algunos proyectos puñeteramente buenos.

Pero la firma de equipamiento deportivo, muy consolidada y multigeneracional, sería, con diferencia, su cliente más importante.

Y tampoco podía ignorar su sentimiento de satisfacción al saber que sin duda competiría con su exprometido por ese cliente.

El cabrón infiel.

Se dijo para sus adentros que daba igual. Que Brandon Wise no le importaba.

Lo único que importaba era el encargo.

Contaba con una idea realmente buena, y con un comienzo excelente.

—Hora de seguir avanzando —dijo, y abrió el archivo.

Con Yoda acurrucado bajo el escritorio, pasó dos horas trabajando sin interrupciones hasta que oyó que Cleo había regresado.

—Voy a hacer una breve pausa. —Grabó el documento y comenzó a bajar las escaleras con Yoda a la zaga.

—Hay otras dos bolsas en el coche —dijo Cleo en voz alta.

—¿Tanto necesitábamos?

—Bueno, ya puestos...

Cuando se dirigía deprisa a por las bolsas, se detuvo y aspiró el aire primaveral.

Su llegada a la casa solariega y a la costa de Maine se había producido en pleno invierno. Ahora el ambiente se había templado, y los narcisos habían florecido. En las ramas del escuálido sauce llorón situado al lado de la casa habían nacido rollizos brotes, aún cerrados y secretos.

Extendió los brazos y giró en círculo.

—Ahora este es mi sitio.

La vista del reflejo del sol sobre el agua, suya. El sonido de las olas rompiendo contra las rocas, suyo. Las flores abriéndose o brotando, suyas también.

Y, si ahora la maldición también la incumbía, le haría frente, de alguna manera, fuera como fuera.

Cogió las bolsas y se dirigió con brío a la casa.

En la cocina, Cleo estaba guardando la comida.

—Esta pieza de carne es grande, Son.

—Ya. Impone, pero puedo hacerlo. Has comprado un cargamento de manzanas. ¿Vamos a tener un caballo?

—Oh, ¿a que sería maravilloso? Pero no, es para hacer una tarta de manzana.

—¿Vas a hacer una tarta de manzana? ¿Con manzanas de verdad? ¿Quién eres, y qué has hecho con mi Cleo?

—Ahora soy Cleo, la jefa de cocina de la casa solariega. Owen no me cree capaz de hacerla y pensé que, bueno, nunca lo sabré a menos que lo intente. Así que llamé por teléfono a mi madre, y mientras estaba en la tienda recibí su mensaje de texto con la receta. De todas formas, teníamos prácticamente de todo menos manzanas.

Tras sacar un bol, Cleo se puso a meter las manzanas en él.

—Y si la cago, nadie se enterará excepto tú y yo. Y una casa repleta de fantasmas.

—No diré ni pío.

De pronto, en el teléfono de Sonya empezó a sonar *Secret* [«Secreto»] de Maroon 5.

—Vale, listo. —Cleo guardó las bolsas de tela de la compra—. ¿A qué hora necesitas ponerte a cocinar esa pieza de carne?

—Calculo que sobre la una, una y media. Voy a trabajar hasta la una fijo, y después me pondré manos a la obra.

—Entonces nos vemos aquí a la una y media más o menos. Voy a coger una Coca-Cola y a subir al estudio. ¿Quieres una?

—Sí, me vendría bien un chute. No te acerques al salón dorado, Cleo.

—Oh, por eso no te preocupes. Hoy lo mío son las sirenas, no las brujas. Y, si las ilustraciones me cunden, igual dedico un rato a la pintura.

Comenzaron a subir las escaleras juntas.

En la biblioteca, Cleo chocó su Coca-Cola con la de Sonya.

—Retomemos nuestro arte.

Sentada de nuevo a su escritorio, Sonya aparcó la propuesta para Ryder. A pesar de que no lo consideraba un logro inalcanzable, era preciso que se pusiera las pilas para ganarse el pan.

Se enfrascó en su último encargo para una tienda de Poole's Bay.

Consistencia visual, creatividad, de fácil manejo, pensó mientras descartaba la actual página web de Gigi's, tosca y de lo más sosa.

Decidió que la temática debía ser divertida: prendas informales y atrevidas, jabones, lociones, velas y sales de baño con fragancias sorprendentes y originales, junto con algún que otro —de nuevo— complemento atrevido.

Priorizando la diversión, empezó un nuevo panel de ideas.

La web necesitaba un nuevo logotipo con frescura sin falta. Si bien eso no formaba parte del paquete de diseño gráfico, pensó: «A tomar por saco». Ya lo tenía visualizado en su cabeza.

La silueta de una mujer con largas piernas y zapatos de tacón, con falda corta, balanceando un pequeño bolso, con un pañuelo alrededor del cuello ondeando a su paso. Con un ligero toque parisino, pensó mientras trabajaba. Encajaba con el nombre de la tienda.

Transmitía una imagen sofisticada y desenfadada, energía femenina. Y, por supuesto, diversión.

A la una, cuando la alarma sonó, dejó de trabajar.

Y, cuando se disponía a guardar el archivo y a apagar el ordenador, oyó por primera vez esa mañana el sonido de una pelota rebotando en el vestíbulo en la planta baja.

A Jack, el niño que había fallecido antes de cumplir los diez años, le encantaba jugar con Yoda. Y el amor era recíproco.

Tal vez resultara extraña la facilidad con la que Sonya se había acostumbrado a eso, pero llevaba viviendo en Lost Bride Manor el tiempo suficiente como para aprender no solo a aceptar, sino a abrazar.

Como no quería asustarlo —aunque la posibilidad de asustar a un fantasma se escapaba a su comprensión—, dijo en voz alta antes de bajar las escaleras:

—¡He terminado de trabajar en el ordenador por hoy! ¡Ahora tengo trabajo en la cocina!

No halló indicios de la presencia de Jack hasta que llegó a la cocina y encontró todos los armarios abiertos.

—Supongo que no habías terminado de jugar con Yoda —dijo al tiempo que cerraba las puertas de los armarios—. Pero he de ceñirme a un horario.

Sacó la enorme y pesada olla y la pieza de carne.

—Esta vez no me intimida tanto —se dijo a sí misma, aunque en realidad no fuera cierto.

Tras aderezar la pieza de carne, dejó que se dorara en el aceite. Entretanto, se puso a pelar zanahorias.

La pieza de carne estaba dorada, las zanahorias peladas, y Sonya ya estaba pelando patatas cuando Cleo irrumpió como un torbellino.

—¡Perdona! Se me ha ido el santo al cielo. —Empuñó un delantal—. He empezado una familia de sirenas, con bebés y pequeñines monísimos. Después pensé: «¿Dónde están la abu y el abu? Deberían tener abuelos». Te ayudo a pelar patatas, y tú puedes ayudarme a pelar manzanas.

Antes de agarrar otro pelador, Cleo se recogió su mata de pelo, del color de la miel tostada, en la coronilla con un pasador.

—Se me ha olvidado bajar un coletero. Déjame ese. —Sonya tiró de la goma que Cleo llevaba alrededor de la muñeca y se recogió el pelo en una cola de caballo—. Cuando estábamos en la universidad, ¿te imaginaste en algún momento pelando patatas conmigo?

—Pues va a ser que no. Ni contigo ni con nadie. —Cleo la miró con aire travieso—. ¿Te confieso algo que me avergüenza? Hasta le encuentro el gusto.

Sonya se quedó mirando el montón de cáscaras.

—A mí me gusta cuando el plato está listo y no es un churro.

—Yo encuentro cierta satisfacción en el proceso, como en el arte. El resultado es lo que te enorgullece, pero no puedes sentir ese orgullo sin el proceso.

—Estoy trabajando en el encargo de Gigi's. Estoy disfrutando del proceso. Y he de reconocer que este no me resulta tan estresante como cuando lo llevé a cabo sola la primera vez.

—Yo estuve un rato contigo por FaceTime.

Sonya le dio un empujoncito con la cadera.

—Esto es mejor. No te arrepientes de haberte mudado aquí, ¿verdad?

—En absoluto. Me encanta esto. Dios, me chifla mi estudio. Dentro de poco voy a disfrutar de ratos pintando al aire libre, y, cuando Owen me construya el *sunfish,* pasando la tarde del domingo navegando con mi velerito por la bahía.

—Yo me habría afincado aquí sin ti, porque tuve claro que este era mi sitio, mi hogar, nada más verlo. Pero no habría sido ni la mitad de feliz.

Una vez que las verduras estuvieron listas, Sonya soltó un suspiro.

—Vale, allá va. Hay que echarlas en el aceite y el jugo, con las hierbas aromáticas, remover y dejar que se guisen durante un rato, que se doren un pelín.

—De acuerdo, mientras tanto voy a ponerme con la masa para la tarta de manzana.

—Vas a hacer la masa para la corteza y todo. Con harina y... lo que quiera que lleve más.

—Es un proceso, Son, un proceso. Si solo elaboras el relleno, es como hacer trampas. Es que... ¿Qué es ese ruido?

Sonya continuó removiendo a pesar de que se le aceleró el pulso.

—Es el montaplatos.

—El [illegible] Dios. —Cleo se limpió las manos con el delantal de camino al armario del montaplatos y frunció el ceño—. Voy a echar un vistazo. Más vale que no sea algo espantoso, porque de lo contrario me voy a cabrear.

Sonya contuvo la respiración y no soltó el aire hasta que oyó a Cleo exclamar:

—¡Ooh! ¡Qué chula! Mira, Son. Qué bonita fuente para tartas.

La sacó del montaplatos.

—Con el borde de color rojo vivo, acanalado, y con una manzana sobre el fondo blanco. Es perfecta. Me iba a apañar con esta antigua fuente lisa de cristal que encontré en un armario.

—Ha sido Molly. Me mandó en el montaplatos una fuente para el estofado que cociné para los Doyle. Es un regalo de bodas de Lissy.

Cleo dejó la fuente sobre la encimera y agarró a Sonya de los hombros.

—Es duro. Sé que es duro, pero Owen tenía razón: es imposible cambiar lo que le sucedió. Bueno, ni a Lisbeth Poole ni a Molly O'Brian. A ninguna de ellas.

—Es terrible verlas morir, Cleo. Más, si cabe, sabiendo que no es un sueño, sino que de alguna manera estoy presente y no puedo hacer nada para evitarlo.

—Lo sé. Pero, Sonya, estás dando fe de ello, tal como dijiste en la puerta de la habitación de Molly. Y considero que es importante. Además, pienso que hay una razón por la que ella cuida de nosotras así, por ejemplo, mandándome esta fuente para que pueda hacer una tarta de manzana que quede bonita... con suerte. Para Molly es importante. Tú eres importante.

—Ahora todos ellos son importantes para mí. Quiero parar a Dobbs. Quiero que pague por todas las desgracias que ha causado. Quiero...

Las puertas comenzaron a dar portazos; las ventanas, a abrirse y cerrarse de golpe.

—¡Ay, vete a tomar por culo, vieja bruja perversa! —gritó Cleo.

Muy a su pesar, Sonya soltó una carcajada.

El iPad arrancó con rock, invitándolas a celebrar los buenos momentos.

—¡Muy bien, muy bien, Clover! —Cleo agitó los puños en el aire al tiempo que movía las caderas—. Esta noche vamos a pasarlo bien.

—¡Vamos! —exclamó Sonya, y dejó caer la carne sobre la verdura. Cogió la botella de vino que ya había abierto y la vertió sobre la carne—. Una botella entera, toma ya. —Tapó la olla, la metió en el horno y movió un dedo de un lado a otro en dirección a Cleo—. Hay que esperar horas. Nada de fisgar.

—Ya huele de maravilla. Y yo estoy haciendo una tarta de manzana.

—A ver cómo se hace.

No es que estuviera a la altura de la expresión «pan comido», pero coincidieron en que tenía buena pinta cuando, después de calcular, amasar y darle forma, pelar y cortar en láminas la fruta para el relleno, Cleo la metió en el otro horno.

—Joder, más vale que aprecien hasta el último bocado. Menudo curro.

—Saquemos a Yoda y tomemos un poco el aire.

Sonya esperó hasta que salieron al aire fresco tras el caluroso ambiente de la cocina para decir:

—Ha dejado de dar golpes y fastidiar cuando nos hemos burlado de ella.

—Sí, me he dado cuenta. —Cleo lanzó una mirada altiva en dirección a la casa—. Se alimenta de miedo y aflicción. Eso es lo que dijiste anoche.

—No podemos evitar todo eso, pero sí contraatacar en cierta medida con unos cuantos zascas bien dados.

—Estoy totalmente a favor de eso. Y vamos a organizar esa fiesta, a celebrar el evento dentro de unas semanas. Hay que empezar a planificar los detalles.

—Sí. Lo haremos.

—Que la casa se llene de gente, de gente feliz, la va a cabrear.

—Y tanto que sí. Tus padres no pueden faltar. Espero que tu *grand-mère* y mi madre se apunten. Y mis abuelos deberían venir, todos, si pueden. También mi tía Summer y mi tío Martin.

—Hay sitio de sobra para ellos. —Cleo se detuvo y volvió la vista hacia la casa solariega—. La finalidad de la casa era lo que estamos haciendo en ella, Son.

—¿Y cuál es?

—Vivir, trabajar, hacer planes... Y en tu caso —añadió—, disfrutar de sexo del bueno.

—La verdad es que sí.

—Y como amiga tuya que soy, te aplaudo. Pero ella no quiere nada de eso. Lo único que ansía es la aflicción y el miedo.

—Pues vamos a darle lo que no quiere y en gran cantidad. Y voy a encontrar esos anillos, Cleo. Todavía no sé cómo, pero los encontraré. Mientras tanto vamos a vivir, a trabajar y a hacer planes.

Observó cómo Yoda perseguía a una ardilla.

—Vas a buscar ese gato elegante que dijiste.

—Sí —afirmó Cleo—. Comenzaré la búsqueda muy pronto.

—Y esta noche vamos a servir una cena de muerte, y lo haremos en ese pedazo de comedor.

—¡A eso me refería! Cuando la tarta esté lista, nosotras nos vamos a arreglar, y también arreglaremos esa mesa.

—Tú siempre pareces arreglada. Debería odiarte por eso.

—Pero me quieres.

—Mucho. Echemos un vistazo a la tarta. Y después me pondré con el pan de cerveza.

Cleo sonrió.

—Imaginas que a estas alturas Molly habrá limpiado el desastre de la cocina, ¿a que sí?

Sonya no se molestó en fingir el menor reparo.

—¿Tan obvio es?

—Me da la impresión de que todo el mundo está consiguiendo lo que quiere.

En opinión de Sonya, se merecían un día como ese. Un día productivo, y aparcar el trabajo pronto. Un día para trajinar, armar bullicio y pasar tiempo juntas.

Con el aroma de la repostería y el guiso flotando en la cocina —ahora impoluta—, se sentaron junto a la isla para concretar los detalles de lo que ellas denominaban «el evento», programado, tras cierto debate, para el segundo sábado de junio.

—La jornada de puertas abiertas le imprime un toque simpático, informal —afirmó Sonya—. Pero yo voto por invitaciones formales.

—Pues que sea unánime. Le aportan elegancia. Con una ilustración de la casa solariega.

—Me has leído el pensamiento. Voy a por un cuaderno de dibujo.

Para cuando la tarta y el pan yacían enfriándose sobre una rejilla de repostería y se habían arriesgado a echar un rápido vistazo dentro de la olla, ya tenían la plantilla de la casa solariega en primavera, con el sauce llorón en flor, las flores en pleno esplendor.

Sonya MacTavish y Cleopatra Fabares
les invitan a disfrutar de
comida, bebida y confraternización
en la casa solariega el sábado 8 de junio a las 4 p. m.

—Me gusta —comentó Cleo—. Es sencilla y bonita.

—¿No es demasiado sencilla?

—A mí no me lo parece.

—Bien. Vamos a incluir un S. R. C. —Sonya se puso a jugar con la tipografía—. Se ruega confirmación antes de, digamos, el 20 de mayo, con el fin de hacernos una idea del número de asistentes. La madre de Trey nos echará una mano con los nombres y las direcciones.

—Podemos pedir a Bree que nos ayude con el menú. Como jefa de cocina del Lobster Cage, es un contacto importante.

—Y le caemos bien, así que, sí. Recurriremos a ella para contratar camareros, un par de ellos junto a las mesas con bebidas. Encargaremos la comida a los restaurantes del pueblo.

—Vamos a tener que sacar mesas y sillas de las zonas de almacenamiento —señaló Cleo—. O alquilarlas.

—Además de cristalerías, vajillas, mantelerías... ¿Sabes? He diseñado invitaciones para infinidad de eventos, además de páginas web para empresas de cáterin, restaurantes y bares, pero ninguna de las dos hemos planificado y llevado a cabo algo semejante jamás.

—¿Estás asustada?

Sonya se encogió de hombros.

—Un poco.

—Yo también. Así será más divertido.

—Hay veces en las que tu idea de la diversión y la mía distan mucho entre sí.

Cuando en la tableta empezaron a sonar los Beastie Boys, Sonya no pudo contener la risa.

—Vale, vale. Lucharemos por nuestro derecho a divertirnos.

—A propósito de la música, ¿crees que Trey y Owen pueden convencer a los de Rock Hard para que toquen?

—No lo sabremos hasta que no lo preguntemos. Lo apunto en la lista de tareas. —Sonya lo anotó—. Tarea para mí: diseñar las invitaciones.

—Cuando lo hagas, yo las enviaré por correo. Tú consigue la lista de la madre de Trey, y yo hablo con Bree.

—Buen reparto de tareas. —Sonya chocó su vaso de agua contra el de Cleo—. Sé que en el sótano hay algunas mesas plegables; no en el sótano siniestro donde jamás volveré a poner los pies. Voto por encargar a Trey y a Owen que las suban para poder limpiarlas.

—De nuevo hay unanimidad. En cuanto a las flores, es probable que haya que plantar algunas, Son, y eso supone una curva de aprendizaje para ambas. Y habrá que colocar algunas en las mesas de fuera, y dentro.

—Por lo tanto, habrá que ir al vivero y a la floristería. Esa tarea es para las dos. No me preocupa la decoración, pues se nos da bien. De todas formas quería plantar unas cuantas flores, por ejemplo, en los maceteros que hay en el cobertizo.

—Yo quiero sembrar hierbas aromáticas.

—¿Sí?

Cleo asintió con la cabeza con ahínco.

—Si voy a cocinar aquí, mi intención es hacerlo como Dios manda.

—De eso te encargas tú. Estás totalmente al mando.

—Puedo ocuparme de ello. Venga, vamos a acicalarnos, y a la vuelta haremos lo mismo con la mesa.

—Lo que pasó anoche —comentó Sonya mientras recogía el cuaderno de dibujo, las notas y la tableta— volverá a pasar. Me consta, y a ti también. Pero aquí estamos, preparando una cena (con una tarta de manzana con una pinta de muerte), y aquí estamos, planificando una fiesta.

—Un evento —corrigió Cleo. Sonya sonrió mientras salían de la cocina.

—Un evento. A veces el sentido común me dice que es una auténtica locura, pero sé que no lo es. Sé que estamos haciendo justo lo que deberíamos hacer.

—Vivir, trabajar, hacer planes —repitió Cleo.

—Todo eso. Del mismo modo que sé que en esta casa lo bueno supera con creces lo malo. Parte de lo malo es la vida misma cuando las personas viven, trabajan y hacen planes en una casa a lo largo de más de doscientos años. Lo peor de lo malo se reduce a una... No voy a calificarla de persona.

—Un ente.

—Pues un ente. Y a pesar de ello, a pesar de lo que les sucedió, Clover pone música, Molly hace las camas y Jack juega con Yoda.

Se dirigieron a la biblioteca, donde Sonya dejó las notas y el cuaderno de dibujo encima del escritorio.

—Y hay más.

—Muchos más —convino Cleo—. Noto su presencia a todas horas.

—¿Por qué siguen aquí? A lo mejor las novias y quienes lloran su pérdida siguen aquí debido a la maldición. Pero los demás, ¿por qué?

—No lo sé.

Sonya echó un vistazo a la biblioteca y miró hacia la ventana donde la violeta africana que Cleo le había regalado años atrás florecía.

—En mi opinión, porque este es su hogar. Creo que continúan aquí por la misma razón que yo, y que tú ahora: porque este es su hogar.

—No se me había ocurrido plantearme eso —comentó Cleo camino del pasillo—. Y tiene su lógica. Es una buena casa, Sonya, a pesar de Dobbs. Es una casa maravillosa.

—Es nuestra casa, y la de ellos. Hace un año, es probable que no me hubiera extrañado oírte decir a ti algo así. Pero lo que es muy fuerte es que sea yo quien lo haga, y en serio.

—Y por eso están contigo, Son, porque lo dices, y en serio. Anda, ve a ponerte guapa.

Podía hacerlo. Qué curioso, pensó mientras se dirigía a su habitación, que a pesar de haber dormido unas tres horas, lo cierto es que no se encontraba cansada.

Le hacía ilusión pasar una noche, esa noche, disfrutando de —en fin— comida, bebida y confraternización.

Cruzó la salita de estar en dirección al dormitorio. Allí, bajo la luz del sol al atardecer, el mar se extendía al otro lado de las ventanas, de la puerta acristalada de la terraza.

Y allí, encima de la cama, yacía un vestido que se había comprado con su frustrada luna de miel en mente. Un vestido que no había lucido desde que se lo probara.

«Una elección de Molly», pensó. Y ¿por qué no?

Lo sostuvo en alto y se giró hacia el espejo.

No acostumbraba a vestirse de rosa, pero ese color tenía una tonalidad rosa más fuerte. Un sencillo vestido de tubo sin mangas que se había imaginado luciendo en una cena romántica. Recién casada.

—Eso habría sido un desacierto. Pero el vestido no lo es. Vale, Molly, bonita elección. Gracias.

Se tomó su tiempo en acicalarse y, mientras se arreglaba el pelo, dejó escapar un suspiro. Era hora, concluyó, de hacer de tripas corazón y concertar una cita en la peluquería del pueblo. En ese sentido se había demorado demasiado.

Y aún faltaban muchas semanas antes del viaje a Boston para la presentación de Ryder.

Así pues, si se llevaba un chasco con la nueva peluquería, había tiempo de sobra para solucionarlo.

—Un poco de vanidad no tiene nada de malo —se dijo a sí misma al tiempo que se subía la cremallera del vestido—. Y en esa presentación la apariencia es importante.

Clover mostró su conformidad con el tema *Looking Good* [«Qué buen aspecto»].

A Sonya le hizo gracia. Se miró al espejo.

—Sí, sé que tengo buen aspecto. A ver si Cleo está lista.

Cleo se había decantado por un vestido azul eléctrico, un poco más corto, más coqueto, y en ese momento estaba haciéndose una elaborada trenza en el pelo.

Se miraron a los ojos frente al espejo.

—Recuerdo cuando te compraste ese vestido. Yo te convencí.

—Me acuerdo. Molly me lo ha preparado.

—Y el mío también. Tiene un gusto excelente. Y teniendo en cuenta que anoche las dos íbamos vestidas para nuestra rara fiestecita de ver una doble sesión de cine e irnos a la cama, es agradable ponerse un vestido. Mañana voy a pedir cita en la peluquería. En la del pueblo.

Cleo interrumpió la tarea.

—¿Estás segura?

—He de dar el paso. Y si la cagan, me da tiempo a arreglarlo antes de la gran presentación en Boston.

—Entiendo tu punto de vista, pero cometer adulterio con los peluqueros no es moco de pavo.

Sonya asintió con la cabeza con aire solemne.

—La relación a distancia no va a funcionar.

—Te apoyaré en tu decisión. No estoy segura de poder ser tan valiente con mi tipo de pelo multicultural: criollo, asiático, un pelín jamaicano, un aire británico... Tú tienes el típico pelo de una chica blanca.

—Así es. Voy a arriesgarme. ¿Lista?

Yoda bajó con ellas las escaleras dando brincos, y a continuación danzó en la entrada.

—¿Es hora de tu salida? Entra por la puerta trasera cuando termines. —Sonya le abrió la puerta principal—. Pronto tú también tendrás compañía.

—Se me ha ocurrido ponerme en contacto con la mujer que tenía en acogida a este adorable perrito. Para conseguir un gato elegante.

—Lucy Cabot. Es majísima. También trabaja con un centro de rescate para gatos. Te enviaré sus datos de contacto. Ella sabrá de alguno.

Sonya se detuvo junto al umbral de lo que, según tenía entendido, Collin Poole denominaba «el rincón de la tranquilidad», donde el antiguo reloj de pared con la esfera lunar permanecía en silencio. Con las manecillas marcando las tres.

Con independencia de dónde las colocaran, siempre volvían a marcar las tres.

—No recuerdo haber oído el carillón a las tres de la madrugada. Pero debí de oírlo. No siempre es el caso, pero en vista de que me levanté y me dirigí al salón de baile, tuve que escucharlo. Cuando lo oigo, cuando soy consciente de ello, no siento esa atracción.

—Siempre que la sientas, ven a buscarme primero.

—Cuenta con ello. ¿Sigues sopesando la idea de montar un despacho independiente del estudio?

—Tal vez. El estudio es una pasada, pero a lo mejor sería conveniente disponer de un espacio aparte para las gestiones.

—Me gusta la idea de aprovechar más la casa. De sacarle partido de verdad. Por eso…

Se interrumpió cuando entraron a la amplia cocina.

La tarta de manzana y el pan yacían enfriándose sobre la rejilla de repostería y olían de maravilla.

Y la fuente yacía sobre la isla.

—Oh, qué bonita. ¡Qué fuente más chula! Parece antigua y señorial.

—Lo es —musitó Sonya—. Es de Lisbeth. Es la que usé en una ocasión. Un regalo de boda.

Sonya le dio la vuelta y se la mostró a Cleo para que pudiera leer la inscripción grabada por detrás.

—Jamás llegó a usarla, y eso te entristece. Pero, Sonya, considero que el hecho de utilizarla, de no dejarla guardada en alguna parte, es una forma de recordarla.

—La vi, al fondo del salón de baile, durante unos instantes. Había muchísima gente. Era muy joven, Cleo, y parecía muy feliz. A decir verdad, resplandecía. —Dejó la fuente sobre la isla—. Tienes razón, no debería permanecer guardada.

Pusieron la mesa, colocaron velas y las copas de vino de la cristalería buena. Dado que esa noche de abril hacía bastante fresco, encendieron las chimeneas de la cocina y del comedor.

—¿Qué te parece si pongo un poco de música para animar el ambiente? —preguntó Cleo.

Clover respondió con *Tangled Up in You* [«Liada contigo»].

—Igual es un pelín directo —comentó Cleo—, pero me gusta. ¿Una copa de vino, compañera?

—Puede contar con ello. Recuerdo este olor —añadió Trey—. Y huele tan bien como la primera vez.

—Con novedades especiales: pan de cerveza y tarta de manzana.

—¿Has hecho tarta de manzana?

Cleo sonrió a Owen, y sirvió otras dos copas de vino.

—Aprendí a hacerla.

—Tiene buen aspecto. Tú también —añadió Trey—. Las dos.

—Hemos tenido un buen día.

—¿Quemaste mis zapatos al final?

—Lo hicimos —respondió Cleo—. En un rincón cerca del bosque, dentro de un círculo de piedras y sal. Los empapamos de líquido inflamable, los prendimos con una cerilla, y fiu.

—No fue agradable —comentó Sonya—, pero sí efectivo. —Sacó tres huesos prensados—. A ver, perros, tomad esto y portaos bien. Los humanos vamos a cenar.

—¿Cómo se llevan con los gatos? —preguntó Cleo.

Trey observó cómo su gran labrador con mezcla de *golden retriever* se lanzaba a por su hueso.

—Mookie bien.

—Depende del gato —respondió Owen.

—Voy a hacerme con uno, en cuanto encuentre el adecuado. Yo llevo la salsa, Sonya. Tú dile a uno de estos fortachones que lleve la fuente a la mesa. Esta noche vamos a cenar con estilo.

—Ya veo. Yo me encargo —dijo Trey—. Me acuerdo de la otra vez.

Cuando Trey sacó la fuente del horno, Owen parpadeó.

—¡La leche! Eso es un estofado de carne en toda regla.

—Como maestra del estofado en la casa solariega, no cocino de ningún otro tipo. —Sonya cogió el pan y la tabla.

—¿Necesitas ayuda con eso? —preguntó Owen a Cleo.

—No hace falta. Solo voy a verter el jugo en una salsera. Tú encárgate del vino.

En la mesa, Sonya emplató el estofado para los cuatro antes de sentarse.

—Enhorabuena a las chefs —dijo Trey.

—Todavía no le he hincado el diente. —Owen lo probó—. Vale, ahora sí. Enhorabuena. Está mejor que el de tu madre, Trey.

—Lo sabe. Gracias por esto. Ha sido mucho trabajo, mucho esfuerzo.

—De nada. Hablando de trabajo y esfuerzo, Cleo y yo hemos fijado la fecha del evento. La jornada de puertas abiertas será el segundo sábado de junio.

—Hablamos de un fiestón por todo lo alto. —Cuando oyeron portazos, Cleo sonrió mirando al techo—. La idea la saca de quicio. Y con eso solo consigue que me entusiasme más, si cabe.

—¿Así es como vais a enfrentaros a ella? —preguntó Owen—. ¿Organizando una fiesta?

—Eso es un aliciente añadido. —Cleo pinchó un trozo de zanahoria—. Lo que más nos ilusiona es abrir la casa, llenarla de gente, comida, bebida y música.

—Para eso está —apostilló Sonya—. ¿Cuándo fue la última vez que se organizó un evento como Dios manda en esta casa?

—Soy demasiado joven para recordarlo con exactitud, pero yo diría que fue la boda de Collin y Johanna. Que no terminó bien —añadió Trey.

—Dobbs no tendrá ocasión de asesinar a ninguna novia. Y no permitiremos que nos imponga sus normas para vivir aquí.

Las luces empezaron a apagarse y encenderse sin cesar. Tras coger su copa, Sonya se echó a reír cuando en el iPad, en la cocina, comenzó a sonar a todo volumen *Fuck You* [«Que te jodan»] de CeeLo.

—Ahí le has dado —comentó, y bebió.

—Quieres provocarla.

—A veces. —Al mirar a Trey a los ojos, percibió la inquietud que reflejaban—. Ella ha sido la responsable de las muertes de las mujeres de mi familia desde hace más de doscientos años. De modo que sí, quiero darle un buen zasca. Pero ese no es el motivo de la fiesta. Vamos a vivir aquí, en esta casa, en esta comunidad. Es una manera de integrarnos en ella.

—Él no está tratando de disuadirte. —Mientras hablaba, Owen cortó otra rodaja de ternera—. Trey tiene que considerar todos los hechos, las suposiciones y las motivaciones. La abogacía corre por sus venas. —Pinchó un trozo de patata—. Mira, si estuviera tratando de disuadirte, acabarías desistiendo sin ser consciente de que te había convencido de ello.

Sonya asintió con la cabeza.

—Ya me he dado cuenta de que posee esa habilidad. La mayoría de las veces te da por pensar que barajabas la idea de cambiar de parecer desde un principio.

—Ahí le has dado.

—Así es. Y... —Sonya miró a Trey de nuevo—: Eso me gusta de él.

—Menos mal. Bueno, ¿cómo consigues preparar todo esto al mismo tiempo?

—No tengo ni remota idea —respondió Sonya a Owen—. Pero eso nos lleva de nuevo al tema de la comida. A Cleo y a mí se nos ha ocurrido encargar la del evento a los restaurantes del pueblo, y ver si Bree pudiera darnos alguna idea para contratar camareros, personal para las mesas con bebidas y demás.

—Es una buena idea. —Trey cogió una rebanada de pan—. La gente asistirá.

—Y tanto que sí —convino Owen.

—¿Y los Poole? —preguntó Sonya.

—¿Los que viven aquí? Probablemente. Todos recibieron lo que deseaban, Sonya. No tienen la menor queja respecto a ti.

—Collin caía bien a la gente que lo conoció —añadió Trey—. Quienes no trataron con él vendrán por curiosidad. Y porque ambas estáis haciendo contactos aquí.

—A mí me gusta este pueblo —dijo Cleo—. Me gustará contemplarlo desde la bahía cuando me construyas ese velero.

—Ya tiene el diseño.

—¿Sí? —Por encima del borde de su copa, Cleo sonrió—. Me gustaría verlo.

—¿Acaso yo te estoy dando la lata con el cuadro?

—Pero —repuso Cleo— tú lo has visto a medias.

—Por casualidad. Yo no hago muestras.

—¿Qué me dices de la caseta de Yoda? —Como Owen le lanzó a Sonya una mirada exasperada, ella desistió—. No, dejemos ese tema. Retomemos la conversación. El evento. ¿Creéis que podríamos conseguir que la banda de Manny tocara?

—¿Que la banda toque?

Mientras Trey reflexionaba, Owen empuñó el pan.

—Ahora sí que sí. Me figuraba que organizaríais uno de esos encuentros de alto postín donde todo el mundo está envarado mientras alguien toca el arpa o lo que sea.

—Podíamos contratar a un arpista para que tocara en el salón principal.

Owen apuntó con el dedo a Cleo.

—No lo estropees. ¿Rock Hard? Vendrán de cabeza.

—Vendrán de cabeza —corroboró Trey—. Solo tened presente que va a haber gente pululando por toda la casa.

—Por eso se llama jornada de puertas abiertas. Pero, con la esperanza de que el tiempo acompañe —señaló Sonya—, vamos a colocar mesas al aire libre. Hay varias plegables en el sótano.

—¿Oyes eso, Trey? —Owen ladeó la cabeza como aguzando el oído—. Me huele que a ti y a mí nos están reclutando para cargar con las mesas.

—Y con las sillas —terció Cleo—. Y, Son, me parece que deberíamos colgar guirnaldas de luces.

—¿A quién no le chiflan las guirnaldas de luces?

—A quien tenga que colgarlas —respondió Owen—. Y luego descolgarlas.

—Igual las dejamos colgadas. ¿Cleo?

—Me encanta la idea. Engancharlas en ese maravilloso sauce llorón, y alrededor de la terraza, en el terrado del apartamento.

—Que es donde nos gustaría que la banda tocase. Es algo bueno, Trey. —Sonya alargó la mano hacia la suya—. Algo bueno y positivo.

—Es algo bueno y positivo. Para trabar relaciones buenas y positivas con la comunidad.

—Esa es otra importante baza. Una mujer tiene que ganarse la vida.

—¿Cómo va la propuesta para Ryder?

—Le he dedicado un rato hoy antes de ponerme con mi nueva versión de la página web de Gigi's.

—¿Esa tienda para chicas que hay en Bay, aledaña a High Street? —Owen se sirvió más. De todo.

—¿La calificarías para chicas?

Él se encogió de hombros.

—Ropa para chicas, potingues aromáticos... Es lo suyo. A Clarice, nuestra prima, le gustan esos potingues.

—Tomo nota —dijo Sonya a Cleo—. Poner potingues aromáticos femeninos de Gigi's en los cuartos de baño para el evento.

—Totalmente de acuerdo contigo.

—Bueno. —Sonya sonrió cuando Trey le rellenó la copa. A continuación la alzó y se dirigió a Owen—: Bueno..., en cuanto a la caseta...

Para cuando acabaron de comer hasta hartarse, Sonya había servido el resto de la segunda botella de vino.

—Propongo que nos llevemos las copas a dar un paseo con los perros antes de tomar el postre. Luego os pondremos un poco de estofado, y un poco de tarta de manzana, para que os lo llevéis a casa.

—Me gusta especialmente la segunda parte. La cena estaba de vicio —añadió Owen—. Gracias.

—Vas a tener que abrigarte. Bueno, las dos. —Trey acarició el brazo desnudo de Sonya cuando se levantaron—. En abril refresca por la noche.

Sonya frunció el entrecejo al oír la música que sonó en el iPad.

—No conozco ese tema.

—*Pieces of April* —le dijo Owen—. De Three Dog Night.

—Owen está muy puesto en música —comentó Trey.

—Ya veo. Bueno, a propósito de perros, los sacaremos por la puerta principal. Abrigaos.

Los tres perros se levantaron, se estiraron y salieron disparados hacia la puerta.

—Nosotros nos encargaremos de recoger a la vuelta. Qué menos.

—Por mí bien. —Sonya levantó la vista hacia Trey por el pasillo—. Pero dudo que Molly acceda.

—La empleada doméstica invisible. Qué práctico —comentó Owen—. No me vendría mal una.

—También es de la familia.

Sonya se detuvo junto a la sala de música, donde se hallaban los dos retratos que había encontrado en el estudio. El de Clover y el de Johanna, la sexta y séptima novia, respectivamente.

—Lo mismo que ellas.

Tras pasar por el pequeño salón a por algo de abrigo, salieron a una fresca noche de relente plagada de estrellas.

—Esta noche va a haber escarcha —predijo Owen.

—¿Vais bien abrigados?

Trey agarró de la mano a Sonya.

—Nosotros somos hombres de Maine, guapa. Esta temperatura es agradable.

—Está tan despejado... —Cleo se echó el pelo hacia atrás y levantó la vista—. Nunca se ven estrellas así en Boston.

—¿Y en Lafayette? —preguntó Owen.

—Tampoco, a menos que te adentres en los pantanos.

—¿Te planteas regresar alguna vez?

—De visita, claro. ¿Para vivir? —Cleo negó con la cabeza—. Ya he encontrado mi sitio. Me chifla esta casa. —Se giró para contemplarla—. Dobbs pretende malograr eso, ahuyentarnos. No sabe con quién se la está jugando.

Mientras lo decía, la ventana del salón dorado se abrió de sopetón. Bajo la tenue luz de las estrellas, algo alzó el vuelo. Algo grande, algo veloz que soltó un graznido estridente y sobrenatural.

Justo cuando Owen empujó hacia atrás a Cleo para protegerla, Trey se colocó delante de Sonya.

Duró un instante, apenas dos segundos, mientras los tres perros ladraban como posesos a modo de advertencia. De hecho, Jones se puso a dar saltos como para atacar a lo que volaba hacia ellos.

Acto seguido, dejando un hedor a azufre, se desvaneció.

—Ya montó este numerito en una ocasión. —Pugnando por calmarse, Sonya se agachó para coger a Yoda en brazos, para tranquilizarlo—. Y tampoco surtió efecto entonces.

—No obstante, menudo espectáculo. —Owen rebuscó en su bolsillo, sacó tres chucherías para los perros y se las lanzó—. Jones no se achanta.

—¿Siempre las llevas encima? —preguntó Cleo.

—¿Tú no?

Ella se echó a reír.

—Creo que empezaré a hacerlo. Eso puede haber puesto fin al espectáculo de esta noche, o puede que no.

Sonya le dio un beso a Yoda en la nariz antes de dejarlo en el suelo.

—Vayamos a tomarnos la tarta de manzana.

Trey la agarró de la mano y se la besó.

—No, no sabe con quién se la está jugando. Llevo un macuto en la camioneta. Me quedo a pasar la noche.

—Abrigaba la esperanza de que lo hicieras.

—Yo llevo algo de ropa en la mía —terció Owen—. Pensaba quedarme a dormir aquí si no hay inconveniente.

—¿Conque cuidando de nosotras, primo?

—A lo mejor porque supongo que he bebido demasiado, y no debería conducir.

—Me figuro que Jones no tendrá carné de conducir.

—Suspendió. Es que conduce a todo trapo.

Cleo bajó la vista hacia Jones, con su parche en el ojo y su aire desaliñado y feroz.

—De hecho, no lo pongo en duda.

Al entrar, no solo encontraron la cocina y el comedor impolutos, sino también las sobras repartidas en tres fiambreras.

—Gracias, Molly. Bueno, estoy a punto de servir mi primera tarta de manzana. ¿Todo el mundo quiere café?

—Yo me encargo. —Trey se acercó a la cafetera mientras en el iPad comenzó a sonar una nueva canción.

—Es de Johnny Cash —dijo Owen—. *Cup of Coffee* [«Taza de café»].

—Yo opino que Clover y tú haríais muy buenas migas —comentó Sonya.

—Dado que Trey me la describió en su época y que he visto su retrato, me parece un pibón. Yo procuro hacer buenas migas con los pibones.

Cuando la música cambió a *Hot* [«Como un queso»] de Avril Lavigne, Owen sonrió con picardía.

—Lo mismo digo, bombón.

—¿Sabes? Es mi abuela, lo cual la convierte en tu... ¿Qué? ¿Tía abuela?

—Eso no quita que sea un pibón, y con un excelente gusto musical.

Cleo colocó cuatro platos de postre en la mesa.

—La tarta.

Trey sirvió el resto.

—El café.

—Recordad que es mi primera vez.

Owen le dio un buen bocado.

—Menudo comienzo.

Lo fue, y Sonya concluyó que también un magnífico colofón mientras el día —o, mejor dicho, la noche anterior— empezaba a pasarle factura.

—Siento interrumpir esto tan pronto, pero me estoy quedando roque.

—Yo voy detrás —le dijo Cleo.

—Owen, ¿sabes qué habitación quieres?

—Dormiré en la misma que la última vez. Tengo que madrugar, así que, si no os veo, gracias de nuevo.

Sonya captó la mirada que se cruzaron los dos hombres, y suspiró.

—Esta noche el espejo me importa un bledo. Voy a dormir.

—A todos nos vendría bien. —Cleo tapó el resto de la tarta—. Veré a quien esté por aquí por la mañana a partir de las diez.

Subieron las escaleras, con los perros a la zaga, y se separaron.

En el dormitorio, Sonya dejó escapar otro suspiro.

—Esta ha sido la forma idónea de pasar un buen rato después de lo de anoche.

—Estás agotada. —Trey levantó la mano y la posó en la mejilla de Sonya.

—El cansancio está empezando a pasarme factura. Si puedes impedirlo, no dejes que me levante y camine sonámbula esta noche.

—Tranquila. Esta noche nada de caminar sonámbula.

Confiando en él, se preparó para acostarse y a continuación se acurrucó a su lado.

—Qué contenta estoy de que estés aquí.

—No preferiría estar en ningún otro lugar.

Él notó que se quedó dormida en cuestión de minutos, y permaneció despierto escuchando los sonidos de la casa solariega. Los ruidos de la casa ensamblándose, el embate rítmico de las olas contra las rocas.

Los murmullos y susurros que sonaban como voces amortiguadas por el viento.

Su perro y el de Sonya dormían plácidamente y, al rato, él también.

Pero se despertó cuando el reloj marcó las tres. Ella se rebulló contra él, farfulló algo entre sueños, y acto seguido se calmó.

Mientras Sonya dormía, él escuchó los acordes de música de piano, un llanto desconsolado, el chirrido de una puerta, el traqueteo de una ventana.

Oyó algo, una llamada o un grito procedente del exterior, por encima del sonido del mar. Sin hacer ruido, se levantó de la cama, se dirigió hacia la puerta acristalada de la terraza y salió con sigilo.

Y vio la figura de negro apostada en la escollera. Vio que su pelo oscuro ondeaba con un viento que él no notaba.

De pronto, ella levantó los brazos hacia una luna que, durante el paseo con los perros, no era una luna llena.

Cuando se arrojó al vacío, el vestido negro ondeando en el aire, a Trey le dio un vuelco el corazón.

El viento cesó, y la luna se perfiló en cuarto creciente.

Entró, cerró las puertas y, cuando volvió a acostarse, en la casa se hizo el silencio de nuevo.

Sonya se despertó sola. Sin Trey, sin los perros. Contrariada, se incorporó. No solo no se encontraba cansada después de dormir de un tirón, sino que habría disfrutado de un poco de sexo matutino.

Comprobó que no eran ni las siete. Y eso que ella se consideraba madrugadora.

Se acercó a las ventanas y contempló durante unos instantes el sol, el mar, el esplendor dorado y azul. Un barco pesquero, blanco y rojo, navegaba en su faena matinal, y un puñado de gaviotas planeaban en la suya.

—Esto es mucho mejor que lo de ayer por la mañana, igual que mi sensación.

Cogió el teléfono y se lo guardó en el bolsillo del pantalón de pijama.

Cruzó el pasillo, pasando por la habitación de Cleo, con la puerta cerrada, por el cuarto que Owen usaba, con la puerta abierta y la cama hecha.

Se preguntó si algún día llegaría a acostumbrarse: a las habitaciones, a la belleza y la historia, a la sensación que infundía la casa que ahora le pertenecía.

Y, mientras bajaba la suntuosa escalera, concluyó que ni por asomo.

Se dirigió a la cocina, donde Trey y Owen charlaban en voz baja mientras tomaban tarta y café.

La conversación se interrumpió a su llegada.

—Buenos días. —Fue derecha a por el café.

—Buenos días —repitió Trey—. Los perros están quemando el desayuno ahí detrás.

Ella comentó:

—Mmm. Conque estáis desayunando tarta.

—Estaba a mano —señaló Owen—. Viene a ser lo mismo que un bollo o una empanadilla.

Ella se giró con el café, se apoyó contra la encimera y los observó con atención. «Dos hombres muy pero que muy atractivos», pensó. Amigos, una amistad que venía de largo, que superaba en el tiempo la que existía entre ella y Cleo. Amigos que podían comunicarse entre sí sin palabras.

Como en ese preciso instante.

Su teléfono arrancó con el tema *Poker Face* [«Cara de póquer»] de Lady Gaga.

—Vale. Yo también he jugado al póquer, así que… ¿Por qué no me decís qué está pasando, puesto que me concierne directa o indirectamente?

—Te cedo la palabra, tío. —Owen se levantó y sacó una fiambrera con sobras de tarta de la nevera—. He de ponerme en marcha. —Cogió la bolsa que yacía junto a sus pies y enfiló hacia la puerta trasera.

—Owen.

Cuando Sonya pronunció su nombre, este se detuvo y se dio la vuelta mientras ella se aproximaba. Luego, cuando ella lo rodeó con sus brazos, él, cohibido, le correspondió con una palmadita en la espalda.

De hecho, ella notó cómo él miraba a Trey por encima de su cabeza.

—Gracias por estar aquí. —Acto seguido lo soltó.

—No hay de qué. Hasta luego.

Cuando Owen salió y silbó a Jones, ella se volvió hacia Trey.

—No me gusta que me ocultes cosas.

—No lo estoy haciendo. No lo haré. Tenía la firme intención de contártelo cuando te levantaras. O, si me hubiera marchado antes, te habría llamado para ponerte al corriente.

Ella distinguía la verdad al oírla, y asintió con la cabeza.

—Vale. Cuéntamelo ahora. ¿Hice amago de caminar sonámbula anoche?

—No. Cuando comenzó el numerito de las tres de la mañana, farfullaste algo en sueños que no conseguí entender. Pero, aparte de lo habitual, oí algo fuera.

—¿Fuera de la casa?

—Sí. Me levanté y fui a echar un vistazo. —Hizo una pausa para dar un sorbo al café—. Y la vi. A Dobbs. La vi de pie en la escollera..., pero a la luz de la luna llena, con un viento huracanado.

—Anoche no había luna llena.

—Efectivamente. Estoy tan seguro de que había luna llena cuando Dobbs se arrojó al vacío desde el acantilado como de haberlo presenciado.

—¿La..., la viste saltar? —En un acto reflejo, Sonya se llevó la mano al corazón—. Presenciaste su suicidio.

—Así es. Ella, de pie en la escollera, levantó los brazos y... —Hizo un ademán girando la palma de la mano hacia abajo—. Justo después de las tres. Todo recuperó la calma de inmediato después de que saltara. El viento cesó, y la luna cambió.

Sus ojos, de un azul intenso y misterioso con anillos negros alrededor de los iris, la miraron fijamente.

—No fue como atravesar un espejo mágico y trasladarse a otra época, pero menudo momentazo.

—Podías haberme despertado.

—¿Para qué? Ya había terminado, y todos necesitábamos dormir.

Ella no pudo discrepar con eso. Así pues, se acercó a él, dejó el café sobre la isla y lo rodeó con sus brazos igual que a Owen.

—Ella no titubeó, Sonya. Vino a la casa solariega a poner fin a su vida, y eso es justo lo que hizo.

—Y sigue aquí, al menos una parte de ella. —Sonya se echó hacia atrás, tomó la cara de Trey entre las manos y lo besó—. Eso tuvo que ser rarísimo, y durísimo de presenciar.

—El instinto te insta a impedirlo. A impedirlo a toda costa, con independencia de lo que ella hiciera, de lo que es o de lo que fue. Pero fue imposible evitarlo.

—No fue por el amor que profesaba a Collin Poole. Eso no es amor, no te confundas. No son celos por un hombre.

—La habrían ahorcado por el asesinato de Astrid Poole. La habrían ahorcado en el pueblo, lejos de la casa solariega. Ella necesitaba morir aquí, a su debido tiempo, en el hogar de Collin, con sus propios medios. No estoy puesto en brujería o maldiciones, pero estoy casi convencido de ello.

—Ah. —Ella dio un paso atrás al caer en la cuenta súbitamente—. Claro, tiene su lógica dentro de la dimensión de todo esto, descabellada por completo. ¿Cómo iba a poder conjurar una maldición contra las novias de cada generación de la familia Poole si la ahorcaban a kilómetros de distancia? ¿Cómo iba a arrebatarles las alianzas? Porque los anillos, Trey, son imprescindibles para que la maldición se perpetúe.

—La maldición que profirió... cuando asesinó a Agatha Poole.

Con los ojos cerrados, Sonya la rememoró.

—«Con mi cuchillo arrebaté el primero, para después maldecir esta casa con mis manos ensangrentadas. Una tras otra se desposa y muere, porque pretenden arrebatarme lo que me pertenece. —Abrió los ojos—. Y, con sus alianzas de oro, mi maldición se perpetuará generación tras generación».

Y se estremeció.

—Apuñaló a Astrid... con su cuchillo —continuó Sonya—. Se quitó la vida aquí... con su propia sangre. Y, sí, las alianzas son clave para perpetuar el maleficio, el conjuro.

—Y luego está la otra parte. Los que pretenden arrebatarle (no Astrid, ella no) lo que le pertenece. No mencionó a Collin Poole, Sonya, o no solo a él.

—La casa solariega. —Con un largo suspiro, Sonya se dejó caer en un taburete—. Por muy trastornada que estuviera, no actuó por amor a Collin Poole: fue por la casa solariega. Él la había heredado de su padre, Arthur Poole, a raíz de que este falleciera en una caída de un caballo.

—¿Fue un accidente?

Con los ojos muy abiertos, ella se llevó la mano al corazón.

—Piensas... Dios mío, ahora caigo en la cuenta: ella provocó el accidente.

—Tuvo una aventura con el primogénito, con el hijo que heredaría la casa solariega... y el gran prestigio que eso reportaba, además de una inmensa fortuna. Deshacerse de su padre con el fin de que él la heredara no es descabellado, teniendo en cuenta la situación.

—Supongo que no.

—Pero, claro, él no quiere a Dobbs. No tiene intención de casarse con ella.

—Y se casa con Astrid Grandville. Él la amaba, Trey. Se amaban. Yo fui testigo de ello. Los vi.

—No lo dudo. De hecho, eso forma parte de ello. —Trey se levantó, se metió las manos en los bolsillos y se aproximó a la ventana a echar un ojo a los perros—. Él amaba a otra, se casó con otra. Con alguien que viviría aquí, con la que crearía una familia aquí. De modo que ella asesinó a Astrid, la primera novia. El día de su boda.

—Pero, aun así, Collin la rechazó.

—En efecto. Él lloró la pérdida de Astrid, encargó que pintaran ese retrato. Dobbs sería ahorcada por asesinato... y, a mi modo de ver, en no menor medida por brujería. Ella huyó durante un tiempo hasta que vino aquí a sellar la maldición con su propia sangre y muerte.

—De ese modo consiguió quedarse. —Sonya asintió con la cabeza mientras lo recreaba en su mente—. De una manera retorcida con tal de aferrarse a la casa solariega. Aferrarse a ella provocando la muerte de una novia Poole, una generación tras otra. Arrebatándoles los anillos con el fin de sellar el maleficio. Es bueno; imagino que es bueno tener la sensación de encontrar una explicación lógica.

—Collin, abatido, se ahorcó. Su hermano heredó la casa solariega, vivió aquí con su esposa y sus hijos.

—Hasta que su hija Catherine... aquí, en su noche de bodas, sintió el impulso de salir en plena tempestad de nieve, donde Dobbs aguardaba. Y murió congelada. Dobbs le quitó el anillo. También lo presencié.

—Y así sucesivamente —concluyó Trey.

—Excepto en el caso de Patricia Poole, mi bisabuela. Ella se negó a vivir aquí, clausuró la casa. Contraviniendo sus deseos, su hijo Charles la abrió de nuevo y, también contraviniendo sus deseos, se casó con Lilian Crest, Clover. Ella murió al dar a luz a mi padre y su gemelo, y Charles se ahorcó, lo mismo que Collin.

—Ella separó a los gemelos, dio a tu padre en adopción e hizo que tu tío Collin pasara a ser el hijo de su hija.

«Y así sucesivamente», pensó Sonya.

—Necesito averiguar más cosas acerca de Patricia Poole y su hija, Gretta. Sé que vive en Ogunquit, que sufre demencia senil. Necesito saber más.

—Te ayudaré en la medida de lo posible.

Trey cogió la taza de Sonya, fue hacia la cafetera y le hizo otro café.

—Me consta que Gretta Poole nunca vivió aquí —continuó—. No recuerdo haberla visto en ninguna ocasión. Tampoco a Patricia Poole.

—Debería hablar con tu padre. Debería hablar con Deuce. Collin y él eran amigos íntimos. Si alguien puede llenar algunas lagunas es él.

Trey sacó su teléfono.

—Le mandaré un mensaje. Deja que yo me ocupe de esto, de que se reúna contigo aquí. Seguramente preferirá venir a la casa para tratar un tema de esta índole.

—Si estás seguro...

—Lo estoy. Debo irme. —La sujetó de los hombros—. Estás bien.

—Me gusta que lo digas como una afirmación y no como una pregunta.

—Porque es un hecho. He de resolver unos asuntos con Marlo, mi clienta. Hoy o mañana le darán el alta en el hospital. Y, si se encuentra con fuerzas, será necesario que firme unos documentos para interponer la denuncia. No sé si podré volver. Y...

—Estoy bien —le recordó ella—. No olvides las sobras.

—Cómo voy a olvidarme. Oye, si algo va mal...

—Te llamaré.

—Calculo que Deuce llegará a eso de las dos. —La besó, y se recreó en ello.

Tras coger la fiambrera, la besó otra vez.

—¿Hay alguna posibilidad de que apartes todo esto de tu cabeza durante un rato?

—Una posibilidad muy grande. Tengo cosas que hacer.

—Bien. Luego hablamos.

Cuando Trey salió por la puerta trasera, ella la sujetó para dejar entrar a Yoda.

—Ya, vas a echar de menos a tus amiguitos. —Como Yoda gimió, Sonya se agachó para acariciarlo con fuerza—. Pero yo estoy aquí. Aquí mismo. Y aquí es donde pienso quedarme.

Decidió que desayunar tarta de manzana era una excelente idea. Con una porción y la segunda taza de café, se sentó a consultar el correo electrónico y planificar la jornada laboral.

4

Dado que Sonya conocía la rutina matinal de Cleo tan bien como la suya, cuando esta pasó junto a la biblioteca poco después de las diez y saludó con un gruñido, Sonya respondió agitando la mano.

Le concedió a su compañera de casa diez minutos, lo suficiente para que se despejara la cabeza con la primera taza de café, y después bajó con Yoda a la cocina.

Cleo estaba sentada junto a la isla con un café, un bagel tostado y su teléfono. Tras coger una Coca-Cola, Sonya le dio a Yoda la opción de salir, que este aceptó. A continuación tomó asiento al lado de su amiga.

—Me figuro que nuestros invitados se habrán marchado, ¿no?

—Sí. Owen al amanecer, y Trey poco después.

—Menos mal que no trabajo en algo que me exija madrugar. —Cleo cogió el bagel, observó con atención el semblante de Sonya y lo volvió a dejar en el plato—. ¡Mierda! ¡Vaya mierda! ¿Qué ha pasado? ¿Me perdí algo durmiendo?

—Al parecer todo el mundo se lo perdió menos Trey.

Mientras escuchaba el relato de Sonya, Cleo mordisqueó el bagel.

—A las tres en punto, sellando la maldición con su propia sangre. Y estoy segura, al cien por cien, de que vuestras conclusiones son acertadas. No fue por amor al Collin Poole de la década de 1800, sino por puros celos y avaricia. Ella ansiaba ser la señora de la casa. Y aún lo desea.

—Cuando Patricia Youngsboro se casó con Michael Poole jr., no organizó la ceremonia ni el banquete aquí, y rehusó vivir en la casa —explicó Sonya—. Clausuró la casa solariega hasta que su hijo Charles la recibió en herencia y se mudó aquí... con Lilian Crest. Pero durante unos veinte años más o menos, la casa había permanecido cerrada; se ocuparon del mantenimiento, pero sin residir en ella. ¿Por qué haría eso? A menos que estuviera al corriente de la maldición o le diera crédito...

—Yo diría que ambas cosas.

—Exacto —convino Sonya—. A juzgar por todo lo que he leído, era un hueso duro de roer, de esas personas que anhelan símbolos de estatus. Una controladora que dirigía el negocio y la familia.

—Sí, yo diría que separar a los gemelos de su difunto hijo es señal de una actitud controladora. Y absolutamente ruin.

—Ella aceptó de buen grado todas las posesiones de los Poole. —Sonya sostuvo un dedo en el aire—. Excepto la casa solariega. La histórica mansión familiar, un notable símbolo de estatus. Su otro hijo, Lawrence, nunca vivió aquí. Su hija, Gretta, nunca vivió aquí. ¿Por qué?

—Porque ella se negó. —En vez de un dedo, Cleo sostuvo en el aire un puño—. Tenía mano de hierro. Eso es lo que estás pensando y, de nuevo, estoy segura al cien por cien. Sin embargo, le resultó imposible evitar que el puñetero de su marido dejara la casa en herencia a Charles, a Charlie, y que este se instalara aquí.

—Exacto —convino Sonya—. Charlie se negó a permitir que lo controlara, contravino sus reglas. De modo que Dobbs, después de un par de décadas en potestad de la casa solariega, consiguió a la sexta novia.

Sonya se levantó.

—Por lo que sé, Clover ya estaba embarazada cuando se mudaron aquí. Sin embargo, Dobbs no fue a por ella, ni a por su alianza, hasta el nacimiento de los gemelos.

—¿Crees que, después de ese intervalo de veinte años, Dobbs ansiaba más? ¿Más sangre, más anillos, más poder?

—Contemplo esa posibilidad.

—Y yo coincido totalmente contigo.

—He de averiguar más cosas sobre Patricia Poole. Debió de venir a esta casa antes de casarse. A fiestas, a cenas, lo que fuera. Más adelante cerró a cal y canto uno de los mayores símbolos de estatus de los Poole (aparte del negocio, el principal), y encargó construir una casa al otro lado del pueblo. Y, que yo sepa, no se llevó nada de la casa solariega. Ningún mueble, ninguna reliquia familiar.

Sonya continuó:

—Deuce, el padre de Trey, va a venir esta tarde a hablar conmigo sobre esto. Y quiero saber más acerca de Gretta Poole. Ella vivió una mentira, fingió ser la madre biológica de Collin. Y no llegó a casarse, crio a Collin en la casa de su madre. Jamás vivió su propia vida.

—Vivió bajo el yugo de su madre, vigilada por ella. O podíamos ir a Gilead, porque apuesto a que Patricia podía haber hecho sudar tinta a la tía Lydia. Sin quitarle ojo de encima.

—Efectivamente, con la casa solariega clausurada de nuevo, hasta que Collin la heredó y se instaló aquí.

Clover se arrancó con Sweet *Child O'Mine* [«Mi dulce niño»].

—Es interesante —comentó Cleo— mantener una conversación a tres bandas que incluye a un fantasma a través de su repertorio musical.

—Pero, desde mi punto de vista, ella puede revelarnos solo hasta cierto punto, todos ellos pueden revelarnos solo hasta cierto punto. Por eso necesitamos a los vivos. Voy a volver al tajo.

Se dirigió a la puerta trasera para dejar entrar a Yoda.

—Si no estás enfrascada en el tuyo y puedes hacer un descanso, no dudes en unirte a nosotros cuando llegue Deuce.

—Creo que lo haré. Aparte de que tengo ganas de conocerlo, me gustaría oír lo que pueda contarnos de primera mano.

—Te caerá bien. Vamos, Yoda. Se acabó el descanso.

Reanudó el encargo para Gigi's y, con el comentario de «para chicas» de Owen en mente, bosquejó posibles anuncios y eslóganes de regalos... para las mujeres de tu vida.

Diseñó algunas propuestas específicas enfocadas al Día de la Madre. «Mima a la chica que hay en ti», decidió.

Poco antes de las dos, envió un correo electrónico con las plantillas adjuntas. Estimó conveniente dejar que la clienta se hiciera una idea del enfoque antes de invertir demasiado tiempo y esfuerzo en el proyecto.

Abajo, tras sacar un servicio de café, añadió un plato de cookies.

Llevó la bandeja al salón principal, donde se detuvo y observó con atención.

El piano relucía bajo el jarrón de tulipanes blancos. Todos los cojines estaban mullidos, y se respiraba un ligero, ligerísimo, aroma a aceite de naranja.

—Gracias, Molly —dijo al tiempo que sonaba el timbre—. Justo a tiempo.

Pensó en la primera vez que abrió la puerta a Oliver Doyle II, un frío día de invierno en Boston, sin la menor idea de cómo aquella visita cambiaría su vida.

«No tendría esta casa de no ser por Deuce», pensó de camino a la puerta. Y bajó la vista hacia Yoda.

—Además, no te tendría a ti.

Abrió la puerta al aire frío de abril, y al hombre que la había ayudado a cambiar de vida.

Resultaba fácil percibir a Trey en él, en esos maravillosos ojos azules tras las gafas de montura plateada. Su densa mata de pelo había adquirido una tonalidad gris ceniza, pero esas características cejas conservaban un negro azabache.

Sonya alargó ambas manos hacia él.

—Muchas gracias por venir.

—Sonya. Siempre es un placer verte, y visitar la casa solariega.

Se oyó la puerta del salón dorado al cerrarse con el estruendo de un cañonazo.

—¿En serio?

—Sí. —Al entrar, Deuce se inclinó para hacer carantoñas a Yoda—. Trey me mantiene al corriente de los acontecimientos, y por lo visto tú y tu amiga Cleo estáis manejando muy bien la situación.

—Creo que sí. En eso influye que Cleo siente adoración por la casa solariega en la misma medida que yo. Pasa y siéntate. He hecho café.

—Te lo agradezco mucho. —Deuce miró hacia arriba cuando Cleo comenzó a bajar las escaleras—. Y esta debe de ser Cleo. Estaba deseando conocerte.

—Lo mismo digo. —Ella le tendió la mano—. Su esposa me cae fenomenal.

—Y a mí.

Cleo le dedicó una fugaz sonrisa.

—Sonya dijo que podía acompañarlos durante su conversación, si no tiene inconveniente.

—Al contrario. Abrigo la esperanza de poder llenar algunas lagunas, aunque sea con conjeturas, cotilleos y opiniones.

—Aceptaremos las tres modalidades. —Cleo se enganchó del brazo de Deuce de camino al salón—. Los cotilleos, además de que a menudo tienen fundamento, aportan jugo.

—No me avergüenza estar de acuerdo. —Sonya sirvió el café—. Y, en mi opinión, la suma de estas tres cosas nos ayuda a hacernos una idea más clara de la familia biológica de mi padre. Y podría ayudarnos a desalojar a cierto elemento de la casa solariega.

Desde la biblioteca, en el iPad comenzó a sonar *Black Hearted Woman* [«Mujer sin corazón»] de The Allman Brothers Band a todo volumen.

—Clover está de acuerdo.

Él sonrió, lo cual se reflejó de manera patente en sus ojos.

—Al parecer habéis forjado una relación con ella. Y os habéis adaptado, en cuestión de meses, a, digamos, las singularidades de la casa solariega.

—Es curioso. Dejé de plantearme la idea de marcharme prácticamente en cuanto me instalé aquí. La casa hechiza, en el buen sentido —apostilló Sonya.

—Son siempre deseó una casa como esta —dijo Cleo—. Con historia, con carácter, con peculiaridades. En el fondo, quizá incluso con fantasmas.

—Eso habría sido muy en el fondo —matizó Sonya—. Y no me entusiasma vagar sonámbula por la casa, ni presenciar la muerte de las novias. No obstante, si ello conduce a ese desalojo, lo acepto con gusto.

—Eres justo lo que Collin habría deseado —dijo Deuce por lo bajo.

—Háblame de su abuela. Háblanos de Patricia Poole.

—Era de armas tomar —dijo Deuce—. Una mujer de férreas convicciones. Muy respetada, si bien es cierto que no gozaba de simpatía. Según mis padres, Michael Poole jr., su marido, derrochaba encanto y el negocio no le suscitaba un gran interés. No tuvo reparos a la hora de cederle las riendas a ella con el fin de poder viajar y, por emplear un término propio de su época, solazarse.

—Buena palabra —comentó Cleo.

—Su matrimonio (y aquí nos remitimos a los rumores) fue, en líneas generales, de conveniencia. Cada uno iba a su aire. Yo la recuerdo como una mujer severa que dirigió tanto el negocio como su familia con mano de hierro.

De nuevo, Cleo levantó la suya.

—Eso mismo dije yo.

—Entonces ya tienes una idea aproximada de ella. Collin vivió una infancia muy constreñida bajo ese yugo. Se escabullía en cuanto se le presentaba la menor oportunidad… y se le daba bien —añadió Deuce con una sonrisa—. Al parecer, ella me consideraba una compañía aceptable, y por otro lado a mí se me daba muy bien mostrar una actitud respetuosa, educada y modosa delante de ella. Además, siempre andaba ocupada con la empresa de construcción naval de los Poole, con sus diversos clubes y compromisos sociales, y los niños no le interesaban demasiado.

Dio un sorbo al café y sonrió.

—Yo tuve la suerte de conocer a mis dos abuelas. A ninguna le caía en gracia Patricia Poole, y a ambas se les daba muy bien mantener las apariencias cuando era necesario. Sin embargo, los niños se enteran de más cosas de lo que los adultos suelen pensar, y yo oía algún que otro comentario cuando su nombre salía a relucir. «Acoso» es el término que emplearé educadamente en vuestra presencia.

—Ella obligó a su hija a fingir ser la madre de Collin.

Deuce asintió con la cabeza en dirección a Sonya.

—Coincido con esa conjetura. Yo llegué a conocer a Gretta Poole mejor que a Patricia, y siempre me pareció muy sumisa, una mujer de carácter nervioso. La calificaría como una madre diligente, pero no demasiado afectuosa. No supe de la razón que subyacía tras todo eso hasta que rastreé el árbol genealógico de los Poole para el libro de Collin.

—Está claro que mi padre fue el que más beneficiado salió de ese arreglo. Pero, retomando el tema, y según tengo entendido ocurrió antes de que nacieras, en teoría la casa solariega debería haber sido un símbolo de ostentación para Patricia Poole. Sin embargo, se negó a vivir aquí, y la clausuró.

—Estoy de acuerdo. Según todas mis investigaciones y los retazos que oí por casualidad y que recuerdo, Patricia aceptó gustosamente todas las posesiones de los Poole excepto la casa solariega. Me viene a la memoria un comentario que hizo mi abuela paterna en la boda de Collin y Johanna. Dijo que la abuela de Collin, Patricia, no había puesto los pies en la casa desde su fiesta de compromiso con Michael.

—De modo que celebró aquí su fiesta de compromiso... ¿Solía visitar la casa solariega a menudo antes de casarse con Michael Poole?

—Dado que los Youngsboro y los Poole ocupaban el mismo escalafón en la jerarquía social, y según mis investigaciones, el compromiso entre Michael y Patricia era previsible, yo diría que sí. Y...

Abrió su pulcro maletín.

—Mientras trabajaba en el libro para Collin, saqué copias de algunos recortes de periódicos, de algunas fotos. De páginas de sociedad, ya me entiendes. De cotilleos sobre Michael saliendo con Patricia, acompañándola a fiestas y galas.

Cuando le entregó la carpeta, Sonya se puso a revisarla.

—Una pareja atractiva, según los cánones —dijo ella entre dientes—. Y aquí hay una fotografía de ellos durante las fiestas navideñas. «¿Anunciarán las campanadas de Navidad campanas de boda?».

—Así que, como ves, se anticipó su compromiso.

Cleo examinó la foto.

—Hacen una pareja impresionante. Muy formal, pero impresionante. Ella está... espectacular, incluso a esa edad.

—Mira, esta la sacaron en la parte trasera. —Sonya extrajo la copia—. «Velada estival: fiesta en los jardines de la casa solariega de los Poole». Aquí está ella, con la mano apoyada en el brazo de Michael. Y está fechada en el verano anterior a su boda. Antes del artículo de Navidad. Por lo tanto, no cabe duda de que vino a la casa en ocasiones anteriores.

—Aquí hay otra, con el anuncio del compromiso. Una foto de ellos al pie de la escalera, Son. «Anuncio de compromiso en el día de San Valentín». Tengo que alabar su gusto al vestirse. En todas estas fotos.

—Algo por lo que era conocida —terció Deuce—. Siempre lucía una imagen impecable.

—Algo la ahuyentó de la casa solariega —señaló Cleo—. Apuesto a que conseguimos averiguar quién... o qué.

Clover puso *Black Magic Woman* [«La mujer de magia negra»].

—Me inclino a coincidir en eso. —Deuce alargó la mano para coger una galleta—. No es que Patricia Poole fuera una mujer fácil de amedrentar o intimidar, pero me inclino a coincidir en eso. Asumí que simplemente anhelaba una casa más moderna, un poco más funcional, más próxima al pueblo y al negocio, pero con todos los datos que manejamos ahora...

Negó con la cabeza.

—Jamás le dio uso, ni para fiestas ni para eventos benéficos. Pero no podía venderla. Dado que es un legado familiar de los Poole, me figuro que, por mucho que Michael Poole accediera a sus deseos, en ese aspecto fue inflexible.

—De modo que la heredó Charles.

—El hijo al que ella no pudo controlar. El que se alejó de su órbita en cuanto le fue posible. Recibió el dinero a los dieciocho, lo cogió, y vivió a su aire. Según los datos que he podido reunir, abandonó la universidad y pasó una temporada viajando.

—¿Salió más al padre que a la madre? —preguntó Cleo.

—Según dice la gente que lo conoció, sí. A mi padre, que lo conoció, le caía bien. Lo describen como una persona encantadora, generosa y, definitivamente, un alma libre.

El eco de *My Love* [«Mi amor»] de Paul McCartney sonó escaleras abajo.

Deuce esbozó una tenue sonrisa.

—Estoy convencido de que se amaban. Y sin duda Patricia no vio con buenos ojos que regresara con una joven esposa, embarazada, junto con amistades que había trabado en sus andanzas y que, encima de abrir la casa solariega, se instalara aquí.

—No lo entiendo. —Muy confundida, Sonya levantó las manos con un ademán—. Regresó, casado con Lilian Crest, embarazada. Pero ¿nadie cuestionó que Collin fuera hijo de Gretta Poole?

—Según mi madre, el grupo de amistades que Charles trajo consigo mantenía bastante la discreción. Ni ella ni mi padre supieron que Charlie se había casado hasta que yo desenterré el certificado de matrimonio y demás. Apenas llevaban aquí unos meses cuando Lilian (perdón, Clover) falleció al dar a luz. A raíz de eso, Charlie se ahorcó y Patricia tomó las riendas. Es incuestionable que sobornó o chantajeó a las autoridades con el fin de encubrir, con el fin de allanar el terreno para lo que se convertiría en el oscuro secreto familiar.

—Y su hija se dejó manipular hasta ese punto... Vivió día a día con esa mentira.

—Bajo ningún concepto se habría enfrentado a su madre —explicó Deuce a Sonya—. Ella no era como Charlie.

—¿Conjeturas, cotilleos y opiniones? ¿Por qué? —preguntó Sonya—. ¿Por qué se quedó con un solo bebé? ¿Por qué no con ambos o darlos en adopción?

—Lawrence Poole no tenía hijos, no tenía herederos y, al igual que a su padre, el negocio le suscitaba escaso interés. Además, no gozaba de buena salud. Lo más probable es que Gretta, que era tímida, nerviosa y torpe, no llegara a casarse y tener hijos. Y Charlie había muerto.

—Para mantener el linaje.

—Sí, Cleo, eso es exactamente lo que pienso. Collin era la oportunidad (tal vez la única) de Patricia para preservar el linaje directo. Ella no necesitaba dos, tan solo uno.

—¿Intentó impedir que Collin abriera la casa solariega? —preguntó Sonya.

—De pequeños, nos las ingeniábamos para entrar. —Deuce miró a su alrededor—. Dudo que ella jamás supiera, o entendiera, el orgullo y la fascinación que Collin sentía por esta casa. Por su historia, que también era la suya. Sin embargo, él sí la conocía lo bastante bien como para considerarlo un hecho consumado. Puesto que él era mayor de edad, y la casa solariega le pertenecía, no había nada que ella pudiera hacer. ¿Te importa? —preguntó al alargar la mano hacia la cafetera.

—Adelante.

—Me lo comentó en una ocasión, poco después de que se mudara aquí. Estábamos jugando al ajedrez en la planta de arriba, los dos solos, y él tenía infinidad de planes para la casa solariega, el negocio, su vida... ¡Señor, qué jóvenes éramos!

Con una nostálgica sonrisa en el semblante, se sirvió el café a su gusto.

—Dijo que su abuela lo amenazó con desheredarlo si no transigía. Ahora bien, ella no podía apartarlo del negocio, de la herencia de los Poole; tan solo de su propia riqueza. Y como Collin se mantuvo en sus trece, ella le dijo que había malgastado su tiempo y sus recursos en él. Le dijo que era tan necio como su padre, tan inútil como su madre.

—Pobre Collin —musitó Sonya.

—No le caló hondo, te lo prometo. En aquel entonces no conocíamos la existencia de sus verdaderos progenitores, tan solo la mentira que Patricia había urdido en el árbol familiar.

Yo comenté que cómo iba ella a saber que su padre era un necio si había fallecido antes de que naciera Collin. Él no le dio importancia; era propio de ella. Ella le dijo que lo lamentaría. Que lo lamentaría —repitió Deuce—. A él le hizo gracia, igual que a mí.

»Patricia jamás volvió a poner los pies en esta casa. No asistió a la boda; no vino al funeral de Johanna. Pese a que trabajaron juntos hasta que ella falleció, permanecieron distanciados en el terreno personal.

—Sí, mi padre fue el que mejor parado salió del arreglo.

A pesar de esa certeza, Sonya experimentó sentimientos encontrados. Por un lado, la tremenda crueldad de la situación y, por otro, la felicidad de su padre.

—Ella podía haber revelado a Collin por qué clausuró la casa solariega —continuó Sonya—. De haber estado realmente preocupada por él, lo habría hecho. Puede que él no la hubiera creído, puede que no le hubiera dado crédito, pero Patricia ni siquiera intentó advertirle.

—Si ella lo hubiera sacado a relucir, él me lo habría contado. Y —añadió Deuce con un ligero encogimiento de hombros— lo más probable es que nos hubiéramos reído de nuevo. ¿Que si pensábamos que la casa solariega estaba encantada? Desde luego que sí, tal como creíamos desde la infancia. Pero era emocionante. La gente ya la conocía como «la mansión de la Novia Perdida», aunque, en lo que a nosotros respecta, eso era una superstición local... y nos resultaba intrigante.

Volviendo la vista atrás con aire pensativo, Deuce bebió un sorbo de café.

—Incluso después de comenzar a investigar en el árbol genealógico de los Poole, a documentar su historia, no atribuí esas muertes a nada más allá de desgracias propias de aquellos tiempos; la primera un asesinato, sí, pero las otras, accidentes o problemas de salud.

Sonya siguió sondeándolo.

—¿Estaba Gretta al corriente? Ella jamás se casó..., aunque quizá se debiera a una elección propia. Sin embargo, me pregunto si su madre la disuadió en ese sentido, sobre todo a raíz del nacimiento de Collin y mi padre.

Deuce se reclinó en el asiento.

—Es una observación muy interesante, Sonya. Y encajaría a la perfección con Patricia.

—En el caso de que su hija se enamorara —continuó Cleo—, intimara con alguien, casi con toda seguridad le revelaría a esa persona la historia entera. Desbarataría la mentira en el acto. Patricia no podía permitirlo.

—Quiero hablar con ella, con Gretta Poole. ¿Me permitirán hacerlo?

—Desde la muerte de Collin, yo soy su tutor legal y el administrador de lo que él dejó para cuidar de ella. Hasta ahora he ido a visitarla en dos ocasiones, pero no me reconoce. Tú tienes parentesco de consanguinidad con ella, y desde luego permiso para visitarla. No obstante, su estado de salud se encuentra muy deteriorado. Rara vez habla con alguien y, cuando lo hace, por lo general dice cosas sin sentido. A pesar de que normalmente mantiene una actitud impasible, a veces se altera. Se pone ansiosa, se asusta, incluso se enoja.

—Me gustaría intentarlo. No sabré si servirá de algo hasta que lo haga.

Él se ajustó las gafas sobre la nariz y se quedó mirándola.

—Tienes los ojos de Collin…, bueno, de tu padre. Es posible que eso arroje algo de luz. Haré la gestión para que te pongan en la lista de visitas. Así podrás elegir una hora que te venga bien.

—Te lo agradezco mucho. Todo. ¿Conocías la existencia del espejo?

—Nunca lo he visto. Collin me dijo, también incluso en aquel entonces, cuando éramos niños, que soñaba con él. Con un espejo en cuyo marco había aves de presa y otros depredadores. Y me habló de un niño, idéntico a él, que aparecía en el espejo. Yo lo atribuí a sueños y, más tarde, cuando descubrí la existencia de tu padre, asumí que se trataba de recuerdos o de una conexión entre gemelos.

Alargó la mano y agarró la de Sonya.

—Ahora que sé que no es el caso, me preocupa, y tú también. Y me preocupa que, cuando llamé a tu puerta el invierno pasado, no supiera lo suficiente de lo que ha sucedido, de lo que puede suceder y de lo que sucede actualmente en esta casa.

Ella giró la mano para entrelazar los dedos con los suyos.

—Me cambiaste la vida, por lo cual me siento agradecida. Deseo estar aquí, y quiero hacer lo imposible por poner fin a cualquiera que sea el poder que Hester Dobbs ostenta en esta casa.

Al pronunciar su nombre, se oyeron portazos, golpes contra las paredes, y la lámpara del techo se balanceó como empujada por una repentina ráfaga de viento huracanado.

—Suele tener pataletas —dijo Cleo, y cogió una galleta—. Según Sonya, se alimenta de miedo y aflicción. La muy puñetera se va a quedar con las ganas.

—Me alegro de que estés con Sonya, Cleo. Me alegro de que os tengáis la una a la otra.

—Y no estamos solas. —Sonya apretó la mano de Deuce—. Todas están aquí, las siete novias. También hay otros, aquí, en la casa solariega. Lo sé a ciencia cierta. Y todos quieren librarse de ella. Ignoro por qué me corresponde hacerlo a mí..., a nosotras —rectificó—. Pero así es.

Sonrió cuando el ruido cesó.

—Entonces iré a ver a Gretta Poole en algún momento. Puede que ella aporte algo más, puede que no. Y, dentro de unas cuantas semanas, Cleo y yo tenemos previsto celebrar un evento por todo lo alto.

—Algo he oído. Es una iniciativa importante.

—La casa solariega se construyó para dar fiestas a lo grande.

—En mi opinión, así se contrarresta la mala energía —terció Cleo—. Con gente, diversión, luz y música.

—Tal como solía ser. A raíz de lo de Johanna..., Collin se hundió. Pero, antes, solía organizar una fiesta en verano, otra sin falta durante las fiestas navideñas y, en ese intervalo, pequeñas celebraciones. A lo mejor sí que se contrarresta. De una cosa estoy seguro: la gente asistirá. De modo que estad preparadas.

Se levantó.

—Será mejor que me ponga en marcha. Voy a seguir investigando sobre Patricia. Los originales de los recortes y las fotografías deben de estar guardados en algún lugar de la casa.

—No había caído en eso. Podemos buscarlos.

—En cualquier caso, os dejo estos. Es posible que mi madre o Ace también tengan algunos archivados, así que ya veremos. Haremos cuanto podamos para asegurarnos de que viváis aquí seguras y felices. Me alegro de que hayáis pasado una temporada en la casa, y de haberte conocido, Cleo. Yo trabé una amistad como la tuya con Sonya, y me consta lo importante que es.

—Dale recuerdos a Corrine de mi parte —le dijo Cleo—. Disfruté de lo lindo el día que pasé con ella. Consiguió sacarme despampanante.

—Yo diría que ese fue el encargo más fácil que jamás ha recibido.

—Ahora veo de dónde le viene a Trey su encanto.

—Ha sido una auténtica baza para mi trabajo —comentó Sonya mientras lo acompañaban a la puerta.

—Le complacerá oír eso. Todos en el bufete están entusiasmados con tu diseño de la nueva página web y demás. Se lo mencioné a un colega de Ogunquit. Lo más seguro es que recibas una llamada de Peter Stevenson.

—¡Gracias! Me chiflan los nuevos clientes. Gracias por venir.

—Cuando quieras, y lo digo en serio. Cuidaos la una a la otra.

—Eso es lo que hacemos. —Cleo rodeó a Sonya por los hombros.

—Ya lo veo.

Se quedaron mirando mientras se encaminaba al coche, y le dijeron adiós con la mano.

—Me siento mejor. —Sonya cerró la puerta—. Me da la sensación de que tengo una imagen más clara de Patricia Youngsboro Poole.

—Y no es muy halagüeña. Me extraña que ella y Dobbs no congeniaran… y a tenor de los hechos todo apunta a que no lo hicieron. Estaban cortadas por el mismo patrón, la verdad. Respecto a Oliver Doyle II, es de diez. Ahora que he conocido a los padres y a la hermana de Trey, procura que no se te escape, Son. Como diría mi madre, ese muchacho es de buena cuna.

—Lo tengo bastante agarrado, pero…

Se interrumpió cuando Yoda, moviendo la cola, apareció por el pasillo al trote sujetando la pelota entre los dientes.

—Ahora caigo en la cuenta de dónde andabas. —Se agachó para recoger la pelota que Yoda había depositado a sus pies—. Has estado jugando a la pelota con Jack.

—Tienes un cuidador de perros interno.

—Eso parece. —Como Yoda tenía los ojos clavados en la pelota con aire jovial y seguía moviendo la cola, Sonya cedió—. Vale, ¿no te has cansado aún? Nos tomaremos diez minutos para jugar a la pelota fuera.

—Me uniría a vosotros, pero tengo trabajo. Pasadlo bien.

Mientras Cleo enfilaba escaleras arriba, Sonya cogió una chaqueta.

—Solo diez minutos, chiquitín. Quiero dedicar una hora a la propuesta de Ryder, y antes he de realizar otras gestiones.

Fuera, se recreó en la sensación de que la primavera mostraba su tímido avance cada día. Con independencia de que helara o no a lo largo de la noche, los nenúfares ondeaban sus corolas amarillas. Y habría jurado que la hierba parecía más verde mientras Yoda perseguía la pelota.

Cuando se la lanzaba de nuevo al incansable perro, observó con atención el mar con la esperanza de avistar el salto de una ballena. Al levantar la vista hacia el balcón de su dormitorio, se imaginó lo que Trey había visto de madrugada.

Se estremeció.

Morir de esa forma, por voluntad propia, pensó, y condenarte a ti misma a década tras década de rabia y, sí, maldad. Y todo por no conseguir lo que anhelabas en la vida.

—No tiene sentido, ¿verdad, Yoda? En el fondo, está loca. Es una bruja loca, pero no se saldrá con la suya. —Lanzó la pelota de nuevo—. Ni pensarlo. Esta ha sido la última vez, Yoda. Tu dueña tiene que ganarse la vida.

Al echar a andar hacia la casa, una de las ventanas del estudio de Cleo se abrió de sopetón. Sonya se encogió, pero Cleo exclamó:

—¡No es ella, pero, Son, no te pierdas esto!

—¡Voy para allá!

Se dirigió a toda prisa hacia la puerta, apremió a Yoda para que entrara, enfiló hacia las escaleras y subió corriendo. Como si se tratase de un nuevo juego, el perro la acompañó al trote.

Llegó al estudio de Cleo un poco jadeante.

—¿Qué es? ¿Qué ha pasado?

—Necesitaba una cosa y abrí el armario.

Cleo señaló hacia la puerta abierta.

En el interior había un retrato magníficamente pintado. El cabello oscuro de la mujer le caía en bonitos bucles por el lado derecho de la cabeza, sobre los detalles de encaje de las mangas y el canesú del vestido de novia de seda blanco.

En su dedo relucía la alianza, un fino aro de oro con incrustaciones de diamantes que parecían emitir destellos incluso en la penumbra del armario. Sujetaba un ramillete de peonías de color rosa pálido del que colgaban frondas verdes.

Sus ojos, de la tonalidad verde de los Poole, irradiaban alegría.

—Es Lissy. Lisbeth Poole Whitmore. No es obra de mi padre; es de Collin. Su firma está en la esquina. —Sonya miró a Cleo—. Primero encontré el retrato de Johanna, después el de Clover, y ahora tú el de Lisbeth.

—Y fue tu padre quien pintó el de Clover, la mujer a la que jamás conoció, vestida de novia y, por lo tanto, antes de que él naciera. Collin pintó este, el de una mujer que murió años antes de que él naciera, con todo detalle.

—Ellos atravesaron el espejo. —Sonya apoyó la mano sobre el brazo de Cleo para mantener el equilibrio—. No fue solo Collin, sino mi padre, quien de alguna manera cruzó el espejo. Igual que yo.

—Y yo diría que en más de una ocasión.

—Lo llevaremos a la planta baja, lo colgaremos junto a los de Johanna y Clover.

—Una cosa más, Son. Los retratos, los tres, tienen el mismo tamaño y el mismo estilo de marco. Como si la intención fuera exhibirlos juntos.

—Y eso es lo que haremos.

Sonya cargó con el cuadro escaleras abajo y, de momento, lo apoyó contra una pared en la biblioteca. Cleo y ella lo colgarían en la sala de música esa noche.

Pero por ahora tenía trabajo, lo cual agradecía. Renunciar a su puesto para trabajar por su cuenta el otoño anterior había sido emocionante y al mismo tiempo aterrador.

Imaginaba que podía calificar su traslado a la casa solariega exactamente con los mismos términos.

Ahora la casa solariega era su hogar, y ella tenía una empresa. Tal vez no pujante en la actualidad, pero sí estable. Y le resultaba de lo más gratificante.

Se figuraba que, buscándole la vuelta, en el fondo debía dar las gracias a Brandon Wise por el lugar en el que estaba sentada ahora mismo.

Él había caído tan bajo como para engañarla —escasas semanas antes de la boda— con su propia prima, en su propia casa, en su propia cama. Ahora se preguntaba si había sido cuestión de suerte o el destino lo que adelantó su llegada para pillarlos a los dos desnudos en la cama.

Concluyó que, en cualquier caso, se escapó por los pelos.

Y cuando ella rompió el compromiso y se negó a escuchar sus vanas excusas, él se embarcó en la misión de desacreditarla en la oficina.

—Echando a perder los archivos de mis clientes, desinflando las ruedas de mi coche —masculló—. Así que a tomar por saco lo de buscarle la vuelta para darle las gracias: estoy aquí porque di los pasos pertinentes, me lo curré, y asumí los riesgos.

Echó un vistazo al retrato de Lisbeth y pensó que estaba allí, en la casa solariega, para vivir, para trabajar y para alzarse en defensa de siete mujeres que la precedieron.

Se enfrascó en el trabajo.

Cuando terminó de armar la plantilla para enviarla a su clienta con el fin de que le diera el visto bueno, la rechazara o propusiera cambios, se puso a trabajar en la cubierta de un libro.

Dado que las montañas Adirondack en pleno invierno constituían el escenario de la novela de suspense, comenzó a diseñar, bajo una luna fría, la remota cabaña del protagonista. Sombras azuladas, pensó, ese aislamiento, una sensación de miedo y peligro en el denso flanco de árboles sepultados en nieve.

Quizá unas huellas sobre la nieve. Una única luz en una ventana... y una silueta en el interior.

Mientras desarrollaba la idea, probó con dos ilustraciones más para cotejarlas.

A pesar de que le gustaba el primer diseño, la sensación de frío, de peligros acechando, los dejó reposar con el fin de deliberar con la mente despejada a la mañana siguiente.

Cuando hizo amago de frotarse la cara, dejó caer las manos al oír *I'm so Tired* [«Estoy muy cansada»] de los Beatles.

—Sí, puede. Pero aún no he terminado.

5

La propuesta de Ryder. Tras echar un vistazo al panel de ideas, abrió el archivo.

Como tenía que reconocer que su cerebro estaba cansado, se dijo a sí misma que de momento se limitaría a revisarla.

Este proyecto le brindaba la posibilidad de que su empresa pasara de ser estable a pujante. Tenía muchas ganas de prosperar.

Y, a nivel personal, deseaba machacar a Brandon. Pensó que, sin duda, sin la menor duda, él encabezaría el equipo responsable de la propuesta de su principal competidor.

Pese a sus muchos y lamentables defectos, Brandon despuntaba en el terreno profesional.

Por tanto, a ella no le quedaba otra que hacerlo mejor que él.

Comenzó la revisión, empezó a realizar pequeñas modificaciones. Y…

Levantó la vista, parpadeando, cuando Cleo golpeó con los nudillos el marco de la puerta.

—Perdona, pensé que a lo mejor te sentaría bien airearte. Pero si quieres seguir trabajando, ya le he dado de comer a Yoda.

—¿Que has dado de comer…? —Miró la hora—. ¿Cómo es posible que sean las siete?

—Porque es lo que va después de las seis, que es más o menos la hora a la que pasé por aquí hace un rato, y Yoda me siguió.

—Cleo inclinó ligeramente la cabeza y se quedó mirando a Sonya—. No voy a decirte que pares ahora si te está cundiendo, pero da la impresión de que te sentaría bien un respiro.

—Me he pasado de rosca, y como lo deje voy a cagarla. Así que…, a descansar.

—Vamos a tomar sándwiches de carne asada y el resto de las sobras. ¿Qué te parece si te sirvo una copa de vino?

—¿Qué te parece si lo haces? Bajo enseguida.

Sonya grabó el archivo y lo cerró con la esperanza de que al abrirlo de nuevo no resultara ser una chapuza. Si bien es cierto que se había concentrado en la tarea durante un rato, después había puesto el piloto automático.

Así pues, dejó que reposara, que se cociera a fuego lento como uno de los guisos de Cleo, cogió el retrato y se dirigió a la planta baja.

Apoyó el cuadro contra una pared en la sala de música, bajo los otros retratos que habían encontrado en el armario del estudio.

«Una especie de tríptico con un hilo invisible», pensó.

—Te colocaremos en tu sitio después de cenar.

Al darse la vuelta, por un momento, durante un fugaz instante, le pareció percibir una fragancia: la del aftershave que su padre usaba. Fue como el roce de unos labios sobre su mejilla, como una mano atusándole el pelo con delicadeza.

—Pero tú no estás aquí —dijo con un suspiro—. Ojalá estuvieras.

Cruzó el pasillo hasta la cocina, donde el vino que Cleo le había servido la esperaba y Yoda, despatarrado debajo de la mesa, aguardaba expectante.

—Eres un sol —dijo Sonya al coger la copa de vino.

—Yo también he trabajado de más, ya que lo único que tenía que hacer era calentar la comida.

—¿Cómo va?

—¿El encargo? Dudo que jamás haya recibido uno con el que haya disfrutado tanto. ¿Y la pintura que voy a intercambiar por mi velero? Estoy procurando no arrepentirme de renunciar a ella.

Cleo frunció el entrecejo al coger su copa de vino.

—Más vale que Owen me construya un velero fabuloso, y más vale que coloque el cuadro en un sitio de honor. ¿Lista para comer?

—Totalmente.

Cuando se sentaron a la mesa, Sonya le sonrió.

—A juzgar por cómo se encaprichó de la sirena nada más verla, mucho antes de que la terminaras, Owen la pondrá en un lugar de honor.

—De lo contrario le echaré un rapapolvo. —Cleo le hincó el diente a la rebanada de pan con carne asada y salsa—. Desde mi punto de vista, la gente no sabe cómo echar un buen rapapolvo. Pero yo sí.

—Doy fe de ello —afirmó Sonya, y a Cleo le hizo gracia.

—El estudio, Son, es algo que necesitaba y anhelaba sin siquiera imaginar que era lo que necesitaba y anhelaba. Francamente, considero que mi trabajo ha mejorado gracias a eso.

—Yo opino lo mismo respecto a la biblioteca. Y Xena —añadió, pensando en su violeta africana— no para de florecer.

—En mi opinión, todas estábamos destinadas a florecer aquí en este momento, en este lugar. ¿En que estabas enfrascada cuando te he interrumpido?

—En el proyecto para Ryder. Le he enviado la propuesta a Gigi (y la verdad es que pienso que funciona) y otra plantilla publicitaria a Baby Mine. También he trabajado un rato en otra cubierta para un libro.

—Muy liada.

—Tal y como me gusta. No me vendría mal que echaras un vistazo a los diseños para la cubierta del libro. Después solo tenía intención de revisar lo que había diseñado para la propuesta para Ryder, pero una cosa llevó a la otra.

Sonya cogió la copa de vino.

—Voy a hacerte una confesión.

—Siempre seré tu confesora.

—Quiero conseguir el encargo para Ryder porque es una oportunidad increíble, sobre todo para alguien que tan solo lleva unos meses trabajando por su cuenta.

—No olvides tus años de experiencia en el sector.

—Ya. Pero en comparación con By Design soy un cero a la izquierda.

—Con un talento increíble.

—Gracias, madre Fabares. Agenciarme a Ryder como cliente impulsaría mi empresa a otro nivel y, como es lógico, a eso aspiro. Pero hay en mí una porción de mezquindad que ansía conseguir el encargo para así machacar a Brandon.

—Normal. —Cleo balanceó su copa—. Eso no es mezquino.

—A mí me lo parece.

—Entonces lo estás enfocando mal. Anhelas el proyecto porque se trata de un cliente de primer nivel, y les estás ofreciendo una campaña creativa y audaz. Lo anhelas porque le dará a tu empresa un empujón descomunal. Lo de machacar al capullo de Brandon no es más que la guinda del pastel.

Sonya reflexionó.

—La guinda del pastel merece un respeto.

—Por supuesto. Mira, deja que te diga, como alguien que te conoce de buena tinta, que de no ser por este encargo (el cual creo a pies juntillas que conseguirás), a estas alturas habrías borrado de tu mente a ese cabrón infiel. Seguiste adelante, en todos los sentidos. Tienes, sin ningún orden en particular, una empresa que estás sacando adelante tú sola, a un hombre interesante y guapísimo que, según mi criterio, destila honestidad por los cuatro costados. Eres dueña de esta increíble mansión, junto con todo lo que conlleva. Y eso incluye, en el fondo, la misión de reparar el mal. Y... —Sonrió y pinchó un trozo de patata—: Me tienes a mí.

—Tienes razón. Si no consigo este proyecto... —Levantó un dedo antes de que Cleo pudiera replicar—. Seguiré teniéndote a ti, y todo lo demás. Continuaré sacando adelante mi empresa a toda costa. Pero cuando consiga el proyecto...

—Ahí le has dado.

—Disfrutaré de la guinda del pastel. No tanto como del suculento y empalagoso pastel entero, pero la saborearé.

Después de cenar se dirigieron a la sala de música. Tras descolgar una marina, colocaron con cuidado el tercer retrato en su sitio.

—Supongo que esto contribuye a reparar el mal. —Sonya se apartó para contemplar a las tres novias—. El hecho de brindarles este reconocimiento. De exhibirlas juntas de esta manera.

—Estaban destinadas a ello. Tienen el mismo lienzo, el mismo marco. Y los estilos, Sonya, son muy similares. Nosotras podemos apreciar las diferencias, y tu madre también podrá, pero para unos ojos inexpertos...

—Lo sé. La cuestión de los gemelos, supongo. Por otro lado, los dos las pintaron en un momento feliz; quizá en el momento más feliz de sus vidas. Sin sombras, sin sensación de tragedia. Eso me gusta.

Se oyó un fuerte golpe procedente de arriba. En la pared, los retratos temblaron.

—A ella no —masculló Cleo—. Pero sea cual sea el poder que posee, hay otro que lo contrarresta. Nosotras contribuimos a él. Así que...

Cleo hizo una peineta en dirección al techo justo cuando en el teléfono empezó a sonar *We Will Rock You* [«Te sacudiremos»] de Queen.

Entre risas, Sonya se echó el pelo hacia atrás.

—Y permíteme que añada «Que te den» para redondearlo.

Un golpe en el techo hizo que la lámpara se balanceara. Los retratos temblaron, pero sin llegar a caerse.

A las tres de la madrugada sonaron las campanadas del reloj. La música de piano empañó el ambiente como las lágrimas. Sonya se rebulló y, al despertarse, aunque la conmovió oír el eco del llanto procedente del antiguo cuarto del bebé, no sintió la atracción.

Sin darle tiempo a volver a conciliar el sueño, las puertas del balcón se abrieron de sopetón empujadas por una ráfaga de viento gélido.

Yoda se despertó con un ladrido enloquecido y saltó de su cama.

El frío la envolvió como una segunda piel mientras luchaba contra el azote del viento. Abajo, algo golpeó la puerta principal como un ariete, y el fuego de la chimenea se avivó con fragor.

Bajo el aullido del viento, el fragor del fuego y los porrazos, alcanzó a oír vagamente que en su teléfono sonaba *Bad Moon Rising* [«El ascenso de la mala luna»].

Temiendo por él, Sonya cogió al tembloroso perro bajo un brazo y avanzó con esfuerzo hacia la puerta doble del balcón.

Detrás de ella, Cleo gritó, pero Sonya mantuvo la concentración, toda su energía, en alcanzar la puerta.

Cuando asió el tirador, soltó un grito. Fue como coger un témpano de hielo.

Pero no desistió; empujó la puerta con el hombro. Mientras pugnaba por cerrarla, atisbó la silueta sobre la escollera.

Que no miraba hacia el mar, sino hacia la casa. La esfera blanca de la luna la iluminaba al tiempo que el viento que había conjurado le sacudía el pelo, el vestido.

Apretando los dientes, Sonya empujó con todas sus fuerzas.

—¡Adelante, zorra! —exclamó a voz en cuello—. ¡Da ese primer paso hacia el infierno! ¡Te juro que voy a patearte el culo hasta que llegues allí!

—¡Y yo la ayudaré! —Cleo, con el pelo azotado por la ventisca, empujó la puerta con el hombro.

Lograron cerrarla con esfuerzo y, apoyadas contra ella, observaron a Dobbs girarse hacia el mar. Y saltar.

La luna menguó hasta convertirse en una media luna; el viento amainó. Abajo, el estruendo cesó y las llamas se apagaron de repente en el hogar.

Tanto Sonya como Cleo se dejaron caer al suelo y, con el perro temblando entre ellas, se acurrucaron la una contra la otra.

—Estamos bien. —Sonya consiguió articular las palabras al tiempo que el corazón se le subía de repente a garganta, y descendía de nuevo al pecho—. ¿Estás bien?

Cleo, asintiendo con la cabeza, soltó una bocanada de aire y, acto seguido, otra.

Sonya besó a Yoda en la nariz.

—Todos estamos bien.

—Yo diría que el hecho de colgar ese tercer retrato le ha tocado bastante las narices.

—Eso parece. ¿La has visto? ¿A Dobbs, de pie sobre la escollera?

—Sí. Mirando hacia la casa. Lo que no sé es si nos miraba a nosotras o si era una repetición de lo que sucedió hace un par de siglos.

Agotada, Sonya se movió y apoyó la espalda contra la puerta.

—Hechizó a Catherine Poole para que saliera a la intemperie, y le arrebató el anillo. Creo que, cuando acumula suficiente poder, puede usarlo ahí fuera. Pero en la casa posee más fuerza. Ella es más fuerte dentro.

—Y piensas que ha usado parte de su poder esta noche, para montar este numerito. Claro —concluyó Cleo—. Ella quería que la vieras, quería asustarte.

—Aun así, ha saltado. Al final ha saltado.

—¿Acaso no tenía que hacerlo? La muerte no tiene vuelta atrás, Son. Y fue su suicidio, su muerte, su sangre, lo que selló la maldición.

—La muerte no tiene vuelta atrás —repitió Sonya, y esa certeza le oprimió el corazón como una tenaza—. Jamás tendré la posibilidad de ayudar a las novias.

—Eso no es verdad. No puedes salvarles la vida porque es irremediable, pero sí ayudarlas, para empezar, con tu mera presencia. Y hemos colgado tres retratos; eso ya es algo. Caray, Sonya, tú..., las dos mantenemos una relación entrañable con tu abuela.

Clover respondió con *We Are Family* [«Somos familia»].

—Clover estaba aquí. Usó un tema de John Fogerty a modo de advertencia. Y tú viniste corriendo.

—Oí a Yoda ladrar, y después el estrépito abajo y todo lo demás. Dobbs ha claudicado ya, se nota. La casa ha recuperado la calma por esta noche. Puedo quedarme contigo.

—No, estoy bien, de verdad. No voy a negar que me asusté, pero ¿sabes qué, Cleo? Estaba mucho más cabreada que asustada.

—¿Crees que no conozco esa expresión? —Cleo le dio un toquecito con el dedo en la mejilla—. Estabas, con diferencia, más cabreada. Sinceramente, creo que se le han agotado las pilas por esta noche, o sea, que dormiremos un poco. —Cleo simuló un bostezo y sonrió con malicia—. Es un buen zasca en toda la cara.

Totalmente de acuerdo, Sonya la abrazó de nuevo antes de levantarse.

—Gracias por socorrerme.

—De nada. Hasta mañana.

Yoda se acurrucó en su cama; Sonya hizo lo mismo en la suya.

A bajo volumen, en su teléfono comenzó a sonar la suave balada de James Taylor *You've Got a Friend* [«Tienes una amiga»].

—Lo sé.

Y se durmió antes de que la canción terminara.

Se despertó temprano, llena de energía, y con la determinación de ceñirse a la rutina. Dado que se había saltado el entrenamiento unos cuantos días, decidió comenzar la jornada con uno.

No sin antes tomarse un rápido café mientras Yoda retozaba un rato. Lo acompañó e inspiró mientras contemplaba el bosque.

Tras servir el desayuno a Yoda, le dio una palmadita.

—Voy a entrenar.

Y consideró otro agravio para Dobbs el hecho de abrir la puerta del pasadizo en el descansillo y bajar sola al gimnasio que Collin había instalado en parte de las antiguas dependencias de los criados.

Puso una sesión de cardio por *streaming* y, a continuación, pensando en la noche anterior, eligió otra con mancuernas.

«Cuanto más fuerte esté, mejor», pensó.

Oyó en dos ocasiones las campanillas del servicio, pero las ignoró. Estaba plenamente convencida de que eran las del salón dorado.

Abrigaba la esperanza de que Dobbs se lo tomara como otro agravio.

Cuando subió a la planta principal, sintió el ruido de la pelota rebotando y sonrió al pensar en su cuidador de perros interno.

Un niño jugando con un animal: otro agravio.

Después de ducharse y cambiarse, dijo en voz alta desde lo alto de las escaleras:

—¡Voy a bajar a por un café y un bagel!

Cuando entró en la cocina, Yoda estaba sentado esperando. Y todas las puertas de los armarios estaban cerradas.

—Gracias, Jack.

Mientras comía, respondió a los mensajes que su madre le había enviado de buena mañana y a otro de Trey; a continuación revisó los correos electrónicos.

Todavía no había ninguno de Gigi, pero dado que aún era temprano, no se preocupó.

—Vamos a trabajar, Yoda.

Con la botella de agua en la mano y el perro pisándole los talones, se dirigió a la biblioteca. A las nueve menos cuarto se sentó a su escritorio.

—Voy a retomar la propuesta para Ryder donde la dejé. Solo una hora.

Para asegurarse, puso la alarma en la tableta antes de encender el ordenador.

Abrió el archivo y rotó los hombros.

Satisfecha con sus progresos, se puso con ello sin dilación.

Podía verla, podía visualizar la campaña íntegra y el gancho para la gente de a pie con las imágenes que había incorporado.

A gente —no actores ni atletas profesionales— usando el equipamiento y los artículos de Ryder para jugar al béisbol, montar en bicicleta, practicar yoga, lanzar canastas y demás.

Color y movimiento, niños, gente joven, gente mayor. Las fotografías de Corrine habían clavado lo que ella buscaba. Y el esqueleto de la web funcionaba, los textos funcionaban. Pensó que, puliéndolos un poco más, la propuesta arrasaría.

Cuando sonó la alarma, se sobresaltó. No obstante, se ciñó al plan. Con una hora más por aquí y otra por allá, proyectaría la web en la gran pantalla del piso de arriba.

Realizaría los ajustes y las mejoras necesarios.

Pero, de momento, cerró los archivos.

Para su deleite, al abrir el correo electrónico encontró una consulta del bufete que Deuce había mencionado. Antes de responder, echó un vistazo a la página web.

—Y tanto que puedo mejorarla.

Levantó la vista al oír a Cleo por el pasillo.

—Buenos días. ¿Dormiste bien después del numerito?

—Como un tronco. Ahora necesito un café. —Camino de las escaleras, Cleo se dio la vuelta—. Se me olvidaba decirte que luego iré a Poole's Bay. A hacer la compra y otros recados. ¿Quieres algo?

—La mantequilla y las cocacolas se están acabando. Me parece que también hace falta cerveza, en vista de que tenemos compañía aficionada a ella. Pero esta noche Trey nos va a invitar a cenar.

—Ya sabes que no tiene por qué sentirse en el compromiso de invitarme.

—Él quiere. Imagino que también se apuntará Owen, si puede. Iremos al Lobster Cage; nos recogerá a eso de las seis y media.

—Vale, me apunto. Si quedan provisiones hasta mañana, aplazaré los recados de hoy. Bueno, voy a por un café.

«La rutina», pensó Sonya de nuevo. Le gustaba.

Tras redactar la respuesta con la información solicitada, propuso al potencial cliente concertar una cita por teléfono o videollamada a su conveniencia. Añadió el enlace de su propia página web por si Deuce no se lo hubiera proporcionado.

La cual, todo sea dicho —y ella se lo dijo para sus adentros— era la bomba.

Al enviar el primer correo electrónico, recibió uno de la dueña de Gigi's.

Cuando leyó que a la clienta le había encantado el nuevo logo, Sonya levantó un puño triunfal en el aire.

Asintió con la cabeza conforme leía el texto, con algunas preguntas, algunas inquietudes, algunas dudas. Todas lógicas.

Respondió a todo, propuso algunas sugerencias para despejar las dudas, trató de aliviar los temores, y ofreció alternativas por si estos persistían.

Dado que una de las cuestiones hacía referencia a la posibilidad de diseñar un nuevo rótulo con el logo propuesto, Sonya se puso a trabajar en él.

Se concentró hasta tal punto que apenas se percató cuando Yoda salió disparado de debajo del escritorio. Acto seguido, moviendo la cola, se apoyó contra su pierna.

—¿Qué? Ah, ¿es hora de salir? Espera un segundo. ¿Cómo es posible que sean más de las doce?

Por la rutina, concluyó cuando encontró el momento de hacer una pausa. Por la agradable y afianzada rutina.

Abajo, tras dejar salir al perro, se preparó rápidamente un sándwich de mantequilla de cacahuete y confitura, añadió unas patatas fritas y cogió una Coca-Cola.

Le dio a Yoda una chuchería de media mañana y, como este no la siguió a la planta de arriba, dio por sentado que su amiguito Jack rondaba cerca.

Antes de llegar a su mesa, oyó la pelota. Y esta vez, con sumo regocijo, el sonido de la risa del niño.

Trabajó hasta casi las cuatro, cuando se obligó a poner fin a la jornada.

Ya no oía la pelota, y Yoda no estaba acurrucado bajo el escritorio ni en ningún otro lugar de la biblioteca. Lo encontró dormido en la cocina. El perro abrió un ojo y se puso a dar coletazos contra el suelo.

—¿Te ha agotado Jack? Me apetece tomar el aire, y fijo a que a ti también te vendría bien salir un poco.

Sintió la llamada del bosque. Lo había contemplado cubierto de nieve, había avistado un ciervo próximo al límite; se preguntó qué sensación se respiraría, cómo sería, más allá de ese límite.

Ahora, a punto de que la primavera cobrara su esplendor, lo averiguaría.

Cogió la vieja chaqueta que guardaba en el armario junto a la puerta de servicio y dejó salir a Yoda. Él, siguiendo el recorrido circular que a menudo realizaban, echó a correr como una flecha por el jardín y de pronto se detuvo y ladeó la cabeza extrañado cuando ella se encaminó por el montículo de hierba en dirección a la espesura.

—La chica de ciudad tiene ganas de explorar un poco —le dijo—. Confía en mí, no nos alejaremos.

Mientras caminaba, aún alcanzaba a oír el sonido rítmico del agua contra las rocas y a distinguir los brotes incipientes en los árboles, en los arbustos. Varios tallos verdes asomaban en el lecho del bosque.

No solo era más cálido el aire, sino también la luz. Se preguntó si percibiría de la misma manera ese cambio en Boston.

Quizá no, no de esa forma.

Al llegar al borde del bosque, volvió la vista fugazmente hacia la casa y se tanteó el bolsillo donde había guardado el móvil.

Por si acaso.

—Vamos por este camino de aquí, Yoda. Y nos ceñiremos a él.

Bajo los árboles, el aire se enfrió y la luz se suavizó. Olía a pino y a tierra, un perfume que nada tenía que ver con el aroma del mar. Yoda se pegó a ella cuando se aventuraron por la estrecha senda.

Se preguntó cuántos otros habían caminado por allí, y cuánto tiempo habría pasado desde que alguien vagara en la penumbra moteada por la luz del sol. De tanto en tanto los pájaros cantaban, y una brisa, suave como una caricia, agitaba las copas de los árboles.

Por lo demás, reinaba el silencio, pues incluso el incesante embate del mar contra las rocas sonaba amortiguado y lejano.

Al ver ramas caídas, se preguntó si se habrían quebrado en el transcurso de una tormenta invernal, y si John Dee —que despejaba de nieve el camino de acceso y la carretera, y apilaba la leña junto al cobertizo— conseguiría leños en ese bosque.

Tendría que preguntárselo.

Desde la senda por la que caminaba con Yoda se bifurcaban otras. Pensativa, negó con la cabeza.

—Hoy no, tal vez más adelante. Tal vez.

Oyó una especie de borboteo y, para su sorpresa y absoluto deleite, atisbó un riachuelo que discurría —con lentitud, pensó, pero fluía— sobre las rocas.

—¡Fíjate en eso! Tenemos un arroyo. ¿Un riachuelo? Sea lo que sea, hay uno.

Una rama, gruesa y recia, había caído sobre él formando una improvisada pasarela. Como para mostrar su utilidad, una rechoncha ardilla la cruzó veloz. La risa espontánea de Sonya se apagó en un grito ahogado cuando Yoda salió en su persecución al instante.

—¡No! ¡Yoda! ¡Para!

Pero con sus fornidas y cortas patas él ya había cruzado al otro lado, desde donde ella oyó el eco de sus alegres ladridos.

Presa del pánico, abandonó el camino y se dirigió a la orilla del riachuelo. Es posible que la rama resistiera el peso de una ardilla y de su perrito, pero no el suyo. Así pues, se detuvo y llamó a gritos a Yoda al darse cuenta de lo lejos que se habían adentrado.

Podía contar con los dedos de una mano las veces en las que se había internado en el bosque, y ninguna tan lejos.

«En la espesura del bosque», pensó en ese instante al tiempo que el placer daba paso a la ansiedad. En la espesura, con la cantidad de especies salvajes que habitaban en lo más profundo.

Ahora el zumbido del silencio se le antojó inquietante, y la tenue luz moteada, una amenaza que conducía a la oscuridad.

Sin otra elección, se dispuso a bajar con dificultad hacia el cauce borboteante para tratar de vadearlo. Y justo entonces apareció Yoda brincando, cruzó raudo por encima de la rama y fue a su encuentro moviendo la cola con patente satisfacción en la mirada.

—¡Oye! —Sonya lo cogió en volandas y adoptó su expresión más severa—. No vuelvas a hacer eso nunca más. Nada de salir corriendo por el bosque.

Él tembló de emoción y le lamió la mejilla sin el menor atisbo de arrepentimiento.

A la vuelta, lo llevó en brazos hasta que estuvo relativamente segura de que se hallaban lo bastante próximos al borde del bosque como para arriesgarse a soltarlo.

—Como me hagas esta jugarreta de nuevo, te ataré la correa, cachorro.

Al sopesar la posibilidad de comprar una brújula, cayó en la cuenta de que era probable que encontrara una en algún rincón de la casa.

La verdad es que no sabía manejar una brújula, claro está, pero podía aprender.

Tal vez sintiera un tremendo alivio al ver la casa solariega, al oír el mar, al salir de la espesura a plena luz del día, pero eso no la disuadiría de adentrarse en el bosque… en otra ocasión.

—Es nuestro, ¿verdad, Yoda? Puedo aprender a orientarme con una brújula. Puedo comprarme unas botas de montaña. Porque es nuestro.

Sacó el teléfono y miró la hora.

—Vamos a por Cleo.

6

Una vez dentro, después de dejar a Yoda dando lametazos en su bol de agua, subió al estudio de Cleo.

Dio unos suaves golpecitos con los nudillos contra el marco de la puerta antes de entrar.

—Voy a ponerme presentable para... ¡Oh, Cleo!

Sonya se acercó al lienzo colocado sobre el caballete.

—Es impresionante. Es preciosa. Alucinante.

—Me parece que está terminada. —Cleo se hallaba de pie junto a su mesa de trabajo, limpiando pinceles—. Voy a dejarla ahí; mañana le echaré un buen vistazo y, si sigo pensando que está terminada, la pondré a secar en la repisa.

—Es mágica —musitó Sonya.

La sirena estaba sentada sobre las rocas; la cola, un glorioso arcoíris oscilando bajo el agua. Y mientras el día despuntaba en una sinfonía de tonalidades doradas, rosáceas y azuladas y una ballena saltaba mar adentro, descansaba sosteniendo una esfera de cristal entre las manos.

En la esfera había una sirena sentada sobre las rocas; la cola, un glorioso arcoíris oscilando bajo el agua. En la esfera que sostenía había otra sirena sentada, que a su vez sostenía otra esfera.

—Los detalles, Cleo, en el interior de las bolas de cristal... —Sonya se dio una palmadita sobre el corazón—. Francamente, estoy maravillada.

—Voy a atribuir el mérito de la inspiración a la lámpara con el pie de sirena que encontramos en la zona de almacenamiento, a la casualidad de haber recibido el encargo de ilustrar un libro sobre sirenas, y a estas vistas.

Cleo se aproximó a Sonya y le puso la mano en el hombro mientras contemplaba el trabajo.

—A tomar por saco la falsa modestia. —Se echó el pelo hacia atrás con un ademán y contoneó las caderas—. Es especial.

—A cambio Owen debería construirte un pedazo de yate.

—Lo que quiero es un bonito *sunfish* para dos personas. Pero más le vale apreciarla.

—No has firmado el lienzo.

—Mañana, cuando esté segura al cien por cien. Me figuro que habrás terminado de trabajar por hoy. Y ahora yo también. Vayamos a ponernos guapas.

—No solo he terminado —dijo Sonya cuando empezaron a bajar las escaleras—, sino que después he dado un paseo por el bosque.

—¿Sola?

—Con Yoda. No me he adentrado mucho, igual un poco más de lo previsto. He disfrutado…, aunque en un momento dado he llegado a un río, o un arroyo. ¿Cuál es la diferencia?

—Un arroyo es un río pequeño.

Con el ceño fruncido, Sonya la miró cuando se detuvieron en la primera planta.

—¿Cómo lo sabes?

—Hay un montón en Luisiana, Son.

—Es verdad. Supongo que era un arroyo.

—O un riachuelo.

—Me gusta «riachuelo». Voy a decantarme por riachuelo. Yoda se lanzó en persecución de una ardilla y cruzó una gruesa rama que había sobre el riachuelo, aunque poco después regresó. Es probable que fuera cuestión de segundos, pero se me hizo eterno. Necesito una brújula.

—Como mínimo. La próxima vez avísame cuando salgas a caminar por el bosque. Si no puedo acompañarte, al menos sabré dónde estás.

—Hecho. ¿Qué te vas a poner para la cena?

—No lo he decidido.

—Seguro que Molly sí.

Acompañó a Cleo a su habitación. Sobre la cama yacía un vestido de color cobre con el cinturón a juego y, junto a él, un jersey de blonda negro.

—Bonita elección —comentó Sonya.

—Estoy de acuerdo. Gracias, Molly.

Sonya continuó en dirección a su cuarto, donde encontró su vestido azul marino de escote cuadrado conjuntado con su chaqueta corta de ante de color crema.

—Me parece que nunca he combinado estas dos prendas. Me gusta. Gracias, Molly.

Consciente de que se había acostumbrado a tener, entre otras cosas, una asesora de moda, Sonya se tomó su tiempo.

Pensó en todo lo que había acontecido desde que se había arreglado para salir a cenar con Trey y él había tenido que cancelar la cita.

Había atravesado el espejo, con Owen a su lado. Había visto morir a Lisbeth Poole en su banquete de bodas. Había visto deslizarse a Dobbs, un fantasma entre fantasmas, para arrebatarle la alianza a Lisbeth.

Y se había obligado a reanudar la normalidad con el fin de que Cleo y ella pudieran preparar la cena para los hombres que les habían proporcionado compañía y apoyo. Trey había sido testigo de cómo Dobbs se arrojaba al vacío desde la escollera.

Cleo había encontrado el retrato de Lisbeth, el que seguramente fuera el tercero de una serie. Ahora estaba colgado en la sala de música.

Mientras se ponía los pendientes pensó que, a pesar de todo, habían trabajado, reído y vivido.

Y había paseado por el bosque con su perro.

Su vida, reflexionó, era mucho más rica, mucho más plena desde su traslado a Maine y a la casa solariega.

Pese a que, con la salvedad de los últimos meses, había pasado toda su vida en Boston, sentía que estaba echando raíces en la costa rocosa de Maine.

Añoraba la proximidad a su madre, y se figuraba que siempre lo haría, pero ¿lo demás? No, había dejado atrás aquella etapa de su vida.

Retrocedió un paso y se miró de perfil en el espejo. A continuación se calzó y, con Yoda a la zaga, cruzó el pasillo y se asomó a la habitación de Cleo.

—¡Estoy casi lista! —dijo Cleo en voz alta—. Me he distraído con un mensaje de Lucy Cabot sobre un gato. Iré a verlo…, bueno, a verla, porque es una gata, mañana cuando vaya al pueblo a comprar.

Después de retocarse los labios, Cleo salió del baño y miró a Yoda.

—Si me quedo con ella y la traigo a casa, tienes que ser cariñoso con ella.

—Lucy no te habría llamado si la gata no se llevara bien con los perros. Y Yoda ya ha superado la prueba con los gatos. Esto podría tener su punto.

—En realidad solo voy a echar un vistazo.

—Sí, eso es lo mismo que dije yo en el caso de Yoda. —El perro movió la cola cuando Sonya señaló hacia él—. Que iba a echar un vistazo.

Justo cuando empezaron a bajar las escaleras sonó el dong del timbre.

—Hablando de coincidencias.

—¿Es que este hombre no tiene llave? —preguntó Cleo.

—Sí, pero ya lo conoces. Trey solo la usaría en caso de emergencia.

Yoda ya estaba danzando en la entrada y, cuando Sonya abrió, salió como una bala a saludar a Mookie.

—Se cree que el afortunado es él —comentó Trey—. Pero soy yo quien va a llevar a cenar a dos preciosas mujeres.

—¿Ha cenado Mook? —preguntó Cleo.

—Sí.

—Entonces yo diría que estamos listas. —Cogió la cuerda para el tira y afloja y se la tendió a los perros.

Y comenzó el juego.

—Chicos, portaos bien. —Sonya se acercó a Trey y se estiró

para besarlo en la mejilla—. Nosotras tenemos más suerte, porque salimos a cenar con un hombre guapo. ¿O serán dos hombres guapos?

—He quedado con Owen. Por lo visto Jones se queda en casa para ver su película favorita.

—¿Y cuál podría ser? —preguntó Cleo de camino a la camioneta de Trey—. *¿Scooby-Doo? ¿101 dálmatas?*

—*King Kong*, la original.

—¡Anda ya!

Trey negó con la cabeza mientras les abría las puertas.

—No me preguntéis por qué, pero a Jones le chifla. Y es obvio que está de parte de Kong.

—Entiendo lo segundo. —Sonya volvió la vista fugazmente hacia Cleo, que asintió con la cabeza en señal de conformidad—. Si sacas a un gigantesco simio de su reino e intentas mercadear con él, ¿qué esperas? —Alargó la mano hacia el brazo de Trey—. ¿Puedes decirnos qué tal le fue a tu amiga y sus niños?

—Fue desagradable, pero al final él no reclamará la custodia ni impedirá que se trasladen a otro estado. Pretende alcanzar un acuerdo para que ella retire los cargos.

—Eso me pone enferma —masculló Cleo desde el asiento trasero. Trey la miró por el espejo retrovisor.

—Lo entiendo. El acuerdo, si se pacta, daría vía libre a mi clienta para llevarse a sus hijos con su familia fuera del estado. Es más, se ahorrará la necesidad de regresar para un juicio. En mi opinión, el fiscal solicitará como mínimo quince meses contando con la declaración de culpabilidad.

—¿A tu clienta le parece bien? —preguntó Sonya.

—Lo único que quiere es sentirse segura, que sus hijos se sientan seguros. Eso implica regresar con su madre y con su hermana. Y esa es mi prioridad.

Cleo se echó hacia delante y posó la mano sobre el hombro de Trey.

—Por supuesto que sí, así debería ser. A mí me resultaría imposible ser abogada porque me darían ganas de quemarle los huevos con un mechero. Tardaría mucho en conseguirlo.

Trey la miró fugazmente por el espejo retrovisor de nuevo.

—Recuérdame que nunca te busque las cosquillas.

—Yo diría que no corres ningún riesgo en ese sentido. Ayer conocí a tu padre, y me cayó demasiado bien como para plantearme quemarle los huevos a su hijo en un momento dado.

—Gracias, papá. ¿Qué tal fue? Hoy no he tenido ocasión de hablar con él.

—Creo que ahora entendemos mucho mejor a Patricia Poole, y voy a intentar hablar con Gretta Poole, cuando sea posible. Y ha habido algunos percances de los que todavía no te he puesto al corriente. Creí oportuno esperar y contároslo a los dos. Salimos airosas —añadió Sonya—. Estamos bien.

—Después del episodio del espejo —terció Cleo—, está claro que esto nos incumbe a los cuatro, o sea que...

—Me parece justo.

En cualquier caso, al entrar en el pueblo, Trey miró a Sonya como para cerciorarse de una única cosa: que estaba bien.

—Y hay más novedades —comentó Sonya—. Cleo ha terminado el cuadro que va a intercambiar con Owen. Y es impresionante.

—En principio está terminado —corrigió Cleo—. Pero acepto lo de «impresionante» con mucho gusto.

—Si puedes quedarte a dormir esta noche, subiremos para que lo veas.

—Me parece genial en todos los sentidos. —Tras aparcar, le dedicó una sonrisa—. Llevo una bolsa en el maletero por si acaso.

En el Lobster Cage les dio la bienvenida la misma camarera joven, que miró con ojos de deseo a Trey.

—Está colada por ti —comentó Cleo después de que la camarera les entregara las cartas y regresara a su puesto.

—Tiene veinte años —dijo Trey entre dientes.

—Yo me enamoré locamente de mi profesor de Historia del Arte a los diecinueve años —recordó Cleo—. Y calculo que él me doblaba la edad con creces. Me habría metido en un buen lío si él se hubiera aprovechado.

—Lo superaste, ¿no? —preguntó Trey.

—Sí, pero guardo un dulce recuerdo.

Sonya se acordaba del camarero de pelo oscuro con mechas naranjas recogido en un moño en la coronilla. Un estudiante de Ingeniería ambiental que había dejado las clases presenciales en la universidad para estudiar a distancia a raíz de que su padre enfermara.

—Buenas noches, señoras, Trey. ¿Os traigo algo de beber mientras esperáis a vuestro acompañante?

—Seguramente no tardará. ¿Qué os parece una botella de sauvignon blanc? —Le dieron luz verde—. Trae cuatro copas, Ian. Si a Owen le apetece otra cosa, te lo dirá cuando llegue. Hablando del rey de Roma... —apostilló cuando Owen hizo su entrada.

A pesar de que llevaba el pelo alborotado por el viento y los mechones le caían sin orden ni concierto, era obvio que se había puesto una camisa y unos vaqueros limpios.

Se dejó caer en el reservado al lado de Cleo.

—Perdón. Me he liado.

—Acabamos de llegar. He pedido una botella de sauvignon blanc.

—Genial. ¿Y vosotras qué vais a tomar?

—¿Tan liado estabas? —comentó Trey.

—Y me quedo corto. Hey, Ian.

—Qué pasa, Owen. Enseguida os traigo el vino.

—¿Liado en el buen sentido? —preguntó Cleo cuando el camarero se alejó.

—Estar liado en asuntos de negocios por lo general es buena señal.

—Por lo visto, también ha habido lío en la casa solariega. Queríais esperar a Owen para contarlo, ¿no? Bueno, pues aquí está.

—¿Para contar qué?

—Cleo encontró un retrato de Lisbeth en el armario del estudio.

—¡No me digas! Vaya. —Owen se recostó—. ¿Quién lo pintó?

—Collin. Tu tío —puntualizó Cleo—. Es una auténtica preciosidad.

—Otro retrato de boda. Aun cuando no fuera obvio que se trata de un vestido de novia, yo lo habría reconocido, puesto que los dos, Owen, vimos que lo llevaba puesto.

—Lo colgamos en la sala de música junto a los otros.

Owen se ladeó ligeramente hacia Cleo.

—Muy bien. Ahí es donde le corresponde estar. —Miró de forma fugaz a Trey—. Habrá tres más, igual cuatro sin contar el de Astrid que hay en la entrada.

—¿Es como los otros dos? —preguntó Trey—. ¿El tamaño, el marco?

—Idéntico —respondió Sonya.

—En mi opinión, entonces habrá cuatro más. Ni Collin ni tu padre pintaron el de Astrid, que es mucho más grande y con el marco de un estilo diferente. Este formará parte de un lote.

—O de una serie —convino Sonya—. Desde la última novia hasta la primera.

Ian regresó con el vino. Después de que Trey lo catara y diera su aprobación, los informó de las especialidades de esa noche mientras servía las cuatro copas.

Sin darle tiempo a marcharse con el fin de concederles unos minutos, tanto Sonya como Cleo pidieron las especialidades. Trey y Owen se decantaron por los clásicos de la casa.

—Así me gusta —comentó Owen—. Cuatro platos diferentes. No vas a ser capaz de tomarte toda esa langosta a la cantonesa —le dijo a Cleo.

—Voy a intentarlo con todas mis fuerzas.

—Dale un poco a cambio de una empanadilla de langosta —le aconsejó Trey—. No lo lamentarás. Bueno, lo del retrato no queda ahí. ¿Cómo se lo tomó Dobbs?

—Regular. —Sonya se encogió de hombros y alzó su copa—. Hubo muchos golpes, portazos, ráfagas de viento, parpadeo de luces... Pero se le agotaron las pilas.

—Casi —matizó Cleo.

—Casi.

Sonya narró los sucesos de las tres de la madrugada.

Trey la miró con extrañeza.

—¿Mirando hacia la casa?

—Al principio sí. No fue así como la viste tú.

Él negó con la cabeza.

—No, se encontraba de espaldas a la casa, y después saltó. Y no hubo golpes ni las puertas se abrieron de sopetón.

—¿Y no hubo ningún aviso por radio por parte de Clover?

Esta vez fue Trey quien negó con la cabeza en dirección a Owen.

—Solo el carillón del reloj, la música de piano, y algo que me atrajo hacia la cristalera de la terraza para que presenciara cómo saltaba. Nada más. Estás a punto de decir que debí llamarte o mandarte un mensaje, pero no fue necesario. —Sonya le apretó el brazo a Trey—. Conseguimos cerrar la puerta de la terraza, ella se arrojó al vacío y se acabó el numerito de la noche. Esta mañana he entrenado en el gimnasio.

—Para restregárselo por la cara —comentó Owen, y se ganó una sonrisa de Sonya.

—Puede. La campanilla del salón dorado sonó sin cesar, pero la cosa quedó ahí. Cleo opina que se le agotó la energía después de lo de anoche. En eso coincido con ella. Dobbs ha estado tranquila el resto del día. No ha dado señales de vida. Hasta el punto de que Cleo ha terminado el cuadro de la sirena.

—Un momento. ¿Que lo ha terminado? ¿Cuándo me lo darás?

—No tengo claro que esté acabado. Mañana lo sabré. Después hay que dejarlo secar, y luego, enmarcarlo.

—Yo puedo fabricar el marco. Lo haré yo.

—Hay que prescindir de ornamentos, y no debería tener un aspecto reluciente y nuevo. Yo puedo…

—Lo haré yo —repitió Owen—. Lo único que necesito es echarle otro vistazo antes. ¿Cuánto falta para que me lo entregues?

Cleo cogió su copa de vino y sonrió con dulzura.

—¿Dónde está mi velero?

—Llevaré el diseño cuando vaya a ver el cuadro.

—Hablaremos entonces. Ahora dime cómo se convirtió tu perro en un fan de *King Kong*..., de la versión antigua.

—De la original —puntualizó él—. ¿Acaso hay alguien que no lo sea? Puedo pasarme mañana, a la salida del trabajo. A eso de las cinco.

—Estupendo, siempre y cuando tengas presente que no puedes llevártela ni enmarcarla hasta dentro de varios meses.

—¿Meses? Eso es más de lo que has tardado en pintarla.

—Sí. Bienvenido a mi mundo. Quería usar pintura al óleo —explicó Cleo—. Utilicé una técnica que reduce el tiempo de secado. De lo contrario, estaríamos hablando de seis meses, no de dos.

—¿Es ese el proceso habitual?

—Así es.

—Entonces no hay más que hablar.

Cuando llegaron los platos, la conversación derivó hacia temas de índole general, intrascendentes.

En mitad de la cena, Bree Marshall, con el gorro de chef sobre su pelo corto rojo, salió como una flecha de la cocina. Tras empujar con el codo a Owen, se hizo hueco en el borde del asiento corrido.

—Dispongo de cinco minutos. Ponedme al corriente del evento. ¿Para cuántas personas?

—Bueno, todavía no lo sabemos —respondió Sonya—. Pero...

—Tenéis que hacer un cálculo aproximado pronto. ¿Vais a encargar comida a todos los restaurantes del pueblo?

—Esa es la idea, así que...

—Será mejor que especifiquéis qué queréis de cada uno. Como lo dejéis a su elección, será un desastre. Hacen falta camareros, personal para las mesas con bebidas y la cocina. Y necesitáis que alguien controle los cuartos de baño. La gente querrá hacer pis.

Cleo se inclinó por delante de Owen para mirarla.

—¿Qué te parece si nos ayudas a coordinar todo eso?

—Qué lista eres —dijo Bree, y sonrió con picardía—. Necesito ver el espacio. Puedo ir el próximo lunes, alrededor de las once.

—Perfecto —dijo Sonya—. Te agradecemos tu ayuda.

—Vais a necesitarla. Las jornadas de puertas abiertas son caóticas, y yo vivo en el caos. —Sonrió a Trey—. Por eso lo nuestro nunca habría funcionado. A continuación, le dio un codazo a Owen—. Nosotros nos habríamos compenetrado mejor.

—Intenté decírtelo.

—No es verdad.

—De forma subliminal.

—Ah, no lo pillé. —Bree le plantó un rápido beso en la mejilla a Owen que lo hizo reír—. Ahora es demasiado tarde. Manny me ha robado el corazón y las hormonas. He de volver al tajo. Voy a pediros dos volcanes de chocolate y dos pasteles de fresa para compartir. Me lo agradeceréis.

Y, sin más, se marchó.

—¿Por qué me da la sensación de que hemos sido arrollados por un alud de nata montada?

—Suele pasar. —Trey inclinó ligeramente la cabeza y miró a Owen—. ¿De forma subliminal?

—Está buena. —Owen se encogió de hombros—. Siempre ha estado buena. Pero yo respeté el código de honor. En fin, tiene razón: hacéis bien en reclutarla para esta movida que estáis planeando.

—Vive en el caos porque se desenvuelve bien en el caos —comentó Trey.

—Y entre la gente —añadió Sonya—. Razón por la que vamos a compartir los volcanes de chocolate y los pasteles de fresa. A lo cual no pongo ninguna objeción.

—Cosa que, de nuevo —comentó Trey—, demuestra tu inteligencia.

Cuando llegaron los postres, Sonya no pudo discrepar sobre el comentario.

—Yo invito —dijo Owen cuando Trey hizo una seña para pedir la cuenta—. Tú pagaste la última vez, y he disfrutado de más de unas cuantas comidas en la casa solariega.

—Es toda tuya.

—Gracias. —Sonya le lanzó una mirada elocuente a Cleo, que asintió levemente con la cabeza—. Como mañana te pasarás a eso de las cinco, ¿por qué no te quedas a cenar? Y tú, Trey, si puedes.

—Creo que probaré suerte con el arroz criollo. Mi *grand-mère* me envió su receta. Pica un poco.

—Entonces me apunto. —Owen pagó la cuenta y sonrió a Trey—. Me gusta el picante. He de irme. Mañana tengo que madrugar.

—Entonces nos vemos alrededor de las cinco. Y gracias por la cena —añadió Cleo.

—No hay de qué. —Al levantarse, Owen se dirigió a Sonya—. ¿Y si me quedo a dormir en tu casa mañana por la noche? No me importaría ver a Dobbs lanzándose de cabeza desde los acantilados si hace un bis.

—Cuenta con lo primero, y quién sabe respecto a lo segundo. Los dos deberíais ver el retrato de Lisbeth.

—Hasta mañana —dijo él, y se marchó.

Los demás no se entretuvieron demasiado, y realizaron el trayecto de vuelta bajo una lluvia primaveral suave y serena.

Los perros los recibieron como a héroes de guerra antes de salir disparados de la casa.

—Dejaremos que entren por la puerta de servicio para que no queden huellas en el pasillo. Venga, Cleo y yo vamos a enseñarte el retrato.

—¿Apareció dentro del armario como si tal cosa?

—Así es —respondió Cleo—. Hace unos días guardé allí unos materiales que había encargado, y entonces no había nada. Hoy, cuando fui a sacar una cosa, ahí estaba.

Entraron en la sala de música.

—Guau —dijo Trey, y se acercó—. Es preciosa, tanto la modelo como la obra. Ella es la primera heredera de sangre Poole que vivió aquí arriba, y se nota el parecido. —Se giró hacia Sonya—. En las fotos antiguas no se aprecia con tanta claridad. Tienes sus mismos ojos, la misma forma de su cara.

—Supongo que sí. Alguien, a lo mejor más de uno, desea que tengamos los retratos. Y, desde el primero que colgamos aquí, da la sensación de que es lo correcto.

—Y las dos estáis en lo cierto respecto a la serie: se pintaron con la intención de exhibirlos juntos.

—Pienso que, tarde o temprano, conseguiremos a las siete. Falta una generación —añadió Cleo.

—Patricia Poole. En mi opinión, debió de producirse algún altercado, algún incidente, entre ella y Dobbs. Deuce nos mostró unos recortes de periódicos antiguos, de noticias de sociedad y demás. Ella estuvo en la casa solariega en varias ocasiones antes de casarse con un Poole.

—Conoció a Michael Poole jr. aquí —terció Cleo—. En una cena. Encontramos un artículo de cotilleo sobre eso. Celebraron aquí su fiesta de compromiso. Sale en otro artículo de sociedad, junto con una foto de ellos.

—Pero no la boda, ni nada desde entonces. —Trey retrocedió para examinar los tres retratos—. Apuesto a que ese altercado se produjo en la fiesta de compromiso. No todos los hechos son constatables, pero...

—¡Eso es! —Entusiasmada, Sonya dio una palmada—. Hablando de listos... A tomar por saco los hechos. Tiene una lógica aplastante.

—Coincido con Sonya. Si antes hubiera sucedido algo que la asustara, ¿por qué iba a consentir que la fiesta de compromiso se organizara aquí? La boda se celebró... ¿Cuándo, Sonya? ¿Como a los nueve meses?

—Diez, y fue un acontecimiento importante y señalado, de modo que empezarían a organizarla enseguida. Ella pasó de alardear de su compromiso a romper la tradición de los Poole negándose a celebrar el banquete nupcial aquí. Negándose a instalarse en la mansión más notable de la zona.

—No son hechos constatables —repitió Trey. Se metió las manos en los bolsillos mientras observaba con atención los tres retratos—. Pero apostaría lo que fuera. No sé qué conclusión sacáis vosotras, pero yo apostaría lo que fuera.

—Desde mi punto de vista, eso pone de manifiesto que Dobbs la ahuyentó, dónde y cuándo. Me pregunto si se apareció a alguna de las otras antes de sus bodas.

—No lo sé, pero dudo que quisiera ahuyentar a Patricia. —Cleo extendió las manos con un ademán—. No entiendo por qué iba a hacerlo cuando eso significaba tener que esperar otros veintitantos años para conseguir a su siguiente víctima.

Clover usó el teléfono de Sonya para poner *I Me Mine* [«Una servidora»] de los Beatles.

—Sí, la misma. —Con delicadeza, Sonya tocó el marco del retrato de Clover—. Quizá..., quizá provocara a Patricia de alguna forma, fuera demasiado lejos, y le saliera el tiro por la culata. Eso es lo que más sentido tiene.

—Y ahora mismo lo que más sentido tiene es que suba a leer hasta que me quede dormida. Nos vemos por la mañana, Sonya. Seguramente no nos veremos, Trey, pero mañana por la noche sí, ¿verdad?

—Aquí estaré.

—Buenas noches, Cleo. Deberíamos dejar entrar a los perros.

En el umbral de la sala de música, antes de apagar la luz, Sonya echó un último vistazo a los retratos y pensó en el pasado... y en el futuro.

A continuación apagó las luces y se centró en el presente.

Los perros se apresuraron a entrar tan alegremente como se habían apresurado a salir, aunque mucho más desaliñados.

Mientras secaban patas mojadas, Sonya dio lo que consideraba el siguiente paso con Trey.

—Quiero comentarte un par de cosas.

Él enarcó las cejas y fijó su mirada en ella.

—Vale.

—Primero: tienes llave de la casa solariega. No quiero que te sientas en la obligación de llamar al timbre. Puedes usar tu llave, y punto. Y segundo... —Se levantó y echó a andar con él y con los perros—. Si quisieras, podrías dejar aquí unas cuantas cosas para no tener que preparar un macuto cada vez que te quedes. No te estoy diciendo todo esto para encajonarte. Solo...

—Me he encajonado yo mismo —interrumpió él, y le agarró la mano—. Es una caja bonita. Es espaciosa.

Ella inclinó ligeramente la cabeza hacia el hombro de Trey.

—Entonces ¿yo también quepo ahí?

—Es una caja bonita —repitió él de camino a la planta de arriba—. Tiene tapa, por si te resultara agobiante.

—Has dicho que era espaciosa —le recordó ella—. Y me da la sensación de que es perfecta.

Cruzaron la salita de estar hasta el dormitorio. Cuando los perros se fueron derechos hacia la cama que compartían en las visitas, Sonya cerró la puerta del dormitorio y se apoyó contra ella.

—Deja unas cuantas cosas, Trey. Aquí, y en mi vida, hay espacio de sobra.

—Dejaré unas cuantas cosas. —Puso en el suelo la bolsa y se acercó a ella—. Porque quiero ese espacio aquí, y en tu vida.

—Qué contenta estoy de que estés aquí. —Sonya le rodeó el cuello con sus brazos—. Siempre estoy contenta cuando estás aquí.

Cuando sus bocas se fundieron, el ansia la embargó con tal apremio, con tal urgencia, que la descolocó.

Anhelaba eso, el contacto físico, deseaba que él avivara ese fuego hasta que ambos ardieran en esas llamas.

Como si lo percibiera, él la apretó contra sí y la arrinconó contra la puerta mientras el beso pasaba súbitamente del ansia a la desesperación.

Era pura necesidad, constató ella. Por la razón que fuera, esa noche una necesidad primaria se apoderó de ellos. Sucumbiendo a ella, Sonya apartó los brazos del cuello de Trey el tiempo justo para quitarse la chaqueta a tirones. Mientras sus bocas pedían más y más, se apresuró a desabrocharle la camisa.

Y gimió de placer al quitársela y contemplar su cálido y tonificado torso.

Él le bajó de un tirón la cremallera de la espalda del vestido.

El vestido cayó al suelo y, antes de que ella pudiera dar un paso, él la toqueteó por todas partes. Sin la menor paciencia que lo caracterizaba, sus manos reclamaron, poseyeron y la excitaron hasta que esa necesidad apremiante se desbordó.

Hasta que ella sintió el ardor que ansiaba.

Y dejó escapar un gemido.

—No pares.

—Sería imposible.

A Sonya le empezaron a temblar los dedos al tirarle del cinturón, como un animal salvaje y voraz. Ya, tenía que ser ya, o la necesidad la destrozaría.

Cuando se lo quitó y asió su miembro, duro y listo, con la mano, notó que él le tiraba de las braguitas.

—¡Arráncamelas, por Dios! Arráncamelas de una vez. Tengo más.

Al oír el rasguido del fino tejido, ella dejó escapar una risa jadeante.

—¡Vamos! ¡Ya!

Él la levantó en volandas y la apoyó contra la puerta mientras ella le hundía los dedos en los hombros.

Entonces se miraron a los ojos, y se sostuvieron la mirada. Y algo nuevo, igual de fuerte, igual de apremiante, envolvió esa necesidad imperiosa.

Mirándolo a los ojos, sintiendo la fuerza de sus manos, el calor de su cuerpo, ella dijo:

—Sí. —Y acto seguido—: Sí.

Él la penetró, despacio, un deliberado tormento para ambos. Con cada centímetro, ella se estremeció de deleite.

Cuando la penetró hasta el fondo, continuaron sosteniéndose la mirada.

Él la observó, la observó mientras el placer inundaba esos ojos verdes, mientras el ardor que emanaba de sus cuerpos sonrojaba su piel, y la lamió.

Sus cuerpos se movieron al unísono, entrechocando al unísono, hasta que ella comenzó a soltar gritos ahogados con cada acometida.

Él observó cómo volaba. Incluso con las piernas de ella alrededor de su cintura mientras la sujetaba, ella voló. Justo después de que ella se quedara exánime, él fue detrás.

7

A pesar de que se sentía tan agotada, deslavazada y saciada que pensó que podría dormir aunque hubiera una invasión alienígena, Sonya se puso una camiseta y unos pantalones cortos de pijama.

—Si me da por caminar sonámbula —le dijo—, no quiero hacerlo desnuda. Eso, más que raro, sería surrealista.

—Tienes buen aspecto desnuda.

—Acepto el cumplido, pero a pesar de ello… —Se acurrucó contra él en la cama—. Tú también tienes buen aspecto desnudo.

—Y a pesar de ello, me pondré unos pantalones si te da por caminar sonámbula. Te acompañaré.

—Lo sé.

Con una mano sobre el corazón de Trey, Sonya se quedó dormida al instante.

A las tres, con las campanadas del reloj, con la suave música de piano, se rebulló. Y suspiró.

Trey intuyó que se disponía a caminar sonámbula incluso antes de que ella se girara. Cogió los pantalones de los pies de la cama y se los puso a toda prisa mientras ella se levantaba y se encaminaba hacia la puerta.

—Voy —musitó Sonya.

Mientras él la seguía, los perros se despertaron.

—Silencio —les dijo a ambos—. No hagáis ruido.

Ellos cruzaron el umbral detrás de él y, al enfilar el pasillo, Trey vio a Cleo salir de su habitación.

—Sentí que debía levantarme —susurró—. Ojalá Owen hubiera dormido aquí.

Cuando Sonya pasó por delante de ella, Cleo acompasó el paso al de Trey.

—¿Está Dobbs ahí fuera? No me he entretenido en mirar.

—Yo tampoco.

Al final del pasillo, Sonya miró hacia el cuarto del bebé, de donde procedía el llanto desconsolado.

—Qué triste —dijo—. Qué pena.

Pero en vez de dirigirse hacia allí, torció en dirección a las escaleras.

Para tranquilizarse, Cleo alargó la mano hacia la de Trey.

—A lo mejor esta noche está…, el espejo, en otra habitación.

Trey asintió con la cabeza mientras la seguían.

—Quizá. Pero ella sabe dónde debe ir. Sin prisa, pero sin pausa.

Conforme bajaban las escaleras, la triste melodía de *Barbara Allen* cambió a una música más alegre y, para Trey, inidentificable.

—Eso es una novedad, el cambio de música.

—Es un tema más animado —afirmó Cleo—. ¿Oyes voces? A mí me parece oírlas.

—Como un eco lejano. ¿Cantando?

—Esa es mi impresión.

En el pie de las escaleras, Sonya giró hacia el pasillo. Se detuvo en el umbral de la sala de música durante unos instantes y entró.

—La música, las voces… Todo suena lejano. Pero ella oye algo.

—¿También verá algo? —se preguntó Cleo—. ¿Tú ves algo? No hay mucha luz, solo cierto reflejo de las luces nocturnas que enchufamos, pero no creo que debamos encenderlas.

—No, no las encenderemos. Y no, no veo nada más que la sala de música.

Sonya veía la sala de música y, para ella, resplandecía de luz. Las flores pintadas sobre las tulipas azul pálido de las lamparitas que adornaban las mesas auxiliares brillaban, y las velas del candelabro de plata colocado encima del piano titilaban.

Su fulgor iluminaba la estancia al tiempo que la negrura se cernía al otro lado de las ventanas.

Vio a tres hombres trajeados, y a mujeres —dos de ellas jóvenes— con bonitos vestidos que les caían a la altura de los tobillos.

Reconoció a Owen Poole mientras este miraba con indulgencia a la mujer —su esposa en segundas nupcias y madre de sus hijos— que tocaba el piano. Detrás de ella, Lisbeth, con el cabello oscuro recogido en un moño trenzado sobre la coronilla, interpretaba una canción sobre la orilla del mar.

Tal como había sucedido en una ocasión anterior, en una escena diferente, todo se paralizó. El joven, Edward, el prometido de Lisbeth, se quedó inmóvil con una copa a medio camino de los labios y una amplia sonrisa en el semblante.

La madre de Lisbeth, sentada con las manos inertes sobre las teclas del piano, riendo con la cabeza echada hacia atrás.

Los bajos de un vestido azul flotando en el aire cuando la joven que lo llevaba puesto se detuvo en mitad del giro.

El fuego en el pequeño hogar cesó de crepitar y se congeló como en uno de los cuadros de la pared.

Lisbeth, con un vestido rosa con volantes en la falda, se volvió hacia Sonya.

—¡Qué contentos estábamos aquella noche! Madre tocó sin cesar. Yo amaba a mi Edward. ¿A que es apuesto?

—Es muy apuesto.

—Faltaban pocas semanas para casarnos. Mi vestido era absolutamente divino. Padre no puso el menor reparo al precio para la niña de sus ojos. Todo el mundo asistirá. Será un éxito rutilante.

—Lo sé.

—Así es —convino Lisbeth—. Mi muerte fue un martirio, y estaba muy asustada. También me sentí triste. Y durante un tiempo me entristeció aún más que Edward rehiciera su vida. Encontró a alguien a quien amar, se casó y tuvo hijos. Me dolió en lo más hondo. Pero, claro, yo lo amaba perdidamente y no habría querido que dejara de vivir, como yo. —Sonrió, sonrió radiante—. Aunque ¿acaso no habría sido romántico? ¡Trágico y romántico, como una novela! Pero lo amaba demasiado para eso. Yo jamás creí en las maldiciones. En mi opinión, no eran más que auténticas majaderías. Ahora debes detenerla. Debes romper la maldición y encontrar los anillos, Sonya.

—¿Cómo? ¿Dónde?

—No seas tonta, qué sé yo. —Miró a Edward de nuevo, que sonreía con la copa a medio camino de los labios—. Ojalá hubiéramos pasado una noche juntos. Aunque fuera una sola noche.

La escena cobró vida. El fuego crepitó en el hogar. Edward dio un sorbo a su copa y la joven del vestido azul completó el giro.

Detrás de su madre, Lisbeth continuó cantando.

—«You and me, you and me, oh, how happy we'll be!».

Seguidamente todo se sumió en la oscuridad.

Temblorosa, Sonya buscó a tientas por detrás el interruptor de la luz y se sobresaltó cuando Yoda le rozó la pierna. Al ladearse, vio a Trey y a Cleo.

—¿La habéis visto? ¿Los habéis visto?

—No. Ven aquí. —Trey tiró de ella y la acurrucó contra sí—. Estás helada.

—No, qué va, solo estoy... sobrepasada. Creo que voy a sentarme un momento. —Se giró de nuevo y fue con paso vacilante hacia un sillón—. ¿No los habéis visto? Yo estaba dormida y, al despertarme, me encontraba aquí y había gente, música, y estaba Lisbeth.

—Oímos música, y canto, pero como a lo lejos. —Cleo le apretó la mano—. Voy a traerte un poco de agua.

—No, estoy bien. Bueno, bien no, pero más o menos. ¿No habéis visto nada?

—¿Qué has visto tú? —preguntó Trey.

—Una pequeña fiesta. He reconocido a Owen..., no al nuestro, sino al padre de Lisbeth, y su madre estaba tocando el piano. Lisbeth estaba cantando. Llevaba un vestido rosa y cantaba... Ah. —Al caer en la cuenta, entonó—: «By the sea, by the beautiful sea». Y Edward, su prometido, la observaba con gesto risueño. Había otra pareja, joven como ellos, una chica con un vestido azul, y un hombre trajeado.

Se quedó mirando el piano y, cuando Mookie apoyó la cabeza sobre su regazo, lo acarició. La sensación le pareció cálida y real.

—A continuación todo se ha detenido, se ha congelado. Lo mismo que sucedió cuando vi a Astrid en aquella fiesta en el salón. Excepto Lisbeth, que me ha mirado. Me ha visto. Se ha dirigido a mí.

—Has hablado con ella.

Ella levantó la vista hacia Trey.

—No han sido imaginaciones mías. ¿Habéis oído la conversación?

—Solo tus intervenciones. —Cleo se sentó en el brazo del sillón y le frotó el brazo a Sonya.

—Me ha dicho lo felices que habían sido aquella noche, aunque he podido comprobarlo con mis propios ojos.

Sonya les relató el resto.

—La sala era distinta, pero no mucho. Había cuadros diferentes en la pared y, por supuesto, ninguno de los retratos. Pero el gramófono que bajamos estaba justo ahí, en el mismo sitio donde lo colocamos. Parecía nuevo.

—No ha sido cosa de Dobbs —dijo Cleo—. Esta vez no.

—No, esta vez no. Rebosaban de felicidad. Ha sido igual que cuando vi a Astrid en el salón: un encuentro entre amigos y familiares pasándolo bien, una velada con música. Ella deseaba que yo lo presenciara.

—Y que lo vivieras —apostilló Cleo.

—Así es. Lo he vivido.

—En esta casa hay más de eso, de ese sentimiento —señaló Trey—, de ese pasado, que las desgracias que Dobbs provocó. Y eso es lo que le estás devolviendo.

—Lo sé. Y, aunque pueda parecer descabellado, me alegro de haber tenido la oportunidad de verla, de intercambiar unas palabras con ella. Lisbeth y Edward se amaban de verdad. Era un amor joven e inocente, pero era amor. En esta casa también abunda eso: el amor mutuo entre las personas. Os diría que siento haberos despertado a las tres de la mañana, pero no ha sido la primera vez y dudo que sea la última.

Sonya inspiró y se levantó.

—¿Qué os parece si volvemos a la cama?

—Buena idea. De camino podéis acompañarme los dos a mi habitación. Bueno, los cuatro, ya que contamos con nuestra escolta canina.

En el umbral, Trey echó un último vistazo antes de apagar las luces. Comprobó que todo estaba tranquilo. Todo en orden. De momento.

Por la mañana, Trey la convenció para que se metiera en la ducha con él, así que Sonya comenzó el día de la mejor forma posible.

Abajo, los perros —con una ligera demora en su ritual matutino— salieron a la desbandada. Para cuando volvieron a entrar de igual modo en busca del desayuno, Sonya, contentísima, estaba sentada junto a Trey delante de cafés y boles de cereales.

—Sin contar las conversaciones con familiares muertos en mitad de la noche, esto es la mar de normal. —Trey chocó su taza con la de Sonya—. Es nuestra normalidad.

—Te tomas todo con tanta…, bueno, calma.

—Yo me crie en la casa solariega y sus alrededores, con las leyendas, los rumores, y viví un par de experiencias de primera mano. Tú has tenido que adaptarte a muchísimas más cosas. Y no veo que un percance altere tu calma, guapa.

«Oh, he tenido más de unos cuantos percances», pensó ella.

—Cuando me mudé aquí me resultó fácil quitar hierro a los sucesos, en su mayoría menudencias, y atribuirlos a la antigüedad de la casa, a mi imaginación, a coincidencias, a lo que fuera.

Él recordó la primera imagen de ella aquel primer día, de pie sobre el manto de nieve que cubría la tierra, su pelo ondeando con el frío viento bajo el gorro de punto. Recordó la mirada de asombro y emoción en su semblante.

—No tardaste mucho en aceptar el trato.

—He de reconocer que me enamoré de la casa a primera vista, hay que tener en cuenta eso. Pero…, y jamás he creído en lo que estoy a punto de decir: ¿crees que en parte es cosa de la sangre, de la sangre Poole? Al haber nacido y haberme criado (felizmente) como una MacTavish, no sé si algún día me consideraré una Poole, pero…

—Pero —convino él—. En mi opinión, tu ascendencia podría influir en ello. Está claro que Owen y tú, ambos Poole, visteis algo en el espejo que a Cleo y a mí nos resultó imposible ver. Y pudisteis (Dios, menudo momentazo) atravesarlo. Tú viste y oíste lo que pasó anoche, mientras que Cleo y yo solo percibimos un atisbo.

—Pero los dos oís a Dobbs cuando le da una de sus pataletas, y hasta ahora la habéis visto dos veces. Una en el salón dorado (ese fue otro momentazo) y fuera, en la escollera. Cleo también la vio ahí fuera.

—Dobbs no era una Poole.

Mientras se tragaba una cucharada de cereales, Sonya se reclinó.

—No era una Poole. Había pasado por alto algo tan simple y lógico como eso, abogado.

—Simple y lógico. Lo cual no explica por qué he visto a Clover dos veces y tú no.

—Bueno, eso solo demuestra que no eres una chica.

—Me declaro culpable de los cargos. Pero ¿qué relación guarda con esto?

—Es obvio que ella siente, y sentía, debilidad por ti.

De pronto, el teléfono de Trey arrancó con el clásico *Holding Out for a Hero* [«Esperando a un héroe»].

Enarcando las cejas con gesto elocuente, Sonya apuntó con el dedo hacia él.

—Doy por concluido mi alegato.

—A las pruebas me remito.

—¿Quién soy yo para llevar la contraria a un pibón? Mejor dicho, dos pibones. Mookie y yo tenemos que irnos a la oficina. ¿Me mandarás un mensaje si me necesitas?

—Sí. Mi intención es tener un día muy bueno y productivo. Que lo tengas tú también.

Él se levantó.

—Cualquier día que comienza con sexo en la ducha ya es bueno y productivo.

—Eso no te lo puedo discutir —dijo ella, y lo besó—. Adiós, Mookie. Sé buen chico y un audaz consultor legal.

A solas, Sonya lavó los platos del desayuno, pues se imaginaba que Molly, pendiente en todo momento, ya había hecho la cama.

—Vamos, Yoda, a trabajar.

Arriba, empezó consultando los mensajes de texto y el correo electrónico. A pesar de que sintió la tentación de meterse de lleno en la propuesta para Ryder, se obligó a centrarse en los proyectos de clientes actuales. Podía terminar la jornada con el potencial proyecto de envergadura.

Apenas había comenzado cuando vio a Cleo.

—Es un pelín temprano para ti.

—Cuando te levantas, te levantas. Voy a ponerme las pilas para ir al supermercado. Espero encontrar salchichas criollas porque, según mi *grand-mère,* marcan totalmente la diferencia.

—Quién te ha visto y quién te ve. —Sin la menor sorpresa, Sonya se reclinó—. No sabía que hubiera variedades de salchicha. ¿Cómo son?

—Picantes —respondió Cleo, con entusiasmo. Acto seguido hizo una mueca con la cabeza ligeramente inclinada—. Has tenido sexo matutino.

—¿Cómo lo sabes? —Atónita, Sonya levantó las manos con un ademán—. ¿Cómo es posible que sepas eso?

—Porque te noto relajada de una forma que envidio. Echo muchísimo de menos el sexo matutino. Y el sexo por la tarde, y el de la hora de irse a dormir. Y ahora, maldita sea, me ha dado por pensar en el sexo que me estoy perdiendo. Voy a prepararme un café.

—¡Ha sido sexo matutino en la ducha! —exclamó Sonya.

—¡Que te den, Sonya!

Entre risas, Sonya reanudó el trabajo.

Menos de una hora después, Cleo, con un pantalón chino y un jersey de cachemir, se detuvo en el umbral.

—Me voy. ¿Has pensado en algo especial que quieres que compre?

—No. —El maravilloso pelo de su amiga le hizo jurar para sus adentros que concertaría una cita en la peluquería en su primera pausa—. Tengo una llamada para atender una consulta dentro de media hora más o menos, o sea que, si no respondo a tu regreso, es que sigo ocupada. Como seguro que vuelves con una gata, voy a programar el descanso para entonces con el fin de poder hacerle arrumacos.

—Solo voy a echar un vistazo.

—Ya. Os veo luego a ti y a Miss Kitty.

Tal como había sucedido anteriormente, el estrépito comenzó antes de que Cleo enfilara Manor Road.

El iPad rugió con *No Surrender* [«No te rindas»] de Springsteen.

—Tranquila, no lo haré.

Cuando Yoda intentó trepar a su regazo, Sonya lo cogió y lo acarició al tiempo que las puertas correderas se abrían y cerraban con estruendo sin cesar. Una fuerte racha de viento frío y cortante azotó la biblioteca y varios libros cayeron de las estanterías. Bajo sus pies, el suelo parecía elevarse y descender.

En el segundo piso de la biblioteca, el monitor colgado en la pared emitió una ráfaga de disparos ensordecedores.

El corazón de Sonya le aporreó la garganta; Yoda tembló en sus brazos. Sin embargo, no se movió del sitio.

—Dale, zorra. No me impresionas.

El humo se deslizó por el suelo de la sala. Al sentir el gélido frío que despedía, Sonya levantó los pies y cruzó las piernas sobre la silla antes de que se extendiera bajo el escritorio.

Observó las vaharadas de su propio aliento mientras el frío le calaba los huesos.

—¡No vamos a movernos de aquí! —gritó, aunque estuvo en un tris de coger el teléfono para llamar a Trey cuando oyó el estruendo del portón principal al abrirse.

Entonces cesó, todo cesó.

Cuando se hizo el silencio y el aire se templó de nuevo, oyó su respiración entrecortada.

—Estamos bien. —Como Yoda temblaba, lo acurrucó y acarició su suave pelaje berrendo—. Estamos bien.

Cuando el sonido de *Fighter* [«Luchadora»] de Christina Aguilera resonó en la sala, Sonya soltó un largo suspiro.

—Sí, estoy aprendiendo a serlo.

Hizo de tripas corazón para levantarse y colocar los libros en su sitio. Al salir de la biblioteca y echar un vistazo abajo, comprobó que el portón estaba cerrado.

Pero alcanzó a sentir el frío residual procedente de la segunda planta.

—Buen intento. Sigue malgastando energía, zorra.

Miró la hora y decidió que por su parte tenía de sobra para gastar. A pesar de que Yoda había dejado de temblar, lo llevó abajo.

Dejó que retozara al aire libre, al sol, y, entretanto, se armó de valor y concertó una cita en la peluquería.

Se felicitó a sí misma.

—Más valor.

Se recompensó con una Coca-Cola, y sacó un hueso prensado para Yoda antes de llamarlo para que entrara.

A continuación se dirigió a la planta de arriba, lo acomodó, se acomodó ella y aguardó al inicio de la consulta.

Cleo regresó con la compra. Y una gata.

Dado que Yoda había bajado corriendo al oír la puerta, Sonya lo siguió. A medio camino de las escaleras vio a Cleo, con una bolsa de la compra en una mano y una joven y elegante gata negra en la otra.

—¡¡Lo sabía!! —Sonya bajó al trote los últimos escalones—. Oh, Yoda, no me decepciones —dijo cuando el perro puso las patas delanteras sobre las piernas de Cleo para olfatear a la recién llegada.

Que, Sonya reparó en ello, lo miró con aire regio desde lo alto.

—Solo tiene seis meses. Ya la han esterilizado, así que no tengo que pasar por eso. Según Lucy, hace buenas migas con otros animales y con los niños. Caray, Son, me conquistó con sus ojos. ¡Fíjate en ellos! He de decir que son del verde de los Poole. Era el destino.

—Vaya, qué bonita es. —Con delicadeza, Sonya acarició su suave pelaje negro azabache—. ¿Y por qué no me sorprende que traigas una gata negra? ¿Cómo se llama?

—Pyewacket. Pye.

—¿Se pronuncia como el símbolo matemático?

—Pi no, P-y-e. Pyewacket. Es de una película antigua, una de las favoritas de mi madre. *Me enamoré de una bruja,* sobre brujas. La veremos un día.

—¿Veremos una película de brujas en esta casa?

—De brujas divertidas e interesantes, con un romance. El caso es que el gato de Kim Novak se llama Pyewacket. Su familiar en brujería.

—Vale, entonces, bienvenida a Lost Bride Manor, Pye.

—Lucy es un sol —comentó Cleo con efusividad al tiempo que acurrucaba a la gata—. Me ha dado casi todo lo que necesita Pye, y he parado en la tienda a comprar unas cuantas cosas más.

—Voy a por ellas.

—También hay más bolsas con comida, pero me sabe mal dejarla sola en la casa tan pronto.

—Yo traeré todo. De todas formas, es la hora del descanso. He conseguido el encargo.

—¿El del otro bufete? ¡Qué bien, Son!

—Y Dobbs ha tenido una pataleta de muy señor mío. Te pondré al corriente cuando coloquemos la comida. —Salió a toda prisa.

—No me hace gracia que acose a Sonya en mi ausencia. Tenemos una bruja, Pye, un fantasma más malo que Caín. Y hay más. Te acostumbrarás.

Cleo bajó la vista hacia el perro, que danzó en círculo moviendo la cola.

—Voy a dejarte en el suelo para que conozcas a Yoda. Más vale que os hagáis amigos.

Tras dejar a Pye en el suelo, cruzó los dedos. Yoda meneó la cola, aulló y la olisqueó. La gata se movió de aquí para allá, como aguardando a que el perro le aliviara un picor con su roce.

A continuación se estiró bajo la mandíbula de Yoda como para aliviárselo ella misma y se escabulló en dirección al salón para —según supuso Cleo— comenzar a explorar sus dominios.

—¿A que es ideal? —dijo Cleo. Se giró cuando Sonya entró con un cargamento en los brazos—. Y han hecho muy buenas migas. Anda, dame algo. Deja ahí mismo la cesta de bienvenida y lo demás. Voy a guardar la comida. Pondré el arenero junto a la puerta de servicio, si te parece bien.

—Ese sería el sitio más indicado.

—Pero voy a enseñarla a salir con Yoda.

En la entrada, cuando se disponía a ir a por el resto de bolsas, Sonya se detuvo.

—¿Vas a enseñar a una gata a hacer sus necesidades fuera?

—Voy a enseñar a esta gata a hacer sus necesidades fuera. Cuando lo haga, el arenero será solo para emergencias. Vamos, Yoda, a ver si nos sigue.

Pye los siguió, a su propio ritmo, con su grácil porte.

Cuando Sonya regresó, Cleo sonrió.

—Voy a colocar sus boles de comida y agua al lado de los de Yoda para que aprendan a comer juntos. Esa es la primera fase de aprendizaje para hacer caca juntos.

—Si tú lo dices…

—Pues sí. He encargado un rascador para gatos. Estuve mirando online, y me decanté por la elección de Lucy, que de hecho parece un árbol. Puedo colocarlo en el estudio. Y he encargado una camita monísima. Es como una cuevecita rosa.

—Rosa.

—Es hembra. Bueno, cuéntamelo todo.

—Empezaré por lo bueno. El bufete busca algo similar a lo que diseñé para los Doyle: con un aire actual, con fotos, perfiles biográficos… No se trata de una empresa familiar, pero puedo crear la misma sensación, solo que un pelín más formal. Ya me han devuelto el contrato. Estoy en deuda con Deuce por la rapidez en ese sentido. Ya me los había agenciado.

—Tú te lo curraste para agenciártelos —le recordó Cleo—, pero le daremos a Deuce un fuerte abrazo.

—Conocen a Corrine, y les gustaron tanto las fotos que van a ponerse en contacto con ella, a contratarla si está disponible para que se encargue de las suyas. O sea, sé que para empezar contaré con excelentes imágenes con las que trabajar. ¿Son estas las salchichas que buscabas?

—Sí. ¡Un punto! Ahora a ver si consigo que la receta me salga la mitad de bien que a mi *grand-mère*. Ponme al día sobre Dobbs.

—Como la otra vez, apenas habías arrancado cuando montó el numerito.

—Ella cree en el «divide y vencerás», pero eso es una gilipollez. —Cleo miró fugazmente hacia arriba con sus ojos felinos—. Aquí no hay división que valga. ¿Qué hizo?

Sonya comenzó a narrarlo desde el principio mientras terminaban de guardar la compra y le ponían comida y agua a Pyewacket. Cleo colocó el arenero junto a la puerta de servicio, donde en opinión de Sonya se convertiría en un elemento básico de la casa.

—Me da rabia que hayas pasado por todo eso tú sola.

—De hecho, yo opino que es bueno. He demostrado (a ella y a mí misma) que soy capaz de apañármelas frente a sus maquinaciones. Y, a pesar de que estuve a punto de llamar a Trey, siento una tremenda satisfacción por haber salido airosa yo sola.

—No te cortes en llamarlo, o a mí. Tenlo presente.

—Lo haré —prometió Sonya—. Cuando sea necesario. Bueno, tengo que ponerme las pilas, sobre todo si pretendo sacar un poco de tiempo para la presentación de Ryder. ¿A qué hora tienes previsto cocinar? Quiero echarte una mano.

—Cuando Owen eche un vistazo al cuadro y yo vea los planos de mi velero.

—Buena idea.

—Sigue con lo tuyo. Yo voy a dar un paseo con Yoda y Pye, a comenzar su adiestramiento.

Sorprendida, Sonya bajó la vista hacia la elegante gatita.

—¿Vas a dejarla salir?

Cleo respondió en tono seco:

—Estar al aire libre es un factor esencial para que aprenda a hacer sus necesidades fuera, Son.

—¿No te preocupa que se escape?

—Lucy me dijo que la había tenido en su jardín. Está vallado, pero ella puede trepar. La gata sabe cuándo va a estar bien, y en la finca va a estar mejor que bien.

—Entonces vale. —Sonya miró a la gata de nuevo con cierto recelo, pero volvió al tajo.

Cuando oyó a Cleo escaleras arriba, arrullando al animal, se relajó.

—¡Ha hecho pis!

Sonya, con gesto divertido, levantó el pulgar en dirección a su amiga.

Yoda no subió al trote las escaleras; al cabo de unos minutos, Sonya oyó el sonido de la pelota rebotando y sus raudas pisadas.

Pensó: «Todo está bien en la casa solariega».

8

Bien entrado el mediodía, Sonya se hallaba enfrascada en el trabajo hasta tal punto que no se percató de que Cleo bajó las escaleras. Pasadas las cinco, se sobresaltó con el dong del timbre.

—¡Voy yo! —dijo Cleo en voz alta.

Poco después, Cleo y Owen se presentaron en la puerta de la biblioteca. Yoda salió disparado a saludar a Jones. Este reaccionó moviendo la cola con aire digno, ignorando con toda la intención a la gata, que los siguió con sigilo.

—Vamos a subir al estudio. Si no has terminado para cuando acabemos, no pasa nada. Puedo reclutar a Owen como ayudante de cocina.

—Estoy a punto de dejar de trabajar. Mi cerebro empieza a echar humo.

—Primero voy a soltar mis cosas en la habitación —dijo Owen.

Cuando Owen se internó en el pasillo, Cleo hizo una seña.

—Fíjate. Lo está siguiendo igual que los perros. Cuando ha entrado en la casa, ella se ha ido derecha hacia él y se ha enroscado entre sus piernas.

—Qué descarada.

—¿A que sí? Pye y su perro no se han dignado a mirarse. Pero cuando Owen se ha agachado a acariciarla, Jones ha apartado la vista. Con aversión, Son, te lo juro. Y Pye se ha puesto a ronronear. Extasiada.

—Creo que estás celosa.

—Puede. Un pelín. —Se encogió de hombros restándole importancia y, cuando Owen regresó con la gata y los dos perros pisándole los talones, añadió—: En principio no tardaremos mucho.

—Tomaos vuestro tiempo. Estaré lista para cuando acabéis.

Cleo empezó a subir las escaleras.

—No te tomaba por alguien amante de los gatos.

Owen la miró fugazmente.

—¿Por qué no?

—Por el perro con el parche en el ojo.

—Perros, gatos..., qué más da. Por lo general, resulta más fácil tratar con animales que con muchas personas, estén vivas o muertas. ¿Apareció anoche para lanzarse en picado?

—No estoy segura, pero hay novedades. Hagamos esto primero.

En la segunda planta, él miró en dirección al salón dorado.

—Se respira tranquilidad.

—Ha armado un poco de jaleo a mediodía.

—Y a pesar de ello pasas mucho tiempo aquí arriba.

—Ni de coña me va a privar de mi estudio.

Cuando entraron, él entendió el motivo. Porque todo cuanto vio fue el lienzo.

Esa belleza sobre las rocas, los colores, los primorosos detalles hasta en el chorro de agua que emanaba de la ballena.

Y la magia en el interior de la esfera.

Dejó el tubo con los planos encima de la mesa de trabajo.

—La espera va a merecer la pena. Caray, es... No encuentro la palabra para definirla, y eso que no me suelen faltar cuando las necesito. —Apartó la vista de la obra para mirar a la artista—. Sabía que eras buena, pero no hasta este punto.

—Considero que es lo mejor que he hecho hasta ahora, o sea que más vale que la cuides.

—Por eso no te preocupes. —Dio un paso al frente.

—¡No toques!

—Vale. —Owen se metió las manos en los bolsillos—. Tienes razón en lo relativo al marco, y puedo fabricar uno que sea apropiado para ella. Necesito las medidas.

—Sesenta por setenta y cinco centímetros, y tres centímetros de grosor.

—¿Son exactas?

—Sí.

—Vale. Tomo nota. Será mejor que eches un vistazo al diseño porque, una vez que empiezo, no paro. Nada de cambiar de parecer.

—Cuando tomo una decisión, voy hasta el final. —Cleo se plantó una mano en la cadera—. Cuando hago un trato, lo cumplo.

—Entonces echa un vistazo, y mantén tu palabra.

La gata se encaramó de un salto al respaldo del sofá de dos plazas, desde donde observó a los perros como una reina a sus súbditos.

En la mesa de trabajo, Owen sacó los pliegos y los desenrolló.

Cleo permaneció en silencio mientras miraba con atención los bocetos desde babor, desde estribor, desde la proa y desde la popa.

En los costados se alzaban sendas tallas de sirenas. Otra, con el cabello ondeando hacia atrás, adornaba la proa.

Constató que era su sirena. Él había esculpido la réplica de su rostro, de su pelo, sobre el velero por el que ella la había intercambiado.

Él se lo acababa de decir, y ahora ella pensó lo mismo de él.

Cleo sabía que era bueno, pero no hasta ese punto.

—No me lo esperaba —consiguió decir. Apretó las yemas de los dedos contra los labios y se apartó.

—Oye, si quieres algo más…

Ella se limitó a mover la mano con un ademán, soltó una bocanada de aire y se volvió hacia él. El sol del atardecer que entraba a raudales a través de las ventanas por detrás de ella proyectó un halo alrededor de su pelo.

—Desde que me mudé a Boston no pude tener mi propia mascota ni mi propio velero. Tenía otras prioridades, como los estudios, y después labrarme un porvenir profesional. Luego me trasladé aquí, donde estaba Yoda, que, aunque sea de Sonya, es como si fuera mío. Y a partir de hoy tengo a Pye. Cuando te dije cómo la iba a llamar, tú sabías de dónde procedía el nombre.

—Claro. Es un peliculón. Me gustan los clásicos.

—Sí, y a mí. Yo sabía que construirías un velero que fuera sólido, que se manejara bien. Un velero con el que disfrutaría navegando por la bonita bahía. Pero lo que no esperaba es que diseñaras uno que me fascine como este. ¿De verdad eres capaz de hacer esto? ¿De tallar estas sirenas?

—Claro. ¿Para qué iba a invertir tiempo en diseñar algo que no fuera capaz de construir?

—Pues es perfecto, y me quedo corta. Y antes de que me lo digas, te prometo que cuidaré bien de él. ¿Cuánto tiempo he de esperar para navegar?

Él volvió la vista hacia el cuadro.

—Varios meses.

Ella se echó a reír y negó con la cabeza.

—¿En serio?

—Y eso porque ya he empezado a construirlo. Si no lo quieres, alguien lo querrá.

—Ya has empezado —musitó Cleo—. Lo quiero. Nadie más va a capitanear La Sirena.

Él no tuvo más remedio que sonreír.

—¿Ya le has puesto nombre?

—Ningún otro sería apropiado.

—Es un buen nombre. —Se acercó a ella y le tendió la mano—. Hecho.

—Hecho —acordó ella—. Pero seamos realistas: este trueque se merece algo más que un fuerte apretón de manos.

Ella se pegó a él y posó las manos sobre sus hombros. A juzgar por la mirada de Cleo, él intuyó que pretendía que el beso fuera suave y juguetón.

Él tenía otra idea en mente.

De modo que, cuando Cleo rozó los labios con los suyos, él le dio un tironcito hacia delante y avivó el fuego.

Había estado cociéndose a fuego lento durante un tiempo y, si no se había estado cociendo en ella también, se figuró que se lo haría saber de inmediato.

Él notó su sorpresa, pero ninguna resistencia. A continuación deslizó la mano hacia arriba por su hombro y enredó los dedos entre su pelo.

Ella avivó el fuego unos cuantos grados más.

Owen tenía maña, lo cual no sorprendió a Cleo. La sujetó por las caderas con sus grandes y fuertes manos, y movió la boca con seguridad y experiencia sobre la de ella.

Cleo se entregó al momento, superó la tormenta que dejó a un lado los tanteos y coqueteos y abrazó la lujuria sin el menor reparo.

Y en ese instante, lo que experimentó en su cuerpo no fue una sacudida, sino una explosión. No solo lo aceptó, sino que, agradecida, se entregó.

Desde su bolsillo, Marvin Gave sugirió *Let's Get It On* [«Pongámonos con ello»].

«Todavía no, todavía no», se dijo para sus adentros.

E instantes después permanecieron inmóviles, con los cuerpos aún pegados, las caras a escasos milímetros, los ojos abiertos y atentos.

—Ha llegado el momento de recular —afirmó ella.

—¿En serio?

—En serio. Y lamentablemente. —Posó la mano en la mejilla de Owen y retrocedió despacio—. Dejaremos... correr esto durante un tiempo.

—Un tiempo.

—Somos adultos, o sea, los dos sabemos que el siguiente paso, si lo damos, es el sexo. Yo tengo reglas respecto a eso.

—Eh, yo también. ¿Cuáles son las tuyas?

—Primero, nada de sexo con hombres casados, o con hombres con relaciones serias. Ni siquiera los que mantienen relaciones esporádicas tienen un pase. El primer rollo puede ser algo puntual, sin compromisos, sin expectativas. Pero no hay segundo ni sucesivos a menos que sea una relación exclusiva por ambas partes. Quien quiera acostarse con otras mujeres, adelante, pero yo no seré una de ellas.

—¿Eso es todo?

—Bueno, la lista continúa y abarca cosas como el respeto, la sinceridad y demás, pero esos son los términos generales y esenciales. ¿Los tuyos?

—Nada de mujeres casadas, nada de mujeres enrolladas con otro tío: eso es una completa estupidez. No pongo pegas a los rollos de una noche si las cosas se dan así. Si ella dice no (y hay más formas de decir no que con una palabra de dos letras), apechugas, y punto. Yo no voy a liarme con una mujer que a la primera de cambio tontee con otro. Tampoco voy a ir de flor en flor. En cualquier caso, es de lo más insultante. —Jones se acercó para sentarse a su lado, como un compinche—. Si estoy interpretando esto bien —continuó Owen—, estás diciendo no a que me meta en tu cama esta noche.

—Así es. —Ella se quedó mirándolo con sus ojos ámbar—. Por desgracia.

—Pero no definitivamente.

—Me gustas. Me gustaste desde el primer instante. En ningún momento agobiaste a Sonya, en ningún momento la hiciste sentir culpable por aparecer de la noche a la mañana como heredera de esta casa junto a todo lo demás. —Levantó una mano cuando él hizo amago de hablar—. De tratarse de otra persona, podría haber sido diferente. Pero eso es impropio de ti, así que me gustaste. Y reconozco a los verdaderos amigos cuando los veo, porque yo lo soy. Tú eres un verdadero amigo de Trey, y yo doy mucha importancia a la lealtad. Siento un gran respeto hacia los tíos hechos y derechos, cosa que tú pareces ser. Pero, más allá de eso, para mí fue la manera en que atravesaste sin titubear ese maldito espejo.

—Mira, me atribuyo el mérito si con ello se reduce lo de «un tiempo», pero ¿qué diablos se suponía que debía hacer si no?

Ella sonrió.

—Y el hecho de que preguntes eso, de que adoptes esa actitud de leve enojo es precisamente la razón por la que me gustas y me atraes.

—Entonces ¿por qué no me dejas meterme en tu cama esta noche?

—Porque una vez que empecemos, resultará difícil parar si alguno de los dos lo decide. —Extendió las palmas de las manos con un ademán—. Es una cuestión de amistad. La tuya con Trey, la mía con Sonya, la mía con Trey, la tuya con Sonya... No sé tú, pero yo nunca he sido capaz de mantener la amistad con un ex. De fachada quizá, pero no en el fondo. Porque, en fin, por alguna razón son ex.

—Ahí me has pillado. Trey y Bree lo han conseguido, pero me parece que son una excepción.

—O sea, que nos daremos un tiempo.

—Hecho —convino él, y posó las manos sobre ella de nuevo.

Cleo se rio.

—Qué pillo. Así me gusta.

Él no se había equivocado con respecto a lo que se cocía a fuego lento y, a juzgar por su impresión, no tardaría en llegar al punto de ebullición.

De modo que podía esperar. Un tiempo.

Sonya, que apareció en el umbral justo cuando se separaron, retrocedió de inmediato.

—Uy, perdón.

—No pasa nada —le dijo Cleo, sin apartar los ojos de Owen—. Solo estábamos cerrando un trato.

—Llevabais aquí arriba más tiempo del que... Se me ha ocurrido venir a echar un vistazo. Perdón.

—No pasa nada —repitió Cleo—. Ven a echar un vistazo a mi velero.

Cuando Cleo se acercó a la mesa de trabajo, Sonya, claramente aturullada, la siguió.

—Igual sería mejor que... ¡Oh, Dios mío! ¿Es este el velero? ¡Sirenas! Oh, qué bien encaja contigo, Cleo. Owen, encaja de maravilla con Cleo. Es perfecto.

—Repite eso cuando termine de construirlo. ¿Hay cerveza?

—Sí. Oh, me encanta. Casi me dan ganas de encargar uno para mí.

—Tú vas a tener una caseta para perros.

Sonriendo, Sonya lo miró.

—Ah, ¿sí?

—Hicimos un trato.

—Tratos por todas partes —comentó Cleo—. Tengo que ponerme con la cena.

—Vamos, te echo una mano.

—Voy a enrollar los planos y a llevarlos a mi cuarto. Enseguida bajo a por esa cerveza.

Cuando se marcharon, Sonya miró a Cleo y movió la mano delante de la cara como abanicándose por el sofoco. Cleo se limitó a poner los ojos en blanco y le dio un golpecito con el codo.

—Quiero que me lo cuentes con todo lujo de detalles —dijo Sonya entre dientes.

—Luego. Hay que preparar la cena, y voy con retraso.

—Porque estabas ocupada besando a Owen.

—Entre otras cosas. No esas cosas. —Puso los ojos en blanco de nuevo—. Mirando el diseño del velero, deliberando.

—Va a quedar precioso, y tan ideal para ti... Te ha calado, la verdad sea dicha.

Mientras bajaban por la escalera principal, la puerta se abrió. Mookie entró como una exhalación con Trey a la zaga.

Contenta de que hubiera usado su llave, Sonya se fue derecha hacia él, lo abrazó con fuerza e irguió la cabeza para besarlo.

—Hemos estado arriba viendo los planos del velero de Cleo. Es impresionante.

—Lo he visto, y estoy de acuerdo.

—La cena va a retrasarse un poco —le dijo Cleo—. Sonya y yo tenemos que ponernos las pilas.

—Dejaré mis cosas arriba y os echaré una mano en lo que pueda. Hey —dijo al ver a Owen escaleras abajo con Jones, y la gata.

—¿Quién es esta?

—Mi gata. Pyewacket. Por lo visto se ha encariñado de Owen.

Trey se puso en cuclillas y le acarició el lomo con delicadeza. Ella se arqueó bajo su mano y ronroneó como un motor bien afinado.

—Y parece voluble —apostilló Cleo—. Vamos a dejar salir a los perros y a Pye, y nos ponemos manos a la obra.

—¿Vas a dejar salir a la gata con los perros?

—Estoy adiestrándola para que haga sus necesidades fuera —explicó a Trey.

—Vale. Bueno, eso debe de ser interesante.

—Voy a por una cerveza —dijo Owen—. ¿Quieres una?

—Sí. Bajo en un minuto.

—Date prisa. Tenemos mucho que contarte. Y Cleo y yo vamos a poner a Owen al corriente del episodio de anoche.

—Me da la impresión de que voy a necesitar esa cerveza. —Owen se detuvo junto a la sala de música de camino a la cocina.

—Ese es el más reciente.

—Es Lisbeth. La encontré en el armario del estudio. Todo comenzó con ella.

—Empezaré yo. —Sonya abrió la puerta de servicio a los animales, y comenzó el relato de la noche anterior.

Mientras ella daba cuenta de unos cuantos detalles, Cleo sacó la olla que quería y encendió el fogón.

Owen tenía una cerveza preparada para Trey cuando este entró.

—Una noche movidita —comentó Owen.

—Durante un rato. ¿Has visto el retrato?

—Sí. —Owen se dirigió a Sonya—. Entonces la viste. No se puede decir que en carne y hueso exactamente.

—Esa fue mi impresión. Parecía muy vital, muy vivaz. Me pregunté si tú la habrías visto, junto al resto del grupo, lo mismo que yo.

—En mi opinión, es posible. Sonya, empieza a cortar el pollo en dados. —Cleo echó el pimiento rojo, la cebolla y el apio que había picado a la olla, donde ya se habían dorado las salchichas—.

A mi entender, como esta vez Trey y yo oímos algo, fue diferente a lo del espejo. Pero Owen es un Poole, así que creo que sí.

—A lo mejor Collin vio algo también. —Sonya se puso a trocear el pollo, con menos rapidez y más precisión que Cleo con las salchichas.

—A lo mejor. —Owen removió las verduras—. Apuesto a que los retratos son otro zasca.

—Coincido contigo. —Trey sacó vino y sirvió dos copas.

—Bueno, le fastidió que los colgáramos, eso fijo. Gracias. —Sonya dejó de trocear el pollo para coger la copa—. Y hoy...

Bebió un trago de vino y dejó la copa para continuar con la tarea mientras lo narraba.

—Ha conjurado unos cuantos trucos. —Owen observó a Cleo mientras esta agregaba ajo y hierbas aromáticas a las verduras y removía.

—¿El humo no te alcanzó? —preguntó Trey.

—No. Levanté las piernas. De lo contrario seguramente habría sufrido quemaduras causadas por el frío. Estuve a punto de llamarte. No me avergüenza reconocer que me sentí al borde del pánico. Pero cesó, todo cesó de repente. Clover estaba allí —musitó—. Ahora que lo pienso, creo que todo el rato. Creo..., creo que noté su presencia.

En su teléfono empezó a sonar *I Won't Back Down* [«No me achantaré»] de Tom Petty.

—Exacto, ni nosotras. ¿He troceado bien el pollo, Cleo?

—Mejor que si hubieras usado una regla. Hay que sofreírlo. ¿Y si dejamos entrar a los niños?

—Voy yo. —Owen se dirigió a la puerta y se echó a reír—. La gata está persiguiendo a los perros. No os lo perdáis. Hasta ha conseguido que Jones se anime.

—Es como el juego del pillapilla —comentó Sonya cuando echaron un vistazo fuera—. Ella persigue a uno, y después vuelve a por el siguiente. Me figuro que lleva la voz cantante.

—Las chicas listas tienen la sartén por el mango. —Satisfecha, Cleo procedió a saltear el pollo—. Supongo que pueden quedarse fuera un rato, ya que lo están pasando bien.

Mientras Cleo removía, la carne chisporroteó y el aroma se acentuó.

—¿Cuánto tarda eso? —inquirió Owen mientras ella mezclaba el pollo dorado con el resto.

—¿Esta parte? Según mi *grand-mère*, diez minutos más o menos. Después se añaden las especias y demás, y se deja hasta que hierva. Luego se tapa y se deja a fuego lento unos cuarenta y cinco minutos, removiendo varias veces.

—O sea, más o menos una hora. Me parece que voy a husmear un poco. —Miró a Trey—. ¿Te apuntas?

A modo de respuesta, Trey dejó la cerveza sobre la isla.

—En el salón dorado no —dijo Sonya.

La frustración ensombreció la mirada de Trey al volverse hacia ella.

—Guapa, tarde o temprano habrá que abrir esa puerta de nuevo.

—Esta noche no. Entre el episodio de anoche y el de esta mañana... Esta noche no. Tarde o temprano... Tienes razón, me consta que tienes razón.

—Esperaremos.

—Pretendes removerla como yo estoy removiendo lo que hay en esta olla —comentó Cleo girando la cabeza—. Bien. Tendréis que esperar hasta que pueda poner esto al mínimo para que os acompañemos.

Sonya bebió un largo trago de vino.

—Y hay que dejarlos entrar antes, pues ella podría conjurar algo para atacarlos. No nos separaremos.

Cuando en el teléfono empezó a sonar *Livin' on a Prayer* [«Viviendo de una plegaria»] de Bon Jovi, Sonya lo miró con incredulidad.

—Se trata de permanecer juntos —señaló Owen—. Me figuro que el hecho de que tengamos tres retratos y que tú y yo atravesáramos el espejo y regresáramos al presente significa que, si no estamos a medio camino, nos encontramos puñeteramente cerca.

—Ha estado tranquila desde esta mañana. Cargando las pilas de su maldad.

—Según Cleo, ha hecho un poco de ruido a mediodía.

Al oír el comentario de Owen, Sonya se giró de sopetón.

—No me lo has dicho.

—Bueno, es que hace un poco de ruido la mayoría de los días. Y hoy ha sido menos que de costumbre. Lo único que pretende es hacerme saber que está ahí.

Considerando que era el momento indicado, Cleo sazonó el salteado con cayena y pimentón y lo removió. Tras verter tomate triturado y caldo de pollo, añadió un chorrito de vino, que en su opinión nunca estaba de más, antes de calcular la cantidad de arroz.

—Cuando hierva, pondré la alarma para que suene treinta y cinco minutos después.

—Habías dicho cuarenta y cinco.

—Los últimos diez son para los langostinos —explicó a Owen—. Y para rezar para que no la haya cagado en algo.

—Huele fenomenal. —Trey le frotó el hombro a Sonya—. Voy a dejar entrar a nuestros cuatro amigos. Subiremos a la segunda planta. De todas formas, tengo ganas de ver el cuadro de Cleo…, bueno, de Owen. Y echaremos un vistazo al armario del estudio, por si las moscas. No tocaremos su puerta.

Sonya asintió con la cabeza.

—Pero se mosqueará cuando subamos en tropel allí arriba. Sí, se merece un zasca después de lo de esta mañana. Tienes razón. Todos tenéis razón.

Cuando Trey abrió la puerta, Pye entró pavoneándose, se encaramó de un salto a una silla de la mesa de comedor y empezó a lamerse.

Los tres perros se dejaron caer al suelo como si estuvieran extenuados.

—Los ha agotado —señaló Trey.

—Ya se encuentra a sus anchas. —Sonya asintió con la cabeza—. Sé de buena tinta cómo se siente. Este es nuestro hogar. Yo debería ser capaz de plantarme en esa puerta de allí arriba y echarla de mi casa con cajas destempladas.

—Esta mañana estabas sola —puntualizó Owen—. Te alteró, pero lo habría logrado con cualquiera.

—Así es, y quizá en parte sea esa la razón por la que soy reacia a que abráis esa puerta. Porque, sinceramente, considero que no es el momento de enfrentarse a ella de esa manera. Creo que antes necesitamos algo más, aunque no sé qué. —Resopló—. He de organizar una visita a Gretta Poole. También he estado remoloneando con eso. Estoy enfadada, enfadada por lo que hicieron con mi padre y Collin, con los bebés de Clover. Y Gretta Poole participó en ello.

—Yo no la conocí..., no la conozco demasiado —comentó Trey—. Supongo que siempre me pareció mayor. Mayor y... —Dejó la frase inacabada y se encogió de hombros.

—No quiere faltar al respeto a una mujer en ese estado. —Owen olisqueó el guiso—. A mí eso no me supone ningún problema. Ella es lo que es, fue lo que fue: pusilánime. Mi abuela solía decir que una medusa tenía más agallas que Gretta Poole. Nunca percibí nada para rebatírselo. Esto está hirviendo.

—Voy a dejarlo un minuto más. —Cleo lo removió otra vez—. Yo te acompañaré, Sonya.

—Gracias, pero creo que la visita de dos desconocidas podría abrumarla.

—Guapa —dijo Trey al tiempo que le acariciaba el pelo a Sonya—. A estas alturas todo el mundo es desconocido para ella.

—Supongo que tienes razón. De todas formas, tal vez convendría que fuera un encuentro entre dos, sobre todo en vista de que podría quedar en nada.

—Si cambias de parecer, iré contigo. De lo contrario, podría ser interesante pasar un rato a solas en la casa solariega. La verdad es que todavía no he tenido la oportunidad, salvo cuando llegué por primera vez y no estabas.

—Y bajaste a las dependencias de los criados. Sola, en una casa vacía, a sabiendas de que estaba encantada.

—¿Ves? —Satisfecha, Cleo puso el fuego al mínimo, removió el guiso por última vez y tapó la olla—. Es interesante. Cada vez que salgo a hacer recados te quedas aquí sola..., bueno, sola lo que se dice sola, no.

—¿Y qué me dices de lo que ha pasado hoy? —replicó Sonya.

—Has manejado la situación —respondió Cleo al tiempo que ponía la alarma en su teléfono—. ¿Acaso no me crees capaz de hacer lo mismo?

—No es eso. Es que...

—Vas a hacerme sentir como si este no fuera también mi hogar.

—¡Oh, eso es un golpe bajo!

—¿Para qué apuntar alto? —Cleo se guardó el teléfono en el bolsillo.

—¿Por qué no...? —A Trey se le apagó la voz ante los dos gestos femeninos enardecidos. Levantó las manos con un ademán y reculó.

—Estaré ausente más tiempo del que tardarás en hacer los recados. Al menos organizaré el viaje a Ogunquit para que coincida con la próxima vez que tengas previsto ir al pueblo. Y podías pasar un buen rato a tu aire, a lo mejor almorzar con Anna, o explorar sitios para pintar.

Una vez más, Cleo se plantó una mano en la cadera: una señal inequívoca de que se había cerrado en banda.

—Tú organiza el viaje para cuando te sea posible, y yo iré contigo o bien me quedaré aquí y cuidaré de mí misma. Lo mismo que haces tú en mi ausencia. Cuidamos la una de la otra, Son, pero las dos tenemos que defendernos solas.

—¿Llamarás a Trey o a Owen si pasa algo?

—¿Como has hecho tú hoy? —Cleo movió la mano con un ademán conciliador—. Vale, estuviste a punto de hacerlo, así que yo haré lo mismo. Si pasa algo y me muero de miedo, pediré auxilio. Te lo prometo.

—De acuerdo.

—Bien. Ahora, vayamos a sacudir la jaula de esa arpía.

En los cuatro teléfonos empezó a sonar *Times Like These* [«En momentos como este»] a todo volumen.

—Los Foo Fighters. —Owen negó con la cabeza y sonrió con socarronería—. Si Clover no estuviera casada, aunque fuera mucho más joven o mucho mayor que yo (según se mire), sería la chica de mis sueños.

9

Cuando Sonya pensaba en el salón dorado, recordaba la sangre sobre un vestido blanco de novia, a una mujer gritando mientras agonizaba congelándose en una tormenta de nieve, o a otra pugnando desesperadamente por dar a luz a sus gemelos hasta el límite de sus fuerzas.

Recordaba los asesinatos y la locura.

Como leyéndole el pensamiento, Trey la agarró de la mano.

—Estaremos bien.

Lo dijo con tal convicción mientras subían las escaleras que ella casi lo creyó.

Casi.

—Como dijeron Han Solo y otros, esto me da mala espina.

—Tienes que creer que la Fuerza nos acompaña —repuso Trey—. Siempre va con los buenos.

Owen, detrás de él, imitó la respiración de Darth Vader, y se ganó un puñetazo en el brazo por parte de Cleo.

—Oye, que yo prefiero mil veces a Vader que a Dobbs. —Owen miró hacia atrás cuando pasaban por la biblioteca—. Esperad un momento. —Entró a examinar el panel de ideas de Sonya.

—¿Es esto lo de Ryder? Has conseguido tu representación multigeneracional —comentó—. Con fluidez. Con audacia. Sabes lo que haces.

—La mayor parte del tiempo.

—Sabes lo que haces —repitió él, y esta vez se ganó una de las sonrisas de Cleo.

Dos hombres, dos mujeres, tres perros y una gata se dirigieron a la segunda planta.

Se oyó un latido lento y constante, un pálpito sordo e intenso.

Cuando llegaron al descansillo, la silueta de la puerta del salón dorado brillaba en rojo.

—Supongo que le fastidia que todos subamos aquí arriba a la vez. En fin. —Sonya asió con fuerza la mano de Trey—. Ya que hemos llegado tan lejos…

El sonido adquirió velocidad e intensidad conforme recorrían el largo pasillo donde la luz del sol que entraba por las ventanas del estudio de Cleo moteaba la penumbra.

Los animales reaccionaron: Mookie con un sonido ronco, Yoda con un gruñido estridente y Jones con un trío de ladridos guturales.

Cuando la gata siseó, Cleo la cogió en brazos.

—Aquí hace más frío. —Trey miró fugazmente a Cleo—. ¿Es habitual cuando subes a trabajar?

—Hasta ahora no. Si le diera por ahí, bueno, tengo muchos jerséis.

Al llegar al estudio de Cleo, Trey se detuvo y, sin soltar de la mano a Sonya, entró para contemplar la pintura.

—Esto merece un guau gigantesco. Un guau gigantesco y glorioso. Owen, yo diría que vas a necesitar diseñar un velero mejor, pero, como he visto los planos, es un trato justo. ¿Y si echamos un vistazo en el armario?

Sonya se encaminó hacia él y lo abrió. Tan solo vio los materiales que Cleo tenía actualmente, bien organizados.

—El próximo en aparecer debería ser el de Agatha. Pero no esta noche. —Cerró la puerta del armario.

—Aquí hace menos frío que en el pasillo —observó Trey—. Y no solo porque entran los rayos del sol.

—Es que hay unos cuantos amuletos para ahuyentarla o, bueno, para acallarla.

—¿Como qué? ¿Cristales e incienso?

Cleo miró con frialdad a Owen.

—Si crees en fantasmas como el que está montando este numerito, ¿por qué no en lo demás?

—Vale, ahí le has dado.

El ruido procedente del salón dorado aumentó con el estrépito de las ventanas al abrirse y cerrarse de golpe.

—Me parece que su jaula está traqueteando —señaló Trey, y salió al pasillo.

El resplandor de la silueta de la puerta adquirió una tonalidad de un rojo llameante al tiempo que la puerta se combaba hacia delante y hacia atrás, como si respirara.

Owen, a su lado, enganchó los pulgares en los bolsillos de su pantalón.

—Odio atribuirle mérito, pero este truco tiene su punto.

Obviamente en desacuerdo, Jones echó a correr como una flecha por el pasillo y se puso a ladrar como un poseso delante de la puerta oscilante.

—Venga ya, tío.

Mientras Owen iba en busca de su perro, Sonya exclamó:

—¡No toques la puerta! Dobbs está en todo su apogeo.

—No lo haremos. Quieto —advirtió Trey a Mookie con un dedo en alto antes de echar a correr detrás de Owen.

—Vale, tú eres el perro más grande. Ahora vamos a... —Cuando Owen se inclinó para tirar de Jones, la puerta se abrió de sopetón.

Y el perro entró a la carrera.

—Ay, mierda, no. —Sin vacilación, Owen lo siguió de inmediato.

Trey volvió la vista fugazmente hacia Sonya.

—No me queda otra —dijo antes de entrar de un salto. Y la puerta se cerró de un portazo.

—¡Mierda! Mierda. Sujétala. —Cleo soltó a la gata siseante en los brazos de Sonya—. Tengo algo que podría servir.

Cuando Cleo corrió en dirección al estudio, Sonya se quedó plantada con dos perros gruñendo y una gata enojada.

—Joder. ¡Joder!

Sonya recordó que Dobbs se alimentaba de miedo y aflicción. Por tanto, no le proporcionaría ninguna de las dos cosas. Avanzó a grandes zancadas, al tiempo que en su teléfono empezó a sonar *Evil Ways* [«Maldad»] de Santana.

—Sí, ella la tiene. Y también tiene a mi puñetero novio, a mi primo y a un perro ahí dentro.

—¡Espera! —Cleo fue a su encuentro a toda prisa con una varilla humeante de salvia blanca.

—¿En serio, Cleo? ¿Contra esto?

—Mi *grand-mère* la elaboró con sus propias manos. No la desprecies. Creer es gran parte de la magia. ¡Madre mía! ¡Sonya!

La puerta latió, y una gélida ráfaga de viento huracanado se coló alrededor de los bordes y azotó el pasillo. El estruendo que había tras ella parecía una guerra.

—¿Qué diablos está pasando ahí dentro?

—Debemos mantener la calma. —Con el pelo ondeándole hacia atrás, Sonya dejó a la gata en el suelo y agarró la mano libre de Cleo—. Es lo contrario de lo que quiere hacernos sentir. Calma.

—Estoy en ello. —Cleo empezó a mover en círculo la varilla de salvia humeante alrededor de la puerta—. Ah, la luz frente a las tinieblas. La paz frente a la violencia. El amor frente al odio.

En el interior, el viento se convirtió en un vendaval. El humo se condensó en forma de pájaros que salieron volando por las ventanas.

La cama se elevó a casi dos metros del suelo, e instantes después, se desplomó como una roca. Debajo, el suelo se resquebrajó con grietas negras dentadas.

Y las paredes sangraron.

—¿La ves? —preguntó Owen a bote pronto al tiempo que su aliento expulsaba vaharadas blancas.

—La he visto un segundo. Ahora no.

—Yo sí.

Ella se hallaba a treinta centímetros del suelo, con los brazos abiertos de par en par. Su largo vestido negro aleteaba como un remolino, y su pelo ondeaba como una humareda negra.

Sus oscuros ojos, con un brillo de deleite demencial, se clavaron en Owen, mientras Jones, enseñando los dientes, ladraba a sus pies.

—Un Poole. —Su voz sonó aterciopelada con el viento—. Te das un aire, más tosco, pero te das un aire al que me contagió su lujuria una noche y luego me dejó tirada por una furcia sumisa. Que la maldición recaiga sobre él, sobre ti, sobre todos los Poole. Aquí mando yo.

—¿Y todo esto por un rollo de una noche? Menuda gilipollez. Qué patético. Vete a vagar por el infierno.

Aunque Trey no veía a Dobbs, cuando Owen se abalanzó hacia delante, avanzó con él. De pronto, la cabeza de Owen dio una súbita sacudida hacia atrás, y Trey lo sujetó del brazo para que no perdiera el equilibrio.

Mientras Owen se pasaba la mano por la sangre que le caía a borbotones de la nariz y el perro saltaba, la vio cerrar las manos como garras y se preparó para otro golpe.

Una gota de sangre cayó al suelo. Volutas de humo blanco emanaron por debajo de la puerta.

En vez de golpear, Dobbs gritó. En vez de golpear, giró como un remolino, como su pelo, como su vestido. Y se desvaneció.

La habitación recobró la calma.

—¿Qué mierda...?

—Me ha dado un puñetazo, y te aseguro que se disponía a hacerlo de nuevo. Después, paf. Maldita sea, Jones, qué idiota eres. —No obstante, lo dijo con orgullo, al tiempo que el perro iba a su encuentro con aire ufano.

—Tiene algo. —Trey se puso en cuclillas y, tras un breve forcejeo, le arrebató el trozo de tela negra de la boca—. Qué cabronazo. —Levantó la vista hacia Owen—. Esto tiene que ser de su vestido. Le ha arrancado un trozo de vestido.

—Bien hecho, Jones. Eres un puto maniaco.

—Larguémonos de aquí. Las mujeres estarán mosqueadas o desquiciadas. Es probable que ambas cosas.

—Sí, bueno, ¿qué se supone que debía hacer? Nadie se mete con Jones.

Trey abrió la puerta.

Sonya y Cleo se encontraban allí, agarradas con fuerza de una mano, mientras Cleo sujetaba una varilla de incienso humeante con la otra. Los dos perros y la gata estaban sentados, bastante tranquilos. Mookie entró escopetado moviendo la cola y gimoteando.

—Estamos bien. Todos estamos bien. Lo siento, es que...

Sonya terminó la frase.

—No tuviste elección. —Lanzó una mirada a Owen—. Ninguno de los dos. Yo habría hecho lo mismo de haberse tratado de Yoda y Cleo. —Con un tremendo alivio, reprimió el impulso de abrazar a Trey—. Owen está sangrando.

—Me he llevado un puñetazo por las buenas. —Se encogió de hombros—. Aunque no es la primera vez, ni será la última, que me revientan la nariz.

—Hay un cuarto de baño ahí. Ve a lavarte —dijo Cleo—. ¿Necesitas ayuda?

—No, gracias.

—He de ir a echar un vistazo a la cena.

—¿Cuánto tiempo hemos pasado ahí dentro?

—Una eternidad. —Ahora sí que Sonya lo rodeó con sus brazos—. Seguramente menos de cinco minutos, la verdad sea dicha. Vámonos abajo y hablamos.

Pero antes se acercó a la puerta del cuarto de baño.

—Como vuelvas a entrar ahí, seré yo quien te propine un puñetazo.

—Uy, qué miedo. —Inclinado sobre el lavabo, Owen se apretó la nariz—. Se le han agotado las pilas. A mí también. Me apetece otra cerveza.

Satisfecha, Sonya se unió a los otros. A todos menos a Jones, que permaneció sentado junto a los pies de Owen con la cabeza gacha.

—Lo esperaremos para ponerlo en común. Yo he atisbado una imagen fugaz de ella, pero él ha visto más. Y me da la impresión de que han mantenido digamos que una conversación.

Cleo pasó por el estudio para apagar el sahumerio.

—¿Qué es eso?

—Salvia blanca —respondió ella—. De mi *grand-mère*.

—Funciona contra la mala energía —señaló Sonya.

—Vale. Está claro que ahí dentro había mala energía. He faltado a mi palabra.

—Iba en serio cuando he dicho que yo habría hecho lo mismo. Antes de entrar has dicho que no te quedaba otra. Además, en realidad no has faltado a tu palabra. Tú no abriste la puerta, salvo desde dentro para salir, y eso es diferente. Necesito una copa de vino bien llena —apostilló Sonya.

Fueron derechos a la cocina, donde Cleo destapó la olla y removió el guiso.

—Voy a dar de comer a los perros y a la gata. ¿Hay comida para gatos? —preguntó Trey a Cleo.

—Por supuesto. Y para Pye solo la mejor.

Mientras Trey llenaba los boles de los perros, Cleo tapó la olla y cogió una lata; Sonya sacó dos cervezas antes de servirse una copa de vino bien llena.

Cuando Owen entró con Jones, este enfiló derecho hacia su comida, y Owen hacia la cerveza.

Trey lo observó con atención.

—Mañana igual tienes el ojo morado.

—No creo. Teniendo en cuenta la compañía, no voy a decir que golpea como una chica, pero tampoco ha sido como el puñetazo que te propinó aquella vez.

—Vamos a sentarnos. Cleo, ¿puedes dejar eso en el fogón y sentarte? —Sonya llevó su copa a la mesa—. Hay que escuchar todo el relato.

—Para empezar, ha sido muy similar a la primera vez que entré allí: el frío, el viento, la cama flotando en el aire y cayendo al suelo con estrépito, las paredes sangrando… En esta ocasión había humo, y salía a raudales por las ventanas. He visto una imagen fugaz de ella, como la otra vez. Owen ha visto algo más que una imagen fugaz.

—Jones también. Él la ha visto. Es un pibón, para quien le guste ese tipo de mujeres. Con un aire sensual, pero más bien provocativa. Además, está como una puta cabra, y se nota. Estaba levitando a unos treinta centímetros del suelo.

Resumió el resto.

—¿Una noche? —repitió Sonya. ¿No fue una aventura en toda regla, sino un rollo de una noche?

—Así lo describió, y después añadió que ella manda en esta casa.

—Eso es lo que provocó tu comentario de «menuda gilipollez» —asumió Trey.

—Es que es una gilipollez, y me tocó las narices. Mi familia..., la nuestra —rectificó— construyó esta casa. No es suya, y nunca lo será.

—Te abalanzaste sobre ella.

Owen se encogió de hombros y levantó su cerveza en dirección a Trey.

—Bueno, estaba cabreado. Además, tú te lanzaste a por ella conmigo. Entonces... ¡Paf! Me asestó un puñetazo. Se estaba preparando para darme otro, pero... algo cambió. De sopetón. —Chascó los dedos—. Giró a toda velocidad como..., bueno, como una peonza, gritó y acto seguido desapareció.

—Todo cesó —apostilló Trey—. A lo mejor se le agotaron las pilas.

—A lo mejor el incienso surtió efecto. —Cleo se levantó cuando sonó la alarma de su teléfono, y esta vez sacó los langostinos del congelador—. Vi que el humo que despedía penetraba por debajo de la puerta. Desde mi punto de vista, los cabreos (y que conste que no te estoy juzgando) la alimentan. Igual que el miedo, la pena y la aflicción.

—Así es. Y Cleo y yo mantuvimos la calma. Eso la saca de quicio.

—Yo mantuve la calma cuando me lo ordenaste. —Tras agregar los langostinos, Cleo se giró—. La sangre.

—¿Otra vez? —Owen se llevó la mano a la nariz.

—No, ahora no, en ese momento. Fijo que alguna gota cayó al suelo. Así que, en teoría —Cleo volvió a sentarse y cogió su copa— el sahumerio elaborado por una hechicera, la calma y la sangre (la sangre vital) poseen poder.

—Y era sangre de un Poole —puntualizó Sonya.

—¿Piensas que esa combinación neutralizó su poder? —Pensativo, Trey bebió un sorbo de cerveza—. Quizá. Es interesante, y tiene el mismo sentido que lo demás.

—Una cosa más: Jones le dio un mordisco.

Sonya puso los ojos como platos.

—¿La mordió?

—Dudo que lo consiguiera. Pero lo intentó.

—Le arrancó esto. —Trey se sacó el trozo de tela negra del bolsillo.

—¿Es eso...? ¿Es de su vestido? —Cuando él lo dejó encima de la mesa, Sonya, tras unos instantes de vacilación, deslizó los dedos sobre el tejido con suavidad—. ¿Cómo puede ser real, ser tangible? ¿Qué estoy diciendo? ¿Cómo es posible que Molly haga las camas y limpie la casa? ¿Cómo es posible que Jack juegue con Yoda, y todo lo demás?

—Le rasgó el vestido. —Sin vacilación, Cleo cogió el retal—. Muy bien, chico.

—Prefiere «hombre».

—Naturalmente. A lo mejor podemos usar esto. Voy a preguntárselo a mi *grand-mère*.

—Hay que guardarlo en un sitio seguro. No creo que debamos dejarlo en la casa, al menos por ahora.

—Me lo llevaré yo. —Owen alargó la mano—. A fin de cuentas, es el trofeo de Jones. Lo traeré si averiguas que puede ser de provecho, pero entretanto lo pongo a buen recaudo en mi casa. —Miró hacia los fogones—. ¿Todavía no está listo?

Cleo levantó una mano con los dedos extendidos y removió el guiso de nuevo.

—Nosotros ponemos la mesa. —Sonya se levantó.

—Yo voy a dejar salir a los perros. Perdón, a los perros y a la gata. ¿Cómo habéis conseguido mantenerlos tranquilos? —preguntó Trey.

—La verdad, no lo sé. —Sonya sacó los platos y se los pasó a Owen—. Al parecer se tranquilizaron cuando nosotras nos calmamos y Cleo empezó a mover el sahumerio. ¿Qué es esto? —preguntó al fijarse en el plato que yacía sobre la encimera, y levantó el paño de cocina que lo cubría—. ¿Bizcocho?

—Pan de maíz. También de mi *grand-mère*. Dijo que, si pretendía cocinar su *jambalaya,* tenía que hacer pan de maíz para redondearlo. Lo he probado, y creo que me ha salido bien.

—Podíamos haberlo probado todos.

—En un minuto podrás hartarte, Owen, porque me parece que está listo.

Cuando lo emplataron, Owen le hincó el diente de inmediato.

—Tiene un punto picante muy rico.

—Está de muerte —convino Trey.

—Está buenísimo, Cleo. Cuando pienso en cómo has mantenido oculto tu talento...

—No lo he mantenido oculto, Son; ignoraba que lo tuviera. Ahora se ha convertido en una afición que me divierte. Nunca he tenido una afición.

—Las compras.

Cleo negó con la cabeza.

—Las compras son una necesidad, incluso una misión.

Clover tuvo la ocurrencia de poner música de piano estilo *ragtime,* acompañada por una voz grave y fluida.

—¿Dr. John? —Owen cogió pan de maíz—. *Mama Roux*. Oh, sí, Clover es la chica de mis sueños.

—¿Conoces a Dr. John? Es música criolla. Mi *grand-mère* es una fan incondicional.

—Entonces es que la puñetera tiene buen gusto —comentó Owen.

—Es un poco inquietante.

—Como tiene que ser, Son.

—Bueno, brindemos por la chef, y por su *grand-mère*.

Los demás levantaron sus copas con Trey.

Puesto que Cleo había cocinado, Sonya se encargó de repartir las sobras en tres fiambreras.

—¿Os apetece ver una peli? Abajo, en la sala de cine.

—¿Qué tipo de peli?

Percibiendo el recelo de Owen, Sonya sonrió.

—No te preocupes, Cleo y yo reservamos nuestras comedias románticas y dramones para la noche exclusiva para chicas. Las únicas que quedan descartadas son las de terror, cosa que me duele, ya que me chiflan. Pero, después de los sucesos de los últimos días, no voy a tentar al diablo.

—La última de *Indiana Jones* es buena.

—¿Ya la has visto? —preguntó Sonya.

—Sí, pero si una película solo vale la pena verla una vez, es probable que no valga demasiado la pena ni la primera vez.

—Parece ser que hay palomitas de postre. ¿Café, cerveza, Coca-Cola? —preguntó Cleo.

—Coca-Cola, gracias.

—Lo mismo que Trey —dijo Owen.

—Palomitas, cocacolas e Indy. —Sonya asintió con la cabeza—. Un planazo, y en cierto modo es como darle a alguien un merecido zasca en toda la cara para resarcirnos.

Se acomodaron en las cómodas butacas con los perros amontonados por el suelo para echar una cabezada. Pye se repantigó sobre el respaldo de una butaca a echar la suya.

Cuando terminó la película, Sonya aplaudió.

—El fin de una era muy bien logrado. Y qué mejor colofón para este extraño y en definitiva excelente día.

—A mí se me ocurre uno mejor si cabe —le susurró Trey al oído.

—Sinceramente, eso espero. Y ella no ha dicho ni pío.

Subieron en tropel para dejar salir a los animales a una última ronda y lavar los vasos de la sesión de cine.

Una vez más, subieron las escaleras todos juntos. Esta vez se detuvieron en la primera planta.

—Nos vemos por la mañana. O a las tres, o bien —apostilló Sonya— con suerte más tarde.

Esperó hasta llegar al dormitorio para decirle a Trey:

—¿Y bien? ¿Qué era mejor si cabe? —Se echó a reír cuando él la levantó en volandas.

Sonya siguió durmiendo cuando el carillón del reloj marcó las tres, y durante el transcurso de todo lo que ello conllevaba. Trey, tal y como esperaba, vio a Dobbs.

Lo que no esperaba era ver a Owen, con Jones a su lado, de pie en el césped. Abrió la puerta de la terraza y salió.

—¡Por el amor de Dios, Owen!

—Quería echar un vistazo más de cerca —dijo Owen en voz alta, y observó a Dobbs mientras esta saltaba de la escollera—. Y probar una hipótesis.

—Bajo.

—Sí, nos vemos dentro.

Mientras Sonya dormía, Trey se puso los pantalones. Salió con sigilo de la habitación, bajó las escaleras y se dirigió al salón principal, donde Owen estaba apostado junto a una ventana.

—¿Pretendes que Dobbs te reviente la nariz otra vez o algo peor?

—No me ha visto. Como me cabía la duda, puse la alarma de mi teléfono para las tres menos cuarto. Y, qué fuerte, a Clover le dio por poner la versión de Sinatra del clásico *Quarter to Three* [«Tres menos cuarto»]. Bueno, el caso es que salí. —Se volvió hacia Trey—. Hay luna creciente, y se nota el avance de la primavera. A pesar de que a esta hora hace un frío que pela, se nota. Como dejé la puerta principal abierta, oí las campanadas del reloj y los primeros acordes del piano. Esta noche ha sonado directamente *Barbara Allen*. Entonces algo cambió ahí fuera.

Se acercó a la ventana y miró hacia la escollera.

—Apareció una luna llena, y me dio la impresión de que se respiraba el ambiente de finales de verano. Y ahí estaba ella, Trey. Paf, y apareció de buenas a primeras. En la misma posición que cuando Sonya y Cleo la vieron.

—Mirando hacia la casa.

—Sí. Pero ella no se percató de mi presencia. Yo estaba allí mismo, y Jones gruñendo. Nosotros la vimos, pero ella a nosotros no. Al darse la vuelta, la oí decir que con su sangre sellaba la maldición. Entonces me llamaste.

—Ella no me ha oído. —Trey cayó en la cuenta—. No te ha

visto, no me ha visto. No tiene tanto poder fuera de la casa, y esto es como un bucle.

—Sí, en eso estoy de acuerdo. Me figuro que calentó motores la noche que las puertas se abrieron con una ráfaga arriba, pero esta noche no lo ha intentado. Solo se ha arrojado al vacío. Después todo ha vuelto a la normalidad.

Recapitulando los movimientos, los hechos, Trey se puso a caminar de un lado a otro y barajó las hipótesis.

—Y pensamos que ha saltado desde el acantilado cada noche a las tres de la mañana desde... ¿Cuándo? ¿1806?

—Fijo.

—Espero que sufra, cada vez. Si decides hacer esto de nuevo, primero ven a por mí.

—Ella ni siquiera reparó en mi presencia. Me cabía esa duda, puesto que soy un Poole.

—Ella no reparó en tu presencia porque no estabas allí. No cuando saltó, y se repite en bucle: la misma hora, la misma noche, la misma luna.

—Vaya, no había caído en eso. Tiene su lógica.

—La casa se hallaba aquí, no exactamente igual que ahora, pero aquí estaba. E incluso cuando Dobbs salta, sigue aquí.

Confundido, Owen se pasó la mano por el pelo.

—Me he perdido.

—Es un bucle, Owen, como una repetición. Pero su presencia está en la casa. Por lo tanto, es capaz de conjurar porrazos, golpes y estrépito, lo que sea, incluso mientras el espectro de ahí fuera se arroja al vacío.

—Eso es un disparate. —Owen reflexionó durante un segundo—. Y sin embargo tiene cierto sentido.

—El espectáculo ha terminado por esta noche. O eso creo. Vamos a dormir un poco.

—Buena idea.

Por la mañana, Sonya madrugó más que Trey y encontró a Owen en la planta baja llenando de café una taza con tapa.

—Hey. Oye, he dejado salir a los perros y, como la gata los ha seguido, está fuera también. He cogido un *strudel* con glaseado; la caja estaba llena. Y me llevo esta taza con tapa. Te la devolveré.

—Vale. Iba a hacer huevos revueltos, por si quieres.

—A buenas horas. He de irme.

—No olvides el *jambalaya*. Y, Owen —dijo Sonya mientras sacaba una taza—, puedes dejar algunas cosas en tu cuarto, o en el que quieras. Siempre que te apetezca quedarte a dormir, eres bienvenido.

—Gracias. —Owen miró hacia Trey cuando este entró—. Yo me voy, y tú vas a desayunar huevos revueltos. Puedes ponerla al corriente de lo que pasó anoche. —Tras coger su parte de las sobras, se dispuso a salir por la puerta trasera en busca de Jones—. Hasta luego.

—¿Anoche?

—¿Huevos revueltos?

—Trey.

Él levantó la mano con un ademán.

—Espera un momento a que me sirva un café, ¿vale? No te despertaste, probablemente porque no fue gran cosa. Lo de costumbre a las tres de la madrugada en la casa. Yo solo me levanté para ver si Dobbs se arrojaba al vacío. Estaba en la escollera, como la otra vez.

Se tomó su primer chute de café.

—¿Y?

—Y Owen estaba fuera.

—Él… ¿salió?

—Puso la alarma para que sonara antes de las tres y salió. Y no, yo no sabía lo que tenía previsto, pero, la verdad, fue una buena idea.

—Cómo no. Tú… —Sonya se interrumpió y lo miró con los ojos entrecerrados—. No me digas que también saliste.

—Salí a la terraza a llamarlo. ¿De verdad vas a preparar huevos revueltos? Porque ahora me han entrado ganas. Puedo hacerlos yo si estás mosqueada.

—Mosqueada. —Ella sacó una sartén—. ¿Por qué iba a mosquearme el hecho de que os diera por hacer eso después de que Owen acabara sangrando?

—Primero, que quede claro que a mí no me dio por hacer nada.

—Pero ¿te parece bien que él lo hiciera?

—Sí. Y a lo mejor no te mosquearías tanto si escucharas el resto del episodio. ¿Te gustaría?

Razonable, siempre razonable, Oliver Doyle III podía sacarla de quicio.

Tras echar una porción de mantequilla en la sartén caliente, Sonya cascó huevos en un bol.

—Me tomaré tu silencio como un sí —decidió él, y le relató el resto.

—Deberías haberme despertado.

—¿Para qué? Ella había saltado antes de que yo bajara a hablar con Owen. Y estás dejando que tu ofuscación te impida ver el quid de la cuestión.

—¿Qué cuestión? —Sonya vertió los huevos batidos en la sartén.

—Que ella no se percató de nuestra presencia. —Trey metió dos rebanadas de pan en la tostadora. No nos vio, no nos oyó.

—Permíteme que lo repita. ¿Y?

—Me parece que necesitas más café. —Con actitud servicial, él le rellenó la taza—. Voy a ponerles la comida a los perros y, ah, sí, a la gata. Ella no reparó en nuestra presencia, Sonya. Porque no estábamos allí.

—¿Perdón?

—No estábamos cuando se arrojó al vacío porque eso sucedió hace un par de siglos.

Los hechos y las hipótesis, la lógica, desde el punto de vista de Trey, eran sólidos.

—En mi opinión, se trata de una especie de bucle. De un túnel o un salto en el tiempo. Tú la viste de frente a la casa, igual que Owen. Pero cuando yo miré, en ambas ocasiones, ella se encontraba de espaldas.

—Y las puertas se abrieron de sopetón —le recordó Sonya.

—Porque Dobbs está en la casa.

Con un suspiro de impotencia, Sonya removió los huevos con una espumadera.

—Estaba en la escollera. Acabas de decirlo.

—Estaba en la escollera en 1806. —Cuando se disponía a abrir la puerta trasera, añadió—: Owen lleva un trozo de tela de su vestido en el bolsillo.

Dos perros y una gata entraron corriendo y se abalanzaron sobre los boles de comida de inmediato.

—Dudo que su vestido estuviera rasgado. He caído en la cuenta esta mañana. Sería imposible, puesto que lo que pasó en el salón dorado ayer no había sucedido en 1806.

Ella sacó platos con brusquedad.

—No entiendo por qué... —Seguidamente, los puso sobre la isla despacio.

—El café está surtiendo efecto. —Trey le quitó la espumadera y desmenuzó los huevos él mismo.

—Quieres decir que el salto al vacío de Dobbs desde la escollera es como..., como una cinta que se reproduce en bucle, programada a las tres de la madrugada. Que no es ella como tal, sino más bien una especie de grabación.

—Más o menos. —Dado que parecía que el ánimo de Sonya se había templado, inclinó la cabeza y la besó—. Vamos a sentarnos a desayunar.

—El numerito que montó cuando Cleo y yo la vimos, o aquella noche en la que oí a alguien gritar y aporrear la puerta, cuando vi la tormenta de nieve ilusoria, a las tres de la madrugada, era ella misma. Dentro de la casa.

—Si te paras a pensarlo, ella no saca mucho partido de esa hora. Es probable que implique un mayor esfuerzo.

—Efectivamente, ahora que lo mencionas. No es Dobbs quien me arrastra cuando camino sonámbula, de eso no me cabe la menor duda. Me pregunto si se observará a sí misma. Si, apostada junto a la ventana, presenciará su propia muerte, noche tras noche.

—Me inclino a pensar que sí. En vista de que está tan chiflada como la primera esposa de Rochester, no me extrañaría que considerara esa hora una de las mejores.

—Sí. Y un punto para Jane Eyre en el desayuno. —Ella lo miró, contempló sus maravillosos ojos de un azul intenso, su cabello oscuro, un pelín más largo de lo apropiado para un abogado, y ese aire de calma y confianza que destilaba con tanta comodidad como llevaba sus tejanos.

—Una advertencia: es un desatino decirle a una mujer mosqueada que está mosqueada.

El comentario simplemente le resbaló.

—La verdad no tiene vuelta de hoja, guapa. Tengo un compromiso familiar luego, y una cita de trabajo esta noche, pero puedo pasarme después si quieres.

—Te doy la noche libre oficialmente. Debo dedicar un buen rato a la propuesta para Ryder. Se acerca la fecha de la presentación, y tengo que arrasar.

—A juzgar por lo que he visto, vas a hacerlo. —Trey llevó los platos vacíos al fregadero—. Tienes muchos frentes abiertos. ¿Estás segura de que quieres dar esa fiesta por todo lo alto?

—Totalmente. Es justo lo que necesito, lo que Cleo y yo necesitamos. Y, con franqueza, pienso que es lo que la casa solariega necesita.

—Entonces me organizaré para pasar aquí el fin de semana buscando mesas y sillas. Convenceré a Owen para que me eche una mano. Bueno, Mookie y yo hemos de ponernos en marcha.

Ella sacó una fiambrera de *jambalaya* de la nevera.

—Tu regalo de despedida.

—Con esto ya tengo el almuerzo solucionado. —Cuando ella lo rodeó por la cintura, él la sujetó de la barbilla e inclinó la cabeza para besarla—. Me ahorraré decirte que no trabajes mucho porque no sería de recibo, y tampoco me harías caso, de modo que será mejor que subas a tu oficina y te emplees a fondo.

—Has dado en el clavo. Haz lo mismo porque, sí, nos apasiona lo que hacemos.

Cuando Trey se marchó con Mookie, Sonya echó un vistazo a los platos.

—Y, como a Molly le apasiona lo que hace, se los dejaré a ella. Vamos a trabajar, Yoda. Tú también puedes venir, Pye.

Pero al llegar a la primera planta, la gata se desvió y Sonya se quedó mirándola cuando se escabulló por el pasillo en dirección al cuarto de Cleo.

Sonya pasó dos horas seguidas enfrascada en el trabajo, sin interrupciones, hasta que vio a Cleo y a la gata por el pasillo.

Tras guardar el trabajo, se levantó.

—Bajo con vosotras. Para tu información, Pye ha salido esta mañana, y ha desayunado.

—Gracias. Debería haber madrugado para ocuparme de ella yo misma.

—Owen la dejó salir y Trey le puso la comida. Pero a mí no me importa hacer ambas cosas, puesto que de todas formas madrugo y lo hago con Yoda. Y Owen abrió tu caja de strudels con glaseado.

Por un momento, Cleo puso cara larga, y acto seguido se encogió de hombros.

—Supongo que tiene derecho. Imaginaba que Pye se acurrucaría en la cama conmigo, pero no le van los arrumacos nocturnos. Ha dormido en el asiento bajo la ventana.

—Me pregunto si habrá presenciado el espectáculo.

—¿Qué espectáculo? —Bostezando, Cleo se acercó a la puerta de servicio—. ¡Mira! ¡No ha usado el arenero ni una sola vez! Voy a dejarla salir de nuevo. Yoda, primor, ve con ella. ¿Qué espectáculo? —repitió.

—Tómate el café. —Sonya cogió una Coca-Cola para ella mientras lo narraba.

La irritación, leve pero latente, se reflejó en el semblante de Sonya cuando Cleo sacó conclusiones al instante.

—Es como un eco, una repetición. Ella ni los vio ni los oyó porque en realidad no está sucediendo en el presente.

—Bueno, sí. Eso es lo que iba a decir.

—Es fascinante. Y ahora me da rabia que no se me haya ocurrido antes poner la alarma y salir ahí fuera. —Se enfurruñó durante unos instantes—. Ojalá Owen me hubiera avisado de que tenía intención de hacerlo.

—¿Lo habrías acompañado?

—Apuesta tu culo a que sí. —Se calentó un strudel con glaseado—. Desde mi punto de vista, es lo que deberíamos hacer, pero ese intervalo de tiempo es para otras cosas, para ti. No, no lo haré, porque no pienso dejarte sola en ese momento. —Tras hincarle el diente al dulce, apuntó con el dedo hacia Sonya—. Seguro que Dobbs, como está como una cabra, disfruta de lo lindo. Es un gran momento para ella, y lo revive cada noche.

En el teléfono de Cleo empezó a sonar *Basket Case* [«Caso perdido»] de Green Day.

—Y tanto que sí —convino ella.

Como para constatarlo, se oyeron portazos arriba.

—¡Eso está muy trillado! —exclamó Sonya, y Cleo sonrió con malicia. Por si las moscas, Sonya se acercó a la puerta y llamó a Yoda. La gata fue la primera en entrar—. La verdad es que no quiero que deambulen por ahí fuera mientras ella monta sus numeritos. De todas formas, he de volver al tajo. Tengo previsto dedicar un rato a la propuesta de Ryder esta noche. Voy a proyectarla en la gran pantalla.

—Avísame cuando te dispongas a hacerlo. Quiero verla.

—Te iba a preguntar si te importaría. Me vendrían bien tus comentarios. Esta noche estaremos solas tú y yo. Bueno, tú, yo, la gata, el perro y nuestra panda de espíritus.

10

Bien entrado el mediodía, Trey se hallaba sentado en la sala de reuniones de la primera planta del antiguo edificio victoriano que albergaba el bufete de los Doyle, en cuyo segundo piso se ubicaba su apartamento.

La familia convocaba esa reunión semestral en la oficina, que ocupaba lo que antaño era la casa familiar, con el fin de celebrarla en un entorno laboral en vez de librar una batalla campal en una comida familiar.

Ace, con su traje de tres piezas y su mata de pelo blanco, presidía la mesa. Su esposa, Paula, con su discreta elegancia, ocupaba el lado opuesto. Deuce se hallaba a la derecha del patriarca, con Corrine a su lado, Trey a la izquierda de Ace, y a su vera Anna, su hermana, enfrente de su marido, Seth.

La administrativa de Deuce, Sadie, que llevaba la batuta —tal y como había hecho durante décadas—, irrumpió en la sala con una bandeja de queso, galletas saladas y fruta.

—Come un poco. —Hizo una seña a Anna—. Gestar a otro ser humano requiere energía. Y la energía necesita combustible.

—A sus órdenes. —Anna se dio palmaditas en la tripa—. Y de un tiempo a esta parte siempre tengo hambre.

—Y tú —dijo, mirando a Deuce con gesto severo—. Tienes una cita con un cliente dentro de una hora y... —Comprobó su reloj—. Diez minutos. Nada de marear la perdiz.

—Allí estaré.

—Sadie, si se pone a marear la perdiz —le aseguró Ace—, lo pondremos de patitas en la calle.

—A ver si es verdad.

Cuando Sadie se marchó y cerró la puerta, Ace señaló hacia la bandeja.

—Metedle mano si vais a hacerlo, y entremos en materia.

El fundador del bufete y patriarca de la familia dirigía el cotarro. Tras ajustarse las gafas bifocales sobre la nariz, comenzó.

—Voy a empezar proyectando nuestra nueva página web. Ya sé que todos la hemos visto y coincidimos en que es una mejora importante. De modo que gracias a Trey por reclutar a Sonya MacTavish. Y a mi preciosa nuera por sus magníficas fotografías.

—Conté con buenos modelos —comentó Corrine—, especialmente en el caso de Mookie.

El perro, debajo de la mesa, movió la cola al oír su nombre.

—Ace —dijo Paula en tono de advertencia al pillarlo dándole un poco de queso al perro a escondidas.

—Tiene derecho. En la mismísima página web se dice que es nuestro asesor legal, lo cual me lleva a otra sección de nuestra nueva y mejorada web: las pasantías. Cuando Eddie apruebe el examen de acceso a la abogacía, propongo que le ofrezcamos un puesto de socio.

Tras discutir los pormenores, pasaron a otro asunto que requería poner al día documentos y firmas.

—He de decir que Sonya me recomendó como fotógrafa para actualizar la página web de Stevenson, Kubrick y Wayne. Todos conocéis a Pete Stevenson, y mi abogado me asegura que no hay conflicto de intereses.

—Siempre y cuando no saques a Pete más favorecido que a mí.

—Eso es imposible. —Corrine le dio una rápida palmadita en la mano a Deuce.

—A la chica le va bien, ¿verdad? —Ace asintió con la cabeza a modo de aprobación—. A pesar de que no podemos tratar las cuestiones legales de su herencia aquí, me gustaría saber qué tal le va fuera del trabajo. ¿Trey?

—Le va muy bien. He de admitir que, antes de conocerla, cuestioné la decisión de Collin de dejarle en herencia la casa solariega y todo lo demás. Yo dudaba que ella cumpliera con los términos estipulados en el testamento, incluso que se quedara allí hasta finales de año. Pero no es ninguna pusilánime, con independencia de quién o qué la esté amedrentando.

—Dado que mi encuentro con ella no fue en calidad de abogado —terció Deuce—, os pondré al corriente de sus planes de ir a Ogunquit para hablar con Gretta Poole. O lo intentaré.

—Oh, vaya. —Los ojos de Paula se ensombrecieron de preocupación—. Puedo entender por qué lo considera necesario o conveniente, pero me temo que se llevará un chasco.

—Es muy probable —convino Ace—. Dudo que Gretta se encuentre en condiciones de aportarle algún dato relativo a la historia familiar. O relativo a cualquier otra cosa, de hecho.

—Ella siempre fue una persona de carácter débil —dijo Paula entre dientes—. Cuando vuelvo la vista atrás, me extraña no haber puesto en duda que Gretta hubiera mantenido una relación con alguien, que se hubiera quedado embarazada. Que yo recuerde, ni una sola vez se extralimitó, y ciertamente jamás se enfrentó a su madre. Pero, claro, pocos lo hacían.

—Tú sí. —Ace le sonrió de oreja a oreja con manifiesto orgullo.

—Esa historia es cosa del pasado. —Ella agitó la mano como espantando a una mosca molesta—. De hace siglos.

—Y tan jugosa como siempre. —Él, sonriendo, le lanzó un beso—. Collin acababa de recibir su herencia (la casa y el resto) y decidió abrirla de nuevo y vivir allí.

—Lo recuerdo. —Deuce cogió su vaso de agua y sonrió bajando la vista—. Yo estaba casi tan emocionado como él. De pequeños nos las ingeniábamos para entrar allí a hurtadillas cada dos por tres.

—«A hurtadillas» no es el término adecuado —repuso su madre en tono seco—. Yo sabía lo que os traíais entre manos.

—Ah, ¿sí? —Entre divertido y asombrado, él inclinó ligeramente la cabeza—. Nunca trataste de impedírnoslo.

—¿Tratar de impedir a dos niños que exploren una casa encantada? —Soltó una risita ante la idea—. Como habría sido en vano, opté por haceros pensar que os salíais con la vuestra. No me sorprendió en lo más mínimo que Collin decidiera mudarse allí. Pero al parecer a Patricia sí.

—Yo no llegué a conocerla —comentó Seth—, pero he oído historias, unas cuantas por parte de mis padres. Me parece que esta va a ser jugosa.

—Se presentó en nuestra puerta…

—Déjalo, Ace.

—Déjame, querida mía. En esta casa —prosiguió—. Todavía vivíamos aquí. Lástima que fuera en mi ausencia. Aunque mi querida esposa le cantó las cuarenta a la vieja… Mejor usaré una palabra que empieza por «a»: abusona.

Deuce se rebulló en la silla y miró a su madre.

—¿Se presentó aquí, a buscaros, por el hecho de que Collin se mudara a la casa solariega?

—Está bien. —Paula levantó las manos con un ademán—. Te atañía más a ti, Deuce. De primeras se mostró muy cortés, con esa actitud fría y cortante que la caracterizaba. Según ella, tú habías influido en la decisión de Collin, y ella pretendía que yo hablara contigo, que te prohibiera entrometerte. Mi respuesta no le agradó.

—¿Cuál fue? —preguntó Trey.

—Básicamente, que tanto su nieto como mi hijo ya eran mayorcitos y que, conociendo a Collin, estaba convencida de que tomaba sus propias decisiones. En vista de que sus continuos argumentos persuasorios (como estoy segura de que ella los consideraba) no me hacían cambiar de parecer, amenazó a mi familia.

—Uy —murmuró Anna.

—Dijo que arruinaría nuestra reputación en Poole's Bay, que se aseguraría de condenarnos al ostracismo, de que inhabilitaran a Ace y de desacreditar a mi hijo para que jamás consiguiera licenciarse en Derecho.

—Volvamos a la palabra que empieza por «a» —sugirió Trey, y se ganó una amplia sonrisa de su abuelo—. Ella jamás podría haber hecho nada de eso.

Paula le dio un delicado sorbo a su vaso de agua.

—Puede que ella pensara lo contrario, o que yo me achantaría ante semejantes amenazas. Montó en cólera.

—Mi querida esposa la echó con cajas destempladas y le dijo que no volviera a poner los pies aquí jamás. Y (esta es mi parte favorita) que se metiera sus amenazas por su esmirriado trasero. Que, como intentara hacer daño a nuestra familia, se iba a enterar de quiénes eran los Doyle.

—¡Toma ya, abuela! —Anna aplaudió.

—Jamás dijiste ni pío —señaló Deuce en voz baja—. No dijiste una palabra acerca de esto.

—Me sentí bastante menos satisfecha de mis respuestas y de mi actitud airada que tu padre. De todas formas, bajo ningún concepto habría sido más comedida. Y tu padre y yo acordamos no decir nada que pudiera preocuparte a ti o a Collin.

—¿Intentó algo? —le preguntó Trey.

—No, que yo sepa. Los abusones a menudo se acobardan cuando se les hace frente, ¿a que sí? Desde mi punto de vista, ella se limitó a dejar a Collin en manos de nuestra familia. Se desentendió de él —añadió Paula, y se entrevió un atisbo de la actitud airada de aquel entonces—. Se desentendió de él por las buenas. Dado que no podía hacer nada respecto a la herencia (la casa solariega, el negocio, el dinero), trabajó con él, pero a partir de entonces se desentendió de él en el ámbito personal.

—Collin sabía que tú lo querías. —Deuce miró a su madre, al otro lado de la mesa—. Él nos consideraba su familia.

—Sí. En aquel entonces desconocíamos las verdaderas circunstancias de su nacimiento, la existencia de su hermano y la cruel decisión que Patricia había tomado muchos años atrás. Pero él era de la familia. Fue como un hermano para ti, Deuce, y como un hijo para tu padre y para mí. Y ahora la familia incluye a Sonya.

—Así es —convino Anna—, incluso en el caso de que no me cayera tan bien como lo hace. ¿Qué está pasando en la casa solariega, Trey?

—Comenzaré la saga diciéndoos que encontraron otro retrato en el estudio de Collin. Bueno, en el que ahora es el estudio de Cleo. El de Lisbeth Poole el día de su boda.

—Lisbeth —dijo Deuce por lo bajo—. Primero Johanna, después Lilian, ahora Lisbeth. En orden cronológico inverso.

—Tenía la firma de Collin. Al igual que los otros, tampoco figuraba en el inventario. Lo han colgado en la sala de música junto a los otros dos.

—¿Sabéis qué? Eso es espeluznante. —Seth echó un vistazo a los presentes en la mesa y levantó las manos con un ademán—. ¿Soy al único que le parece espeluznante?

—No —le aseguró Anna.

—Entonces preparaos.

Trey les relató el resto, sorteando las interrupciones mientras los miembros de su familia se pisaban la palabra.

—A lo mejor debería decir «terrorífico» en vez de «espeluznante».

—En realidad no lo es —dijo Trey a Seth—. La casa solariega sigue siendo tal como la recuerdo siempre que iba a visitar a Collin, al menos la mayoría de las veces: una mansión fascinante con alguna que otra sorpresa. Y el aliciente de esa sorpresa, aún vigente, la hace más fascinante. No obstante —añadió—, cuando Dobbs monta en cólera, pega fuerte. Y eso puede ser literal.

—¿Está ella a salvo allí, Trey?

Él miró a su madre.

—No tengo más remedio que pensar que sí. Sonya me importa, o sea, que tengo que pensar que sí. Lo que sí sé es que Dobbs se encuentra en minoría, y no solo frente a un par de mujeres con arrestos.

—Tengo ganas de conocer a la tal Cleo. —Ace le guiñó el ojo a su esposa—. Siento debilidad por las mujeres con arrestos.

—¿Levantamos la sesión y confirmamos la cena del domingo? —Corrine echó un vistazo a los presentes—. Las invitaré. Y a Owen, puesto que forma parte de la familia, y de esto. ¿De acuerdo, Deuce?

—Totalmente de acuerdo.

—Por mí, bien. He de subir —añadió Trey— a cambiarme para una cena.

—¿Con Sonya?

—Con un cliente.

—Entonces, a menos que haya algún otro asunto... —Ace echó un vistazo en torno a la mesa—. Se levanta la sesión.

En la casa solariega, Sonya instaló el ordenador portátil en el segundo piso de la biblioteca. Había trabajado sin interrupciones hasta las seis, y sabía que había creado la mejor propuesta posible para la campaña de Ryder.

No obstante, el infalible ojo de Cleo le diría qué había pasado por alto y cómo arreglarlo.

Mientras conectaba el ordenador a la pantalla, Cleo subió las escaleras con dos copas de vino.

—Para tus nervios y mi disfrute.

Como anticipando un espectáculo, Yoda ya se había plantado al lado del sofá. La gata, a la zaga de Cleo, deambuló por el desconocido espacio antes de decantarse por el asiento bajo la ventana.

—No estoy muy nerviosa, pero lo estaré cuando esto sea real. Y como allí no tendré vino, me lo tomaré ahora. Sé totalmente sincera, Cleo.

—Jamás me plantearía otra cosa. —Cleo se acomodó en el sofá y levantó su copa—. Cuando quieras.

—He hecho la locución en *off* yo misma. Necesitaba cronometrar y sincronizar los tiempos. Si los de Ryder se decantan por mi propuesta, pueden contratar a un actor de voz. Pero dime si detectas fallos en ese sentido y contrataré a un profesional.

Sonya, demasiado nerviosa para sentarse, se quedó de pie con el vino en una mano y el mando a distancia en la otra.

—Voy a empezar con los elementos visuales del logo, con los cambios que realicé. Y con un collage que me gustaría añadir a la pestaña desplegable «Historia» en la página web.

El logo apareció en pantalla y, sí, pensó, le gustó el toque de movimiento.

—«A lo largo de tres generaciones, Ryder Sports ha apostado por la excelencia e innovación». —Su voz fluida sonó con la imagen del logo, y la locución continuó a medida que las imágenes daban paso a instantáneas de dominio público de la tienda insignia de Ryder, y de la familia homónima.

Sonya había mezclado fotografías de los Ryder y de atletas con otras de sus obras filantrópicas, de campos de deportes para niños desfavorecidos y con discapacidad, de becas y patrocinios.

El vídeo finalizó con: «Ryder se supera: tú también puedes».

Pulsó el botón de pausa.

—¿Me he pasado? ¿Falta algo?

—Opino que lo has bordado, Son. ¿A quién no le agrada que se mencionen sus buenas obras, su larga trayectoria, sus éxitos? Y a cualquiera que pinche en esa pestaña le interesa conocer la historia de la empresa.

—Tengo un dilema entre comenzar a partir de aquí, o con la página web propiamente dicha. O bien con uno de los anuncios.

—La historia no es el gancho, pero la forja. Continúa.

—Vale. —Proyectó la página web—. Aquí no hay voz en *off*. Pronunciaré mi discurso de venta.

—Adelante.

Sonya asintió con la cabeza, bebió un sorbo de vino y, acto seguido, otro.

—A pesar de que dirigí el equipo que diseñó la web de Ryder, considero necesario actualizarla y renovarla.

Usó la tableta para abrir los desplegables, los enlaces, el fácil manejo de la sección de opiniones de usuarios. A continuación activó la herramienta interactiva de la nueva tienda en Portland.

—Esta sección se actualizará a medida que avanzan las obras de la nueva sucursal, e incluirá la cuenta atrás hasta la apertura.

Tras exponer los pormenores y la argumentación de ese apartado, pausó el vídeo de nuevo.

—¿Demasiado técnico?

—Un pelín. —Cleo, con las piernas cruzadas, se dio unos toquecitos con el dedo en el muslo mientras reflexionaba—. Es obvio que la web es fácil de usar. Siempre lo fue, puesto que yo misma lo comprobé, lo cual también es mérito tuyo. Yo me ahorraría el rollo técnico porque la gente que no esté puesta en tecnología desconectará sin más. Dado que tú quieres evitar eso, es mejor que entres en materia si alguien te formula una pregunta técnica.

—Tienes razón. Me quedé pillada en las cuestiones técnicas. —Sonya fue consciente de ello—. Prescindiré de eso y así, con suerte, acortaré todo esto para poder dar el golpe de gracia. —Continuó con lo siguiente—. Anuncios digitales.

—¡Sí! Un cachas levantando pesas —comentó Cleo cuando la imagen de Owen apareció en la pantalla.

—«Ya sea levantando pesas —dijo la voz en *off* conforme las fotos pasaban—, o bien lanzando a canasta, Ryder cubre tus necesidades. En el campo de béisbol o de camino al trabajo en bicicleta, Ryder cubre tus necesidades. Ya sea yoga, taichí, tu primera vuelta sobre dos ruedas, o bien un lanzamiento en espiral, Ryder cubre tus necesidades. Porque…».

La secuencia de imágenes finalizó con el equipamiento deportivo amontonado en un campo, y la etiqueta debajo.

¡Empieza el juego!

«En los deportes y en la vida, Ryder está contigo».

—¡La leche! ¡Nena, es la bomba! Lo digo en serio, Sonya. Me han entrado ganas de pedir un nuevo modelito de yoga y otra esterilla, y de pronto siento el impulso irrefrenable de ponerme a levantar pesas. —Sonya se echó a reír y Cleo apuntó con el dedo hacia ella—. Lo digo totalmente en serio. Me refiero, por supuesto, al modelito, porque me lo merezco. Pero, por otro lado, se te están tonificando los brazos, y creo que me da envidia.

—Ah, ¿sí? —Con gesto de extrañeza, Sonya dobló el brazo y se miró el bíceps—. Bueno, un poco sí.

—Vale, muéstrame el resto.

Sonya procedió con los carteles del interior de la tienda, las vallas publicitarias y la señalética.

Finalizó con una imagen representativa de personas de diferentes edades e intereses, desde una niña de corta edad en un triciclo hasta un grupo de la tercera edad practicando taichí en un parque.

Ryder Sports
Para cualquier edad, para cualquier afición
Para todos

—Te lo compro fijo. Y has terminado con el broche de oro. Con varios broches de oro. Modera el rollo técnico.

—Lo he pillado.

—¿Sabes quién de la familia Ryder va estar presente?

—No. Sé que Burt sí, Burt Springer, y estoy en deuda con él por el mero hecho de darme esta oportunidad.

—Mantén el contacto visual. Durante la presentación mira directamente a los ojos, sobre todo si asiste alguien de la familia Ryder. Ya sabes cómo hacer una presentación; has hecho montones de ellas. Haz lo que siempre haces. La has bordado, Sonya, palabra de honor.

—Gracias. Puedo pulirla un poco más. —Mientras caminaba de un lado a otro, asintió con la cabeza—. Sí, realizar solo algún que otro retoque, y prescindir del rollo técnico a menos que pregunten. Y, una vez terminado eso, sabré que he hecho todo cuanto me ha sido posible. No será tan sofisticada como la de By Design, pero…

—Tal vez no. Tú has apuntado al corazón. —Cleo se llevó la mano al suyo—. En mi libro, el corazón se impone. Si optan por lo sofisticado, peor para ellos. Oye, ¿qué te parece si damos por terminada la sesión, cenamos sobras y vemos una bonita película frívola?

Clover puso a Ariana Grande y Victoria Monét a cantar sobre las mejores amigas con el tema *Monopoly*.

—Puede que seas la abuela de Sonya, pero también eres nuestra mejor amiga.

De pronto, en el aire flotó el aroma de las flores silvestres en un prado. Una mezcla con tenues matices dulces y acres.

—¿Hueles…?

—Sí. —Sonya cogió el ordenador portátil y la tableta—. Lo huelo. Cada vez que me caliento la cabeza por un ser al que no nombraré esta noche, pienso en Clover, Molly, Jack, las otras seis novias y quienquiera que también esté aquí. Pienso en Collin y en mi padre, y en esta casa. En ti y en mí dándolo todo en el trabajo y tomándonos las sobras para cenar.

—Y yo. Bajemos. Como les puse la comida a Pye y a Yoda antes de subir, los dejaré salir mientras las calentamos. —Cleo miró hacia atrás cuando empezó a bajar las escaleras—. No ha usado el arenero.

—No sé si tu constante éxito en ese aspecto es gracias a ti, a la gata, o a la casa solariega.

—¿Por qué no a las tres?

A medio camino, los teléfonos de ambas emitieron pitidos con sendos mensajes de texto.

—Es de Corrine Doyle. Manda una invitación para cenar el domingo.

—Igual que el mío —dijo Cleo—. Parece un plan divertido. Vamos a responder que sí, ¿no?

—Vamos a responder que sí. Haz algún conjuro para que no parezca una friki después de mi cita en la peluquería el viernes.

—¿Acaso Anna iría a una peluquería donde corriera ese riesgo?

—No, pero la cosa podría torcerse —respondió Sonya en tono pesimista—. A lo mejor debería... ¿Qué haces?

Mientras se dirigían a la cocina, Cleo se puso a mover la mano izquierda sobre la derecha, ahuecada.

—Estoy consultando mi bola mágica 8. El resultado es bueno. Mira, no hay por qué preocuparse.

Eso decidió Sonya, especialmente dado que las sobras y la película frívola fueron un total acierto.

Y cuando se acomodó en la cama para leer antes de dormir, recibió otro mensaje.

Te escribo solo para saber qué tal estás. Mi cena de trabajo se ha alargado más de la cuenta, cosa que no me sorprende. ¿Todo tranquilo por allí? Si no, puedo pasarme.

Todo tranquilo, pero gracias. De todas formas, me han dado las tantas trabajando, y después he ensayado la presentación delante de Cleo. Todo bien.

Entonces nos vemos mañana. Igual puedes ensayar conmigo. Me gustaría ver la presentación. Si se interrumpe la tranquilidad, mándame un mensaje.

Lo haré. Hasta mañana.

Y, qué demonios, añadió un emoticono de corazón. A continuación, cuando él respondió con otro, sonrió.

No se despertó a las tres, pero soñó.

Primero sonó música. Mick Jagger no encontraba ninguna satisfacción. Después, voces de un hombre que parecía alterado, nervioso. Una mujer gritaba de dolor.

A medida que el sueño cobraba nitidez, lo primero que distinguió fue el fuego que rugía en el hogar. Después la habitación. Su habitación, constató. La misma, aunque las paredes estaban empapeladas, y el papel deteriorado y desvaído.

Pero era su cama, y en esa cama yacía una joven —apenas una chiquilla— con el pelo largo y rubio enmarañado, sudoroso, su bonito rostro demacrado, sus ojos azules vidriosos.

Lilian Crest Poole. Clover, dando a luz a sus hijos.

«A mi padre —pensó Sonya, contemplando la imagen congelada—. A mi padre y a Collin».

Un joven —poco más que un muchacho— se hallaba arrodillado junto a ella, aferrado a sus manos. El cabello oscuro casi le rozaba los hombros, y tenía los ojos, de la tonalidad verde de los Poole, anegados en lágrimas.

—No pasa nada. —Clover ladeó la cabeza hacia él—. ¡Ignoraba que fuera tan doloroso! Duele muchísimo, Charlie.

—Se suponía que dispondríamos de más tiempo para practicar. De más semanas. La jodida tormenta… —Él miró hacia la cristalera del balcón, donde caían remolinos de nieve gruesa—. Estamos atrapados, mi amor. Y los demás se marcharon cuando se anunció lo que se avecinaba.

—Solo estamos tú y yo. —Ella le sonrió mientras él le secaba el sudor de la cara con un paño—. Tú y yo y nuestros bebés. Porque hay dos, tal como te dije. Yo notaba dos. Por eso se ha adelantado el parto. Hemos leído todos los libros habidos y por haber sobre los partos en casa. Y tenemos música.

—Mientras tengamos pilas, tendrás música. Todos los temas que grabé para ti. Eh, *I Only Want to Be with You* [«Solo quiero estar contigo»].

—«It's crazy, but it's true» —cantó Clover. De pronto soltó un gemido, un sollozo—. El otro viene de camino. ¡Ay, Dios! ¡Ay, Dios! ¡Ay, Dios! ¡Charlie!

—Dale una calada al porro, Clove, solo una calada. Te aliviará.

Pero ella negó con la cabeza al tiempo que pugnaba por respirar durante la contracción.

—No es bueno para los bebés. ¡Charlie!

—Estoy aquí, aquí mismo. Cariño, mírame. «I only want to be with you» —cantó mientras ella soltaba otro grito, mientras movía la cabeza de un lado a otro sobre la almohada como para encontrar algo de alivio.

Sin embargo, si bien aumentaban las contracciones, el alivio no llegó.

—¡Tengo que empujar!

—¡Veo una cabeza! ¡Hostias, Clove! Ya viene. Ya viene de verdad.

Ella empujó, y lloró; hizo un sumo esfuerzo, y rio.

Y, entre sangre, dolor y sudor, trajo al mundo a un niño.

—¡Lo tengo! —Las lágrimas resbalaron por las mejillas de Charlie al tiempo que sus ojos verdes se iluminaban de asombro—. ¡Guau, fíjate cómo berrea! Será una estrella del rock. Es pequeñísimo, pero perfecto. Mira, tenemos un hijo. Voy a atar el cordón umbilical y a cortarlo tal como leímos.

Ella extendió los brazos hacia el bebé y lo acurrucó contra sí.

—Es precioso. ¿A que es precioso?

—Tú sí que eres preciosa. Eres la cosa más bonita del mundo. Eres mi vida, Clove.

—Ahora él es nuestra vida. ¡Mira sus deditos perfectos! ¡Ay, ay, no ha terminado! —Arqueó el cuerpo debido al dolor—. ¡Cógelo! Coge a nuestro bebé, abrígalo, Charlie. No ha terminado.

Con el cuerpo extenuado, tembló con la siguiente contracción.

Tras abrigar al bebé, Charlie lo puso en una caja cubierta de mantas y decorada con flores y símbolos de la paz.

Cuando regresó a su lado, a Clover el sudor le empapaba hasta tal punto la cara que él no daba abasto para enjugárselo. Y sin embargo, ella temblaba, como tiritando de frío.

—Voy a amamantarlos, a los dos a la vez. —Sin aliento, ella alargó la mano hacia la de Charlie—. Así se calmarán.

—Plantaremos la placenta con un árbol. Con nuestro árbol familiar.

Le dio unos toquecitos con el paño para secarle la cara, la agarró de la mano mientras el bebé berreaba y en el reproductor de casetes sonaba *The Times They Are a-Changin'* [«Los tiempos están cambiando»].

—Todo está cambiando para nosotros, mi amor. Vamos a ser libres; tú, yo, nuestros hijos. —Se llevó las manos de Clover a los labios y las besó mientras ella gemía de dolor—. Cultivaremos nuestro propio huerto, y abriremos de verdad esta casa al arte, la música y el amor.

—Tengo que empujar. Tengo que empujar otra vez. ¡Ay, joder! ¡Ay, joder! ¡Cómo duele!

—Lo sé, Clove, lo sé.

—¡Eso lo dirás cuando tengas que empujar para parir!

—Vale, vale. Veo la cabeza, ya viene. Este está saliendo más deprisa. ¡Ya casi está!

Sonya presenció el nacimiento de su padre. No se explicaba cómo sabía que el menor de los gemelos sería de mayor el Andrew MacTavish de Boston, pero lo supo.

La chica agonizante lo tomó en sus brazos.

—Ayúdame a enderezarme un poco, Charlie. Dame cojines. No puedo amamantarlos a menos que me incorpore. Tienen hambre, y el calostro posee todas las propiedades nutritivas que necesitan. Ayúdame, Charlie.

Él la recostó sobre cojines, le secó la cara, la besó y besó al bebé que sostenía en brazos.

—Voy a por el primero. Tenemos dos hijos, Clover. Tenemos dos varones.

—Tan lindos, tan dulces… Este ya se ha agarrado. Tienes que ayudarle un poco a encontrar mi pezón, Charlie. ¡Sí! Así. Oh, Dios mío, es una sensación increíble. Estoy alimentando a nuestros bebés, Charlie. Somos una familia.

Clover sonrió. Sonrió, pero Sonya alcanzó a ver las sombras en la habitación. Alcanzó a ver un reguero de sangre en las sábanas, en las toallas.

—Me ha entrado frío. No puedo creerlo. Estaba sofocada, pero me está dando frío.

Él avivó el fuego y la tapó con una manta.

—Puedo cambiar las sábanas, o al menos quitarlas si consigo moverte hacia el otro lado.

—No pasa nada. Mira, nuestros hijos se han dormido. ¿Puedes ponerles los pañales? Dudo que pueda levantarme tan pronto. Ahora mismo me encuentro muy cansada. Tremendamente cansada.

—Yo me encargo. Tú descansa, y punto. ¡La leche, Clover, eres una puñetera diosa! Por la mañana bajaré una mecedora del desván. Después de lavar a nuestros niños, iré a buscar un poco de esa sopa que hiciste. Puedo calentártela. Necesitas comer. Voy a cuidar de ti, Clover. A cuidar de ti y de nuestra familia.

—Vale, Charlie. Te quiero.

—Yo jamás he querido a nadie como te quiero a ti. Y jamás lo haré.

Tras poner a cada bebé los cuadrados de tela blanca a modo de pañal y sujetarlos con imperdibles, los metió juntos en la caja forrada de flores y símbolos de la paz.

Bajó el volumen de la música, cogió una vela y se encaminó hacia la puerta.

—Sopa, un poco de ese pan que hicimos el otro día y un poco de vino, caray. Ojalá tuviera flores para ti, Clover.

—Tengo todo cuanto necesito.

Cuando Charlie se marchó y las tinieblas se cernieron sobre la habitación, la chica que yacía en la cama giró la cabeza en dirección a Sonya.

—Me muero, así que esa arpía aparecerá y se llevará mi alianza, el anillo que Charlie me regaló. Recupéralo, ¿vale? Recupéralos todos.

Conforme las sábanas se empapaban de sangre, Sonya intentó abalanzarse hacia delante, pero fue en vano.

Tan solo pudo observar la entrada de Dobbs en la habitación.

—Con tu muerte a esta hora, tu sangre alimenta mi poder. Noto cómo bulle, cómo aumenta. Y tu canto solitario se convierte en una música fúnebre. En mi dedo deslizo el anillo de esta novia Poole. Desterraré a todas sus sucesoras. La casa solariega es mía por siempre jamás.

Cuando Dobbs desapareció, Clover abrió los ojos, casi exánimes.

—Mi pobre Charlie, mis pobres bebés. No he podido evitarlo. Tú sí. Tú sí.

Sonya se despertó en el suelo, al lado de la cama. Yoda la acarició con el hocico mientras sollozaba.

SEGUNDA PARTE

El conocimiento

«El conocimiento es poder».

Sir Francis Bacon

11

Mientras acurrucaba al perro contra sí y pegaba la cara contra su cuello, en el teléfono, junto a la cama, empezó a sonar *Baby Don't Cry* [«Cariño, no llores»] de INXS.

Sonya se limitó a negar con la cabeza y a apretar a Yoda con más fuerza.

Mientras lloraba a lágrima viva, con el corazón transido de dolor, el aire se enfrió; los cristales de la puerta de la terraza traquetearon.

Ella se alimentaba de aflicción.

Reprimiendo un sollozo, Sonya hizo un sumo esfuerzo para recomponerse. ¿Sería conveniente llamar a Trey en ese momento de abatimiento? Podía acudir a Cleo en busca de consuelo.

¿Y por qué? ¿Por qué agobiarlos en mitad de la noche por lo que había sucedido, por lo que había presenciado?

—No, no, de eso nada.

Así pues, se levantó y, con el perro pisándole los talones, fue al cuarto de baño a enjuagarse la cara con agua fría.

—He sido testigo de ello. —Se enderezó, se miró al espejo y observó la pesadumbre que ensombrecía sus ojos—. Tú necesitabas que lo presenciara.

En señal de conformidad, Clover respondió con *Can I Get a Witness* [«¿Puedo conseguir un testigo?»] de Marvin Gaye.

—Sí que puedes. Lo has hecho. Y no lo olvidaré. No pasa nada, Yoda. Ahora estamos bien.

Cuando él se acomodó en su cama, ella se acomodó en la suya. Y se quedó inmóvil.

Recordaría cada detalle, hasta el último detalle del nacimiento de su padre. Recordaría la fortaleza y la dulzura de la mujer que tan solo había ejercido de madre durante escasos minutos. Y que tanto amor les había transmitido en esos minutos.

Recordaría el amor del que había sido testigo, incluso percibido entre las dos personas que habían engendrado esas vidas. A esos hermanos que, debido a los dictados de una mujer, jamás tuvieron la oportunidad de serlo.

Recordaría que esa criatura con su estridente llanto había crecido hasta convertirse en un buen hombre, un hombre cariñoso que le había dado la vida.

—Gracias, Clover —musitó al cerrar los ojos—. Yo no existiría de no ser por ti. No estaría aquí. Te prometo que no lo olvidaré.

Cuando finalmente la venció el sueño, no sintió la presencia que velaba por ella, ni la delicada mano, sin anillo, que se posó con suavidad sobre su mejilla.

Pero soñó otra vez, y de nuevo con la chica y el chico.

Ahora se hallaban a plena luz del día, con la vitalidad patente en sus semblantes, que rebosaban de amor y alegría. Él llevaba una camisa de flores y collares de cuentas alrededor del cuello.

Ella lucía adornos de flores en su largo cabello rubio, un ramillete de flores en la mano, y un anillo de oro, con dos corazones engarzados, en el dedo corazón de la mano izquierda.

Con lentitud, con dulzura, se besaron bajo el cielo azul, en un campo de flores silvestres. Se miraron con ojos risueños, como dos niños que comparten un secreto.

—Te querré siempre, Clover.

—Te querré siempre, Charlie, y un día más.

Había música. Dusty Springfield cantaba *I Only Want to Be with You* [«Solo quiero estar contigo»].

El vestido blanco de la chica ondeó mientras bailaba descalza en la pradera.

En sueños, Sonya sonrió.

Por la mañana, tras dejar salir a Yoda y a Pye, Sonya les puso el desayuno y vertió agua fresca en los boles. Se tomó la primera taza de café contemplando el bosque. Y fue recompensada con la imagen fugaz de una corza.

Cuando se dirigió al sótano a entrenar, le extrañó que la gata la siguiera. Pensando en el comentario de Cleo sobre sus brazos, eligió unas mancuernas.

Mientras hacía curls de bíceps, levantaba las mancuernas y realizaba ejercicios de pecho, sonó la campanilla de los criados. La gata se encaminó hacia el lugar de donde procedía el sonido, arqueó el lomo y siseó.

—Yo me siento igual. —Tumbada sobre la esterilla para realizar levantamientos de pecho, Sonya siseó a su vez—. Y eso es todo lo que va a conseguir por nuestra parte. Siseos.

Cuando terminó, se duchó, se vistió y se recogió el pelo, aún mojado, en una cola de caballo. Bajó a hacer otra taza de café y se la llevó a Cleo a la planta de arriba.

Su amiga estaba despatarrada en la cama con su montaña de cojines.

Tras sentarse en un lado de la cama, Sonya evocó la época de la universidad, cuando Cleo tenía una clase a horas intempestivas para ella. E hizo lo que solía hacer en aquellos tiempos.

Agitó la mano sobre el café para que percibiera el aroma y dijo:

—Cleo.

Los ojos ámbar de Cleo se abrieron de par en par.

—¿Ya es por la mañana? ¿Es eso café?

—Para ti es más temprano que de costumbre, pero sí. Y esto es café para que te resulte más llevadero.

Cleo se incorporó con esfuerzo y cogió el café con ambas manos, al tiempo que la gata se encaramaba a la cama de un salto,

—¿Por qué me traes café a la cama más temprano que de costumbre?

—¿Oíste las campanadas del reloj anoche?

—Hum... —Cleo bebió un sorbo de café y cerró los ojos—. No, que yo recuerde. Solo... —De pronto abrió los ojos, alargó la mano y agarró con fuerza la de Sonya—. Oh, Dios, Sonya, ¿caminaste sonámbula? No estuve contigo. Seguí durmiendo. Yo...

—No sucedió eso, que yo sepa. Tampoco recuerdo haber oído las campanadas del reloj, o el piano, y casi seguro que no salí de mi cuarto. Me parece que el espejo vino a mí, y lo atravesé. Lo atravesé, Cleo, y regresé a cuando Clover dio a luz a mi padre y a Collin. Primero a Collin... Ignoro por qué lo sé, pero simplemente lo sé.

Para despejarse, Cleo le dio un buen trago al café.

—¿Viste nacer a tu padre?

—Lo vi todo. Deja que te lo cuente desde el principio.

Relató el sueño, que no era un sueño, esmerándose en dar cuenta de cada detalle.

—Oh, Sonya. —Cleo dejó el café encima de la mesilla de noche y la abrazó—. Lo siento, lo siento mucho.

—Me desperté sentada en el suelo junto a mi cama, Cleo, dudo que saliera de mi habitación. De mi dormitorio, donde todo ocurrió.

—Tal vez sea ese el motivo. En el caso de Lisbeth fue en el salón de baile, de modo que allí es donde fuiste. Donde viste a las otras.

—No estoy segura de dónde fui. En las primeras dos ocasiones tuve la impresión de estar soñando, de que se trataba de sueños sin más. Creo que, a partir de Marianne Poole, la tercera novia, empecé a asumir que había algo más.

—El hecho de asumirlo podría ser la razón por la que has sido más consciente de ello.

—Aun así, no pude hacer nada. Aun así, no pude ayudarla, no pude impedirlo. Cuando intenté... Me da la impresión de que en ese momento fue cuando acabé en el suelo. Una cosa es entender que me resulta imposible impedir las muertes, y otra presenciarlas con impotencia. Y más en el caso de Clover.

—No puedo ni imaginar lo duro y doloroso que te resulta.

Ella te vio, Sonya. Clover te vio, te habló. Ella sabía que estabas allí. Siendo testigo de ello.

—Lo confirmó con el tema *Can I Get a Witness.* —Sonya frunció el entrecejo—. Sin embargo, no eran los Rolling.

—Cariño, el primero que lo cantó fue el difunto y magnífico Marvin Gaye. ¿Verdad que es propio de ella? Sonya, sé que debió de ser brutal, pero ten presente una cosa: viste nacer a tu padre. Fuiste testigo de la llegada al mundo de la persona que, junto con tu madre, te dio vida a ti. Es una especie de milagro, y algo poderoso.

—Ella los amamantó. Estaba agonizando. A lo mejor Clover no tenía plena conciencia de ello, pero a pesar de estar agotada y agonizando, quiso alimentarlos, acurrucarlos. Y él, Charlie, les puso unos pañales de tela con imperdibles, los tapó cuando se durmieron, los arropó juntos antes de bajar a por un poco de sopa para ella. Ella murió en su ausencia, lo presencié. Dobbs apareció en su ausencia.

—¿Escribiste lo que dijo Dobbs?

—No. Lo recuerdo al pie de la letra.

—Voy a anotarlo.

Cleo, con su camiseta para dormir con la consigna «Da rienda suelta a tu arte», se giró en la cama para coger una libreta y un lápiz.

—Repítelo. —Cleo lo apuntó—. Vamos a documentar todo.

—Sí, eso es lo siguiente en mi lista.

—Podías haber venido a buscarme, Son.

—Estuve a punto de hacerlo. A punto de mandarle un mensaje a Trey. Pero enseguida llegué a la conclusión de que no tenía sentido. Además, no estaba dispuesta a darle ni una pizca de mi aflicción y miedo. Solo siseos, ¿verdad, Pye?

—¿Siseos?

—Pyewacket ha bajado conmigo al gimnasio esta mañana. Y siseamos cuando sonó la campanilla del salón dorado. Anoche, al despertarme del sueño, Yoda estaba a mi lado para reconfortarme, y ella allí abajo hace un rato, siseando a Dobbs.

—Caray, nos hemos agenciado un par de buenos amigos peludos.

—Así es. Han pasado un rato fuera en su rutina matutina y han desayunado. Voy a dejarlos salir para el asunto posterior al desayuno, a llenar la botella de agua y a ponerme a trabajar.

—Cuando me espabile, los dejaré entrar. Ojalá hubiera estado contigo.

—Sabía que estabas aquí, y eso es lo importante.

Sonya se levantó de la cama y se dispuso a llamar a las mascotas cuando, de pronto, cayó en la cuenta.

—Tuve otro sueño.

—Oh, Dios.

—No, no, lo contrario a espantoso. Casi lo había olvidado. Los vi, a Clover y a Charlie. El día de su boda. No aquí, en la casa solariega. Me pregunto si alguien sabrá cuándo se mudaron aquí. El caso es que fue muy dulce, Cleo. Estaban bailando en la hierba, y brillaba el sol. Parecían tan jóvenes, tan felices, tan enamorados... La canción que él le puso durante el parto, *I Only Want to Be with You,* es el tema que oí.

Sonó de nuevo en el teléfono de Sonya, guardado en el bolsillo.

—Ella te llevó allí. —A Cleo se le empañaron los ojos—. Ella deseaba que vivieras ese momento, que lo presenciaras y sintieras. La luz se impone sobre la oscuridad.

Con esa certeza, Sonya condujo a la gata y al perro a la planta baja, donde ambos salieron con aire jovial al soleado día de abril. Tras llenar la botella de agua, se cruzó con Cleo en las escaleras.

—En el arenero no hay nada.

—Es una chica muy lista. Tú también eres una chica muy lista, así que vas a poner a Trey al corriente del suceso de anoche.

—Voy a mandarle un mensaje ahora, para darle unas pinceladas, y decirle que se lo contaré con todo lujo de detalles cuando lo vea.

Cleo sonrió.

—Es bueno contar con alguien en tu vida a quien entiendes y que te entiende, ¿verdad?

—Sí. Pero, claro, en ese sentido siempre he contado contigo. Como veo que llevas los pantalones cortos de deporte, doy por sentado que te mantienes firme en tu idea de entrenar.

—Voy a por una botella de agua, y después pasaré media hora entrenando. Veinte minutos con las malditas mancuernas, y después diez minutos de cabriolas de yoga. He empezado el día un poco temprano, así que ¿por qué no?

—Que sepas que ya tienes los brazos tonificados.

—Eso es por el yoga, pero ahora aspiro a más.

Con la certeza de que si Cleo aspiraba a más lo conseguiría, Sonya subió a la biblioteca.

Shake It Off [«Quítate eso de encima»] de Taylor Swift le dio la bienvenida.

—Estoy en ello, y voy encaminada.

Le envió a Trey un breve mensaje de texto y, para cuando encendió el ordenador y se puso a escribir lo que consideraba la crónica del suceso, recibió la respuesta.

Entiendo por qué no me avisaste en ese momento, pero lamento que estuvieras sola cuando sucedió. ¿Qué te parece si compro algo para cenar y me lo cuentas con más detalle? ¿Te apetece pizza?

«Sí», pensó. Él la entendía.

Como oyó que su amiga se dirigía al pasadizo del servicio, dijo en voz alta:

—Cleo, Trey va a traer pizza esta noche.

—Por mí genial.

Lo de la pizza genial, y te lo contaré todo. Pero no estaba sola. Clover estaba allí. Hasta luego.

Tras ponerlo todo por escrito, lo incorporó al archivo que ya había creado.

Como no acababa de quitarse el suceso de la cabeza, le envió un breve mensaje de texto a su madre para decirle que la tenía en el pensamiento, tras lo cual le aseguró que todo iba bien.

En otra rápida respuesta, su madre le dijo que la quería, y que la echaba de menos.

Cuando abrió el primer correo electrónico, comprobó que

sus clientas de Baby Mine querían un anuncio digital y un tríptico, casualmente, en su opinión, enfocado a gemelos.

Con ideas ya rondándole la cabeza, respondió con la promesa de presentarles algunas propuestas en los primeros días de la semana siguiente.

El de Anna Doyle fue el siguiente, con un archivo adjunto de nuevos artículos para la página web. En el cuerpo del correo decía lo siguiente:

¡Estoy a tope de energía! O sea, he pasado mucho tiempo en el estudio. Te adjunto nuevas piezas, además de sus descripciones y precios. No te las mando todas, ya que estoy haciendo algunas expresamente para el evento de mayo.

Por otro lado, me alegro de que Cleo y tú podáis venir a cenar el domingo. Espero que las dos tengáis tiempo, cuando sea, para quedar a almorzar en el pueblo. Estoy llegando a un punto en el que todo es trabajo sin nada de diversión.

Antes de responder, descargó los archivos adjuntos.

—Puede que todo sea trabajo —dijo entre dientes—, pero un trabajo en verdad excelente.

Las piezas son preciosas, y las fotografías, perfectas. Las colgaré a lo largo de la tarde. Mira por dónde, mañana iré al pueblo a arriesgarme a que me arreglen el pelo. Si la cosa se tuerce, me pondré un gorro. Me encantaría quedar contigo a almorzar. Le preguntaré a Cleo si puede. A las dos nos vendría bien un descanso también. ¿Qué tal a eso de la una?

Tras enviar el correo electrónico, pasó al siguiente, y luego a otro. Y recibió la respuesta de Anna.

Fenomenal. ¡Solo dime dónde! Necesito una inyección de energía femenina.

Sonriendo, Sonya levantó la vista cuando Cleo apareció en el umbral y flexionó el bíceps.

—¿Se nota?

—¡La leche! ¡Qué cachas!

—Embustera. Pero acepto el cumplido.

—¿Qué te parece si mañana, después de mi experimento capilar, almorzamos en el pueblo con Anna? ¿A la una?

—Por mi genial. ¿Dónde?

—Voy a dejar la decisión en manos de la embarazada.

—Me apunto, donde sea. Voy a ponerme en modo trabajo.

Cleo se apunta. Elige tú el sitio.

Waterside. Es el restaurante informal del hotel. Y tengo un contacto que nos reservará una buena mesa. ¡Un almuerzo para chicas! ¡Yupi!

Sonya respondió con otro «yupi».

A continuación, lo mismo que Cleo, se puso en modo trabajo.

No hizo ninguna pausa, a pesar de que Clover puso *A Hard Day's Night* [«La noche de un día duro»] a todo volumen, hasta que Yoda empezó a aullar y a mover la cola.

—Vale, perdona. Tienes ganas de salir. Y he captado la indirecta, Clover, pero es que, cuando estoy en racha, estoy en racha.

Cuando Sonya se levantó, Yoda echó a correr hacia el descansillo, donde aulló, movió la cola y, de hecho, bailó un poco.

—Voy.

Tras guardar el trabajo, se dispuso a salir justo en el instante en que Pye pasó por delante de ella como una flecha y enfiló las escaleras con Yoda pisándole los talones. Sonya se detuvo al ver que Cleo bajaba de la segunda planta.

—Voy a dejarlos salir —le dijo Sonya—. Yoda está un pelín desesperado, y yo necesito una Coca-Cola.

—Yo quiero otra. Seguro que Pye se ha percatado de que ibas a dejar salir a Yoda, porque estaba tan tranquila mirando desde el alféizar de la ventana y, de buenas a primeras, ha salido pitando del estudio.

—Tiene oído de felino. Como me estaba cundiendo, él ha aguantado más tiempo del habitual. ¿Qué tal tú?

—Yo ya he hecho pis, gracias. —Cleo les abrió la puerta—. Ah, te refieres al trabajo. Va tan bien que voy a acompañarte a Boston el mes que viene. Para entonces habré terminado y, además de servirte de ayudante en la presentación, tendré la oportunidad de pasar el rato con Winter. Y si mi editora necesita que me reúna con ella, podré hacerlo.

—¡Cleo! —Sonya se abalanzó a los brazos de su amiga y se mecieron en un abrazo—. ¡Es la caña! Noto que mis nervios por la presentación se han reducido a la mitad en un periquete.

—Son, podías habérmelo pedido.

—¿Cómo iba a pedirte que me acompañaras a Boston para darme apoyo emocional? Y mucho menos cuando tienes entre manos un proyecto de gran envergadura.

—Que estará terminado para entonces. —En un gesto de autocomplacencia, Cleo levantó los brazos y giró en círculo—. Después me tomaré un descanso (lo cual puedo permitirme gracias a ti) y voy a dedicar ese periodo sabático a pintar para satisfacer mis propios anhelos y necesidades.

—Este se está convirtiendo en un día la mar de bueno. Mi madre se va a poner contentísima.

—Le mandé un mensaje justo antes de que Pye saliera disparada, y lo está.

Tras decidir que le apetecía algo más que una Coca-Cola, Cleo cogió un yogur.

—¿Quieres uno?

—No. Prefiero patatas fritas. Y fingir que son sanas acompañándolas con unas uvas.

—Llévate arriba lo que yo preferiría comer. Tú puedes tomártelas sentada a la mesa; yo no puedo en esta fase del trabajo. Yo me encargo de dejar entrar a Pye y a Yoda.

Arriba, y con el contrato firmado y sellado, Sonya se enfrascó en el proyecto de la web para el nuevo bufete.

Pensó en algo más formal, con un toque más urbano que la de los Doyle. En cualquier caso, no deseaba imitar los colores o la imagen.

Comenzó a experimentar con el círculo cromático y escogió tres opciones de dos combinaciones de colores para la plantilla.

Entretanto, oyó la pelota rebotar en la planta baja, y sonrió cuando Yoda la abandonó.

Así pues, él estaría entretenido mientras ella trabajaba.

En un momento dado, Clover puso *Five O'Clock World* [«El mundo de las cinco en punto»].

—Vale, vale. De todas formas, estaba casi a punto de parar. Le echaré otro vistazo por la mañana. Además, cuando un hombre va a traer pizza, una debería acicalarse un poco.

Así pues, se dirigió al dormitorio. En principio no entraba en sus planes cambiarse de ropa, pero Molly había extendido sobre la cama un jersey azul y unos pantalones grises.

—Solo tenía previsto maquillarme un poco, pero vale. Así estoy más mona. —Cuando salió de su cuarto, coincidió con Cleo saliendo del suyo.

—Te has cambiado —dijo Cleo con el dedo apuntando hacia ella.

—Tú también.

—Me disponía a hacerlo de todas formas, pero Molly me ahorró la mitad de tiempo extendiendo esta preciosa camisa y estos favorecedores pantalones sobre mi cama. ¿Ha sido productiva la jornada?

—Sí. ¿Y la tuya?

—Igual. En mi opinión, es hora de tomar una copa de vino, y que nos la bebamos fuera, escuchando el sonido del mar.

—Una idea genial.

Fuera soplaba una suave y fresca brisa, y el cielo lucía un azul pálido y suave. Los narcisos movían sus delicadas corolas en forma de trompeta y los jacintos respondían a la llamada con su aroma.

El anuncio de la primavera se apreciaba sutilmente por todas partes.

De camino a la escollera, Yoda iba trotando, olisqueando la hierba incipiente e inspeccionando rincones donde levantar la pata trasera y marcar su rastro.

—Qué despejado está. —Cleo señaló en dirección a la bahía, donde, como en el cielo, se extendía el azul del agua—. Es como si el pueblo, el faro y los acantilados estuviesen grabados en cristal. Puede que en algún momento coloque aquí el caballete y pinte desde esta perspectiva.

—Y que navegues en tu velero de sirenas un domingo de verano.

—Por descontado. —Cuando la gata se encaramó a la escollera de un salto y se sentó como calibrando su imperio, Cleo sonrió y bebió un sorbo de vino—. A lo mejor me llevo a Pye a navegar. Apuesto a que fabrican chalecos salvavidas para gatos.

Sonya se unió a Pye sobre la escollera y volvió la vista hacia la casa.

—Tengo ganas de ver ese árbol en flor. Ese es mi principal objetivo para la primavera.

—Yo tengo en mente un proyecto que abarca cuatro estaciones: pintarlo en cada una de ellas. Deberías pintar conmigo. Hace siglos que no lo hacemos juntas.

—Porque mis obras sobre lienzo parecen más bien las de una estudiante de bachillerato de talento mediocre en comparación con las tuyas.

—No es verdad. —Cleo le dio una palmadita en la pierna—. Y nos lo pasaríamos pipa. Yo me lo voy a pasar pipa cuando me tome un breve periodo sabático y pinte cuando se me antoje, lo que se me antoje.

—¿Te estás planteando abandonar la ilustración?

Cleo negó con la cabeza al tiempo que trepaba a la escollera junto a Sonya.

—No. Aparte de que me costea mi colección de zapatos, me apasiona. Sin embargo, ahora estoy en condiciones de ser más selectiva con los encargos que acepto y de espaciarlos con el fin de poder dedicarme más a las bellas artes. Hay una sombra en la ventana de tu dormitorio —dijo entre dientes.

—La veo. Me parece que es Molly. —A modo de prueba, Sonya levantó una mano y saludó.

La sombra le correspondió al saludo.

—Si no es Molly, al menos es alguien amigable.

Yoda dejó escapar un tenue ladrido y salió disparado hacia el borde de la hierba. Al cabo de unos instantes, Sonya oyó el sonido de un coche que subía por la carretera.

Bajó de la escollera.

—Fijo que es la hora de la pizza.

—Por mí, genial.

Sonya constató que no solo era la camioneta de Trey, sino la de Owen justo detrás.

—Por lo visto, es una pizza para cuatro.

Mookie fue el primero en saltar del vehículo con las orejas aleteando y Yoda y él se reencontraron con una alegría desaforada. Jones, con su parche en el ojo, se acercó a ellos pavoneándose.

—Como me he encontrado con Owen, he comprado una empanada extra. —Trey hizo una seña en dirección a Owen, que salió de su camioneta con un paquete de seis cervezas—. Él ha traído la bebida.

—Hemos empezado sin ti. —Sonya se estiró para disfrutar de su propio reencuentro feliz—. Hacía una tarde tan bonita que nos hemos tomado el vino en la escollera.

—Esta noche va a nevar.

Totalmente estupefacta, Sonya se quedó mirando a Owen.

—¡No! Más nieve, no. Mira, no podría estar más despejado.

—La temperatura desciende con la puesta de sol —explicó Trey—. Después se acumulan las nubes.

—Unos centímetros como mucho —comentó Owen, restándole importancia, al tiempo que la gata se acercaba a él para enroscarse entre sus piernas—. Mañana se prevé que la temperatura supere los diez grados, o sea, que no durará.

—Pero si estamos casi en mayo…

—En Maine —puntualizó Trey.

Justo al decirlo, una ventana del salón dorado se abrió de golpe. Lo que salió volando era enorme, negro como la medianoche. Con las alas desplegadas, su envergadura rebasaba la de un hombre y parecía rebanar el cielo.

El sol se reflejó sobre sus garras, su pico, afilados como cuchillas mientras planeaba sobre el jardín.

—A casa. ¡Ya! —Trey empujó a Sonya en dirección a la casa al tiempo que se ponía delante de ella.

Incluso durante ese movimiento, lo que volaba se desvaneció como el humo.

—Huele a azufre —mascculló Cleo bajo los ladridos enloquecidos de los perros—. Lo distingo desde aquí.

—Ha conjurado un buitre. El cabrón más grande que he visto en mi vida —comentó Owen.

—Un buitre. —Dado que seguía con la copa en la mano, Cleo apuró de un trago el resto del vino—. ¿No son esos los que se quedan dando vueltas hasta que estás muerto?

—Es que son aves carroñeras —respondió Owen.

—¿De tres metros de envergadura? —le preguntó Trey.

—Sí, en torno a eso. Sin embargo, no ha conseguido que vuele demasiado lejos.

—Lo suficiente. —Sonya soltó la bocanada de aire que había contenido en los pulmones—. Dobbs ha estado tranquila todo el día, haciendo acopio de energía para algo así, supongo. Seguro que le toca las narices que los cuatro nos demos el gusto de comer pizza.

—Pues a qué esperamos. —Cleo cogió a la gata en brazos y se encaminó hacia la casa solariega.

Cuando entraron en tropel, Clover los recibió con *Peaceful Easy Feeling* [«Plácida sensación de tranquilidad»].

—Qué optimista. —Trey llevó las cajas de pizza a la cocina, donde Cleo ya había empezado la rutina de poner la comida a los animales.

Sonya rellenó su copa de vino y la de Cleo antes de sacar los platos.

—He puesto a Owen al corriente del breve resumen que hiciste. Ahora cuéntanos los detalles.

—Vale. Primero empecemos las pizzas antes de que se enfríen más. Como además lo tengo todo por escrito, si en algún momento se me pasara algo por alto (que no será el caso), puedo refrescar la memoria.

—Yo no me enteré de nada —comentó Cleo mientras se reunían en torno a la mesa—. Seguí dormida durante todo el incidente.

—No creo que pudieras haber oído nada, puesto que todo pasó en mi habitación. En el pasado y en el presente. —Tras poner una porción de pizza en su plato, Sonya la dejó ahí sin más—. Está claro que atravesé el espejo de nuevo. Pero no fui hacia él: él vino a mi encuentro.

Cuando miró al techo con los ojos empañados de lágrimas, Clover puso *Tragedy + Time* [«Tragedia + Tiempo»].

—Ella desde luego que aprendió a reír de nuevo —comentó Owen.

—En mi opinión, Clover es increíble. —Sonya se enjugó una lágrima—. Y el hecho de ser testigo del profundo amor que mostró hacia Collin y mi padre en el escaso tiempo que tuvo se me quedará grabado para siempre.

—Me parece que ese es parte del propósito. —Trey posó la mano sobre la de Sonya—. Come un poco.

Ella asintió con la cabeza y cogió la porción de pizza.

—Y dar testimonio de ello. Desde mi punto de vista, ese es el quid de la cuestión. Dobbs le quitó el anillo, un fino aro de oro con dos corazones entrelazados, el mismo que aparece en el cuadro.

—Y dijo... —Cleo sacó la nota de su bolsillo. Mientras la leía, las ventanas traquetearon—. ¡Ay, que te zurzan, zorra espeluznante!

Owen chocó su botellín con la copa de Cleo.

—Un punto por la aliteración. —A continuación, Owen se dirigió a Sonya—. ¿No fue como cuando lo atravesamos tú y yo? ¿No estabas despierta y consciente?

—No, al principio fue como en sueños, pero después no. Sin embargo, igual que en aquella ocasión, alcancé a oler a cera de vela, a sentir el calor del fuego, a oír sus voces. Como si estuviera presente, aunque sin estarlo. Pero cuando por fin me volví a dormir, soñé y, si bien la escena no fue tan real como la que presencié al atravesar el espejo, la vi muy claramente. Era el día de la boda de Clover y Charlie; ella iba vestida de novia. Fue una escena rebosante de luz y felicidad. Ella deseaba que yo fuera testigo de eso también. Ahora lo soy.

—Y, según has comentado, hoy Dobbs ha estado tranquila.

Ella asintió con la cabeza en dirección a Trey.

—Sí, hasta el incidente del buitre conjurado con humo.

—Hizo que sonara la campanilla de los criados mientras yo estaba entrenando abajo. Pye siseó.

—¿Es que tú entrenas?

Cleo enarcó las cejas mirando a Owen.

—Más que nada, practico yoga, pero estoy probando una nueva rutina.

—Me figuro que me quedaré a dormir mañana y el sábado por la noche, ya que necesitáis que movamos más cosas el sábado. Si no quieres compañía en el sótano, dime cuándo tienes previsto bajar al gimnasio.

—Calculo que no será antes de las diez de la mañana. En cuanto al domingo —dijo, parpadeando con coquetería—, es un día de descanso.

—Y cenamos en casa de tus padres. A Cleo y a mí nos hace mucha ilusión.

—Espero que sea asado de carne. Nadie hace el asado de carne como Corrine. —Owen miró fugazmente a Cleo—. Si te encargas de preparar la cena el viernes, yo cocinaré el sábado. Es lo justo.

—¿Tú?

—Algo sencillo después de acarrear mesas y sillas. Puedo hacer macarrones con queso.

—Abrir un envase no es cocinar como Dios manda. Mi criterio respecto a eso ha cambiado —apostilló Cleo.

—Los prepara desde cero —le dijo Trey—. Y le salen de muerte.

—Ah, ¿sí? Bueno, en ese caso la cocina es toda tuya el sábado.

—Hecho. Sonya, acepto tu ofrecimiento de dejar algunas cosas arriba. Mañana me traeré algo.

—Bien. —Como las cuatro mascotas estaban sentadas delante de la puerta, Sonya se levantó para dejarlas salir—. Quedaos ahí detrás. Ella nunca maquina nada en la parte trasera. Al menos hasta ahora. ¿Más vino, Cleo?

—No, gracias. Me voy para arriba a hacer unos bocetos.

—¿Cerveza?

—Para mí no —respondió Trey.

—Con una voy servido. Tengo que ponerme en marcha después de esta porción de pizza.

—Podías quedarte, Owen.

—No puedo. El trabajo me espera. Solo he venido a cenar pizza. No me importaría llevarme una Coca-Cola para el camino.

—¿El trabajo guarda relación con mi velero?

—A lo mejor, más tarde. Depende. Estoy construyendo una caseta para perros.

—¿La caseta para Yoda? —Sonya se acercó a la mesa deprisa y lo rodeó con sus brazos por detrás—. ¿Es maravillosa?

—Todavía no.

—¿Puedes fotografiarla? ¿Puedo ver una foto?

—No.

—En eso es inflexible —le advirtió Trey.

—La verás dentro de un par de semanas. Si no te gusta, recuerda que el diseño fue obra tuya.

—Me va a encantar, igual que a Yoda.

—Vosotros sois testigos. —Owen apuntó con el dedo hacia Trey y Cleo—. Me voy.

Sonya fue a por una Coca-Cola y lo abrazó otra vez.

—Te acompaño. Tengo unas cosas en la camioneta que voy a dejar arriba.

Cuando se alejaron por el pasillo, Owen lo miró.

—Tío, si estás intranquilo, puedo organizarme y pasar la noche aquí.

—No, no hace falta, Owen. Y, caray, la mayor parte del tiempo a ellas tampoco les hace falta.

Fuera, Owen se alejó lo suficiente para levantar la vista hacia el salón dorado.

—Es por el asunto del pájaro.

—El asunto del pájaro. Sonya ya tuvo ese percance, pero lo habría mencionado si el puñetero bicho hubiera sido tan grande. Y esas garras… parecían reales. Ha sido breve, pero durante esos instantes…

—Ha sido breve: esa es la clave. —Owen volvió hacia su camioneta—. Y, por mucho que nos preocupe que se alargue, dudo que podamos hacer nada al respecto.

Abrió la puerta y Jones saltó al asiento.

«Aún no», pensó Trey mientras su amigo se alejaba. Pero llegaría el momento, antes o después llegaría el momento en el que harían algo más que reaccionar, algo más que defenderse.

Oyó que se abría una ventana en la torrecilla, la ventana de la biblioteca, y miró hacia arriba.

Clover, con su cabello rubio brillando con el ocaso, se asomó.

Él se paró en seco e hizo amago de hablarle, pero ella le lanzó un beso y desapareció sin más.

12

Nevó.

Sonya contempló la esponjosa capa blanca que ahora cubría la amplia explanada verde. Y maldijo.

El hecho de que los narcisos asomaran por encima del fino manto de nieve no impidió que soltara otra maldición.

Lo cierto es que era posible que cayera nieve en polvo o lo que fuera —y algún que otro copo primaveral— en Boston a finales de abril, pero ya se había hecho a la idea de la llegada de la primavera.

De modo que maldijo Maine.

Trey simplemente le quitó hierro, le dio un beso de despedida y se marchó con tan solo una sudadera con capucha encima de su camisa de franela.

Ella se consoló con haber pasado una noche de esas que, en su vida anterior, eran normales. Había dormido ocho horas seguidas, sin interrupciones.

Y se había despertado con un paisaje nevado al calor de un fuego que un fantasma había encendido con sus manos en el hogar del dormitorio.

Tampoco se habían equivocado en lo relativo al descenso de la temperatura.

Cuando Cleo apareció justo antes de las diez, Sonya estaba sentada, vestida y maquillada, junto a su escritorio.

—Estoy pensando en cancelar la cita en la peluquería y seguir trabajando hasta que vayamos a almorzar con Anna.

—Basta. Vas a ir.

—¡No es tu pelo!

—El tuyo necesita un repaso, y convendría que te retocaran tus bonitos y suaves reflejos. Realzan mucho ese tono miel. ¡Necesito un café!

Sonya se levantó rauda y la siguió escaleras abajo.

—A lo mejor es que no quiero dejarte sola en la casa mientras sucumbo a mi vergonzosa vanidad capilar.

—Basta con eso también. Además, ¿no dijiste anoche antes de que subiera al estudio que ibas a ir con tiempo de sobra para pasar por la librería?

—Eso fue anoche. Ah, y ha nevado.

—¿Sí? —Cleo se aproximó a la ventana de la cocina—. Caray, y tanto que sí. Pero ya está derritiéndose, hace un sol radiante. Mi café. Con razón mi chimenea estaba encendida cuando me he levantado.

—Encendió también la de la biblioteca. Me di cuenta de que en cierto modo lo echaba de menos.

—Esta noche vamos a cenar chuletas de cerdo.

—Vale, pero…

—Deberías ponerte en marcha. Ya sabes lo mucho que te gusta curiosear en las librerías, y deberías pasarte por Gigi's. Dejaré salir a Yoda y a Pye y los meteré dentro antes de subir. —Apoyada contra la encimera, Cleo le dio un trago al café—. Son, tu pelo necesita un arreglo. Anda, ve a que te arreglen el pelo.

—Está bien, está bien. Si me presento a almorzar con reflejos naranjas y como si me hubieran despeluzado con tijeras de podar, será culpa tuya.

—Asumo la responsabilidad.

—Culpa tuya —repitió Sonya en tono grave, y acto seguido salió airada en busca de una chaqueta y el bolso.

Y un gorro.

Ciertamente le encantaba curiosear en las librerías, y A Bookstore no había tardado en convertirse en una de sus favoritas.

Aplacó sus nervios, al menos hasta que se dirigió a la caja con los dos libros que había elegido, pues se apoderaron de ella de nuevo súbitamente.

—Leí un ejemplar de venta anticipada de este. —Diana le dio un toquecito con el dedo al libro que había encima— y me gustó muchísimo. Es de misterio con giros inesperados y un romance de ensueño. ¿Qué más se puede pedir? —Cuando se disponía a marcar el importe, la miró fugazmente—. ¿Todo bien?

—Bueno, es que estoy un poco nerviosa. Tengo una cita en la peluquería. La primera desde que me afinqué aquí.

—¿En Jodi's?

—Sí.

—Ah, no te preocupes. Jodi me arregla el pelo. A Anita también.

—¿He oído mi nombre? —Anita entró de la trastienda con más género.

—Sonya va de camino a Jodi's.

—¡Anda! ¿Quién va a peinarte?

—No estoy segura. —Los nervios, más nervios, le retorcieron el estómago—. ¿Importa eso?

—Tanto a Diana como a mí nos atiende Jodi. A Jeannie la atiende Carly, ¿verdad?

—¿Jeannie?

—Nuestra encargada los fines de semana. Casi seguro que la peina Carly. Y de Aileen (mi hermana, que trabaja aquí a media jornada) se encarga Micah.

—Que es un sol. —Diana metió los libros en una bolsa—. Cambiar de peluquería asusta, pero estás en buenas manos.

Sin otra alternativa que abrigar la esperanza de que fuera cierto, y tras haberse entretenido demasiado para pararse en cualquier otro lugar con el fin de procrastinar, Sonya enfiló la estrecha acera.

Era como si la nieve que le había dado la bienvenida esa mañana no hubiera caído. No quedaba ni rastro de ella mientras caminaba sin prisa en dirección a la peluquería.

En la puerta se recordó a sí misma que era absurdo que la

asustara más cambiar de peluquería que el ser que habitaba en el salón dorado.

Entró.

Al cabo de menos de dos horas, salió una mujer muy contenta. Se toqueteó el pelo, con el nuevo aire que le daban los reflejos y el peinado, mientras regresaba —sin gorro— a donde había aparcado.

Sin pudor, bajó el parasol y ladeó la cabeza hacia la derecha e izquierda para mirarse en el espejito.

—¡He vuelto!

Mientras circulaba por el pueblo, mandó vibraciones de amor a las tiendas, los restaurantes, las casas y los apartamentos. Y en especial a la antigua mansión victoriana que albergaba el bufete de los Doyle.

Pensó que una mujer no se sentía realmente como en casa hasta que encontraba su peluquería.

Aunque había pasado con el coche junto al hotel otras veces, tan solo para echar un vistazo, nunca había entrado.

Sabía que pertenecía a la familia de Seth, el marido de Anna, quienes lo dirigían y, a juzgar por la fachada, daba la impresión de que sabían perfectamente lo que se hacían.

El edificio de ladrillo, de un blanco níveo, situado en un promontorio sobre la bahía, destilaba una mezcla de servicio de categoría y confort discreto.

Vio habitaciones con balcones que miraban al agua, y una rotonda en el centro del camino de acceso con profusión de narcisos, jacintos y tulipanes que le devolvieron la sensación de la primavera en el acto.

A lo lejos, alcanzó a ver sinuosos caminos solados entre jardines que imaginó que florecerían muy pronto.

Le vino a la memoria que, cuando estuvo buscando hoteles para su frustrada boda, le hacía ilusión algo similar a eso, con historia y ese aire acogedor, en vez del esplendor y la ostentación en que tanto insistía Brandon.

Acto seguido desterró ese recuerdo de su memoria.

Aparcó en la explanada anexa a los jardines y echó a andar hacia la entrada mientras soplaba una cálida brisa.

—Buenas tardes —le dijo el portero—. ¿Va a registrarse en el hotel?

—No, he venido a almorzar en el Waterside.

—Todo recto hasta el fondo del vestíbulo, a la derecha. Buen provecho.

Al entrar la cautivaron el acogedor ambiente y la fusión de estilos señorial y rústico. Las bombillas con forma de vela de las arañas de hierro forjado de los techos despedían luz a raudales. La gran chimenea de piedra natural, con el fuego crepitando bajo la repisa en voladizo, aportaba calidez y realzaba el acogedor ambiente.

Había gente arrellanada en butacas o sofás tomando café o una copa; se fijó en que al lado de algunas personas había bolsas de tiendas del pueblo.

Los cuadros de las paredes mostraban diferentes escenas del pueblo, de la bahía, del puerto deportivo. Y en uno se alzaba la casa solariega en lo alto del escarpado acantilado.

Al reconocer el estilo, se aproximó y vio la firma de Collin Poole en una esquina.

Así que, en cierto modo, él también estaba allí, pensó. Lo mismo que la casa solariega.

Eso hizo que se sintiera más gratamente acogida, si cabe.

Cruzó el suelo de losas, con un mosaico central de una gaviota sobrevolando la bahía, y torció hacia el restaurante.

Allí ardía suavemente un fuego más pequeño, y los ventanales ofrecían un panorama de la bahía. Anna se hallaba sentada a una mesa junto a esa vista panorámica.

Llevaba un vestido rojo a la altura de la rodilla que le marcaba la tripa con orgullo. Su corto pelo negro le enmarcaba el rostro, que se iluminó con una sonrisa al ver a Sonya.

—Acabo de llegar. Estaba a punto de… ¡Oh! Tu pelo. Estás fabulosa.

—Todo se lo debo a Jodi, la de Jodi's.

—Sabe lo que se hace. De verdad, estás fantástica.

—Tú también. ¡Y me encanta este hotel! Caray, qué vistas.

—Es una de mis favoritas.

Cuando el camarero se acercó a la mesa y les ofreció de beber, Sonya pidió agua natural.

—Te advierto —dijo Anna cuando el camarero se fue— que tengo permiso para tomar una copa de vino a la semana. Pretendo que ese día sea hoy, y no pienso beber sola.

—Cleo y yo no permitiremos que eso ocurra. ¿Qué es un almuerzo para chicas en un lugar tan magnífico sin una copa de vino? Ah, ahí está Cleo.

—Dios, siempre está espectacular.

—Ya. Si no fuera porque la quiero, la odiaría.

—¿Llego tarde?

—Acabamos de llegar —respondió Sonya.

—Bien. Odio retrasarme si es para pasarlo bien. ¡Vaya, qué pelo!

—Me he llevado un escarmiento por mi nerviosismo, y ahora soy una fan incondicional de la peluquería de Jodi. Casi había olvidado lo mucho que me gustan las peluquerías. El buen rollo, el cotilleo, la oportunidad de centrarte en ti misma durante un par de horas… —Le dio un toquecito con el dedo a Cleo—. Y, según dice todo el mundo allí, a ti te atiende Micah.

—Cierto —convino Anna—. Es un genio con los rizos.

—Además, me comentaron, y yo misma lo constaté, que es majísimo.

—¿Un genio majísimo? Lo comprobaré. ¿Y qué tal la bebé?

Con gesto risueño, Anna se dio una suave palmadita en la tripa.

—Peleona. Estoy disfrutando de cada minuto… por ahora. Qué contenta estoy de que las dos hayáis podido venir. Sé que estáis liadas.

—Tú tampoco te duermes en los laureles, ¿a que no? Cleo, ya verás cuando te enseñe las nuevas piezas de Anna.

Pidieron esa única copa de vino para cada una, ensaladas y, por recomendación de Anna, entrantes de miniquiches para compartir.

—Has acertado de pleno con esto —dijo Cleo tras comer una—. Yo nunca he hecho una quiche. Debería probar. Debería probar a hacer unas miniquiches así de cucas.

—Cleo se ha aficionado a la cocina.

—¿Ves? Estáis liadas. Trey ha puesto a la familia al corriente de lo que está pasando en la casa solariega. Qué movida. La verdad es que supera con creces cualquiera de las experiencias que viví durante mis visitas a Collin. Siempre consideré los episodios travesuras que me despertaban curiosidad, pero no es eso con lo que estáis lidiando ahora.

—La mayoría de las veces lo son —le dijo Sonya—. Pero en ocasiones cuesta creer lo que está pasando incluso cuando está sucediendo.

—Hester Dobbs se piensa que nos va a echar de allí, pero no se saldrá con la suya. Es nuestra casa, y la adoramos, adoramos todo lo que hay en ella. Incluso en la época de la universidad, Sonya ya hablaba de tener una casa con historia y personalidad.

—Así es. Lo que no anticipé fueron las personalidades. —Enfatizó el plural—. No obstante, salvo por una desagradable excepción, nos agradan las personalidades que habitan en ella. Estoy conociendo a mi abuela biológica, que es maravillosa. Ah, Trey la vio anoche otra vez.

—¿Qué? —Cleo soltó el tenedor de la ensalada—. ¿Y no me lo dijiste?

—Cuando entró después de despedir a Owen, tú ya estabas arriba, y esta mañana yo estaba obsesionada con mi pelo.

—Perdona —dijo Anna con una mano en alto—, permíteme que me haga eco: ¿qué? ¿Que Trey vio el fantasma de tu abuela? ¿Y has dicho «otra vez»?

—Es la tercera vez.

—Vale, retrocede. —Anna hizo un giro con el dedo en el aire—. Rebobina.

—La primera vez tan solo era un niño. Me dijo que se encontraba en la sala de música, aprendiendo a tocar la guitarra. Por lo visto, tu padre y Collin estaban jugando al ajedrez. Y ella apareció. Según él, era guapísima. Ella le habló de música durante unos instantes y, acto seguido, desapareció.

—Él jamás lo mencionó —masculló Anna.

—La segunda vez, hace unas semanas, cuando él estaba comprobando el reloj en el «rincón tranquilo», ella..., en fin, apareció. Anoche, Trey fue a acompañar a Owen al coche y, cuando se marchó, oyó que se abría la ventana de la biblioteca, levantó la vista y la vio asomarse. Entonces ella le lanzó un beso. —Sonya giró la muñeca con un ademán—. Y desapareció de nuevo.

—Me da que tu abuela siente debilidad por tu novio, Son.

—¿No parece rarísimo?

—¿No parece todo rarísimo? —Anna, que había saboreado con parsimonia su copa de vino semanal en el transcurso del almuerzo, bebió el último sorbo—. Él me contó que una vez vio a una mujer de blanco en el mirador, pero nunca mencionó nada semejante.

—Yo vi fugazmente al niño, Jack, en una ocasión. Juega con Yoda, le enseña trucos. Y, a veces, si se enfada, abre todas las puertas de los armarios de la cocina.

—Cuando dejé salir a Pye y a Yoda antes de irme, Pye estaba jugando con un pequeño ovillo de cordel. Yo no le había dado ninguno, así que doy por sentado que a Jack también le gustan los gatos.

—¿Tienes una gata?

—Pues sí —confirmó Cleo—. Pyewacket.

—¡Oh! Qué nombre más chulo. De la película antigua.

—¿Ha visto todo el mundo esa película menos yo? —preguntó Sonya.

—La veremos —respondió Cleo.

—Seth y yo queremos tener un perro y un gato. Hemos decidido esperar hasta seis meses después de que nazca la niña, y luego tantear el terreno. Pero queremos que crezca con mascotas. En vista de que prácticamente acabamos de empezar a plantearnos equipar el cuarto del bebé, las mascotas no son prioritarias en nuestra lista.

—Ahora rebobina tú. —Cleo imitó su giro con el dedo—. Que yo sepa, Sonya y yo íbamos a asesorarte acerca de la decoración y demás.

—Sí, pero como las dos estáis tan ocupadas...

—Cleo, en particular, nunca está demasiado ocupada para algo que guarde relación con los bebés. ¿Tienes en mente los tonos rosas porque es una niña?

—La verdad es que no. ¿Seguro que tenéis ganas de escuchar todo esto?

—Empieza a hablar. Espera. —Cleo hizo una seña al camarero—. Hay que pedir el postre. ¿Qué nos recomiendas?

—El melocotón Melba de la casa está riquísimo. Y es un postre realmente generoso.

—Lo compartiremos.

Una vez consensuado, Cleo hizo un ademán en dirección a Anna.

—Entonces el rosa descartado.

—Nada que sea demasiado cursi, porque ¿y si no es una niña cursi? Además queremos tener como mínimo dos, y el siguiente podría ser niño. A Seth y a mí nos atrae la idea de una temática relacionada con el bosque, y con los animales. Con animales bonitos.

—¿Qué me dices de animales mágicos?

Anna la miró con ojos ensoñadores.

—¿Animales mágicos?

—Unicornios, caballos alados, simpáticos dragones, grifos... Con unos cuantos elfos y hadas porque, ya sabes, viven en los bosques mágicos.

—Un bosque mágico. Uy... —Cuando los ojos ensoñadores de Anna se llenaron de lágrimas, hizo un ademán con la mano—. No pasa nada, es cosa de las hormonas. ¿Os imagináis dormiros y despertar en un bosque mágico? —Se secó una lágrima—. Es tan dulce... Es ideal.

—Podría pintar un mural.

—Vas a conseguir que rompa a llorar a lágrima viva. ¿De verdad?

—Confía en mí —le aseguró Sonya—. Yo la ayudaré, pero en eso Cleo se supera.

—Háblalo con el papá. Si a ambos os gusta la idea, iré a ver la habitación y haré unos bocetos.

—Conozco a Seth, y le va a chiflar. ¡Dime tus honorarios!

—Puedes pagar los materiales, pero eso es todo.

—Pero…

—Eso es todo o no hay trato.

—Eres dura de pelar. —Se le derramó otra lágrima—. Pero yo invito al almuerzo.

De camino a casa, Sonya paró en la floristería para comprar flores. Realizó el trayecto de vuelta de buen humor con la fresca fragancia que impregnaba el coche.

El júbilo de Yoda y *Hello* [«Hola»] de Adele le dieron la bienvenida a su llegada.

—¡Sí, hola! Ya estoy en casa. ¿Te has portado bien? ¿Has jugado con Jack? ¿Ha cuidado de ti Clover?

El perro la acompañó moviendo la cola hasta la cocina, donde Cleo, sentada junto a la isla con un cuaderno de dibujo, levantó la vista y enarcó las cejas al ver la profusión de flores.

—¿Has agotado las existencias?

—Casi. Como el otro día tiramos todas las que estaban marchitas, era hora de echar la casa por la ventana. ¿Qué haces?

—Ah, juguetear un poco en un bosque mágico. Has pasado un buen rato en la floristería.

—Eso parece. —Cuando se disponía a elegir los jarrones, se detuvo y echó un vistazo por encima del hombro de Cleo a los árboles de ramas curvilíneas, a la cascada que caía a un sinuoso arroyo. Un puente arqueado lo cruzaba.

—Sí, te superas.

—Va a ser divertido. Espero que les guste, y que dejen a mi criterio los colores y los animales, por ejemplo, a lo mejor una mezcla entre un mono y un mapache colgado de una rama. —Alargó la mano para acariciar a la gata, que se había encaramado a un taburete a su lado—. Un gato, pero con la cola larga y trenzada.

Sonya regresó con el primer jarrón.

—Si se le saltaron las lágrimas al pensar en ello, va a derrumbarse cuando vea tus bocetos.

—Eso espero. Y flores —dijo mientras Sonya se disponía a arreglarlas—. Pero ninguna de las que encontrarías en la floristería del pueblo. El caso es que voy a jugar con esa idea. Me lo pasé genial almorzando con ella.

—Y yo. Te echaré una mano con el cuarto del bebé, pero como ayudante, lo mismo que hago a veces cuando cocinas.

—Subestimas tu talento para las bellas artes.

—Tal vez, pero sé de buena tinta que no se me ocurriría la idea de un animal que fuera un cruce entre un mono y un mapache.

Cuando terminó de arreglar el último ramo, se llevó los jarrones de dos en dos. Era otra tarea doméstica con la que disfrutaba, pensó. Recorrer la casa solariega con flores, buscar el lugar idóneo para cada arreglo floral.

Se había dado cuenta de que, algunas veces, Molly discrepaba con esas decisiones y cambiaba de sitio las flores. Pero tenía que reconocer que incluso a eso le había cogido el gusto.

Después de distribuir las flores en la planta baja y en la primera, llevó un jarrón al estudio de Cleo. De camino, cayó en la cuenta de que no había subido al segundo piso sola —al menos adrede— desde hacía semanas.

Irritada incluso por ese momentáneo titubeo, fue derecha al estudio.

Mientras la pintura de la sirena se secaba en el estante, Cleo tenía un lienzo en blanco en el caballete. Sonya se figuró que no permanecería así durante mucho tiempo, ya que el batiburrillo creativo de Cleo se había impuesto sobre el riguroso orden en el estudio.

Dado que sobre el antiguo escritorio había un revoltijo de bocetos, carpetas, cuadernos y lápices, Sonya puso las flores encima de la mesa de centro junto al sofá.

A continuación se acercó al armario, contuvo la respiración y lo abrió.

No vio nada aparte del material de Cleo, aún organizado.

—Vale, todavía no.

Sin embargo, estaba convencida de que tarde o temprano ella misma, o bien Cleo, abrirían el armario y encontrarían a Agatha, la cuarta novia.

Justo cuando cerró la puerta comenzaron los golpes.

Se armó de valor y salió del estudio.

Mientras avanzaba en dirección a la puerta del salón dorado, esta se combó hacia fuera y hacia dentro.

«Es mi casa —pensó—. Es mía, no tuya».

Después lo dijo en voz alta y a continuación lo repitió, haciendo oír su reivindicación por encima del estruendo.

La puerta, empujada por una ráfaga de viento, se abrió de sopetón.

El frío le caló hasta los huesos.

Hester Dobbs se hallaba en el centro de la sala, con los brazos abiertos de par en par y las palmas hacia arriba.

Amortiguado por el viento, oyó un murmullo apremiante, pero no consiguió entender las palabras. En su teléfono comenzó a sonar *Stay Away* [«Mantente alejada»] de Nirvana a todo volumen.

—¡Esta casa es mía! —gritó Dobbs, en un tono frío como el viento—. Morirás aquí. Todas moriréis aquí.

Cuando las paredes sangraron, hasta el blanco de los ojos de la bruja se cubrió de negro.

—Sangre Poole.

Sonya observó cómo goteaba entre las manos ahuecadas de Dobbs.

—Toda es sangre Poole.

Con su carcajada demencial, la puerta se cerró de un portazo.

Se hizo el silencio.

—Tú morirás esta noche —dijo Sonya con una serenidad que a ella misma le sorprendió—. Y la próxima noche, y la siguiente. Ese es tu infierno de momento. Puedo vivir con eso. Por ahora.

Cuando se disponía a marcharse, en su teléfono empezó a sonar *It's Gonna Be Alright* [«Todo va a ir bien»].

—Efectivamente, Clover. Has dado en el puñetero clavo.

Cuando llegó a la cocina, Cleo sostenía en una mano una patata sobre una cuchara de madera, y con la otra estaba cortándola con cuidado.

—¿Qué estás haciendo con esa patata?

—Cortándola en forma de acordeón. Luego se adereza con

mantequilla y hierbas aromáticas. Carne con patatas, vienen invitados masculinos. —Al levantar la vista, soltó el cuchillo de inmediato—. ¿Qué ha pasado?

—¿No has oído nada?

—No, no ha habido ruido. Pensaba que después de tu reparto de flores igual te habías puesto a trabajar un rato.

—He visto a Dobbs. En el salón dorado.

—¡Madre de Dios! ¿Has entrado allí?

—No, no. La puerta se abrió de sopetón, y la vi dentro. ¿No has oído el estrépito?

—Qué va, nada.

—De modo que esta vez ha sido solo para mí —dijo Sonya entre dientes—. Interesante, como diría Trey.

—¿La has visto? ¿Cómo se te ha pasado por la cabeza acercarte a esa maldita puerta siquiera, Sonya?

—Cuando empezó a armar jaleo, no sé, me mosqueé y supongo que necesitaba reclamar la potestad de mi casa, ya sabes. Entonces, mientras me encontraba en el pasillo, la puerta se abrió de golpe, y la vi allí dentro.

Se sentó porque, ahora que todo había terminado, tal vez las piernas le temblaran un poco. Y le relató a Cleo el resto.

—Me gusta que hayas reaccionado con un zasca, pero, cariño, mantente alejada de esa habitación.

—Tú pasas ahí arriba todo el día.

—Yo no me acerco a esa habitación. Haz caso a Clover: mantente alejada.

—Tenía el vestido rasgado. Por el dobladillo. No habría entrado allí a pesar de que en ese momento, más que cabrearme, me he asustado. —Le quitó hierro—. Ya ha pasado, o sea que igual las aguas vuelven a su cauce durante un tiempo. Bueno, a ver cómo cortas las patatas en forma de acordeón.

Con un rápido movimiento, Sonya abrió el cuaderno de dibujo y se rio al ver el boceto que Cleo había dibujado mientras ella repartía las flores por la casa.

—Pues sí que es mitad mono, mitad mapache.

—Lo he resuelto como un monopache.

Cuando Cleo cogió el cuchillo de nuevo, Sonya examinó los demás bocetos.

—Son fabulosos. Mágicos. ¡Oh! ¡Has convertido a Yoda en una mariposa!

—Como tiene una complexión interesante y ese pelaje atigrado, se me ocurrió añadirle alas y crear un lindo cachorro en miniatura. Para mí esto es puro entretenimiento. —Puso la primera patata en una fuente de horno—. Una lista —dijo, y cogió otra—. Quedan tres. —Sonrió a Sonya—. Estamos bien, Son.

«Más que bien», pensó Sonya cuando Cleo metió las patatas en el horno y se puso a preparar las chuletas. Para colaborar, hizo lo que ahora consideraba su especialidad al horno: pan de cerveza.

Yoda ladró y salió como una exhalación de la cocina. La gata se dejó caer del taburete.

Al cabo de unos instantes oyeron ladridos de respuesta y voces masculinas.

—Tenemos compañía.

Trey entró.

—Owen ha subido a colocar sus cosas. Hey, qué pelo.

Sonya se lo echó hacia atrás con toda la intención.

—¿Qué le pasa?

—Que está precioso. Como siempre.

—Buena respuesta. —Lo besó, se acurrucó contra él y lo abrazó—. Me alegro de que estés aquí.

Como él percibió algo en su voz, miró a Cleo por encima del hombro de Sonya.

—¿Todo bien?

—Sí —le aseguró Sonya—. Pero no es habitual que un día transcurra sin novedades en la casa solariega. Y hoy no ha sido uno de esos días.

—Vamos a tomar vino —decidió Cleo—. Todos vamos a tomar vino porque esta cena lo merece. Voy a abrir una botella y a servirlo. Después Sonya contará el último episodio.

—¿Dobbs? —inquirió Trey.

Sonya asintió con la cabeza.

—La misma.

13

Esperaron a Owen. Sonya tuvo que atribuir a Trey el mérito de la paciencia, porque no la presionó.

Pero, claro, reconoció que él nunca la presionaba. Y cuando él le tiraba de la lengua, era de una manera tan sutil que ella no se percataba de que la había llevado a su terreno hasta después de que lo hubiera logrado.

Sonya consideraba que ese era su superpoder.

En vez de sonsacarla, Trey dio de comer a los perros y a la gata mientras Cleo ponía judías verdes a cocer al vapor.

Esperaron.

Cuando Owen entró tan campante, todas las miradas se posaron en él. Se detuvo y frunció el ceño.

—¿Qué pasa?

—Estábamos esperándote. —Cleo le tendió la cuarta copa.

—¿Por qué?

—Para que Sonya os ponga al corriente del incidente de hace una hora.

—Antes he de decir que forma parte del día a día en esta casa. Forma parte de mi legado y, si acepto la casa solariega, eso incluye lo demás.

—Puesto que vivo aquí —terció Cleo—, lo mismo digo.

Tras relatarlo, Sonya aguardó a su reacción.

—Da la impresión de que has manejado la situación.

—Ella…, ellas —rectificó Trey— han manejado la situación desde el principio. Tú te pasas el día ahí arriba, Cleo. ¿Has tenido alguna experiencia similar?

—No desde que me encerró en el cuarto de baño y cargó contra Sonya en la biblioteca al mismo tiempo. Reconozco que me cagué de miedo. Aparte de eso, solo hay golpazos y sacudidas alguna que otra vez.

—Tenía el vestido rasgado. —Trey miró a Owen.

—El intrépido de Jones.

—La cuestión es que le rasgó el vestido.

—Entonces ¿a lo mejor podemos hacerle daño? —Sonya soltó una bocanada de aire y se sentó en un taburete—. Me agrada la idea de darle algún escarmiento, pero no sé cómo vamos a atacar a una mujer muerta.

—Podíamos probar con un exorcismo.

Sonya negó con la cabeza ante la sugerencia de Cleo.

—El exorcista es un clásico, y una de mis películas favoritas.

—También una pasada de libro —terció Owen.

—También una pasada de libro —convino Sonya—. Pero no pienso jugar con eso en la vida real. Además, en el caso de que consiguiéramos echarla de aquí, ¿acaso no seguiría conservando los anillos? A lo mejor estaríamos mucho más a gusto, pero eso no rompería necesariamente la maldición, ¿no?

Beyoncé empezó a cantar *Single Ladie*s *(Put a Ring on It)* [«Damas solteras (Poneos un anillo)»] a todo volumen.

Y Sonya dejó escapar una risita.

—Yo diría que esa es la manera optimista de Clover de decirme que debo poner el anillo, o más bien los siete, en el lugar donde corresponde.

—Anillos que tiene Dobbs —puntualizó Trey.

—Exacto. Si ella desaparece, los anillos desaparecerán… posiblemente. Y no correré ese riesgo.

—No es solo porque te hayas enamorado de la casa.

Ella se volvió hacia Trey.

—No, no es solo por eso. He sido testigo de lo que les hizo a mujeres en los que deberían haber sido los días más felices de sus vidas. Lo que le hizo a la mujer que trajo a mi padre al mundo. Es una cuestión personal. Y eso, el hecho de presenciarlo, le da un cariz más personal si cabe.

—Collin te legó esta casa por una razón. —Trey le acarició el pelo con suavidad de arriba abajo—. Él no llegó a ser padre, pero su hermano sí. Su gemelo sí.

—Él adoraba esta casa. Yo diría que te la dejó en herencia porque supuso que tú eras quien más posibilidades tenía de pararle los pies a Dobbs antes de que llegue la siguiente novia y se conviertan en ocho. —Owen echó un vistazo al horno mientras hablaba—. Vaya, qué buena pinta tiene esto —comentó—. Bueno, me figuro que lo más seguro es que él mismo lo intentara en un momento dado.

—Es cierto que adoraba la casa —confirmó Trey—. Y a Johanna, así que me resulta inconcebible que al menos no lo intentara. Él jamás dijo nada al respecto, pero ¿cómo no iba a intentarlo?

—Tiene que ser una mujer la que lo haga —afirmó Cleo en tono rotundo mientras alcanzaba los platos—. Los hechos fueron cosa de una mujer, hacia mujeres. Tiene que ser una mujer, una de la familia Poole.

—Yo no me lo había planteado desde esa perspectiva —observó Sonya—. Pero parece lógico.

—Considero que va más allá de eso. —Trey cogió los platos para llevarlos a la mesa—. Yo tampoco había caído en eso de la mujer, pero la apreciación de Cleo tiene sentido. Una mujer de la familia Poole, lógico.

—Yo me encargo —terció Owen, y se puso a trajinar con las judías—. No una Poole cualquiera —continuó—. La hija de su hermano gemelo.

—Iba a aderezarlas con un poco de mantequilla y hierbas aromáticas.

—Ya lo hago yo —le dijo Owen a Cleo, y prosiguió—: La hija de su hermano gemelo, que puede atravesar el espejo y lo ha hecho.

—Y que ha dado fe de ello en seis ocasiones —apostilló Trey.

Sonya se levantó para echar una mano.

—Van a tener que ser siete, ¿no?

—Creo que sí. —Trey le estrujó el hombro.

—Hay que añadir un elemento más. —Sin apartar la vista de Owen y las judías verdes, Cleo sacó la fuente del horno.

—Los cuadros. Lógico —concluyó Sonya—. Necesitamos los siete retratos. No sé qué demonios pasará entonces, pero necesitamos a las siete novias. En la pared, y al otro lado del espejo.

Tras poner el pan sobre la mesa, echó un vistazo a su alrededor: Trey abriendo la puerta a los animales, dándoles chucherías para que se entretuvieran mientras los humanos se disponían a comer… Owen salteando las judías con mantequilla y algo que no logró identificar… Cleo colocando las chuletas y las patatas en una fuente…

Una cena normal y corriente entre amigos.

—No sé si todo lo que está por acontecer me pone nerviosa o me reconforta. Lo que sí sé es que me alegro de que todos estéis aquí.

Clover hizo notar su presencia cuando empezó a sonar *With a Little Help from My Friends* [«Con un poco de ayuda de mis amigos»].

—Incluida tú, Clover. Todos vosotros.

Owen llevó el bol de judías verdes a la mesa.

—¿Qué has hecho con las patatas?

—Convertirlas en instrumentos musicales.

Tardó un segundo en pillarlo, se sentó y se sirvió una.

—Acordeones. Qué chulos. Veamos cómo suenan.

Sonaban muy bien y contribuyeron a disfrutar de una cena distendida en casa. A sugerencia de Cleo, en la sobremesa se tomaron una copa de vino en la galería.

—Cuando acabe el proyecto de las sirenas, quiero investigar más sobre todas estas plantas. Mira, Son, hay más brotes.

—Averiguaremos más cosas. De todas formas, debo pasar más ratos aquí. Es un espacio muy bonito, y agradable en una noche como esta. Entro de vez en cuando a regarlas, pero da la impresión de que nunca es necesario.

—Lo mismo digo. Todo está siempre esplendoroso.

—¿Se ocupará Molly de ellas también?

Clover respondió con Eleanor Rigby.

—Eleanor. —Sonya apoyó la cabeza contra el hombro de Trey—. Me pregunto qué fue de Eleanor. Espero que fuera feliz aquí.

—Yo opino que de lo contrario nadie pasaría su vida en el más allá ocupándose de las plantas, haciendo las camas o jugando con los perros.

—Y con una gata. —Cleo alzó su copa en dirección a Trey—. Y estoy de acuerdo: si dejamos al margen todo lo relativo a Dobbs, esta ha sido una buena casa desde hace un par de siglos.

—Una cosa. —Owen, con Jones repantigado a su lado y Pye acurrucada en su regazo, estiró las piernas—. ¿Se conocerán entre ellos? No todos son de la misma época, ¿no? ¿Organizarán algo así como encuentros fantasmales, fiestas en fechas señaladas y cosas por el estilo?

—De hecho, esa no es una pregunta completamente estúpida.

Owen se limitó a sonreír a Cleo, y rascó a la gata entre las orejas.

—Yo me inclino a pensar que son conscientes, al menos conscientes de la presencia del resto. Y a lo mejor el tiempo no tiene tanta importancia después de la muerte —añadió Trey encogiéndose de hombros—. Desde mi punto de vista, es más importante el lugar. Seguro que murieron aquí. Eso, por supuesto, es aplicar la lógica a lo que en principio es un sinsentido.

—Estamos viviendo en un sinsentido… o en lo que solía ser un sinsentido para mí —señaló Sonya—. Ojalá organicen fiestas en fechas señaladas.

—Clover pondría la música.

Sonya sonrió con complicidad a Cleo.

—¿A que sí? Y estoy de acuerdo en que el lugar prevalece sobre la época. A estas alturas todos hemos visto a Dobbs. Trey ha visto a Clover en tres ocasiones. Yo vi fugazmente a Jack, y estoy casi convencida de que es Molly la que aparece junto a la ventana de mi dormitorio. Cleo también la ha visto junto a la ventana. Solo una sombra, la silueta, pero es real.

—En mi caso, no olvides al tío del puro en el despacho de Collin y a la mujer en el mirador. Pero yo frecuento la casa solariega desde que era pequeño. Tú también —dijo Trey a Owen.

—Claro. Oía las puertas abrirse y cerrarse, ese tipo de cosas. De Dobbs, ni rastro hasta hace poco. Si es Molly la de la ventana, entonces sí, la vi de pasada unas cuantas veces. Y en una ocasión...

Dejó la frase a medias y bebió más vino.

—Continúa —insistió Cleo.

—Le traje a Collin un pedido de libros de la librería. Vi a un tío rastrillando hojas, un tío entrado en años, con una barba canosa de tres días. Él se detuvo un momento y me saludó levantándose la gorra que llevaba puesta, así que lo saludé con la mano y entré. Cuando le pregunté a Collin cuándo había contratado a ese tío para el mantenimiento del jardín, se echó a reír sin más. Dijo algo así como «Ah, ronda por aquí hace un tiempo».

Cleo lo azuzó.

—¿Y?

—Al marcharme fui a buscarlo. Quería darle mi número de teléfono por si acaso necesitaba algo, pero no pude encontrarlo en ninguna parte.

—Nunca lo mencionaste.

Él se encogió de hombros mirando a Trey.

—No le di importancia. Fue justo un par de meses antes de que Collin falleciera. Entonces caí en la cuenta súbitamente: ahí no había ninguna camioneta ni ningún coche. Solo el de Collin.

—Rastrillando hojas —dijo Sonya entre dientes—. Me pregunto si es él quien ha estado llenando los leñeros para las chimeneas a lo largo del invierno.

Siempre servicial, Clover respondió con música.

—Barenaked Ladies, bonita elección —comentó Owen. Jerome.

—Jerome. Bueno, pues por Jerome, que me ahorró acarrear leños para disfrutar de un cálido y agradable ambiente en el que trabajar.

—Voy a mejorar el brindis. —Cleo alzó su copa—. Por el personal de Lost Bride Manor. Llevan la lealtad a un nivel completamente distinto.

A las tres, Sonya se giró hacia Trey y, bajo el tenue fulgor de la luz de la luna, vio que la observaba.

—Oigo sonidos —musitó—. Pero nada más. Los oigo, pero ninguno provocado por ella.

—Vale. Sigue durmiendo.

Fuera, Cleo se hallaba con Owen mirando fijamente hacia la escollera. Segundos antes había presenciado cómo Dobbs se arrojaba al vacío.

—¿Satisfecha? —le preguntó Owen.

—Sí. No nos ha visto; en eso tenías razón. Y su vestido no estaba rasgado. Necesitaba verlo con mis propios ojos. Lo que pasó ahí sucedió en 1806.

—Y no necesitamos un espejo mágico para verlo.

—Me pregunto si siempre te fue posible verlo, o si ahora podemos porque Sonya está aquí, porque ha hecho de esta casa la suya. Supongo que eso es lo de menos. —Se frotó los brazos—. Hace frío. Vamos dentro.

—Ella murió ahí fuera, en el acantilado. —Owen abrió la puerta—. No murió en la casa, ni siquiera en la finca estrictamente hablando. Entonces ¿cómo es posible que esté en la casa?

—Hizo algo para asegurarse de ello antes de saltar. —Mientras subían las escaleras, Cleo levantó las manos con un ademán—. No sé qué, pero no tuvo más remedio que asegurarse de ello. La cuestión era permanecer aquí, para siempre, y asesinar a una novia de cada generación. Se le escapó Patricia. ¿Ese lapso aumentó o redujo su poder?

—Es algo sobre lo que reflexionar.

Al llegar a la puerta del dormitorio de Cleo, Owen se quedó mirándola en silencio. Cleo le leyó el pensamiento sin necesidad de palabras.

—Aún estoy sopesándolo —dijo ella, y entró.

Por la mañana, Sonya fue la primera en bajar. O eso pensaba, hasta que vio a Owen en la cocina.

—Qué madrugador eres.

—Jones sí que lo es. Luego ha entrado la gata y se ha encaramado a mi pecho de un salto. Se ha puesto bastante pesada.

Arrastrando los pies, se apartó para que ella se acercara a la cafetera y dejó salir a los dos perros, que la habían seguido escaleras abajo.

—Eso ha truncado mis planes de seguir durmiendo. —Esperó a que Sonya tuviera el café en la mano—. Bueno, ¿qué opinas de las tortillas?

—Que me gustan, y no tengo ni idea de cómo hacerlas.

—Me lo temía. Yo sí. Las mías no son agradables a la vista, pero sí medianamente sabrosas.

Sonya bebió más café.

—Puedo hacer tostadas de acompañamiento. Trey bajará enseguida. Y Cleo no tardará mucho. Me dijo que había puesto una alarma para que pudiéramos empezar a dilucidar qué necesitamos para el evento.

—Voy a preparar el beicon al horno ese que hace ella. Como se tarda veinte minutos, igual llega a tiempo. De lo contrario no le quedará otra que hacerse ella misma la tortilla.

Mientras él preparaba el beicon, ella llenó los boles de los animales. Después se quedó mirando a Owen mientras este buscaba queso, huevos y mantequilla en la nevera.

—Owen. —Él gruñó a modo de respuesta al tiempo que sacaba un bol—. Eres mi primo favorito.

Las comisuras de los labios de Owen se curvaron mientras trajinaba.

—¿Cuántos tienes?

—Bueno, está esa a la que encontré desnuda debajo del que en aquel entonces era mi prometido.

—O sea, que el listón estaba bajo.

—Bueno, ella tiene un hermano, y me cae genial. Como se mudó a Atlanta no nos vemos mucho, pero me cae genial.

—Entonces he ascendido en ese segundo listón gracias a la proximidad.

—No solo por eso. Pero, claro, no conozco al resto de mis primos por parte de los Poole. Puede que uno de ellos te elimine del primer puesto. ¿Crees que vendrán a la jornada de puertas abiertas?

—Tal vez. Bueno, los que puedan. Cathy y Cole están en Europa, así que lo más probable es que no. Connor viaja mucho por trabajo, de modo que estaría entre los que tal vez sí. Mi hermano Hugh vive en Nueva York, pero, en función de su agenda, se desplazaría. Me figuro que al menos Clarice y Mike asistirán.

—Son muchísimos.

—Hay más, pero están desperdigados.

—Vaya, es raro tener tanta familia cuya existencia desconocía. Lo mismo que todos vosotros; no sabíais nada de mí.

Él la miró fugazmente cuando se disponía a batir los huevos.

—Ahora sí. —Cuando Trey entró, le dijo—: Tortillas de queso. Acompañadas con beicon y tostadas.

—Qué bien. Oye, a la hora del almuerzo yo me encargo.

—¿Vas a cocinar?

Owen apartó el bol.

—Se refiere a sándwiches.

—Pues sí. Mi sándwich de mortadela de Bolonia frita con lonchas de queso es legendario.

—Y no es un farol —corroboró Owen.

—Te tomaré la palabra, puesto que no tenemos mortadela de Bolonia.

Cleo apareció en el último momento. Las tortillas no eran agradables a la vista, pero, en opinión de Sonya, estaban más que medianamente sabrosas.

—Mantienes tu posición como mi primo favorito.

—Bien por mí. Voy a darme una ducha antes de ponernos a registrar las zonas de almacenamiento.

—Pensaba que querías usar el gimnasio.

—Ya entrené un poco antes de que bajaras. ¿Empezamos arriba o abajo?

—Empecemos abajo, pero no en el sótano siniestro. —Sonya apuró el resto del café—. Nunca más.

—Entonces nos vemos luego aquí.

Cleo se quedó mirándolo cuando se fue.

—¿Ha entrenado y hecho tortillas? ¿A qué hora se levanta?

Trey se quedó pensativo.

—Me figuro que, si Owen viviera en una granja, despertaría al gallo.

Cleo reflexionó mirando su taza de café.

—Eso es un problema. Bueno, tenemos una lista.

—Cómo nos gustan las listas —comentó Sonya. Y, tras decidir dar el sábado libre a Molly, se levantó para lavar los platos—. No hay problema. ¿Qué pone?

Cleo sacó su teléfono, abrió la aplicación y empezó a leer en voz alta.

—Mesas y sillas plegables, posible mobiliario de terraza o jardín, jardineras y/o maceteros para el porche.

Mientras ella continuaba enumerando la lista, Trey se levantó para ayudar a Sonya.

—¿Habéis considerado si es conveniente usar platos y vasos de cartón y plástico?

—Es un evento, Trey —le recordó Sonya—. No un encuentro improvisado para tomar unas hamburguesas a la parrilla.

—Retiro lo dicho. Probemos con esto: contratar personal.

—Figura en la lista. —Cleo se levantó para echar una mano.

Owen apareció recién salido de la ducha con el pelo mojado.

—Molly, supongo, me ha hecho la cama y me ha dejado los vaqueros y el jersey encima, como diciendo: «Ponte esto».

Sonya se limitó a sonreír.

—Suele hacerlo.

—Qué raro, lo de la ropa es raro.

—Te acostumbrarás. Y si no le has dado las gracias, tenlo presente la próxima vez. —Cleo sostuvo en alto el teléfono con la lista en la pantalla—. Manos a la obra.

Bajaron a la zona de almacenamiento que antaño formaba parte del ala del servicio.

En menos de cinco minutos, Cleo desenterró un tesoro.

—Son, fíjate en esto; supongo que son urnas decorativas. Podíamos usarlas como maceteros, ¿verdad? Parecen de metal oxidado, en el buen sentido, pero son de piedra.

—Me encanta el pedestal, el estilo clásico. Oh, ¿a que quedarían magníficas flanqueando el fabuloso portón doble de la entrada principal? Podíamos probar.

Resignado, Owen miró a Trey.

—Esto va a llevar un rato.

—Mesas. —Trey se abrió paso hasta la pared del fondo y señaló hacia una pila—. Plegables. Me sonaba que había algunas.

—Son perfectas. ¿Cuántas hay? —Tras contarlas rápidamente, Sonya asintió con la cabeza—. Cinco. Buen comienzo.

Owen se puso en cuclillas.

—¿Sabéis lo que son? Mesas de campaña, mesas de campaña militares. Caray, son antiguas. No obstante, se encuentran en buen estado.

—¿Podemos desplegar una? Tienen buen aspecto —señaló Sonya—, pero han de ser robustas.

—Aquí hay sillas —dijo Cleo en voz alta. Cogió una y la desplegó—. Antiguas, pero robustas. No hay suficientes, pero es otro buen comienzo.

—Hay que comprobar su estado, por si alguna necesitara algún arreglo. —Sonya miró fugazmente a Owen—. ¿No?

—El abogado puede ocuparse de las chapuzas sencillas.

En menos de una hora consiguieron una colección de mesas, sillas, dos urnas decorativas, un taburete de tres patas y un surtido de recipientes vintage para mantener la comida caliente.

—Algunos son de plata y otros de cobre, pero conservan el lustre. —Sonya deslizó los dedos sobre una tapadera curvilínea—. De verdad, espero que Molly cuente con ayuda. Apuesto a que usaban esto para grandes celebraciones, para bodas. Creo...

—Lo cierto es que no presté mucha atención. —Owen examinó el surtido—. Pero, sí, cuando nos colamos en el banquete del salón de baile habían colocado este tipo de chismes.

—Los volveremos a usar, y se apreciará el trabajo de Molly (o de quien sea). Quiero revisar las fuentes y las ensaladeras. Mira lo que estoy pensando, Son: alquilamos la vajilla y la cristalería, pero usamos algunas piezas de la casa. No hace falta que el menaje sea del mismo estilo.

—No debería ser del mismo estilo —convino Sonya—. La mezcla de motivos y estilos aporta encanto. Propongo que continuemos, que sigamos reduciendo la lista. Que registremos la segunda planta y, una vez que tengamos lo necesario, lo traslademos al apartamento. Lo usaremos como almacén provisional.

—¿Quieres acarrear todo esto al apartamento?

Sonya le dio una palmadita en el brazo a Trey.

—Las mesas y las sillas no. Es absurdo moverlas dos veces, pero el resto...

—Esto va a llevar un rato —repitió Owen.

Cuando la campanilla de los criados comenzó a sonar, se oyeron ladridos y siseos. Y la puerta del sótano se abrió con un chirrido.

—Ni pensarlo. —Con resolución, Sonya se acercó y empujó para cerrarla—. Dios, necesito ayuda. Es como si alguien estuviera empujando desde dentro.

Trey fue a su encuentro deprisa y, por encima de la cabeza de Sonya, le dio un empujón a la puerta.

—Está fría al tacto.

—Estupendo. Se merece el sótano siniestro. Que se quede con el sótano siniestro.

—No puede, guapa. Hay calderas y calentadores, entre otras cosas. El salón dorado vale, pero esto es otra cosa.

Owen cogió una linterna de un estante y la encendió.

—Echemos un vistazo.

—¿Acaso no es eso lo que pretende que hagáis? —señaló Cleo.

—¿Por qué decepcionarla? —Owen cogió otra linterna y se la lanzó a Trey—. Quieto —ordenó a Jones.

Trey abrió la puerta.

—No tardaremos.

—Ay, pero... —Justo cuando cerraron la puerta tras de sí, en el teléfono de Sonya empezó a sonar *Crazy* [«Locos»] de Patsy Cline a todo volumen—. Puedes decir eso otra vez —admitió Sonya.

Trey pulsó el interruptor de la luz.

—La luz funciona.

—Aquí abajo hace más frío de lo normal. —Owen apagó la linterna y echó un vistazo—. Esto está tan limpio como el resto de la casa. No hay ni una telaraña siquiera.

Se encaminaron hacia el laberinto de habitaciones.

—Si Sonya no piensa bajar aquí, lo cual tiene claro —comentó Trey—, debería buscar otro sitio donde guardar estas herramientas.

—Algunas son chulas, y todas están limpias. No hay polvo. Este antiguo plantador manual es una maravilla.

—Quédatelo. Sabes que ella te diría que te lo quedaras. ¿Qué diablos va a hacer con eso?

—No sé, me sabe mal... —Frunciendo el ceño, Owen dejó la frase inacabada—. Ahora no hace tanto frío, ¿verdad?

—No. Tienes razón. Con las luces encendidas, se está templando el ambiente. Da la impresión de que Dobbs... —Al caer en la cuenta súbitamente, Trey se interrumpió y se quedó mirando a Owen.

—Vaya, mierda —dijo Owen un instante antes de que todo comenzara.

Al otro lado de la puerta, todas las campanillas de los criados sonaron en una insistente cacofonía junto con el dong incesante del timbre. Arriba, el techo pareció combarse como si soportara un tremendo peso.

—¡Calma todo el mundo! —ordenó Sonya, a sí misma en la misma medida que a los perros, que ladraban, y a la gata, que siseaba—. Que todo el mundo mantenga la calma.

Al pensar en Trey y Owen, por mucho que la atemorizara, se dirigió hacia la puerta del sótano.

Las luces se apagaron.

Mientras Sonya tanteaba para localizar la luz de su móvil, empezó a sonar *Psychotic Girl* [«Psicótica»].

—Y que lo digas. ¡Cleo!

—Estoy aquí, ¡aquí mismo! —Al encender la luz de su teléfono, Cleo chilló, se abalanzó hacia delante para agarrar la mano de Sonya y tiró de ella—. Detrás de ti. Ella estaba detrás de ti.

Los perros ladraron a pleno pulmón al unísono. Cuando los hombres irrumpieron, el ruido cesó; las luces se encendieron.

Aturullada, Sonya pugnó por recobrar el aliento al tiempo que Trey corría a su encuentro.

—«Separémonos», dicen en todas las películas de terror de la historia.

—¿Estás herida? —Él le palpó la cara, los brazos.

—No.

—Dobbs estaba detrás de Sonya. Después de que las luces se apagaran, la he visto detrás de Sonya.

—Sonya está bien. —Como Cleo temblaba, Owen le pasó el brazo alrededor de los hombros—. Todo el mundo está bien.

—He podido ver su rostro, igual que aquel día en el espejo del cuarto de baño. Rezumaba tanta..., bueno, maldad, maldita sea.

—Los perros se han lanzado a por ella. —Ahora más serena, Sonya se puso en cuclillas para hacerles arrumacos a los tres—. Y Pye también, creo. Dobbs ha huido, o lo que sea su versión de batirse en retirada. Qué chicos más gallitos, que chica más valiente —les dijo con un arrullo.

—Su intención era atraernos a Owen y a mí ahí abajo para poder atacaros a ti y a Cleo.

—Sí, pero si pretendía demostrar algo se ha quedado con las ganas. —Ahora con actitud serena y a la vez desafiante, Sonya se echó el pelo hacia atrás—. Ha sido ella quien ha huido. ¿Estás bien? —preguntó a Cleo.

—Sí, perdona por haber entrado en pánico. Es que ella estaba pegada a ti.

—Y has enfilado derecha hacia mí para apartarme de ella. —Sonya se acercó a Cleo y la rodeó con sus brazos—. Y estamos bien. Venga, cojamos unas fuentes.

Subieron algunas en el montaplatos y cargaron con más para apilarlas en la cocina.

Los chicos acarrearon las urnas desde el sótano y las colocaron junto al portón principal, el sitio ideal en opinión de Sonya y Cleo.

A continuación registraron las zonas de almacenamiento de la segunda planta en busca de más cosas.

—Te juro que cada vez que subo aquí arriba descubro algo que había pasado por alto. Son, fíjate en estas sillas.

—¡Qué chulas! ¿A que quedarían de fábula en el jardín?

—Siempre que no os importe que se echen a perder con un par de chaparrones. No resistirán estar a la intemperie —les advirtió Owen—. Si queréis poner algo así fuera, tiene que ser de teca, o bien de cedro, alerce o alguna otra madera que esté sellada e impermeabilizada.

—Ah. ¿Ves algo? En la lista figura el mobiliario para la terraza de atrás que hay en la azotea del apartamento.

Tras una batida, Owen apareció con dos sillas y una mesa a las que Sonya y Cleo dieron el visto bueno.

Una sábana resbaló y cayó al suelo.

—A alguien le gusta ese banco —afirmó Sonya.

—Alguien tiene buen ojo.

Con las manos en los bolsillos, Trey lo examinó. Con un elegante diseño curvilíneo calado en metal, tenía el respaldo en forma de abanico, brazos y, desafortunadamente, la pintura blanca descascarillada.

—Haría falta un cepillo de cerdas duras para retirar la antigua capa, y después elegir el color de la pintura para metal, en espray y resistente al agua. O sea, darle un pequeño repaso. Y… —Owen señaló hacia otra sábana que cayó ondeando al suelo—. A alguien le gustaría combinarlo con esas sillas.

—¡Son magníficas! —Cleo se abrió paso hacia allí—. También de metal, y los respaldos son como conchas de vieiras. Podíamos limpiarlas y pintarlas, Sonya.

—Quedarían ideales en la terraza. Podríamos sentarnos y contemplar la puesta de sol detrás de los árboles. Son vintage, no nuevas y modernas. Encajan muy pero que muy bien con la casa.

—Las recuerdo. Precisamente Collin solía ponerlas allí. El banco... Me parece que he visto fotos donde aparece ese banco. Un momento. —Trey cerró los ojos e intentó visualizarlo.

—En su boda. Has pulsado el interruptor de mi memoria —le dijo Owen—. Yo he visto fotos de él con Johanna en ese banco. Imágenes del día de su boda.

—Eso es. Solo que lo tenían junto a la fachada principal. No me suena haberlo visto allí nunca, así que es probable que solo fuera en la boda. Ella iba vestida de blanco; él llevaba un traje gris. Y hay una en la que aparecen mi padre y mi madre a ambos lados. Mi madre la tiene en la estantería de la sala de estar.

—Me gustaría verla cuando vayamos mañana. Cleo y yo podemos restaurar el banco y las sillas, ¿a que sí, Cleo?

—Claro.

—Cada una de nosotras puede restaurar una silla si vosotros os ocupáis del banco, chicos. Podíamos sacar todo y dejarlo ahí fuera hasta que elijamos la pintura y lo reparemos. Aún nos falta registrar el garaje y el cobertizo, pero de camino voy a coger las llaves del apartamento.

Cuando Trey y Owen se colocaron en ambos extremos del banco, se cruzaron la mirada.

—«Un rato», dijiste —masculló Trey.

Cuando las mujeres ya no podían oírlos, Owen se arriesgó a murmurar a su vez:

—Querrán que volvamos para acarrear esa mesita con el borde ondulado tan «divina» y esa «monada» de pedestal.

—No olvides el «majestuoso» banco de diez toneladas para el vestíbulo.

—En eso estoy. ¿Por qué siempre me toca cargar de espaldas por las escaleras?

—Por tu mala suerte. Lo más fácil será sacarlo por la parte trasera una vez que lleguemos abajo.

—«Lo más fácil», dice.

Alcanzaron a las mujeres, que se habían detenido en el señorial vestíbulo para deliberar sobre la ubicación del banco.

—Me consta que es una paliza —dijo Sonya mientras ellos se dirigían a la parte trasera—, pero cada vez que bajamos algo es como hacerlo más nuestro. Haremos un descanso después de echar un vistazo en el cobertizo, lo prometo. Podíamos tomar algo en la terraza.

Cuando llegó a la cocina, Sonya dejó la silla en el suelo con un ruido metálico.

—¿Son imaginaciones mías, o habíamos apilado fuentes encima de la isla que ahora no están ahí?

—Por Dios, espero que Molly no las haya lavado y colocado en su sitio de nuevo. —Cleo dejó la silla en el suelo y se apartó el pelo de los ojos.

—Es demasiado lista como para hacer eso. —Trey cambió la posición de las manos—. Sigue, Owen. —Acto seguido, le dijo a Sonya—: Ve a por la llave del apartamento.

—¡El apartamento! —Sonya dejó la silla donde estaba, fue a toda prisa a buscarla entre el montón de llaves y salió pitando con los animales a la desbandada detrás de ella.

Abrió la puerta del apartamento.

Olía a limpio con un matiz a aceite de azahar. Los cojines estaban mullidos, los muebles relucientes.

Las mesas y sillas plegables que habían puesto aparte se hallaban apiladas con esmero junto a una pared lateral. Todas las fuentes estaban organizadas, por estilos, sobre las encimeras de la cocina.

—Esto es increíble —dijo Sonya por lo bajo—. Absolutamente increíble, y todo un detalle. ¿Dobbs se piensa que puede asustarnos con su maldad, con sus pataletas? Ni pensarlo. De eso nada, pues contamos con otros, con tantos otros que pondrán mucho de su parte sin que se les pida, sin esperar nada a cambio.

Clover respondió con *Love Is in the House* [«El amor está en la casa»] de TobyMac.

Trey entró detrás de ella, la rodeó por la cintura y apoyó la barbilla sobre la coronilla de Sonya.

—El amor está en la casa —dijo—. Y la casa está atestada.

14

Tras desenterrar maceteros, jardineras y otros objetos de utilidad, se sentaron en el mirador con los sándwiches que Trey había preparado y cocacolas muy frías.

Cleo y Sonya se pusieron a ver colores de pinturas codo a codo.

—¡Este! —exclamó Sonya.

—Oh, sí, ese. «Bruma oceánica», mejor imposible. Para el banco, ¿no?

—Definitivamente. Bueno, ¿qué opinas del «verde mar» para las sillas?

—Tenemos un ganador. Dos ganadores. Sonya, ¿qué te parece si buscamos mesitas auxiliares de cobre para colocar a ambos lados?

—Genial.

—Rob Farmer puede fabricarlas. —Owen, con los ojos cerrados, se recostó en la antigua silla de metal—. Igual incluso tiene alguna en su taller.

—Rob Farmer.

—Se dedica a la carpintería metálica —explicó Trey a Cleo.

—Tiene algunas piezas en Bay Arts. Su taller está en Red Fox Road, a unos tres kilómetros del pueblo.

—¿Cuánto tardaría? —preguntó Sonya.

—No lo sabrás hasta que no se lo preguntes. —Owen sacó su teléfono, buscó entre sus contactos y le envió el número en un mensaje de texto—. Te he mandado su número. Por mi parte, listo.

—Lo voy a llamar ahora mismo.

Se levantó y se alejó para realizar la llamada.

—También necesitamos una mesa de centro —afirmó Cleo—. De cobre no; de madera, para romper la uniformidad. Nada historiado: algo rústico, con un estilo poco trabajado. Mejor aún, una de esas mesas con los cantos en bruto.

Sintiendo la mirada de Cleo, Owen abrió un ojo y a continuación lo volvió a cerrar.

Cleo, sabiendo que había lanzado la indirecta, se limitó a suspirar.

—Qué a gusto se está aquí fuera. Solemos movernos por la zona delantera, hacia aquellas vistas, pero este lugar es agradable para sentarse tranquilamente. Solo faltarían unos comederos de pájaros.

—Sí, a los osos les chiflarían. —Owen apoyo el pie sobre el lomo de Jones y se lo frotó.

—¿En serio?

—Y la gata se pondría las botas con el bufet libre.

—Ella no... Bueno, claro que sí. Me conformaré con las jardineras, unos cuantos carillones de viento y quizá algún que otro frasco de hechizo.

Sonya volvió a toda prisa.

—Cleo, dice que podemos ir a su taller ahora mismo.

—¿Ahora? —En un acto reflejo, Cleo se tocó el pelo—. Claro, vale.

—Nosotros estamos bien aquí —dijo Trey sin darle tiempo a Sonya a preguntar—. Estupendamente.

Ella se acercó a él y lo besó.

—No tardaremos.

Owen esperó hasta oír que arrancaba el coche.

—Qué tranquilidad. No vas a tener mucha de ahora en adelante.

—¿Y eso?

—No voy a decir que es un loro, porque no lo es. Ninguna de las dos lo es. Pero tu tranquilidad, tus noches repantigado en calzoncillos viendo partidos de béisbol, están tocando a su fin.

—¿Quién lo dice?

—Uno que te conoce tan bien como a mí mismo. Estás bien y colado por ella, lo cual no te reprocho en absoluto. Al fin y al cabo, comparto con ella el atractivo irresistible de los Poole.

—Sí, cuando la miro a menudo pienso en ti.

—Es cosa de los genes, tío. Además, es lista, tiene ese punto creativo, y no se deja mangonear en lo más mínimo, ni siquiera por una arpía de armas tomar con doscientos años. Por si fuera poco, la damisela es capaz de apañárselas de sobra consigo misma en apuros. Estás perdido.

—No es por nada de eso, y al mismo tiempo por todo. Simplemente algo hizo clic. Lo sentí en el instante en que la vi delante de la casa solariega, en el instante en que me sonrió. Joder, se supone que estas cosas no pasan así como así.

—Caray, ¿por qué no? —Owen se rebulló en el asiento para cambiar de postura—. Tú te lo tomas con calma, es tu manera de ser. Eso no tiene nada de malo. A veces los acontecimientos se desarrollan más deprisa. Es más fácil navegar a favor que en contra del viento. —Se repantigó—. Bueno, voy a disfrutar de la tranquilidad, y después entraré a preparar macarrones con queso.

Para cuando ellas regresaron, con las mejillas sonrojadas por la emoción y cargando con un pedestal de cobre labrado con motivos de panel de abeja, él ya había metido los macarrones en el horno.

—¡Mirad qué chulo! Nos va a hacer otro. Voy a ponerlo fuera a ver qué tal queda. ¡Ah, y hemos parado a comprar la pintura!

Motivada por el fulgurante éxito del día, Cleo sacó el vino.

—No mencionaste que Rob Farmer ronda los ciento cincuenta años.

—Pero tiene vitalidad —terció Trey.

—Mucha, y mucho talento. También es un poco ligón. Coqueteó conmigo de forma descarada. Con Sonya no tanto, ya que, según comentó, está saliendo con el chico de los Doyle.

—¿Cómo reaccionaste? —preguntó Owen.

—Siguiéndole el juego. También es muy guapetón. Y entre el coqueteo y el encargo de la mesa nos hizo un descuento de cincuenta dólares, de modo que es una ganga. —Abrió el horno—.

Vaya, vaya, estos macarrones con queso tienen una pinta de primera. ¿De cuánto tiempo disponemos?

Owen se acercó a echar un vistazo.

—Les faltan unos diez minutos. Después hay que dejarlos reposar un par de minutos más.

—Perfecto. Voy a salir un segundo a ver qué tal queda y después pondré la mesa.

Cuando se marchó, Trey sonrió a Owen de oreja a oreja.

—Hablando de ratos de tranquilidad...

—Yo tengo de sobra en la reserva.

—Si tú lo dices...

Tras el éxito de los macarrones con queso de Owen, y un amigable debate acerca de las mejores bandas de rock de todos los tiempos, las mujeres los retaron.

—Opino que ya va siendo hora de que escuchemos algún tema de Head Case, ¿verdad, Cleo?

—Totalmente de acuerdo.

Trey llevó los platos al fregadero.

—Por desgracia, Head Case ya no existe.

—Tenemos delante a dos miembros de la banda. —Sonya extendió las manos con un ademán—. Nos imaginaremos al resto. —Se levantó—. A la sala de música.

—Se piensan que vamos a cagarla —comentó Owen.

—Algunas veces lo hacíamos.

—Otras no. —Owen se encogió de hombros y se levantó—. Adelante. Será mejor que te lleves el vino —le dijo a Cleo—. Sonamos mejor si estás un poco pedo.

Trey sacó dos cervezas.

—Tocamos mejor si lo estamos nosotros.

Con vino, cerveza, tres perros y una gata, se dirigieron en tropel a la sala de música. Owen cogió una guitarra, la rasgueó y se puso a afinarla.

Con patente renuencia, Trey hizo lo mismo.

—¿Tocáis algún otro instrumento? —les preguntó Cleo—. Es una colección magnífica. Deberían tocarse todos en vez de exhibirlos sin más.

—Owen se defiende al piano.

—«Se defiende», ahí le has dado. —Tras probar unos acordes, Owen asintió con la cabeza—. En ese sentido a ti se te da mejor improvisar. —Al tocar un riff de apertura, miró a Trey—. Suena con menos garra que una eléctrica, pero servirá. ¿Recuerdas la letra?

—Sí, la recuerdo.

—Vale, allá vamos. —Volvió a tocar los primeros acordes marcando el ritmo con el pie.

Trey le siguió el ritmo y lo acompañó a la voz.

—«A million miles away, your signal in the distance».

En acústico o no, se arrancaron con el tema roquero *Walk* de Foo Fighters y Owen se unió a él en el estribillo.

El público prorrumpió en aplausos.

—No la habéis cagado, y no estoy pedo ni mucho menos —comentó Sonya—. ¡Otra!

—Más vale retirarse estando en racha.

Owen se limitó a sonreír y tocó otro riff. Cuando empezaron a interpretar *Livin' on the Edge* de Aerosmith, Cleo cogió una pandereta. Entre risas, Sonya se unió como bailarina de apoyo.

Mientras interpretaban los temas de rock de lo que en su opinión se encontraba a la altura de los grandes éxitos de Head Case, comenzó el estrépito.

Sonya hizo una peineta en dirección al techo y siguió bailando.

—¡Tocad más fuerte!

Trey se puso a dar fuertes golpes con el pie al tiempo que daba palmadas.

—¡Eso es! —exclamó Sonya con los puños en alto—. ¡Toma ya! *We Will Rock You!*

Con el acompañamiento de Cleo, sus voces desafiantes transmitieron un mensaje tan amenazante como prometedor.

—Y con esto, damas y caballeros, ponemos fin a la actuación de esta noche.

—Al menos seguimos teniendo algo de garra —le dijo Owen a Trey—. La hemos silenciado.

—Una más. —Cleo alzó su copa—. Nos queda el vino justo para otra más.

—Terminemos con el Boss. —Owen estiró los dedos—. Me apetece tocar una más.

Cuando finalizaron con *Fire* de Springsteen, Sonya concluyó que no había nada más sexy en el mundo que un hombre guapo y una guitarra.

—Esa es la manera de redondear la velada. —Cleo examinó los instrumentos—. Debo aprender a tocar alguno.

—Tienes buena voz.

Ella sonrió a Owen.

—Deberías oírme cantar en la ducha.

Él le correspondió a la sonrisa.

—Me muero de ganas.

Cleo se echó a reír sin más.

—Es hora de dejar salir a nuestros amigos de cuatro patas antes de irnos a dormir.

Cuando llegaron a la puerta y Sonya la abrió, resopló de frío.

—¡Ostras, qué fresco hace! ¿Sabéis qué? Me parece que he llegado al punto de estar un pelín pedo.

—Si una mujer no puede tomarse unas copas de más entre amigos un sábado por la noche en su propia casa, ¿cuándo y dónde si no?

Sonya le dio a Owen un golpecito en el brazo.

—Mi primo favorito, y mi segundo roquero favorito. Me voy a la cama con mi roquero favorito.

—Es probable que sea lo mejor.

Durmió sin soñar, o al menos que ella recordara, sin rebullirse en lo más mínimo, sin emitir el menor murmullo cuando el carillón del reloj marcó las tres.

Durmió mientras Trey, apostado junto a la ventana, observaba cómo Hester Dobbs se arrojaba al vacío.

El domingo, dado que Trey se había ido con Owen a echarle una mano con la caseta de Yoda, Cleo y ella realizaron tareas domésticas. Después de repartirse la colada, lavaron las jardineras y los maceteros bajo el maravilloso sol de abril. Y ultimaron las invitaciones para la jornada de puertas abiertas.

—Según Corrine, con ciento cincuenta invitaciones sería suficiente.

Sonya resopló rechinando los dientes.

—Eso podría equivaler a trescientas personas. Virgen santa, Cleo, ¿de verdad podemos organizar esto?

Clover eligió de nuevo al Boss con el tema *You've Got It* [«Podéis»].

—¿Sí? —Sonya se enderezó—. Si no, todo se andará. Pero hay que esperar a que venga Bree mañana para ponernos las pilas.

—Buen plan. Ahora pongámonos las pilas y vamos a arreglarnos para cenar en la casa de los Doyle.

Arriba, Sonya se decantó por la elección de Molly: un sencillo y clásico vestido cruzado azul y unos botines de tacón bajo.

Para Cleo, Molly había escogido uno en un suave tono rosa primaveral.

—Qué buenas elecciones. —Sonya asintió con la cabeza en dirección a Cleo cuando esta giró en círculo—. Ni demasiado elegantes ni demasiado informales.

—Cuando vayamos a Boston hay que sacar tiempo para ir de compras y así le proporcionamos a Molly un abanico más amplio.

—Por mí perfecto. Yo diría que estamos listas, aparte de parar a comprar flores de camino. —Se puso en cuclillas y acarició a Yoda con la nariz—. Pórtate bien. Sé que Jack aparecerá para jugar con los dos.

Mientras conducía, Sonya echó un vistazo a Cleo.

—Me consta que tienes claro lo de acompañarme a Boston, pero ¿también tienes claro lo de prestarte a ser mi ayudante en la presentación de Ryder?

—Totalmente. Puedo ayudar a montar el proyector para los elementos visuales y así, si yo pongo el vídeo, tú puedes centrarte en el discurso de venta. Es bueno.

—Lo he pulido un poco. Necesitaría ensayar contigo otra vez. Y tengo que preguntarle a Trey si le importaría cuidar de

Yoda en nuestra ausencia o, si le resulta más cómodo, quedarse en la casa solariega y ya está.

—Yo creo que voy a ver si Owen se haría cargo de Pye, a menos que Trey se instale aquí. E incluso en ese caso, ya que se pasaría el día entero en la oficina. Es evidente que Pye se ha encariñado con él. Me refiero a Owen.

—¿Me he perdido algo desde mi inoportuna interrupción en tu estudio?

—No. Estoy sopesando los pros y los contras.

—La verdad es que es mi primo favorito.

—Eso es poner el listón bajo, Son.

Sonya no tuvo más remedio que echarse a reír.

—Eso mismo dijo él.

Tras parar a comprar flores, tulipanes de un púrpura intenso, continuaron por la empinada carretera situada a las afueras del casco urbano propiamente dicho.

—No la habíamos visto a la luz del día —comentó Sonya cuando el GPS anunció que habían llegado a su destino—. Qué casa más bonita. No es tan grande y laberíntica como la sede del bufete, pero tiene el mismo aire.

—La verdad es que es una maravilla. ¿A quién no le chifla un porche envolvente, en especial con una torrecilla por encima?

—A mí desde luego que sí. —Sonya avanzó por el camino de entrada, con el pavimento de color pizarra, y aparcó junto a la camioneta de Trey.

—Trey está aquí, y ese es el coche de Anna, así que no hemos llegado demasiado pronto.

—No veo la camioneta de Owen, de modo que tampoco nos hemos retrasado. Apuesto a que esas azaleas son espectaculares cuando florecen.

—Ya no tardarán mucho.

Se encaminaron hacia el porche y llamaron al timbre.

Seth, el marido de Anna, les abrió la puerta.

—Sonya, me alegro de verte. Y tú debes de ser Cleo. Soy Seth —dijo, y le tendió la mano—. Pasad.

Habían conservado el estilo victoriano en el interior con una elegante chimenea flanqueada de estanterías en la sala de estar y relucientes suelos de madera en tono miel.

—El ambiente está por aquí —les dijo Seth mientras las conducía al fondo.

—El ambiente huele delicioso.

Sonrió a Cleo.

—Ya verás cuando pruebes el asado de carne de Corrine.

Pasaron junto a un despacho de estilo masculino donde Sonya supuso que Deuce echaba algunas horas, y por otro de estilo más femenino con hileras de fotos en las paredes donde Corrine pasaba su tiempo.

Las voces junto con los aromas se dejaban sentir desde una amplia cocina en toda regla donde los miembros de la familia se repartían alrededor de una gran isla o sentados a una mesa al lado de una puerta acristalada que conducía a un extenso jardín. Los primeros pimpollos ya lucían sus colores.

Trey, con una camisa de vestir por fuera de unos pantalones de algodón, se levantó del taburete e inclinó la cabeza para besarla. La naturalidad del saludo delante de toda su familia hizo que Sonya se ruborizara un poco.

Corrine se acercó a los hornos encastrados, sacó una fuente del de abajo, la dejó sobre la encimera y rodeó la isla para besar en la mejilla a Sonya y después a Cleo.

—¡Qué bonitas! Y los tulipanes son sinónimo de la primavera. Gracias a las dos.

—Gracias por invitarnos. Tu casa es una auténtica preciosidad.

—Aquí somos felices. —Le dio unas palmaditas en la mano a Sonya—. Ya conocéis a Deuce. Trey y él estaban enzarzados en pleno debate por el béisbol, de modo que vuestra llegada nos da un respiro.

—Oh, lo retomaremos —prometió Deuce.

Ace —sin su traje de tres piezas con corbata, pero igual de apuesto con una camisa con el cuello desabrochado— se levantó con parsimonia de la mesa, a la que estaba sentado con su mujer y su nieta.

Tras guiñar un ojo a Sonya y darle un abrazo de oso, se dirigió a Cleo.

—Cleopatra, por fin. —Tomó su mano y, con la mirada risueña, se la besó—. Ven a conocer a mi querida esposa, y después me cuentas la historia de tu vida.

—Me encantaría, siempre y cuando acabe con puntos suspensivos. Todavía no estoy acabada.

—Me encantan las mujeres jóvenes y guapas con cierto descaro. Paula, te presento a Cleo.

—Eso los mantendrá entretenidos un rato. Sonya, ¿qué quieres tomar?

—Anoche bebí mucho vino en el concierto. Agua, por favor.

—Trey no ha mencionado que fuerais a un concierto.

—Owen y él ofrecieron una actuación en la sala de música.

—Igual llamarlo «actuación» es exagerar. —Trey tiró de ella para sentarla en un taburete.

—Para mí no. Corrine, no ha habido música en directo en la casa solariega desde que vinisteis a cenar. Tenemos que repetir más a menudo.

Obviamente con demasiada confianza como para llamar al timbre, Owen entró. No con un ramo de flores, sino con una maceta.

—¡Owen! ¿Es eso…?

—Una weigela clásica —respondió él, y besó a la anfitriona—. He oído que tenías un hueco para ella.

—¡Ya lo creo! Puede que Deuce te maldiga cuando me quede mirando mientras cava el hoyo.

—Ya estoy en ello —comentó Deuce al tiempo que Owen llevaba la maceta al porche—. Bueno, en vista de que toda la panda está aquí, trincharé el asado.

A Owen se le iluminó la cara de inmediato.

—¡Bingo!

Fue una velada de lo más distendida, una cena de domingo en torno a una gran mesa, entre conversaciones improvisadas: sobre bebés, sobre béisbol, jardinería, cocina, arte, cotilleos locales, y en gran medida sobre los preparativos de la jornada de puertas abiertas.

Y ninguna, constató Sonya, acerca de lo que acechaba en el salón dorado de la casa solariega. A lo mejor los Doyle decidieron darle una especie de respiro.

Corrine no puso objeciones a los ofrecimientos para ayudar a recoger los platos, lo cual, en opinión de Sonya, convirtió la velada en una auténtica cena familiar.

Eso conllevó cierto caos, si bien es cierto que también disfrutó de eso, además del recorrido por los jardines, de donde extrajo un montón de ideas para tener en mente.

—Aunque los jardines de la casa solariega son frondosos —comentó Corrine mientras paseaban—, Collin sembró plantas anuales y puso jardineras.

—Nosotras abrigamos la esperanza de hacer lo mismo. Pero ¿cómo saber qué es cada cosa, qué plantar junto y dónde?

—Es cuestión de experiencia. Si cometes una equivocación, siempre se puede enmendar al año siguiente.

La sala de estar no albergaba un piano de media cola, pero sí una espineta. Costó muy poco convencer a Paula para que tocara, y a Ace para que formara un dúo con ella.

Seth tomó asiento, pasó el brazo alrededor de los hombros de Anna y le susurró algo al oído que la hizo sonreír y tirar de su mano para posarla encima de la de ella sobre su tripa.

Deuce y Corrine se acomodaron juntos, él con la mano sobre la rodilla de ella, y la mujer con la cabeza inclinada ligeramente hacia el hombro de su esposo.

De pronto Sonya fue consciente de que deseaba eso, cada etapa de esa unidad: la de los jóvenes forjándose, la profundamente consolidada, la longeva. Un hogar repleto de generaciones, música y debates en torno al béisbol.

Pensó que, algún día, anhelaría tener la oportunidad de crear todo eso.

Razón de más para encontrar los siete anillos, romper el maleficio y liberar la casa solariega de las sombras que se cernían sobre ella.

Cuando Paula levantó la mano para dar una palmadita a la que descansaba sobre su hombro, Sonya lo interpretó como una señal.

—Ha sido una velada maravillosa, absolutamente maravillosa. Mil gracias por habernos invitado.

Cleo captó la indirecta de inmediato.

—Si no tuviéramos un perro y una gata esperando en casa, os costaría deshaceros de nosotras.

Se entretuvieron despidiéndose hasta que Trey las acompañó a la puerta.

—Sonya me lo comentó —dijo Cleo—, pero ahora lo he comprobado por mí misma. Tienes una familia fantástica. Me preguntaba cómo tres generaciones se las ingeniaban para trabajar codo con codo, pero ya he encontrado la respuesta: con amor, respeto y buena sintonía. Vosotros los tenéis.

—Nací con suerte. Tengo una reunión con el personal por la mañana.

—Me lo dijiste. —Con un sentimiento de añoranza aún latente, Sonya lo abrazó—. Estamos bien y, sí, te avisaré si hay algún cambio.

Lo besó de nuevo antes de ponerse al volante.

Con la puerta del coche abierta, Cleo se demoró unos instantes más.

—¿Sabes? Tu abuela me ha caído fenomenal. Posee una elegancia natural, sentido del humor y estilo a la vez. Si no me gustara y no la admirara, igual quebrantaría mi regla número uno en lo tocante a las relaciones y tendría una aventura desenfrenada con tu abuelo. Y que sepas que esto es un cumplido condenadamente ingenioso para los dos.

Al subir al coche, Cleo suspiró mientras Sonya decía adiós con la mano y echaba marcha atrás para enfilar el camino de entrada.

—Ha sido divertido, y revelador.

—¿Revelador?

—El hecho de ver a todos juntos así. Cada uno con su personalidad, pero formando parte de un todo. Intuyo que Collin debió de ser un buen hombre. De lo contrario, me extrañaría que Deuce trabara esa amistad de por vida, un vínculo fraternal en realidad.

—Y a mí —convino Sonya—. La foto de la boda, la de los Doyle con Collin y Johanna en el banco, la viste, ¿verdad?

—Sí. Me dio la impresión de que Johanna debió de ser una buena mujer. El estilo de Corrine se aprecia en toda la casa, y esa foto no estaría a la vista a menos que sintiera aprecio por ambos.

—Ellos no tuvieron la oportunidad de forjar lo mismo que los Doyle, pero nosotras sí. —Sonya la miró fugazmente—. Lo haremos, Cleo, cuando llegue el momento.

Cleo contempló la bahía mientras la bordeaban.

—Cuando llegue el momento —repitió al cabo de unos instantes—. No me imagino a ninguna de las dos conformándose con menos. —A continuación ladeó la cabeza—. Disponemos de un poco de tiempo antes de que oscurezca. Salgamos a dar una vuelta con los peludos. Corrine me ha llenado la cabeza con muchísimas ideas para el jardín.

—A mí también. Primero hemos de averiguar qué plantas hay.

—Partiremos de ahí. Según Owen, nada de comederos de pájaros porque atraen a los osos.

—Oh. —Un segundo después, Cleo exclamó—: ¡Oh! Qué idea más inquietante.

—Así que nada de comederos de pájaros y, salvo que gran parte de ellas ya estén plantadas, dudo que consigamos un jardín que rivalice con el de Corrine..., al menos durante el primer año. ¿Qué haces?

Cleo siguió trajinando con su teléfono.

—Estoy buscando la planta que Owen le ha regalado. Si es que consigo deletrearla. A lo mejor ya tenemos una de esas. Vale, aquí está. Y es preciosa. Si no la tenemos, quiero una.

—Ese —dijo Sonya al torcer hacia Manor Road— es un buen punto de partida.

Aparcaron y se encaminaron hacia la casa. La gata y el perro las recibieron en la entrada antes de salir disparados.

—Supongo que nos cercioramos de poner a prueba el control de sus vejigas. ¿Qué te parece si nos cambiamos y damos el paseo en pijama? —sugirió Cleo.

—Vaya, eso es lo que yo llamo estar en casa.

Clover lo celebró con *Missing You* [«Os he echado de menos»] de Steve Perry a todo volumen.

—Vaya —dijo Sonya entre risas—, eso sí que es estar en casa.

Cuando se cambiaron, fueron al encuentro de Yoda y Pye. Mientras caminaban, Sonya fue fotografiando e identificando arbustos con una aplicación de su teléfono.

—Necesito esa aplicación. —Cleo sacó su teléfono—. Voy a instalarla.

—Funcionará mejor, con diferencia, cuando broten las hojas. Y, con las flores, mejor si cabe. Si es que florecen, porque eso todavía está por ver. Y hay brotes asomando en la tierra por ahí, por allí. Dudo que sean malas hierbas.

—Ahí hay rosales. No hace falta una aplicación para reconocer los rosales.

—Ni las hortensias. Vale, esos ya los tenemos. ¿Y sabes qué más hay? Libros de jardinería en la biblioteca.

—Pues manos a la obra.

Como para cuando regresaron había refrescado, hicieron té y subieron la tetera a la planta de arriba, donde el fuego ya crepitaba en el hogar.

—Qué detalle. Gracias, Molly... o Jerome —dijo Cleo con aire pensativo—. En cualquier caso, es un detalle.

Sacaron libros, y Cleo cogió uno de los cuadernos de dibujo de Sonya. Cuando se acomodaron, Sonya abrió uno de los libros y suspiró.

—Son muchas cosas.

—Podemos apañárnoslas. Mientras lo tengo fresco en la memoria, voy a dibujar lo que hay... o lo que pensamos que hay.

Pasaron más de una hora plácidamente junto al fuego, pensando en jardines, imaginando flores.

Cada una se llevó un libro a la cama.

Sonya se quedó dormida pensando en jardines, imaginando flores.

Y soñó.

15

1964

Lo hemos hecho! Charlie y yo hemos pasado por el aro.

No entraba en nuestros planes. O sea, como dice Charlie, seamos realistas: el matrimonio no es más que otro mero invento del poder establecido. Como si para amar se necesitara un permiso.

Eso es una gilipollez como la copa de un pino.

O sea, mis padres pasaron por el aro, se compraron una casa en un barrio residencial y esos rollos. Y, hasta donde me alcanza la memoria, se pasaban la mayor parte del tiempo poniéndose a caldo el uno al otro, poniendo a caldo al otro o ignorándose el uno al otro.

Está claro que en mi casa no había mucho amor.

Cuando no estaban haciendo eso, la pagaban conmigo. Me figuro que me recriminaban que no me largara de una puñetera vez.

Así que me largué de una puñetera vez, salí por patas. ¡Libertad, nena! Fui haciendo autostop todo el camino hasta San Francisco. Conocí a un montón de gente guay a lo largo del viaje… y a otros no tanto, claro. Conseguí algún trabajillo cuando lo necesité; pasar hambre no es plato de buen gusto, la verdad sea dicha.

Pero ser camarera significa que vas a comer.

Si eres de mentalidad abierta, y, jo, yo era superabierta, encuentras gente que te acoge para pasar una temporada. Y hablas de este mundo de mierda y de cómo arreglarlo. Escuchas música, te colocas un poco.

Yo me alojé en una granja, rollo comuna, durante un tiempo. Un sitio muy muy chulo. Todo el mundo cuidaba de los demás. Cultivábamos nuestra propia comida, teníamos gallinas, unas cuantas vacas. Había que arrimar el hombro, sí, pero me gustó. Además aprendí mucho.

Un par de tíos arreglaron una antigua furgoneta Volkswagen, y la pintamos entre todos con pájaros, mariposas, arcoíris… ¡Totalmente psicodélica!

Yo tenía previsto quedarme en la granja. Allí se estaba a gusto y nadie nos molestaba. Pero como algo me decía que subiera a esa furgoneta y me fuera a la aventura, lo hice.

Incluso cuando se averió en algún lugar en el quinto pino, en fin, aún tuve la posibilidad de hacer autoestop. No sé por qué sentía la necesidad de seguir adelante, pero el caso es que lo hice. Era como si una parte de mí supiera que debía llegar a un destino.

A un destino que resultó ser San Francisco.

Por fin. ¡Por fin!

Allí hice muchos amigos, gente que entendía, que sabía de buena tinta lo que era que te ataran en corto. Que se oponía a la guerra, joder. Era nuestro momento, e íbamos a cambiar el mundo. A vivir en paz y armonía, a vivir de la tierra, y a compartir su puñetera abundancia.

Y así es como conocí a Charlie. Justo en ese momento fui consciente de por qué debía seguir adelante.

No era solo que fuese guapo, aunque, ay, aquellos ojos verdes me cautivaron al instante. Es que era muy listo y, como yo, muy abierto. Le pirraba la música, igual que a mí. Y anhelaba, igual que yo, un mundo donde estar en paz, donde vivir tranquilos, donde cuidar los unos de los otros.

A veces nos pasábamos la noche entera hablando acerca de cómo construiríamos ese mundo para cada uno, para nuestros amigos, para todos.

Entonces me quedé preñada. No obstante, me hizo muchísima ilusión y, cuando le di la noticia a Charlie, a él también le hizo mucha ilusión. ¡Íbamos a tener un bebé! E íbamos a traer al mundo a ese bebé con amor, a criarlo con un amor que ninguno de los dos jamás tuvo.

Fue la perspectiva de ser padres lo que hizo que Charlie me revelara cosas que se había callado hasta entonces, incluso cuando nos pasábamos las noches hablando. Según dijo, había dejado atrás aquella etapa de su vida porque su familia representaba casi todo aquello contra lo que él se rebelaba.

¡En fin, la mía también!

Resulta que su familia era rica, bueno, estaba forrada. A mí eso me daba igual. Charlie era artista, se dedicaba al arte urbano y vendía lo suficiente para ir tirando; y yo trabajaba de camarera en un local vegetariano.

Nos las arreglábamos muy bien, sin necesidad de todas esas mierdas materiales que echan a perder a la gente.

Pero me habló de una casa, de una magnífica mansión con algo de tierra, en la otra punta del país, en Maine. Justo a orillas del Atlántico, tío. Y me dijo que la casa ahora era suya.

Que podíamos construir nuestra vida allí, y disponer de un espacio para el arte, para la música, para la paz. Podíamos criar gallinas y cultivar verduras. ¡Igual hasta podíamos tener una cabra!

Nuestro bebé podía nacer allí y crecer junto al mar.

Se llamaba The Manor. Lost Bride Manor, porque en el año catapum una mujer murió apuñalada el día de su boda. ¡Qué mal rollo! ¡Y estaba encantada! ¡Demencial!

Así que, en la cámper que teníamos, Charlie, algunos amigos y yo pusimos rumbo al otro lado del país. Me habló sobre su madre, una zorra de cuidado que intentó dirigirle la vida como hacía con todo el mundo, sobre cómo trató de apartarlo de su arte para conseguir que fuera abogado.

¡Mi Charlie, abogado! Me mondo de risa.

Él quería que nos casáramos, en plan legal, con papeles y demás, por el bebé (yo le dije que eran dos bebés, pues los notaba perfectamente) y por evitar que la arpía de su madre intentara hacer algo contra mí o contra nuestros niños.

¿Sabes lo que me sorprendió? Que en el instante en que lo

dijo, yo también lo deseé. A mí me traían al pairo las mierdas legales, pero quería que nos hiciéramos esas promesas el uno al otro, y a nuestros bebés.

Pusimos rumbo a Maryland porque allí es posible conseguir una licencia de matrimonio con bastante rapidez y sin mucho engorro. Me compré un vestido en una tienda de segunda mano, un bonito vestido blanco de talle alto con una falda de vuelo porque se me notaba la tripa.

Cuando acampamos, conocimos a un tío que tenía un hermano, y el hermano tenía una cabaña en las montañas. Pero no montañas como las del oeste; estas eran verdes y onduladas.

Nos casamos allí, en una especie de prado. A pesar de que era casi octubre, hacía un tiempo de verano. Así que cogí flores silvestres e hice una corona con ellas para ponérmela en la cabeza, y otras para llevarlas en un ramillete.

Nos casó un tío vestido con un pantalón con peto —era un predicador itinerante— y se enrolló dejándonos que pronunciáramos nuestros propios votos. O sea, yo le prometí a Charlie que le profesaría amor y que llenaríamos nuestra vida con las riquezas de la naturaleza, y él me dijo que yo había hecho de él una mejor persona y que había llenado su vida de color.

Hasta me había comprado una alianza. Era perfecta: dos corazones entrelazados como los nuestros. Cuando me la puso en el dedo, supe que era la única cosa material que realmente necesitaría en mi vida.

Ese símbolo de nuestros corazones unidos para siempre me emocionó un poco, pero fueron lágrimas de felicidad.

¡Estábamos casados! Éramos compañeros de vida. ¿Marido y mujer? ¡No! Eso eran etiquetas del sistema.

Hubo música, y bailamos sin parar en el prado a la luz del sol, y a la luz de la luna. Fue un día perfecto, y figura en mi lista de los más felices: cuando me fui de casa, cuando conocí a Charlie, cuando descubrí que estaba embarazada, el día de mi boda.

Tuve experiencias muy divertidas, intercaladas con alguna que otra no tan divertida, pero aquellos fueron los días más perfectos y felices de mi vida.

Aquella noche, Charlie y yo hicimos el amor como compañeros de vida, y los dos corazones brillaron en mi dedo.

A la mañana siguiente partimos para Maine, rumbo a la casa solariega.

Sonya se despertó en la quietud al despuntar el alba. Al otro lado de las ventanas, el sol se abría sobre el mar como una rosa con vetas doradas entre sus pétalos.

Y el mar emitía su rítmico sonido sordo.

Durante un instante, un fugaz instante, percibió el aroma a flores. No era el aroma de las de su cómoda, sino como el de una pradera montañosa acariciada por el sol.

Tumbada en la cama, recreó la sucesión de imágenes del sueño.

—De acuerdo, Clover —musitó—. No lo olvidaré.

Se levantó y, en vista de que Yoda bostezó, se estiró y salió de su cama, se dirigió a la planta baja. Vio cómo la gata se escabullía del cuarto de Cleo.

—Un buen madrugón para todos.

Paró en la biblioteca, desconectó la tableta del cargador y se la llevó.

Abajo, dejó salir al perro y a la gata, que se le adelantó como un rayo. Hizo café, dejó la taza encima de la isla y se sentó a escribir todo cuanto recordaba.

Como esperaba a Bree a última hora de la mañana, Sonya se vistió —ese día nada de ropa de deporte para trabajar/andar por casa— y a continuación se enfrascó en el trabajo hasta que Cleo diera señales de vida.

Cuando lo hizo, Sonya se levantó para entregarle el relato que había imprimido.

—Anda, lee esto mientras te tomas el café.

Con un asentimiento de cabeza y un gruñido, Cleo continuó escaleras abajo.

En menos de diez minutos, Cleo, totalmente espabilada, subió. Agitó los papeles que llevaba en la mano.

—¿Caminaste sonámbula? ¿Atravesaste el espejo? No oí nada. Siento no...

—No lo sientas, y no lo sé. Me he despertado en la cama y he notado su presencia, Cleo, la he notado allí mismo al despertarme.

En la tableta, la voz de Annie Lennox cantó *Sweet Dreams (Are Made of This)* [«Los dulces sueños (están hechos de esto)»].

—Fue dulce, sí, muy dulce y muy vívido. Venga, vamos a sentarnos un momento.

Fue hacia el sofá y esperó a Cleo. Yoda la siguió en silencio y se tendió a sus pies; la gata se encaramó al brazo del sofá de un salto.

—¿Estabas allí?

—Fue... como si ella estuviera narrando una historia, su historia, pero yo veía y oía lo que sucedía mientras escuchaba su relato. La vi irse de casa con una mochila y un macuto de lona. Dios, Cleo, no era más que una cría. Haciendo autostop..., una preciosa adolescente subiéndose a coches y camiones de desconocidos. Cuando piensas en lo que podría haberle pasado... No fue el caso —se recordó a sí misma—. O no me mostró las situaciones desagradables.

—Te dio una especie de antídoto, ¿verdad? Por haberla visto morir. Porque te quiere, y porque quiere que sepas más acerca de ella, y que sepas que eres fruto del amor. No solo por parte de tus padres, sino por parte de ella y de Charlie.

—La vi en diferentes situaciones. Sentada en una sala hablando con gente sobre Vietnam, sobre los derechos humanos, sobre la idea de rebelarse contra la opresión. Escuchando música, colocándose.

Clover le transmitió, a través de Tom Petty, *You Don't Know How It Feels* [«No sabes lo que se siente»].

—Supongo que no, y te juro que no te juzgo. Mis padres se querían. No es que nunca discutieran, pero soy fruto del amor, y me crie en un entorno de amor. Tú también, Cleo.

—Sí, efectivamente.

—La vi sirviendo mesas, viajando, y en una granja que me mostró. Desbrozando con una azada, cosechando... zanahorias, creo. La furgoneta psicodélica en la que se marchó...

—Pensaba que la época hippy, el rollo de la contracultura, fue posterior, como a finales de los sesenta.

—He investigado un poco. Los orígenes se remontan a más atrás. Charlie y ella se perdieron el apogeo, pero vivieron el germen, por decirlo así. Presencié cuándo se conocieron. Él estaba... no liderando, pero sí instando a un grupo de personas a llevar a cabo protestas pacíficas. Habló de Gandhi y de Martin Luther King, mencionó que había ido a Washington D. C., que había oído el discurso de King, a Joan Baez, a Bob Dylan. Abogó por usar el arte y la música para difundir el mensaje de la paz, la justicia y la igualdad.

»Tenía magnetismo, Cleo. Era joven, apasionado y carismático. Cuando lo vi la vez anterior, en el parto de los gemelos, estaba muy asustado, pugnando por aferrarse a Clover, por ayudarla, por mantener la entereza. Pero estaba aterrorizado.

—Ella también te mostró otra faceta de él.

—Sí. Él regresó aquí por ella, por la familia que estaban creando, por el mundo que anhelaban construir. Y deseaba casarse, no solo porque la amara, que lo hacía, sino para protegerla legalmente de su madre. Era lo bastante listo como para tener eso presente. —Continuó—: Los vi en el día de su boda, a dos jóvenes felices haciéndose promesas el uno al otro, bailando en una pradera. Fue maravilloso.

—Ella te dio un regalo, y, al mismo tiempo, un regalo para mí. —Conmovida, Cleo se enjugó una lágrima—. Debes compartirlo.

—Sí, con Trey. Y con Owen.

—Y con tu madre. Deberías enviárselo, Sonya. Enviarle a tu madre lo que has escrito. A mi modo de ver, es un regalo para ella también.

—No se me había pasado por la cabeza, pero tienes razón. Tienes muchísima razón. Lo haré.

—Bien. —Cleo soltó un largo suspiro—. Esto me ha conmovido en lo más hondo. Tengo las emociones a flor de piel. He de recomponerme y ponerme las pilas antes de que llegue Bree. A menos que quieras posponer eso.

—De ninguna manera. Ellos iban a abrir esta casa, Cleo. Nosotras no vamos a hacerlo de la misma forma (no pienso lidiar con gallinas y cabras), pero vamos a abrir la casa a la gente, al arte y a la música. A la comunidad.

—Me alegro de oír tu negativa con respecto a las gallinas y las cabras. —Le dio una palmadita a Sonya y se levantó—. No obstante, vamos a plantar esas hierbas aromáticas, igual unas cuantas tomateras y pimenteros, aunque eso es a lo máximo que vamos a llegar como granjeras.

—Con eso basta. Le mandaré esto a mi madre, pero mejor cuando salga del trabajo. Así podremos charlar si le apetece.

—¿Y si la llamas por FaceTime para que pueda intervenir yo?

—Hecho. Voy a trabajar hasta que llegue Bree.

Trabajó durante una hora sin interrupciones hasta que Yoda salió pitando escaleras abajo ladrando. Por primera vez desde la pataleta de Dobbs del sábado, se oyeron portazos.

—¿Te fastidia que tengamos compañía? —Sonya guardó el archivo y apagó el ordenador—. Pues chúpate esa.

Empezó a bajar las escaleras justo cuando sonó el dong del timbre.

Bree, con su pelo rojo llameante y los tatuajes a la vista bajo su jersey remangado, se hallaba a pocos pasos de la puerta, con los ojos como platos.

—¡Vaya! ¡Guau! Qué pasada, un guau gigantesco.

—No es posible que sea la primera vez que vienes aquí.

—Pues sí. Ah, te refieres desde la época en que Trey y yo tuvimos un rollo. —Al entrar, volvió a poner los ojos como platos—. Otro guau gigantesco. Él solía subir aquí a pasar el rato, a jugar con la videoconsola o lo que fuera. A mí no me iban los videojuegos en aquel entonces, y trabajaba en verano, los fines de semana y eso. Me sorprende que sacáramos tiempo para el sexo. —Se detuvo y parpadeó—. Qué raro, ¿verdad?

—Lo contrario sería más raro.

—Fijo. Así que este es Yoda, y la gata. —Se puso en cuclillas y los acarició con fuerza con sendas manos—. Me aseguraré de decirle a Lucy que están contentos, sanos y viviendo en la puñetera opulencia. Menuda escalera para las entradas triunfales. Hey, Cleo. Bueno, quiero que me hagáis un recorrido. Al menos quiero ver dónde vais a dejar que la gente curiosee.

—Me parece que dejaremos el sótano cerrado. A menos que una de nosotras los acompañe. Hay un gimnasio y una sala de cine, pero también muchas zonas de almacenamiento.

—Y la segunda planta —apostilló Cleo—. El salón de baile.

Bree puso los ojos como platos de nuevo.

—¡No fastidies! ¿Un salón de baile?

—También hay un montón de cosas almacenadas allí arriba —explicó Sonya—. Es posible que tardemos años en revisarlo todo. Pero hay otras zonas de sobra en la casa.

—Y que lo digas. —Bree levantó la vista hacia el retrato—. Es ella, ¿verdad? La novia asesinada.

—Astrid, sí.

—Vale, enseñadme esto.

Comenzaron por la planta principal, donde Bree continuó haciendo aspavientos. Sonya recordó su primer recorrido por la casa, guiada por Trey, y la entendió perfectamente.

—Este lugar es otro cantar. Yo me inclino más por las líneas depuradas, modernas, de diseño abierto en la casa de mis sueños, pero esto es otro cantar.

Cuando llegaron a la cocina, puso las manos en jarras sobre sus pantalones cargo.

—Renunciaría a esos sueños en un periquete por esta cocina. Menuda cocina profesional. Mi estilo no es tan rústico, pero me corroe la envidia. —Recorrió el espacio—. El comedor da un poco de miedo, pero es grande. Sí, sí, funcionará. Quiero echar un vistazo fuera antes de seguir viendo el interior. —Salió—. Madre mía, os vais a hartar de cortar el césped de ahora en adelante. Está claro que disponéis de espacio para mogollón de gente. Si no llueve, claro.

—¡¡No pronuncies esa palabra!!

A Bree le hizo gracia la reacción de Sonya.

—Aunque dentro también hay espacio de sobra, lo planearemos para que el tiempo acompañe. Se podrían montar carpas, pero la verdad es que es un escenario impresionante tal cual está. Y algunas de esas plantas florecerán para junio.

—¿Sabes de jardinería?

Ella negó con la cabeza en dirección a Cleo.

—No tengo ni puñetera idea, pero conozco las estaciones en estos lares. ¿Vais a dejar esas sillas tan feas en el mirador?

—No serán feas después de lijarlas y pintarlas.

—Te tomo la palabra. No obstante, es un buen lugar para la banda. Manny y los demás están emocionados ante la perspectiva de tocar en la «mansión de los fantasmas», sin ánimo de ofender.

—En absoluto. —Sonya hizo una seña con la mano—. Podemos colocar las sillas y el banco fuera, en el jardín. También hemos empezado a reunir mesas y otras sillas que irán fuera. Necesitaríamos alquilar barras.

—Ajá. Enseñadme el resto.

Subieron a la primera planta, donde a Bree se le desencajó la mandíbula al ver la biblioteca. Se le volvió a encajar mientras continuaban por el amplio pasillo.

—Ahora me da envidia el dormitorio —comentó cuando llegaron al de Sonya—. Nada de esto es de mi estilo, pero me da envidia de todas formas. —Retrocedió—. Vale, entonces hay un par de cuartos de baño la mar de bonitos en la planta principal, y un par de baños para invitados y salas de estar aquí arriba. Yo cerraría vuestros dormitorios, a menos que decidáis entrar con alguien. Y no pondría mesas con comida aquí arriba. Quizá montaría un bar en la biblioteca. ¿Qué hay ahí arriba?

—La segunda planta —respondió Cleo—. La mayoría de esas habitaciones ya están cerradas. Mi estudio está arriba.

—Ciérralo, sí, pero me gustaría verlo. Tengo ganas de echar un vistazo a esa sirena de la que he oído hablar.

Cuando empezaron a subir, una puerta se cerró de un portazo como empujada por una fuerte ráfaga de viento.

—No sabía que había alguien más aquí. ¿Tenéis algún invitado?

—No exactamente —dijo Sonya entre dientes—. La mansión de los fantasmas.

Esta vez, en lugar de poner los ojos como platos, Bree miró de reojo hacia la derecha y, acto seguido, hacia la izquierda.

—¿No lo dirás en serio?

—Una de las razones por las que vamos a cerrar esta planta a cal y canto es evitar que la gente entre a curiosear… o intente entrar a curiosear —rectificó Cleo— en una sala ocupada por un ente muy desagradable. —Los portazos se sucedieron—. ¡Sí —dijo Cleo levantando la voz—, me refiero a ti, Dobbs!

—Hester Dobbs —explicó Sonya—. La mujer que asesinó a Astrid Poole el día de su boda. Los rumores son ciertos, Bree. La casa está encantada, y llena de fantasmas. ¡Ella es la única que es una cabrona! —Sonya puso énfasis al pronunciar la última palabra.

—No estáis de coña… —Bree, con la piel de gallina, se frotó los brazos—. ¿Y tú trabajas aquí arriba?

—Nada ni nadie puede echarme de mi estudio. —Cuando llegaron, Cleo hizo un gesto con la mano—. ¿Entiendes por qué?

—Se me están acabando los guaus. Esto es… simple y llanamente una puñetera pasada. No sé cómo sobrellevaría yo lo que está pasando al fondo del pasillo, pero es una pasada. Debes de… —Al darse la vuelta, vio el cuadro.

—Lo has colgado —dijo Sonya.

—Decidí que siguiera secándose en la pared para poder disfrutar de ella hasta que me abandone. No lo toques —le advirtió Cleo a Bree.

Con las manos en los bolsillos, Bree contempló el lienzo sin enmarcar.

—Es realmente…, en fin, es espectacular. Ahora entiendo por qué Owen está dispuesto a construirte un velero a cambio de ella. O de ellas, en vista de que hay réplicas en la bola de cristal.

Redhead Walking [«Pelirroja caminando»] de R. E. M. empezó a sonar a todo trapo en el teléfono de Sonya.

—¿Es el tono de llamada?

—Es mi abuela biológica. Le gusta la música.

—Vale... —Bree pronunció la palabra despacio—. Bueno, volvamos abajo a hablar de todo esto.

Se acomodaron en la mesa del comedor informal con coca-colas para las tres por elección de Bree. Tras respirar hondo, fue al grano.

—¿Cuántas invitaciones vais a enviar?

—Corrine, la madre de Trey, sugirió que unas ciento cincuenta.

Bree enarcó las cejas en dirección a Sonya.

—Vaya, no os andáis con tonterías. De modo que en principio trescientos invitados. Calculo que no habrá una gran tasa de cancelaciones. Empecemos por las bebidas. ¿Cerveza, vino, y una barra con o sin licores?

—Pensamos en una barra con licores —respondió Cleo.

—Haced lo siguiente: montad una barra con licores en la parte trasera, quizá otra en el salón principal. Luego dos más, con vino, cerveza y refrescos fuera, y otra en esa sala de estar de la torrecilla que hay detrás. Tendréis que hablar con Jacie, de la tienda de licores, y negociar un descuento decente.

—Jacie. —Sonya lo anotó.

—O podíais prescindir de una de las barras de vinos abajo y contratar camareros para que los sirvan en bandejas. Pensad en una bebida de autor.

—Una bebida de autor. —Sonya cruzó la mirada con Cleo.

—Algo como el «cóctel de la mansión» o... —Cuando un ruido atronador resonó en la casa, Bree miró hacia arriba con recelo y dijo—: O el «puñetero espíritu de la máquina».

—El «espíritu de la casa solariega».

Cleo dio una palmada.

—Qué bien se te da esto, Son. A lo mejor un bellini con un toque diferente.

—Hablad con Sylvia, la jefa de comedor del Cage. Si la convencéis para que organice la fiesta, conseguiréis a la mejor. Sitios para la comida.

Las orientó tan deprisa que casi no les dio tiempo a anotarlo.

—Nunca mencionaste lo del presupuesto.

—Hasta ahora no habíamos tenido la posibilidad de hacer algo así —explicó Sonya—. Collin, la casa solariega..., todo eso ha cambiado las circunstancias. Nos gustaría —miró hacia arriba con gesto desafiante— organizar una celebración en toda regla. Es una manera de abrir la casa solariega, llenarla de gente, hacer que este lugar (y nosotras) vuelva a formar parte realmente de la comunidad.

—Con esto valdría. Encargar la comida y la bebida a todos los establecimientos locales es una idea estupenda, y un gesto hacia la comunidad. Más complicado que limitarse a contratar a una empresa de cáterin para que se ocupe de todo, pero es genial.

—Voy a diseñar cartelitos de sobremesa con el nombre de cada plato, junto con el del establecimiento que lo cocinó.

—Una idea genial. Bueno, dejad que os diga qué vais a necesitar de esos establecimientos, al menos una estimación a ojo, y qué cantidad. Si me equivoco en la tasa de cancelaciones, podéis modificarlo. Luego calcularemos el número de camareros que habrá que contratar, así como las vajillas, cristalerías y demás que será necesario alquilar.

—Antes de que lo hagas, me gustaría consultar a mi coanfitriona. Danos un segundo. Cleo.

—¡No os vayáis muy lejos! —exclamó Bree, y volvió a levantar la vista hacia el techo un instante.

Cuando regresaron menos de dos minutos después, Sonya se sentó y entrelazó las manos encima de la mesa.

—Lo cierto es que en algunos momentos de las primeras fases de planificación de este evento sopesamos la idea de contratar a una empresa de cáterin, pero la descartamos en favor de este plan. O sea, nada de exclusividad en lo tocante al cáterin. Sin embargo, llegados a este punto, con todos los detalles y las sugerencias que nos has proporcionado, somos conscientes de que nos vendría fenomenal contar con una coordinadora de eventos.

—¿Te interesa? —pregunto Cleo—. ¿Y puedes hacer una estimación de tus honorarios?

Bree se recostó y apretó los labios.

—Podría interesarme.

—Tú diseñarías el menú, al que Cleo y yo daríamos el visto bueno. También seleccionarías al personal; tú conoces a los mejores del gremio mucho mejor que cualquiera de nosotras, y nos ahorrarías horas, igual días. Colaborarías en la supervisión del tinglado. No te pediríamos que de hecho te involucraras en el evento, tan solo que, junto con nosotras (los Doyle se han ofrecido y nuestras madres estarán aquí), echaras un ojo a todo.

—Podría interesarme —repitió Bree—. Me caéis bien, las dos, y me gusta lo que estáis haciendo aquí, así que os haré el descuento para los amigos y la familia.

Al fijar una cifra, elevada, pero no abusiva, ellas asintieron con la cabeza.

—Me parece justo —respondió Sonya.

—Pero prefiero «diosa del evento» en vez de «coordinadora».

—En calidad de diosa del evento —dijo Sonya—, ¿en tu opinión qué deberíamos servir?

Para cuando Bree terminó y se marchó, Sonya tenía la cabeza saturada de información.

—Deberíamos haber pensado antes en la diosa del evento. Sin duda nosotras podríamos haber sacado esto adelante solas, pero no como ella. Y agobiándonos un poco.

—Aun así nos desquiciaremos un poco, pero tienes razón. Cuanto más hablaba Bree, más me daba cuenta de que todo irá sobre ruedas con alguien al frente que sabe lo que se hace. Nosotras le daremos el visto bueno al menú, nos ocuparemos de la decoración, del envío de las invitaciones y de las confirmaciones de asistencia. Hay más cosas, pero tengo el cerebro embotado.

—Lo mismo digo. —Cleo se echó el pelo hacia atrás como para desembotarlo—. Voy a hacerme un sándwich de mantequilla de cacahuete y confitura y a ponerme a trabajar en lo que sé que domino. ¿Quieres que prepare dos?

—Pues sí. Voy a dejar que Pye y Yoda salgan un rato.

Con un sándwich de mantequilla de cacahuete y confitura y una botella de agua, Sonya se acomodó en su escritorio de nuevo.

Tras dar el pistoletazo de salida con el envío de la maqueta de la invitación para el pedido a la imprenta, abrió el primer archivo.

Le costó un poco, pero se quitó de la cabeza todas las cuestiones relativas al evento.

Al término de la jornada, dio otro pistoletazo de salida con otro pedido de los carteles que había diseñado para la presentación de Ryder.

—Listo —se dijo a sí misma, con firmeza—. No mires atrás; mira hacia delante.

Cuando se disponía a apagar el ordenador, recibió un mensaje de texto de Trey.

Se me ha complicado el día justo a última hora. Tengo que resolver un asunto, y puede que tarde un rato. ¿Puedo gorronear mañana por la noche?

Siento el imprevisto. Yo estoy justo terminando. La cena de mañana incluye novedades. De las buenas, así que no te preocupes. Para tu información, tuvimos una reunión muy productiva con Bree, que aceptó el rol de «diosa del evento». No trabajes más de la cuenta. Te echaré de menos.

Después de lo de hoy no me vendría mal una buena noticia. Bree no te decepcionará, no a riesgo de perder su rango de diosa. Yo también te echaré de menos.

Clover se decantó por un clásico con *I'll Be Missing You* [«Te echaré de menos»] de The Searchers.

Mientras el tema sonaba en la tableta, Sonya se la llevó abajo.

Cleo apartó la vista de los fogones.

—Como la inventiva culinaria de mi cerebro se ha agotado, y como en ese terreno te supero con creces, vamos a cenar pasta al vodka.

—Me encanta tu pasta al vodka.

—¿Qué cantidad preparo?

—A Trey le ha surgido un imprevisto, de modo que seremos

solo tú y yo. Oye, si todavía no te has puesto a cocinar, llamemos a mi madre por FaceTime y después preparamos una gran ensalada para cenar y listo.

—Una gran ensalada, y noche de cine para chicas. Tengo que desconectar de la movida del evento durante un rato.

—He encargado las invitaciones. Y los carteles para mi presentación. Estoy un pelín nerviosa.

—Supéralo. Vamos a sentarnos y a pasar un rato con Winter.

Entretanto, Trey se hallaba frente a la casa de su clienta. O del que hasta la fecha había sido su domicilio: la policía había precintado la puerta principal, destrozada, y sellado ambas ventanas delanteras con tablones.

Masculló una maldición y acto seguido hizo fotografías para su archivo.

Se volvió cuando Owen se aproximó con su camioneta y fue a su encuentro.

—Me he enterado. Supuse que estarías aquí. —Owen observó la casa junto a Trey—. ¿Cómo diablos consiguió su exmarido salir bajo fianza?

—Los padres de Wes hipotecaron su jodida casa: esa es la palabra. Y Milt Treeter accedió a acogerlo en la suya hasta el juicio.

—Treeter siempre ha sido un cretino.

—Le impusieron restricciones: ningún contacto con Marlo, ni alcohol ni viajar fuera del país, además de someterse a terapia obligatoria para superar su adicción y gestionar la ira.

Owen apuntó con la barbilla hacia los tablones y la cinta policial.

—Pues de poco sirvió.

—Menos de dos horas después de que lo pusieran en libertad se emborrachó, le propinó a Treeter un puñetazo en la cara que lo dejó fuera de combate (con la nariz fracturada y traumatismo craneal), le robó el coche, se presentó aquí e irrumpió en la casa. —Trey se frotó la cara—. Eché un vistazo dentro antes de que la precintaran.

Destrozó todo cuanto pudo, rompió muebles y cristales por todas partes. Señor, de no haberse ido Marlo y los niños, de no haber regresado a Ohio, habría sido peor que la última vez.

—Pueden darte las gracias por eso. Joder, Trey, eso está claro. Peleaste para que a ella le permitieran irse con los niños al quinto pino.

—Marlo solo se llevó lo absolutamente imprescindible para los tres. Todavía se encontraba convaleciente de la agresión. Ella no quería mucho más; hace un par de días me mandó una lista, y estábamos realizando gestiones para poner a la venta el resto de sus cosas, o donarlas si no se vendieran.

—¿Está Marlo al corriente?

—No. —Al pensarlo, Trey se masajeó la nuca para aliviar la tensión—. Informarla es la agradable tarea que tengo por delante. Luego, cuando me autoricen el acceso, me ocuparé de arreglar ese desastre.

—Te echaré una mano. Te echaré una mano —insistió Owen—. No vas a hacer todo eso en calidad de abogado. Él podía haber ido a por ti, pero no lo hizo.

—Yo no soy una mujer a la que le saca veintidós kilos, o un crío. O una maldita casa vacía.

—Precisamente por eso no lo hizo. Ve a hacer lo que tengas que hacer. —Owen le puso la mano en el hombro—. Yo iré a por comida para llevar. Trey, conseguiste que escaparan y pusieran tierra de por medio, ella y los niños. Esto no son más que cosas.

—Sí, pero eran sus cosas. No es que tuviera muchas, pero eran suyas, maldita sea.

16

Trey pasó la mayor parte del día siguiente remediando los estragos causados por el arrebato etílico de Wes Mooney.

Habló con el casero, se reunió con el comisario e hizo lo imposible por tranquilizar y asesorar a Marlo y a su familia.

Y, cuando obtuvo la autorización, regresó a la casa a recuperar cuanto pudiera.

En menos de diez minutos, tras abrirse paso entre el estropicio, se dio cuenta de que llenaría fácilmente la parte trasera de su camioneta con lo que era irrecuperable.

Al contemplar el cuarto de los niños y el batiburrillo de juguetes que Wes había desperdigado a patadas, pisoteado y estampado contra las paredes, sintió otro desagradable puñetazo en el estómago.

No eran más que cosas, como bien había dicho Owen, pero allí, especialmente en lo que había sido un alegre cuarto con litera y las paredes de color azul claro, se trataba de cosas inocentes, de pequeños tesoros de la infancia.

Camiones monstruo aplastados a pisotones, un juego de Spider-Man hecho añicos.

Y, para colmo de males, Wes había escrito con una de las ceras de sus hijos en una pared del dormitorio:

¡Vuestra madre es una puta!

Como no dejaba de darle vueltas a la cabeza con lo que podía haber sucedido si esos niños no hubieran estado a salvo en la habitación de invitados de la casa de sus abuelos, dejó ese cuarto para el final.

Acarreó muebles rotos, metió en bolsas la vajilla, la cristalería, las lámparas hechas añicos.

De modo sistemático, fue avanzando desde la sala de estar y la cocina hacia el dormitorio principal, al fondo.

A pesar de que la madre y la hermana de Marlo habían empaquetado algunas de sus prendas y enseres básicos, además de ropa para los críos y algunos juguetes, lo que habían dejado para más adelante ahora formaba parte del estropicio.

—Meó en la cama, la madre que lo parió.

Cuando se enfureció, Trey se contuvo y tiró de las sábanas.

Al oír pasos, se giró y, cuando su madre apareció en el umbral, relajó los puños.

—Mamá. No deberías estar aquí.

—¿Y tú qué? ¿Deberías hacer esto solo? —Vestida de faena con sus tejanos más viejos y una sudadera, Corrine echó un vistazo a la habitación—. Qué triste ver cómo una enfermedad como el alcoholismo puede destruir vidas, ¿verdad?

—Ahora mismo no estoy de humor para compadecerme de él, caray. A Marlo la aterra que lo pongan en libertad de nuevo y que vaya a por ella y los niños. Ella no puede permitirse el lujo de regresar aquí, ni económica y emocionalmente; además continúa recuperándose de las secuelas físicas. Ella no puede afrontar los estragos que él ha causado aquí.

—De modo que te ocupas tú.

—No es una clienta, mamá, es una amiga.

A pesar del tono áspero de Trey —quizá por eso—, Corrine lo miró con infinita paciencia.

—Lo sé, Trey, igual que sé cómo eres. No hizo falta que tu padre me dijera que estás ocupándote de todo esto sin cobrar.

—Ella tiene dos niños a su cargo y está haciendo lo correcto buscando terapeutas para los tres.

—Está haciendo lo correcto, lo mismo que tú. —Corrine echó un vistazo a su alrededor de nuevo—. Y lo que has hecho aquí es un buen comienzo. Nunca había estado en la casa. ¿Hay lavadora y secadora?

—Sí, al fondo, en el... ¡No toques eso! —espetó Trey al tiempo que ella se aproximaba a la ropa de cama sucia—. Él...

—Trey, tengo nariz, y no sería la primera vez que lavo sábanas en las que alguien se ha hecho pis. Voy a meterlas en la lavadora y a revisar la ropa de Marlo. Yo tengo mejor ojo que tú para saber lo que se ha echado a perder y lo que no. —Cogió la ropa de cama—. Los dueños de esta casa son Tom y Loreen Arbot, ¿no?

Nada la detenía, reconoció Trey. Y se dio cuenta de que el pragmatismo de su madre templó en cierta medida su furia.

Enfurecerse no solucionaba nada. Hacer algo sí.

—Sí, hablé con los dos. El seguro cubrirá los daños de la casa. Están disgustados, pero no con Marlo. Están preocupados por ella, y me pidieron que le transmitiera que lamentan lo ocurrido.

—Son buena gente. Hay más gente buena que mala, aunque, la mayoría de las veces, los malos se hacen notar más.

Aún estaban con ello cuando Owen acudió para echar una mano. Poco después, los Bailey, los vecinos de Marlo, hicieron lo mismo. En un momento dado, Corrine habló con Marcia Bailey en un aparte.

—Este es el plan —anunció Corrine después—. He hablado con Marlo...

—¿Cómo...? Mamá.

—No ha sido acerca de ningún asunto legal. No soy ninguna novata en esto, Trey. El bufete (Sadie lo está gestionando) enviará a Marlo las cajas con las cosas que necesita y quiere. —Hizo una pausa y soltó un tenue suspiro—. Básicamente nada más que su ropa y algunas cosas para los niños.

—Borrón y cuenta nueva —dijo Owen, al tiempo que barría con una escoba el suelo del pequeño anexo a una zona de comedor—. Es lógico.

—Así es —convino Corrine—. Y con eso en mente, nos ha dado permiso para organizar un rastrillo con todo lo que hemos recuperado y que no quiere.

Trey apretó las yemas de los dedos contra los ojos ante la idea.

—¿Un rastrillo?

—Efectivamente, y en ese sentido puedes dejar de poner pegas, pues Marcia, Lorna y yo, junto con unas cuantas señoras más, nos ocuparemos de ello. Dejaremos que vosotros os encarguéis de lo que requiera fuerza, que os desprendáis de lo que es irrecuperable y saquéis fuera lo que se puede aprovechar el sábado por la mañana, a primera hora. El resto se donará. —Se frotó las palmas de las manos—. Y listo.

—Es que todavía tengo que...

Corrine apuntó con el dedo hacia su hijo.

—Deja de calentarte la cabeza por esta noche. Se hará lo que se tenga que hacer. Bueno, me voy a casa a asearme y cambiarme porque he decidido que tu padre me lleve a cenar. —Se acercó a Trey y lo abrazó con fuerza—. Déjalo ya por esta noche. Vete a ver a tu chica.

Owen esperó mientras Trey precintaba la casa.

—Tu madre es una organizadora nata. Y tiene razón: deberías subir a la casa solariega.

—Es que no consigo que se me pase el cabreo.

—Pues con una cerveza, una comida caliente y sexo, fijo que se te pasa. Me apuntaría a las primeras dos cosas, pero quiero terminar la caseta de Yoda.

—Te echaré un cable.

—No hace falta. Además, ¿no dijo Sonya que tenía novedades?

—Sí, es verdad. —Irritado en todos los sentidos, Trey se pasó la mano por el pelo—. Lo había olvidado.

—Bueno, es que tenías unas cuantas cosas más en la cabeza. Diles que me he autoinvitado mañana.

—De acuerdo.

Pese a que hizo lo posible por aplacar la indignación que aún bullía en su interior, seguía viendo las sábanas sucias, los juguetes rotos, los agujeros en la pared donde Wes había estampado el puño.

Se dijo para sus adentros que pasar una noche con Sonya era justo lo que necesitaba, y que lo menos productivo —a lo que él se sentía más inclinado— sería quedarse en casa rumiando, tratando de dilucidar qué podía, podría o debería haber hecho para evitar esa situación.

Así pues, cogió a su perro y puso rumbo a la casa solariega.

Una lluvia menuda mezclada con aguanieve comenzó a caer cuando remontó la colina. Un recordatorio de abril en Maine.

Al entrar con Mookie, entusiasmado, en la casa, se dijo a sí mismo que había superado el trago de los dos últimos días.

Mientras Yoda y Mookie se saludaban como hermanos después de una larga separación y la gata se aproximaba a él con sigilo en busca de agasajos, Trey enfiló hacia la cocina.

Y, Dios, qué buen aspecto tenía: el pelo recogido en una cola de caballo, esos ojos verdes que se deshacían en sonrisas para él.

Tiró de Sonya y la abrazó.

Y no se percató del gesto de preocupación con el que Sonya miró a Cleo por encima de su hombro.

—Es la noche de *fish and chips* en la casa solariega. —Aunque Cleo respondió a la mirada de Sonya, adoptó un tono alegre—. Voy a por una cerveza.

—Buena idea. Te lo agradezco.

Trey soltó a Sonya y deslizó la mano con suavidad por su pelo.

—Antes de que se me olvide, se supone que he de avisarte de que Owen se ha autoinvitado mañana.

—Oh, ¿es que esta noche tiene una cita calentita?

Le dedicó a Cleo una sonrisa que no se reflejaba en sus ojos, y cogió la cerveza que ella le ofreció.

—Sí, con una caseta para perros para un tal maestro Jedi. Oye, ¿qué te parece si doy de comer a las mascotas y me cuentas esa historia? Dijiste que era de las buenas.

Sonya lo agarró de la mano para interrumpirlo.

—Cuando te sientes y me digas qué te pasa.

—Nada. Es solo un tema de trabajo.

—Qué va. Estás muy enfadado, muy pero que muy enfadado, o sea, que hay algo más. Resulta fácil disimular en un mensaje como el de anoche, aunque no entiendo qué te impulsó a hacerlo. Tenemos una relación, ¿no?

—Daré de comer al resto de la patrulla —anunció Cleo, y se puso a trajinar.

—Eso no tiene nada que ver.

—Si el hecho de que estés enfadado y disgustado no tiene nada que ver con eso, lo cual también me incumbe, ¿qué sentido tiene lo nuestro?

—Por lo que más quieras, Sonya, déjalo ya.

Ella reflexionó durante unos dos segundos.

—Pues va a ser que no, a pesar de que está claro que pretendes pagar tu mosqueo conmigo.

—Debería irme a casa con mi mosqueo.

—Esa sería una opción.

—Me voy fuera un rato —terció Cleo.

—No. Está nevando un poco.

Tras el anuncio de Trey, Sonya miró hacia las ventanas.

—Jo, lo que faltaba. Tú quédate justo donde estás, Cleo, mientras Trey decide si tratarme o no como a una chica desvalida.

—¿Cómo iba yo a...?

—Dando por sentado que puedes hacerte cargo de todos mis problemas, pero que yo soy incapaz de ayudarte con los tuyos.

—No estoy haciendo eso. Eso es una gilipollez. —Al ser consciente de que se enterarían de todas formas, concluyó que resistirse era una estupidez.

—Wes Mooney fue puesto en libertad bajo fianza ayer, a última hora de la tarde.

—Wes... ¿No es ese el exmarido de Marlo, tu clienta?

—Exacto. —Como seguía con la cerveza en la mano, le dio el primer trago.

—¿Después de lo que hizo? —La indignación vibró en cada palabra—. ¿Cómo es posible que saliera bajo fianza?

—Fijaron una cuantía alta, inasequible, pero sus padres hipotecaron la casa. Le benefició el hecho de no reclamar la custodia de los niños, ni oponerse a que Marlo se mudara a otro estado. Sumado al hecho de que su abogado demoró cualquier acuerdo de culpabilidad, lo pusieron en libertad bajo fianza. Le impusieron la prohibición —añadió— de salir del país o ponerse en contacto con Marlo. Él accedió a acudir a Alcohólicos Anónimos y llegó a un acuerdo con un amigo para que le proporcionara alojamiento.

Sonya le apretó la mano que tenía libre.

—Dios, Trey, ¿la agredió a ella, a los niños?

—No. La madre y la hermana de Marlo ya habían empaquetado algunas de sus cosas y se los habían llevado con ellas. Pero él se emborrachó, le propinó un puñetazo a su amigo, le robó la camioneta y fue a la casa. Allí aún había muebles, algo de ropa, cosas, juguetes y demás cuyo envío ella iba a gestionar o a venderlos cuando se encontrara en mejores condiciones.

Tras beber otro trago de cerveza, soltó el botellín con brusquedad.

—Él forzó la puerta, rompió ventanas, destrozó los muebles, hizo añicos los juguetes que los niños no se habían llevado consigo, hizo jirones las prendas que ella se dejó, o simplemente las lanzó por todas partes. Maldita sea, hasta meó en su cama. Ahora lleva las dos manos escayoladas porque se rompió huesos cuando la emprendió a puñetazos con las paredes.

—Estaría demasiado borracho como para sentir dolor —dijo Sonya entre dientes.

—Sí. ¿Y para qué? ¿Para qué, joder? De haber estado allí Marlo y los críos...

Aunque en un tono que tal vez destilara más serenidad de la que sentía, Sonya lo interrumpió.

—Pero no fue el caso. No estaban allí porque tú les ayudaste a escapar. Como abogado, moviste cielo y tierra para velar por su seguridad. De modo que se encuentran a salvo.

—De no haber estado tan borracho, igual se le hubiera pasado por la cabeza ir a por ella a la casa de su familia.

—O ir a por ti. Tú tramitaste el divorcio, y luego la ayudaste a huir con sus hijos.

—Qué pedazo de cobarde. Perdón —se apresuró a decir Cleo.

—No pidas perdón, porque tienes razón. Tiene razón, Trey. No estarías tan enfadado si él hubiera ido a por ti, sin embargo es más fácil ir a por una mujer y un par de críos que a por ti. Tienes motivos de sobra para cabrearte, pero, mira, ahora puedo cabrearme yo también. —Sonya miró a Cleo—. Podemos cabrearnos también. ¿Qué pasará ahora?

—Que como sus padres no recuperarán el dinero de la fianza, quizá pierdan la casa. La verdad es que me trae sin cuidado. Entiendo que uno desee hacer todo lo posible por sus hijos, pero él es un hombre hecho y derecho, un alcohólico que mandó a su exmujer al hospital, que hizo daño a sus propios hijos..., a sus nietos.

—Entonces también estás cabreado por eso, porque ellos no hicieron lo mejor para él, o para la madre de sus nietos, o para sus nietos. No hicieron lo correcto.

—Ahora ellos perderán la fianza, y él se enfrentará a más cargos. El acuerdo de culpabilidad se habría cerrado en cuestión de días, pero los padres presionaron a Wes y a su abogado para antes solicitar la libertad bajo fianza. Fue una estupidez. Más que una estupidez, una temeridad. —Una vez que se le fue enfriando el calentón, Trey se sentó—. Con una declaración de culpabilidad, con su cooperación a la hora de conceder a Marlo la custodia completa, con no oponerse a que se trasladara con los niños fuera del estado, es probable que le hubieran rebajado la condena a quince meses. Pero ¿ahora? Podrían condenarlo al doble. —Trey negó con la cabeza—. Con eso, sumado a un segundo allanamiento de morada, al robo de la camioneta, y a los destrozos causados en la propiedad, le caerá el doble.

—¿De verdad estás preguntándote qué podrías haber hecho para evitarlo?

Mookie se acercó a Trey y, cuando apoyó la cabeza sobre su rodilla, él se la acarició.

—Tal vez. Sí, en cierto modo.

—En calidad de abogado, ¿velaste por los intereses de tu clienta en la medida de lo posible?

—Sí. Lo tengo presente y sin embargo pienso que ojalá hubiera encontrado la forma de evitar esto, de anticipar la magnitud de su furia. Lo que sucedió anoche fue un trago. Y hoy, al ver el estado de la vivienda, al comprobar el alcance de los destrozos, la rabia que los provocó, he revivido todo. El muy hijo de puta había lanzado contra la pared o pisoteado los juguetes de sus propios hijos.

—No me compadezco de él —dijo Sonya con tacto—. Desde mi punto de vista, aunque su adicción haya influido en alguna medida en su arrebato, no lo justifica. E imagino que parte de lo que desató esa rabia es la tristeza. Él lo ha perdido todo.

—Así que se emborracha y lo paga con ella. En cualquier caso, hemos limpiado parte del estropicio.

—¿«Hemos»?

—Estaba en ello cuando mi madre apareció. Yo no quería que ella fuera allí. Y sé lo que opinarás al respecto, así que ahórratelo.

—Entonces me limitaré a pensarlo. Tanto Cleo como yo pensamos lo mismo.

—Y Pye —añadió Cleo mientras rebozaba filetes de bacalao—, puesto que también es una dama.

—Me vendría bien un ligero respiro de esos pensamientos, ya que después de aparecer mi madre se presentó Owen, y más tarde los vecinos de la puerta de al lado. En fin, la mayor parte está en orden. Y mi madre (Owen tiene razón, es una organizadora nata) ha hecho una lista mental. Ha encargado a Sadie que envíe a Marlo y a los niños lo que empaquetamos, y cuenta con un grupo de mujeres para organizar un rastrillo donde vender lo que recuperamos.

—¿Cuándo?

—Pretende que sea el sábado, y ni siquiera voy a plantearme cómo van a organizar todo para entonces. Pero está decidida a hacerlo, y así será.

—Le mandaré un mensaje. Podemos diseñar folletos y carteles.

Trey pasó el brazo alrededor de la cintura de Sonya, tiró de ella y apretó la cara contra su hombro.

—Gracias. Y lo siento.

—No tienes por qué disculparte.

En ese momento Clover puso *Macho Man* [«Machote»] y a Trey le hizo gracia.

—Creo que eso es una pulla, pero la acepto. Sin embargo, no tiene nada que ver con la virilidad —empezó a decir, y se echó a reír de nuevo ante la expresión de ambas, con las cejas enarcadas—. Bueno, puede que un pelín. Pero no soy tan machote como para ser incapaz de darte la razón. Owen también tenía razón.

—¿Owen?

—Me aconsejó que viniera, que me tomara una cerveza, que comiera caliente y que tuviera sexo para que se me pasara el cabreo.

—Yo encantada de ayudarte con las dos primeras cosas —terció Cleo, y puso un filete rebozado en el aceite caliente—. Pero dejo la tercera a mi buena amiga.

—Yo me encargo. —Sonya inclinó la cabeza y lo besó—. No obstante, si te refieres a ahora mismo…

—Después de las dos primeras cosas, y de la historia. Me vendría bien escuchar una buena historia.

Para cuando se sentaron a cenar, Sonya casi había terminado el relato.

—Fue algo más que un sueño —dijo de nuevo—, porque a veces la oía, como en una narración. Y todo era muy vívido. Vi su vida, o lo que ella consideraba las mejores etapas de su vida, hasta el día posterior a la boda.

—Cuando pusieron rumbo al norte, a la casa solariega.

—Sí. Y eran vivencias bonitas, aventuras alocadas y al mismo tiempo intensas. Fue feliz. Tenía a Charlie. Cuando me desperté, me invadió esa certeza. Y dicha sensación me ha acompañado desde ese instante. Anoche hablamos con mi madre por FaceTime y se lo conté. Lloró, pero por la emoción.

—Todas lloramos por la emoción. Su retrato lo refleja perfectamente —añadió Cleo—, pero esto nos proporciona más detalles acerca de ella.

—Ella significa algo para mí desde hace mucho tiempo, y esto —comentó Trey— le añade importancia. Pero ¿no caminaste sonámbula?

—Al menos fuera de la habitación no; estoy casi segura de que no salí del dormitorio. Tampoco lo hice la noche que presencié su muerte.

—Supongo que el espejo aparece cuando quiere y donde quiere. O cuando es necesario —concluyó Cleo.

—¿Y Dobbs?

—Armó un poco de jaleo mientras Bree estuvo aquí ayer, pero, aparte de eso —Sonya se encogió de hombros— ha estado bastante tranquila. —Hizo una breve pausa—. Cleo, esto está riquísimo.

—¿A que sí? Por lo visto es más auténtico con puré de guisantes, pero cocinar algo con aspecto de papilla era superior a mí.

—Te lo agradecemos. Se me había olvidado que Bree tenía previsto venir.

—Hemos estado un poco liadas. Y lo de Bree es otra historia. Hubo portazos y golpes, sobre todo cuando subimos a mostrarle el estudio de Cleo.

—¿Cómo se lo tomó Bree?

—Le encantó la casa. Pero, claro, ¿a quién no? A pesar de que se cagó un poco de miedo con Dobbs, no salió despavorida.

—Y lo mejor —Cleo pinchó una patata frita— es que accedió a ser la diosa de nuestro evento.

—Algo he oído. ¿Qué significa eso exactamente?

—Estamos eufóricas —explicó Sonya— porque va a supervisar el menú, el servicio, las barras, lo que va en cada sitio. Nos hemos quitado un enorme peso de encima.

—Ella puede hacerlo. Da la impresión de que las dos habéis estado bastante ocupadas también.

—Calentando motores. Quedan tres semanas para mi presentación (con mi inestimable ayudante) en Boston. Cleo va a enviar las últimas ilustraciones del proyecto de las sirenas...

—La semana que viene. En principio, la semana que viene.

—Entonces nos pasaremos por el vivero, haremos una batida, y empezaremos a plantar. Después, el evento. Pero antes iremos a Boston, y quería preguntarte si podías hacerte cargo de Yoda.

—Claro. Puede acompañarme al trabajo con Mook un par de días. Podemos pasar aquí la noche o las noches que estéis fuera.

—¿No te importaría?

—No.

—¿Crees que Owen se quedaría con Pye?

Trey miró fugazmente a Cleo.

—No veo por qué no. Si por algo siente Owen debilidad es por los animales.

—Podía quedarse aquí también si le apetece.

—¿Te preocupa que me quede aquí solo?

—No. Bueno, igual un pelín.

Clover tranquilizó a Sonya con *I'll Stand by You* [«Estaré a tu lado»] de The Pretenders.

—Es cierto. Lo estará. —Sonya alargó la mano y apretó la de Trey—. Gracias de antemano.

—No tan de antemano. Por cierto, la última vez pusiste excusas a la hora de mostrarme la presentación.

—No estaba totalmente pulida. Y acabo de encargar los carteles y expositores.

—Apuesto a que ahora está pulida, y vi las maquetas de los carteles, así que ¿qué te parece esta noche?

—En calidad de ayudante, yo digo sí. Si pretendemos arrasar, cosa que haremos, las dos necesitamos ensayar, Son. Ensayemos con un público receptivo.

—Está bien. Tienes razón. Nada de bostezar si te aburres.

—Todavía no me has aburrido.

No se aburrió ni por asomo.

En el segundo piso de la biblioteca, se acomodó con un par de perros a sus pies y una gata en el regazo. Aunque la nieve había dado paso a la lluvia, el fuego crepitaba.

Mientras la observaba, la escuchaba y examinaba los elementos visuales que ella iba presentando, se dio cuenta de que esa era la Sonya que había sido en Boston.

Esa mujer desenvuelta y profesional que transmitía tanta confianza en sí misma como pericia era Sonya en la misma medida que la mujer que trabajaba en casa vestida con ropa deportiva. En la misma medida que la mujer que había invitado a cenar a su familia, la que adoraba los perros y aceptaba los fantasmas como parte de su vida.

La mujer que lo había acogido en su vida, en su cama, que se había integrado en la comunidad como si fuera de allí.

Y todas esas facetas de ella despertaban una atracción en él que jamás había experimentado con nadie.

—Esta campaña hace hincapié en la rica historia y tradición de Ryder Sports, y pone de relieve que Ryder siempre ha valorado y valorará a su fiel clientela al tiempo que abre sus puertas a las necesidades e intereses de la siguiente generación.

»Gracias por brindarme la oportunidad de presentar mi visión de una empresa arraigada, al igual que yo, en la familia y la comunidad. Y les transmito mis mejores deseos para la gran inauguración en Portland. —Soltó una bocanada de aire, y su sonrisa natural y profesional se iluminó en una sonrisa de oreja a oreja—. ¡Listo! ¿Y bien?

—Siento el impulso irresistible de abrir la página web de Ryder y comprar equipamiento deportivo.

Ella se rio e hizo una pequeña reverencia.

—Ahora en serio: ¿no detectáis fallos, cabos sueltos, planteamientos desacertados?

—Igual me compro un palo de hockey —comentó Trey—. No juego al hockey, pero de pronto siento la necesidad de tener un palo de hockey. Sonya, no estoy muy puesto en marketing y publicidad, pero reconozco cuándo algo fluye, y acabo de hacerlo. Es fluida y audaz. Has dado en el clavo resaltando la trayectoria de la empresa, la familia. —Dejó la gata a un lado y se levantó—. Había entendido, más o menos, lo que pretendías conseguir con las fotos que encargaste a mi madre, pero ver cómo las has usado, cómo has dado forma a todo esto... es otro nivel. Y quiero ese palo de hockey a toda costa.

—Lo has bordado. —Cleo se frotó las palmas de las manos—. Te lo dije.

—Esa es mi impresión. Puede que sea mi primera presentación importante desde que trabajo por mi cuenta, pero esa es mi impresión. Desconozco el enfoque que planteará By Design, pero será audaz, sofisticado e impecable.

—El tuyo es audaz —le recordó Trey—, no sofisticado e impecable; lo fluido es diferente a lo sofisticado e impecable.

—Sí, así es. Ahora solo queda esperar a ver si Ryder prefiere lo sofisticado e impecable o lo fluido.

—Lo he dicho antes y no me importa repetirlo: lo has bordado. Bueno, voy a preparar un poco de té y a subir a juguetear con una nueva idea de mi propia cosecha.

—¿Quieres compartirla? —le preguntó Sonya.

—Todavía no. Puedo hacer té para tres si os apetece.

—Té en una noche fría y lluviosa, buena idea. —Sonya agarró la mano de Trey—. Bajaremos todos. Necesito desconectar de la presentación para no agobiarme.

Tras preparar el té, Cleo se llevó el suyo, y a Pye, arriba.

—¿Se está quitando de en medio por mí? Me sabe mal.

Sonya negó con la cabeza mientras se encaminaban con el té al salón con la idea de encender la chimenea.

—Si fuera el caso, habría dicho que se iba arriba, y punto. Si ha dicho que se le ha ocurrido una idea con la que juguetear, es que la tiene.

Cuando se aproximaban a la sala de música, una melodía —lenta y ensoñadora— se dejó sentir.

—Eso no parece del estilo de Clover. —Sonya se detuvo en el umbral—. Es un disco. ¡Es un disco sonando en el gramófono! Qué novedad. Y, ya ves, lo encuentro de lo más encantador.

—Por lo que escucho, yo diría que el tema es antiguo… Ah, *Body and Soul*. He oído a mis padres interpretarlo.

Tan embelesado como ella, Trey la agarró de la mano y la condujo al interior de la sala. A continuación dejó su té y el de Sonya sobre una mesita, la rodeó con sus brazos y comenzaron a moverse en vaivén.

Y de tanto en tanto, pensó mientras bailaban pegados y acompasaban el ritmo al tiempo que sonaba la música antigua y llovía, le pareció perfecto.

17

En el transcurso de la noche, mientras otros caminaban, lloraban, maquinaban o vivían un duelo, ellos durmieron plácidamente.

La bruma grisácea del alba atenuó la luz, cubriendo el inminente día, y todas sus obligaciones, como un sudario. Cuando Sonya se despertó, el fuego ardía con suavidad en el hogar, aportando calidez, imprimiendo un matiz dorado a la luz. Feliz, se acurrucó un poco más para aferrarse a la quietud, y a él.

Cuerpos fundidos, curvas con ángulos, ángulos con curvas.

Bajo esa bruma grisácea, los labios de Trey se fundieron con los suyos. Con delicadeza, con lentitud, con languidez. Y ella, con un suspiro, reaccionó del mismo modo. Abrazaron la sensación de calidez, el uno con el otro, en la antigua cama al tiempo que el mar percutía su incesante embate, mientras la última estrella se apagaba.

Conforme Trey acariciaba el cuerpo de Sonya, con movimientos lentos y seguros, el sentimiento de felicidad se transformó en un deseo vehemente.

Con suaves caricias, con tiernos besos, en la quietud de ese sutil límite entre la oscuridad y la luz, el deseo vehemente se transformó en ansia.

El corazón de Trey se aceleró contra el de Sonya, el de ella contra el suyo. Respondiendo a ese pálpito, ella se colocó encima de él y se enderezó. Con la silueta perfilada contra la luz del fuego, se fundió con él, se hundió en él, con un profundo suspiro.

Y marcó el compás de sus movimientos con un ritmo tan dulce y ensoñador como el baile que habían compartido horas antes.

Para este baile, se movieron al compás, se elevaron y cayeron juntos, se elevaron y cayeron con ella a horcajadas sobre él, él llenándola. Mientras ella se movía, él deslizó las manos hacia arriba por sus costados, y de nuevo hacia abajo, acompasándose a su ritmo pausado matutino.

Cuando ella volvió a suspirar, a él se le antojó música.

En esos momentos, sus anhelos adquirían, al igual que el embate incesante del mar, un ritmo más constante que apremiante. El placer, y el deseo de recrearse en ese placer, latido a latido, alargaba sin cesar esos momentos.

Momentos en los que, bajo la suave y sedosa luz, se miraban a los ojos, se sostenían la mirada. Cuando alcanzaron el clímax en la culminación de ese viaje, los arrastró una larga, lenta y creciente oleada de placer.

En la que flotaron cuando ella se inclinó hacia él y hundió la cabeza en la curva de su cuello.

—Ojalá fuera domingo —musitó Sonya.

—¿Por qué?

—Para poder quedarnos así una hora más. Me encanta mi profesión, y me encanta tener trabajo entre manos, pero ahora mismo desearía que fuera domingo.

—¿Por qué no quedamos aquí mismo el domingo por la mañana?

Ella, apoyada sobre su torso, se cruzó de brazos e irguió la cabeza para mirarlo. A medida que el día cruzaba el umbral del alba y comenzaba a clarear, la luz se fue filtrando a través de las ventanas y la puerta acristalada de la terraza.

—No estaría mal. Me gusta despertarme contigo mientras todos los demás, fantasmas incluidos, duermen.

Él le acarició el pelo.

—¿Crees que los fantasmas duermen?

—Eso espero, o que puedan. Abrigo la esperanza de que puedan soñar. Bueno, espero que cierto fantasma tenga pesadillas de manera habitual, pero, en cuanto al resto, espero que puedan soñar. —Giró la cabeza y contempló el radiante día floreciente por las cristaleras—. Jamás imaginé que me despertaría con esta vista cada mañana. Ahora me cuesta imaginar cualquier otra cosa.

—Yo abrigaba mis dudas sobre si te quedarías aquí. A pesar de que era evidente que la casa solariega te había cautivado, afincarte aquí conllevaba un gran paso, un gran cambio. Calculé que habría un cincuenta por ciento de posibilidades.

—Probablemente más de lo que yo calculaba. Es curioso, pero pienso que el hecho de que tu padre llamara a mi puerta aquel día ocurrió justo en el momento más oportuno. Y luego... con los dibujos que mi padre había hecho de la casa solariega me sentí obligada a probar al menos. —Con cierta renuencia, se dispuso a levantarse—. Después me quedé prendada cuando vi esta casa. —Negó con la cabeza al tiempo que sacaba ropa de deporte—. Y, por supuesto, del abogado tan sexy e increíblemente paciente, hijo a su vez del abogado, que me hizo el primer recorrido por la mansión de la Novia Perdida. —Se volvió hacia él mientras se vestía—. Y añadiría «imperturbable», porque lo fuiste, y casi siempre lo eres. Tú y tu familia hicisteis que este tremendo cambio en mi vida resultara fácil. Nunca imaginé que lo fuera.

—En gran medida fue mérito tuyo. Y a ti no se te perturba fácilmente. En vista de que te has puesto ropa deportiva sexy, me figuro que vas a entrenar.

—Primero el café, pero hoy me toca sudar en el gimnasio. Si quieres acompañarme, eres bienvenido.

—He de irme derecho a la oficina. Me ducharé y me cambiaré allí. Pero acepto el café.

Comprensiva, ella asintió con la cabeza.

—Me consta que la situación de Marlo te angustia. Ojalá pudiera hacer algo más que folletos para un rastrillo.

—Lo hiciste. Me presionaste para que me desahogara. Es una de las cosas que menos me gustan, de modo que necesito un empujoncito.

—¡No me digas! ¡Fíjate en mi cara de sorpresa!

Él lo hizo y se echó a reír.

—Pues sí, y averiguaste justo cómo hacerlo.

—Te has liado con una mujer que aboga por la igualdad de condiciones. Yo me desahogo contigo, y tú, conmigo. Vete acostumbrándote.

—Puede que tarde un tiempo —comentó él cuando empezaron a bajar las escaleras con los perros y la gata pisándoles los talones.

—¿Es que la gata no despierta a Cleo?

—Pye es lo bastante lista como para darse cuenta de nuestra dinámica. Cuando me ponga a trabajar diseñaré esos folletos. Cleo hará sus aportaciones en cuanto se levante y se tome un café.

—Gracias, de verdad.

—Lo de «Se necesita un pueblo» no se dice por decir. Cleo y yo formamos parte del pueblo de Poole's Bay. Mookie puede comer con Yoda y Pye cuando entren. Así ahorras tiempo.

—Él lo agradece. —Trey dejó salir a los tres a una radiante mañana primaveral tras la lluvia—. Voy a apuntar la casa solariega en nuestra lista de suscriptores.

—¿De qué? ¿Vogue, GQ? ¿Porno?

—No hace falta suscribirse a revistas porno mientras exista internet. Y no es que yo esté al tanto de eso.

—Por supuesto que no. Y esta es mi cara de «Te creo».

Él la escrutó.

—Necesitas trabajarla más. En fin, me refiero a la suscripción para comida y chucherías para perros. Mookie come aquí bastante a menudo (si vamos al caso, Jones también), así que va a contribuir.

—Con su sueldo de asesor legal.

—Naturalmente. Es de calidad, y la envían a domicilio. —Cogió el café que le tendió Sonya—. Gracias.

—Yo comeré algo después de entrenar, pero tú deberías tomarte un bagel, o bien poner en riesgo tu vida con un strudel con glaseado. Toma cereales.

—Desayunaré cuando los perros vuelvan.

Ella se acercó a la ventana para echar un vistazo.

—Mira, Trey, un ciervo. Lo veo de vez en cuando.

Al echar una ojeada, él se dio cuenta de que los perros aún no se habían percatado de la presencia del visitante.

—Ya te mostré lo que hay que mezclar para el pulverizador que hay en el cobertizo, el repelente para ciervos. Será mejor que empieces a usarlo.

—Oh, pero...

—A menos que quieras tener un jardín para alimentar al venado. Ese ciervo tiene amigos y familia.

—La verdad es que no. —Sin embargo, preguntó—: ¿Seguro que no es nocivo para ellos?

Él, conmovido por su preocupación por la fauna, le dio un tironcito del pelo.

—Es repelente, guapa, no veneno.

—De acuerdo. Owen nos aconseja no poner comederos de pájaros fuera porque serían un reclamo para los osos.

—Tiene razón.

—Tenemos mucho que aprender.

—Suerte que las dos sois rápidas en ese sentido. —Trey llenó los boles de los animales mientras ella apuraba el café—. Anda, vete a entrenar —le dijo—. Yo los dejaré entrar. Me tomaré ese bagel; preferiría evitar una posible mutilación por un dulce.

—Igual Cleo lo dejaría pasar. Por esta vez. —Lo rodeó con sus brazos—. En vista de que Owen se ha apuntado a cenar, ¿vendrás tú también?

—Esa es mi intención.

—Y me pondrás al corriente de cómo van las cosas.

Él le levantó la barbilla ligeramente y la besó.

—Te pondré al corriente.

Cuando Sonya salió del gimnasio casi una hora después, encontró a Yoda con aire malhumorado junto al pasadizo de los criados.

—Oh, vamos, volverá. Supongo que podría haberle dicho a Trey que dejara a Mookie aquí, pero no se me pasó por la cabeza. Me tienes a mí —le recordó de camino al dormitorio—. Y a Pye, y a Cleo. Y apuesto a que Jack aparecerá para jugar dentro de un rato.

En el dormitorio sacó ropa para andar por casa.

—Cuando me duche y me cambie, podrás hacerme compañía mientras trabajo.

Sin embargo, cuando se duchó y se cambió, él no se encontraba en su camita esperándola. Al cruzar el pasillo, oyó el sonido de la pelota rebotando en la planta baja.

—Al parecer Jack ya ha venido a jugar.

Dado que el niño seguía mostrándose asustadizo, Sonya se aproximó a las escaleras con la intención de anunciar su presencia.

Entonces lo vio.

El espejo se hallaba al lado de su escritorio. Los depredadores del marco bufaban, gruñían, reptaban. El cristal relucía y mostraba el reflejo de una mujer.

La imagen congelada de una mujer con el pelo suelto, el coletero alrededor de la muñeca. Su semblante parecía pálido; sus ojos, demasiado grandes.

A continuación, la imagen se desdibujó y tan solo pudo distinguir colores y formas difusas.

El pulso comenzó a aporrearle la garganta.

Oyó rebotar la pelota, al perro saliendo en su persecución. Oyó la risa de un crío que había fallecido hacía mucho tiempo.

—Estoy despierta. —El sonido de su propia voz la sobresaltó—. No estoy soñando, no estoy sonámbula. Estoy despierta.

Pero al sentir un escalofrío, comenzó a retroceder. A llamar a Cleo.

Incluso mientras daba un paso atrás, el cristal del espejo osciló. Vio destellos de colores, de formas al otro lado. Oyó algo —¿voces, música?—, pero a lo lejos, como el eco de sonidos en un túnel.

Y sintió la atracción.

Despierta, consciente, avanzó hacia él. A pesar de que le temblaba la mano, la levantó en dirección al cristal y observó cómo lo atravesaba como si fuera agua.

La sacó.

En la tableta, encima del escritorio, empezó a sonar *Just Give Me a Reason* [«Dame solo una razón»] de Pink.

—Supongo que tengo siete razones —dijo, y atravesó el espejo.

Se internó en la biblioteca.

No era exactamente igual, constató. Un fuego ardía suavemente frente a un sofá diferente. Las flores se derramaban sobre la repisa de la chimenea, adornaban la mesa. Las lámparas proyectaban su luz y la oscuridad se cernía al otro lado de las ventanas.

Había transitado del día a la noche.

«¿Por qué aquí? —se preguntó—. ¿Y en qué época?».

«¿Por qué aquí?», pensó de nuevo al oír música procedente de…

Cerró los ojos.

—La segunda planta —mascculló—. ¿El salón de baile? —Sin embargo no sintió el impulso de dirigirse allí, sino la necesidad imperiosa de permanecer donde estaba en ese momento—. ¿Qué hay aquí? —El sonido de su propia voz le erizó el vello de los brazos.

«¿Estarán aquí los anillos?», se preguntó. ¿En la biblioteca, donde trabajaba todos los días, pero en una época diferente?

Cuando se disponía a darse la vuelta, a emprender la búsqueda, oyó pasos, el característico clic de unos zapatos de tacón sobre el suelo de madera.

Una mujer, elegante con vestido largo de color azul medianoche, se detuvo en el umbral. Con un escote que realzaba el colgante, un zafiro en forma de lágrima engarzado en diamantes, le caía vaporoso sobre su esbelta figura.

Se había arreglado su cabello castaño con reflejos dorados en un austero recogido francés que dejaba totalmente despejado un rostro de pómulos angulosos. Ni un solo rizo u onda escapaba del brillante tocado que lo sujetaba.

De los lóbulos de sus orejas colgaban unos pendientes de zafiro y diamantes a juego.

Su rostro era bellísimo, de tez lechosa, con un tenue rubor sobre esos prominentes pómulos en marcado contraste con unos labios pintados de rojo vivo. Sus ojos, muy separados, de un frío azul pálido bajo unas cejas finas y muy angulosas, observaron con atención la sala.

Pero pasaron por alto a Sonya sin parpadear.

Sonya reconoció ese rostro. Lo había visto en imágenes.

Había visto la fotografía de esa mujer con ese vestido. Una de ellas, concluyó, tomada esa misma noche. En décadas anteriores.

Patricia Youngsboro entró a la biblioteca con la actitud de una mujer dueña y señora de ella, y de todo cuanto quisiera.

Mientras Patricia se movía a sus anchas por la sala, deslizando suavemente los dedos sobre los muebles, los libros, los pétalos de las flores, Sonya oyó la música con más claridad.

Una voz gutural femenina cantaba *Long Ago and Far Away, I Dreamed a Dream One Day* [«Un día en un tiempo muy lejano tuve un sueño»]. El diamante que Patricia lucía en la mano izquierda emitió un destello cuando lo giró para contemplarlo.

Patricia sonrió con satisfacción.

—Y ahora, en menos de un año —dijo entre dientes—, seré la esposa de Michael Poole, de los Poole de Poole's Bay. Dueños de la empresa de construcción naval homónima. La señora Patricia Youngsboro Poole, dueña de Poole Manor. —Se cruzó de brazos con aire ufano—. Y cuando pase a tener el apellido Poole, todo esto será mío. Y bien merecido.

Contenta, sacó un estuche de su bolsito de noche y se empolvó la nariz con cuidado frente al espejo.

—Así, perfecta. Como la señora Patricia Youngsboro Poole, de Poole's Bay, de Poole's Manor, debe estar y estará en todo momento. En cualquier circunstancia.

Al darse la vuelta, mientras Sonya observaba, mientras la orquesta continuaba con el tema *That Old Back Magic* [«Esa antigua magia negra»] en el salón de baile, Hester Dobbs apareció en los escalones que conducían al segundo piso de la biblioteca.

Sin soltar el estuche, Patricia dio un respingo y miró fijamente a Dobbs con manifiesto desagrado.

—Creo conocer a todos los invitados, pero tal vez aún no nos conozcamos. ¿Quién eres?

—Soy la señora de la casa. La que jamás serás tú.

El desagrado se convirtió súbitamente en ira y se le enardeció el semblante.

—¡Qué tontería es esta! Como no te marches de esta casa de inmediato, haré que mi prometido te saque a rastras.

—Qué mujer tan necia. He gobernado esta casa durante más de ciento treinta años. —Dobbs bajó otro escalón. Su pelo y su largo vestido negro ondeaban como movidos por el viento—. Tan solo dispondrás de unas horas. —Levantó las manos. Cuatro anillos relucían en su mano izquierda, uno en la derecha—. Horas para disfrutar con tu vestido blanco de novia, para bailar y beber champán. Eso te concederé, pues el final es más dulce así. Después, al igual que las cinco novias anteriores que pretendieron sustituirme aquí, sufrirás una muerte agónica en mi casa. —Con la mirada oscura, un brillo oscuro, Dobbs bajó otro escalón—. Y el anillo, flamante y reluciente en tu dedo, brillará en el mío.

—¡Fuera! —Aunque había palidecido, el ardor de la indignación enrojeció las mejillas de Patricia—. ¿Cómo te atreves a hablarme de semejante manera? Haré que te echen con cajas destempladas. Que te arresten.

Cuando Patricia se dio la vuelta para salir con aire resuelto, Dobbs levantó la mano y rebanó el aire agitado. Con un grito de conmoción, Patricia trastabilló y cayó de bruces. La polvera que sujetaba en la mano salió despedida por el suelo.

El cristal del espejito se hizo añicos.

—Te hago esta advertencia, que no hice a tus predecesoras, porque, al igual que yo, persigues el poder por la mera sed de poder. Eso es digno de respeto. —Dobbs se cernió sobre Patricia mientras esta yacía acobardada, con el semblante tan lívido como otro fantasma—. Si vienes a la casa solariega como una novia, morirás como una novia. Tal vez no me ensañe contigo como hice con las otras, pero no lamentaré causarte la muerte. —Dobbs sonrió y se echó el pelo hacia atrás mientras le ondeaba con el remolino de viento—. Ten presente que si vienes a la casa solariega como una novia —repitió—, a vivir en la casa solariega como esposa, encontrarás la muerte. Tu dolor, tu sangre, tus lágrimas no harán sino alimentar mi poder.

—¡Aléjate de mí! ¡Fuera! Estás loca.

—Eso dicen. —Riendo, Dobbs levantó los brazos.

Fuera se oyó el fragor de los truenos. En la biblioteca sopló una ráfaga de frío tan cortante que las flores que adornaban la repisa de la chimenea, las mesas, languidecieron y se marchitaron.

Los libros y las flores ennegrecidas cayeron al suelo.

—Eso dicen —repitió, con cierto regodeo—. Pero aquí la señora soy yo, y si te presentas en mi casa vestida de novia, convertiré tu vestido en una mortaja. —Dobbs bajó la vista hacia ella casi con benevolencia—. Él, Michael Poole, es débil, y jamás será fiel. Elegirá a otra, a una a la que sin duda disfrutaré condenando a muerte más que en tu caso. Ahora márchate. Haz tu elección.

Se rio de nuevo cuando Patricia se incorporó con esfuerzo y salió corriendo de la habitación.

Lo mismo que había hecho Patricia, Dobbs recorrió con parsimonia la sala, tocando, recreándose.

Tras detenerse a escasos centímetros de Sonya, se dio la vuelta despacio. Y se quedó mirando.

—Hay algo ahí, hay algo ahí —masculló con los ojos entrecerrados, empañados debido al desconcierto—. Una Poole. Sí, una Poole. Eres una de las cinco, ¿verdad? Todas murieron con mi mano, con mi poder. ¿Acaso piensas que tu fantasma me asusta? ¡Aquí la señora de la casa soy yo! —Se acercó más, y Sonya tuvo la impresión de que la miraba directamente a los ojos—. Tu sangre, zorra Poole, está en mis manos. Tu anillo en mi dedo, puta muerta. Y tus lágrimas en mi lengua para siempre. Así será con la próxima y la siguiente, generación tras generación. Aquí soy yo la señora de la casa y siempre lo seré. Maldita seas.

Cuando desapareció, Sonya soltó la bocanada de aire que había contenido. Aún alcanzaba a oír la música, alcanzaba a distinguir el brillo de las esquirlas de cristal de la polvera rota.

En un acto instintivo atravesó el espejo en dirección a ella. ¿Podría tocarla?, se preguntó. Su propia presencia era tan fantasmal como lo había sido la de Dobbs. Pero...

Se agachó y, cuando sus manos asieron la tapa del estuche, una descarga eléctrica le recorrió el cuerpo. Le dio un vuelco el corazón al cogerlo, y acto seguido cuando agarró las polveras: comprobó que una era de polvos faciales, y otra de colorete; no, de carmín, constató.

Ambas se habían desprendido del estuche.

Con cuidado, las colocó en su sitio, cerró los cierres de boquilla, y después la tapa del estuche rectangular dorado.

Sujetándolo, se encaminó hacia el espejo. Y lo atravesó.

Se acomodó en la silla de su escritorio. Mientras miraba fijamente el estuche que sostenía en la mano, la pelota rebotó por el pasillo en la planta baja. Clover le dio la bienvenida con *Roar* [«Vítores»] de Katy Perry.

«Me lo he traído», pensó, apabullada. Se había llevado consigo ese objeto a través del espejo.

Quizá no estuviera en condiciones de lanzar vítores puesto que se encontraba muy temblorosa, pero se lo había traído consigo.

Cuando Cleo apareció por el pasillo, la pelota dejó de botar.

Cleo levantó una mano con su habitual amago de saludo y, acto seguido, se detuvo en seco.

—Madre mía, Sonya, estás blanca como el papel. ¿Qué ha pasado? ¿Qué...? —Se interrumpió y entró como una exhalación. Sonya sostuvo el estuche en el aire—. Qué bonito. Es art déco. ¿Dónde lo has encontrado? —preguntó al abrirlo—. Oh, el espejo está roto. Qué lástima.

—Se rompió cuando se le cayó al suelo.

Cleo posó la mano sobre el hombro de Sonya.

—¿A quién?

—A Patricia Poole. Bueno, aún no tenía el apellido de casada. Me parece que era su fiesta de compromiso..., en realidad, lo sé. El vestido era como el de la foto que me mostró Deuce. El mismo vestido y el mismo peinado.

—¿Lo soñaste? ¿Atravesaste el espejo de nuevo anoche?

—No. Ahora mismo, aquí, en la biblioteca. Necesito...

Sonya giró la silla y colocó la cabeza entre las rodillas.

—¿Vas a vomitar? —En un acto reflejo, Cleo le retiró el pelo de la cara.

—Qué va, solo estoy... un poco mareada. Un poco temblorosa.

—Respira sin más, cariño. —Con delicadeza, Cleo le acarició la espalda—. Iré a por agua.

—No, creo..., creo que me sentará bien airearme. Voy a salir a tomar un poco el aire.

—Espera. He de calzarme y ponerme un jersey. No te muevas, quédate ahí un momento.

Sonya no discutió, pero se incorporó cuando Cleo salió disparada hacia su cuarto. Volvió corriendo calzada con unas zapatillas deportivas y poniéndose una chaqueta de punto.

—Iremos despacio.

—Ya estoy mejor. Solo quiero airearme un poco. —Cogió el estuche para llevárselo consigo—. Subí a ducharme y cambiarme después de entrenar. He madrugado bastante. Por Dios, todavía ni siquiera has tomado café.

—Eso es lo de menos. —Cleo la rodeó con el brazo mientras bajaban las escaleras.

—Yoda y Jack estaban en la planta baja. —Al oír su nombre, el perro acudió raudo por el pasillo acompañado por la gata—. Supongo que Pye también. Cuando estaba a punto de anunciar que me disponía a bajar, vi el espejo.

Cuando Cleo abrió la puerta principal, la gata y el perro salieron corriendo delante de ellas.

—Dios, qué sensación tan agradable. —Sonya tomó dos grandes bocanadas de aire fresco—. Me encuentro mejor, mucho mejor. Lo vi en la biblioteca.

—¿Por qué no me avisaste?

—Iba a hacerlo —explicó Sonya mientras caminaban—, pero sentí la necesidad de atravesarlo. Fue como si no tuviera más remedio que atravesarlo en ese preciso instante. Y al hacerlo, me interné en la biblioteca. Pero en una época anterior. Había un sofá diferente, lámparas diferentes, flores... Música y voces procedentes de la planta de arriba. Del salón de baile. Y era de noche. El fuego estaba encendido, lo mismo que las lámparas. Y apareció ella. Patricia entró.

Sonya lo narró desde el principio hasta el final, dando cuenta de los detalles, los cuales jamás olvidaría.

—Ellas no me vieron, Cleo, ninguna de las dos. Patricia, que llegó con esa actitud tan arrogante, altiva y furiosa, fue presa del terror en cuestión de minutos. Es lógico cuando te derriba un fantasma que amenaza con asesinarte. Dobbs se lo advirtió, se lo advirtió porque en realidad empatizaba con ella. No sé si es capaz de empatizar con alguien, pero entendía y respetaba su sed de poder. Y se figuraba que Michael Poole elegiría a otra que encajara mejor con sus propias preferencias, supongo. A pesar de ello, Patricia se casó con Michael. Solo que no regresó a la casa solariega. Presa del terror, pero calculadora —concluyó Sonya—. Y Dobbs tuvo que esperar hasta que transcurriera otra generación.

—Hasta Clover.

—Sí. Dios, Dobbs no me vio, Cleo, pero cuando Patricia echó a correr, como Dobbs había dejado de centrar su atención en ella, notó mi presencia. Eso la desconcertó, la cabreó, percibí ambas cosas en ella. Pensó que yo era una de las cinco novias a las que había asesinado hasta la fecha. Y cuando desapareció, me acerqué a recoger esto del suelo.

Sonya sacó el estuche del bolsillo. El oro relucía como si le acabaran de dar lustre a la luz del sol.

—Me extrañó que de hecho pudiera cogerlo, pero, igual que en el caso del espejo, sentí la necesidad de hacerlo. Y lo hice. Lo recogí del suelo, recogí las polveras y lo cerré. —Se detuvo y se volvió hacia Cleo con el estuche en las manos—. Lo traje de vuelta aquí. Del pasado al presente. A ella se le cayó al suelo hace ochenta años, pero yo lo tengo entre mis manos.

—Entre los dibujos de tu padre había algunos en los que aparecían él y Collin, de pequeños, intercambiando coches de juguete, aunque no es lo mismo. Ellos se hallaban en lugares diferentes, pero en la misma época. Vosotras os encontrabais en el mismo lugar, pero en épocas diferentes.

—Si me ha sido posible traer esto, ¿acaso no podría traer otra cosa?

—Por ejemplo, los anillos.

—¡Sí, claro! Los anillos. Encontrar la manera de conseguirlos desde aquí, o llegar allí antes de que ella se los arrebate. No sé. Tengo la impresión de que me sentí obligada a intentar recoger esto del suelo porque necesitaba comprobar que era posible. Tuve que atravesar el espejo en ese instante para poder ver qué sucedía.

—Ya sabemos por qué Patricia clausuró la casa solariega y se negó a regresar.

—El caso es que Dobbs no reparó en mí. Anteriormente sí, incluso se dirigió a mí cuando Marianne murió. Me dio una patada en el culo cuando traté de acercarme a Lisbeth en el salón de baile.

—Y hay más. Es cierto que estabas despierta cuando lo atravesaste con Owen, pero no hasta entonces. En las demás ocasiones no estabas despierta.

Encajar las piezas le provocó un ligero pálpito en la sien. Mientras se la masajeaba, Sonya continuó encajando las piezas.

—Entonces, a lo mejor si es un acto deliberado… Si estoy despierta, consciente en todo momento… No sé. Hay mucho en lo que pensar. El caso es que tengo esto. —Bajó la vista hacia el estuche y acarició los motivos en relieve del metal dorado—. Y sabemos que Dobbs amedrentó a Patricia para impedir que se mudara a la casa solariega. Para impedir que celebrara aquí el banquete de bodas, que se convirtiera en la señora de la casa. —Movió el estuche con el fin de que los rayos del sol se reflejaran sobre el oro y los motivos art déco de la tapa—. La verdad es que es bonito. Me lo llevaré cuando vaya a ver a Gretta Poole. Voy a llamar a la residencia y a hacer las gestiones.

—Yo te acompaño. Esta vez no acepto un no por respuesta —insistió Cleo—. No soy nada partidaria de que realices el viaje sola. Oye, dudo que te concedan mucho tiempo de visita. Me sorprendería si fuera una hora. Yoda y Pye estarán estupendamente en nuestra ausencia.

—Vale, está bien. Es que me sabe fatal hacerte perder tiempo de trabajo cuando estás a punto de terminar el proyecto.

—Lo acabaré en un par de días, antes de la fecha de entrega, de modo que no pasa nada por tomarme una mañana o una tarde libre. Espero que sea por la tarde.

—Voy a subir a hacer la llamada ahora mismo. Y tú necesitas tu café.

—Con todo esto me ha dado un subidón que le da mil vueltas al café. De todas formas, me apetece uno. ¡Oh! ¡Mira!

Cleo señaló en dirección al mar, donde una ballena realizaba un salto.

—Nunca podré acostumbrarme a eso. Y me lo voy a tomar como una señal —decidió Sonya—. Como un buen presagio.

—Ese comentario parece mío.

Tras el extraño comienzo, el resto del día transcurrió con normalidad. Con tanta normalidad que Sonya trabajó más de lo habitual, y solo se distrajo cuando Yoda salió disparado escaleras abajo con un ladrido de bienvenida.

—Iba a cambiarme. —Sin embargo, el reloj le dijo que había perdido esa oportunidad—. Jo.

Tras guardar el trabajo, apagó el ordenador.

Cuando Clover puso *It's Raining Men* [«Lluvia de hombres»], le hizo gracia.

—Genial, pero en teoría solo son dos.

Conforme bajaba, cayó en la cuenta de que no había oído a nadie entrar. Como Yoda no estaba sentado moviendo la cola junto a la puerta principal, asumió que Trey, Owen o ambos se encaminaban hacia la parte trasera con los perros.

Encontró a Cleo en la cocina.

—Ya estás cocinando. Se me ha ido el santo al cielo.

—Lo tengo controlado. El plato fuerte está en el horno, y voy a hacer puré de patatas con guisantes, pero no de esos pastosos.

He dejado salir a Yoda y a Pye porque he visto a Mookie fuera. ¿Trey no ha entrado?

—Todavía no. —Movida por la curiosidad, se dirigió a la puerta. Al abrirla, chilló y echó a correr.

—¿Qué? ¿Qué pasa? —Cleo la siguió.

—¡La caseta de Yoda!

Vio cómo Trey y Owen, junto con el siempre servicial John Dee, doblaban la esquina cargando con ella.

—Al lado del cobertizo —indicó Owen.

—Oh, pero...

Ignoró a Sonya.

—Al lado del cobertizo. Hay conexión eléctrica y la base de hormigón se extiende bajo la cubierta.

Demasiado emocionada como para discutir, los siguió.

Con el tejado abuhardillado, la torrecilla y las ventanas arqueadas, era tal y como ella la había bosquejado y diseñado. Owen había arqueado la puerta también, y por encima había colgado un cartel con el nombre de Yoda.

—Es enorme —comentó Cleo.

—Así puede tener invitados. ¡Oh, es majestuosa! Me encanta que sea un reflejo de la casa solariega. ¡Tiene una pequeña chimenea!

Cuando la depositaron en el suelo, con un trío de gruñidos, Yoda entró derecho.

—Le gusta. Desde el primer instante.

—Menudos aposentos se ha agenciado. —John Dee se rascó la barba bajo su mohín risueño.

Owen se agazapó e introdujo la mano en el hueco entre la parte trasera de la caseta y el cobertizo.

—Tengo que echar un vistazo. —Sonya entró a gatas detrás de su perro—. ¡Oh! ¡Oh! ¡Oh!

El techo a dos alturas, los elegantes azulejos del suelo, una regia camita con otra debajo —alargó la mano y lo comprobó— para que los invitados pasaran la noche. La pequeña chimenea eléctrica y una caja que ya estaba repleta de juguetes.

—Pulsa el interruptor de la chimenea —dijo Owen en voz alta—. A la derecha.

Al hacerlo, aparecieron tenues llamas simuladas.

—¡Funciona! Es una maravilla.

—La calefacción del suelo está al mínimo. Déjala así.

Yoda empuñó un hueso naranja de la caja de juguetes y movió la cola.

—Le encanta, Owen. Y a mí. —Sonya retrocedió de espaldas. Sin darle tiempo a levantarse, Mookie y Jones entraron.

—¡Caben todos! Es ideal. Eres un genio.

—La diseñaste tú. —Owen asintió con la cabeza contemplando su obra—. Fue un trueque justo.

—Estoy de acuerdo —convino Trey—, ya que he visto en su taller el escritorio al que ha dado lustre con aceite. Es una preciosidad. Gracias, John, por echarnos una mano. Menudo armatoste.

—No hay de qué. Es una pasada de caseta.

—Quédate a cenar. —Cleo se agachó para mirar por la ventana arqueada—. Hay comida de sobra.

—Bueno, es todo un detalle, pero Kevin ya está en ello. Será mejor que me ponga en marcha.

—Espera un momento. —Sonya fue a la casa a toda prisa e instantes después salió con una botella de vino—. Para tu cena con Kevin.

—Bueno, no era necesario, pero gracias.

Cuando se marchó, Owen se agazapó y apagó la chimenea.

—Hace una noche agradable. No les hace falta. ¿Qué hay para cenar?

—¡Mierda! Tengo que terminar de cocinar. —Cleo dio media vuelta y enfiló hacia la casa.

—Gracias. —Tras besar a Owen, Sonya se dirigió a Trey—. Y gracias al ayudante de obras. —Lo besó y se echó a reír.

La gata se encaramó al techo de la caseta de Yoda.

—Otro sello de aprobación. Vamos dentro. Tengo otro episodio que contar, y es hora de tomar un vino.

—Trey me puso al tanto del último. ¿Qué está cocinando?

—No lo sé. Algo de acompañamiento para el puré de patatas y los guisantes.

Cuando entraron en tropel a la cocina, Owen se puso a olisquear y se quedó rondando alrededor de Cleo mientras esta sacaba las patatas cocidas y abría el horno.

—Has hecho rollo de carne.

—Decidí probar suerte.

Sin darle tiempo a sacar otra patata, Owen la sujetó por los hombros, le dio la vuelta, la inclinó sobre sus brazos y la besó.

A continuación la enderezó con un grácil movimiento.

—El rollo de carne me causa ese efecto.

—Tomaré nota.

Ella volvió a centrarse en las patatas, pero sonrió.

—Opino que el rollo de carne de Cleo requiere un vino tinto —anunció Sonya.

—Voy yo. —Trey fue a la despensa a por una botella—. Escuchemos el relato.

Sonya sacó platos.

—Digamos que el espejo vino a mi encuentro de nuevo. Solo que fue esta mañana, cuando estaba totalmente despierta. Y en la biblioteca. —Dejó los platos encima de la mesa y fue a por cubiertos—. Tu reacción inmediata va a ser disgustarte. —Miró hacia Trey mientras este descorchaba la botella—. Procura contenerte hasta que termine.

Él sirvió el vino y le tendió una copa.

—No puedes terminar a menos que empieces. Adelante.

18

No fue él, ni Owen, quien interrumpió el relato. Fue Cleo.

—Vamos a comernos esto antes de que se enfríe. Sonya puede terminar mientras tanto. Owen, lleva este bol de patatas a la mesa. Trey, ¿llevas tú los guisantes?

En la mesa, Cleo trinchó la carne y la emplató mientras Sonya relataba la aparición de Dobbs en la escalera de la biblioteca, y todo lo que aconteció después.

Cuando terminó, Trey bebió un sorbo de vino despacio.

—Acordamos que me llamarías.

—Trey, Cleo estaba al fondo del pasillo. Podía haber gritado para que acudiera o haber ido en su busca. Y me disponía a hacerlo, pero… No sé cómo explicarlo de una manera racional, pero fue como aquella noche en el salón de baile. Sentí la necesidad de atravesarlo, no tuve más remedio. No fue un capricho, no lo hice pensando que me las apañaría sola. Fue una necesidad.

—En mi caso fue diferente —señaló Owen—. Yo no sentí esa… atracción, como has dicho. Sentí algo, pero no eso. Aunque me consta que tú sí.

Tras mirar a Sonya a los ojos, volvió la vista hacia Trey.

—A ti también te consta. Es una mierda no estar aquí cuando pasan estas cosas, pero van a seguir sucediendo.

—Estaba aturdida cuando regresé —reconoció Sonya—. Cleo apareció enseguida. Sé que suena descabellado, pero no sé cómo, de alguna manera, estaba programado así. Programado para que yo entrara y saliera, para que Cleo se levantara y viniera.

—No suena descabellado. —Trey posó la mano sobre la de Sonya durante unos instantes—. En absoluto. Y Owen tiene razón: me consta, y es una mierda. Y al margen de eso, aquí hay mucho más. A diferencia de las ocasiones anteriores, ella no te vio. Y trajiste algo contigo.

—El estuche. Está en mi escritorio. Voy a por él.

—Después de cenar. —Esta vez Trey le apretó la mano—. Está delicioso, Cleo.

—No, mi rollo de carne está delicioso —replicó Owen—. Este, aunque me duela un poco, lo supera. Voy a servirme un poco más.

Mientras repetía de todo, miró a Sonya.

—Los tíos, en particular en el caso de Trey, quieren proteger a quienes les importan. Qué duro es lidiar con cosas ante las que la mayoría de la gente, ya no es que se alejara, sino que saldría corriendo como alma que lleva el diablo. Eso va tanto para ti como para Lafayette.

—Vosotros no salís corriendo —señaló Cleo.

—¿Jones y yo? A nosotros nos gustan las buenas peleas. Encima, esa zorra asesinó a miembros de mi familia. Que fuera en el pasado es lo de menos: eran de mi familia.

Trey miró a su amigo y alzó su copa.

—Ahí le has dado.

—Hablando de familia —dijo Sonya—. He concertado una visita con Gretta Poole para mañana. He estado demorándolo y me da la sensación de que, sobre todo después del incidente de esta mañana, al menos debería establecer ese contacto.

—Puedo hacer unos cambios en la agenda y acompañarte.

—Sé que lo harías y te lo agradezco, pero Cleo vendrá conmigo. Las dos hemos llegado a un punto en nuestro trabajo en el que podemos tomarnos unas horas libres.

—No te hagas muchas ilusiones —le advirtió Trey—. Fui de visita con mi padre justo después de que Collin falleciera y no lo reconoció en lo más mínimo, probablemente porque me confundió con él. Le dio por decir que sabía que yo había convencido a Collin para que se mudara a la casa. Me echó un rapapolvo.

»Al cabo de unos minutos, cuando mi padre intentó explicarle que a Collin le resultaría imposible ir a verla, ella se puso a decir que tenía un tío llamado Collin que había muerto en la guerra y que había dejado a una joven viuda y a un bebé.

—Ah, ¿sí? No recuerdo haber leído eso en el libro de la historia familiar de los Poole.

—Mi padre y yo supusimos que estaba mezclando a Collin, la historia de la familia, y al prometido ficticio que su madre se inventó para ella. Al final se alteró, explicó que su madre llegaría en cualquier momento y que desaprobaba que hablase con desconocidos.

—Yo fui a verla una vez.

Cleo enarcó las cejas en dirección a Owen.

—¿Sí?

—En vista de cómo reaccionó, los médicos me desaconsejaron que volviera. Ella me confundió con Charlie, su hermano. Tu abuelo biológico.

Al observarlo con atención, Sonya recordó el sueño del día de la boda.

—El parecido familiar es evidente, pero en realidad no es para tanto.

—Lo bastante para ella. Aunque al principio se alegró de verme, no duró. Se... —Dejó la frase inacabada y se encogió de hombros—. Me hago eco de las palabras de Trey: se alteró. Que si todo era culpa mía, que si le había arruinado la vida, que si ya jamás podría huir a Nueva York, ser artista... Qué por qué había regresado... Y, de pronto, esa ancianita se puso a llamarme mamón y a decir a voces que me marchara y que no volviera a poner los pies allí.

—Todo el mundo me había dicho que Gretta era débil, sumisa y mesurada —dijo Sonya en voz baja—. Yo diría que hay mucha rabia contenida en su interior.

—Bueno, está claro que desfogó como una energúmena en aquella ocasión.

—Has omitido la parte —le recordó Trey— en la que se abalanzó sobre ti, pensando que eras Charlie, su hermano, y te arañó la cara.

Owen se encogió de hombros de nuevo y comió más rollo de carne.

—Se me curó.

Clover puso *Crazy in Love* [«Locamente enamorada»] de Beyoncé.

—Sé que lo estabas. Y nada de esto —afirmó Sonya en tono rotundo— es culpa de Charlie o tuya, sino de Patricia. Y si Gretta no tuvo narices para plantarle cara, fue cosa suya, no de su hermano. Voy a por el estuche.

—Imagino que no debería haberlo sacado a colación. —Owen se quedó mirándola cuando salió como una furia.

—No —objetó Trey—. Ella, y tú, Cleo, debéis tener presente a lo que os vais a enfrentar. Se ha mosqueado porque asume la responsabilidad de sus propios actos y decisiones en vez de escurrir el bulto.

—Lo repetiré. —Cleo levantó su copa—. Ahí le has dado. Las tres cualidades más importantes que una mujer, una mujer inteligente, busca en una pareja, sin ningún orden en particular, son que la entienda y respete por quién es y qué es. Que sean compatibles a nivel sexual. Que no sea un capullo. No puedo atribuirte una de esas cualidades por experiencia personal, pero las otras dos las clavas.

—Gracias.

Obviamente aún… alterada, Sonya irrumpió como un torbellino.

—¿Sabéis qué? Lamento de verdad que ninguna de esas mujeres pudiera verme esta mañana para poder decirles exactamente lo que pienso de ellas. —Se sentó y dejó el estuche encima de la mesa—. Y ya me estoy advirtiendo a mí misma que no puedo decirle a Gretta Poole lo que pienso de ella. Ella vivió una mentira, fue responsable de la separación de los hermanos. Tenía elección, y eligió la mentira. Y ahora resulta que pretende culpar a su hermano por hacer aquello para lo que ella no tuvo huevos: vivir su propia vida.

—Está enferma, Sonya.

—Sí. —Sonya asintió con la cabeza en dirección a Trey—. Y cuando la vea, lo tendré muy presente. Pero ahora mismo no. Bueno. —Sacudió las manos en el aire como para zanjar el asunto—. Este estuche es de Lucien Lelong, un diseñador de moda francés. Además de polveras de diseño, también tenía una línea de perfume, de barras de labios y cosas por el estilo. Lo consulté.

—Cómo no. —Trey cogió el estuche—. ¿Así que esto sería para llevarlo en el bolso?

—Sí, o en el bolsito de noche en este caso. Salvo por el espejo roto, está en perfecto estado. Y dentro… —Aguardó a que Trey lo abriera—. Da la impresión de que los polvos faciales y el colorete están prácticamente intactos. Lo mismo que las polveras. Puede que ella las hubiera reemplazado, pero…

—Piensas que cuando se le cayó —apostilló Trey— estaba bastante nuevo.

—No puedo determinar la fecha con exactitud, pero es de los años cuarenta, así que es posible que tuviera unos cuantos años. Aunque lo dudo; parece nuevo. Lo cual en realidad no importa.

—Pero es curioso. Es interesante.

—¿Puedo verlo? —Owen alargó la mano para cogerlo, le dio la vuelta y frunció el entrecejo—. No sé nada de estas cosas, pero me parece que Clarice tiene uno parecido. —Deslizó el pulgar sobre los motivos en relieve.

—¿Una de las primas?

—Sí. —Miró fugazmente a Sonya—. Tuya y mía. Sí, tiene algo de este estilo en una vitrina en su casa. Un par de chismes con forma de tubo y cilindro y algo similar a esto. —Se lo devolvió—. A la «reina P» (recuerdo que la gente la llamaba así a sus espaldas cuando seguía yendo al astillero) le caía bien Clarice. Esta tenía olfato para los negocios y una concienzuda ética del trabajo. Además, no tiene un pelo de tonta, y sabía cómo seguirle el juego a la señorona. Recuerdo que Patricia le dejó en herencia algunos de sus objetos personales. —Hizo un gesto hacia el estuche—. Como ese.

—Entonces forma parte de un juego —concluyó Cleo—. Una barra de labios, un frasco de perfume, quizá un espejo de mano, o una simple polvera.

—Es probable. Con el mismo diseño, de modo que será un juego o algo por el estilo. Yo no conocí muy bien a Patricia. Ella no me tenía un especial afecto. Estaba muy satisfecha con mi trabajo, pero no tanto en el terreno personal. Al fin y al cabo, yo frecuentaba malas compañías.

—Se referirá a mí —terció Trey entre risas—. Y el misterio de por qué los Doyle no le caían en gracia se resuelve con la revelación de que mi abuela la mandó a tomar viento.

—Cuenta, cuenta —dijo Cleo.

Así pues, Trey lo contó.

—Desde luego, tu abuela tuvo un par de narices. —Sonya se levantó y dejó salir a los animales—. Y ahora esa es mi historia favorita.

—Sé de buena tinta que a la señora le obsesionaba que las cosas fueran a juego —continuó Owen—. Su oficina era como una de esas salas de exposiciones estáticas, igual que su casa. Supongo que es un estilo, pero carente de imaginación.

—Rígido. Encaja con ella. —Cuando Cleo se disponía a levantarse para recoger, Trey hizo un ademán con la mano para que se sentara.

—Nos encargamos nosotros. Por tu rollo de carne.

—Qué menos. —Owen se puso de pie y recogió los platos—. Dejaremos esto listo antes de que me marche.

—Podrías quedarte.

Cuando se disponía a agradecer y declinar la invitación de Sonya, Owen captó la mirada de Trey.

—Sí, ¿por qué no?

—Mira, Cleo, Pye está encima de la caseta otra vez.

—Le gustan las alturas. Está disfrutando de lo lindo de su nuevo soporte para gatos. Hablando de gatos: Owen, me estaba preguntando si, como Sonya y yo tenemos que ir a Boston dentro de unas cuantas semanas...

—Ya, por lo de Ryder.

—Trey va a hacerse cargo de Yoda. Me estaba preguntando si tú y Jones os quedaríais con Pye.

Él miró hacia atrás fugazmente.

—Has esperado a que tuviera dos raciones de rollo de carne en el estómago para preguntarlo. Eso es digno de respeto. Claro que sí.

—Gracias. ¿A alguien le apetece una partida de videojuegos? Tenemos el tinglado completo, pero Sonya se niega.

—Porque los videojuegos se me dan fatal.

—No, tampoco es para tanto.

—Lo dices porque siempre que me convences para jugar me machacas.

Trey la miró.

—No me digas que tienes mal perder.

—Vale, no te lo digo. Bueno, si todos jugáis, jugaré.

Se trasladaron a la infancia con Super Mario, con Sonic, y después pasaron a los deportes.

Le dieron una paliza. Sonya se defendió en el béisbol, pero aun así mordió el polvo.

Owen soltó el mando.

—La verdad es que esto se te da de pena.

—¡Ya! ¿Acaso no lo he dicho? Y no es cuestión de coordinación ojo-mano. Tengo buena coordinación ojo-mano. Tampoco es cuestión de reflejos, porque los míos funcionan de maravilla. Es…

—DMVC —sugirió Trey—. Deficiencia en el manejo de videoconsolas.

—¡Eso es! —Entre risas, Sonya le tomó la palabra—. Tengo DMVC, y no es nada de lo que avergonzarse. Y debido a mi DMVC, se me exime permanentemente de participar.

—Al menos cuento con nuevos compañeros de juegos. Dignos. —Cleo manipuló su mando—. ¿Una partida más?

—Venga. —Owen cogió el suyo de nuevo—. Me gusta retirarme como ganador.

De buen grado, Sonya se puso cómoda para mirar. A lo mejor era pésima jugando debido a su DMVC, pero lo bueno era que le habían dado buen uso a otra habitación en la casa solariega. Un uso alegre y ruidoso.

Y nada ni nadie manifestó la menor queja hasta que subieron a acostarse cerca de la medianoche.

Comenzó a las tres. Primero el trío de campanadas y el sonido lejano de la música. El llanto desgarrador, el ruido de puertas al abrirse y al cerrarse, y los siniestros chirridos.

Sonya alargó la mano hacia la de Trey y volvió a cerrar los ojos.

Un potente riff de guitarra sonó a todo volumen en ambos teléfonos.

En el instante en que ella se incorporó de un respingo, Trey ya estaba saliendo de la cama. Los dos perros se levantaron súbitamente y empezaron a gruñir. Cuando el clamor de una única palabra repetida, *«Thunder!»* [«¡truenos!»], se unió a la guitarra, fuera resonó un estruendo.

El vendaval, aullando como un animal que se retuerce de dolor, empujó la lluvia contra las ventanas.

Y abajo algo golpeó, con gigantescos puños, el portón de caoba.

—No te separes de mí —le ordenó Trey, que ya estaba saliendo a toda prisa de la habitación.

Segundos después de enfilar el pasillo, Owen salió de su cuarto y seguidamente Cleo del suyo.

—Es *Thunderstruck* —dijo Owen—. Y mira que me chifla AC/DC, pero menuda forma tan desagradable de despertarnos, joder.

—Ella, Clover, quería avisarnos. —Cleo alargó la mano hacia la de Sonya—. Aunque fuera en cuestión de segundos.

—Arriba también hay ruido.

Al igual que Sonya, Trey levantó la vista.

—Sí. —Todas las puertas dieron golpes en ambos lados del pasillo—. Y aquí también.

—Dobbs ha estado reservándose para esto —comentó Owen al tiempo que el humo descendía por las escaleras de la segunda planta.

Comenzó a oírse un lamento, cuyo sonido parecía proceder de todas partes a la vez.

Todas las luces se apagaron.

—Mierda, mierda, no he cogido el teléfono. Que nadie se mueva de aquí —ordenó Trey—. Voy a por él.

—Espera. —Owen encendió una pequeña linterna—. Siempre la llevo en el bolsillo. Menos mal que me he puesto los pantalones.

—Hay una en mi cuarto —dijo Cleo—. Encima de la mesilla de noche, en el lado derecho de la cama.

—La traeré. Como ha dicho mi amigo, que nadie se mueva de aquí.

—Es como aquella vez que me hizo creer que había alguien fuera en una tormenta de nieve, solo que peor. Cuando bajé a abrir la puerta, cesó.

—Probaremos con eso. —Guiado por el sonido de su voz, Trey agarró a Sonya de la otra mano.

Owen regresó con dos linternas finas cuyos haces atravesaron la oscuridad, de un negro azabache. Tras darle una a Cleo, alumbró con la suya hacia las escaleras.

—Está poniendo en escena los efectos especiales —dijo, mientras las volutas de humo ascendían por las paredes y la sangre se derramaba sobre ellas.

—Vamos a bajar. Ve delante tú que llevas la linterna, Owen —le dijo Trey—. Cuidado con los escalones.

Empezaron a bajar mientras el lamento se convertía en gemido, y este en gañido.

De buenas a primeras, la gata dio media vuelta y subió como una bala. Al girarse para llamarla, Cleo la vio escaleras arriba en dirección a la segunda planta.

—¡Maldita sea! —Llamándola, echó a correr detrás de la gata.

—¡Mierda! —Owen le entregó rápidamente la linterna a Trey—. Voy a por ellas. Marchaos.

—Iremos a la puerta principal. —Sonya luchó contra el pánico—. Iremos a abrir la puerta y todo cesará. Como la otra vez.

—No vayas deprisa. Esta luz no alumbra demasiado.

—Pretende atemorizarnos. Se va a quedar con las ganas.

Como los perros estaban ladrando en el vestíbulo, Sonya se orientó con sus ladridos en la misma medida que con el haz de luz.

—Toma. —Trey le dio la linterna y empuñó el tirador de la puerta.

Sin embargo, al abrirla con brusquedad, la tormenta no cesó. Entró un viento huracanado.

Como los perros enloquecieron, Trey empujó la puerta con el hombro.

—¡Hay que cerrarla! —gritó por encima del rugido del vendaval.

El haz de luz osciló en la mano de Sonya mientras empujaba con Trey.

—¡Ese humo está bajando, está bajando!

Cleo sintió el roce gélido del humo en los tobillos mientras corría. Ella había traído a la gata, a esa criatura, a la casa. Ni de coña permitiría que Dobbs le causara el menor daño.

Al llegar a la segunda planta, algo la sujetó por detrás. Conteniendo la respiración, le dio un codazo. Owen gruñó, pero no la soltó.

—Soy yo, maldita sea. ¡Para!

—Pye…

—Voy a por ella. —Le quitó a toda prisa la linterna de la mano—. Quédate aquí.

—¿A oscuras? De eso nada. La puerta, Owen, la puerta del salón dorado.

—La veo.

Era casi imposible pasar por alto el resplandor rojo vivo que la rodeaba o la forma en la que la madera se combaba. O el humo que emanaba por debajo.

La gata se detuvo a menos de treinta centímetros, con el lomo arqueado.

—Quédate detrás de mí.

—¿Porque tienes pene?

—Pues sí. Y porque también tengo la linterna, y me la voy a quedar.

Owen no se molestó en llamar a la gata. Por su experiencia, los puñeteros felinos iban y venían a su antojo. Y esa gata estaba muy mosqueada en ese momento.

Así pues, empezó a cantar, en un tono tan sereno como un lago a pesar de que levantó la voz por encima del fragor de la tormenta.

—«Yesterday, all my troubles seemed so far away…».

Con un destello de complicidad en la mirada, Cleo se puso a cantar con él.

La gata miró hacia ellos y, mientras se aproximaban, relajó el lomo.

—«Yesterday came suddenly». Sin más, Owen la cogió en brazos.

La puerta se abrió de par en par. No vio a Dobbs, no vio nada salvo oscuridad. Pero la oyó.

—La sangre Poole correrá como un río. Me bañaré en ella.

—Vaya, eso es repugnante.

Le entregó la gata a Cleo, que le susurró al oído:

—Ni se te ocurra entrar ahí.

Al decirlo, la puerta se cerró de sopetón. La tormenta cesó; las luces se encendieron.

—Fin del espectáculo —concluyó Owen.

—Es que no podía dejar que Pye… Oh, Dios, Sonya. Trey.

—Estamos bien, ellos estarán bien. —De lo contrario, nada le impediría entrar en aquel salón—. Vamos.

Al oír que los llamaban, Cleo cerró los ojos aliviada. Cuando se reencontraron en la primera planta, dejó a la gata en el suelo y se abalanzó a los brazos de Sonya.

—Lo siento, lo siento. He incumplido la primera regla: permanecer juntas.

—Yo habría hecho lo mismo. ¿Estás bien?

—Sí, los tres estamos bien. ¿Vosotros?

—Sí. No cesó cuando abrimos la puerta, sino que empeoró. Pero se detuvo cuando por fin conseguimos cerrarla. Estamos bien. Todos estamos bien.

Alargó la mano hacia la de Trey y la dejó caer cuando él resopló.

—¿Estás herido? ¿Qué...? ¡Tu mano!

—Es una quemadura causada por el frío. —La marca enrojecida le atravesaba la palma de la mano—. Al sujetar el tirador. No es grave.

—Recuerdo qué hay que hacer. Lo recuerdo.

—A ver. —Owen tiró de la mano de Trey y la examinó—. No, no es demasiado grave. Te la curaremos. ¿Por qué no dejas salir a los chicos —le dijo a Cleo mientras empezaban a bajar a la planta principal— para que puedan desfogar un poco esta energía en mitad de la noche?

—¿Ha pasado algo arriba? —preguntó Trey.

—Lo de costumbre. —Dado que había terminado, Cleo se permitió un rápido estremecimiento—. Las vaharadas de humo, el resplandor y el latido de la puerta, los gemidos, los gañidos... Pye estaba delante de esa maldita puerta, siseando. Y Owen se ha puesto a cantar. ¿Por qué *Yesterday*?

—Por la melodía. Es relajante.

—Pues ha surtido efecto. Pye se ha calmado e instantes después la puerta se ha abierto. Por un momento temí que Owen entrase. ¿Qué es lo que era repugnante? —preguntó al abrir la puerta a los animales, que salieron de estampida.

—¿Eh? —Tras asegurarse de que Sonya de hecho sabía cómo curar una quemadura causada por el frío, Owen se volvió hacia Cleo.

—Has dicho: «Vaya, eso es repugnante». Yo no he visto nada dentro del salón. Estaba oscuro como boca de lobo.

—¿No la has oído?

—No he oído nada..., bueno, aparte de gemidos, gañidos, porrazos y estruendo.

—Supongo que el numerito era solo para mí. Dijo que la sangre Poole correrá como un río, y que se bañará en ella.

—Y tanto que es repugnante. —Trey resopló mientras Sonya le curaba la mano.

—Me voy a tomar una cerveza. ¿Quieres una?

—Sí —respondió Trey sin titubear—. Por favor.

—Yo media copa de vino —le dijo Sonya.

—Yo me tomaré la otra mitad.

—Está más enrojecida que en mi caso. Mi quemadura era más rosácea. ¿Seguro que...?

—No es grave. —Trey se inclinó hacia delante para besarla en la frente.

Owen dejó la cerveza de Trey encima de la isla y echó otro vistazo a la quemadura.

—Es verdad. Si Trey estuviera haciéndose el duro, te lo diría. Ya se le está aliviando. Buen trabajo.

—Y mientras Sonya está en ello, estoy cavilando. —Trey cogió la cerveza con la otra mano y bebió—. ¿Ha sido el hecho de cerrar la puerta lo que ha puesto fin a esto? Lo de cantar... es interesante. O quizá haya sido todo. Dijiste que busca nuestro miedo, y que se va a quedar con las ganas. Que no te acobardarías. Eso, más que interesante, es absolutamente impresionante.

—Estoy convencida de que eso es lo que ansía. No estoy dispuesta a proporcionarle nada de lo que ansía. Pero he vivido un par de momentos... —reconoció Sonya—, un par de momentos infernales.

—Clover ha hecho que sonaran todos los teléfonos a la vez —señaló Cleo—. Ella sabía, o bien intuyó, lo que se avecinaba. Fue justo antes, de hecho, un segundo antes de que todo comenzara.

—Está pendiente de nosotros. —A Sonya se le soltó el nudo del estómago al ver que la rojez de la mano de Trey se volvía rosácea—. De todos nosotros. Y eso me ayuda a no tener miedo. —Se enderezó y bebió más vino—. Tiene mejor aspecto, la verdad es que sí. Una ronda más —decidió—. A lo mejor la copa a altas horas de la noche nos ayuda a dormir un poco.

Trey reflexionó mientras observaba a Sonya colocar otro apósito caliente.

—Ella sabía que abriríamos la puerta. Puesto que lo hiciste la vez anterior, era lógico que lo hiciéramos de nuevo.

—Dobbs hizo eso con el tirador con la intención de que, quienquiera que lo tocase, saliese malparado. —Sonya retiró el apósito unos instantes y le besó la palma de la mano—. Y en cuanto a ti, Owen, en mi opinión ella quería que entraras en esa habitación. Para hacerte daño.

—Tendrá que bañarse en otra cosa que no sea mi sangre. Como las aguas han vuelto a su cauce, voy a dejar entrar a la panda y a subir a acostarme. Puedo dormir un par de horas más.

—Subiremos todos. Tranquila, se me ha aliviado —le aseguró Trey a Sonya—. Tenemos una reunión del personal a las ocho, y Cleo y tú, el trayecto en coche a Ogunquit.

—Nos vendrá bien ser pragmáticos. —Sonya llevó el bol de agua caliente y su copa de vino al fregadero—. Además, me parece que volver a dormir es como darle un zasca en toda la cara.

—Démosle cuatro zascas en toda la cara. —Cleo le pasó el brazo alrededor de la cintura—. Y varios zarpazos.

Al llegar a la primera planta, mientras Sonya y Trey continuaban por el pasillo, Owen titubeó.

—Oye, si estás nerviosa, Jones y yo podemos echar una cabezada en tu sala de estar.

Cleo lo miró largo y tendido con sus ojos felinos y sonrió.

—Es todo un detalle por tu parte, pero estamos bien. —Para demostrar que lo decía en serio, le dio un beso en la mejilla—. Dulces sueños.

En su cuarto, Owen se desvistió y se dejó caer en la cama. Y, con el arrullo del sonido del mar, se quedó dormido, como siempre, al instante.

Y soñó.

Que jugaba al ajedrez con Collin. El ajedrez no era su juego, y se figuraba que Collin lo engatusaba para jugar esas partidas ocasionales con tal de darle una paliza.

No le importaba.

Sonaba la música, lo cual agradaba a ambos. Collin a menudo llenaba la casa de sonidos: música, una antigua película sonando de fondo... Owen tenía la impresión de haber desarrollado el gusto por los clásicos en blanco y negro en la casa solariega.

No solía ir de visita allí arriba con la frecuencia de antaño, desde que el trabajo y el día a día saturaban su tiempo. Sin embargo, procuraba pasar por allí en semanas alternas, a llevarle a Collin pedidos de libros de A Bookstore, o acompañando a Trey.

Videojuegos, conversaciones con una cerveza, una película antigua en la sala de cine; pasar el rato sin más.

Mantener el contacto era importante, la familia era importante. Y él simple y llanamente disfrutaba en compañía de Collin.

Tras ponderar su siguiente movimiento, Owen desplazó hacia delante el peón del rey.

Tras beber un sorbo de su brandy nocturno, Collin no ponderó su siguiente movimiento al escoger el alfil.

—¿Cómo va el trabajo?

—Bien. —Con el entrecejo fruncido, Owen escudriñó el tablero—. Estoy trabajando en un diseño para Mike, un elegante yate de recreo. Al cliente le interesa más la elegancia que el rendimiento, pero le proporcionaremos ambas cosas. —Al mover una pieza para bloquear al alfil, dejó al descubierto el suyo frente al caballo de Collin—. Vaya, mierda.

—Tienes un don.

—No para el ajedrez.

—No para el ajedrez —convino Collin—. Para la construcción. Para ver algo sobre el papel, aunque solo sea en tu cabeza, y materializarlo. Para los animales —añadió echando un vistazo a Jones, dormido junto al fuego—. No todo el mundo habría acogido a un perro tuerto que nadie quería.

—Tuerto, pero matón. Lo de matón cuenta.

Owen alargó la mano hacia su cerveza.

No le extrañó, en el sueño, la ausencia de canas en el cabello de Collin, la ausencia de arrugas en su rostro. Se hallaban sentados cómodamente, con el tablero de ajedrez en medio, como coetáneos en vez de parientes separados por una generación.

—Tú entiendes el valor de la amistad, lo mismo que yo.

—La tuya con Deuce viene de largo, de toda la vida.

—Así es, de toda la vida. Trey y tú también sois como hermanos, y eso es algo muy valioso, Owen. Ambos necesitaréis ese vínculo tan valioso para afrontar lo que está por suceder. Ella, la hija de mi hermano, debe impedirlo, pero tú, Trey y la mujer que es como una hermana para ella debéis poner de vuestra parte.

Owen eliminó un peón blanco con el suyo negro.

—¿Como los peones?

—Ni mucho menos. Como los caballos, capaces de realizar movimientos diestros de defensa y ataque.

—Ya he perdido uno.

—Pero esto solo es un juego. Tu vínculo con Hugh, tu propio hermano, es fuerte, pero Trey y tú, al igual que Deuce y yo, forjasteis ese vínculo por decisión propia. Ella se encargó de que yo jamás llegase a conocer a mi hermano, a mi gemelo.

—Patricia.

—Sí. —Collin volvió la vista hacia el fuego—. Ella, y la otra. Y aun así, a pesar de ello, mantuvimos un vínculo. Yo tomé la decisión de dejar en herencia a la hija de mi hermano esta casa junto con todo su contenido. Si bien es cierto que lo habría hecho de todas formas, lo hice gustosamente por ti y por Trey.

—¿Por qué a ella? ¿Por qué a Sonya?

—Porque es mi sobrina —respondió Collin sin más—. Una Poole en la misma medida que tú, yo y el resto de nosotros. La nieta de mi padre y de mi verdadera madre. —Se reclinó de nuevo, miró hacia el fuego y hacia lo que quiera que viera en las llamas—. Perdí a mi Johanna porque me negué a creer. Perdí al amor de mi vida y cualquier posibilidad de ser padre. Sonya es lo único que tengo. Ella es lo único que tengo, y lo único que tiene la casa solariega. —Dio unos toquecitos con el dedo a su reina—. La reina blanca está frente a la negra.

Al bajar la vista, Owen vio que su reina había cambiado. Vio a Dobbs, su cabello, su vestido negro ondeando, sus duras facciones talladas. En las manos de la reina negra brillaban siete anillos.

El tablero de ajedrez se transformó en la casa solariega, donde las sombras se cernían tras las ventanas.

—Es más que una casa —matizó Collin—. Un hombre que se dedica a construir lo sabe. Hay que defender a la reina blanca y deshacerse de la negra.

—¿Cómo?

—Con coraje —respondió Collin.

Y Owen se despertó en la cama con el sonido del hálito del mar y los tenues ronquidos del perro.

—Vaya, menudo empujón.

Tras consultar la hora, pensó: «A tomar por saco», y salió de la cama.

Nada más hacerlo, Jones dejó de roncar, resopló y levantó la cabeza. Al ver que Owen se dirigía al cuarto de baño, se recostó de nuevo.

Owen se duchó, se vistió y, cuando se internó en el pasillo, Jones lo acompañó. Para cuando llegó a la cocina tres perros y una gata le pisaban los talones.

Agradecido de que los animales no se empeñaran en interactuar antes del café, les abrió la puerta. Dado que disponía de tiempo —o que había decidido tomárselo con calma— y de un largo día por delante, optó por hacerse unos huevos revueltos.

Pero primero el café, sin falta.

Se tomó la primera taza contemplando a un trío de ciervos que, tras asomar entre la espesura, se batieron en retirada cuando los perros —y, caray, la gata también— emprendieron la persecución.

Supuso que, aunque el repelente fuera necesario, los perros, y posiblemente la gata, contribuirían a evitar que la fauna autóctona se diera un festín en el jardín.

Recordó que Collin adoraba el jardín.

Pensó que no le importaría tener un amplio jardín. Pero ¿de dónde diablos iba a sacar tiempo para cuidarlo? Lo mismo que para los diversos diseños que había bosquejado con el fin de ampliar y terminar su casa.

Sin tiempo, sin una verdadera motivación.

Tras apurar el café, llenó los boles de comida y agua antes de dejar entrar a los animales.

A continuación se puso manos a la obra con su propio desayuno.

Mientras batía huevos en un bol, Trey entró.

—Pensaba que ya te habrías marchado.

—Me voy a tomar otros veinte minutos. —Sin preguntar, Owen echó dos huevos más en el bol y aguardó a que Trey tuviera el café en la mano—. Si tú los tienes, esta vez soy yo quien tiene una historia.

19

Antes de que Trey pudiera responder, Sonya entró. Algo en el momentáneo silencio hizo que mirara fijamente al uno y al otro y dijera:

—Oh, oh.

—Nada que ver con eso. —Owen sostuvo en alto el bol—. ¿Quieres huevos revueltos?

—No, gracias. —Fue a por un café.

—Estaba a punto de contarle a Trey el sueño tan raro que he tenido. —Mientras hablaba, Owen vertió los huevos sobre la mantequilla fundida en la sartén caliente.

Pese a la falta de cafeína, ella se giró en redondo.

—¿Atravesaste el espejo?

—No. —Sin darle tiempo a Sonya a preguntarlo, apostilló—: Sí, estoy seguro. Me he despertado en la cama, mientras Jones seguía roncando. En cuanto he puesto los pies en el suelo, se ha levantado. He salido de la habitación, y él conmigo. Es nuestra dinámica.

—Es verdad —confirmó Trey.

—Es como si necesitara estar pegado a mí por si tuviera que ayudarme a defenderme frente a una horda de zombis errantes o de alienígenas invasores que succionan los ojos.

—Vi esa película de alienígenas que succionan los ojos. —Reconfortada, y con el subidón del café, Sonya puso pan en la tostadora—. Fue horripilante. Me gustó.

Trey se limitó a negar con la cabeza.

—Es bueno saberlo. Así que soñaste.

—Dudo que fuera un simple sueño. Estaba jugando al ajedrez con Collin.

Trey sonrió.

—Él te retaba con el ajedrez, y después te daba una paliza.

—Por eso me retaba. No habría sido tan raro si se redujera a eso, a pesar de que fue muy real, como si pudiera notar las piezas de ajedrez en mi mano, oler el fuego, saborear la cerveza. Sin embargo, lo que me resultó más chocante es que él era joven, más o menos de nuestra edad, Trey. Todavía tenía el pelo rubio, sin una sola cana.

—Como mi padre —murmuró Sonya.

—Sí, supongo que sí. Y sus rasgos... eran distintos a como los visualizo cuando pienso en él. He visto fotos de él, claro, pero sus rasgos eran diferentes a como los recuerdo.

Cuando terminó de preparar los huevos, los emplató mientras continuaba narrando el sueño. Entretanto, Sonya les sirvió tostadas, puso más en la tostadora para ella y rellenó las tazas de café.

—Da la impresión de que quería explicarte por qué legó la casa a Sonya en vez de a ti o a los otros primos.

—No era necesario, pero, sí, me parece que en parte era esa la intención.

—Y lo más importante era hacerte una advertencia —señaló Sonya—. La reina negra. Es un símbolo adecuado para ella. Él pensaba en mi padre, y yo soy lo que queda de mi padre, pero está claro que os quería a los dos.

—Éramos de la familia —dijo Owen sin más— y los Doyle lo eran para él tanto como los Poole. Tal vez más. Y esta casa era mucho más que una casa para él. Para él la historia, el legado y todo eso revestían mucha importancia y, en cualquier ampliación o cambio que llevara a cabo lo tenía presente. En fin, en mi vida he tenido un sueño semejante.

—Tú eres un Poole —señaló Sonya—. Y duermes en la casa solariega. A toro pasado, debería haberme extrañado que no hubiera sucedido antes.

—Y es posible que se deba a que ya has atravesado el espejo —añadió Trey—. Pero los dos estáis pasando por alto un factor importante. Un factor clave.

—Habla el abogado. —Owen se levantó para llevar su plato al fregadero.

—En efecto, y a tenor de los hechos, Owen, si has soñado con Collin y en el presente (puesto que has mencionado a Sonya, además de un barco que la empresa naval está construyendo en la actualidad), algo de él, de Collin, permanece en la casa solariega.

De pronto, en el móvil de Sonya empezó a sonar *You Got That Right* [«Has acertado»].

—Lynyrd Skynyrd —masculló Owen—. Jamás se equivoca. Había pasado por alto ese detalle.

—Lo mismo que yo —le dijo Sonya—. Y tiene sentido. Me refiero a que, según la lógica de la casa solariega, tiene sentido. Él también está aquí. Yo... ¿Qué aftershave usaba?

—Una extraña pregunta cuya respuesta de hecho sé porque una vez Anna y yo le regalamos uno por su cumpleaños cuando éramos pequeños. Eternity.

—De Calvin Klein. —Sonya asintió con la cabeza—. Debí imaginarlo. El mismo que mi padre. He percibido un rastro de su fragancia unas cuantas veces. Tan solo un rastro, pero lo identifiqué. Collin continúa aquí, no solo porque esta es su casa, sino...

Trey terminó la frase.

—Porque Johanna sigue aquí.

—Sí. O encontró la manera, o bien decidió que era hora de comunicarse con Owen.

—Me alegró verlo, conversar con él a pesar de que, a juzgar por su aspecto, yo sería un chaval en aquella época. —Owen hizo una pausa y miró a su prima—. No hizo falta que me dijera que te apoyara en esto, Sonya. Ya lo hago.

—Lo sé.

—Tengo que ponerme en marcha. He de construir un yate de lujo, entre otras cosas.

—¿Tú tienes uno? —preguntó Sonya—. ¿Un yate de lujo?

—¿Qué iba a hacer yo con eso? Yo tengo The Horizon. Un precioso balandro que escora y orza de maravilla. En marcha, Jones. Hasta luego —dijo. Y, con el perro a su lado, se fue por la puerta trasera.

—He navegado alguna que otra vez con Cleo, y no tengo ni idea de lo que significa «escora» y «orza».

—Te lo explicaría, pero yo también he de ponerme en marcha. Estás bien.

No fue una pregunta, sino una afirmación que Sonya apreció.

—Sí. Y si Dobbs sigue un patrón, después del explosivo espectáculo de anoche necesitará tiempo para cargar las pilas.

—Buena suerte con Gretta. —Trey la besó y remoloneó—. Me temo que vas a necesitarla.

A continuación llevó su plato y el de Sonya al fregadero.

—¿Y tú? ¿Tienes un barco?

—No necesito ninguno. Tengo The Horizon. Vamos, Mook.

Cuando se marchó, Sonya sonrió por encima de su taza de café. Ella no tenía hermanos, pero los reconocía cuando los veía.

Parecía absurdo, tal vez frívolo, preocuparse por la indumentaria para la visita a su tía abuela, pero Sonya quería lucir un aspecto presentable y respetuoso.

Con independencia de que Gretta se percatara o no de ello.

Cuando subió a la planta de arriba descubrió que la decisión ya estaba tomada.

El vestido verde hoja con un amplio escote en V y el cinturón del mismo tejido yacía sobre la pulcra cama. Como Molly lo había combinado con los zapatos de tacón de color tierra, a Sonya le pareció bien la elección.

—Agradable, pero no frívola; sencilla, pero no sosa. Buen trabajo. Estoy nerviosa. —Se apretó el estómago—. No sé por qué, pero lo estoy. Ella no me conocerá, es probable que ni siquiera me dirija la palabra. Seguramente este viaje será una absoluta pérdida de tiempo. En cualquier caso, estoy nerviosa.

La respuesta musical de Clover fue *Takin' Care of Business* [«Gestionando asuntos»] de Bachman-Turner Overdrive.

—Sí, eso es lo que tengo que hacer. Gestionar asuntos, asuntos familiares.

Una vez vestida y maquillada, tras sopesar —largo y tendido— si recogerse el pelo o dejárselo suelto, se decantó por una opción intermedia sujetándoselo con un pasador.

—¡Estoy casi lista! —dijo Cleo en voz alta cuando Sonya pasó por el pasillo—. Dos minutos.

—Voy a dejar salir a Pye y a Yoda para que puedan hacer todo lo que tienen que hacer hasta que regresemos.

Se sintió remisa mientras se hallaba sola en la cocina comprobando el contenido de su bolso una vez más. Remisa a marcharse de la casa solariega, a realizar ese viaje en coche, a conocer a esa mujer que a todas luces había traicionado a su propio hermano, a la mujer que este amaba y a dos criaturas indefensas.

Pero Clover estaba en lo cierto: hasta que no gestionara ese asunto, pesaría sobre ella.

—Qué bonita elección —comentó Cleo al entrar—. Pareces accesible, pero no manipulable. Esta vez he impuesto mi criterio sobre el de Molly, y he optado por el negro. Pensé que así podría pasar desapercibida en caso necesario.

—Esta decisión es la correcta.

—Así es, Son. Al margen de que sea o no fructífera, es la correcta. Y necesaria. Voy a coger un par de cocacolas para el trayecto. Después de lo de anoche, no nos conviene pasarnos con la cafeína.

—Hablando de anoche, Owen tuvo un sueño.

Cleo, con una Coca-Cola en cada mano, se giró rápidamente.

—¿Un sueño con el espejo?

—No, te lo explicaré en el coche. Hay que dejar entrar a Yoda y a Pye. A lo mejor deberíamos dejarles unas chucherías, más juguetes o…

—Creo que Jack se ocupará de eso. —Cleo le tendió una lata a Sonya y fue a abrirles la puerta—. Sed buenos, sed buenos, chiquitines. Estaremos de vuelta antes de que os deis cuenta. Estás nerviosa, te lo noto. —Le dio una palmadita en el hombro—. Conduce tú. Así dejarás de calentarte la cabeza. Y podrás contarme ese sueño ajeno al espejo en el que asumo que no soy la protagonista.

—Esta vez no.

Se dirigieron al coche, donde Sonya programó el GPS.

—Pye y Yoda no me preocupan. Si necesitaran salir de nuevo, alguien les abrirá la puerta y la cerrará cuando regresen. No sé cómo no caí en eso antes.

—Yo tampoco, pero fijo que tienes razón. De todas formas, no vamos a ausentarnos mucho tiempo.

—No. —Sin embargo, Sonya seguía con los nervios a flor de piel—. Un par de horas. Solo un par de horas. Vale, voy a abstraerme de lo que hay al final de este viaje y a concentrarme en la carretera. Owen —dijo, y le relató el sueño a Cleo.

—Qué entrañable. Me parece entrañable que Collin quisiera comunicarse con él, y cómo lo hizo. Olvídate de la maldita reina negra de momento.

—Puf, ya me gustaría.

—De momento —repitió Cleo—. Sentados junto al tablero de ajedrez, los dos solos, con cerveza y brandy, música, el perro, la chimenea encendida...

—¿Sabes? No había pensado en eso. Él hizo que el encuentro resultara agradable. Familiar.

—Exacto. Transmitiendo a Owen que se sentía orgulloso de él, que lo quería. Cosas que a veces la gente olvida decir hasta que es demasiado tarde. Y la manera en la que habló de tu padre, de Deuce, de Trey, de los Doyle... es muy significativa.

—Desde mi punto de vista, Owen entendió eso. Percibió eso, y era importante.

—Igual que tú eras, y eres, importante. Collin te confió la casa solariega porque eres la hija de su hermano, y porque la casa es importante. Y él continúa presente en ella, igual que Clover, Molly y el resto.

—Esa fue la apreciación de Trey, la cual tanto Owen como yo pasamos por alto. Debí figurarme que tú no lo harías. Pero ¿por qué su aspecto era joven, de la edad de Owen?

Cleo inclinó ligeramente la cabeza y se ajustó las gafas de sol.

—Siempre me he planteado que, si necesitas o decides seguir aquí después de morir, ¿por qué no conservar la edad de entonces?

—Típico de ti.

—Es imposible que Jack, por ejemplo, sea un hombre porque no llegó a crecer. Sin embargo, Collin alcanzó la edad de Owen, así que ¿por qué no? ¿Acaso eso no los situaría en una posición aún más análoga?

—Se me había pasado por la cabeza esto último, pero no lo anterior hasta ahora. De nuevo, según la lógica de la casa solariega, tiene sentido. Bueno, cierto sentido. Falta poco para llegar. He pensado en una docena de maneras diferentes de abordar esto y todavía me resulta imposible decidir cuál es la más idónea.

—Por mucho que te prepares —señaló Cleo—, me da que en este caso hay que improvisar sobre la marcha.

La residencia, que ocupaba un edificio de ladrillo rosáceo de planta baja, se extendía a lo largo de un amplio recinto ajardinado. Flanqueado en ambos lados por extensos jardines esperando florecer, se respiraba quietud al otro lado de la verja. Había racimos de dos o tres personas paseando por los caminos o sentadas juntas en bancos de piedra. Tulipanes de color rojo vivo rodeaban una pequeña fuente en cuyo chorro de agua el sol reflejaba el arcoíris.

Los árboles lucían su intenso verdor o bien los primeros osados brotes de abril.

Aunque parecía casi bucólico, Sonya vio a una mujer con lágrimas en las mejillas que cruzaba en dirección al aparcamiento.

Así era la crueldad del olvido.

Dentro, una vez que se registraron en el mostrador de recepción, una de las cuidadoras de Gretta les dio una charla orientativa mientras pasaban por una sala común.

Había personas sentadas juntas, separadas. Un trío de mujeres concentradas en un puzle.

—Organizamos actividades individuales y grupales diseñadas para estimular o calmar los cinco sentidos: terapia musical, fotografía, terapia con animales, arte (que es lo que a Gretta le suscita interés). Esta mañana ha preferido quedarse en su habitación para dibujar.

La cuidadora, Jen, hizo un gesto en dirección a un pasillo.

—¿Dibuja?

—El arte le llama la atención, y la reconforta. Ahora sus dibujos son infantiles, pero disfruta y se enorgullece de ellos. Tengo entendido que usted no conoce a su tía abuela.

—No, hasta hace poco no sabía nada de esta parte de mi familia.

—Ella de joven quería ser artista. Su hijo a menudo le traía materiales cuando la visitaba. Lamentamos la noticia de su fallecimiento.

—¿Ella pregunta por él?

—No. Pregunta por su madre. A pesar de que sigue teniendo días buenos, de un año a esta parte su estado se ha deteriorado. Sufre arrebatos de conducta violenta o agresividad verbal, aunque muy esporádicos. Como comprenderá, esta enfermedad es así.

—Me hago cargo.

—Está teniendo una buena mañana, y por lo general disfruta con las visitas.

Entraron en una bonita suite privada con una alegre luz natural y una gran cantidad de hileras de dibujos y pinturas en las paredes: ilustraciones infantiles de flores, de casas con un gran sol amarillo por encima, de árboles de Navidad, de monigotes.

La habitación albergaba un cómodo tresillo, una colorida alfombra con motivos florales.

Y una mesa junto a la ventana donde había una mujer sentada pintando con ceras.

Su cabello era corto y de un gris ceniza. Llevaba unas gafas de montura blanca sobre los ojos, de un azul apagado, que le caían sobre la nariz. Un pantalón rosa y una pulcra blusa blanca cubrían su delgada complexión.

Con la lengua entre los dientes, tarareaba desentonando mientras dibujaba.

—Buenos días de nuevo, Gretta. Soy Jen, y traigo visita.

—¿Ha venido Madre? Dijo que vendría.

—Hoy no. Oh, qué flores más bonitas. Son muy alegres.

—Tengo que terminarlo, colgarlo y después elegir los que quiero para mi exposición en Nueva York.

—Lo colgaremos, pero estas agradables señoras han venido a verla.

Ella levantó la vista y arrugó la nariz cuando las gafas le resbalaron un poco más.

—Qué linda eres. Me gustan las cosas lindas.

—Gracias. —Sonya le sonrió con naturalidad—. Me gustan sus obras.

—Tengo mucho talento. Hay varios artistas en el árbol familiar de los Poole. Ese tipo de talento a menudo se transmite a través de los genes.

—Seguro que sí.

Gretta le tendió la mano.

—Soy… —Se le nubló la mirada durante unos instantes—. La señorita Poole. ¿Eres marchante de arte?

—No, qué va, pero aprecio el arte. Me llamo Sonya. ¿Le parece bien que me siente mientras trabaja?

—A las visitas siempre se les invita a tomar asiento. Los modales son esenciales en una sociedad respetable.

—Estaré por aquí —dijo en voz baja la cuidadora, y se marchó.

—Es muy amable por vuestra parte haber venido a verme. ¿Puedo ofreceros un refrigerio?

Aunque sorprendida por el ofrecimiento, Sonya sonrió de nuevo.

—No, gracias. ¿Podemos traerle algo?

—Oh, tengo todo cuanto necesito, y Madre no tardará en llegar. Haremos la ceremonia del té cuando llegue. En breve tendré que ponerme a preparar el equipaje. Tengo muchas cosas que hacer antes de marcharme a Nueva York. Todavía no he preparado el equipaje ni he comprado el billete de tren. ¿Eres de allí?

—¿De Nueva York? No, soy oriunda de Boston.

—Madre y yo viajamos a Boston dos veces al año para ir de compras para la temporada. Madre debe mantener su imagen en el trabajo, y organiza cenas importantes para gente importante. Hay que ir vestida como Dios manda en todo momento. Madre, por supuesto, elige mi vestuario. Tiene un gusto exquisito.

A Sonya le vino a la cabeza la imagen de una joven atada en corto, pero la apartó de su mente.

—Seguro que sí. Yo siempre disfruté de las compras en Boston, pero Cleo y yo ahora vivimos en Poole's Bay.

—¿Quién es Cleo?

—Mi amiga. —Sonya hizo un gesto hacia donde Cleo estaba sentada.

—Es muy guapa. Podría ser modelo para artistas. Yo no uso modelos para mis obras. Con lo que más disfruto es pintando bodegones y paisajes. Es bueno tener amigos, pero, claro, cuando eres de una familia importante, hay que elegirlos con cuidado.

La correa que Sonya había visualizado ahora lucía un collar de castigo en el extremo.

—¿Tiene amigos en Poole's Bay?

—Estoy muy ocupada con mi arte. Muy ocupada. —Seguidamente frunció el ceño—. Te conozco.

—Soy Sonya.

—No, no. El nombre no me suena. Parece extranjero, y no me suena. Pero reconozco esos ojos. El verde de los Poole. Los míos son azules, como los de Madre.

A Sonya le vino a la cabeza la palabra que usó Trey —«alterada»— cuando Gretta cogió otra cera.

—No tardará en llegar. Madre es una mujer con muchas ocupaciones, y siempre es puntual.

—Tengo algo de ella. —Sonya alargó la mano hacia el bolso y sacó el estuche.

—¿¿De dónde has sacado eso?? —Gretta hizo amago de cogerlo y apartó la mano con brusquedad—. Madre tiene prohibido que se toquen sus cosas. ¡Qué bonito, qué brillante! Pero no se debe tocar. No, no. Se enojará.

—¿Lo había visto antes?

—No, ese exactamente no. No deberías tenerlo.

—Lo encontré —dijo Sonya con cautela—. En la casa solariega. Cleo y yo ahora vivimos en la casa solariega.

—¡De eso nada! —espetó, con los ojos echando chispas tras las gafas de montura blanca—. Madre dice que es un lastre, pero Padre se niega a venderla. No se me permite ir allí. A nadie.

—Charlie fue allí. Charlie vivió allí con su esposa, Lilian.

—¡Charlie fue malo! Él nunca hacía caso, siempre se metía en líos. —Su voz adquirió un tono cantarín, como el de una niña—. Se marchó. Yo me quedé. Yo fui buena, pero él fue malo.

—Él era artista, como tú.

—Él tenía responsabilidades con la familia, con el negocio, pero…, pero se escaqueó. La casa solariega es mala. La pinté una vez, y Madre destruyó el dibujo. Está maldita —dijo en un susurro—. Cerrada a cal y canto. —Acto seguido, con gesto risueño, continuó dibujando—. Pero yo voy a ir a Nueva York. Tendré mi propio apartamento. ¿Eres de Nueva York?

—Charlie reabrió la casa solariega y vivió allí con Lilian.

Gretta hizo un mohín con los labios, y la punta de la cera se partió al clavarla en el papel.

—Una cazafortunas en busca del dinero de los Poole. Lo que le pasó le estuvo bien empleado. Y a Charlie también. Se negó a escuchar. —Se puso a colorear frenéticamente, extendiendo la cera de color rojo vivo sobre el papel como la sangre—. Quien desobedece a Madre, lo paga. Ciérrala a cal y canto, cierra todo y tira la llave.

Tras dejar la cera roja a un lado, cogió la de color azul medianoche. Pintarrajeando sin cesar, trazó extrañas figuras bajo un cielo sangriento.

Consciente de que tal vez nunca más volvería a presentársele la oportunidad de preguntarle, de que tal vez jamás averiguaría la respuesta, Sonya le tiró de la lengua.

—¿Cómo lo eligió? ¿Cómo eligió tu madre con qué bebé quedarse, Gretta? ¿Cómo decidió con cuál de los hijos de Charlie quedarse?

Gretta se llevó el pulgar a los labios.

—Es un secreto familiar. Queda entre madre e hija. Lawrence no lo sabe; es un inútil. Le gustan los chicos en vez de las chicas: otro secreto del que nadie puede enterarse. De todas formas, está muerto. Lawrence está muerto. Ahora solo estamos Madre y yo. Solo nosotras dos.

—Yo soy de la familia, Gretta. Soy una Poole. —Sonya bajó la vista al tosco dibujo de los dos bebés, con los puños en alto como presentando batalla bajo el cielo ensangrentado. Dio unos toquecitos con el dedo sobre ambos—. ¿Cómo elegiste?

—«Elige uno, elige uno. El que sea». Solo hacía falta uno para mantener la línea sucesoria. Eran idénticos. Uno se queda, el otro se va. Y nunca jamás revelar el secreto.

—Elegiste tú.

—Yo no quería a ninguno de los dos. Me voy a Nueva York. —Volvió a llevarse el dedo a los labios—. Es otro secreto. Hay muchos secretos. Madre me obligó a elegir uno, y ahora yo soy madre también. Madre dijo que yo tenía un prometido, ¡oh, muy guapo! Se llamaba... —Con el ceño fruncido, se quedó mirando hacia el techo—. No importa. Da igual. Es alto y valiente y tuvo que irse a luchar a la guerra. Tiene el pelo rubio y los ojos azules, y nos queremos muchísimo. Aunque murió... Fue muy triste, pero de todas formas yo tenía un bebé. ¡Yo no quería un estúpido bebé! La sangre de los Poole, el linaje de los Poole, el negocio de los Poole, los secretos de los Poole... Nunca jamás confesar que el bebé es de Charlie: el bebé es de Gretta. Cumplí con mi obligación, con mi jodida obligación.

Empuñó la cera negra y pintarrajeó tachones sobre los bebés que había dibujado.

—Charlie está muerto, no hay vuelta de hoja. Lloró a mares, pero ahora el bebé es mío.

—¿Y su hermano?

—¿Qué hermano?

Tras inclinar ligeramente la cabeza hacia la izquierda, después hacia la derecha y de nuevo a la izquierda, eligió el verde «Pradera de montaña» para pintar tallos de flores.

—El hermano de Collin. Su gemelo.

—¿Quién sabe? ¿Qué más da? Yo solo tuve un bebé. Madre lo llamó…

—Collin.

—Collin Poole se ahorcó. Todo el mundo lo sabe.

—El bebé al que criaste también se llamaba Collin.

—Yo no fui una buena madre, porque él no hacía caso. Como su padre. «Qué mal elegiste, Gretta». Eran idénticos, ¿o no? —Gretta apretó los dientes con rabia y exasperación—. ¿Cómo iba yo a saber que había elegido al que no escuchaba ni se comportaba? Yo acaté todas sus normas, hice cuanto pude.

—Seguro que sí.

—¿Acaso no me quedé? —Su ánimo se ensombreció de nuevo mientras cogía el tono «Fresa silvestre» para los pétalos—. Joder, me quedé en Poole's Bay cuando me endilgaron a un bebé apestoso y llorón. Cumplí con mi deber, no como el puñetero de Charlie. —Gruñendo, dibujó un monigote con cera negra y le puso un nudo de horca—. Se ahorcó. Es cosa de los Poole. El muy cabrón egoísta me arruinó la vida. Él no cumplió con su deber, ni mucho menos. Fue donde le salió de las narices, hizo lo que le salió de las narices, preñó a una puta cazafortunas callejera. La casa solariega lo mató, así que tuvo su merecido. —Al mirar fijamente a Sonya, su furia se desató—. Tienes sus ojos. Los ojos verdes de los Poole. Tú también morirás allí. Los míos son azules, como los de Madre. Aléjate de la casa solariega. Todos mueren allí.

Su ira se aplacó con la misma rapidez con la que había estallado. Dedicó a Sonya un esbozo de sonrisa.

—Ha sido una visita muy agradable. Abrigo la esperanza de organizar una muestra de mis obras de arte en una importante galería de Nueva York dentro de unos meses. Me encargaré de que recibas una invitación.

—Gracias. —Sonya se levantó.

—La criada te acompañará a la puerta. Hazme el favor de decirle que haga pasar a Madre cuando llegue, y que sirva el té. Madre está tan ocupada que no quisiera hacerla esperar.

Fuera, Cleo pasó el brazo alrededor de los hombros de Sonya.

—Qué triste y terrible.

—Es una enfermedad triste y terrible, y por lo visto al final de una vida triste y terrible. Me compadezco de ella.

Al llegar al coche, se apoyó contra él porque necesitaba tomar el aire durante unos minutos.

—En mi opinión (y dime si la tuya es diferente), ella vivió bajo el yugo de su madre y acatando sus normas, a diferencia de Charlie. Él puso tierra de por medio. No obstante, creo que ella planeaba hacer lo mismo.

—Irse a Nueva York.

—Ella era un poco mayor que Charlie, así que es probable que fuera beneficiaria de parte del fideicomiso. Da la impresión de que planeaba aprovechar ese dinero, mudarse a Nueva York, comprarse un apartamento y centrarse en su arte.

Cleo asintió con la cabeza.

—Pero…

—Sí, pero. Se vio obligada a elegir a uno de los gemelos, a criarlo como si fuera suyo, fruto de un falso compromiso.

—El resentimiento —dijo Cleo, volviendo la vista hacia el edificio— sigue reconcomiéndola después de tantos años.

—Porque fue demasiado pusilánime como para negarse a vivir esa mentira, para negarse a acatar los dictados de su madre, para impedir que separara a los hijos de su hermano. —Sonya sacó el estuche del bolso—. Una mujer casi octogenaria que aún teme tocar las cosas de su madre.

—Y, sin embargo, espera con cierta expectación la visita de su madre. ¿Y si conduzco yo a la vuelta?

—¿No te importa? —Sonya le entregó la llave del coche—. Tal y como me dijeron —comentó al tiempo que se acomodaba en el asiento del pasajero—, ella recuerda mejor las cosas de aquella época (esa es mi impresión) que las de ayer.

—¿Y ese arrebato de ira? Era rabia contenida, como dijo Owen.

—Y ese espantoso dibujo…

—Era la manifestación de su rabia —afirmó Cleo—. ¿Cómo afectaría a alguien vivir semejante patraña, el resentimiento de cada instante, cumplir con lo que ella consideraba su obligación y renunciar a sus sueños?

—Y jamás tener una vida propia. Que yo sepa, jamás ha tenido amigos de verdad, una relación. Vivir bajo el techo de su madre y acatando sus normas, incluso después de que esta falleciera.

—Ahora sabes más de lo que sabías antes de que viniéramos.

—Ya, pero nunca lo entenderé. ¿Puedes imaginarte a Patricia plantada con Gretta delante de esos bebés obligándola a escoger a uno? Como si fueran cachorros en una perrera, o peor, zapatos en un estante.

—En resumidas cuentas, Son, tu padre fue afortunado. Tuvo unos padres que lo quisieron en vez de a una mujer que hizo lo que la obligaron a hacer: cumplir con su deber.

—Tienes toda la razón. —Pensó en el estuche que llevaba en el bolso y sacó el teléfono—. Voy a llamar a la empresa naval de los Poole, a ver si Clarice está y accede a hablar conmigo.

—¿Ahora?

—Mientras lo tengo fresco en la memoria. Puedes dejarme allí de camino a casa si tiene un hueco para atenderme. Encontraré a alguien que me lleve después.

—Te dejaré allí y de paso haré unos recados. Puedes mandarme un mensaje cuando termines e iré a recogerte.

—Estupendo. Primero será mejor que compruebe si la prima Clarice puede atenderme.

Sonya echó su primer vistazo de cerca a la empresa naval de los Poole. El edificio de ladrillo que el joven emprendedor Arthur Poole construyó en su época se había ampliado a lo largo de los siglos, de generaciones.

Se extendía y dominaba una buena parte de Poole's Bay, y el astillero alrededor del cual había florecido un pueblo. Que había propiciado, pensó, la construcción de la casa solariega donde ahora residía ella.

—Es más grande de lo que parece desde fuera —observó Cleo

mientras cruzaba una sección tras otra del recinto en dirección a la zona designada para visitantes—. Es impresionante.

—Me resulta intimidatorio y extraño. Extraño el hecho de que una parte de esto me pertenezca. Una parte ínfima, pero al fin y al cabo una parte. Ese edificio de ahí alberga las oficinas. La de Clarice se encuentra en la quinta planta. Vale. —Respiró hondo—. Deséame suerte.

—Ya sabes que sí, pero ¿por qué ibas a necesitarla? Mándame un mensaje cuando acabes.

Sonya salió del coche y cruzó hacia la entrada, con un primoroso y señorial rótulo de estilo paisajístico.

CONSTRUCCIONES NAVALES POOLE.

FUNDADA EN 1781

Cruzó la amplia puerta de cristal que conducía a un vestíbulo en el que enseguida se sintió más a gusto.

Se habían ceñido a la tradición con maquetas de barcos, retratos de generaciones de la familia Poole desde el fundador, Arthur Poole, constató, hasta el mismísimo Owen.

Los suelos —de parquet en vez de losas o moqueta— relucían. En la sala de espera, con cómodos asientos, lucía una chimenea de ladrillo con una gruesa repisa de madera sobre la que yacían un velero y un par de faroles antiguos.

Cuando cruzó hasta el mostrador de recepción —también de madera, no brillante, pero pulida—, la mujer que había tras él sonrió.

—Usted debe de ser la señorita MacTavish. La señora Poole dijo que la esperaba. Si es tan amable, anote aquí sus datos. Por cierto, soy Noelle, sobrina de Corrine Doyle.

—Ah, encantada de conocerla.

—Igualmente. Coja el ascensor hasta la quinta planta, donde la estará esperando la ayudante de la señora Poole.

—Gracias.

Se dirigió al ascensor y, sin darle tiempo a pulsar el botón, la puerta se abrió. Owen, que salía con un tubo portaplanos en la mano y el gesto apurado, se paró en seco al toparse con Sonya.

—Hey, ¿me estabas buscando?

—No. He venido a ver a Clarice.

—Vale. Tengo que irme. —Acto seguido se detuvo de nuevo—. ¿Sabes dónde ir?

—A la quinta planta.

—Sí, después a la derecha, al fondo. Es el despacho de la esquina. Hasta luego.

Mientras se alejaba a grandes zancadas, Noelle le dijo en voz alta:

—Owen, tienes la cita a las cuatro con Mike. Vendrá él.

—Ya, ya, ya.

Cuando se alejó, Sonya entró en el ascensor y, tras echar un último vistazo al retrato de Arthur Poole, pulsó el botón del quinto.

20

En la quinta planta, se internó en un vestíbulo más pequeño y concurrido donde la esperaba una mujer con un llamativo pelo rojo vestida con un traje de un tono verde primaveral.

—Señorita MacTavish, soy Adele Loring, la ayudante de la señora Poole. La acompaño a su despacho.

—Gracias. Es un edificio precioso, y las vistas, impresionantes —añadió cuando el ventanal, que miraba al mar, atrajo su mirada.

—Eso pensamos. ¿Puedo traerle un café, un té?

—No, gracias. Agradezco que Clarice me haya hecho un hueco, y no la entretendré mucho. Me consta que está ocupada.

—Siempre. Se mantiene ocupada y es incansable. Parece ser que es propio de los Poole.

Pasaron junto a despachos, con las puertas abiertas, con las puertas cerradas, donde se oía el productivo sonido de los teclados.

La puerta del final del pasillo estaba abierta, y el ventanal no solo atrajo su mirada, sino que la dejó asombrada.

Se extendía del suelo al techo, ofreciendo vistas panorámicas al escarpado y rocoso litoral. Abría el espacio al movimiento de la bahía y el puerto deportivo hasta el horizonte del mar. Y al ajetreo de barcos —de recreo y de pesca— que lo surcaban.

Junto a la gran mesa de despacho que daba la impresión de haber pertenecido al mismísimo Arthur Poole se hallaba sentada una mujer que no aparentaba los cuarenta y seis años. Llevaba el pelo, de color rubio oscuro, con un corte a ras del cuello que le sentaba bien a su rostro con forma de diamante, y un flequillo ladeado que realzaba los característicos ojos verdes de los Poole.

Al levantarse cuando la ayudante entró con Sonya, esta se sorprendió más, ya que apenas alcanzaba el metro sesenta de altura.

Sonya se la había imaginado alta e imponente, pero la mujer que rodeó la mesa en dirección a ella con unas zapatillas de deporte rojas y un sobrio traje oscuro era menuda.

Clarice le tendió la mano.

—Sonya, cuánto me alegro de conocerte por fin.

Menuda o no, el apretón de manos fue formidable.

—Igualmente. Gracias por hacerme un hueco en tu agenda.

—No seas tonta. —A pesar de que Clarice le restó importancia con un ademán, Sonya sabía cuándo la estaban calibrando. —¿Te apetece un capuchino? Yo me muero de ganas de uno.

—No soy tan tonta como para rechazarlo.

—Vuelvo enseguida —dijo la ayudante, y salió con discreción.

—Sentémonos ahí. No me he despegado de la mesa en toda la mañana. —Señaló hacia una zona con un sofá de color crema, dos butacas del color del mar y una mesa de apariencia tan antigua como el escritorio—. Antes de nada, Owen me ha comentado que te has aclimatado muy bien a la casa solariega.

—Sí. Es una maravilla de casa, y me encanta. Entiendo que Collin se sintiera obligado, pero…

—No hay peros que valgan —repuso Clarice sin vacilación—. Por supuesto que sí, y con todo el derecho. Ninguno de nosotros conocía la existencia de tu padre, ni la tuya. Según tengo entendido, Collin supo de él, y de ti, a través de Deuce poco antes de la muerte de tu padre. Lamento mucho su pérdida, y lamento que Collin fuera incapaz de revelar que tenía un hermano gemelo. Debió de ser doloroso para él. Gracias, Adele —dijo cuando la ayudante entró con el café—. A todos nos complace que estés en la casa solariega y, por si te preocupa, te aseguro que ninguno de nosotros la quería. Es bonita, sí, y alberga un gran legado de la historia familiar, pero todos estamos muy arraigados en nuestros hogares.

—Abrigaba la esperanza de hablar contigo sobre algo de esa historia. Acabo de regresar de mi visita a Gretta Poole.

—Oh. —Clarice le dio un sorbo al capuchino—. Me figuro que habrá sido difícil. Nosotros procuramos turnarnos para ir a verla desde que Collin tuvo que ingresarla en la residencia; rara vez resulta agradable. —Mientras bebía otro sorbo, Clarice escrutó a Sonya, y a esta le pareció que sacaba alguna conclusión—. La recuerdo como una mujer infeliz y, en los últimos años, su salud mental se ha deteriorado. Collin estaba al corriente de la confabulación de la que ella había formado parte, de que no era su madre biológica, si bien es cierto que la cuidó como un hijo. Seré franca, pues es mi estilo: no sé si yo habría sido tan generosa o indulgente.

—Desde mi punto de vista ella consideró, aunque discrepo, que no tenía elección. Su madre…

—Si piensas que va a ofenderme lo que digas sobre Patricia Poole, te equivocas. Este era su despacho; ahora es el mío. Ella dirigía el negocio a su manera y, de hecho, a la familia; yo lo hago a la mía. Nosotros tenemos dos hijos adolescentes, gemelos. Me resulta inconcebible la crueldad que entrañó separar a los hermanos, aunque… —Bebió otro sorbo de café—. Conocí muy bien a la «reina P», ya que trabajo en esta empresa desde los dieciséis años, en aquellos tiempos en verano, claro. Ella respetaba mi visión para los negocios, pero dejó claro que no aprobaba a Hank, mi marido. Me ofreció un ascenso y una bonificación de diez mil dólares si rompía mi compromiso.

—Entiendo.

—Apuesto a que sí. —Clarice sonrió y bebió más café—. Ella, a regañadientes, respetó mis agallas. En cualquier caso, congeniamos porque ambas invertimos nuestro tiempo y nuestro talento en el negocio familiar. Pero, claro, yo no me enteré de lo que ella le había hecho a la familia hasta mucho después de su muerte.

—Obligó a Gretta a elegir.

—¿Perdón?

—Obligó a Gretta a elegir con qué gemelo quedarse y cuál dar en adopción.

—¿Cómo lo sabes?

—Eso es lo que Gretta me ha dicho.

Clarice, obviamente sorprendida, se reclinó en el asiento.

—¿Te ha hablado de ello?

—De pasada. Me parece que le di pie al mostrarle esto.

Sacó el estuche.

—Patricia... me dejó en herencia tres objetos con ese mismo diseño. ¿Puedo?

Sonya le tendió el estuche.

—Menuda sorpresa. Yo admiraba su estuche para el carmín. Ella siempre lo llevaba encima. Y me dijo que formaba parte de un juego que su marido, Michael Poole, le regaló por Navidad justo antes del anuncio de su compromiso. Nunca mencionó este. ¿Dónde lo has conseguido?

—Lo encontré en la casa solariega. El espejo está roto.

—Sí, ya veo.

—Gretta también lo reconoció, lo cual me dio pie a formularle algunas preguntas. Su madre la obligó a elegir a uno de los bebés, ya que solo hacía falta uno para mantener el linaje familiar. Y acordaron decir que Gretta se había comprometido, pero que su prometido había muerto. Que el bebé era suyo. Al parecer la gente lo creyó.

—No todo el mundo —dijo Clarice entre dientes—. Mi madre no. Ella conocía a Gretta, y una vez, por casualidad, la oí decir en una conversación con mi tía que era imposible que Gretta Poole hubiera eludido el ojo de halcón de su madre como para quedarse embarazada. Seguro que eso generó muchos cotilleos y especulaciones en aquel entonces, pero en la época en la que nací la mayor parte de los rumores se habían acallado, con la salvedad de algún comentario ocasional como el de mi madre. —Hizo amago de devolverle el estuche.

—Deberías quedártelo —le dijo Sonya—. Al fin y al cabo forma parte de un juego.

—Owen dijo que me caerías bien —comentó Clarice—. Me haría muchísima ilusión conservarlo, gracias. No porque fuera de Patricia, sino porque es un juego precioso.

—Si hay alguna otra cosa en la casa solariega que te gustaría tener, espero que me lo digas.

—Aquí, en la empresa, exhibimos la historia y la tradición. En lo tocante a mi hogar, prefiero las líneas limpias y sencillas. Contemporáneas.

»Collin se encargó de que yo, lo mismo que el resto de nosotros, recibiera lo que era más importante para mí. Tú posees una pequeña parte de la empresa. Si quieres involucrarte de una manera más activa...

—Oh, no, en absoluto.

—Cuánto me alegro de oír eso. —Entre risas, Clarice apuró el capuchino—. Te he lanzado un hueso, pero la verdad es que aquí ya tenemos una dinámica genial. Me ofrezco a hacerte un recorrido cuando quieras.

—Gracias. He de irme ya. Me esperan una gata y un perro en la casa solariega. Me alegro de haber venido por fin.

—Lo mismo digo. Y gracias por esto. —Dejó el estuche encima de la mesa—. Además de que completa el juego, encuentro muy simbólico que el espejo esté roto. A la mujer a la que perteneció le importaban demasiado las apariencias.

De camino a la salida, tras enviar un mensaje de texto a Cleo, Sonya se detuvo a observar a un grupo de personas que estaban botando un barco en la bahía mientras soplaba una fresca brisa primaveral. Picada por la curiosidad, se movió con el fin de tener una mejor perspectiva cuando lo deslizaron por una especie de plataforma rodante a lo largo de una larga grada inclinada.

La brisa arrastraba el sonido de las voces de los operarios mientras trabajaban. A pesar de que no alcanzaba a oír las palabras, captó el acento —característico de Maine—, una carcajada y una áspera orden.

Cuando Cleo detuvo el coche, la pareja que se hallaba en la cubierta del velero, con las velas blancas henchidas, saludó con la mano a la cuadrilla del muelle.

La embarcación surcó las aguas de Poole's Bay.

—Creo que acabo de ver a una pareja realizando la primera travesía en su nuevo barco. —Atusándose el pelo, sonrió a Cleo—. La botadura es todo un proceso.

—Yo quiero llevar a cabo ese proceso con el mío. ¿Y Clarice?

—Me ha gustado, Cleo. Te gustará. Llevaba unas zapatillas de deporte rojas On Cloud con (estoy casi segura) un traje clásico de Armani. Probablemente tendrá unos preciosos zapatos de tacón italianos a mano. Le he regalado el estuche.

—Te ha caído fenomenal.

—Pues sí. Me da la impresión de que es de las que no se andan con remilgos.

Mientras Cleo conducía, Sonya la puso al corriente del meollo de la conversación.

—Por raro que todo esto haya sido para ti —comentó Cleo—, también lo ha sido para todos ellos. La manera en la que Owen gestionó la noticia de lo que Patricia y Gretta hicieron y más tarde el hecho de que tú, una auténtica desconocida, te instalaras en la casa, me parece digna de admiración, y ahora extiendo mi admiración a Clarice Poole.

—Desde mi punto de vista, para ella ha sido un alivio que al preguntarme si deseaba involucrarme de una manera más activa en el negocio familiar le haya respondido con un no rotundo.

—Fijo. Bueno, pues hoy has conocido a dos nuevos miembros de la familia Poole. Y yo diría que son polos opuestos. Ya estamos en casa —añadió Cleo al echar a andar por el camino de entrada.

Cuando abrieron la puerta, Yoda las recibió moviendo la cola con la pelota entre los dientes, sin duda por deferencia de Jack. Pye saltó del poste de las escaleras y Clover, desde la tableta que estaba puesta a cargar en la biblioteca, les dio la bienvenida con *Shout* [«Clamor»] de The Isley Brothers.

«Sí —pensó Sonya—. Ahora sí que estamos en casa».

El resto del día transcurrió plácidamente y la noche sin contratiempos. A la mañana siguiente, Sonya encontró que su creatividad se hallaba en plena ebullición. La rutina se impuso, y la abrazó con entusiasmo.

Ni ella ni Cleo mencionaron la tranquilidad, ya que coincidían en que, si la sacaban a relucir, se gafaba.

El sábado por la mañana, sin embargo, sopesaron si pasarse o no por el rastrillo.

—Es evidente que no necesitamos nada, pero...

—Pero —continuó Cleo— vamos a ir para mostrar nuestro apoyo, y porque formamos parte de la comunidad de Poole's Bay.

—Me lo has quitado de la boca. ¿Qué te parece si nos ponemos en marcha sobre las dos?

—Por mí bien. Así me da tiempo a echar otro vistazo a mis últimas ilustraciones antes de enviarlas. Y después —Cleo se sacudió las manos—, listo.

—Quiero verlas. Subiré antes de irnos. Yo debo seguir con las pruebas del encargo para Gigi's.

—Tenemos un plan. —Mientras llenaba su botella de agua, Cleo ladeó la cabeza hacia Sonya—. E incluye que pases un rato, cosa que no has hecho, con Trey.

—Owen y él han estado liados con el trabajo, además de la movida del rastrillo.

—Dice mucho de ellos que hayan sacado tiempo y se hayan tomado la molestia de arreglar algunas de las cosas que ese hijo de puta borracho estropeó.

—Pues sí, y lo he echado de menos. ¿Y si los invitamos a cenar esta noche? Yo podría cocinar el plato ese de pasta con vieiras. La verdad es que es rápido y bastante fácil.

—Podemos comprar las vieiras en el camino de vuelta, así que ya tenemos la segunda parte del plan. Me voy para arriba a ponerme las pilas.

Antes de hacer lo mismo, Sonya consultó la receta. Y se recordó a sí misma que parecía más difícil de lo que era. En principio. Dado que la había cocinado para su madre, podía hacerla de nuevo.

Satisfecha, se dirigió a la planta de arriba. Mientras ella y Yoda se acomodaban, Clover se comunicó a través de *When Saturday Comes* [«Cuando llega el sábado»] de Def Leppard.

—Solo voy a trabajar un par de horas. Luego Cleo y yo saldremos un rato. Y este encargo para Gigi va a arrasar igual que Def Leppard.

Justo después de la una, plenamente satisfecha, dejó de trabajar para maquillarse. A continuación subió al estudio de Cleo.

—Una sincronización perfecta. Voy a enviar estas últimas seis y, a menos que mi editora ponga alguna pega, me tomaré oficialmente un periodo sabático.

Sonya rodeó el escritorio para examinar las ilustraciones.

—Oh, Cleo, nadie va a poner ninguna pega a este grupo de sirenas.

—Están de cotilleo.

—¿Sobre qué?

—Eso es lo de menos. Pero esto es lo que se llama un grupo de sirenas cotilleando. Es sexista, lo sé, pero esa es la palabra. —La propia Cleo las examinó, y sonrió—. Me gustaba la idea de que se juntaran en plan noche de chicas.

—Me encanta, y esta, una familia..., la forma en la que él sostiene a la pequeña, y ella acurruca al bebé. ¡Oh, y esta! Te juro que veo cómo su pelo se mueve con la corriente. Fuego y agua.

—Están listas. Cuando sabes que lo has dado todo, paras.

—Son increíbles y, sí, mándalas. —Se acercó al ventanal—. Pienso que aquí estamos dándolo todo en nuestro trabajo, Cleo. Y estoy más contenta haciéndolo.

—Coincido contigo. Yo estaba contenta en Boston, y también me sentía realizada, pero aquí me siento más feliz y realizada. Voy a pintar como una loca, Son. Tengo un montón de ideas.

—Hablando de pinturas, ¿has echado un vistazo hoy?

—Justo antes de sentarme a revisar estas.

—No estaría de más que eche otro vistazo antes de marcharnos. Ah, y hay que comprar pasta cabello de ángel. Me parece que hay de todo lo demás. Quizá... —Se interrumpió al abrir la puerta del armario. El corazón se le aceleró y le palpitó en la garganta, en los oídos—. Cleo, es Agatha.

—¡Ahí van! ¿Qué? Pero... —Cleo saltó de la silla y corrió

hacia allí—. ¡Madre mía! Hace dos…, igual tres horas, ese cuadro no estaba ahí.

—Es obra de mi padre. —Emocionada, se le hizo un nudo en la garganta—. Lo reconocería incluso sin la firma. Mi padre pintó esto, Cleo.

—Es como si se turnaran.

—No me lo explico, pero aquí está el cuadro. Aquí está ella. Agatha Winward Poole, la cuarta novia.

—Es una obra preciosa. Ella es…, más que guapa, majestuosa. El vestido es divino. Fíjate en la cola, y en el detalle del encaje. Una tiara sobre el velo… Los diamantes relucen de verdad.

—Es distinta a las otras que hemos encontrado. Yo diría que posee un porte más regio. Pero, aparte de eso, Johanna parece destilar una felicidad serena, Clover parece casi embelesada y Lisbeth, bueno, brilla como esos diamantes. Pero Agatha aparenta ser…

—Altiva.

—Esa es la palabra. Lo fuera o no, no se merecía morir el día de su boda. La llevaremos abajo y, a la vuelta, colgaremos su retrato junto a los otros.

Mientras observaban con atención el cuadro, Cleo pasó el brazo alrededor de los hombros de Sonya.

—Me revienta que te entristezca.

—La vi morir, y aquí está, con ese aire regio, orgulloso y, sí, altivo. Es una lástima. Y es raro y terrible saber que si ella no hubiera muerto yo no habría nacido, ¿no?

Bajaron el retrato y lo apoyaron contra la pared en la sala de música.

El hecho de salir a dar una vuelta un soleado sábado de primavera alivió las penas. Cuando llegaron al rastrillo, este se hallaba en pleno apogeo.

Los coches y las camionetas flanqueaban ambos costados de la pequeña y tranquila calle.

Por la acera había personas cargadas con lámparas, mesitas, una tostadora, sillas.

Y más, muchísimas más, pululando por el jardín, curioseando o regateando por artículos pulcramente organizados según el tipo o la utilidad.

Corrine, pertrechada con un sombrero de ala ancha, estaba pegando adhesivos circulares naranjas con la inscripción VENDIDO en etiquetas.

Anna estaba sentada junto a una mesa plegable con una caja metálica para el dinero, que cambiaba de manos deprisa.

Había más mujeres atendiendo al gentío, riendo, negociando.

Sonya observó cómo Trey y Owen cargaban con un sofá y lo llevaban en dirección a la acera.

—Hey, guapas. No esperaba veros hoy.

—Queríamos ver qué tal iba, y guau. ¿Podemos hacer algo para ayudar?

—Dejar de hablar —respondió Owen— para que podamos acarrear este puñete..., puñeteramente bonito sofá —rectificó cuando la mujer que les indicaba el camino se giró y enarcó las cejas— hasta la camioneta de la señora Bridge.

—La camioneta de Dolly —repuso ella—. Ya hace tiempo que te graduaste en el instituto, Owen.

—Preguntad a mi madre —respondió Trey a Sonya—. Ella os dirá, pero me da la impresión de que lo tienen todo más que controlado.

—Pregúntale tú —dijo Cleo—. Yo voy a curiosear.

—Cleo.

—Curiosear no es comprar. En teoría.

Sonya negó con la cabeza y se abrió paso entre la multitud, entre las mesas, hasta Corrine.

—Qué cantidad de gente. ¿Podemos Cleo y yo echar una mano en algo?

—Ya lo hicisteis. Una cosa es correr la voz, pero con esos folletos que diseñasteis... Hay huéspedes del hotel que se han pasado por aquí —y que han comprado—, incluso gente que solo está de paso en el pueblo. Marlo va a conseguir un buen colchón, y vuestros folletos marcaron la diferencia.

»Son cincuenta dólares innegociables por esas mesillas de

noche, Harry, así que ni te molestes. Van a juego y se encuentran en buen estado. Puesto que Owen y Trey las arreglaron —añadió por lo bajo a Sonya.

—¡Mira qué bolsito tan mono! —Cleo fue a su encuentro con un bolso para llevar en bandolera—. Ya sabes que me chiflan los bolsos rojos. Y solo cuesta doce dólares.

—Cleo, en todos los años que te conozco, nunca te he visto llevar un bolso tan pequeño, excepto de noche. Y ni siquiera entonces.

—Nunca se sabe. Es rojo. Vale doce dólares.

—Para ti diez —le dijo Corrine.

—Vendido.

Sonya pasó allí dos horas —el doble de tiempo de lo previsto— mientras Trey y Owen acarreaban las mesillas de noche —por cincuenta dólares innegociables—, mesas auxiliares y un sillón, entre otras cosas. Mientras Cleo buscaba gangas, ella charló con conocidos y con gente que acababa de conocer.

Y si también adquirió unas cuantas cosas, se dijo para sus adentros que fue con el fin de colaborar.

—Se están agotando las existencias —comentó a Trey cuando tuvo un respiro.

—Sí, eso es bueno. No tuve más remedio que contarle a Marlo lo que hizo Wes, y está bastante desanimada. Esto le levantará el ánimo de nuevo.

—Si Owen y tú no acabáis hechos polvo después de esto, veníos a cenar. A pasar el fin de semana.

—Lo de la cena me parece genial y, lo del fin de semana, aún mejor. Siento no haber tenido un respiro en los últimos días.

—Ha sido por una buena causa. Voy a sacar a Cleo de aquí antes de que se encapriche de algo más. Subid cuando podáis.

—Eh. —Trey tiró de ella y la besó en el césped, donde desconocidos y vecinos, clientes del bufete y familiares curioseaban lo que quedaba.

Al final Trey y Owen ayudaron a cargar las mesas plegables prestadas.

—Gracias, mamá, de verdad.

—No hay de qué, los vecinos se ayudan los unos a los otros. Me ocuparé de que se ingrese el dinero, y de que desde el bufete se extienda un cheque a Marlo el lunes por la mañana.

—Genial. ¿Tienes el total, señora cajera?

—Sí. —Anna se aproximó y le entregó a su madre la caja del dinero—. Tres mil trescientos cincuenta y ocho dólares con cincuenta centavos.

—Eso es un pastón —comentó Owen.

—Ya lo creo, pero eso no es todo. Y recordadme de quién fue la idea de poner ese gigantesco bote con la inscripción PARA MARLO Y LOS NIÑOS y su foto.

Trey puso los ojos en blanco con gesto fraternal.

—Tuya.

—En efecto, casi lo había olvidado. Y reconozco que no fueron solo las hormonas lo que hicieron que se me saltaran las lágrimas cuando Bob Bailey metió ahí un fajo de cien dólares. Mil quinientos ochenta y tres dólares, lo cual asciende a un total de cuatro mil novecientos cuarenta y un dólares con cincuenta centavos.

—Que sean cinco mil con lo que sea. —Owen sacó su billetera—. Jo, solo llevo encima ochenta y cinco. Me quedo con los cinco. Préstame veinte.

—Y aquí hay otros ciento cincuenta y ocho dólares con… —Trey rebuscó en su bolsillo—. Cincuenta centavos. Con esto se redondea a cinco mil doscientos.

Con lágrimas en los ojos, Anna los besó a ambos.

Seth apareció correteando.

—Deuce y yo hemos metido la basura en bolsas y las hemos puesto en la parte trasera de la camioneta. ¿Qué es esto?

—Con estas últimas aportaciones hay cinco mil doscientos dólares para Marlo.

—Que sean cinco mil quinientos. Un número redondo. —Seth sacó un tarjetero con clip para billetes.

—Qué fanfarrón.

Sonriendo a Owen, le entregó los billetes a su suegra.

—Sois muy buenos chicos —dijo Corrine—. Me siento orgullosa de vosotros, y de lo buena que es mi niña. Tan orgullosa que os invito a una pizza y a una botella de Chianti.

—La bebé dice: «Ñam, ñam». —Cuando Anna se llevó la mano a la tripa, Seth posó la suya encima—. Lo mismo que la mamá y el papá.

—Te tomo la palabra para otra ocasión, mamá —dijo Trey—. A Owen y a mí nos han invitado a cenar en la casa solariega.

—¿Qué van a cocinar? —preguntó Owen—. Porque la pizza...

—No sé. Hay que ir a recoger los perros de la casa de mi madre. No me vendría mal asearme un poco.

—Déjalo para luego. Se nos ha echado encima la hora de la cerveza.

Como no podía poner objeciones, Trey accedió.

Cuando llegaron a la casa solariega, las dos mujeres, sentadas bebiendo vino en el salón principal, se levantaron.

—Tienen bebidas para adultos. Yo quiero una.

—Nosotras te la traemos —dijo Sonya antes de que Owen fuera derecho a la cocina—. Antes queremos enseñaros algo.

Los condujo a la sala de música.

—Otra. —Owen inspeccionó el retrato con las manos en los bolsillos.

—La cuarta novia —dijo Trey.

—Agatha Winward Poole. La primera esposa de Owen Poole, hijo de Marianne Poole. Murió a consecuencia de un shock anafiláctico, envenenada con un pastelillo el día de su boda.

—¿Cuándo lo encontrasteis?

Sonya miró fugazmente a Trey.

—Justo antes de irnos al pueblo. El rastrillo no me pareció ni el sitio ni el momento oportuno para sacarlo a relucir.

—No. —Trey se aproximó al retrato—. Esa es la firma de tu padre. La misma que en el de Clover.

—Sí, lo pintó mi padre. Cleo y yo hemos colgado aquí el retrato a la vuelta del pueblo.

—Es un pibón. Como todas —señaló Owen—. Pero esta las supera. Entonces hay cuatro y faltan tres.

—A lo mejor solo dos. Ya tenemos el retrato de Astrid.

Owen miró a Sonya de soslayo.

—Vamos, eres diseñadora gráfica. Tienes buen ojo para calcular el espacio. Considerando la anchura de estos cuatro y el espacio que hay entre ellos, caben tres más.

—Sí que me he fijado en eso, y lo he pensado.

—Tu padre y Collin tienen que pintarlas. Hasta ahora, una cada uno —puntualizó Cleo.

—Cleo echó un vistazo en el armario más o menos un par de horas antes que yo. Cuando miró no encontró nada; y al rato, apareció esto. Casi ni recordaba lo que es llevarse un susto semejante. El ambiente de trabajo ha sido productivo (no voy a pronunciar la palabra que empieza por «t») desde hace unos cuantos días.

—Aprovechad mientras podáis —les aconsejó Owen—. Bueno, voy a por una cerveza. ¿Qué vamos a cenar?

—Espero que os gusten las vieiras.

—Soy de Maine.

—Doy por sentado que eso es un sí.

—Un sí rotundo —le aseguró Trey—. La verdad es que no he tenido ocasión de hablar contigo tranquilamente sobre tu visita a Gretta.

—Y de paso a la empresa naval de los Poole. —Owen le tendió a Trey una cerveza.

—Os puedo adelantar que Gretta es una persona difícil y triste, y que tanto Clarice como las instalaciones son geniales.

—Coincido contigo en las dos cosas. ¿Por qué no hay nada en los fogones?

—Aquí. —Cleo abrió la nevera—. He preparado una tabla de fiambres.

—Qué palabra tan elegante. —Dejando al margen la elegancia, Owen cogió una rodaja de salami—. Qué rico.

Entre bocados y sorbos, Owen puso la mesa mientras Sonya empezaba a cocinar y conversaban.

Sonya repitió por lo bajo la advertencia sobre la receta de Bree al tiempo que salteaba las vieiras.

—Que no se pasen, que no se pasen.

—Entonces ¿Gretta reconoció el estuche de maquillaje?

—Ajá. —Ella asintió con la cabeza en dirección a Trey—. Y pienso que eso me permitió sonsacarle más cosas acerca de lo que pasó con mi padre y Collin. La reconcomía la rabia acumulada, que descargó en unos dibujos desagradables y con una sarta de improperios.

—¿Cómo no iba a reconcomerla la rabia si la obligaron a renunciar a sus deseos, a fingir que había dado a luz, a criar a un niño que no quería?

Owen se encogió de hombros en dirección a Trey.

—Podía haberse negado. Ya, ya, nadie está diciendo que fuera fácil contradecir a Patricia Poole, pero ella era adulta y, caray, contaba con la baza del dinero que su madre no podía arrebatarle. De haber tenido agallas y un mínimo de corazón, habría acogido a ambos críos y contado la puñetera verdad.

—Coincido con Owen. —Cleo le pasó la mano por la espalda a Sonya brevemente—. Desde mi punto de vista, ella culpa a todo el mundo menos a sí misma: a Charlie, a Clover, a su madre... Pero se exime de cualquier responsabilidad.

—Sufre demencia senil —señaló Trey.

—Cierto, pero ¿acaso alguna vez asumió su responsabilidad?

—Que yo sepa, no —respondió Owen—. Ella es quien es y fue quien fue. Es una lástima. Muchos miembros de la familia Poole se habrían hecho cargo de los dos críos. Joder, perdona, Sonya. Ha sonado como si estuviera menospreciando a los padres adoptivos de tu padre.

—No, qué va. Entiendo a lo que te refieres, y es cierto. Pero ya lo hemos comentado antes: mi padre fue el que más beneficiado salió de esa situación. Gretta ejerció de madre de Collin contra su voluntad, y debido a esa imposición acumuló tanta rabia y resentimiento. Que yo sepa, nunca descargó esa rabia o ese resentimiento, nunca lo pagó de forma abusiva con Collin.

—No —convino Trey, negando con la cabeza—. En tal caso me habría enterado por mi padre.

—Indolente —terció Owen—. Así es como la recuerdo. Sin altibajos reseñables. Simplemente indolente.

—Porque se dio por vencida. —Cleo puso una fuente junto al horno—. Cuando claudicó ante su madre, no solo renunció a Nueva York; renunció a todo.

Cuando se sentaron a cenar, Trey probó un bocado y sonrió con picardía a Sonya.

—Conque ocultando tus talentos…

—Más bien una habilidad limitada, pero me ha salido bien. Está rico.

—Está de muerte. Una recompensa de muerte para un par de largos días. —Owen brindó con ella con su cerveza.

Clover metió baza con *Heroes* [«Héroes»] de Bowie.

En resumidas cuentas, en opinión de Sonya fue uno de los mejores fines de semana que había pasado en la casa solariega.

Y, aunque se despertó a las tres, no caminó sonámbula. En vez de eso, apostada con Trey junto a la puerta acristalada de la terraza, observó cómo Hester Dobbs se arrojaba al vacío.

TERCERA PARTE

Los vivos y los muertos

«Puedo invocar a los espíritus del vasto abismo».

William Shakespeare

21

La llegada de mayo trajo consigo el florecimiento de los tulipanes y rollizos brotes en las retorcidas ramas del sauce llorón. Y en mayo pasaron otro sábado en el pueblo, en el evento del día del Trabajo organizado por Bay Arts.

Sonya disfrutó de lo lindo contemplando las obras de Anna expuestas, y a su amiga charlando animadamente con clientes y otros artistas.

Tal vez apenas faltara una semana para el viaje a Boston y la prometida salida de compras, y tal vez solo estuvieran en mayo, pero tenía tanto allí mismo, tantas cosas interesantes y únicas.

Comenzó las compras de Navidad.

—Oh, qué bonitas copas de vino. —Cleo cogió una y la examinó.

—Sí. Son de cristal soplado a mano, y me chifla ese verde pálido del tallo. Las voy a comprar para regalárselas a mi tía Summer en Navidad. ¿Y este bol con libélulas? A mi abuela paterna le encantan las libélulas. Y fíjate en esa jaula tan bonita con la cubierta de cobre. A mi abuelo le gustan muchísimo los pájaros, así que...

—Navidad. —Cleo le dio la copa de vino en el acto—. ¿Cómo no se me había ocurrido? Voy a ponerme las pilas.

Para cuando regresaron, con el asiento trasero repleto de bolsas y cajas, ya habían decidido destinar una de las habitaciones de la segunda planta a cuarto para envolver regalos.

—Yo me inclino por la sala de estar que mira a la parte de atrás. Aunque las vistas a los jardines y al bosque son espectaculares, no distraen tanto como el agua.

Cleo hundió los hombros con un suspiro de felicidad.

—Qué mentes tan brillantes. Es bastante espacioso y hay un armario pequeño, pero decente. De todas formas, deberíamos poner estanterías. Y hace falta una buena mesa para envolver los regalos.

Sonya se echó el pelo hacia atrás y sonrió a Cleo.

—Vamos a buscar una.

Al cabo de una hora estaban de pie en la sala de estar con Trey y Owen.

—El sofá y las mesas auxiliares se quedan, pero los moveremos aquí —les indicó Sonya—. Esas dos butacas irían a la zona de almacenamiento. Cambiaremos las obras de arte más tarde; seguramente colgaremos algunas de las nuestras. Hay un armario (un ropero) arriba en el desván que puede ir ahí, y una mesa (es ideal) que irá junto a las ventanas. —Dedicó a Trey su sonrisa más encantadora—. Cabrá todo. Lo hemos medido.

—¿Cómo nos hemos convertido en mozos de mudanzas los fines de semana? —preguntó Owen.

—Por la cerveza y la comida —respondió Cleo—. Voy a hacer estofado de camarones. Os gustará.

—Bueno —Trey se rascó la cabeza—, a juzgar por esa montaña de bolsas de compra, me hago una idea. Pero ¿seguro que queréis hacer eso aquí arriba?

—Cleo trabaja aquí, justo al otro lado del pasillo. Es un buen uso para este cuarto, para este espacio. Y es otra forma de reclamar nuestra propiedad.

—Lo último más bien responde al porqué aquí.

—Puede. Sí, es probable. No nos va a imponer cómo usar la casa solariega ni nada de lo que hay en ella. Salvo —tuvo que reconocerlo— el salón dorado. Pero eso es temporal.

—Pongámonos manos a la obra. Al menos no vamos a acarrear trastos hasta la planta baja. —Owen miró las bolsas y negó con la cabeza—. Qué disparate comprar regalos de Navidad en mayo.

Una vez en el desván delante del armario que habían destapado, Owen deslizó la mano sobre la madera.

—Es una joya, y pesa más o menos como mi camioneta.

—Quedará perfecto —comentó Sonya, entusiasmada—. Las puertas laterales tienen estantes, los cajones de abajo son estupendos, y las puertas centrales forradas de espejos, una preciosidad. —Lo abrió—. Si quitamos la barra para las perchas y...

—No —dijo Owen, en un tono cortante como un hacha a través de un leño—. Esto no se mueve ni un centímetro de aquí si vais a cargároslo.

—Solo estábamos pensando en...

—No.

—En eso no dará su brazo a torcer —dijo Trey.

—Entonces necesitaremos colocar más estantes en el armario.

—Él puede montarlos. —Owen señaló en dirección a Trey con el pulgar—. Puede realizar esa tarea latosa.

—Muchas gracias.

—Es verdad. —Como si ya sintiera crujidos y nudos, Owen rotó los hombros.

Tal vez no pesara tanto como una camioneta, pero fue preciso moverlo, cargar y maniobrar con él entre los cuatro. El mueble que Owen identificó como un aparador resultó más fácil de transportar.

Una vez que ambos muebles estuvieron colocados en su sitio, Sonya hizo un pequeño baile y Clover recurrió a uno de sus temas favoritos, *We Are the Champions* [«Somos los campeones»], de Queen.

—Son perfectos. ¡Sois los mejores!

Besó a Trey y después a Owen.

—Tenéis que darles un poco de lustre. —No fue una sugerencia por parte de Owen, sino una orden—. Con aceite para muebles.

—Lo haremos. Mañana, antes de poner las direcciones en las invitaciones.

—¿Que mañana vais a escribir a mano ciento cincuenta direcciones?

—Por favor. —Sonya se rio—. Dispongo de un programa para eso.

—Y vamos a realizar un ritual de protección para este cuarto, como en mi estudio. Tengo algunas cosas.

—Ya puestos, ¿por qué no en toda la puñetera casa? —preguntó Owen.

—¿Te has fijado en el tamaño de esta casa? Y, francamente, no quiero abusar de mi suerte.

—Pero ahora mismo vamos a preparar la cena a un par de hombres fortachones y guapos.

—¿Vamos? —dijo Cleo al tiempo que Clover intervino con el clásico de Mary Well *My Guy* [«Mi chico»].

—Yo me ocuparé del trabajo latoso.

Comenzó a las tres con las campanadas del reloj, con los acordes de música de piano.

En el cuarto del bebé, una madre lloraba con amargura. En las dependencias de los criados, una joven irlandesa se retorcía de dolor. Un niño yacía agonizando de fiebre en su cama.

Un hombre arrellanado en un sillón de piel disfrutaba de un brandy y un puro en la sobremesa mientras otro partía leña para añadir al leñero.

En el salón de baile, la gente bailaba, fantasmas entre fantasmas mientras el tiempo volaba. Los músicos tocaban reels en alternancia con valses y fox-trots.

Los difuntos brindaban por las novias, por los novios.

Una comadrona asistía en un parto de gemelos a una madre moribunda mientras otra madre amamantaba a los suyos por primera y última vez.

Las voces, la música, el llanto se volvieron tan ensordecedores que Sonya se tapó los oídos.

—¿Lo oyes? ¿Lo oyes?

—Sí. —Trey la rodeó con el brazo—. Voy a echar un vistazo.

—No, no...

El fuego rugió; las puertas de la terraza se abrieron de golpe.

Los perros se incorporaron, ladrando, y Sonya juró que oía a una multitud, dentro y fuera. Ladrando, ululando, aullando.

Salió de la cama al mismo tiempo que Trey y juntos pugnaron por cerrar las puertas.

Y vio a Dobbs en la escollera, mirando hacia la casa, con los brazos en alto, la sonrisa adusta y radiante bajo la luz de la luna.

—Esto no tiene sentido. No tiene sentido. Nos ve.

—Nada de esto tiene sentido. —Apretando los dientes, Trey cerró las puertas de un empujón.

La habitación cambió. Flores con pétalos de puntas rosáceas cubrían el papel de pared. Los leños crepitaban en el fuego.

Había una mujer, con un delantal encima de un vestido gris y una cofia en la cabeza, de pie junto al cabecero de la cama, donde yacía una mujer con el cabello oscuro y empapado de sudor, de parto mientras otras se afanaban arrodilladas entre sus piernas.

—Trey. Señor, Trey, ¿lo ves?

—Sí, lo veo. Hay que ir a por los otros.

Profundamente conmovida, agarró con fuerza la mano de Trey al tiempo que la comadrona exclamaba:

—¡Ya viene el bebé!

Entonces, incluso mientras ellos salían deprisa, pasando inadvertidos, la habitación cambió de nuevo. Sonya vio a Clover, pálida como el fantasma que era, atormentada por los dolores del parto.

—Tengo que ayudarla. —Sonya soltó la mano de Trey y, aunque al hacer amago de tocar a la mujer que yacía en la cama sus manos la atravesaron sin más, sintió una sacudida, como una descarga eléctrica.

—Hay alguien aquí, Charlie. —Sin aliento, Clover movió la cabeza de un lado a otro—. Hay alguien aquí.

—Aquí no hay nadie más que nosotros, mi amor. Solo estamos tú y yo. Estoy aquí. No te preocupes.

—Sonya. —Trey asió su mano con fuerza de nuevo y tiró de ella—. Sonya, quédate conmigo.

En el pasillo se oyeron pasos tranquilos y apresurados. Una pareja se besaba en la puerta de un dormitorio hasta que la mujer, con una risita, tiró del hombre hacia el interior.

Un hombre vestido con un sobrio traje negro salió de la biblioteca con dos copas de brandy en una bandeja y torció en dirección a las escaleras.

Owen ya estaba en la puerta de su cuarto con Jones enseñando los dientes.

—Parece ser que tenemos un montón de compañía.

—¡Cleo! —Cuando Sonya echó a correr hacia la habitación de Cleo, esta salió dando traspiés.

—¡Hay alguien en mi cama! ¡Madre de Dios, hay alguien en mi cama!

—Iré a echar un vistazo.

Sin darle tiempo a entrar, Sonya sujetó a Trey del brazo.

—No te separes. Debemos permanecer juntos.

No se trataba de una persona, sino de una pareja, desnuda, cegada por la pasión.

Fue inevitable que a Sonya se le escapara la risa.

—Vaya. Lo que faltaba.

Al dar media vuelta para salir, sonó el dong del timbre. Y siguió sonando sin cesar al tiempo que algo golpeaba con fuerza la puerta principal.

Cuando se internaron en un pasillo, una criada con ropa blanca entre las manos pasó a través de ellos. Tras detenerse un instante, miró hacia atrás con un escalofrío.

A continuación siguió su camino.

Una mujer ataviada con un traje de equitación de terciopelo verde y un sombrero de copa ligeramente inclinado sobre la cabeza salió de otra habitación y se dirigió hacia las escaleras con paso resuelto.

Un hombre vestido con un traje blanco, una pajarita roja y polainas subió correteando las escaleras.

—No es el presente —dijo Cleo entre dientes—. Pero en realidad tampoco su época.

—A juzgar por las indumentarias y los sonidos, puede tratarse de cualquier época. Estaba ahí fuera —le dijo Trey a Owen—. Dobbs, en la escollera, y mirando hacia la casa. Nos ha visto. Nos esperó para saltar al vacío.

—Vamos a ver si sigue ahí.

Los perros los adelantaron a la carrera y se pusieron a ladrar delante de la puerta principal. La gata arqueó el lomo y siseó.

Se oyeron gritos y pasos apresurados procedentes del salón del baile.

—Están muriendo —musitó Sonya—. Las novias. Todas están muriendo a la vez.

Cuando empezaron a bajar, Astrid Poole, presionando con la mano su vestido blanco ensangrentado, los atravesó renqueando.

A Sonya se le encogió el corazón al verla desplomarse. Se oyeron más gritos. Al mirar hacia abajo, Sonya vio no solo a Astrid, sino a Johanna.

Y todo cesó, todos se desvanecieron.

Trey abrió de un tirón la puerta al aire puro y fresco.

—No está ahí.

—Ha terminado la función. —Sonya se quedó mirando hacia la escollera al tiempo que los animales salían disparados—. Ha acabado con la primera y la última novia. Nos ha mostrado cómo las asesinó y ha terminado.

—Trey tiene razón sobre que puede tratarse de cualquier época. Dejémoslos retozar un rato —añadió Owen al cerrar la puerta—. El tío de mi habitación se estaba fumando un Camel y había un teléfono de esos de tipo candelabro. Y cuando salí, vi a una chica con pantalones de campana, pero no era Clover. Ella es rubia y esta tenía el pelo oscuro.

—No se trata solo de quienes murieron aquí. En cualquier época —repitió Sonya—. La algarabía de música y voces procedentes del salón de baile..., los criados y el resto. No todos murieron aquí.

—Son ilusiones. —Trey besó a Sonya en la coronilla—. La mayor parte de las escenas son ilusiones o recuerdos.

—Recuerdos de la casa solariega.

—¡Sí! —Sonya se volvió hacia Cleo—. Sí, eso es.

Cleo se frotó los brazos, con el vello erizado.

—Ella apenas ha dado señales de vida desde hace dos semanas para hacer acopio de energía. Hasta que la hemos cabreado ocupando otra habitación de la segunda planta, Son.

—Bien. ¡Bien! Que malgaste su energía en gilipolleces como esta. Que siga dale que te pego, porque no hay vuelta de hoja: ¡esta es mi casa, joder!

—Vale, entonces —empezó a decir Owen, y ella lo atajó.

—Esta casa la construyó un Poole. ¡Los Poole levantaron esta casa! Es nuestra. Es una casa para los vivos.

Desde la biblioteca, en la tableta comenzó a sonar *Don't You Forget About Me* [«No te olvides de mí»] de Simple Minds.

—Ni ahora ni nunca. Esta casa es nuestra —repitió Sonya, remarcando con furia cada palabra—. Y de todos cuantos vivieron aquí y la quisieron. Maldita sea, me da igual que ahora la habiten mil fantasmas, o en el pasado, o cuando sea. Solo hay uno que no es bien recibido. ¿Que se cabrea porque hemos tomado posesión de otra habitación? Ya veréis cuando terminemos; entonces sí que se la van a llevar todos los demonios.

Cuando se dirigió a las escaleras a grandes zancadas, Trey la siguió con una sonrisita.

—Entiendo que estés pillado por ella —comentó Owen.

—Muy pillado. Será mejor que la alcance. Llama a los perros y a Pye para que entren, ¿vale?

—Claro. Vete para arriba —dijo Owen a Cleo—. Yo les abro.

—Vale, pero antes quiero un buen trago de whisky. ¿Te apetece uno?

—Pues ahora que lo dices, sí. Oye, mi ofrecimiento de dormir en el sofá de tu sala de estar sigue en pie.

—Y te lo agradezco en el alma, pero estoy bien... o lo estaré después de un par de dedos de Jameson. Distinto habría sido si hubiera visto a alguien asesinado en mi cama, pero el sexo es sano.

—Avísame cuando quieras mejorar tu salud.

Cleo sacó una botella de la despensa y sonrió.

—Probablemente serás el primero en saberlo.

Después de un tardío despertar generalizado a la mañana siguiente, Sonya le dio un beso de despedida a Trey y dijo adiós con la mano a los dos. Cogió lo que necesitaba, subió a la segunda planta y, tras hacer una peineta en dirección al salón dorado, se dirigió al nuevo cuarto destinado a envolver regalos con el fin de limpiar y aplicar aceite a los muebles siguiendo las indicaciones de Owen.

Y los encontró relucientes.

—Me has tomado la delantera, Molly. Mil gracias. —Con las manos en jarras, giró en redondo—. Va a ser perfecto. Después de mandar las invitaciones, y muy posiblemente a mi regreso de Boston, voy a encargar las provisiones. ¿Y sabes qué? Cuando volvamos de Boston, Cleo y yo vamos a elegir otra habitación, a poner nuestro sello en ella.

Pasaron el día ocupadas con las invitaciones, revisando —al detalle— la propuesta del menú que Bree les había enviado.

—Mañana puedo ir al pueblo en un periquete a echarlas al buzón. O... —Cleo enarcó las cejas con aire travieso—. Podríamos ver si Anna y Bree se apuntan a comer. Y pasar el rato ultimando el menú.

—Me gusta ese «o».

—Lo suponía. Además, estás empezando a contar los días que faltan para el viaje a Boston. —Le dio unos toquecitos en la cabeza a Sonya—. Y esto te servirá de distracción y te lo pasarás pipa.

—Sí. Me digo a mí misma que ahora puedo ponerme todo lo nerviosa que quiera para despacharme a gusto antes de ir a Boston. Voy a mandarles un mensaje.

En efecto, le sirvió de distracción, y se lo pasó pipa. Seguro que intuyendo el nerviosismo y la cuenta atrás de Sonya, Trey se los llevó a todos a cenar pizza la noche siguiente y se presentó allí a la hora de la cena el resto de la semana.

Una noche apareció con baldas para el armario.

—Son perfectas. Gracias.

—Fuiste muy específica con las medidas cuando te pregunté.

—Así es. Lo medimos.

—Estamos a punto de averiguar si hemos dado en el clavo. —Antes de coger la primera balda, Trey echó un vistazo a la habitación—. Habéis puesto algunas cosas más aquí.

—Ha sido en su mayor parte Cleo, ya que está en periodo sabático. Cristales, velas, el cairel de la ventana... Típico de ella. Al parecer son para la protección.

—Y habéis cambiado los cuadros. Qué bonita selección. ¿Los pintó ella?

—La mayoría.

—Un momento. —Trey se acercó a un cuadro con un prado de flores silvestres y colinas difuminadas a lo lejos—. ¿S. MacT? Este es tuyo.

—Solo es un trabajo que hice en la universidad.

—Es magnífico.

Ella le dedicó una sonrisa indulgente.

—Claro, lo dice el hombre que duerme conmigo.

—Lo dice el hombre que está contemplando algo bonito. Y este también. Es Boston, ¿a que sí? El río. No sabía que supieras pintar así.

—No es lo que mi madre llama mi pasión, y tiene razón. Disfruto pintando de vez en cuando.

—¿Solo de vez en cuando?

Ella se encogió de hombros.

—Desde el punto de vista artístico, supongo que mi interés y mi talento residen en ámbitos más prácticos. Por eso las artes gráficas encajan conmigo, y me resultan gratificantes. Cleo los desenterró y los colgó. Es bonito tener nuestras obras juntas aquí, como si fuera nuestra galería particular.

—¿Algo que objetar desde el fondo del pasillo?

—De momento no. Tiempo al tiempo. —Miró hacia atrás fugazmente—. Todo llegará.

Las campanillas sonaron, las ventanas traquetearon, el dong del timbre se oyó cuando no había nadie allí. Sonya hizo oídos sordos, tal como hacía con los portazos o las frías ráfagas de viento ocasionales.

Tenía cosas más importantes de las que ocuparse que de las pataletas de una bruja muerta.

A la hora de hacer la maleta para el viaje a Boston, en la cabecera de su lista figuraba qué ponerse para la presentación.

Cuando sostuvo en alto otra opción de atuendo, Trey la miró con aire cauteloso y acongojado.

—Es bonito.

—¿Bonito? Madre mía. —Sonya lo colgó de inmediato en el armario y sacó otro.

—No sé para qué me preguntas. Es una trampa, la clásica trampa.

—Te estoy preguntando —empezó a decir ella mientras se miraba con atención con el traje azul marino en el espejo— porque eres un profesional, un hombre que asiste a reuniones, que frecuenta el juzgado y… —El traje se sumó a las dos opciones previas que yacían sobre el diván situado a los pies de la cama—. La verdad es que no sé para qué me molesto.

—Te pongas lo que te pongas, lo harás genial.

Ella se limitó a suspirar.

—Esa no es la respuesta.

—Bueno, voy a dejar salir a los perros.

En cuanto Trey se escabulló, Sonya envió un mensaje de texto a Cleo.

Necesito ayuda con la indumentaria. ¡Ya!

Cuando Cleo entró, Sonya ya tenía tres opciones más sobre el respaldo del diván.

—Intuyo que hay una crisis por la vestimenta para el día de la presentación.

—Trey no me ha ayudado en lo más mínimo.

Cleo le lanzó una mirada entre perpleja y burlona.

—Obvio.

—Obvio —convino Sonya—. Para empezar, el mero hecho de haberle preguntado siquiera es señal de lo jodida que estoy en este momento. Se ha largado.

—Porque no tiene un pelo de tonto. Su retirada táctica es digna de respeto.

Cleo, vestida con un atuendo propio de un día lluvioso para pintar con una camisa holgada y unas mallas, rebuscó entre la ropa amontonada sobre el diván y cogió tres trajes: el azul marino, el negro y uno gris.

—No, no y no. Cuélgalos.

—Pero...

—Son demasiado convencionales. Aunque los cortes son magníficos y los tejidos excelentes (siempre has tenido un gusto excepcional para la ropa), te conviene evitar lo convencional.

—Ah, ¿sí? —Sonya cayó en la cuenta—. Sí, es verdad.

—Este tono verde hoja es muy bonito y te favorece muchísimo, pero no, tampoco. Opta por algo un poco más atrevido. Sin estampados —decretó, y entró al vestidor de Sonya.

—Descartado. Ojalá yo pudiera ponerme esto, pero no.

—¿Y combinar dos prendas?

—No. Este.

—Ay, pero, Cleo, ¿rosa? ¿En serio?

—No es rosa, es coral. Es cálido y femenino sin resultar cursi. Si no recuerdo mal, te llega justo a la altura de la rodilla, así que tiene el largo adecuado para esto, además de un buen escote. Necesitas mi collar, el de pequeñas cuentas de oro.

—Me chifla ese collar.

—Es ideal para este vestido, junto con esos pendientes de aro ondulados que tanto envidio. Podrías combinarlo con esta americana de color crema, pero mejor sin ella. El hecho de disponer de un gimnasio propio en casa y sacarle partido te ha tonificado los hombros y los brazos. Deja que vean a una mujer fuerte. Pero con estos zapatos.

Cleo sacó un par de zapatos de tacón alto de color crema.

—Esos me matan los pies. Me hacían polvo cuando me los probé. Bajo ningún concepto debería habérmelos comprado.

—Son preciosos. Sufrirás, pero transmitirás una imagen magnífica: fuerte, competente, femenina, profesional y fabulosa.

Voy a hacerte una trenza de espiga en el pelo. Tengo una barra de labios que combina bien con este vestido. Te pondrás este.

—Te quiero, Cleo.

—¿Cómo no vas a quererme? Crisis superada.

En el teléfono de Cleo comenzó a sonar *Count on Me* [«Cuenta conmigo»].

—Y Clover está de acuerdo. Mételo en la maleta —le ordenó.

Una mañana de un día nublado, Trey cargó las maletas en el coche. Si se preguntaba por qué necesitaban tantas cosas para un viaje de dos días, tuvo la prudencia de no decir nada. Y por la cuenta que le traía, no sugirió, en vista del cargamento que llevaban, que cogieran la camioneta que Sonya seguía sin usar.

Las dos mujeres iban vestidas con tejanos, camisetas y cazadoras para el trayecto. Sonya llevaba una gorra de béisbol de los Red Sox.

A Trey le pareció que estaba adorable.

Sonya acarició a Yoda, deshaciéndose en arrumacos y zalamerías hacia él como si Cleo y ella pusieran rumbo al sur del Pacífico en vez de a Boston.

—Vamos a estar muy bien —les aseguró Trey mientras Sonya seguía haciendo carantoñas a Yoda y con el otro brazo enganchado al cuello de Mookie.

Cleo también hizo arrumacos y arrullos a la gata, que mostró escaso interés.

—Tienes las llaves y, si decides traerlos y quedarte a pasar la noche, hay comida de sobra.

—Ya veremos qué tal va.

—Voy a revisar mi lista una vez más.

—Sonya, la has repasado tres veces. Está todo en el coche. —Trey tiró de ella y la besó—. ¿Cómo voy a echarte de menos si no os marcháis?

—Qué gracioso —comentó ella, pero se rio—. Gracias, de verdad, por cuidar de Yoda. Y tú pórtate bien. Te lo vas a pasar pipa. Trey, no olvides… —Sonya dejó la frase inacabada y se rio de ella misma—. No lo olvidarás. Tú nunca olvidas nada.

—Y lleva a Pye a casa de Owen. —Con cierta renuencia, Cleo entregó la gata a Trey—. La está esperando.

—Lo haré. Ya.

—Bueno, listo. —Sonya echó un último vistazo al recibidor y no se le ocurrió nada más para demorar la partida—. Estamos listas. —Estrechó a Trey entre sus brazos—. Échame de menos un poco.

—Ya te echo de menos. Mándame un mensaje cuando lleguéis. Mañana vas a triunfar.

—Esa es la idea. En marcha, Cleo.

Mientras se dirigían al coche, en el teléfono de Trey, que se quedó en la puerta con dos perros y una gata, empezó a sonar *Go Your Own Way* [«Ve a tu aire»] de Fleetwood Mac.

—Eso parece.

Dado que había hecho malabares en su agenda para sacar algo de tiempo, cerró la puerta y fue a tomarse otra taza de café.

Y a dar tiempo a la casa solariega y a sus residentes a acostumbrarse a que estuviera allí a solas.

Ciertamente, tras la muerte de Collin y antes de la llegada de Sonya lo había estado. Sin embargo, todo cambió a raíz de la llegada de esta; la actividad en la casa solariega sin duda se había disparado.

A menos que hubiera una emergencia, tenía la firme intención de pasar allí las dos noches que Sonya y Cleo estuvieran fuera. Esperaba que Owen lo acompañara, pero Trey lo haría en cualquier caso.

Tenía interés en ver qué podría tener reservado Dobbs para cuando la que en la actualidad era el objeto de su ira no se encontrara allí.

Mientras se bebía el café sin prisa, oyó tres súbitos y fuertes portazos procedentes de arriba.

Sonrió sin más. Dobbs no tendría más remedio que superar eso con creces.

Apuró el café y lavó la taza.

—Venga, panda, es hora de dar una vuelta.

Conociendo a los felinos, cogió en brazos a Pye por si, como buena gata, decidiera esfumarse.

Fuera, los perros saltaron —o, en el caso de Yoda, más bien trepó— al asiento trasero de la camioneta. La gata se hizo un ovillo en el asiento delantero. Al mirar hacia atrás fugazmente, Trey vio una sombra moverse tras la ventana de la biblioteca.

Pensó: «Qué demonios», y saludó con la mano.

En cierto modo esperaba que la ventana se abriera, que Clover se asomara una vez más, pero el saludo con la mano a modo de respuesta le pareció demasiado vacilante y tímido para tratarse de ella.

Al alejarse con el coche, la casa solariega se quedó en silencio, como conteniendo la respiración.

A continuación se oyó una risotada estentórea y victoriosa procedente del salón dorado.

22

Al internarse entre el tráfico de Boston, Sonya cambió el chip y su estrategia al volante.

Y añadió eso a la lista de razones por las que no añoraba tanto como se imaginaba la ciudad que la vio nacer y crecer.

Bueno, había cosas que añoraba, reconoció. A su madre, sobre todo. Pero también echaba de menos el río Charles, el jardín botánico, el parque municipal. Las salidas improvisadas al campo de béisbol de Fenway, o a sus restaurantes y cafés favoritos, y las compras.

No obstante, excepto a su madre, no extrañaba nada tanto como se imaginaba cuando realizó el trayecto inverso en plena helada invernal.

Siempre le había encantado la casa donde había crecido, junto con todos los recuerdos que albergaba. Le encantaba su apartamento, su barrio, aunque nunca dejó de considerarlo un lugar de paso hasta que encontrara un hogar definitivo.

Sin embargo, al regresar se dio cuenta de que Boston había sido otro lugar de paso. Uno importante, fundamental, pero se había mudado de allí. Y no lo lamentaba.

—¿Cómo te sientes? —le preguntó a Cleo.

—Como si fuéramos turistas. Tengo la misma sensación que cuando regreso a Lafayette. Me encantaba aquello, me encantaba esto, pero ahora… Me siento como una turista. ¿Y tú?

—Me cabía la duda, y quizá me preocupaba. Por eso no he vuelto hasta ahora, pero siento lo mismo que tú. En otras circunstancias pienso que habría sido feliz aquí, pero como no es el caso, ahora no lo sería.

Sorteó el tráfico —aunque habían transcurrido unos cuantos meses desde la última vez que se vio en esa coyuntura, contaba con años de práctica— y finalmente se internó en el frondoso barrio residencial de su infancia.

Los cornejos se hallaban en flor, los tulipanes habían brotado, los cerezos ornamentales estaban engalanados de flores rosas.

—Veremos esto en Maine dentro de una o dos semanas —predijo Cleo.

«En mi hogar», pensó Sonya, en la casa solariega junto al mar.

Sí, ahora eran turistas allí.

Pero allí se ubicaba la bonita casa de dos plantas donde se había criado, el arce rojo renovando sus hojas en el pequeño jardín delantero, y el coche de su madre en el camino de entrada.

Ese también sería, siempre, su hogar.

—Le dije que no hacía falta que se pidiera el día libre.

—¿Y pensabas que te iba a hacer caso?

Sonya negó con la cabeza mientras aparcaba detrás del coche de su madre.

—Sabía que lo haría. Me alegro mucho de que lo hiciera.

Justo mientras lo decía, Winter salió de la casa como una exhalación.

Iba vestida con unos tejanos de color gris ceniza y un jersey fino de color rosa fuerte.

Sonya salió disparada del coche y sintió escozor en los ojos cuando su madre se abalanzó a sus brazos.

—Ay, te he echado de menos. Cómo te he echado de menos. —Sonya se acurrucó contra ella—. Ignoraba cuánto hasta este mismísimo instante.

—Mi niña. Qué contenta estoy de verte, de verte en persona. —Winter se echó hacia atrás, con sus ojos color miel empañados—. Oh, y qué buen aspecto tienes.

—Yo también quiero.

—Cleo. —Winter se volvió para abrazarla—. Qué alegría que estés aquí. Que las dos estéis aquí. Dejadme echar un buen vistazo a… ¡Uy! ¡Qué buen aspecto tenéis las dos! No tengo motivos para quejarme cuando veo lo bien que os sienta Maine. ¡Mis niñas! —Tiró de ambas para abrazarlas de nuevo—. Vamos a llevar vuestras cosas dentro. Quiero que me contéis todo con lujo de detalles.

—Hablamos por FaceTime hace dos días, mamá.

—Eso es diferente. ¡Oh! Los carteles para tu presentación de mañana. Quiero verlos. Quiero ver todo.

Al entrar con el cargamento a cuestas, a Sonya todo le resultó maravillosamente familiar: la acogedora sala de estar con la chimenea que su madre había limpiado con la llegada del buen tiempo y donde había colocado velas, el cuadro de su padre encima de la repisa… con el sendero a través del bosque neblinoso, esplendorosas y alegres flores de primavera en un jarrón.

Y aspiró el aroma.

—Algo huele fenomenal, pero te advertí que no cocinaras.

—No vas a dirigirme la vida hasta que sea vieja y decrépita, e incluso entonces te las verás conmigo. Es bizcocho de limón.

—Mi favorito.

—Totalmente de acuerdo —comentó Cleo.

—Primero vamos a tomarnos una rica ensalada de primavera con bollos salados al horno. Y de beber, mimosas.

—Perdona que me adelante —dijo Cleo—, pero como no haga pis ahora mismito voy a quedar en ridículo. Subiré esto a mi cuarto… ¿Sigue siendo mi cuarto?

—Siempre.

—Es que quiero colgar mi vestido de ayudante. Son, deberías hacer lo mismo con el tuyo, a menos que quieras añadir el planchado a la lista.

—La verdad es que no. Así que, a deshacer el equipaje. Mejor dicho, a mandar un mensaje a Trey, a deshacer el equipaje y a por los cócteles.

—¿Te pidió que le mandaras un mensaje cuando llegaras? Otro punto a su favor —afirmó Winter—. La nota final se la pondré cuando por fin lo conozca. Venga, vamos a instalaros.

Cuando lo hicieron, Cleo aguardó unos minutos antes de bajar con el fin de dar la oportunidad de que madre e hija estuvieran a sus anchas.

—Fíjate qué mesa tan bonita. Tus mejores platos, los de tulipanes y paniculata, el mantel de encaje de tu abuela...

—Me apetecía tener una excusa para crear un ambiente especial. Oye, sé que te hacía ilusión invitarme a cenar esta noche, pero...

—No hay peros que valgan. —Sonya apuntó con el dedo hacia su madre—. No vas a cocinar. Ni Cleo.

—Todavía me cuesta creer que Cleo cocine.

—Yo diría que a ella también le sorprende. No solo ser capaz, sino que le guste.

—Y mírate. —Tras sacar el champán de la nevera, Winter dobló el brazo y se dio unas palmaditas en el bíceps.

—¿A que sí? —Sonya flexionó el suyo—. ¿Quién iba a imaginar que eso estaba aquí? Y lo que a mí me sorprende es que de hecho disfruto con mi propio gimnasio en casa, con mis entrenamientos en solitario prácticamente en días alternos.

—Pues Maine y esos entrenamientos te sientan de maravilla. Igual que estar enamorada.

—Bueno... —Sonriendo, Sonya se encogió de hombros—. Todavía no hemos pronunciado esa importante palabra de cuatro letras. La verdad es que impone un poco.

—Reconozco a una persona enamorada cuando la miro. Y me hace ser consciente de que no era el caso cuando te veía con Brandon.

Si no era capaz de sincerarse por completo con su madre, entonces ¿con quién?

—Jamás he sentido esto por nadie. Es más, Trey me gusta de verdad, por muchas razones. No sé qué dice de mí el hecho de que me faltara eso, en realidad, en el fondo, con alguien con quien planeaba casarme.

—Pues que estuviste en un tris de cometer una equivocación. Pero no lo hiciste, y eso es lo que importa. Según me comentaste, te figurabas que él realizaría la presentación de By Design mañana.

—Me extrañaría que no lo hiciera. Es bueno, mamá, Brandon es muy bueno.

—Tú eres mejor.

Dicho esto, Winter descorchó la botella.

—¡He oído eso! —Cleo entró a la cocina—. Antes de que lo sirvas, tengo algo para ti.

Le tendió a Winter un paquete envuelto en papel blanco gofrado con un lazo rosa.

—En agradecimiento por llevar mis bártulos a Maine antes de mudarme, por enviarme recetas y por ser, desde la época de la universidad, mi madre en Boston.

—Lo primero no fue ninguna molestia en absoluto, lo segundo es un placer y me sorprende gratamente, ¿y lo tercero? Me colma de felicidad. —Al desenvolver el cuadro enmarcado, a Winter se le empañaron los ojos de lágrimas otra vez—. Oh, Cleo.

—¿Cuándo lo pintaste? —Sonya rodeó la isla—. No me dijiste que lo habías pintado.

—No tienes por qué saberlo todo.

La evocadora acuarela plasmaba a Sonya, de perfil, sentada en la escollera, su cabello ondeando con la brisa. Yoda aparecía con las patas delanteras apoyadas en su rodilla, y ella, con la mano posada sobre su cabeza.

—Es precioso, Cleo, una auténtica belleza. Cariño, fíjate en lo feliz que estás.

—Un día, al asomarme, casualmente estabas allí. Y en ese preciso instante y lugar supe que era un regalo que Winter debía tener.

—Lo conservaré como oro en paño y, cada día, al contemplarlo, sabré que mi niña está donde es feliz.

Mientras comían y se bebían los cócteles, tomaban bizcocho y capuchinos, conversaron acerca de todo lo habido y por haber.

Ante la insistencia de Winter, montaron los soportes y realizaron la presentación.

Ella se sentó y guardó silencio, con el semblante impasible, las piernas cruzadas y las manos entrelazadas sobre la rodilla.

Al final aplaudió educadamente y, a continuación, vitoreó y se puso en pie de un salto.

—¡Genial! —Abrazó a Sonya con fuerza—. ¡Mi hija es genial! Lo mismo que su amiga. De no decantarse por tu campaña, los de Ryder Sports serían unos necios. Es la mejor.

—Pero si no has visto la de By Design.

—No hace falta —dijo, moviendo la mano con un ademán—. La tuya tiene gancho y alma. Y los carteles... —Entrelazó los dedos y examinó los impecables carteles que en su momento no habían sido más que ideas sobre un panel—. Geniales también. Cleo, estás espectacular.

—Es que no puedo evitarlo.

Entre risas, Winter la abrazó con un brazo.

—Y Trey muy guapo. Y este es Owen, también muy guapo. Todos vosotros, el resto de la gente, ni modelos ni actores... Eso forma parte de la genialidad.

—Voy a presentar mi propuesta con un subidón para mi ego.

—Bien. Deberías. Quiero que hagas algo por mí.

—Sabes que lo haré.

—Me gustaría que encargaras una copia de este cartel. Me hace ilusión tenerlo.

—Claro, pero...

—Es tu trabajo, tu arte. Quiero colgarlo en mi despacho. Y ahora —dijo—, vámonos de compras.

Esa noche, en la casa solariega, Trey compartió una pizza con Owen.

—A Dobbs no le ha gustado que regresara.

—Ah, ¿no? —Owen se encogió de hombros—. Que le den.

—A Clover sí. En mi teléfono ha sonado música sin parar durante media hora. ¿Qué tal la gata?

—Estupendamente. Jones se puso un poco picajoso, pero todo ha ido bien. —Al sonar el dong del timbre, Owen echó un vistazo a su alrededor—. ¿Esperas a alguien?

—No hay nadie. Los perros están fuera, y habrían ladrado.

Es uno de los nuevos numeritos de Dobbs. Lleva sonando (y con esta van cuatro veces) desde antes de que llegaras.

—Podría desconectarlo.

Trey inclinó ligeramente la cabeza.

—¿Acaso piensas que eso lo evitará?

—Tienes razón. ¿Qué te parece si cuando terminemos bajamos y buscamos una peli donde todo vuele por los aires? Le tocará las narices.

—Me parece bien.

Mientras todo volaba por los aires en la pantalla, la gata yacía hecha un ovillo en la butaca entre ellos, y los perros despatarrados en el suelo, la campanilla del servicio sonó sin cesar. Las puertas de la sala de cine se abrieron y se cerraron dos veces.

Trey se llevó a la boca unas cuantas palomitas.

—Un numerito bastante flojo viniendo de ella.

—La peli tiene más acción.

Y, a las tres de la madrugada, Trey salió al balcón. Owen abrió la ventana de su cuarto y se asomó.

Ambos vieron saltar a Dobbs.

Trey miró en dirección a Owen.

—Hasta mañana.

—Hasta mañana.

Trey entró; Owen cerró la ventana.

Y en la casa solariega se hizo el silencio.

Al día siguiente, Sonya se puso el vestido de color coral, el collar de cuentas doradas de Cleo y sus aros ondulados. Pasó el doble de tiempo maquillándose con el fin de tener la plena certeza de no haberse excedido o quedado corta.

Se había saltado el desayuno: tenía el estómago cerrado.

Cleo entró con una bandeja en la que llevaba medio bagel, un tazón de frutas del bosque y dos cocacolas.

—Ya —dijo sin darle tiempo a Sonya a declinarlo—. Compartí habitación con alguien incapaz de comer si estaba agobiada por el examen al que estaba a punto de presentarse. Pero la presentación no es hasta las dos, y necesitas echarte algo al estómago antes.

—Tienes razón. Me consta que tienes razón. Juré que aplacaría mis nervios antes de hoy. He faltado a mi palabra.

—Aún hay tiempo. Anda, siéntate. Voy a peinarte.

—Lo cual también me traslada a la época de la universidad. ¿Sabes por qué mi madre ha ido a trabajar esta mañana?

—Para evitar rondar por aquí y ponerte nerviosa. Y ponerse nerviosa ella por haberte puesto nerviosa a ti. —Cleo suspiró—. Adoro a Winter.

—Y yo.

Ya que tenía la bandeja delante, se comió un par de frutas del bosque y después decidió que podía, al menos, dar un mordisquito al bagel.

—Le he mandado un mensaje a Trey esta mañana. Owen y él han pasado la noche en la casa solariega. Cenaron pizza y vieron una peli.

—Yo le he mandado un mensaje a Owen para ver cómo le fue con Pye. Me ha respondido: «Muy bien. Ha dormido encima de mi culo». Ella no duerme encima del mío, ¿sabes? Me fastidia un poco.

Sonya observó en el espejo cómo los largos dedos de artista de Cleo obraban magia.

—Considero, como prima suya que soy, que puedo decir esto sin connotaciones sexuales: tiene un culo estupendo.

—Cierto, ya me he fijado.

—¿Tienes intención de hacer algo más que fijarte? Estoy sacando esto a colación con tal de distraerme, así que dame el gusto.

—Yo seguía sopesando la idea hasta que Dobbs tuvo uno de sus arrebatos de locura y él fue a buscarme a mí y a Pye, sin refunfuñar por ello. Dijo que él habría hecho lo mismo que yo. De modo que tengo previsto comprobar, cuando considere que es el momento oportuno, si nos compenetramos en ese aspecto fundamental.

—Tal y como sospechaba.

—Sin precipitarme. Creo, creo a pies juntillas, que para lo que debe suceder en la casa solariega somos necesarios los cuatro. Puesto que lo creo firmemente, no pienso echar eso a perder por el sexo.

—Desde mi punto de vista, tienes razón respecto a lo de los cuatro, y dudo que lo eches a perder. —Tras dar otro mordisco al bagel, Sonya cogió la Coca-Cola—. No lo considero de esas personas, en la misma medida que tú, que permiten que el sexo interfiera entre los amigos y la familia. Los cuatro somos ambas cosas.

En el espejo, Cleo sonrió a Sonya.

—¿A que sí? Y eso es lo que la va a machacar. Y este peinado (yo misma lo afirmo) es perfecto y va a sumarse a las razones por las que querrán contratarte.

—El peinado está genial, y tenías razón en que era conveniente que comiera algo. También (estás en racha) en lo que respecta a mi indumentaria, aunque ahora tenga que ponerme estos zapatos que me matan los pies.

Cleo le dio unas palmaditas en el hombro.

—Pues apechuga con eso.

Apechugando con eso, Sonya se calzó y se levantó para mirar con atención la imagen de ambas en el espejo. Cleo se había decantado por un vestido amarillo mostaza que no solo realzaba la mezcolanza de tonos de su cabello, sino sus ojos.

Y combinaba —también obraba su magia— con la tonalidad coral del vestido de Sonya.

—Veo la genialidad de tu plan: un aire femenino, pero no apocado. Transmitimos una imagen primaveral con colores vivos.

—Nada cursi o convencional. El aspecto de mujeres inteligentes que saben cómo aprovechar el tiempo para transmitir una buena imagen.

—Y ya no estoy tan nerviosa.

—Si transmites confianza en ti misma, te sientes segura —afirmó Cleo—. Que empiece la fiesta.

Sonya sabía que controlaría su poso de nerviosismo latente. El trayecto al edificio de Ryder le proporcionó tiempo para tranquilizarse. Sabía qué hacer y cómo hacerlo, de modo que lo haría.

En cuanto a lo demás, estaba fuera de su control.

Tras aparcar en el garaje subterráneo del alto edificio de ladrillo y cristal, se enganchó al hombro el maletín del ordenador portátil al tiempo que Cleo hacía lo mismo. Entre las dos, cargaron con los soportes y la caja de carpetas para los asistentes hasta el ascensor.

—¿Qué canción crees que Clover pondría ahora? —preguntó Sonya.

—Pues... Me inclino por *Woman* [«Mujer»] de Kesha.

—Ahí le has dado. Esa es perfecta. Somos la caña.

—Exacto, nena.

Animadas, subieron al vestíbulo.

Por su visita anterior a la sede de Ryder, Sonya lo recordaba anclado en la tradición. El logo de la empresa colgado detrás del pequeño mostrador de recepción; la suave tonalidad gris de las losas del suelo combinaba bien con las paredes, en un azul pálido. Dos butacas azul marino flanqueaban una mesa en un rincón presidido por el retrato del fundador.

Sonya se registró y, a continuación, como le indicaron, cogió el ascensor hasta la séptima planta.

Mientras subían, le hizo gracia que Cleo se pusiera a tararear *Woman*.

—Ha llegado el día para el que has estado trabajando, amiga mía.

—Así es, y me hace ilusión, Cleo, pero soy consciente de que no es el alfa y el omega para mí. Visual Art marcha sobre ruedas. Me va de fábula, y me quedo corta. Y ser consciente de eso mitiga un poco mi desasosiego.

—Pues bienvenido sea lo que sea.

A la salida del ascensor las recibió un miembro del equipo de Ryder.

—Señorita MacTavish, soy Lauren Cooper. La acompañaré a la sala de reuniones y la ayudaré con el montaje.

—Gracias. La señorita Fabares va a ser mi ayudante hoy.

—Encantada de conocerlas a las dos. Si son tan amables de acompañarme...

Cuando se internaron en el luminoso pasillo con ventanas y diversas láminas enmarcadas de equipamiento deportivo de Ryder, Brandon Wise se aproximó a grandes zancadas.

Vestía un pulcro traje de raya diplomática azul marino (menos mal que ella había descartado ese color), una inmaculada camisa de vestir blanca —fijo que con gemelos con sus iniciales, pensó— y una corbata de rayas azul marino y burdeos con un nudo Windsor. Sus zapatos oxford eran de un tono marrón oscuro idéntico al de su maletín de piel.

Sobre su pelo rubio, con un estilo en perfecta consonancia con su perfecta cara de «No, no soy una estrella de cine, aunque lo parezca», se reflejaba el sol que entraba a raudales a través de las ventanas.

Su sonrisa, radiante como la luz del sol, derrochaba encanto.

—Señor Wise, no sabía que seguía aquí.

—Ya me iba, Lauren. Miranda y yo nos pusimos a charlar cuando el resto del equipo se marchó, y se me ha ido el santo al cielo. Hola, Sonya. Estás... bien.

—Gracias. Lo estoy.

Brandon hizo un ademán casi imperceptible asintiendo con la cabeza en dirección a Cleo.

—Cleo.

Ella respondió con un zasca.

—Cabrón.

La sonrisa de Brandon titubeó, pero no se borró por completo.

—Bueno, ¿qué tal por esos andurriales de Maine?

—Está en la costa, y es precioso. Ahora, si nos disculpas...

—Si tienes un minuto, Lauren puede mostrar a tu... ayudante dónde colocar el equipo mientras tanto.

—Un minuto es todo cuanto puedo perder. Voy enseguida, Cleo. No pasa nada —añadió.

—Permíteme que lleve esto. —Con una mirada de disculpa, Lauren cogió lo que Sonya sujetaba en las manos—. La sala de reuniones está al fondo del pasillo.

—Sí, lo recuerdo. —Cuando se alejaron, Sonya bajó la vista fugazmente al reloj de pulsera que rara vez lucía—. El minuto comienza ya.

—Hacerte la dura no te pega —comentó él a la ligera—. Parece que has engordado un poco. Es normal que, con el estrés que conlleva dirigir tu pequeña empresa y el hecho de estar alejada de la actividad, te dé por comer.

—No es el caso, y me resulta muy gratificante trabajar por mi cuenta. Si quieres desperdiciar tu minuto haciendo comentarios sobre mi aspecto...

—Qué susceptible, aunque siempre lo fuiste. Pensé que lo justo sería informarte de que me he agenciado esta campaña. Miranda me lo acaba de confirmar. Según tengo entendido, Burt siente... debilidad por ti, por decirlo con delicadeza, e insistió en darte esta visibilidad. Pero el encargo es mío, que no te coja por sorpresa.

Ella se puso rígida cuando Brandon le colocó la mano en el hombro.

—Será mejor que apartes la mano.

Él la apartó, y suspiró.

—Quería evitar que quedaras en ridículo, por los viejos tiempos. Cíñete a tus páginas web de segunda división, Sonya. Ryder es un empresa de primera, y tú sencillamente no. Jamás lo serás.

—Daré la debida consideración a tu consejo. Ahora, si me disculpas, has rebasado tu minuto, y es lo máximo que vas a conseguir.

—Con la de tiempo que estuvimos juntos y nunca me di cuenta de lo zorra que eres en el fondo. Romper nuestro compromiso fue lo más inteligente que he hecho en mi vida.

—Por Dios, Brandon, eres realmente patético.

—Ya has perdido, Sonya —exclamó él mientras ella se alejaba—. En ningún momento tuviste la menor oportunidad.

—Ya veremos —masculló ella—. Joder que si lo veremos.

Cuando llegó a la sala de reuniones, los soportes estaban montados y las carpetas repartidas sobre la larga mesa. Otro miembro de la plantilla estaba sirviendo vasos de agua.

—Señorita MacTavish...

—Sonya.

—Sonya —rectificó Lauren—. Quiero pedirle disculpas. La presentación de By Design terminó hace casi cuarenta minutos. No tenía la menor idea de que el señor Wise siguiera aquí.

—No pasa nada. Quería darme un consejo.

—Qué cabrón —dijo Cleo entre dientes—. Te ha tendido una encerrona.

—Da igual —insistió Sonya.

—En cualquier caso, le pido disculpas. Miranda Ryder y el resto de asistentes a la presentación se encuentran en el comedor para ejecutivos. Obviamente, el señor Wise no estaba allí. Tienen previsto volver en unos diez minutos. ¿Puedo traerle algo?

—Solo un vaso de agua, por favor. ¿Cleo?

—Lo mismo.

Montaron el proyector de diapositivas que se reproducirían en la gran pantalla de la pared y realizaron una rápida prueba.

Cuando Lauren salió de la sala, Cleo se volvió para abrazar a Sonya.

—Te preguntaría si estás bien, pero pareces estar más que bien.

—No es mi alfa y omega, pero quiero este encargo. Él ha hecho que lo quiera con más ganas.

—Todavía dispones de un par de minutos. ¿Quieres ir un momento al servicio para dar un puntapié a algo con esos fabulosos zapatos?

—No es necesario. La «encerrona» que había urdido me ha puesto las pilas, y las voy a aprovechar.

El primero en entrar fue Burt Springer, un hombre alto y fornido de pelo oscuro entreverado con canas y unos ojos marrones hundidos. Fue derecho hacia Sonya a grandes zancadas y le estrechó la mano entre las suyas.

—Sonya. Quería entrar un segundo antes para decirte lo contento que estoy de que estés aquí y que estoy deseando ver tus ideas.

—No te imaginas hasta qué punto aprecio que me brindes esta oportunidad.

—Te la ganaste. —Se volvió hacia Cleo—. Burt Springer.

—Cleo Fabares. Cuánto me alegro de conocerte. Sonya me ha contado lo mucho que disfrutó trabajando contigo.

—Es recíproco. —Acto seguido frunció el ceño—. ¿Por qué me suena tanto tu nombre? A ver, sé que no hemos coincidido hasta ahora, pero... ¡Un momento! ¿Cómo es posible que lo haya olvidado? ¿Eres la Cleo Fabares que ilustró *Las princesas llevan pantalones,* el libro favorito de mi nieta?

—La misma.

Con una expresión de deleite, Springer chascó los dedos.

—No es de extrañar que me sonara el nombre. Eva tiene cuatro años, y le chifla ese libro. Compré otro ejemplar para la casa de los abuelos. Se lo he leído infinidad de veces, aunque, a estas alturas, ella nos lo lee a nosotros. Le encantan las ilustraciones, en especial la de Penny volando con su mono de lentejuelas. Si llevara encima un ejemplar, te pediría una dedicatoria para ella.

—Me encargaré de que recibas uno firmado por mí y por la autora.

—Con eso me colocaría como el mejor abuelo del mundo. —Sacó una tarjeta—. Ya verás cuando se lo cuente a mi mujer. ¿Trabajas con Sonya en Visual Art?

—Sonya y yo somos amigas desde la época de la universidad.

—Y actualmente compartimos casa —apostilló Sonya—. Cleo va a echarme una mano hoy.

—Aunque sobra decir que te deseo muchísima suerte, te lo digo de todas formas. Y añado lo siguiente: déjanos con la boca abierta.

Sonya conocía, por su anterior proyecto para Ryder, a algunas de las quince personas que tomaron asiento en torno a la mesa; a otras, por su reputación y por la investigación que realizó para la presentación.

Windon Ryder ocupaba el cargo de director financiero, Lowell Ryder el de vicepresidente de marketing y Miranda Ryder, que presidía la mesa, se hallaba —como Sonya sabía— al frente de todo.

Tenía a tres generaciones de Ryder presentes en la sala a las que impresionar, y a doce personas más que opinarían.

Estaba lista.

—Buenas tardes. Soy Sonya MacTavish, de Visual Art, y esta es Cleo Fabares, que me asistirá hoy. Quiero agradecerles esta oportunidad de...

Miranda la interrumpió.

—Según tenía entendido, es una profesional independiente. ¿Ha expandido su empresa?

—En realidad no. —Sonya miró directamente hacia esos ojos gris oscuro—. La señorita Fabares es una amiga que hoy se ha prestado voluntaria.

—Antes de empezar, tenga presente que By Design, una empresa en la que en su época trabajó, ya ha realizado su presentación.

—Sí, lo sé. Y dado que By Design es una empresa extraordinaria y creativa, no me cabe duda de que la presentación estuvo a la altura de las expectativas. Considero que yo también lo estaré.

—¿Por qué renunció a su puesto? Como usted misma ha dicho, Laine Cohen y Matt Berry han construido una empresa extraordinaria y creativa.

—Y les debo muchísimo a Laine y a Matt. Fue maravilloso trabajar con ellos. La decisión de abandonar By Design y crear mi propia empresa no fue fácil ni fruto de un impulso, pero sí una decisión acertada para mí. Más aún a raíz de mi traslado a Maine.

—¿Para trabajar como profesional independiente?

—Sí, lo cual jamás habría conseguido sin la base que se me proporcionó en By Design. En las carpetas, tal y como solicitaron, hay muestras de proyectos que he realizado desde mis inicios en Visual Art. El hecho de trabajar por mi cuenta me resulta desafiante y gratificante, y valoro la oportunidad de presentar mi visión para la campaña de Ryder Sports, una empresa arraigada, al igual que yo, en la familia y la comunidad.

Miró fugazmente a Cleo, que preparó la presentación de diapositivas, y comenzó.

Se mantuvo centrada en el momento presente, aunque al término todos los momentos se desdibujaron. Respondió a las preguntas —esas preguntas técnicas que de hecho surgieron— y, más tarde, olvidó las respuestas.

Lo que sí conservó en su memoria, y siempre lo haría, fue cuando Burt salió al pasillo, le sostuvo la mano entre las suyas y le susurró al oído:

—Nos has dejado con la boca abierta.

Sonya no dijo una palabra hasta que las puertas del ascensor se cerraron.

—¿Ha sido Miranda Ryder tan áspera como me ha parecido?

—Más. —Cleo resopló y puso los ojos en blanco—. Impone. Me ha gustado. Digamos que me gustaría ser ella dentro de treinta o cuarenta años. Oye, déjame decirte una cosa, no como amiga ni como tu ayudante puntual. ¿Lista?

—Sí.

—Has... estado... ¡increíble!

—No me acuerdo. —Como tenía las manos frías, se las frotó—. Ahora mismo es como una gran nebulosa. A lo mejor lo recuerdo luego.

—He estado observando, fijándome en sus caras cuando me ha sido posible. Les ha gustado, Son. Les ha gustado de verdad.

—Voy a quitarme esto de la cabeza. He de quitarme esto de la cabeza.

—Ajá. Ahora vas a contarme lo que ese cabrón te dijo.

—Con todo lujo de detalles, pero voy a cambiarme de zapatos para poder volver a sentir los pies, y a realizar varias respiraciones profundas. Y os voy a invitar a cenar a ti y a mi madre.

—Pues te advierto que tu madre tiene otra idea en mente. Ahora está en casa, preparando su famoso pollo asado con ajo y salvia. Le hacía ilusión que estuvieras en casa esta noche, Son. Quería que te relajaras. Que todas nos relajáramos.

—¿Sabes qué? A mí también me apetece. Hemos hecho un buen trabajo, y voy a desconectar. Con hacer un buen trabajo es suficiente.

23

Disfrutó de cada segundo en el hogar de su infancia con sus dos mujeres favoritas.

Algunas de las lagunas de su presentación se esfumaron y, las que no, las llenó Cleo.

Después de cenar, calentitas en pijama, se acomodaron en la sala de estar con vino y bizcocho de limón.

—No puedo creer que ese hijo de puta te acosara justo antes de la presentación.

—¡Winter MacTavish! —bufó Cleo—. ¿Besas a tu hija con esa boca?

—Sí. —Winter se inclinó hacia Sonya y la besó para demostrarlo—. Y encima jactándose de que él había roto el compromiso.

—Es fácil reescribir la historia y convertirse en el héroe de la obra. —Sonya se encogió de hombros—. El hecho de verlo así, tan presuntuoso, con esos aires de grandeza, tan solo aumentó mi determinación de lucirme en mi exposición. Y me hizo valorar a Trey más todavía.

»Van a pasar la noche allí otra vez —añadió—. Trey y Owen, en la casa solariega. Lo llamé cuando subí a cambiarme. Él, ellos, no tenían por qué hacerlo. Me da la impresión de que considera, y Owen también, que no solo están cuidando de Yoda y Pye, sino de la casa y de lo que hay en ella. —Bebió un sorbo de vino—. Anoche los dos vieron cómo Dobbs se arrojaba al vacío de nuevo.

Winter se estremeció.

—Me resulta inimaginable. Aunque es mejor así. Prefiero imaginar a la chiquilla (porque no era más que una chiquilla) que trajo al mundo a tu padre poniendo música para vosotras, velando por vosotras. Me gusta saber que hay cuatro obras de arte de tu padre en la casa solariega: la que te llevaste y las tres que encontraste. Es importante para mí. Así también está contigo.

—Y aquí contigo —musitó Sonya.

—Siempre. Me pregunto si la certeza de que está, que está conmigo, me ayudó a aceptar los sucesos de la casa solariega. Me preocupo por ti, por las dos —confesó—. Pero me alivia saber que contáis la una con la otra, con Clover y Molly, y con los demás que habéis mencionado.

—Y el mes que viene, tú también estarás allí un par de días.

—Me muero de ganas. Summer me ha llamado hoy. Recibió tu invitación. No te pregunté si la habías invitado porque quería evitar ponerte en un compromiso.

—Mamá, no la culpo por lo que hizo Tracie. Fue ella quien decidió acostarse con Brandon, varias veces. Su madre no tiene la culpa.

—Va a asistir. Irá con Martin. Reservará una habitación en el hotel.

—Tenemos sitio para ellos. Son bienvenidos si prefieren quedarse en la casa solariega.

—¿Martin? ¿Con fantasmas? Ni pensarlo. —Winter se rio ante la idea—. Si en algún momento Summer y yo organizáramos un viaje de hermanas allí, se alojaría en la casa, pero en el caso de Martin es un no rotundo.

—No había caído en eso. Tampoco ve películas de terror. —Al darse cuenta, Sonya sonrió con picardía—. No sobreviviría a una sola noche en la casa solariega.

—A tus abuelos, a los cuatro, les hará ilusión ir. Si es posible, es mejor que se hospeden en el hotel también. Tú deja que yo me ocupe de ese tema.

Por la mañana volvieron a cargar el coche.

—Conduce con cuidado y…

—Mándame un mensaje cuando lleguéis. —Sonya abrazó a Winter con fuerza—. Nos vemos pronto. Te quiero.

—Lo mismo digo, a las dos. Ah, y avísame cuando recibas noticias de Ryder.

—Pase lo que pase, lo haré.

—Pase lo que pase, estoy orgullosa de ti, pero ahora por nada del mundo quisiera que ese cretino consiguiera el encargo.

—En eso coincido totalmente con ella —comentó Cleo mientras se metían en el coche—. Si a la vuelta hace un día tan bonito como aquí hoy, después de deshacer la maleta voy a sacar el caballete fuera. Pinta conmigo.

—Cleo.

—Vamos, sé que Trey te mandó un mensaje en el que te decía que no era necesario recoger a Yoda y a Pye. Ellos los traerán a casa junto con la cena esta noche; un hurra por eso. Pero será mediodía como poco para cuando lleguemos. Después hay que deshacer el equipaje, descansar un poco… ¿Quién comienza la jornada laboral a eso de la una de la tarde? Hemos trabajado mucho, divirtámonos.

El tiempo continuó agradable, lo cual compensó un par de molestos atascos de tráfico. La vista de la casa solariega alzándose majestuosa cuando Sonya remontó la última curva hizo que se le hiciera un nudo en el pecho de una manera que abrigaba la esperanza de que jamás dejara de sentir.

—Cleo, el árbol.

—Ya veo. Oh, cuando todas esas flores se abran, será un espectáculo.

Unas cuantas ya lo habían hecho, un avance de la belleza que estaba por llegar. Las delicadas flores rosas que pendían de aquellas ramas curvilíneas y retorcidas susurraban: «Primavera, primavera, primavera».

—El vivero está escalando un par de posiciones en nuestra lista de tareas.

—Me voy a comprar un sombrero. —Cleo bajó del coche y se estiró—. En la próxima incursión al pueblo me compraré un sombrero de jardinería monísimo.

—Tienes ese tan bonito para pintar al aire libre.

—¿Y qué?

—Yo no tengo ninguno —reconoció Sonya.

—Dios, qué día más bonito. Vamos a pintar. No aceptaré un no por respuesta.

Nada más abrir la puerta, en el teléfono de Sonya empezó a sonar *Can't Stop the Feeling!* [«¡No puedo contenerme!»] a todo volumen.

—Nosotras también estamos contentas de haber regresado.

Mientras acarreaban las maletas, las bolsas de las compras y los maletines con los ordenadores portátiles hicieron caso omiso al contrapunto de portazos procedentes de la segunda planta.

Sonya hizo un descanso.

—Es grande, es bonita, está encantada. Y es nuestra.

—Vamos a deshacer el equipaje, a coger materiales y a pintar este precioso día.

—Voy a pasar un momento a consultar el correo electrónico, los mensajes de texto y demás. A mandarle un mensaje a mi madre, y a Trey, para avisarlos de que hemos llegado.

—Te doy permiso.

—Es demasiado pronto para recibir noticias de Ryder, pero me obsesionaré como no lo compruebe.

—Por supuesto que debes hacerlo, y por supuesto que te obsesionarías. ¿Cuándo calculas que las recibirás? —preguntó Cleo cuando empezaron a subir las escaleras.

—Tal vez para finales de esta semana. Mejor que sea la próxima. Pienso que, cuanto más tiempo pase, más posibilidades tendré. Si toman una decisión rápida, es probable que se inclinen por By Design. Así que echaré un vistazo para quitármelo de la cabeza.

Al no encontrar ningún correo electrónico de Burt Springer, lo consideró una buena señal. Quizá no pudiera quitárselo completamente de la cabeza, pensó mientras deshacía la maleta, pero sí empujarlo bien al fondo.

Buscó la camisa de su padre que ella usaba a modo de guardapolvo en las raras ocasiones en las que pintaba. La hizo pensar en él, sentirse cerca de él.

Conservaba un juego de pinceles de su padre que había guardado en un estuche, además de uno de sus caballetes y una paleta.

Cuando salió con Cleo y se instalaron fuera, echó un vistazo a su alrededor.

—¿Vas a pintar el árbol?

—No, voy a esperar hasta que florezca del todo. —Cleo le hizo una seña—. Estoy planteándome pintar la vista de la bahía, el faro desde aquí.

—Entonces yo pintaré el árbol —decidió Sonya—. Entre estaciones.

Mientras montaban los caballetes, Clover eligió el tema *Spring Fever* [«Fiebre primaveral»] de Elvis.

Entre risas, Sonya colocó el lienzo.

—Supongo que nos hemos contagiado.

Charlaron de tanto en tanto mientras pintaban; Sonya encontró que todo le resultaba placentero: el aire libre, los aromas, el canto de los pájaros. Y experimentar con colores y formas que nada tenían que ver con su trabajo.

Aunque se centró en el árbol con sus escasas y osadas flores y rechonchos brotes a la espera de abrirse, detrás se alzaba la torrecilla, con su forma redondeada, la piedra dorada, las altas ventanas.

Y la sombra que aparecía y desaparecía tras la cristalera de la biblioteca.

Al cabo de una hora, Cleo se apartó de su lienzo y se acercó al de Sonya.

—Sonya, sabes que es bueno.

—No está mal.

—Es bueno. Has plasmado la luz, y la delicadeza de las flores dispersas crea un marcado contraste con el aspecto despeluznado como una bruja del sauce llorón. La manera en la que has plasmado la torrecilla tiene una buena perspectiva, y también crea un marcado contraste. Y la silueta difusa junto a la ventana le aporta un ligero toque inquietante.

—Estaba ahí. Me da la impresión de que esta vez se trata de Clover. —Cuando en su teléfono empezó a sonar *Say My Name* [«Di mi nombre»], Sonya levantó la vista de nuevo—. Por lo visto he dado en el clavo. Me gusta que esté allí, y en el cuadro.

—Lo vamos a colgar.

—A ver qué tal queda. —Tras echar un vistazo a su alrededor, se aproximó al lienzo de Cleo—. Sabes que es una maravilla. Evocador, casi fantasioso, pero real. La orilla rocosa, el azul perfecto de la bahía extendiéndose mar adentro, y los barcos... en el muelle o navegando. Los retazos del pueblo, el deteriorado ladrillo del edificio de los Poole le imprimen solidez. Y el faro vigilándolo todo. ¿En periodo sabático? Y una porra. ¿Dónde lo pondrás?

—Si el resultado está a la altura de mis expectativas, me parece que hablaré con Kevin, de Bay Arts. Ya veremos. Ahora mismo estoy pintando por gusto, por eso lo considero periodo sabático.

Tras reanudar la tarea, pasaron la tarde pintando amenizadas con los interludios musicales de Clover.

—Vamos a hacer esto más a menudo. —Cleo se limpió la mayor parte del azul cerúleo de la mano—. Pero por mi parte eso es todo por hoy. He de dejarlo reposar y sacarlo de nuevo mañana.

—Yo he terminado. He conseguido lo que buscaba. Si continúo retocándolo acabará convirtiéndose en otra cosa.

—Es buenísimo, Son. Has pintado algo que adoras, y se nota.

Cuando comenzaron a recoger, oyeron que se aproximaba la camioneta. Clover también, pues lo celebró con *The Boys Are Back in Town* [«Los chicos han vuelto a la ciudad»] de Thin Lizzy.

Tal como había sucedido al contemplar la casa solariega a su regreso, Sonya sintió un nudo en el pecho cuando la camioneta de Trey dobló la curva.

«Esto es amor —pensó—, y es una sensación alucinante. Aterradora, abrumadora y alucinante».

Corrió hacia la camioneta en el instante en que Trey aparcó. Yoda y Mookie fueron los primeros en bajar de un salto para saludarla como unos enamorados después de una larga separación.

—Yo también os he echado de menos. ¡Muchísimo! Sé de buena tinta que os habéis portado bien. Sois unos chicos muy buenos. Y tú. —Se abalanzó a los brazos de Trey—. Hola.

Como no pudo evitarlo, lo besó con ese nudo en el pecho, que se soltó como los brotes del árbol cuando él respondió del mismo modo.

—Vamos, chicos, ¿y yo qué? Dejad a esos dos un momento y venid a ver a Cleo.

—Bienvenida a casa —musitó Trey y, echándose hacia atrás, posó la mano sobre la mejilla de Sonya—. Echaba de menos tu cara.

—Yo echaba de menos la tuya, y todo lo demás. —Con un suspiro, apoyó la cabeza sobre el hombro de Trey—. Gracias por cuidar de todo en mi ausencia.

—Quiero que me pongas al corriente con todo lujo de detalles. ¿Y eso? —Hizo un gesto hacia los caballetes—. ¿Una clase de arte?

—Es la idea de Cleo de una cita para jugar. Y la verdad es que lo hemos pasado pipa. Ha sido una buena manera de sacudirnos la pesadez del tráfico y el viaje.

—A ver. —Él no la soltó de la mano mientras cruzaban el jardín. Primero se aproximó al lienzo de Cleo—. ¿Has hecho esto en una tarde?

—No está acabado, pero tenía la idea en mente desde hace tiempo. La luz sobre Poole's Bay.

—Es una pasada, en serio. ¿Tú has pintando esto? —preguntó a Sonya.

—Y está acabado. Como Cleo va a pintarlo en pleno esplendor, yo me he decantado por «Entre estaciones».

—Deberías jugar más. Si yo fuera capaz de hacer esto, me pasaría las horas muertas jugando.

—Entonces el juego se convertiría en trabajo —le recordó Sonya—. Metamos el tinglado dentro.

—¿Va a traer Owen a Pye?

Trey asintió con la cabeza mientras las ayudaba a desmontar.

—Como tenía unas cuantas cosas más que hacer, traerá la cena.

—Genial. Podemos subir todo esto a mi estudio. Yo limpio los pinceles, Son.

De camino a la primera planta, comenzaron los golpes.

—Ya estamos. ¿Ha montado numeritos como este en nuestra ausencia? —preguntó Sonya.

—Deja constancia de que está cabreada. En estos dos días no ha sucedido nada reseñable, salvo cuando subimos a la segunda planta. Hemos registrado el armario del estudio ambas noches —añadió—, por si acaso, pero no había nada.

—Yo miré antes de que saliéramos, pero echa otro vistazo ahora, Sonya.

—Aún no hay nada. —Sonya cerró la puerta del armario.

—Yo limpio los pinceles —repitió Cleo—. Sírveme una copa de vino, anda.

—¿Cómo está tu madre? —preguntó Trey a Sonya mientras bajaban.

—De maravilla. Me alegró mucho verla, pasar tiempo con ella.

—¿Y Boston?

—Cuando llegamos le pregunté a Cleo cómo se sentía, y dijo exactamente lo mismo que yo: que se sentía como una turista. Y al llegar a la casa, fui consciente de que siempre sería mi hogar. De lo afortunada que soy de tener tantos recuerdos de mi infancia en esa casa, de saber que es un lugar donde siempre seré bien recibida. Y qué diferencia puede suponer unos cuantos meses, porque, aparte de mi madre, añoraba Boston mucho menos de lo que me imaginaba. Echaba más de menos a este chiquitín. —Se agachó para acariciar con fuerza a Yoda—. Y a ti —añadió, dándole a Mookie el mismo trato. Se enderezó—. Y a ti.

Se detuvo en el umbral de la sala de música y contempló el retrato.

—Echaba de menos esta casa con todo lo que alberga. Menos a...

—Se sobrentiende.

En la cocina, vio las chucherías de los animales, un ovillo de cuerda y la pelota de Yoda encima de la isla.

—Alguien echaba de menos a los animales —le dijo Trey—. La primera noche que pasasteis fuera, cuando entré encontré todo eso ahí, además de las puertas de los armarios abiertas y los taburetes y las sillas tirados en el suelo.

—Pobre Jack. ¿Qué hiciste?

—Lo que la mayoría de la gente consideraría un monólogo. Expliqué que Owen y yo debíamos hacernos cargo de los animales porque tú habías tenido que realizar un corto viaje de trabajo. Que, por la noche, a la salida del trabajo, los traeríamos de vuelta. —Al sacar dos galletas, los perros plantaron sus traseros en el suelo al instante—. Anoche, las cosas estaban otra vez encima de la isla, pero lo demás seguía en orden, por lo que me figuro que Jack lo entendió.

Ella observó a Trey mientras repartía las galletas.

—Eres un encanto, Trey.

—Eso por lo general es una sentencia de muerte.

—Qué va, para mí es precisamente lo contrario. Te llevaste a mi perro al bufete.

—Se metió a Sadie en el bolsillo, lo cual no es moco de pavo.

—Y lo trajiste de vuelta a la salida del trabajo... Owen y tú trajisteis a Yoda y a Pye, dormisteis aquí porque no queríais que la casa se quedara vacía después de todo lo que ha pasado. Hablaste con el fantasma de un niño que echaba de menos a los animales para jugar con ellos. —Sonya deslizó la mano por la manga de la camisa de Trey—. Mi padre era un encanto. No un blandengue, ni... ¿Cómo describirlo? Empalagoso.

—Esa es una buena palabra.

—Así es. Por eso reconozco y valoro a un hombre que es un encanto cuando lo veo.

Los perros se levantaron y salieron disparados hacia la parte delantera de la casa segundos antes de que sonara el timbre.

—Es Owen. Sirve el vino; para mí otro. —Trey la besó en la coronilla—. Voy a abrir.

De camino, Clover puso *I'll Stand by You* [«Estaré a tu lado»] de Pretenders.

—Es cierto. Lo haré. Y estar segura de que él también lo cambia todo.

Vertió el vino.

Instantes después sonrió a Owen, escoltado por Pye y Jones, y cogió otra galleta para perros y las chucherías de la gata.

—Hay cerveza —le dijo.

—Eso me va bien. —Como asintió con la cabeza en dirección al vino, ella sacó otra copa—. Bueno, bienvenida. ¿Qué es eso de que el cabrón te ha tendido una encerrona antes de la presentación?

—¿Cómo? ¿Qué cabrón? —inquirió Trey.

Sonya sirvió la cuarta copa.

—¿Cómo lo sabes? ¿Por telepatía?

—Estaría guay, pero no. Cleo me mandó un mensaje nada más llegar. Supongo que para asegurarse de que su gata no hubiera perdido una de sus siete vidas. Me lo comentó.

—Una servidora. —La mismísima Cleo se puso a ronronear y cogió a la gata en brazos para hacerle arrumacos—. Gracias. —El casto beso que le dio en la mejilla a Owen hizo que este le lanzara una elocuente mirada a Trey.

—Apuesto a que el tuyo ha sido mejor.

—No te voy a mentir. ¿Qué cabrón?

—Brandon decidió chincharme antes de la presentación.

—Debía haberse marchado para entonces —terció Cleo al tiempo que dejaba a la gata en el suelo—. Estaba al acecho, o sea, le tendió una encerrona. El muy cabrón.

—Eso fue lo que Cleo le dijo, a la cara. Es mi parte favorita. Él la saludó así. —Sonya hizo un gesto de superioridad junto con un ligero asentimiento de cabeza—. «Cleo». Y ella respondió asintiendo con la cabeza: «Cabrón».

Ambas se partieron de risa mientras Owen sonreía con picardía a Cleo.

—Buena jugada. Has ganado muchos puntos.

—No mencionaste nada de esto.

—¿Cómo iba a mandarte un mensaje para contarte sus gilipolleces? —empezó a decir Sonya y, acto seguido, cambió de tercio—. Te has mosqueado. Apenas se nota, pero te has mosqueado. Te juro que no pretendía ocultarte nada, es que simplemente no tenía ganas de sacar a relucir esa estupidez.

—Entonces oigámoslo ahora.

—Está bien. Es cierto que él debía haberse marchado, pero se quedó al acecho. A nuestra acompañante le sorprendió y se encontró en un aprieto cuando él apareció pavoneándose por el pasillo.

—Parecía un maniquí. —Cleo curioseó en uno de los envases de comida para llevar—. Rollitos de langosta, genial.

—Y patatas fritas. Será mejor meterlos en el horno para que no se enfríen por si esto va para largo —advirtió Owen.

—No tardaré. Fue rápido.

—Los meteré de todas formas. Mi comparación con un maniquí no ha sido un cumplido. Era un impostor camuflado bajo un elegante traje de firma.

—Es verdad. Mintió sobre el motivo por el que continuaba allí. Nuestra acompañante nos lo dijo después. Su única intención era ponerme de los nervios jactándose de que había estado charlando con Miranda Ryder (la mandamás) y que se había agenciado el encargo. Según él, ella se lo había confirmado. Dijo que yo conseguí la oportunidad de presentar mi propuesta solo gracias a Burt (Burt Springer), e hizo que sonara salaz.

—Otra buena palabra —señaló Trey.

—Hoy estoy sembrada. —Como seguía teniendo un nudo en la garganta debido a aquella insinuación, dio varios sorbos de vino seguidos para tragárselo—. Burt también es un encanto, un hombre lo bastante mayor como para ser mi padre, un hombre de familia. Da la casualidad de que Cleo ilustró el libro favorito de su nieta. Él lee cuentos a su nieta de cuatro años. De ese tipo de hombres es Burt.

—Eso no se lo mencionarías a Burt Springer —asumió Trey.

—No. ¿Lo habrías hecho tú?

—No.

—Brandon la llamó zorra.

—Joder. —Owen miró a Trey.

—Cleo.

—Bueno, Son, es lo que hay.

—Cuando lo mandé a tomar por culo (en términos más elegantes), dijo que no había sido consciente de lo zorra que era en el fondo y que se alegraba de haberme plantado, cosa que no hizo y que, a estas alturas, da igual. El caso es que salí airosa, ¿vale?

—Y te quedas corta —opinó Cleo.

—Él quería ponerme nerviosa, menoscabar mi confianza, y lo que consiguió fue justo lo contrario: me sirvió de acicate.

—Y Sonya triunfó. Aparte de las presentaciones en la universidad y los ensayos como los que hemos realizado aquí, la verdad es que nunca había visto a mi amiga del alma en acción. Triunfó.

Para darle énfasis, Cleo brindó con Sonya.

—Quiero estar al corriente. Si se pone en contacto contigo o se cruza en tu camino de nuevo, quiero que me avises. Y no —apostilló Trey— dos días después.

—En realidad no había nada que pudieras hacer —empezó a aducir Sonya.

—Habrías sabido que había alguien cabreado por ti.

Owen levantó dos dedos, de modo que Cleo levantó tres.

—No, que sean cuatro —rectificó—. Winter también. No obstante, he de decir en defensa de Sonya que se puso en plan Taylor Swift con su tema… Clover, ponlo.

Shake it Off [«Quítatelo de encima»] comenzó a sonar a todo volumen.

—Y tanto que sí. —Sonya se puso a mover las caderas y los hombros para demostrarlo.

—Tengo una pregunta, pero me apetece comer, igual que a los animales. Yo me encargo. —Owen fue a ponerles la comida.

—¿Qué pregunta? —inquirió Sonya mientras sacaba los platos.

—¿Cómo es que te enrollaste con un cabrón?

—Owen, ya te vale.

—No, Trey, es una pregunta razonable… y yo misma me lo he planteado. La respuesta en realidad atiende a dos motivos.

Primero, porque ocultó muy bien su faceta de cabrón durante bastante tiempo.

—En eso estoy de acuerdo. —Cleo sacó las patatas fritas—. Me caía bastante bien. Me gustaba más que nada por Sonya, pero me caía bastante bien, y eso que tengo un excelente radar de cabrones.

—En el trato con mi madre era genial, y eso es importante para mí. Me apoyaba en el trabajo, le interesaban (o fingía que le interesaban) mis apreciaciones. Era atento sin atosigar, congeniaba con mis amigos, en fin... —Cuando se sentaron a la mesa, Sonya hundió los hombros—. A raíz del compromiso fue cuando empecé a percatarme de pequeños detalles, y, más tarde, de cosas más importantes. En su mayor parte lo achaqué a mis nervios o al estrés de planificar aquella ostentosa boda, a buscar una casa, todo a la vez.

—Las cuales no querías —puntualizó Cleo.

—Las cuales no quería. Aquel fatídico día, antes de constatar que sería un fatídico día, fui consciente de que había cosas que era preciso abordar, poner en común, consensuar. Entonces..., bueno, no hubo necesidad de ello. —Probó una patata frita y sonrió—. En segundo lugar, y de hecho quizá sea en primer lugar, yo anhelaba, yo realmente anhelaba empezar a construir lo que mis padres tuvieron. El problema con eso, al margen de que él fuera un cabrón embustero e infiel, es que no deseábamos las mismas cosas en absoluto. Empecé a darme cuenta justo cuando... Aquel fatídico día.

»Me siento agradecida por el episodio de aquel fatídico día porque (y he reflexionado largo y tendido acerca de ello) yo habría sido incapaz de seguir adelante. Con la boda. Es probable que hasta hubiera enviado las invitaciones, que hubiera llegado tan lejos, lo cual habría sido horrible. Pero, a medida que se aproximaba la fecha de la boda, más se revelaba él y más infeliz y confundida me sentía yo.

»Así que ahí lo tienes.

—Es lícito —comentó Owen, y señaló hacia Trey—. Como Howie Queller.

—Sí. —Trey negó con la cabeza—. Un amigo nuestro desde antes del instituto. Hace unos años estábamos tomando una cerveza los tres... ¿Cuándo fue, una semana o así antes de su boda?

—Más o menos. Y él de buenas a primeras nos suelta que no quiere hacerlo, que no quiere casarse, que se siente atrapado. Trey lo calmó un poco diciéndole que le había entrado el canguelo, que seguro que la quería. A lo cual Howie contestó que pensaba que sí, pero que en el fondo no. Que si no estaba preparado, que si ella deseaba esto y lo otro, y que él no... Trey le dijo: «Tío, tienes que hablar con ella, solucionar esto. ¿Cómo vas a hacer promesas que no puedes mantener?».

—¿Y tú? —preguntó Cleo.

—Owen dijo: «No vas a poner un anillo en el dedo de alguien a menos que quieras que permanezca ahí. Si no quieres, no lo hagas».

—Entonces Howie se puso a llorar a moco tendido con la cerveza en la mano explicando lo ilusionada que estaba su madre, que su padre se había gastado un dineral, que Alma (la novia) era incapaz de hablar de otra cosa que no fuera la boda. De modo que se casó.

—Le tramitamos el divorcio al cabo de menos de un año —concluyó Trey—. Y no fue agradable.

Sonya comió un poco de rollito de langosta.

—Yo podría haber sido Howie.

—Qué va. —Owen empuñó más patatas fritas—. Howie es un cretino.

Después de la cena y la sobremesa, cuando pusieron orden en la cocina, Cleo fue a la entrada de servicio a por una chaqueta.

—Voy a salir a caminar con Pye y los chicos, y a acostarme temprano.

—Buena idea. Gracias por traer la cena, Owen.

—De nada. Saldré con Cleo y me iré directamente. Todavía tengo cosas pendientes.

Cuando se marcharon, Sonya miró a Trey.

—Estoy intentando lamentar que te enojaras por mí. Un poco conmigo, pero sobre todo por mí.

—Sobre todo, sí. Conozco a los de su clase; los veo en el juzgado. No me hace gracia que te vieras en esa tesitura con él.

—Por eso en realidad no lo lamento. Ven conmigo arriba. Te he echado de menos. He echado de menos estar contigo. —Pero primero lo abrazó—. Me alegro muchísimo de no ser Howie.

—Dado que tengo en mente desnudarte, yo estoy contentísimo de que no seas Howie.

Fuera, Owen se puso a llamar a Jones.

—Me gustaría hacerte una pregunta antes de que te marches. ¿Qué fue lo primero que pensaste cuando dije que el cabrón llamó zorra a Sonya?

—Que Trey y yo deberíamos ir a Boston y echar a suertes a quién le toca propinarle un puñetazo primero.

—Eso es lo que pensé.

—Trey no lo haría, no por un insulto. Pero como ese mamón vuelva a acosarla, aunque sea verbalmente, él encontrará la manera de hacerle pagar por ello. Eso es lo que hace Trey.

Ella asintió con la cabeza mientras paseaban, mientras el mar emitía su rítmico sonido sordo y la luna surcaba el cielo.

—Cuando empaquetamos sus mierdas, cogí uno de sus calzoncillos y lo enterré pronunciando una maldición. De verdad, abrigo la esperanza de que al menos surtiera algún efecto.

—¿Qué tipo de maldición?

—Hongos en la entrepierna.

Owen hizo una mueca y se detuvo.

—Recuérdame que nunca te busque las cosquillas. Debo ponerme en marcha.

—Mmm... ¿Tú roncas?

—Nadie se ha quejado hasta ahora. ¿Por qué?

—A mí me gusta dormir, de modo que necesito saber si te dejaré quedarte conmigo después del sexo o te echaré con cajas destempladas.

Cleo se ladeó, lo abrazó y lo besó a la luz de la luna como una mujer que ya había tomado la decisión.

—¿Esto se debe a mi comentario sobre propinarle un puñetazo a ese tío?

—Eso ha sido la guinda, pero hay más razones en el pastel. ¿Quieres oírlas ahora?

—La verdad es que no. ¿Tú roncas?

Ella sonrió, lo agarró de la mano y lo condujo hacia la casa.

—¿Por qué no entras y lo averiguas?

Dobbs no esperó hasta las tres.

Justo después de la una empezó a sonar el dong del timbre. Y las alarmas antiincendios de la casa solariega comenzaron a emitir estridentes pitidos. Los perros se levantaron de sopetón y se pusieron a ladrar.

Trey saltó de la cama y se puso los pantalones deprisa.

—Es Dobbs —dijo Sonya al tiempo que se levantaba atropelladamente—. Tiene que ser ella.

—Es Dobbs, pero hay que comprobarlo. Los de la empresa de alarmas contra incendios van a llamar; dales la contraseña y diles que retengan a los bomberos.

—No me acuerdo de la contraseña. ¡Maldita sea! —El eco del estruendo procedente de la segunda planta casi ahogó su voz.

—LBM-1794.

Trey la adelantó al salir del dormitorio y enfiló el pasillo al tiempo que Owen y Cleo salían precipitadamente del cuarto de esta.

A falta de algo mejor, dijo:

—Vale. ¡Ah! Sonya va a retener a los bomberos. Vosotros bajad a echar un vistazo y nosotros subimos. Si veis humo o fuego en alguna parte, mandadme un mensaje con el 911.

Owen se pasó la mano por el pelo y asintió con la cabeza.

—Es Dobbs, pero echaremos un vistazo.

—Es Dobbs. —No obstante, Trey fue abriendo puertas conforme avanzaba por el pasillo—. Y vamos a cerciorarnos, caray.

—Les he dicho que se ha producido algún fallo en el sistema y que estamos solucionándolo. —Al igual que Trey, Sonya fue echando una ojeada a las habitaciones de camino al descansillo—.

Por Dios, Trey, es imposible que ella provoque un incendio. Ella quiere la casa solariega.

—Es una lunática. Hay que asegurarse.

—No hay humo, ni siquiera del suyo. —Sin embargo, el corazón le aporreó el pecho a Sonya cuando se dirigieron a la segunda planta a toda prisa.

En su teléfono empezó a sonar *Makin' Some Noise* [«Haciendo un poco de ruido»] de Tom Petty.

—Efectivamente, Clover. Tan solo está haciendo un poco de ruido.

El suficiente como para que a Sonya le entraran ganas de taparse los oídos.

Pero se encaminó hacia el fondo del pasillo, abriendo puertas, revisando habitaciones, con Trey.

—La puerta del salón dorado ya está abierta.

—Sí, ya veo.

Ella lo agarró de la mano.

—Ni se te ocurra.

—Demasiado tarde.

—¡Quietos! —ordenó ella a los perros—. Y eso va para ti también.

—Lo he pillado. —Puede que su tono lo crispara, pero lo pilló—. Declinamos la invitación. —No obstante, enfocó con la linterna hacia la densa y profunda negrura de la sala.

Esperaba verla, flotando sobre el suelo, con los brazos abiertos de par en par.

—No está ahí. —Sonya sujetó con más fuerza la mano de Trey—. Está en otra parte de la casa solariega. Cleo y Owen…

—Están bien, igual que nosotros. Vamos a terminar de registrar esta planta, el salón de baile y el resto.

Pero cuando se dirigieron al salón de baile, una ráfaga de aire gélido impregnó el pasillo como un témpano de hielo.

Las luces que habían encendido se apagaron de repente.

Sonya lo notó, de hecho, notó el roce de un aliento sobre la nuca. Los perros soltaron un gruñido que a su paso se convirtió en un aullido.

Entre las tinieblas, una sombra aún más oscura se deslizó hacia el fondo del pasillo.

Se oyó un susurro: «La muerte habita aquí» y, a continuación, un grito estridente.

La puerta del salón dorado se cerró de un portazo; las luces se encendieron de sopetón.

De pronto se hizo un silencio tan sepulcral que a Sonya le zumbaron los oídos.

—Ha regresado a su cueva —mascullló Trey.

—He notado su presencia. La he sentido justo detrás de mí.

—¿Te ha tocado? —Trey se guardó la linterna en el bolsillo para palpar a Sonya.

—No. Al menos…, no. Pero he sentido… como el aliento de alguien contra mi nuca.

Él la giró y le levantó el pelo.

—No tienes nada. ¿Te duele algo?

—Qué va, solo ha sido una sensación. Y he visto a Dobbs, o su sombra. ¿Y tú?

—Sí, la he visto. Quiero echar un vistazo al resto de habitaciones. Será mejor que nos cercioremos, aunque me parece que la función ha terminado por esta noche. —Volvió a agarrarla de la mano—. ¿Vale?

Ella lo acompañó de habitación en habitación.

—Voy a mandarle un mensaje a Cleo para que sepan que casi hemos acabado. Seguro que te has percatado de que Owen al final no se fue, y de que ha salido del cuarto de Cleo.

—Estaba un poco distraído en ese momento, pero era difícil pasarlo por alto.

—¿Qué opinas?

—Me decanto por Joe Pesci y su «Joder, menuda sorpresa».

Después de una hora agobiante, ella se rio. Y con un tremendo alivio, apoyó la cabeza ligeramente contra el hombro de Trey mientras bajaban las escaleras.

—¿Te parece bien?

—¿Por qué no? Los dos son mayorcitos. ¿Y a ti?

—Dado que Cleo es mi amiga del alma y Owen mi primo

favorito, me parece genial. Y me hago eco de tu frase de *Mi primo Vinny*.

Llegaron a la planta de los dormitorios cuando Cleo, Owen, Jones y la gata salían del pasadizo de los criados.

—Todo despejado —anunció Owen.

—Lo mismo digo. Su intención era armar un estrépito. Ha salido del salón dorado —añadió Trey—. A darse un garbeo.

Sonya reprimió un escalofrío.

—La hemos visto entrar de nuevo. En ese preciso instante el ruido ha cesado.

—Ha hecho lo que pretendía: sacarnos a todos de la cama para realizar una batida por la casa como la pandilla de Scooby-Doo —señaló Cleo.

—Yo diría que le ha sentado mal que hayamos regresado de Boston, Cleo.

—Y tanto que sí —convino ella, al tiempo que se encaminaban por el pasillo en tropel—. Y me huelo que el hecho de que hubiera cuatro personas durmiendo en la casa la ha puesto de mala leche.

—No es la primera vez que pasa ni mucho menos.

—Ya. —Cleo sonrió a Owen—. Pero en esta ocasión había cuatro personas durmiendo después de, digamos, disfrutar de los placeres de la carne.

—Madre mía. —Sonya se rio por lo bajo mientras Owen se frotaba la cara—. Menuda forma de describirlo.

—Ella no es de carne y hueso, y por tanto es incapaz de disfrutar de esos placeres. —Cleo miró rápidamente al techo—. En mi opinión, la arpía está celosa. Voy a volver a la cama. —Al enfilar hacia su habitación, Cleo miró a Owen—. ¿Vale?

—Vale. Sí. —Él lanzó una mirada fugaz a Trey—. Qué nochecita —dijo, y siguió a Cleo.

24

Por la mañana, cuando los hombres se marcharon y mientras Cleo seguía durmiendo, Sonya se puso a trabajar.

Se figuraba que la primera tarea de asuntos de índole extralaboral surgiría en una conversación con Cleo acerca del cambio en los arreglos para dormir.

Sonrió ante la idea.

Dado que ya había respondido a los correos electrónicos y mensajes, abrió el primer archivo.

Puede que Dobbs le hubiera trastocado la noche, pero ni de coña iba a fastidiarle la jornada de trabajo.

Y un montón de ruido desagradable no la ahuyentaría de su propia casa.

«Estás aporreando la puerta equivocada», pensó, y se dispuso a realizar otra prueba del encargo para Gigi.

A la una y un minuto exactamente oyó el din de un correo electrónico entrante. Aunque estuvo a punto de ignorarlo, interrumpió la tarea. Si su clienta quería que realizara otro cambio, mejor saberlo ahora.

Pero el mensaje era de Ryder, de la ayudante de Miranda, en el que la informaba de que la señora Ryder deseaba concertar una videollamada por Zoom tan pronto como le fuera posible a Sonya.

—Mierda, mierda. —Se levantó con desgana y se puso a caminar de un lado a otro.

«Demasiado pronto para que se trate de buenas noticias», calculó. Pero quizá, quizá tan solo fuera una llamada de seguimiento, o para formularle unas cuantas preguntas.

«Es posible —concluyó—. No es probable, pero sí posible».

—Quítatelo de encima y punto, Sonya.

Clover transmitió su clásico optimismo con *Don't Stop Believin'* [«No dejes de creer»].

—Está bien. No pasa nada, absolutamente nada. Ha sido una experiencia valiosa.

Se acomodó y respondió por correo electrónico que estaba disponible en ese momento o que se adaptaría a la hora más conveniente para la señora Ryder.

A continuación bebió un trago de agua pensando que ojalá hubiera cogido una Coca-Cola. En especial cuando recibió de inmediato la respuesta con el enlace.

—Supongo que esto significa que me va a dar un patatús ahora mismo. ¡Dios, no he caído en la pinta que tengo! —Presa del pánico, echó mano del cajón del escritorio y sacó el maquillaje de emergencia para videollamadas.

Después de retocarse a toda prisa, respiró, enderezó los hombros y clicó en el enlace.

—Ahora nada de música, Clover —dijo en voz baja, y se conectó con la sala.

—Buenos días, señorita MacTavish. Gracias por su rápida respuesta.

—Buenos días. Encantada de hablar con usted de nuevo.

Detrás de Miranda había estanterías con libros, galardones y fotografías. Encima de un estante, a la izquierda de su hombro, yacía un jarrón con un ramo de flores blancas.

—En nombre de Ryder Sports, me gustaría darle las gracias de nuevo por la creatividad y el gancho de su presentación.

Al oír esas palabras tan frías y educadas, a Sonya se le hizo un nudo en el estómago y se preparó para recibir la patada.

—Fue una valiosa oportunidad para mí.

—Para ser el primer año de una mujer al frente de su propia... —Miranda dejó la frase a medias—. ¿Está en una biblioteca?

—En mi casa, sí. Trabajo desde casa, y uso la biblioteca como despacho.

—¿Es una torre?

—Sí, así es. Mi tío... —Demasiado complicado de explicar, decidió en el acto. Además, eso tan solo demoraría lo inevitable—. Heredé la casa familiar de Maine el invierno pasado.

—Es impresionante. El caso es que hemos valorado con detenimiento su presentación y su enfoque, lo mismo que la propuesta de By Design. Los enfoques son diferentes. Usted hizo un trabajo excelente con el suyo, señorita MacTavish.

—Gracias. Sinceramente, he de decir que les agradezco la oportunidad y que disfruté afrontando un reto creativo de esta magnitud. Entiendo que una empresa con la veteranía y reputación de Ryder requiera un equipo más consolidado.

—Ah, ¿sí? —Miranda esbozó una sonrisa casi inapreciable—. Hay quienes coinciden en ello. Yo no soy una de ellos. Y no soy la única que comparte esta opinión o la decisión de apostar por Visual Art y su enfoque. Felicidades.

Durante dos milésimas de segundo, Sonya se distrajo y se quedó en blanco.

—¿Está... asignándome el proyecto?

—Así es. Burt Springer deseaba realizar esta llamada, pero yo me he impuesto. No obstante, se pondrá en contacto con usted a lo largo de la mañana para discutir los términos. Él confía en llegar a un acuerdo.

—Sí. Estoy segura de que llegaremos a un acuerdo. —Sentía el cerebro entumecido, el cuerpo entumecido. Pero era consciente de que seguía moviendo los labios, puesto que oía su propia voz—. Gracias por su confianza. No la defraudaré.

—Confío en ello. ¿Le gustaría saber por qué hemos decidido apostar por una profesional independiente al frente de una empresa en su primer año de funcionamiento?

—Así es, por diversas razones.

—Por su respeto a la historia de esta empresa, junto a la familia que hay detrás de ella, y al mismo tiempo por su proyección de futuro. Sin la historia y la familia no existiría Ryder Sports ni habría proyección de futuro. Además, Ryder Sports es para todo el mundo, no solo para atletas profesionales. Su visión transmitió exactamente eso.

—Mi padre me enseñó a montar en bicicleta. Era una Ryder.

En ese instante Miranda sonrió de oreja a oreja.

—Ah, ¿sí?

—Sí. Y aún recuerdo esa sensación de emoción desbordante cuando me soltó. Intuyo que estoy a punto de sentirla de nuevo.

—Va a ser un placer trabajar con usted. Burt se mantendrá en contacto. Ah, una cosa más: hay despachos muy próximos a donde el señor Wise habló con usted antes de su presentación, y algunos con las puertas abiertas.

—Oh.

—Se ha ganado este encargo por méritos propios y porque consideramos que su visión está en consonancia con la nuestra. Si hubiéramos optado por By Design habría sido con la condición de que el señor Wise fuera relegado de la campaña. En Ryder no toleramos la falta de honestidad y el acoso. Volveremos a hablar —concluyó, y cerró la sesión.

Automáticamente, Tina Turner arrancó con *The Best* [«La mejor»].

Todavía entumecida, Sonya permaneció inmóvil, con la mirada perdida, contando las respiraciones.

Cuando reaccionó, se hizo un ovillo en la silla y rompió a llorar.

Los habituales andares cansinos de Cleo se convirtieron en una carrera cuando vio a Sonya.

—¿Qué ha pasado? ¿Qué te pasa?

—Es por Ryder —logró decir Sonya mientras Cleo la abrazaba.

—Ay, cariño, lo siento mucho. No sé… —Se interrumpió cuando le levantó la cara a Sonya para secarle las lágrimas—. ¡Un momento! ¡Un momento! Conozco esa expresión. Conozco ese tipo de lágrimas. ¡Oh, Dios mío! ¡Lo has conseguido! Has conseguido el encargo.

—He conseguido el encargo.

Entre sollozos también, Cleo tiró de ella hacia arriba para fundirse en un abrazo.

—Qué alegría. Estoy muy orgullosa de ti. Cuéntame qué te han dicho. Todo. ¡Ni siquiera necesito un café!

—Les ha gustado mi enfoque en la historia, la familia, todo.

—Diste en el clavo con ese planteamiento desde el principio. Te guiaste por tu instinto, por tu perspicacia, y te dejaste llevar. Hiciste que funcionara.

—Me he quedado abotargada, o sea, con la mente y el cuerpo totalmente abotargados como si me hubiera tomado un chute de novocaína. Burt va a ponerse en contacto conmigo para acordar los términos. Los términos. ¡Qué fuerte, Cleo!

—Me voy a poner a bailar.

Cuando Cleo se arrancó, Clover puso *Dancing Queen* [«La reina del baile»] de ABBA.

—Tengo que mandar un mensaje a mi madre y a Trey. Ah, y a Corrine. Por sus fotografías. Cleo.

—¡A bailar!

—Cleo, alguien oyó los comentarios de Brandon. Alguien oyó por casualidad nuestra conversación, y llegó a oídos de Miranda. Ella es quien me ha llamado personalmente.

—Qué bien. —Cleo paró de bailar lo justo para esbozar una sonrisa maliciosa—. En mi opinión, eso es bueno. Y bajo ningún concepto pienses que has conseguido este encargo por ese motivo.

—Sin duda es lo que yo habría pensado, pero ella me ha confirmado lo contrario. Según me dijo, de haberse decantado por By Design les habrían exigido que él fuera apartado del equipo.

—Me gusta Miranda. Dame treinta años para convertirme en ella. ¡Manda un mensaje a tu madre, a todo el mundo! Esta noche vamos a celebrarlo. Ya pensaré cómo cuando me tome el café.

—¿Me traes una Coca-Cola cuando subas?

—Claro.

Cuando Cleo regresó, Sonya se puso a caminar de un lado a otro.

—Me resulta imposible sentarme todavía. Mi madre está

pletórica, y me quedo corta. Trey ha dicho que nos recogerán a las siete. Vamos a cenar en el restaurante elegante del hotel.

—¡Me apunto de cabeza!

—No es así como imaginaba que pasaría la mañana. Estaba realizando pruebas y mi intención era parar cuando aparecieras, para bombardearte a preguntas sobre Owen.

Los labios de Cleo se curvaron en una lenta sonrisa de satisfacción.

—Puesto que conozco esa expresión, la cosa fue bien en ese sentido a pesar de la interrupción.

—Bah, que le den por saco a Dobbs. Me complace decir que la cosa fue extraordinariamente bien en ese sentido, dos veces, antes de la interrupción.

—Yo pensaba que anoche Owen se iba a ir a casa.

—Y él. —Entre risas, Cleo se atusó el pelo—. Yo cambié sus planes. A ti te parece bien esto, ¿verdad, Son?

—Os adoro a los dos. A ti te quiero desde hace mucho más tiempo, pero os quiero a los dos. No obstante, como te haga daño... —Con los ojos entrecerrados, Sonya golpeó el puño derecho contra la palma de la mano izquierda.

—¿Sabes, Son? Owen y tú compartís muchos rasgos de personalidad. Bueno, como hoy también hace un día muy bonito, voy a adecentarme un poco y a pintar al aire libre.

Sonya cogió el teléfono cuando sonó.

—Es Burt.

Cleo le lanzó un beso y se marchó.

Al término de la conversación con Burt, Sonya se echó a llorar de nuevo. A continuación se lavó la cara, se bebió la Coca-Cola y reanudó el trabajo.

Ni podía ni estaba dispuesta a descuidar a sus otros clientes por el mero hecho de haberse agenciado al pez gordo.

Bien entrado el día, Bree le envió adjunto a un correo electrónico el menú definitivo, con los establecimientos que cocinarían cada plato, para la jornada de puertas abiertas.

El cuerpo del correo rezaba:

Lo hablamos de nuevo si hace falta, pero esto es lo que necesitáis.
¡Si queréis un fiestón hay que ir a por todas!

Caray, claro que querían un fiestón, en especial ahora.

Imprimió dos copias, llevó una a la habitación de Cleo y la dejó encima de la cama junto a un modelito corto y sexy de color carmín que asumió que había elegido Molly.

En su propia cama encontró el coqueto vestido de color azul lavanda con el pronunciado escote en la espalda que su madre y Cleo la convencieron para que comprara en Boston.

—Si no es ahora, ¿cuándo? —decidió. Es más, decidió que el vestido y la noche requerían que usara las tenacillas para rizarse el pelo.

Cuando regresó al cuarto de Cleo, su amiga estaba sentada calzándose.

—Winter y yo dimos en el clavo con ese vestido.

—Así es. Y Molly ha elegido un ganador para ti. ¿Has tenido ocasión de echar un vistazo al menú?

—Sí, y se merece un guau enorme. Seguro que nosotras habríamos sido capaces de elaborarlo, pero como mínimo invirtiendo el doble de tiempo y con considerables dolores de cabeza y agobios.

—Estoy de acuerdo. Entonces, no hay más que discutir. Le responderé con un sí rotundo. ¿Cómo vas con el cuadro?

—Creo que está terminado. Lo he dejado reposar y he empezado otro. Bajo en un minuto.

Sonya oyó la puerta principal al abrirse, e instantes después a Trey y Owen entrar.

Ambos iban trajeados. No se explicaba por qué eso le parecía tan adorable.

Trey la observó con atención.

—Guau. Si no había un motivo de celebración, ahora lo tengo. Estás espectacular.

—Lo mismo digo.

Owen levantó la mirada cuando Cleo bajaba por las escaleras. Ella, con la cabeza ligeramente inclinada, se fue derecha hacia él.

—¿Yo no estoy espectacular?

—Tú siempre lo estás.

—Un hombre inteligente —musitó ella—. Un hombre trajeado.

—Solo por obligación.

—La obligación te sienta bien.

Cleo deslizó un dedo sobre su corbata y se echó a reír cuando Clover puso *Sharp Dressed Man* [«Hombre de punta en blanco»].

En el transcurso de la celebración, Sonya concluyó que esta encabezaba su lista actual: un par de hombres de punta en blanco, un restaurante con impresionantes vistas al agua, el brillo del cristal a la luz de las velas, y el deleite de una botella de champán.

—Esto es precioso, realmente precioso.

Apartó la mirada de la ventana y echó un vistazo a su alrededor. Todo, la mantelería de hilo blanco, las velas flotantes que titilaban con suavidad, el formal atuendo negro de los camareros, armonizaba con elegancia.

—Trey se figuró que una pizza con cerveza no estaba a la altura.

—Esta vez no. —Trey alzó su copa—. Por un trabajo bien hecho y un triunfo bien merecido.

—Gracias. Y este va por todos vosotros, por vuestra contribución a ello.

—Cuéntales lo del aliciente extra —insistió Cleo—. Son no tiene la suficiente malicia como para considerarlo un extra, pero yo sí. Al cabrón le salió el tiro por la culata.

—De hecho, sí que la tengo. Alguien oyó por casualidad su sarta de gilipolleces de pasillo, y supongo que se corrió la voz.

Tras ponerlos al corriente, Owen propuso otro brindis.

—Casi tan bueno como un zasca en toda la cara.

—Si intenta acosarte de nuevo, quiero que me lo digas —le recordó Trey.

—Lo haré, pero... Me lo imagino en un globo aerostático arrastrado por el viento cada vez más lejos. Ya apenas lo distingo. —Sonya entrecerró los ojos—. ¿Sabes? Parece que está desinflándose. ¡Y fíjate en aquellas nubes! Uy, ha desaparecido.

Tomó un sorbo de champán.

—Nadie lo echará en falta.

Bebieron champán y saborearon platos elaborados con maestría.

—Ahora entiendo por qué Bree ha incluido estos pasteles de cangrejo para el evento. —Sonya ofreció a Trey un bocado—. Son los mejores que he probado en mi vida. Hacen una miniversión, así que eso es lo que comeremos. Y los minitourtières de carne de vacuno.

—¿Qué diablos es eso? —preguntó Owen.

—Reconozco que tuve que buscarlo. Es una especie de canapé.

—Una exquisitez —comentó Trey.

—También vamos a tomar bocaditos de pizza, buñuelos de jalapeño...

—Ahora sí que sí. —Owen brindó por ella otra vez.

—Ya estamos recibiendo confirmaciones de asistencia. —Cleo sonrió de pura satisfacción—. La casa se pondrá de bote en bote.

—Se está corriendo la voz. —Trey ofreció a Sonya un poco de su salmón—. El evento estelar del verano está en vuestras manos.

—Y lo organizaremos como Dios manda. Cleo y yo vamos a arreglar el centro del jardín y a reunirnos con la florista. Encargamos guirnaldas de luces para la fiesta, pero necesitamos a un par de hombres guapos y mañosos para que nos ayuden con eso.

—Siempre surge algo —dijo Owen entre dientes—. Quieres ese velero, ¿verdad, Lafayette?

—Claro. —Cleo pestañeó con coquetería—. ¿Cuánto tardan dos hombres guapos y mañosos en colgar unas guirnaldas de luces?

—¿Cuántas comprasteis?

Ella se limitó a sonreír y respondió:

—Mmm…

—Lo que me figuraba.

—Podemos sobornaros con pastel de carne y sexo.

—Es probable.

—Definitivamente —corrigió Trey—. ¿Os preocupa lo que Dobbs podría maquinar con tanta gente dentro y fuera de la casa?

—Yo procuro no pensar en ello, pero sí que se me pasa por la cabeza. Sin embargo, cuando mi madre vino a pasar un par de días, el ambiente fue agradable y se respiró una relativa tranquilidad.

—Yo cuento con que la buena energía contrarreste la mala. Luces, música, gente… —dijo Cleo con las manos en alto—. Para eso se construyó la casa solariega.

—Ella no se saldrá con la suya —afirmó Sonya en tono categórico—. Quizá sea una ingenua, pero me da la sensación de que haber conseguido el proyecto para Ryder (y contra todo pronóstico) significa que el mero hecho de plantarle cara y seguir adelante ya es algo. Y a lo mejor si atravieso el espejo de nuevo, o cuando lo haga, averiguo algo más, algún modo de conseguir los anillos. Yo no estaría aquí, ni Cleo, ni estaríamos los cuatro juntos aquí si la situación se hubiera desarrollado de otra manera. Por tanto… —Sonya se encogió de hombros y cogió su vaso de agua—. Hay que seguir plantándole cara y tirar hacia delante. —Trey se limitó a sonreírle—. ¿Qué?

—Ella tiene todas las de perder.

—Puedo hacer un hueco el sábado para colocar las puñeteras luces.

Cleo enarcó las cejas en dirección a Owen.

—¿Sin soborno?

—¡Qué dices! Acepto el soborno de todas formas: ningún hombre en su sano juicio pone pegas al pastel de carne y al sexo. No obstante, la familia no necesita sobornos.

—Por muy bien que me cayera Clarice, te has asegurado tu puesto como mi primo favorito. Lo más probable es que lamente esto, pero pidamos postre.

Disfrutaron de la sobremesa con postre y café, conversando distendidamente. Luego Trey se levantó y estrechó la mano al hombre que se aproximó a la mesa. Owen hizo lo mismo.

—Me alegro de verte. Os presento a Anson Miller, el padre de Seth. Sonya MacTavish y Cleo Fabares.

La primera palabra que le vino a la cabeza a Sonya fue «distinguido». Mechones de cabello plateado asomaban entre una mata de pelo rubio platino peinado hacia atrás que dejaba a la vista un rostro fino y anguloso. Tenía los ojos de color marrón claro con un matiz verdoso y una sonrisa natural.

—Encantada. Tiene un hotel muy bonito.

—Gracias. He cenado en el comedor privado con unos clientes vip y al salir os he visto. Solo quería saludar, no quisiera interrumpir.

—En absoluto —le aseguró Sonya—. ¿Puede unirse a nosotros para el café?

—Gracias, pero el café a esta hora de la noche es solo para los jóvenes y aventureros.

Sin embargo, cuando el camarero le ofreció una silla, Anson tomó asiento.

—Solo un momento. No podía dejar pasar la oportunidad de conocer a las nuevas señoras de la casa solariega. Señorita Fabares, es de Luisiana, ¿verdad?

—Cleo, por favor, y sí, oriunda de allí.

—Anson conoce todos los entresijos de Poole's Bay —terció Owen.

—Tengo algo de sangre Poole, viene de muy lejos.

Sonya cayó en la cuenta.

—¡Claro! Aparece en el árbol familiar del libro de Collin. Ah, en la rama de la hija de Connor y Arabelle. Hum..., es hijo de Gwendolyn y..., ay, un momento... ¿Sebastian Haverton?

Anson enarcó las cejas.

—Vaya, alguien más conoce todos los entresijos. Collin era un buen hombre. Lamento que nunca tuviéramos ocasión de conocer a tu padre.

—Él también era un buen hombre.

—Sin duda. Espero que ambas seáis felices en la casa solariega. A mi esposa y a mí nos hace mucha ilusión verla y veros a vosotras el mes que viene. La hospitalidad siempre ha sido mi oficio desde que era más joven que cualquiera de vosotros, y aprecio cuando alguien la ofrece. Recuerdos a vuestras familias, Trey, Owen —dijo al levantarse—. Que disfrutéis del resto de la velada.

—Otro primo —comentó Sonya cuando Anson se marchó, y sonrió a Owen—. Pero sigues siendo mi favorito.

De camino a casa, recordó la velada y pensó que sí, qué mejor forma de celebrar lo que para ella era un gran triunfo: una elegante cena fuera, un respiro de la rutina que había creado —gustosamente, todo sea dicho—, una ocasión para acicalarse y compartir esa celebración con personas a las que quería.

Mejor, imposible.

Y, al día siguiente, vuelta a la rutina. De buen grado.

Pero al levantar la vista fugazmente hacia la casa solariega, posó la mano sobre la de Trey.

—Todas las luces están encendidas. Te juro que todas las luces están encendidas.

—Ya lo veo.

—No es propio de ella encender las luces. —Cleo, en el asiento trasero, se inclinó hacia delante—. Si acaso las apagaría todas.

—Coincido en eso con Lafayette. A Dobbs le gusta la oscuridad.

—Puede que sí, pero el caso es que están encendidas. —Sonya alargó el cuello cuando doblaron la última curva—. Excepto las del salón dorado. Por Dios, hemos dejado a los animales dentro. Si ella…

—Owen y yo echaremos un vistazo. —Trey aparcó—. Vosotras quedaos aquí.

—Es mi casa —repuso Sonya, y abrió la puerta del coche de golpe al mismo tiempo que Cleo.

—Ni hablar —contestó Cleo.

Lo oyeron antes de llegar a la puerta: ladridos, música, risas.

—¿Qué coño...? —dijo Owen cuando Trey abrió la puerta.

Atisbaron —de pasada, pero con claridad— a un niño que lanzaba la pelota roja, a gente que bailaba mientras la música —*Bad Romance* [«Un mal romance»] de Lady Gaga— sonaba a todo volumen.

Se desvanecieron como el humo con el viento. Alguien se demoró un instante más, una hermosa joven rubia con el pelo largo y brillante, con los ojos azul claro. Esbozó una fugaz sonrisa de felicidad antes de desaparecer también.

Los tres perros jadearon; Yoda dejó escapar un tenue gemido. A continuación, la gata, repantigada sobre el poste de la escalera como si una mano la acariciara, bajó de un salto.

—*Bon Dieu de merde* —dijo Cleo, y se echó a reír.

—¿Qué dices?

Ella miró fugazmente a Owen.

—Hostias. Cuando me quedo pasmada, me sale el francés. ¡Han organizado una fiesta!

—Han organizado una fiesta —repitió Sonya por lo bajo—. Había un montón de gente, pero todo ha sido tan rápido que no he podido...

—He visto al niño lanzar la pelota. —Trey se agachó para cogerla y, tras examinarla durante unos instantes como si se tratara de un objeto extraterrestre, la lanzó para que los perros corrieran tras ella—. Y a Clover.

—Sí, he reparado en ella. —Cuando Mookie, que ganó la carrera, regresó con la pelota, Owen la lanzó—. Y tenías razón: es un pibón.

—Se respiraba... alegría. —Mientras la música continuaba sonando, Sonya caminó de aquí para allá por el vestíbulo—. Y alboroto. Imagino que no nos oyeron, ¿no? Parece una locura, pero dadas las circunstancias... Y ahora me pregunto si hacen esto en nuestra ausencia.

—Me da que estaban de celebración por ti.

Conmovida y atónita, Sonya se giró hacia Trey cuando la música cambió a *I Wanna Dance with Somebody (Who Loves Me)* [«Quiero bailar con alguien (que me quiera)»] de Whitney Houston.

—Ahí lo tienes —comentó él.

—Yo también. —Cleo agarró la mano de Owen—. Quiero bailar con alguien.

—¡Y yo!

Al descalzarse rápidamente, Sonya concluyó que eso lo convertía en la celebración perfecta.

Así pues, bailaron con las luces encendidas tal y como habían hecho los espíritus de la casa solariega.

25

Maine floreció en mayo. Para contribuir a ello, Sonya y Cleo decidieron arreglar el centro del jardín.

—Son, necesitamos la camioneta para esto.

—¿Crees que es necesario?

—Totalmente. Incluso si nos limitamos a plantar en la docena de maceteros que escogimos y lavamos, ni en tu coche ni en el mío va a haber sitio. Hay que comprar tierra y turba para las macetas. Me hace mucha ilusión plantar hierbas aromáticas y tomateras. E igual también pimenteros. Si añadimos todo eso a los macizos de flores, fijo que no hay sitio.

—Pero es enorme.

—Esa es la idea. —Junto con una sonrisa alentadora, Cleo probó con una palmadita en el hombro para animarla—. Tú puedes.

—¡Tengo una idea! —Sonya levantó un dedo en el aire—. ¿Por qué no te pones tú al volante de ese tanque?

Cleo negó con la cabeza.

—Tú primero.

—Solo hay una solución: piedra, papel o tijera.

Al cabo de unos instantes, Sonya bajó la vista al tiempo que la piedra de Cleo machacaba su tijera.

—Maldita sea. Me consta que tienes razón en lo tocante a la camioneta. Me revienta que tengas razón. Debería haber dado una vuelta de prueba, aunque solo fuera bajar y subir por Manor Road un par de veces.

—Anda, vamos. —Dicho esto, Cleo sacó el mando a distancia que llevaba guardado en el bolsillo y abrió la puerta del garaje.

Ahí estaba: grande, negra, aterradora.

—Es un monstruo. —Sonya se aproximó a la camioneta con pavor, pero abrió la puerta del conductor. ¿Acaso no quería llenar los dichosos maceteros de flores?—. Vale, voy a ponerme al volante. —Cuando se acomodó, se quedó mirando al frente—. No alcanzo a los pedales, así que...

—Por eso se ajusta el asiento.

Tras hacerlo, trajinó los espejos retrovisores y se abrochó el cinturón de seguridad.

—A lo mejor no arranca.

Por supuesto que sí. Como Trey, o bien Owen, habían circulado con ella un par de veces al mes desde que Sonya se mudara allí, arrancó a la primera. Con un rugido.

—Ay, Dios. Vamos paso a paso —dijo entre dientes—. Paso a paso. Voy a quitar el freno de mano y a meter la marcha. Solo para tu información, si sobrevivimos a este trayecto, no pienso aparcarla marcha atrás. —Contuvo la respiración al pisar el pedal del acelerador—. Nos estamos moviendo.

—Si nos movemos a esta velocidad, igual llegamos a tiempo para las segundas rebajas de verano.

—Está bien. —Con gesto serio, Sonya sujetó con fuerza el volante—. Recuerda que tú lo has querido. —Avanzó por el camino de entrada y enfiló Manor Road—. Estoy conduciendo una maldita camioneta.

—¡Yo conduzco a la vuelta!

En algún punto del trayecto de veinte minutos, a Sonya dejaron de temblarle las piernas. Casi disfrutó.

Con lo que sí disfrutó, muchísimo, fue recorriendo sin prisa el gran vivero de las afueras de Poole's Bay, deliberando con Cleo sobre qué comprar, pidiendo consejo al personal, a otros clientes.

Se figuraba que lo que desconocían acerca de la jardinería lo compensaban sus conocimientos sobre los colores, las formas, las texturas. Y ambas se habían informado bien acerca de lo esencial.

Quizá lo estrictamente esencial, pero al fin y al cabo lo esencial.

También querían comprar plantas sin flores y hierbas aromáticas. Y como se quedó completamente fascinada, unas tomateras que le parecieron adorables, pimenteros, bolsas de tierra, bonitos guantes de jardinería, fertilizante, una reluciente regadera nueva y carillones de viento.

Entonces la vieron, al hada con el rostro ensoñador y las alas desplegadas. Inclinada hacia delante como aspirando el perfume de las flores, en la mano sostenía una bola de cristal alimentada con luz solar.

—Son, hay que comprarla.

—Ya lo creo.

Al final adquirieron tantas cosas que —a pesar de que colocaron en el asiento trasero la escultura del hada y lo que a juzgar por ellas era una diosa sujetando un farolillo solar— a duras penas cabía todo en el maletero de la camioneta.

—Se nos ha ido la cabeza —afirmó Sonya.

—No te lo voy a negar, pero, caray, qué divertido es esto. —Cleo se frotó las manos—. Yo conduzco.

A su regreso, tardaron una hora entera en acarrear todo hasta la parte trasera, en colocar las estatuas donde estimaron oportuno, mientras Yoda y Pye olisqueaban sin parar.

Tras surtir y colgar el comedero para pájaros, se cercioraron de que no fuera un reclamo para los osos.

A continuación, pertrechadas con palas, guantes, tierra y un cargamento de plantas, se pusieron manos a la obra con los maceteros que ya habían colocado.

«Una especie de arte», pensó Sonya al tiempo que mezclaba plantas de diversos colores, formas y alturas.

—Necesito una de esas que caen en cascada. —Al alargar la mano hacia una se fijó en el macetero de Cleo—. Qué bonito y, ya sabes, lo mismo que el mío. Bajo ningún concepto podemos permitir que mueran.

—No lo haremos. Vamos a cuidarlas bien y, si echamos a perder alguna, tenemos a Jerome. Además, como Eleanor se ocupa de las plantas de la galería, a lo mejor también les echa un ojo a estas. —Hizo una pausa y miró a Sonya—. Seguro que has visto cómo Jerome (fijo que fue él) preparó la zona para sembrar las hierbas aromáticas. Así salgo de la cocina y corto lo que necesito directamente. Las tomateras y los pimenteros también pueden crecer allí. Hay buena luz.

Para cuando terminaron con las macetas y se dieron cuenta de que quedaban suficientes plantas para media docena más, Anna se presentó allí.

—Me he enterado de que habéis llenado la camioneta hasta los topes y ya veo que la información era correcta. Guau.

—Hemos tirado la casa por la ventana. —Sonya se quitó los guantes.

—Qué va. Podéis usar las que sobran para rellenar los lechos y aun así ir a por más.

—¿En serio?

—Totalmente. —Anna asintió con la cabeza y le hizo una seña a Sonya—. Podíais plantar alegrías en ese medio lecho de ahí y unos cuantos heliotropos allí.

—Espera —dijo Sonya con la mano en alto—. Estás muy puesta en esto. Si nosotras cargamos, ¿nos indicarás dónde plantarlas?

—¿Hay ginger-ale?

—Todo el que puedas beber.

Así pues, ellas cargaron con las plantas y Anna les indicó dónde ponerlas. Podían plantarlas después de hacer un descanso. Sin embargo, no tardaron mucho en darse cuenta de que Anna tenía razón.

De hecho, podían comprar más.

—Me encantan las estatuas nuevas. Me encanta lo que estáis haciendo aquí. Estas sillas. —Se sentó en una que Cleo había pintado durante su periodo sabático—. Las flores, el conjunto, transmiten mucha frescura y alegría. Bueno, que sepas que, después de debatirlo, discutirlo y sopesarlo con detenimiento, Seth y yo tenemos las ideas claras sobre el mural. ¿De verdad dispones de tiempo para hacerlo?

—Intenta impedírmelo —respondió Cleo—. ¿Cuál?

—Nos lo pusiste difícil dándonos dos alternativas fabulosas, pero nos decantamos por la primera. Y se nota que esa es la que esperabas que eligiéramos.

—Personalmente, es mi favorita.

—Y la mía —terció Sonya—. Ambas son adorables, pero esa tenía un toque un poco más fantasioso.

—Avísame cuando estés lista para que me ponga manos a la obra.

—¿Qué te parece en cualquier momento después de la jornada de puertas abiertas?

—Por mí bien.

Yoda soltó un ladrido y salió pitando.

—Creo que han llegado nuestros apuestos manitas. Convencimos a Trey y a Owen para que colgaran unas luces —explicó Sonya.

Mookie y Yoda corrieron raudos hacia un costado de la casa y se abalanzaron el uno sobre el otro, locos de alegría. Jones fue detrás de ellos pavoneándose, al tiempo que los miraba con desdén con su único ojo.

Cuando los hombres rodearon la casa, Trey inspeccionó los maceteros y los lechos del jardín.

—Habéis estado ocupadas, y te has puesto al volante de la camioneta. —Al subir los escalones del porche, se inclinó para besar a su hermana en la mejilla—. ¿Cómo está mi sobrina?

—Activa. No para. Estamos planteándonos crear una liga de fútbol infantil. Ella será la capitana.

—La vitorearemos —prometió él al tiempo que tiraba de Sonya hacia arriba para besarla—. Te has puesto al volante de la camioneta —repitió.

—Por lo misma razón por la que Owen se pone un traje: por obligación. Es que nos hacía falta para esto.

—Obvio —terció Owen—. Me gustan las nuevas chicas. ¿Queda algo en el vivero?

—Dejamos unas cuantas cosas —respondió Cleo—. Y en vista de que Anna nos ha dado algunas indicaciones, igual vamos a por más.

—Yo todavía llevo mi propia selección en el coche. —Anna apoyó las manos para levantarse—. Por lo tanto, mi futura deportista olímpica y yo nos vamos a casa a plantar.

—¿Es conveniente que hagas eso?

—Estoy embarazada, Trey, no impedida. Y vamos a disfrutar de este precioso día. Hablamos pronto.

Trey la observó mientras se marchaba y a continuación miró a Sonya.

—¿Es conveniente que haga eso?

—No tengo ni idea, pero puesto que es una mujer inteligente, yo diría que sí. Se acabó el descanso. Vamos a enseñaros las luces y dónde las queremos (gracias de antemano) antes de retomar las labores de jardinería.

Poco después, los hombres, con las manos en los bolsillos, examinaron el sauce llorón de gruesas ramas curvadas y delicadas flores rosas.

Y se miraron el uno al otro.

—Voy a por la escalera.

Cuando Owen se dirigió con desgana al garaje, Sonya y Cleo continuaron plantando.

Sonya recordó haber ayudado —un poco— a su madre a plantar en primavera, y haber hecho algo más en su apartamento, pero nunca —pensó mientras cavaba— hasta ese punto.

Disfrutó más de lo que en un principio se imaginaba.

No solo con las macetas, que habían sido lienzos en blanco, sino ahora, cavando la tierra, llenando lienzos preparados por otras manos.

Se guio por las sugerencias de Anna y entretanto Cleo se ocupó de las hierbas aromáticas y verduras.

Otro gesto para reivindicar la potestad de la casa solariega.

Los perros deambulaban de la parte delantera a la trasera de la casa, como supervisando la colocación de las luces y las tareas de jardinería, mientras que la gata se acurrucó en la terraza para echar una siesta al sol.

Cuando los hombres rodearon la casa para engalanar la terraza de luces, Sonya se sintió absolutamente radiante de felicidad. Se sentó de rodillas en el suelo y, al pasarse la mano enguantada por la frente, se la manchó de tierra.

Owen se detuvo junto a Cleo. Sonya no alcanzó a oír las palabras; instantes después Owen negó con la cabeza, se dirigió al cobertizo del jardín y salió con algo en una bolsa que le entregó.

Cuando Sonya llegó al final del lecho y se fijó en que Cleo estaba trabajando en otra zona, Owen y Trey fueron a su encuentro.

—Listo —dijo Owen.

—Va a quedar genial. ¿Sobran luces?

—Comprasteis suficientes como para iluminar medio bosque —señaló Trey.

—Estaba pensando que, si hay bastantes, está esa especie de pérgola con esas frondosas enredaderas entreveradas…

—Glicinias.

Ella levantó la vista hacia Owen y se ensució más la frente.

—Ah, ¿sí? Conozco las glicinias…, bueno, al menos las flores. ¡Son muy bonitas! Como hay luces de sobra, a lo mejor podíamos colgarlas allí.

Trey no se molestó en suspirar.

—Voy a por la escalera.

—¿Qué había en la bolsa que le has llevado a Cleo?

—Sales de Epsom.

Ella, con gesto de extrañeza, se levantó y estiró la espalda.

—¿Como las que se ponen en la bañera para aliviar el dolor, cosa que quizá haga más tarde?

—Esas, también se vierten en la tierra al plantar tomates, pimientos y otras cosas. Es magnesio —añadió—. Les viene bien.

—Ah.

—¿Has preparado la mezcla del espray para ahuyentar a los ciervos?

—Todavía no.

—Si mañana no quieres mirar hacia aquí y ver esto pisoteado, prepara la mezcla y pulveriza todo.

—De acuerdo, pero algunas de las plantas que hemos comprado son inmunes a los ciervos.

—Ajá. —Sin más, Owen se alejó para inspeccionar la pérgola.

Sonya fue al encuentro de Cleo.

—Dice Owen que prepare la mezcla del espray para ahuyentar a los ciervos y que pulverice todo.

—Se pone mandón, pero es probable que tenga razón. Por nada del mundo querríamos que esos bonitos ciervos acudieran y mordisquearan todo esto. ¡Ve a echar un vistazo a mi lecho de hierbas! Y al resto. Ya huele de maravilla.

—Lo haré y, si te ocupas de lo demás, de paso prepararé unos bocadillos.

—Está controlado, y tengo hambre. —Cleo levantó la vista—. Tienes restregones por toda la cara, Son.

—Ah, ¿sí? —Se la limpió—. Anda que me lo han dicho.

Contrariada, rodeó la casa para ver el huerto de hierbas aromáticas. «Qué bonito», pensó, y qué listas habían sido al comprar esas plaquitas tan monas que se clavaban en la tierra para identificarlas.

Ya puestos, continuó hasta la parte delantera de la casa para contemplar las diminutas luces dispuestas a lo largo de las ramas y las flores que caían en cascada.

Aspiró el cálido aire de la primavera, cuyo aroma arrastraba la incesante brisa marina.

«Una buena jornada de trabajo», pensó. Luces y flores para vestir su hogar.

Al entrar, Clover la recibió con *A Flower Is a Lovesome Thing* [«Una flor es algo adorable»] de Ella Fitzgerald.

—Parece un tema antiguo, pero es nuevo para mí. Estás ampliando mi repertorio musical.

Después de ducharse, le resultó inevitable mirar por las ventanas: flores en la terraza, macizos floridos en el jardín, Cleo con su encantador sombrero de jardinería, los hombres enganchando las luces entre las ramas de la glicinia que se imaginaba que no tardaría en rebosar de color y fragancia.

Aún radiante de felicidad, sacó los panecillos, los fiambres y quesos. Cocacolas muy frías —a no ser que ellos prefirieran una cerveza para el mediodía del sábado— con un buen bocadillo y patatas fritas en abundancia.

Una especie de pícnic inaugural en el jardín.

Mientras trajinaba, oyó el zumbido del montaplatos procedente de la despensa. La hizo sonreír y preguntarse qué le enviaría Molly desde el sótano. Tal vez otra bonita fuente para los bocadillos o platos de pícnic.

Interrumpió la tarea, fue a la despensa y abrió la puerta del montacargas.

La rata, grande y negra, la miró fijamente con unos ojos rojos de mirada feroz. Moviendo su larga y fina cola, enseñó los dientes.

Sonya no pudo evitar chillar, o el acto reflejo de cerrar de un portazo y retroceder trastabillando.

La oyó arañar en el interior, incluso mientras oía el eco de la risa, la incesante y espantosa risa procedente de arriba.

Cleo irrumpió en la cocina y fue a su encuentro apurada.

—¿Qué pasa? ¡Cierra la puta boca! —gritó cuando la risotada se dejó sentir de nuevo.

—¡No lo abras! ¡No lo abras!

Trey entró corriendo, junto con Owen y los perros, e incluso la gata, al tiempo que Cleo abrazaba a Sonya.

—Está temblando —dijo Cleo, y la abrazó con más fuerza—. No sé qué ha pasado.

—Ahí dentro. —Al apuntar con el dedo hacia el montaplatos, emanaron volutas de humo—. Ay, Dios. ¡Por Dios, una rata! ¡Hay una rata!

De pronto, Cleo le dio un tirón a Sonya para retroceder.

—No creo —murmuró Trey.

A pesar de que Sonya gritó: «¡No!», la abrió.

Salió una nube de humo, nada más.

—No era real. —Por la razón que fuera, el hecho de caer en la cuenta hizo que Sonya temblara más—. No era real.

—Siéntate, anda. Vamos, siéntate. —Cleo tiró de ella hacia un taburete—. He oído reír a Dobbs. Ha sido uno de sus desagradables trucos.

—Parecía muy real. Al cerrar bruscamente la puerta del montacargas, he oído a la rata dentro. Parecía muy real.

—Ahí ya no hay nada. —Trey relevó a Cleo, apretó a Sonya contra sí y le acarició el pelo—. En la casa no hay ratas ni ningún otro tipo de roedor. No hay indicios de ellos por ninguna parte. La registramos de arriba abajo, ¿recuerdas?

—Ya, ya, pero… Dios. Dios. —Al apartarse de Trey, su semblante recuperó el rubor—. ¡Maldita sea! He chillado. Ella me hizo chillar, y se rio. He caído en la trampa.

—Si al abrir una puerta yo viera una rata, fijo que haría un poco de ruido.

El comentario de Owen recibió una mirada de aprobación por parte de Cleo.

—Has cerrado la puerta —puntualizó Trey—. No has salido despavorida.

—Más que nada porque me he quedado paralizada. Era grande, grandísima, entera de color negro, con los ojos rojos y los dientes pequeños y puntiagudos. Cuando he cerrado la puerta de golpe, la oía rascar con las uñas como tratando de salir.

—Voy a traerte un poco de agua.

—No, Cleo, ya estoy bien. De verdad. Solo estoy cabreada porque me ha hecho gritar.

—Entonces voy a darle un buen fregado a ese pasaplatos.

—Yo me encargo. No, yo me encargo —insistió Owen—. A ver si alguien puede terminar de hacer los bocadillos. Nos llevaremos uno para el camino cuando las aguas vuelvan a su cauce. Si Cleo quiere su velero antes de que llegue el verano, he de ponerme las pilas… Y Trey va a echarme una mano.

Presintiendo que Trey estaba a punto de objetar, Sonya le estrujó la mano.

—Muy bien. Estoy bien. Nada va a estropear este día tan bueno.

—Si volvéis alrededor de las siete, voy a hacer pollo a la parrilla.

Mientras llenaba un cubo de agua caliente y jabonosa, Owen giró la cabeza.

—¿Sabes manejar la parrilla?

—Me las ingeniaré. Siéntate, Son. Yo termino de preparar los bocadillos.

—Regresaremos a eso de las siete —prometió Trey—. Antes si es necesario.

—Estamos bien —dijo Sonya de nuevo—. Cleo y yo vamos a comer en la terraza para admirar nuestro trabajo, y el vuestro. Como Dobbs odia eso, me mandó una rata. Ella odia que hayamos realzado la casa solariega con colores, luces y aromas; odia que hayamos dejado nuestro sello personal aquí. Vamos a continuar haciendo justo eso, aunque nos mande un enjambre de ratas falsas.

—No tientes la suerte —comentó Cleo mientras terminaba de preparar los bocadillos.

Comieron en la terraza con la gata y los tres perros. Después, con la firme determinación de ser sagaces jardineras, mezclaron el espray para ahuyentar al venado. Como los animales desertaron, coincidieron en que el olor evitaría que cualquier ser con olfato se diera un festín en el jardín.

Cleo pasó el resto de la tarde pintando mientras Sonya diseñaba las tarjetas para los platos de la jornada de puertas abiertas.

Cuando los hombres regresaron, Cleo demostró su destreza con la parrilla. Después de cenar en la terraza, se recrearon contemplando cómo el sol se tornaba rojo detrás de los árboles.

Y, para deleite de Sonya, la estampa del encendido de las luces solares.

—Tenías razón. —Trey estiró sus largas piernas—. Ha merecido la pena.

—Quiero ver el árbol. ¡Vayamos a ver el árbol!

Una vez allí, Sonya se sintió radiante de felicidad una vez más.

—Ha quedado perfecto. Tal como me lo imaginaba.

Owen inspeccionó el árbol y le hizo una seña para que mirara.

—Me revienta decir esto, pero han sobrado suficientes luces para adornar ese gigantesco rododendro que hay al otro lado de la casa. Sería un bonito contrapunto.

Trey lo fulminó con la mirada.

—No pienso ir a por esa dichosa escalera. Ha oscurecido. Mañana —le dijo a Sonya—. Le echaremos un vistazo mañana.

La semana pasó volando y, por suerte, sin contratiempos. Ni siquiera en el encuentro con Bree donde repasaron la logística y realizaron otro recorrido por la casa y el jardín.

Recibieron un aluvión de confirmaciones de asistencia; casi nadie declinó la invitación. Hicieron un pedido de flores para que las entregaran la víspera y alquilaron catenarias para bloquear el acceso a la segunda planta.

Los brotes florecían al sol. Las luces titilaban en la oscuridad.

Cleo continuó pintando, unas veces en casa, otras en el pueblo. Los días de Sonya transcurrían trabajando, con descansos para pasear con Yoda por el jardín o junto a la escollera.

Si echaba una ojeada a las ventanas del salón dorado, no lo hacía temerosa, sino desafiante.

Las noches en las que Cleo cocinaba, ella se sentaba junto a la isla para repasar la lista de verificación de los preparativos para la jornada de puertas abiertas.

—Lo tenemos todo controlado. Me estoy obsesionando —reconoció Sonya—, pero lo tenemos todo controlado. ¡Y hurra por Bree!

—¡Hurra! Más nos vale tener todo controlado a estas alturas. La familia va a empezar a llegar en tropel, así que más nos vale. Estoy sopesando la idea de montar una especie de bufet para los que llegan el viernes. Creo que puedo cocinar jamón cocido al horno.

Sonya repitió lentamente:

—¿Crees que puedes cocinar jamón cocido al horno?

—Se lo comenté a Corrine, y creo que puedo hacerlo. Jamón cocido al horno, esas patatas asadas a las que ya les he cogido el tranquillo, verdura, quizá unos crudités y una tabla de quesos.

—Yo me encargo de los crudités y de la tabla de quesos. Y puedo hacer pan de cerveza, ya que le he pillado el truco. Tienes razón: hay que darles de comer. Lo apunto en la lista. ¿Sabes? Ahora mismo, todo esto me parece una idea magnífica.

—Y abrigamos la esperanza de que nos parezca lo mismo después.

—Así es.

—Los pensamientos positivos generan vibraciones positivas —afirmó Cleo—. ¿Qué tal el trabajo?

—Muy pero que muy bien. El proyecto de Gigi's está oficialmente en marcha, junto con el del bufete de Ogunquit, y los de Ryder están contentísimos conmigo. ¿Y la pintura?

—Iba a esperar a que nos tomáramos un vino para sacarlo a colación.

—Voy a por él ahora mismo. Desembucha.

—Le he llevado tres lienzos enmarcados a Kevin. Se ha quedado con los tres.

—¿Con todos? ¡Yupi! Pero... ¿uno no será la acuarela del árbol?

—Ese se queda aquí. Además, me ha preguntado si estaría dispuesta a organizar una exposición en otoño.

—¡Cleo!

—Creo que lo haré. Para entonces habrá acabado mi periodo sabático, pero dispondré de suficientes obras. Incluso con el encargo del mural para Anna.

Sonya le tendió una copa de vino.

—Me encanta nuestra vida.

Cleo brindó con ella y sonrió cuando Yoda se levantó con ímpetu y echó a correr hacia la puerta.

—Por lo visto una parte de esa vida se ha presentado a cenar.

A Sonya ciertamente le encantaba su vida y el giro radical que había dado unos meses antes. Le encantaba su trabajo, resultado de otro giro radical al lanzarse como profesional independiente. Le encantaba su hogar, pese a que conllevara tremendos retos, los cuales estaba decidida a afrontar.

Quería a Trey. Puede que todavía no lo hubieran expresado con palabras, pero sabía lo que era el amor. Tenía que reconocer que le costaba expresarlo con palabras, ya que un año antes había diseñado las invitaciones de su boda con otro hombre.

Y como le encantaba su vida, ¿para qué precipitarse?

Al término de una reunión virtual con Burt y algunos miembros del equipo de marketing de Ryder, se reclinó en el asiento, satisfecha.

Su trabajo, su arte, su enfoque pronto cobrarían vida en una descomunal valla publicitaria en Portland.

—Es una pasada, Yoda. —Le frotó el lomo distraídamente con el pie—. Considéralo una rápida vuelta triunfal antes de empezar a diseñar el panel de ideas para un nuevo cliente.

Continuó trabajando mientras Clover amenizaba con música y una suave brisa soplaba por las ventanas abiertas.

Qué mejor manera de acabar un mes y comenzar otro, pensó. Abrigaba la esperanza de que Cleo encontrara el mismo disfrute pintando en el puerto deportivo del pueblo.

Si una parte de ella permanecía en guardia, siempre en guardia, ante lo siguiente que Dobbs tramara, no permitiría que ello interfiriera en su disfrute.

Cuando el teléfono sonó, se apartó de los preliminares del nuevo panel.

Al cogerlo y mirar la pantalla, se le hizo un ligero nudo en el pecho.

By Design.

No, no permitiría que la posibilidad de que pudiera tratarse de Brandon le impidiera responder a su propio teléfono.

—¿Diga?

—Sonya, soy Laine Cohen. ¿Puedo poner el altavoz? Matt está aquí también.

—Sí, por supuesto. ¡Hola, Matt!

Visualizó a ambos, en el despacho de Laine, las vistas del parque municipal, Boston Common, detrás de ella. A Laine con su pronunciado corte asimétrico de pelo del mismo color que la mesa del comedor formal de Sonya. Llevaría unas gafas de lectura —de algún color llamativo— enganchadas a una cadena alrededor del cuello.

Y a su pareja, Matt, sentado en la esquina de la mesa con

forma de L, mientras la luz se reflejaba sobre su brillante pelo rubio a través del ventanal.

Ellos le habían hecho mucho bien, se habían portado muy bien con ella desde sus comienzos como becaria hasta el mismísimo día de su renuncia.

—¿Cómo te va? —preguntó Matt—. ¿Qué tal Maine?

—Me va genial, y me encanta Maine. Esperad un segundo.

Puesto que le habían hecho mucho bien, y se habían portado muy bien con ella, se acercó a la ventana abierta.

—¿Oís eso? Es el Atlántico. Estoy contemplándolo, y los barcos que navegan por él, desde la ventana de mi oficina.

—Pareces feliz —comentó Laine.

—Lo soy, mucho. ¿Cómo estáis vosotros?

—Ocupados, lo cual nos hace felices a los dos. Sonya, Matt y yo teníamos ganas de llamarte para felicitarte por conseguir el proyecto para Ryder.

—Gracias. Eso es muy..., muy propio de vosotros.

—Hemos hablado con Miranda Ryder, y con Burt —terció Matt—. Ambos te han puesto por las nubes, y a tu trabajo. Espero que sepas que Laine y yo somos de la misma opinión.

—Lo sé. No estaría donde estoy, en el terreno profesional, sin la base que me proporcionasteis.

—Eso no quiere decir que no nos sintamos decepcionados por perder ese cliente, pero —añadió Laine— te lo has ganado. El caso es que, después de... discutirlo detenidamente, Matt y yo acordamos que era necesario abordar contigo otro asunto. Nos informaron sobre el comportamiento y la actitud de Brandon en Ryder.

Sonya se alejó de la ventana y se puso a caminar de un lado a otro.

—Eso es agua pasada para mí.

—Eso espero. Matt y yo nos reunimos con Brandon antes de su presentación, programada con el fin de evitar que coincidiera con la tuya. En aquel entonces, le dimos instrucciones claras y precisas de que si, por casualidad os cruzabais, mantuviera una actitud profesional y respetuosa y se abstuviera de sacar a relucir vuestro pasado en común. Él iba allí en representación de By Design, y confiábamos en que estuviera a la altura de las expectativas.

—No estuvo a la altura. Laine y yo queremos que sepas que lo lamentamos.

—No es culpa vuestra. Ni lo que pasó en Ryder ni nuestro pasado en común.

—Al margen de eso. Él nos representaba. Matt y yo fuimos muy claros y Brandon hizo caso omiso de nuestras directrices.

—Mostró una actitud infantil —masculló Matt. Mezquina.

—Nos reunimos con Brandon a propósito de ese incidente. Él aduce que tú lo abordaste deliberadamente, que lo insultaste, a él, a Matt y a mí.

Eso la sacó de sus casillas.

—¡No hice tal cosa! Os prometo que yo...

—Somos conscientes de ello —la interrumpió Laine—. Lo sabríamos, Sonya, aunque este asunto no hubiera salido a la luz.

—Te conocemos —dijo Matt—. Miranda consideró oportuno informarnos de que, para colmo, él hizo lo posible por desacreditarte a ti y a tu trabajo, durante su presentación. A ella le pareció un... ¿Qué palabra utilizó?

—Despropósito —apuntó Laine—. A raíz de nuestra reunión con Brandon, y de mutuo acuerdo, ya no trabaja en By Design.

—Oh.

Sonya se quedó en blanco durante unos instantes.

—En circunstancias normales, mantendríamos esto como un asunto interno de la empresa. Matt insistió mucho en lo contrario y, con franqueza, en realidad no tuve argumentos para discrepar con él. No obstante, al margen de que te tengamos cariño, Sonya...

—¡Y así es!

A Laine le hizo gracia.

—Y así es, no tomamos esa decisión por ti, sino por la empresa que hemos construido, por sus estándares. Te estamos poniendo al corriente de estos detalles por si Brandon intentara, como fuera, menoscabar tu reputación en el terreno personal o profesional.

—Más vale prevenir que curar —terció Matt.

—Sí, gracias. No asumo la culpa de nada de esto, pero lo siento.

—Igual que todos. Te deseamos lo mejor de lo mejor, Sonya. A pesar de que nos haya decepcionado no haber conseguido el encargo, Matt y yo de alguna manera nos sentimos orgullosos de tus logros. He de añadir que Miranda también mencionó cuando le preguntamos que, a diferencia de Brandon, tú hablaste de By Design con respeto y aprecio. Te lo agradecemos.

—Os ganasteis el respeto y el aprecio.

—Si alguna vez decidieras regresar a Boston, nuestras puertas están abiertas —le dijo Matt.

—Gracias. Ahora este es mi hogar.

Cuando colgó, Clover puso el tema *A Matter of Trust* [«Una cuestión de confianza»] de Billy Joel.

—Supongo que sí. Él traicionó la mía, y ahora la de ellos. Y no consigo dilucidar cómo me siento al respecto. Voy a hacer un descanso. Vamos, Yoda, demos un paseo.

26

Se decantó por los jardines. Aunque el mar siempre la cautivaba, decidió que necesitaba la paz de los jardines, el simple deleite de saber que había colaborado en su embellecimiento.

Al comprobar la tierra de las macetas del porche, la encontró —como de costumbre— húmeda. Lo que Cleo y ella habían plantado ya había comenzado a crecer y desbordarse.

Mientras Yoda deambulaba y olisqueaba, Sonya reparó en que los lirios, unos púrpura, otros de un pálido tono melocotón, empezaban a florecer.

La glicinia se derramaba desde la pérgola y un arbolillo lucía un paraguas de flores de un blanco níveo.

Aún debía localizar cualquier mala hierba, pero no encontró ninguna mientras, al igual que Yoda, deambulaba y olisqueaba.

Cuando no conseguía identificar una planta —lo cual sucedía a menudo, pese a haberlas plantado ella—, recurría a la aplicación. El día menos pensado, se prometió a sí misma, las reconocería todas.

Pero de momento la calmaba, la tranquilizaba pasear sin más mientras los carillones de viento que habían colgado tintineaban o emitían un suave y tenue gong.

Decidió realizar un recorrido circular y de paso echar un vistazo al huerto de hierbas aromáticas de Cleo, ver si alguno de los brotes de las tomateras o los pimenteros —una esperanza diaria— se había abierto.

Cuando llamó a Yoda, que se había alejado hacia el bosque sin que ella se percatase, él siguió su camino tan campante.

—¡Yoda, vuelve aquí! —Fue a su encuentro al trote al tiempo que él cogía velocidad con sus rechonchas patas—. ¡Yoda! ¡Maldita sea, no te adentres allí! ¡Hoy no llevo encima el repelente para osos!

Sin embargo, él enfiló raudo hacia el interior y ella, maldiciendo por lo bajo, tuvo que seguirlo sin más remedio.

Como los árboles habían perdido las hojas, el sol se abría paso entre ellos. Si bien es cierto que Sonya fue consciente de la bella estampa —casi como la del cuadro de su padre sobre la repisa de la chimenea en Boston—, aún no se sentía preparada para caminar por el bosque.

Continuó llamándolo y lo oyó ladrar. Lo más probable es que estuviera persiguiendo a una ardilla roja o listada, a un conejo, lo que fuera.

—Vamos, Yoda, esto no es propio de ti. Tú eres un chico bueno. ¡Ven aquí y te daré una chuche!

Las flores silvestres se alargaban hasta donde podían alcanzar los rayos del sol, y en la penumbra de la espesura se distinguían retazos de verdor.

Si oía algún ruido, imaginó que se trataba de una ardilla o un conejo. Y apartó de su pensamiento a los osos.

Rezó para que su intrépido perro se ciñera al camino y evitara que ambos acabaran perdiéndose.

Un crujido —más fuerte que el de una ardilla o el de un conejo— hizo que le diera un vuelco el corazón. Acto seguido, un ciervo cruzó veloz el camino y desapareció entre las sombras verdosas.

Oyó el canto de los pájaros, el susurro de los pinos.

Y sintió esa atracción. En un primer momento tan solo un impulso, pero irresistible.

—Ay, Dios. ¿Aquí? ¿Ahora? ¿Por qué?

Aunque aminoró el paso, notó que tiraba de ella hacia delante, como un hilo que simplemente le resultaba imposible romper. Así pues, continuó adentrándose cada vez más entre la luz y las sombras hasta que todo cuanto oyó fueron los fuertes latidos de su corazón.

Se hallaba en mitad del camino, bajo aquellas sombras moteadas de luz. Y allí, en las profundidades del bosque, los depredadores esculpidos en el marco del espejo parecían estar a sus anchas.

Yoda estaba sentado a los pies del espejo, moviendo la cabeza hacia atrás y hacia delante.

¿Se vería reflejado?, se preguntó Sonya.

Ella no. Ella veía una imagen borrosa de luz y sombras, el verde de los árboles, el color tierra del camino. Pero no un reflejo, sino una prolongación.

—¿Cómo es posible? ¿Cómo puede estar aquí?

Cuando Yoda movió la cola, ella se puso en cuclillas.

—Tienes que quedarte aquí porque yo tengo que irme. No me queda otra.

Al incorporarse, se quedó mirando al espejo mientras oía —a lo lejos— el sonido de cascos de caballos.

—Como alguien haga daño a mi perro, juro que me las pagará.

Acto seguido atravesó el espejo.

Y se internó en el bosque, en el camino. El mismo camino, le constaba, pero con un aspecto diferente. El aire era mucho más frío y, si no percibió el otoño en el ambiente, lo vio en los árboles que llameaban con él.

1805

Arthur Poole aminoró la marcha de su caballo del galope a un ligero trote. Al fin y al cabo, no había prisa. Hoy tenía todo el tiempo del mundo. Y el galopar mantenía su buen ánimo.

Era un hombre feliz, un hombre de éxito, y consideraba que se encontraba en su mejor momento. Cuando era poco más que un adolescente, había zarpado de Londres, donde vivía en el umbral de la pobreza, rumbo a la agreste y escarpada costa de Maine.

Con un sueño. Con ambición. Con fortaleza y determinación.

Y, con todo eso, había creado un próspero negocio de construcción naval. Había construido una casa digna de un hombre de éxito, y pronto —después de despejar el terreno boscoso de la finca— se acomodaría junto al fuego en esa mansión —Poole Manor— con los pies en alto a tomarse una copa de whisky.

Pero de momento disfrutó del paseo a caballo, de la soledad y del tiempo para reflexionar.

Asimismo, había construido una familia de la que se enorgullecía mucho. Más, lo cual le sorprendía, más si cabe que de su negocio, de su magnífica casa, del pueblo a los pies de los acantilados que llevaba su nombre.

El del muchacho pendenciero londinense.

Y se sentía dichoso de que su primogénito —cuatro minutos mayor que su hermano gemelo— hubiera pedido la mano de Astrid Grandville. No solo porque ella procediera de una buena familia, una familia adinerada, sino porque tenía arrestos y lo combinaba con dulzura.

Y, sobre todo, porque ella amaba a su hijo, y este a ella. Arthur podía verlo, percibirlo, y la certeza de ello le infundía esa dicha.

Collin se casaría por amor. «No como yo», pensó Arthur. Él se había casado por necesidad, por ambición, por la dote que aportaba la esposa.

Sin embargo, había llegado a amarla, profundamente.

Tal vez fuera el nacimiento de sus primeros hijos, Collin y Connor, lo que avivó ese sentimiento en él. Y a medida que pasaban los años, a medida que aumentaba la familia, lo hizo también su amor por la mujer que había creado esa familia con él.

Ahora, más mayor y más sabio, estaba contento de ceder las riendas del negocio —poco a poco— a sus hijos, dos jóvenes brillantes, formales y de buen corazón. Y podía confiar y confiaba en que su primogénito mirara por sus hermanos cuando llegara el momento. En que hiciera de Poole Manor, tal como él había hecho, su hogar.

Pero ese no era día para pensar en un futuro lejano. Tenía más barcos que construir, planes para ampliar la casa solariega de nuevo.

Al fin y al cabo, no tardaría en ser abuelo.

La idea hizo que se riera de sí mismo.

—Primero la boda. —Le dio una palmadita al caballo en su largo cuello—. Y nos cercioraremos de que la casa solariega brille como una patena para la boda más importante que jamás se haya celebrado en Poole's Bay.

Tuvo que enfrenar al caballo cuando una mujer apareció en el camino. Una mujer vestida de negro, con una mata de pelo suelto en vez de un discreto recogido. Y unos ojos oscuros con un brillo intenso e inquietante.

La conocía. Sabía que Hester Dobbs era una bruja.

Sintió un escalofrío de arriba abajo cuando ella sonrió.

—Mujer, este no es tu sitio.

—Lo será. Mi sitio será este, estos bosques, la finca señorial que hay delante de ellos, la casa solariega que se alza sobre el mar. Todo será mío.

—Mujer, regresa a tu cabaña a remover tus brebajes de brujería.

—Oh, ya lo he hecho, Arthur Poole. Lo he hecho. Y tu hijo se bebió ese brebaje después de un largo paseo a caballo pensando que era un simple vaso de agua. Y, cuando lo hizo, compartimos lecho en mi cabaña en las profundidades del bosque.

Arthur entró en cólera.

—¡Puedo hacer que te ahorquen por ello!

—Pero no lo harás. —Ella se acercó y posó la mano con delicadeza sobre el cuello del caballo—. Que sepas que Collin Poole, tu primogénito, tu heredero, es mío. Del mismo modo que estos bosques serán míos. Y seré la señora de la casa solariega por siempre jamás.

—Pues ten presente que no tendrás nada. Me aseguraré de que no vuelvas a tocar a mi hijo. Me encargaré de que te saquen a rastras de tu cabaña, de que te destierren de Poole's Bay. Jamás me arrebatarás nada y no volverás a poner los pies en mi propiedad mientras yo viva.

—Es cierto. Lo sé. Lo he visto. Que así sea. —Dobbs levantó las manos—. En este lugar invoco al viento. Y mientras sopla pongo fin a tu vida.

El caballo se encabritó cuando se desató un torbellino que ululaba como un hombre malherido y las hojas salieron despedidas en remolinos.

Maldiciendo, Arthur controló al caballo.

—¡Maldita seas, bruja! —gritó, pero Dobbs continuó.

—La casa solariega pasará en herencia de padre a hijo y, con mi hechizo, él hará todo cuanto le pida. Con mi poder te arrebato la vida. ¡Ahora, gira sin cesar y retuércete hasta descoyuntarte!

La cabeza de Arthur realizó un insólito giro sobre su cuello. Por un momento los ojos, del verde de los Poole, se le salieron de las órbitas y abrió la boca como pugnando por respirar.

Instantes después se oyó un crujido espantoso. Y cayó, exangüe e inerte, al suelo.

Ella, con una risotada, azuzó al caballo para espolearlo por el camino. Se aproximó a Arthur y bajó la vista hacia él.

—¿Acaso pensabas que podías enfrentarte a mí, apartarme de lo que ansío? Tu muerte no hace sino acercarme más a lo que es mío, a lo que siempre será mío. —Levantó los brazos de nuevo y giró en círculo con el remolino de viento—. Soy y siempre seré la señora de la casa. Todo aquel que se enfrente a mí encontrará la muerte.

Cuando se disponía a adentrarse con sigilo en el bosque, giró la cabeza con brusquedad.

Con la mirada desquiciada, furibunda y enloquecida, clavó los ojos en el camino. El camino donde Sonya se hallaba apostada junto al espejo.

—No hay nadie ahí. Nadie, y sin embargo... —Con una mueca de dolor, Dobbs se llevó la mano a la sien y presionó—. ¿Siete? ¿Siete? Un número poderoso. Siete. ¿Qué más da? —Miró hacia el cuerpo de Arthur y sonrió—. Lo encontrarán aquí, llorarán su muerte. Y yo me daré un festín con sus lágrimas.

Dobbs se recogió el faldón del vestido y se internó entre los árboles con sigilo.

Tiritando de frío, Sonya permaneció inmóvil. Y derramó la primera lágrima por Arthur Poole.

—Yo desciendo de ti. Te has alzado en defensa de tu hijo, de tu familia, de tu hogar. Yo también lo haré.

Regresó a través del espejo a un ambiente más cálido, donde su fiel perro aguardaba.

Se puso en cuclillas y lo acurrucó entre sus brazos para consolarse y esperar a que se le pasara el aturdimiento.

«Se me pasará», pensó. Se le pasaría, del mismo modo que el espejo ya no se hallaba en el camino.

Sin soltar a Yoda, se levantó y se encaminó hacia donde yacía el cuerpo inerte de Arthur Poole.

—Te encontraron aquí. Seguro que se angustiaron cuando el caballo regresó sin ti. Entonces se pusieron a buscarte, te encontraron aquí y pensaron que había sido un accidente. Jamás supieron lo que ella había hecho. Pero ahora yo lo sé. Que yo lo sepa ahora es importante.

Echó a andar hacia el límite del bosque mientras su mente se despejaba y la conmoción del horror se atenuaba.

Al entrar a la casa, se enjuagó la cara con agua fría. Clover intentó animarla con *All Right Now* [«Ahora estás bien»] de Bad Company.

—Sí, casi. Necesito unos minutos más.

Le dio una chuchería a Yoda y, como Pye apareció como preguntándole dónde demonios había estado, le dio a la gata un par de ellas.

A continuación se sentó y envió un mensaje de texto a Trey.

Sé que Owen y tú teníais previsto trabajar en el velero de Cleo esta noche, pero ¿podéis venir? Estoy bien, no pasa nada, pero he vuelto a atravesar el espejo y he visto algo. Necesito contároslo en persona. Estoy bien, te lo prometo, pero necesito contároslo.

Allí estaremos. ¿Está Cleo contigo?

Ahora mismo no, pero no tardará. Voy a ponerme a trabajar. De no encontrarme bien, no lo haría. Y te prometo que de lo contrario no te mentiría. Solo necesito contároslo.

Cuenta con ello. Dile a Cleo que no cocine, llevaremos algo. Ponte a trabajar si eso te alivia y, si no, tómate un descanso.

Ya me lo he tomado. Así es como comenzó. No te preocupes. Traed pizza.

Añadió eso con la esperanza de que contribuyera a mitigar la inquietud que le constaba que él sentía.

Listo. Sobre las seis, o antes si es necesario.

A las seis.

Se despidió con un emoticono de una pizza y otro de un corazón.

Sentada a su mesa, con los detalles aún frescos en la cabeza, Sonya lo puso todo por escrito. Aunque tenía la impresión de que permanecerían frescos en su memoria para siempre, lo documentó.

Quizá algún día recopilase en un libro todo cuanto había documentado desde que se mudara a la casa solariega como Deuce Doyle había hecho con la genealogía de la familia para Collin.

Una especie de legado, pensó, para aquellos que la sucedieran.

De momento, archivó lo que había escrito y después puso la mente en modo trabajo. El trabajo podía ser un refugio además de una motivación.

Más tarde, cuando Yoda salió atropelladamente de debajo del escritorio y enfiló escaleras abajo, apagó el ordenador. Justo cuando empezaba a bajar, Cleo entró a la casa pertrechada con el maletín de madera con caballete que usaba para los materiales, junto con lienzos húmedos.

—¡Menudo día! Cuando casi había terminado una pintura, tuve que parar para pintar a un niño de tres o cuatro años que navegaba en un pequeño barco de vela ligera con la que sin duda sería su madre. Te juro que daba la impresión de que se hubiera despertado el mismo día de Navidad, de su cumpleaños y de Halloween.

»No me he olvidado de la cena —continuó—. Improvisaré algo. Se me ha ido el santo al cielo, lo cual pasa cuando estás en racha.

—Trey y Owen van a traer pizza a eso de las seis.

—Ah. —Cleo se quitó la cinta del pelo y sacudió su melena rizada—. Pensaba que esta noche solo estaríamos tú y yo, pero la idea de la pizza me parece... Mierda. Ha pasado algo.

—Pues sí. Nada relacionado con Dobbs... ni con ninguno de sus numeritos, sino con el espejo. Lo he atravesado de nuevo.

—Maldita sea, Sonya, ¿por qué no me has llamado o mensajeado? Habría venido en un momento.

—Exacto, pero te prometo que no ha sido necesario. Anda, coloca tus cosas. Voy a servir un par de vinos.

—Esto puede esperar.

—De todas formas, necesito tiempo para desconectar del modo trabajo y centrarme en esto. Son casi las seis, así que para cuando termines lo más probable es que hayan llegado.

—Y solo tendrás que contarlo una vez —concluyó Cleo—. Vale, no tardaré.

Con el maletín en la mano, Cleo subió las escaleras a paso ligero y Sonya se giró hacia el retrato de Astrid Poole.

—Tú no lo sabías. Ni tú, ni Collin, ni su gemelo, ni sus hermanas, ni la viuda de Arthur. No sabías que lo habían asesinado, como un simple obstáculo que Dobbs apartó de su camino. De haberlo sabido, es posible que de alguna manera hubieras sobrevivido.

Dio media vuelta y se detuvo en la sala de música para contemplar los retratos. «Todo habría sido diferente», pensó. Pero la primera pieza del dominó cayó con Arthur Poole.

En la cocina, abrió una botella de vino y se quedó de pie contemplando el bosque.

Qué paz despedía ahora, y qué agradable con el verdor de la primavera. Se internaría allí de nuevo; se lo prometió a sí misma. No permitiría que Hester Dobbs le impidiera el paso a ningún lugar que le perteneciera.

Cuando oyó a los perros ladrar, se dio la vuelta para servir el vino.

Trey entró directamente por la puerta trasera, dejó las cajas de pizza encima de la isla y tomó la cara de Sonya entre sus manos. La escudriñó durante unos instantes y asintió con la cabeza.

—Estás bien.

—Sí, estoy bien. —Ella le dijo a Owen—: Hay cerveza en la despensa.

Owen sacó dos de un paquete de seis y metió el resto en la nevera.

—Mira, yo puedo atravesar el espejo —señaló—. Podía haber llegado en menos de quince minutos.

—No pude esperar, y lo digo literalmente. Vamos a hincarle el diente a esta pizza. Ahora que habéis llegado me he dado cuenta de que me muero de hambre. Aquí está Cleo.

Cuando entró, Owen le dio un toquecito con el dedo en la mano.

—Has pasado una por alto.

Al bajar la vista, Cleo vio la mancha de pintura roja.

—Me la limpiaré luego. Bueno, Son, ya puedes contarnos lo que pasó sin interrupciones.

Para cuando se sentaron, Sonya tenía la narración nítida en la cabeza y un sentimiento de gran aprecio hacia las tres personas que la entendían.

—Voy a empezar por el principio, que no guarda ninguna relación con el espejo. Laine y Matt, los dueños de By Design, donde yo trabajaba, me llamaron por teléfono. Querían felicitarme por haber conseguido el encargo de Ryder, además de ponerme al corriente de que se habían enterado de las gilipolleces que Brandon me dijo antes de mi presentación, y que ya no trabaja en By Design.

—Vaya, pues definitivamente brindo por eso. —Cleo dio un trago al vino.

—Él me desacreditó, a mí y a mi trabajo, durante su presentación, cosa que a Miranda Ryder no le agradó. Luego mintió a Laine y a Matt acerca de eso y sobre lo que pasó entre nosotros, así que lo despidieron.

—Si da un paso hacia ti o continúa hablando pestes de ti, quiero que me lo digas.

—Lo haré —le aseguró a Trey—. Lo prometo. Por mi parte, pasé página hace casi un año. Si él es incapaz de hacer lo mismo —añadió Sonya encogiéndose de hombros—, acabará llevándose más palos.

»Después, como yo necesitaba despejarme y Yoda dar un paseo, lo saqué por la parte trasera. Todo está muy bonito. Todo el trabajo que realizamos ha quedado muy pero que muy bonito. Es muy gratificante. Tenía ganas de echar una ojeada a las hierbas aromáticas y, al ver que Yoda se alejaba hacia el bosque lo llamé, pero no hizo caso. Él siempre acude cuando lo llamo.

Tras una pausa para beber, continuó:

—Se fue derecho hacia allí mientras yo corría detrás llamándolo. Lo oí ladrar, y pensé que debía de estar persiguiendo a un conejo o a una ardilla. Entonces lo sentí. —Respiró y cerró los ojos un instante—. Ese impulso, y después la atracción. Al torcer un recodo, ahí estaba Yoda, plantado delante del espejo en mitad del camino.

—Algo sucedió en el bosque —concluyó Trey— y era preciso que lo presenciaras.

—Sí. La imagen tras el cristal estaba borrosa, y alcancé a oír el sonido de cascos de caballos. Lejano, pero pude oírlo. No me quedaba otra que atravesar el espejo. Temía dejar a Yoda solo, pero la atracción me resulta irresistible. Le ordené que se quedara allí, y él se tumbó como diciendo: «Claro, esperaré». Y lo atravesé.

—Come algo. —Trey dio un empujoncito al plato de Sonya, con la porción de pizza intacta, en dirección a ella.

Ella asintió con la cabeza y al darle un bocado notó que se aliviaba la tensión en su cabeza, el hambre en su estómago.

—Yo seguía allí, en el camino, pero no era primavera, sino otoño; hacía frío y las hojas eran de tonalidades rojas, doradas y naranjas. Y, más allá de eso, alcancé a oír (como en uno de mis sueños) lo que él estaba pensando casi como si se dirigiera a mí.

—¿Quién? —inquirió Cleo.

—Arthur Poole.

Lo narró con todo lujo de detalles.

—Él estaba pensando en su familia, en ampliar la casa solariega, ya que abrigaba la esperanza de que pronto sería abuelo. Entonces ella, Dobbs, apareció en el camino. Ellos no me vieron. Aunque estaban a tres o cuatro metros de mí, no me vieron. Él la llamó bruja, le ordenó que se fuera de sus tierras. Ella le dijo que había engatusado a su hijo, Collin, para que se bebiera una pócima. Así es como se lo llevó a la cama.

—Lo hechizó —murmuró Cleo—. Y luego intentó valerse de eso para reclamar la potestad de la casa solariega.

—Como era el primogénito, la heredaría. Pero estaba prometido o a punto de hacerlo, ¿no? Eso complicaba las cosas, de modo que ella probó con el sexo. —Owen alargó la mano hacia otra porción de pizza—. Pero le salió el tiro por la culata.

—No fue un accidente —concluyó Trey—. Arthur Poole no murió en un accidente.

—Estaba furioso. Parecía imponente. Acto seguido ella provocó un torbellino. Él logró controlar al caballo, pero ella pronunció estas palabras. —Mientras Sonya las repetía, Cleo sacó su teléfono para apuntarlas—. Y retorció las manos, como cuando estás escribiendo algo. Entonces lo oí, Dios, oí el crujido del cuello de Arthur, y cayó al suelo.

Con el fin de concederse unos instantes para tranquilizarse de nuevo, levantó su copa de vino.

—Ella espoleó al caballo, que echó a correr por el camino en dirección a la casa solariega. Pasó por delante de mí como si yo no estuviera. Dobbs parecía desquiciada, como desde el primer momento, con la diferencia de que en ese instante se la veía pletórica además de desquiciada. Él se había interpuesto en su camino, ahora estaba muerto y ella sería la señora de la casa para siempre.

»Cuando echó a andar hacia la espesura, se detuvo y miró hacia donde yo estaba, pero no me vio. Dijo, como preguntándolo: «¿Siete?». Lo repitió sin cesar, mencionó que era un número poderoso, pero percibí su desconcierto. Y como si de pronto le doliera la cabeza. —Sonya se apretó la sien con un ademán—. Parecía confundida y absolutamente loca de atar. Antes de internarse en el bosque, volvió la vista hacia él, hacia Arthur Poole. Yo fui consciente de que su familia jamás se enteraría de que ella lo había asesinado. Después caí en la cuenta de que es probable que Collin jamás supiera que Dobbs había recurrido a la brujería para llevárselo a la cama.

—O sea, que además de la pena el sentimiento de culpa lo empujó al suicidio —concluyó Trey.

—Estoy casi convencida de ello. Cuando regresé, era primavera, Yoda estaba esperando y el espejo había desaparecido. —Cogió la porción de pizza y acto seguido volvió a dejarla en el plato—. Sé que es importante entender qué pasó realmente, pero, caray, me da la sensación de que es absurdo, puesto que no hay nada que podamos hacer para cambiar los hechos, para evitarlos.

—Siempre es mejor saber que ignorar —le dijo Trey—. Ojalá no fueras tú el canal, pero esa es la realidad.

—Tú acumulas conocimiento. —Owen se levantó a por otra cerveza para él y para Trey—. Y el conocimiento es poder.

—O sea, que has reunido información de esta última aventura.

Cleo enumeró los datos contándolos con los dedos:

—Collin Poole no se dio un revolcón con Dobbs por voluntad propia. Dobbs asesinó a Arthur Poole. Para ella, lo importante siempre fue la casa solariega, no las personas. Ellas tan solo eran obstáculos o trampolines.

—Yo estaba despierta, era consciente de ello, como aquel día en la biblioteca. Al mismo tiempo, parecía como un sueño, pero estaba despierta y consciente de ello.

—Después de que Poole muriera —continuó Trey—, cuando ella no estaba centrada en él, sintió algo. Sintió tu presencia sin saber qué o quién era.

—Yo no había nacido todavía, pero me encontraba allí, en ese preciso instante y lugar, y despierta, consciente.

—Exacto. A pesar de que ella engatusó a Collin Poole, él se casó con Astrid Grandville. Sin embargo, aquel día, en el camino, ella ignoraba que asesinaría a Astrid, que le arrebataría el anillo, que conjuraría el maleficio.

—Todo me lleva a pensar que Dobbs se consideraba capaz de seducir u obligar a Collin a casarse con ella con el fin de poder hacerse con la casa solariega. Ese era, y es, su deseo: ser la señora de la casa.

—Por siempre jamás. Eso dijo según has comentado —apostilló Trey.

—Sí, pero…

—Su intención siempre fue apoderarse de ella, aferrarse a ella. Está claro que incluso a costa de su vida, de su sangre (hasta la eternidad), haría cualquier cosa que fuera necesaria. Imagino que ella no lo veía como algo inminente, pero nadie vive para siempre.

—Está como una cabra. —Owen bebió otro trago de cerveza.

—Eso es obvio. —Cleo levantó una mano— Pero ¿pudo haber vaticinado que Astrid y todas aquellas que la sucedieron se instalarían en la casa solariega? Lo dudo. Esta casa tiene poder propio y no la quiere aquí.

—Así es —murmuró Sonya—. No la quiere.

—Saber eso debe de quemarle la sangre —continuó Cleo—. Saber que esas personas, sus espíritus, continúan aquí día y noche, cuidando de la casa, mientras ella sigue atrapada en un infierno conjurado por ella misma.

—Ella no puede romper el maleficio —dijo Sonya despacio—, puesto que de lo contrario desaparecería. Se condenó a sí misma con sus palabras, con la magia de su propia sangre. Generación tras generación, novia tras novia. Lo selló con la sangre de Astrid, y posteriormente con la suya. Está tan atrapada en ese bucle como las novias a las que asesinó.

—Ella abriga la esperanza de atemorizarte, de echarte de aquí —comentó Trey—. Tú eres una amenaza. Puede que sea un infierno conjurado por ella misma, un bucle en el que está atrapada, pero es lo que tiene.

—Siete... Lo repitió. A lo mejor lo supo por mí. A lo mejor yo pensé en los anillos, en las mujeres, en las novias y en cómo todo comenzó con el asesinato de Arthur Poole. Ella sintió mi presencia, o algo, quizá esos pensamientos también. Eso la confundió, y os juro que la afectó.

—Al parecer hay que encontrar la manera de hacerle daño, y con más contundencia, de nuevo.

Cleo sonrió a Owen.

—Me gusta tu manera de pensar.

Clover intervino con *Don't Get Mad, Get Even* [«No te mosquees, véngate»] de Aerosmith.

—Qué sabias palabras. —Sonya cogió la porción de pizza que apenas había tocado y le dio un bocado.

27

El día anterior al evento, el vestíbulo estaba repleto de flores. Cleo tenía el jamón cocido en el horno, y los dedos cruzados. Habían preparado un sencillo bufet para la familia con la esperanza de que sirviera de preludio al festín del día siguiente.

Hasta el último centímetro de la casa solariega relucía.

Tras colocar y recolocar mesas y sillas fuera, encendieron infinidad de velas que el pronóstico del tiempo para el día siguiente —soleado, rozando los veinte grados— mantendría encendidas.

Sonya llevó flores a la planta de arriba para disponer los arreglos florales donde —después de horas de debate— habían decidido.

Cuando sonaron las campanadas del timbre, a punto estuvo de hacer oídos sordos. A pesar de que los numeritos de Dobbs habían sido escasos en los días anteriores, ese truco continuaba siendo uno de sus favoritos.

Entonces recordó que, como Yoda había bajado al apartamento con Cleo, no podía contar con su tono de ladrido para averiguarlo.

Al abrir la puerta, se encontró a Winter.

—¡Mamá!

—He venido un poco antes para echar una mano, al margen de que sea o no necesario. —Tras examinar con atención el vestíbulo, se echó a reír—. ¿Seguro que hay suficientes flores?

—Mamá —repitió Sonya al rodear a su madre con sus brazos—. ¿Vienes sola? Pensaba que…

—He venido en convoy con tus abuelos, que se han ido derechos al hotel. Querían deshacer las maletas y descansar un poco. —Tiró de su bolsa de viaje con ruedas hacia un lado—. Summer y Martin vienen con tus otros abuelos. Vienen todos. Anda, ponme a trabajar.

—Por supuesto que lo haré, pero primero subamos tu equipaje. Cleo ha llevado flores al apartamento; sus padres y su abuela van a quedarse ahí esta noche y mañana por la noche antes de emprender el largo viaje por carretera. —Cuando hizo amago de coger la bolsa de viaje de Winter, esta le apartó la mano, de modo que empuñó más flores—. Me parece increíble que realicen semejante trayecto de ida y vuelta desde Luisiana.

—Me lo dijo Melly. Les apetecía hacer un poco de turismo.

—Y a juzgar por los mensajes y las fotos que le han mandado a Cleo, se lo están pasando en grande.

—Esa es la palabra —convino Winter—. Todo tiene un aspecto fabuloso, Sonya: el árbol de la parte delantera de la casa en pleno esplendor, ese enorme rododendro… Son absolutamente espectaculares.

Cuando pasaban junto a la biblioteca, en la tableta de Sonya empezó a sonar *Joy to the World* [«Alegría para el mundo»] de Three Dog Night.

Winter miró de reojo.

—Supongo que te has acostumbrado a eso.

—No solo es que me haya acostumbrado, sino que me encanta. Tienes que ver la vista desde tu habitación con el jardín florido.

Cuando entraron, Winter se aproximó a la ventana.

—Hablando de espectacular, ¿es cosa tuya y de Cleo?

—Gran parte, en realidad la mayor parte; los arbustos perennes ya estaban ahí. Pero las macetas, las jardineras y las plantas anuales son cosa nuestra. Eso también me encantó. ¿Quién iba a imaginarlo?

—Has creado un hogar, cariño. Lo supe cuando vine por primera vez, pero si albergaba algún resquicio de duda se ha disipado. ¿Y la okupa de la segunda planta?

—«Okupa», qué bueno. No vamos a preocuparnos por ella. ¿Qué te parece si te ayudo a deshacer la maleta y después bajamos y te preparo algo para picar?

—He venido a ayudar, no a que me atiendan. Desharé la maleta yo sola y, cuando termine, te echaré una mano con ese mar de flores.

—Vale. Casi he terminado aquí arriba. Cuando estés lista, podemos ponernos con la planta principal.

Cuando Winter bajó, Sonya le tendió un jarrón.

—Para la mesa del comedor informal. Voy a poner estos tres más bajos en la del comedor formal. Como Cleo seguramente estará en la cocina, empezaremos por allí.

—Dame uno de esos, así cada una llevamos dos. Huele de maravilla.

—A flores, y esperemos que también al jamón cocido al horno que Cleo está preparando.

Winter se detuvo en la sala de música.

—Más obras de tu padre.

—Sí, Agatha. Johanna, Clover, Lisbeth y Agatha.

—Es impresionante y a la vez muy raro. Y, sin embargo, imagino a tu padre, puedo verlo de pie frente al lienzo con la paleta, con los pinceles.

En el teléfono de Sonya empezó a sonar *Still the One* [«Sigues siendo el único»].

—Sí —musitó Winter—. Lo es.

Cuando entraron a la cocina, Cleo estaba abriendo el horno para echar un vistazo.

—¿Y esto? ¡No sabía nada! Suelta esas flores y dame un abrazo. Hay un tanque de té helado si quieres —dijo Cleo al tiempo que recibía y daba el abrazo—. O podemos servirte un vino.

—Empezaré con ese té helado. Estás cocinando un jamón cocido al horno.

—Una pieza entera y descomunal —matizó Cleo con suma satisfacción—. Según Bree, si no la cago y sobra algo, puede aprovecharlo para mañana.

—¿Con el tamaño de esa pieza? —Sonya vertió el té helado—. Sobrará. Hasta he diseñado la tarjeta que lo acompaña: «Jamón cocido al horno glaseado con miel. De Cleo, de la casa solariega».

—Entonces será mejor que no la cague.

Después de colocar las flores, ayudaron a Cleo a trocear las patatas para asarlas. Cleo sacó el enorme asado del horno y lo dejó sobre la encimera para que reposara.

Dispusieron un bar en la despensa y prepararon una colorida fuente de crudités.

—Chicas, la verdad es que da gusto ver cómo trabajáis juntas en la cocina. Ya no me preocupa que paséis hambre.

Yoda salió a la carrera en dirección al vestíbulo antes de que Sonya oyera abrirse la puerta. A continuación regresó a la carrera con Mookie.

—¡Uy! ¿Y este perro? ¡Qué cosa más linda! Fijaos en cómo Yoda me está presentando a su amigo.

Mookie se sentó y levantó la vista hacia Winter con los ojos rebosantes de amor.

Cuando Trey entró, Winter dejó de hacer arrullos a los perros y lo escudriñó durante unos instantes.

—Mamá, te presento a Trey Doyle.

—He visto su fotografía en la página web del bufete, junto con la de este chico tan guapo. Winter MacTavish.

—Encantado de conocerte. —Tras estrechar la mano que le tendió Winter, sonrió—. Te veo reflejada en ella. Veía a su padre reflejado en ella porque conocí a Collin y ahora también te veo a ti.

—Yo ya no puedo estar pendiente de ella. ¿Y tú?

—Mamá, por favor.

—Cuando me lo permite.

—Esa es una muy buena respuesta.

Los perros salieron disparados; el timbre sonó.

—Voy yo.

Cuando Cleo abrió la puerta, esta vez fue ella quien abrazó a su madre, después a su padre y por último a su abuela.

Desde la cocina, Sonya oyó entusiasmados comentarios en francés salpicados en la conversación.

—Son los padres y la abuela de Cleo. Trey, ¿por qué no le sirves a mi madre una copa de vino? Le gusta el pinot grigio.

—Claro. —Cuando Trey entró a la despensa, Sonya apuntó con el dedo hacia su madre.

Winter sonrió sin más.

Melly fue la primera en aparecer. No era tan alta como Cleo, y tenía el pelo negro azabache y totalmente liso. Sin embargo, Cleo había heredado de ella sus ojos rasgados de tonalidad ámbar.

Primero abrazó a Winter y dijo:

—¡Mmmm! —Después abrazó a Sonya de la misma manera justo en el instante en que Trey salía de la despensa con una copa de vino—. ¡Madre mía, qué guapo eres! Te daré un abrazo a ti también si me pones una copa de eso.

—Melly Fabares, Trey Doyle.

—Vaya, Sonya, ya veo que tu gusto en lo tocante a los hombres ha mejorado considerablemente. Winter, fíjate en nuestras chicas, viviendo en esta antigua y bonita mansión. Me da la impresión de que se tardará medio día en recorrerla de un extremo al otro.

Cuando Trey regresó con más vino, ella cumplió su palabra y lo abrazó.

—Mmm. Además, tienes una constitución fuerte. Jackson, ven para acá y trae a mamá.

—Está entretenida con Cleo. —Jackson, un hombre larguirucho, entró y le dedicó a Trey su lenta y tímida sonrisa. Besó a Winter en la mejilla y acto seguido a Sonya antes de estrecharle la mano.

—Soy... Jackson Fabares, el padre de Cleo.

—Trey Doyle. Mucho gusto. ¿Le apetece beber algo?

—Me tomaría una cerveza si tuvieras una a mano. Vaya, huele fenomenal.

—Cleo ha preparado jamón cocido al horno —le dijo Winter.

—¡Qué me dices! —exclamó al tiempo que Melly soltaba una carcajada.

—El pastel de carne le sale de muerte —comentó Trey, y le tendió una cerveza a Jackson.

—Será mejor que me siente. Menuda casa tienes, Sonya. Menuda casa.

Imogene Bea Larue Tamura, una mujer desgarbada de piernas largas a punto de cumplir los setenta, se hallaba en la sala de música con su nieta. Tenía una mata de pelo rizado y rebelde con reflejos dorados que el tiempo había veteado de blanco a mansalva. Ella atribuía su tez morena y tersa a su variopinta genética y a una vida bien vivida. Sus ojos, de una tonalidad que oscilaba entre el marrón y el dorado, escudriñaron la sala.

Llevaba unos cómodos tejanos para el viaje y una llamativa camiseta roja combinados con unas zapatillas Converse del mismo color a ras del tobillo y, alrededor del cuello, media docena de cadenas de cuentas de cristal, una cruz ansada y símbolos del sol y la luna.

En la mano derecha lucía un ancho anillo de plata grabado con el símbolo astrológico de Libra, y en el dedo corazón, un cabujón de labradorita.

Viuda desde hacía doce años, portaba la alianza, un anillo martillado en oro, en la izquierda.

En el bíceps izquierdo tenía un tatuaje con el símbolo de un nudo quíntuple celta.

—Ellas miran por vosotras, y no son las únicas. Están pendientes de ti y de Sonya, y no son las únicas. Esta casa, *chèrie,* está llena de penas y alegrías, de sangre y sudor, de lágrimas y risas, como debe ser en una casa tan antigua. —En su tono de voz, fluido y rico, se apreciaba la cadencia melódica de su Nueva Orleans natal—. Es una buena casa, una buena y sólida casa, *ma fille*.

—Lo sé, y lo percibo. Pero el oírte decirlo hace que sea mejor y más sólida.

—Sin embargo, alberga una fuerza oscura y poderosa. —Imogene miró fugazmente al techo mientras hablaba—. Codiciosa, y obsesionada con esa codicia. Ansía vuestro miedo.

—Estoy haciendo lo posible por no darle el gusto.

Imogene sonrió.

—Tienes la cabeza bien amueblada, mi amor, siempre la has tenido. Te he traído unas cosas. Tu padre (y me enorgullezco de mi hija por elegir a un hombre como Jackson) no se ha quejado, ni una sola vez a lo largo del viaje, por el peso que le hice acarrear.

—Te quiere, Magie.

Imogene sonrió al escuchar el apelativo cariñoso con el que Cleo la llamaba de pequeña.

—Y yo le muestro mi amor con tarta y helado. Toma, ponte esto.

Se quitó una de las cadenas que llevaba alrededor del cuello.

—Oh, pero esta es tu turmalina especial, la que el abuelo te regaló.

—Ahora te la regalamos a ti. Es un amuleto, *chérie,* y posee una fuerza poderosa, puesto que va acompañado de amor. —Le enganchó la cadena con las tres gruesas gemas negras alrededor del cuello—. El amor es un círculo que, cuando es verdadero, jamás termina. El círculo protege contra aquello que desea causar el mal. Aférrate al círculo, Cleo.

Imogene volvió la vista cuando Owen se detuvo en el umbral. Y la sonrisa se le iluminó como el sol.

—¡Anda! ¡Aquí estás! Me preguntaba cuándo aparecerías. Qué apuesto eres, ¿eh, muchacho?

—Usted desde luego que sí —respondió él. A ella le hizo gracia—. Debe de ser la madre de Cleo.

Entre risas, Imogene agitó la mano como abanicándose y pestañeó con coquetería.

—Creo que me he enamorado de verdad.

Mientras Owen le correspondía con una pícara sonrisa, Cleo negó con la cabeza.

—Esta es mi *grand-mère*. Imogene Tamura, Owen Poole.

La respuesta sincera de Owen fue:

—¡Anda ya!

—Ahora sé de buena tinta que es amor. Conque este es el Owen Poole que construye barcos y veleros. Me he enterado de que estás construyendo uno para mi *bébé*.

—Sí, señora.

—Oh, nada de formalidades entre nosotros. Llámame Imogene o, como me llaman mis nietos, Magie, una de dos. Ahora ven para acá y dame un beso.

Cuando lo hizo, ella se enganchó de su brazo.

—Bueno, me parece que es hora de tomar un cóctel. ¿Sabes cómo preparar un whiskey sour?

—Puedo aprender.

—Pues te enseñaré a prepararlo.

Sonya había imaginado, y esperado con ilusión, ver y sentir cómo la casa solariega iba llenándose de familiares. Su madre charlaba con Melly y, ahora que sus tíos habían llegado con sus abuelos maternos, Summer se unió a la animada charla. Jackson y el tío de Sonya habían salido a pasear con los perros. Con una copa de vino en la mano, su abuelo —un apasionado de la jardinería— hizo lo mismo.

A petición de su abuela, Sonya le mostró la casa, o parte de ella, antes de la cena.

Louisa Bane Riley, una mujer con un porte imponente, había dejado que el cabello se le encaneciera y lo llevaba corto, como cortado a ras. Lucía unas gafas con una montura de color azul eléctrico, unos discretos pendientes de diamantes, un vestido azul marino de líneas rectas ribeteado en blanco y unos zapatos Prada de tacón bajo.

Mientras recorrían la planta baja, se limitó a emitir sonidos sin comprometerse, además de unos cuantos asentimientos de cabeza.

Si Sonya sabía algo a ciencia cierta, era que su abuela era un hueso duro de roer.

Pero, al llegar a la biblioteca, Louisa se detuvo y levantó la mano mientras examinaba la sala.

—Vaya. —Esa única palabra reflejó su conservador origen bostoniano—. Vaya —repitió, y se volvió hacia Sonya—. Has encontrado tu sitio, ¿verdad?

Y a Sonya se le relajaron los hombros.

—Así es.

—Yo tenía mis dudas, como bien sabes.

—Otra cosa no, pero sincera eres en tus opiniones, abuela.

—Lo soy, y tenía mis dudas acerca de las decisiones que has tomado en los últimos meses. Eres una joven talentosa, Sonya, con una extraordinaria ética del trabajo. Temía que hubieras tomado esas decisiones motivada por tu... desafortunada experiencia.

—¿Desafortunada por qué?

Los labios se Louisa se curvaron muy ligeramente.

—No tengo más remedio que perdonar a Tracie. Es mi nieta. No justifico su deplorable comportamiento, pero no me queda otra que perdonarla. Algún día puede que tú también lo hagas. Sin ánimo de justificarla, te hizo un enorme favor. Me fastidia, no te imaginas hasta qué punto, haberme dejado embaucar por ese ser a quien me niego a llamar hombre. Pero el ver esto, el verte aquí, hace que esa espinita me resulte más llevadera.

Clover dio su opinión reproduciendo *Ring the Alarm* [«Suena la alarma»] de Beyoncé en la tableta.

—Qué... raro.

—Aquí no.

—Eso he oído. Yo jamás he creído en esas historias. —Pasó la mano por el tablero del escritorio—. A pesar de ello, tu hogar rebosa de carácter e historia, y de cosas bonitas cuidadas con mimo. Todo apunta a que eres feliz tanto con la profesión que has elegido como con el rumbo que has tomado. Eres mi nieta, y te quiero, por tanto, ¿qué más podría pedir para ti?

—Eso significa mucho para mí, abuela.

—Puedes mostrarme el resto más tarde, ya que está claro que tardaremos un buen rato. Apenas he cruzado una palabra con el resto de tus invitados.

Cuando empezaron a bajar las escaleras, sonó el timbre.

—Deben de ser la nana y el abu. Los demás ya están aquí.

Sonya fue a abrir la puerta y derecha a los abrazos.

Su abuelo, corpulento y de espalda ancha; su abuela, menuda y de aspecto delicado. Notó que su abuela temblaba un pelín, y se hizo cargo de que esa visita era agridulce.

—Qué alegría que estéis aquí. Me hace mucha ilusión veros.

John sonrió y le acarició el pelo.

—Menuda mansión te has agenciado, pequeña. Es un casoplón.

—La verdad es que sí.

—Espero que no nos hayamos retrasado.

Sonya miró a su abuela, su dulce rostro con forma de corazón, sus ojos azules de mirada serena pugnando por contener las lágrimas.

—En absoluto. Es un encuentro familiar.

—Martha, John, qué alegría veros. —Louisa los besó en las mejillas y luego agarró del brazo a John—. John, si me acompañas, es hora de tomar una copa de vino. La casa es un laberinto, pero conozco el camino. Bueno, ¿qué tal el invierno en Savannah? —continuó al tiempo que lo conducía a la cocina.

Puede que su abuela fuera de una honestidad brutal, pensó Sonya, pero también entendía el dolor de otra mujer.

—Qué casa más bonita, Sonya, parece sacada de un cuadro o de una película. Tú siempre soñaste con una casa antigua y laberíntica.

—Cierto. —Sonya la estrechó de nuevo y la mantuvo entre sus brazos durante unos instantes—. Quiero enseñarte algo.

Con el brazo alrededor de la cintura de Martha, la condujo por el largo pasillo.

—Oh, es inmensa, ¿verdad? Y muy bonita. No es de extrañar que seas feliz aquí. Nosotros nos sentimos felices por ti, Sonya, tan felices de que... Oh.

Se detuvieron en la sala de música, donde se dejaba sentir el eco de las voces procedentes de la cocina.

—Oh, ya veo. Veo a Drew reflejado en su sonrisa. Tan joven, tan guapa, y parece amable. —Entonces, lenta y suavemente, brotaron las lágrimas—. Ella lo habría adorado, habría adorado a los dos. Nosotros habríamos…

—Lo sé, nana. Créeme, a ella le consta que le diste a mi padre lo que ella no pudo.

En el teléfono de Sonya, en el bolsillo, empezó a sonar *Loves Me Like a Rock* [«Amor inquebrantable»].

—Lo queríamos muchísimo. Drew fue un hijo querido y cariñoso, un marido y un padre querido y cariñoso. Abrigo la esperanza de que ella sepa que se convirtió en un hombre excelente.

—Lo sabe, nana. Estoy segura.

—Tan joven… —repitió Martha—. Sonya, ¿podrías darme un par de minutos? Me gustaría sentarme aquí tan solo un par de minutos.

—Por supuesto. Tómate el tiempo que necesites y, cuando estés preparada, simplemente guíate por las voces.

Una vez a solas, Martha tomó asiento, se secó los ojos y observó con atención los de la mujer del retrato.

—Ojalá hubiéramos sabido de tu existencia y de la de Charlie. De haberlo sabido, le habríamos hablado de ti. De haberlo sabido, habríamos querido a su hermano en la misma medida.

Mientras pugnaba por recobrar la compostura, en el teléfono guardado en su bolso empezó a sonar *Martha My Dear* [«Mi querida Martha»].

Se sobresaltó y, acto seguido, apretó los labios.

—Lo veo reflejado en ti. Gracias por el mayor de los regalos, el regalo más preciado. —Hizo una pausa y entrelazó las manos—. Drew siempre fue un niño avispado. No siempre bueno, pero ¿quién quiere eso? Ah, dio sus primeros pasos a los diez meses y después no hubo quien lo parara. Le gustaban los polos de uva y los coches de juguete Matchbox. Y dibujar. Siempre le encantó dibujar y colorear.

Carraspeó y continuó:

—Una vez, con tan solo tres años, cogió unas ceras de esas grandes y gruesas. Yo las había puesto a una altura a la que pensaba que él no alcanzaría, pero qué ingenua fui. Él trepaba como un mono.

Tuvo que hacer otra pausa para reprimir las lágrimas de nuevo.

—Pintarrajeó toda la pared de su dormitorio mientras yo daba por sentado que estaba echando la siesta. Como he dicho, fui una ingenua. Drew se sentía tan orgulloso que me resultó imposible enojarme con él. Pasaron años sin que John y yo pintáramos la pared y, cuando lo hicimos, John recortó una sección del pladur y enlució el hueco. Y enmarcamos el trozo que guardamos. Todavía lo conservo.

Suspiró y, al tomar aire, aspiró el aroma de las flores silvestres, como el de una pradera acariciada por la luz del sol.

—Hay muchas más anécdotas que podría contarte. Escribí algunas, algunos recuerdos. —Martha abrió su bolso y sacó un sobre de papel manila con un grueso taco de hojas—. Pero, por encima de todo, quiero que sepas que lo quisimos desde el mismísimo instante en que nos lo pusieron en los brazos. Recibió amor. Fue un niño maravilloso que se convirtió en un hombre maravilloso.

»Y recibió amor.

Se levantó y dejó el sobre encima del piano.

Dio un respingo de nuevo cuando en su teléfono, guardado en el bolso, empezó a sonar *Thank U* [«Gracias»] de Alanis Morissette.

Acto seguido sonrió.

El asado de Cleo resultó ser un éxito y sobró suficiente como para dar de comer a todos de nuevo. Dos veces.

Sonya disfrutó justo aquello que tanto la ilusionaba: pasar una tarde distendida con seres queridos que hacían buenas migas. Observó cómo la abuela de Cleo coqueteaba con descaro con Owen, y a Trey relacionándose con desenvoltura con las diversas personalidades como si las conociera de toda la vida.

—Una elección mucho más acertada —dijo Louisa por lo bajo a Sonya en un momento dado—. De todas formas, me reservo mi aprobación definitiva hasta que conozca a su familia mañana, cosa que no llegó a suceder en el caso de aquel ser. —Le dio una palmadita en la mano—. Sus ojos transmiten honestidad.

Pasearon, personas y animales, por los jardines mientras las luces titilaban tal y como ella lo había imaginado.

Cuando dio un beso de buenas noches a sus abuelos, no vio lágrimas en los ojos de Martha.

—Necesitábamos esto. —Su abuela le dio un achuchón—. Verlo, entenderlo realmente. He dejado una larga carta para la madre biológica de tu padre en la sala de música, encima del piano. Una tontería por mi parte. Pero creo que te gustará tenerla.

Cuando los demás se marcharon y Cleo fue a ayudar a su familia a instalarse en el apartamento, la madre de Sonya se sentó con Trey y Owen en el salón.

Sonya se dirigió a la sala de música, pero no vio nada sobre el piano.

Su teléfono le reveló el porqué con *Child of Mine* [«Hijo mío»] de Carole King.

—De acuerdo —musitó—. Quédatela tú, espero que te reporte algo de alegría.

Cuando se dirigió al salón, Winter se levantó.

—Acabo de prometer a este par que por la mañana prepararé un desayuno opíparo con tortitas para que se pongan las pilas ante lo que promete ser un largo día. Este ha sido el preludio perfecto, mi niña, en especial para tus abuelos paternos. Necesitaban este puente.

—La nana ha pasado un rato con Clover en la sala de música. Le ha dejado una carta encima del piano, pero en vista de que ya no hay nada ahí, supongo que Clover se la ha llevado.

—Puede que jamás llegue a acostumbrarme a eso, pero he de decir que me alegro. Bueno, voy a seguir el ejemplo de estos perros despatarrados en el suelo, y de la gata hecha un ovillo en la silla, y a dormir un poco.

Se inclinó para besar a Owen en la mejilla y a continuación a Trey antes de acercarse a Sonya para abrazarla.

—Os veré a todos por la mañana.

Cuando Winter se marchó y empezó a subir las escaleras, Trey miró fugazmente hacia el umbral.

—Vaya, tu madre es increíble.

Sonya se dejó caer en una butaca.

—Y tanto que sí. Y esta siguiente fase del evento ha sido un éxito. Oye, Owen, no estarás planeando escaparte con la *grand-mère* de Cleo, ¿verdad?

—Es tentador. Es un bombón, como una cerveza bien fría. Caray, menudas vivencias tiene, y sabe sacarles jugo. Qué grupo más agradable. Tu abuela, la alta..., impone un poco.

—Que me lo digan a mí.

—Le he gustado. —Trey sonrió de pura satisfacción—. Me buscó en Google, y llegó a la conclusión de que podría dar la talla.

—Ay, Dios. Lo siento.

—La verdad es que en cierto modo me gustó su estilo, un pelín intimidante. Ha sido interesante participar en esta velada. Una cosa es segura: todos han disfrutado de ella y los unos con los otros.

Cleo entró, se desplomó en un sillón y exclamó:

—¡Uf!

—¿Se han acomodado ya? —preguntó Sonya.

—Sí. Mi *grand-mère* nos ha traído una caja con dos docenas de botellitas más o menos. De frascos de brujería, de magia blanca, para colgar y más conos de incienso de salvia blanca que hizo ella misma, igual que las velas. Además de una preciosa piedra de fluorita, otra de cuarzo rosa y un bonito gong de latón para cuando meditamos. No me he chivado de que nunca has conseguido meditar más de diez segundos.

—Una vez llegué a treinta.

—Porque habías bebido —le recordó Cleo—. Eso no cuenta. Puso cristales y velas por todas partes en el apartamento antes de deshacer el equipaje. Mi padre me ha dado una lista de más plantas que según él necesitamos, y mi madre no ha parado de hacer aspavientos de admiración por todo. Me ha encargado que le diga a tu madre que por la mañana echará una mano con el desayuno.

—Ha subido a acostarse.

—Qué buena idea, caray. Voy a hacer lo mismo.

Se levantó con esfuerzo, se sacudió el pelo y miró a Owen enarcando las cejas.

—¿Te apuntas?

—Menuda pregunta.

Él se levantó, Jones también, y a continuación la gata.

—Un trabajo bien hecho —le dijo Cleo a Sonya—. Os veo a los dos por la mañana antes de una hora razonable.

—Yo sigo un poco agitada —reconoció Sonya—. A lo mejor puedes ayudarme en ese sentido.

—Fijo.

Ella se quitó el coletero, se lo puso en la muñeca y se pasó la mano por el pelo.

—¿Sabes de lo que me he dado cuenta esta noche?

—De que había mucho bullicio.

—La verdad es que sí —convino ella—. Pero me he percatado de la gran desenvoltura con la que te has manejado desde el primer momento. No has tardado ni dos minutos. Se te da genial relacionarte con la gente.

—A ello contribuye que trato con gente a diario.

—No es solo cuestión de trato. A ti te gusta la gente.

—Por lo general, sí. ¿A ti no?

—Coincido en lo de «por lo general», supongo. Yo no soy tímida; me gusta relacionarme. Sin embargo, no tengo claro cómo lo gestionaría si no pudiera alternar eso con ratos de tranquilidad, de los cuales disfruto más de lo que imaginaba cuando trabajaba en una oficina. Mañana… Me muero de ganas de interactuar con todas esas personas. Pero, después, me alegraré de recluirme en el silencio y en el trabajo.

—Otra razón por la que esta casa te sienta como un guante.

—Cierto. Así es. Todo, con una excepción, me sienta a las mil maravillas. Cómo he disfrutado alardeando de ella al enseñársela a mi familia, con lo cual me he ganado la aprobación de mi exigente abuela. De Louisa.

—Lo he pillado: la abuela es Louisa; la nana, Martha. El abuelo, Bill; el abu, John.

—Naturalmente. Y espero que mañana, después de presentar a tu familia, también te ganes la aprobación de mi exigente abuela, si es importante.

—Siempre es importante. —Trey le acarició suavemente el pelo—. Ella te quiere. Todos te quieren. Y todos quieren a Cleo. No siempre ocurre así, créeme. Pero sé de buena tinta cuándo es el caso. Mi familia quiere a Owen; la suya me quiere a mí. Hay algo especial cuando eso sucede.

—Tienes razón en lo tocante a eso también. Bueno, volvamos a lo de ayudarme a relajarme.

—Tengo algunas ideas. —Él se levantó y tiró de ella.

—Cuento con ello.

Sonya se despertó a las tres, otra vez agitada. Sin embargo, no sintió la atracción, no sintió el impulso irrefrenable de levantarse, de caminar.

—¿Estás bien? —Trey alargó la mano hacia la suya.

—Sí.

No obstante, se acurrucó contra él mientras se oía el eco del carillón del reloj y el llanto se desvanecía, al igual que la música de piano.

No oyó nada procedente de la segunda planta y, aliviada, cerró los ojos de nuevo.

Estaba convencida de que no duraría. Aunque quizá con tanta energía positiva transcurriera otro día, otra noche, sin contratiempos.

Porque al día siguiente, con independencia de lo que aconteciera, abrirían la casa y la llenarían de gente de nuevo.

28

Por la mañana, Winter, Melly e Imogene tomaron el mando de la cocina. Permitieron entrar a todos aquellos que querían tomar café y, a continuación, los despacharon sin contemplaciones.

Una vez despachada, Sonya escuchó la mezcolanza de voces, muchas risas y los ocasionales interludios musicales por parte de Clover.

A pesar de que no se había imaginado algo así, se dio cuenta de que también lo anhelaba. Anhelaba escuchar las risas de un grupo de mujeres en la cocina.

Cleo y ella, con su propia agenda, empezaron a vestir las mesas con los manteles de color rosa fuerte que habían escogido. En vez de centros de mesa o arreglos de flores formales, colocaron pequeños tarros de color azul pálido con una única flor hermosa y colorida en cada uno: peonías, dalias y hortensias.

Reclutaron a cualquier hombre que apareciera a la vista para que sacara más mesas y sillas de dentro.

—¡Eh, troupe! —gritó Melly por la ventana—. ¡Esta enorme fuente de época acaba de subir en el montaplatos ese como si tal cosa! ¡Esta casa es de locos! ¡Desayunamos en diez minutos!

Se dieron un festín de tortitas, beicon, huevos, galletas, frutos del bosque, buñuelos de patata y gachas de sémola de maíz —puesto que Imogene decretó que no podían faltar en un desayuno completo—, dispuestos en fuentes y boles repartidos sobre la gran mesa.

Sonya tachó otro deseo de su lista: un desayuno familiar por todo lo alto en el comedor.

A continuación volvieron al tajo.

Tras su entrega, colocaron las mesas de bar portátiles según el croquis de Bree.

A Sonya le resultó emocionante el frenesí de actividad, de manos ocupadas, la mezcolanza de ideas.

Cuando vio a Imogene y a su larguirucho yerno colgando frascos de hechizo en las ramas del árbol, o a su madre y a Melly diseñando la decoración de la mesa del comedor, se preguntó cómo era posible que Cleo y ella hubieran contemplado siquiera la idea de poder realizar todo eso solas.

Fue preciso que Trey y Owen registraran las zonas destinadas a almacenamiento a raíz de la decisión de última hora de montar algunos rincones para la tertulia en la parte delantera de la casa.

Luego llegó Bree con dos camareros junto con la vajilla y la cristalería de alquiler.

—Tengo el uniforme y lo demás en el coche. ¿Hay algún sitio donde pueda cambiarme después de sacar todo?

—Claro. Ya he…

Bree interrumpió a Sonya moviendo la mano con un ademán.

—Deja eso para luego. He de surtir las mesas para las bebidas. Misty, Wayne, poneos las pilas. Ceñíos al croquis. Por aquí hay manos de sobra para acarrear y colocar los platos y los cubiertos. Ya tenéis el croquis.

—Todos tenemos tu croquis —terció Cleo.

—Bien. Quiero echar un vistazo por ahí. A ver, este hombretón.

—Ah, soy Jackson —dijo él, y le estrechó la mano.

—Bree. ¿Qué te parece si llevas algunos de estos platos a aquella zona? Te mostraré exactamente dónde colocarlos. —Empuñó una caja de cartón con platos de postre y le indicó el camino—. Vale, esto está bien. Tiene buena pinta. Jackson, de momento ponlos debajo de esa mesa. Vamos a hacer cuatro pilas de veinticinco platos llanos y otras cuatro con los platos de postre. Los camareros los repondrán conforme se vayan utilizando. El personal de cocina se ocupará de lavarlos a medida que hagan falta. La cubertería...

—Encontramos unas paneras forradas de tela muy bonitas.

Bree miró a Sonya con el ceño fruncido.

—Déjame verlas.

Mientras Sonya se apresuraba a ir a por ellas, Bree continuó con la supervisión.

—Los platos calientes aquí, que se irán reponiendo según sea necesario. Las ensaladas y demás, el pan, los bollitos, tus aderezos y los postres allí. Esto tiene buena pinta. Lo habéis hecho bien. Funcionará. —Obviamente satisfecha con los preparativos, hizo una pausa—. Oye, ¿quiénes son?

—El tío alto que está sacando más platos es mi padre —respondió Cleo—. La mujer que hay justo detrás de él con lo que supongo que son platos de postre es mi madre, Melly.

—Él le saca más de treinta centímetros de altura.

—Más de treinta y cinco, si no recuerdo mal. Y aquella, la mujer que está saliendo de la casa con Sonya, es su madre, Winter.

—Vale. ¿Quién es esa chavala que está saliendo del apartamento a fumar?

—Mi *grand-mère*.

—¿Cómo que tu abuela? Es un bombón. Qué suertuda eres por tener esos genes. —Cogió una de las paneras que le tendió Sonya, la inspeccionó y asintió con la cabeza—. Son chulas. Nos vendrán muy bien. Hola, madre de Sonya. Soy Bree.

—Winter. He oído que eres una impresionante chef y organizadora de eventos.

—Efectivamente. Sonya tiene tu pelo. Otra suertuda en lo tocante a los genes. A ver..., un momento, ¿dónde están Trey y Owen?

—Han ido a por sillas, bancos o lo que sirva para colocarlos en el porche delantero y disponer un par de rincones para conversar —explicó Sonya.

—Echaré un vistazo cuando terminen de montarlos. Bueno, este es el programa.

Dado que Bree se lo sabía al dedillo, Sonya no tenía claro si sentirse aliviada o aterrorizada.

Bree dio el visto bueno a los rincones para la tertulia, y Owen decretó que todo se volviera a guardar dentro al final del día.

Continuaron acarreando y colocando más cosas. Tan intimidada como impresionada por la eficiencia de Bree, Sonya le mostró a la coordinadora del evento una habitación de invitados y acto seguido se fue pitando a la suya para cambiarse para la fiesta.

—Es de armas tomar —comentó Sonya cuando Trey entró—. Me encanta.

—A juzgar por el comentario, seguro que te refieres a Bree. Qué vestido más bonito, guapa. Es muy pero que muy bonito.

—¿Sí? ¿No me he pasado?

Sonya se observó con atención con el vestido verde pálido en el espejo. De corte sin mangas, tenía un escote cuadrado que en su opinión le favorecía y una falda suelta y vaporosa que ondearía a la altura de sus rodillas.

—Es ideal.

—Dirías eso aunque no lo fuera, pero me parece bien porque según el programa de Bree solo dispongo de diez minutos más. Tú solo tienes diez minutos para cambiarte.

—Vale.

—Qué rabia me da eso. —Se sacudió el pelo con brusquedad—. Me da mucha rabia que seas capaz de arreglarte en diez minutos. Estaba pensando dejarme el pelo suelto, pero…

—A mí me gusta suelto.

—Estupendo, listo, pero ahora he de cambiarme de pendientes. ¿Qué vas a ponerte?

—Ropa.

—¡Ay, venga ya! —Entre risas, se puso otros pendientes.

Él optó por unos tejanos de color gris marengo con una camisa en azul pálido y consiguió estar listo tres minutos antes que ella.

—Me da muchísima rabia eso.

—Pero estás despampanante.

Trey, detrás de Sonya, le puso las manos sobre los hombros y la besó en la coronilla. Ella se dio la vuelta, hizo amago de acercar la boca a la suya y, de buenas a primeras, lo empujó.

—¡No hay tiempo! No sé qué hará si incumplimos el programa previsto ni quiero averiguarlo.

Empuñó a Trey de la mano y tiró de él hacia el pasillo justo cuando Owen salía del cuarto de Cleo.

—Sigue ahí dentro, mareando la perdiz.

—¡No! ¡No puede ser! ¡El programa!

Cuando Sonya irrumpió en la habitación, Owen se limitó a encogerse de hombros.

—Me preguntó qué vestido se ponía (había dos) y se ha decantado por el que yo no he elegido.

Trey asintió con la cabeza sin más.

—No te ofendas. Confía en mí: tengo una hermana. Vamos abajo, donde es probable que seamos de provecho.

Bree, la general del regimiento que había reclutado, tenía todo bajo control. La idea con la que Sonya y Cleo habían soñado para la primera jornada de puertas abiertas en la casa solariega cobró vida y esplendor con flores, música, el destello de la plata, el cobre y el cristal bajo el azul del cielo despejado.

La familia llegó pronto, como era de rigor, porque la familia, desde el punto de vista de Sonya, era el alma de la casa solariega. Al principio hubo un goteo de invitados, y después un aluvión. Y, tal como ella quería y anhelaba, la casa solariega se llenó de gente.

Disfrutó viendo a su madre reír con los Doyle, y a su tía enfrascada en una conversación profunda con Anna.

Se repartió la tarea de realizar el recorrido por la casa con Cleo y Trey, y, si bien la segunda planta permaneció en silencio, la campanilla del salón dorado sonó sin cesar en el sótano.

Conoció a más primos Poole, y se sintió agradecida de que asistieran. Pese a que le habían asegurado, en más de una ocasión, que no albergaban ningún resquemor en lo concerniente a la herencia, fue un alivio percibirlo y constatarlo por sí misma.

Connor Poole Oglebee, el responsable de ventas, un hombre corpulento, que rondaba los cincuenta, con una risa estentórea y los ojos marrón oscuro, la condujo a la sala de música.

—Es una galería impresionante. Triste y al mismo tiempo bonita. —Connor se aproximó al retrato de Agatha—. Mi rama de la familia desciende de Jane Poole, la hermana gemela de Owen, y del hijo que esta tuvo poco después del fallecimiento de Agatha. El hecho de ver esto, a las novias perdidas juntas de esta manera, me hace plantearme qué habría sucedido si Jane se hubiera casado en la casa solariega. Yo estoy aquí porque ella no llegó a estar.

Se volvió hacia Sonya.

—Ambos estamos aquí a raíz de las decisiones que se tomaron en otros tiempos. Lamento las decisiones que tomó Patricia Poole y me alegro, y mucho, de que Collin hiciera lo posible por enmendarlas.

—Mi padre tuvo una buena vida. Demasiado corta, pero una vida buena y feliz.

—Sí, ciertamente. He conocido a sus padres, y a tu madre. Y a ti. —Tomó la mano de Sonya—. A Collin le complacería lo que has hecho aquí, lo que estás haciendo. Él siempre estuvo pendiente del negocio, si bien es cierto que en los últimos años rara vez aparecía por allí. Sin embargo, custodió ese legado.

Dirigió la vista de nuevo hacia los retratos y observó con atención desde el de Johanna al de Agatha.

—Yo venía de visita una vez al mes más o menos, con el pretexto de darle el parte. No es que fuera necesario, ya que él estaba pendiente del negocio. Él custodió ese legado —repitió Connor—, al igual que la casa solariega, otro legado. Pero para él esto era más que simplemente eso. Era su hogar. Pese a todas las… singularidades de la casa solariega, la adoraba.

—Lo mismo que yo.

—Eso tengo entendido. Y lo noto. Tú cuida de este legado, y puedes confiar en que Clarice, los demás y yo cuidaremos del negocio que propició su construcción.

Sonya nunca había organizado una fiesta de semejante magnitud y alcance ni por asomo, y descubrió hasta qué punto se requería habilidad para atender a tantos invitados, ya fuera a nivel individual o en grupo.

En ese sentido Cleo la superaba con creces, pero ella hizo lo imposible por conversar con el alcalde, con miembros de la sociedad histórica, con comerciantes, restauradores, maestros, camareros, el comisario de policía y el jefe de la brigada de bomberos.

Y tuvo la deferencia de sentarse unos minutos con Lucy Cabot, dueña de la casa de acogida de Yoda y Pyewacket.

—Tienes un perro muy feliz —comentó Lucy.

—Él hace que yo sea una persona muy feliz.

—Veo que Owen le construyó un palacio perruno.

Sonya echó un vistazo hacia la caseta, en cuyo techo estaba apoltronada Pye, la reina de todo cuanto inspeccionaba. Más allá, cerca de la hilera de árboles, un niño —que rondaba la edad eterna de Jack— lanzó la pelota para que Yoda y Mookie fueran a por ella. Jones, demasiado digno para semejantes exhibiciones en público, se hallaba sentado mirando con cierto desdén.

—Le gusta, pero me da la impresión de que le gusta más cuando tiene compañía. Es un perro sociable.

—Fijo que hoy tiene compañía de sobra. Es una fiesta fantástica, Sonya. Cleo y tú habéis causado impacto.

—Habría sido imposible (caray, ahora soy plenamente consciente de ello) sin Bree.

—Es majísima. Aún estoy asimilando la pareja tan ideal que hacen ella y Manny. ¿Quién iba a imaginarlo?

El batería de Rock Hard, con su pelo más bien largo y sus gafas de Buddy Holly, mantenía el ritmo. Y la chef, con su pelo corto de un rojo llameante y sus tatuajes, bailaba.

Bailaba, constató Sonya, con el tío Martin.

—Sí, es majísima.

Sonya rodeó más mesas, se detuvo con más grupos de invitados. Probó algunos platos, degustó la bebida estelar de la casa solariega y bailó con Ace: el hombre tenía buen ritmo.

Lo cual le dijo literalmente.

Él respondió con un guiño y una pícara sonrisa mientras la hacía girar.

—Los hombres que saben bailar se meten a las chicas en el bolsillo. Así es como me gané a mi chica, la más guapa de Poole's Bay.

Cuando la hizo girar de nuevo y la dejó caer hacia atrás, Sonya no lo puso en duda.

Recordó que su madre le relató uno de los sueños de su padre en el que aparecía la casa solariega, gente paseando por los jardines, de pie en el porche.

«Como esto», pensó, pero eso era el ahora.

Bailó con Trey, pegada a él, balanceándose sin más.

Pensó que él también tenía buen ritmo.

—Menudo éxito has tenido, guapa.

Sonriendo, ella levantó la vista hacia él.

—Siento que es bueno, lo correcto, y real. Igual tardo días en recuperarme, pero sin duda ha valido la pena.

Con la cabeza apoyada contra el hombro de Trey, contempló la casa solariega.

Y vio sombras. Sombras junto a las ventanas. También formaban parte de la casa: de lo bueno, de lo correcto, de lo real. Aquellos que caminaban por los pasillos, que encendían las chimeneas y abrillantaban la madera. Que vivieron y murieron tras esos imponentes muros.

Ellos no estaban solos en la mansión que miraba al mar.

Y ella tampoco.

Los invitados iban y venían; algunos se quedaron un buen rato después de que las luces titilaran en los árboles, a lo largo de la pérgola, en la terraza.

Se despidió de sus abuelos, de sus tíos.

Cuando el coche del último rezagado se alejó, Bree se dejó caer en un asiento y se quitó los zapatos sin miramientos.

—Que alguien me traiga una copa.

—Voy yo —dijo Owen.

—¡Y no seas rata! Como Manny perdió al cara o cruz, le toca conducir a él. La banda está recogiendo los bártulos y el personal de cocina terminando de limpiar.

—Lo he visto con mis propios ojos —terció Sonya— y..., guau, están al pie del cañón. Todos han estado al pie del cañón.

—Ha sido el mayor fiestón por estos lares desde el año de la pera. Confían en que organices otro y los contrates.

—Hecho. —Cleo se recostó con la copa en la mano—. Si tú capitaneas el equipo.

—Puedo hacerlo. Gracias. —Bree cogió la copa que le ofreció Owen y bebió un buen trago—. Temía que se produjera algún... —miró de refilón hacia la casa solariega— incidente. Pero, con la salvedad de que en algunos teléfonos del personal ha sonado música durante el descanso de la banda, o cuando alguien que se disponía a recoger algo se lo ha encontrado hecho y cosas por el estilo, poco más. Y nada demasiado inquietante, supongo.

Imogene bebió un sorbo de su copa.

—No durará mucho, pero por ahora...

Bree la observó con interés.

—Tú eres bastante inquietante, pero de buen rollo.

—Ha sido la mejor fiesta de mi vida —declaró Melly—, y eso que he estado en un montón. He perdido la cuenta de cuánta gente se ha quedado boquiabierta al contemplar este lugar, el ágape, el esplendor. Chicas, deberíais sentiros orgullosas.

—Sí que pasó algo. —Winter levantó las manos con un ademán—. Con un hombre vestido de esmoquin que estaba sentado en un sillón de piel, fumándose un puro. Al pasar junto a él, me detuve. Me dijo que añoraba las fiestas en la casa solariega y que se alegraba de que mi hija y su amiga supieran cómo organizar una. A lo cual yo respondí que seguro que no sería la última.

»Alguien que pasaba me preguntó si sabía dónde estaba el baño de señoras. Se lo dije y, al darme la vuelta, el hombre había desaparecido. Os juro que aún alcanzaba a oler el humo del puro, muy ligeramente, pero no había ni rastro de él.

—Vaya, eso sí que es inquietante. —Bree apuró el resto de su copa—. Bueno, me voy. No, sentaos, tranquilos. Me voy con Manny. Hablamos.

Imogene se echó hacia delante para darle una palmadita en la mano a Winter.

—Él quiso que supierais que apreciaba la fiesta. Hubo más que sintieron lo mismo. Algunos observaron desde las ventanas. Tú los viste, Cleo. ¿Y tú, Sonya?

—Sí.

—A una joven vestida con un uniforme de doncella, muy ajetreada ayudando en lo que podía gustosamente. A un niño, con unos ojos enormes, observando a los otros niños. A esa cosa tan linda del retrato, Clover, con esa mata de pelo rubio brillante, tan radiante de alegría. Y a más, a muchos más. —Imogene suspiró—. Ella también observaba, la siniestra. Con mucha rabia. Pero los amuletos de protección han prevalecido, y han prevalecido reforzados con tanta alegría, buena energía, vida.

»No obstante, estad preparadas: no durará mucho. Bueno, me voy a la cama con mi cuerpo achacoso. La buena energía no se disipará esta noche, así que dormid tranquilas. —Se levantó—. Lo necesitaréis.

Sonya durmió a pierna suelta, lo cual agradeció. La mañana trajo consigo más despedidas, ya que la familia de Cleo cargó el coche justo después del desayuno. Imogene agarró con fuerza a Sonya de las manos y le dijo en un aparte:

—Te he dejado una cosa encima de tu elegante escritorio. Un obelisco de amatista.

—Gracias. Yo...

—Bueno, sé que no le das mucha importancia a esas cosas.

—Quizá más que antes.

—Eso es lo de menos. La piedra, su forma, contribuirá a contrarrestar la energía negativa y a aportar algo de calma al lugar donde trabajas y creas. Tienes una gran misión por delante, *bébé,* pero no estarás sola. Es una buena casa; de lo contrario, por nada del mundo dejaría aquí a mi preciosa niña o a ti. Sin embargo, no te quedará otra que luchar por ella. —Le estrujó la mano otra vez—. Lucha por ella.

A continuación se apartó de Sonya y negó con la cabeza.

—Suelta ya a esa chica, Melly, que yo también necesito mi abrazo.

—Solo uno más. —Melly le dio un fuerte achuchón a Cleo—. Sé todo lo buena que puedas.

—Algunas veces seré mejor. Cuando hagáis una parada para pasar la noche, mandadme un mensaje y así sé dónde estáis. —Le tocó el turno de abrazar a su abuela—. Buen viaje.

—Eso por descontado. Nos vamos de aventura.

—Cada día con este par es una aventura. Venga, vámonos ya —las apremió Jackson— o estaréis despidiéndoos hasta que anochezca.

Antes de meterse en el coche, Imogene volvió la vista hacia Owen.

—Organizaremos un *fais-dodo* cuando vengas al sur a verme.

—No sé qué es eso, pero ya estoy deseando.

Entre risas, ella subió al coche.

—¿Qué es un *fais-dodo*? —preguntó Owen mientras el coche se alejaba.

—Es una fiesta. ¿Tienes en mente viajar a Luisiana?

Él se encogió de hombros.

—Supongo que sí, pero de momento vamos a meter las sillas y las mesas dentro. Esta noche hay previsión de lluvia.

—Os ayudaré a colocar cada cosa en su sitio, y después debo poner rumbo a casa.

—Podías quedarte otra noche.

Winter pasó el brazo alrededor de los hombros de Sonya.

—Esta vez no. El trabajo me espera. Y a ti el tuyo.

Winter esperó el momento oportuno y engatusó a Trey para que la ayudara a bajar los recipientes del bufet para mantener la comida caliente al sótano.

—Me gusta muchísimo tu familia —empezó a decirle.

—A mí también. Y a mí me gusta muchísimo la tuya.

—A mí también. Somos afortunados en ese sentido. Fue duro, muy duro, para Sonya perder a su padre en esas circunstancias, tan joven. Ella lo adoraba.

—Lo sé. Es fácil percibirlo cuando habla de él.

—No es que esa pérdida marcara su vida, pero sí que influyó en su rumbo, en la elección de su profesión. Aunque su talento y su interés la llevaron en esa dirección, aquella influencia temprana fue determinante. Esta casa… Su padre nació en esta casa, y eso es importante. Ella siempre soñó con una casa grande y laberíntica y yo me pregunto si, de alguna manera, al igual que Drew, ella simplemente… la veía.

Winter se sobresaltó cuando la campanilla del servicio empezó a sonar con estrépito.

—No te inmutas en lo más mínimo cuando esto ocurre —murmuró—. Ni te imaginas hasta qué punto me tranquiliza eso. Tienes aplomo, Trey, y ella necesita esa estabilidad. El año pasado su vida se puso patas arriba, de modo que necesita estabilidad.

—De eso va sobrada.

—La verdad es que sí. A toro pasado, veo muy claramente lo que fui incapaz de ver en su momento: su relación con Brandon, que poco a poco le permitiera ganar terreno y llevar la voz cantante. Como ella deseaba crear su propia familia, fue renunciando a pequeñas partes de sí misma. Luego él la traicionó, y la destrozó.

—Yo no lo haré. Si te preocupa nuestra relación, los derroteros que…

—No. Eso os atañe a vosotros dos. Lo que estoy pidiéndote es que sigas pendiente de ella, cuando te lo permita. Tú tienes una manera de hacerlo sin que ello conlleve o exija que ella renuncie a pequeñas partes de sí misma. Esta casa antigua tan bonita —dijo mientras caminaba de un lado a otro— encaja tan bien con ella… Lo percibo. Y una parte de mí quiere llevársela a rastras de aquí, y a Cleo con ella, y cerrar la puerta a cal y canto.

Se dio la vuelta.

—Pero no puedo, y, aunque pudiera, abrigo la esperanza de no hacerlo. En cierta medida me tranquiliza que Cleo esté con ella y, juntas, son…

—La bomba.

Ella sonrió.

—La bomba. Me preocupo menos ahora que te conozco, que conozco a Owen, a vuestras respectivas familias. No necesitas mi aprobación, pero la tienes.

—Puede que no la necesitara, pero la valoro. De verdad.

La campanilla sonaba sin cesar. Cuando la tapadera de uno de los recipientes comenzó a vibrar y traquetear, Trey simplemente apoyó la mano encima.

—Ni siquiera te has inmutado. Puedo regresar a Boston con algo de sosiego.

Después de que Winter se marchara, y de que todas las mascotas se despatarraran en un coma posfestivo, Sonya se desplomó en un sillón en el salón.

—Qué tranquilidad. Casi había olvidado lo que era la tranquilidad.

—Va a haber más tranquilidad. Me llevo a Trey para trabajar en el *sunfish*.

Cleo se enderezó en el sillón.

—¿Cuándo podré verlo?

—Dentro de una semana, diez días a lo sumo. O el mes que viene si no le dedico algo de tiempo.

—Largaos.

Trey tiró de Sonya para levantarla del sillón.

—¿Cenamos juntos mañana? Donde te apetezca.

—Aquí mismo. Las pilas de mi agenda social necesitan una recarga en toda regla. Gracias, a los dos. Ha sido una pasada de fiesta.

—Solo por detrás de un *fais-dodo*.

Como a Cleo le hizo gracia el comentario, se levantó, se acercó a Owen y le dio un largo y apasionado beso.

—Mi *grand-mère* organiza los mejores *fais-dodos* de Luisiana. Anda, iros a construir mi velero.

—Vámonos, Jones.

—Si me necesitas… —empezó a decir Trey.

—Te llamaré.

Cuando se marcharon, Sonya se dejó caer en el sillón de nuevo.

—Ha sido una pasada de fiesta. Pusieron mucho de su parte para contribuir a ello.

—Así es. Todos nos lo hemos currado. Ahora siento el impulso apremiante de trabajar. De trabajar en el estudio. ¿Y tú?

—Yo tengo algo que podría ultimar. ¿Qué te parece si nos ponemos con ello y después pasamos un rato tomando un cóctel en el mirador?

—Me apunto. —Cleo se levantó de nuevo—. Ha sobrado suficiente comida de la fiesta como para un bufet libre. ¿Cena y peli?

—Me apunto. Oye, Cleo, sé que no durará, pero me da la sensación de que se respira calma en la casa. Como si todo el mundo estuviera tomándose un largo y agradable respiro.

—Yo también tengo esa sensación. Por tanto, ya que disponemos de un rato de sosiego, lo aprovecharemos. Nos vemos a eso de las cinco.

Sonya subió a su estudio, se acomodó y sonrió al tiempo que deslizaba los dedos por las suaves caras del obelisco. Puede que no creyera demasiado en tales cosas, pero no podía hacerle ningún mal.

Además, era muy pero que muy bonito.

Con Yoda hecho un ovillo debajo del escritorio, encendió el ordenador.

El proyecto que había aparcado apareció en la pantalla al instante. Quizá la mayoría de la gente fuera reacia a pasar una tarde de domingo trabajando, pensó. Sin embargo, ella lo hacía con gusto.

Se rio cuando la tableta arrancó con *Groovin'* [«A gusto»] de los Young Rascals.

—Sí, efectivamente. Esta es mi idea de pasar un domingo por la tarde a gusto.

Posó la mano sobre la tableta.

—Me alegro de que hayas tenido ocasión de conocer a mis abuelos paternos, y de que hayas podido comprobar lo mucho que lo querían.

Percibió la fragancia de las flores silvestres que cubrían como un manto un prado bañado por el sol. Cerró los ojos un momento y aspiró.

—Fue una alegría para ti, puedo percibirlo. Tú lo llevaste en tu vientre, lo trajiste al mundo. Ellos le proporcionaron una vida, una vida realmente feliz. Después él construyó una vida realmente feliz con mi madre. Y conmigo. Así que me alegro de que hayas tenido la oportunidad de conocerlos. —Abrió los ojos y sonrió—. Y ha sido una fiesta brutal.

Clover intervino con *Party in the USA* [«Fiesta en EE. UU.»].

—Buena elección. En consonancia con mi estado de ánimo.

Al cabo de una hora, Yoda salió como un torbellino de debajo del escritorio. Cuando Sonya se disponía a hacer una pausa para dejarlo salir, oyó la pelota rebotando por el pasillo en la planta baja.

Y eso, pensó, también lo recibió con gusto.

29

La calma no duró mucho, si bien es cierto que reinó durante la mayor parte de la semana mientras los jardines cobraban esplendor y el aire adquiría la calidez de un beso.

Alguna que otra puerta dio un portazo; alguna que otra ventana traqueteó. El carillón del reloj continuó sonando a las tres de la madrugada, y los espíritus, deambulando. Pero el día a día y el trabajo siguieron su curso en la casa solariega.

En dos ocasiones a lo largo de esa semana, Sonya aparcó el trabajo un par de horas para ayudar a Cleo a pintar el mural del cuarto del bebé de Anna.

Con una vieja camiseta y tejanos, el pelo recogido bajo una baqueteada gorra de los Red Sox, Sonya pintó los pétalos de una fantasiosa flor con los colores del arcoíris mientras Cleo, encaramada en una escalera de mano, ultimaba los detalles de un dragón dormido sobre una nube.

Satisfecha con los pétalos, Sonya se apartó para contemplar el conjunto. Más dragones —y un bebé dragón asomando del huevo—, un par de caballos alados, unicornios y un grifo púrpura habitaban el bosque junto con los monopaches de coloridas rayas de Cleo.

Un trío de lindos cachorros batían las alas.

De los árboles, donde anidaban llamativos pájaros, se derramaban frutas con los colores de las piedras preciosas. Las hadas danzaban en la bruma de una cascada, y en la poza, de un azul imposible, nadaban las sirenas.

—Es de ensueño, Cleo. No hay niño en el mundo al que no le gustaría despertarse ante esto.

—Está tomando forma. Quiero pintar dos o tres elfos más, y seguramente un hada hercúlea en un refugio.

—¡Voy a entrar!

Advertida, Sonya miró a Anna cuando esta entró en el cuarto del bebé.

Y observó cómo la futura madre se llevaba la mano a los labios y los ojos se le anegaban en lágrimas.

—¡Oh! ¡Oh! Es alucinante. Me parece increíble... Cada vez que entro es más maravilloso. Cleo, Sonya, de verdad, es pura magia.

—Ese es el objetivo —comentó Cleo, y bajó de la escalera para examinar su dragón durmiente.

—Has incorporado un castillo.

—Fue idea de Sonya.

—¿Qué es un bosque mágico sin un castillo en una alta colina a lo lejos?

—Me gusta muchísimo. Me encanta, y a ella le encantará. —Anna posó la mano sobre su tripa—. Le encantará. A Iona, Eliza o posiblemente Fiona le encantará.

—La última vez —recordó Cleo— te inclinabas por Laurel.

—Sí..., los dos. A lo mejor. Bueno, solo he salido del estudio a airearme un poco, y me apetecía fisgar otra vez. —Ahora Anna se llevó la mano al corazón—. Estoy fascinada. Es fascinante. Dejad que os prepare algo para comer.

—Gracias por la invitación —le dijo Sonya—, pero he de irme a casa. Tengo una videoconferencia en breve.

—Te invito yo a comer —dijo Cleo—. Dame veinte minutos más.

—Lo que haga falta. Ya veréis cuando Seth vea lo que habéis pintado hoy.

—Estoy pensando en poner un elfo aquí, asomado por detrás del árbol, y otro..., igual dos, uno por aquí y otro como camuflado entre estas flores. Como si estuvieran jugando al escondite.

—¡Qué chulo!

—Te dejo con ello. Hasta luego, Cleo.

—Oh, te acompaño a la puerta.

—No hace falta. Relájate un poco.

Sonya las dejó hablando de elfos.

Había tenido una buena semana, pensó. Productiva en lo tocante al trabajo, con bastante tranquilidad en la casa solariega, y con el aliciente añadido del divertido rato pintando el mural.

Trey y Owen irían más tarde y llevarían la cena. Cenarían al aire libre, decidió, para aprovechar el hermoso día de junio.

De camino a casa, hizo una parada en la floristería y otra en la panadería. ¿A quién no le iba a apetecer un brownie de postre?

Pensó lo bonito que sería si su vida transcurriera como esa semana: con rendimiento en el trabajo, un buen hombre que se preocupaba por ella, buenos amigos, un buen hogar y una comunidad que crecía en torno a este.

Y, en poco más de una hora, tenía una reunión para abordar el proyecto de mayor magnitud de su carrera. Un encargo que se había ganado a pulso.

Pero primero dejaría salir a Yoda y a Pye, guardaría los brownies y arreglaría las flores.

Cuando remontó la cuesta, las ventanas se hallaban abiertas de par en par. «¿Y por qué no?», pensó. Brillaba el sol, soplaba una brisa marina suave, cálida y dulce como el susurro del verano al oído de la primavera.

Mientras se encaminaba con la caja de la panadería y las flores a la puerta, oyó el ladrido de bienvenida de Yoda. La recibió moviendo la cola y gimoteando de felicidad; la gata saltó del poste de la escalera, se dirigió con parsimonia a la puerta y salió.

—Ve con Pye. Vamos a hacer una cosa: dejaré la puerta abierta mientras arreglo las flores. Después, si Jack no os ha atiborrado ya, os daré chucherías a los dos.

Se dirigió al fondo de la casa, guardó la caja de dulces en la despensa y se dispuso a arreglar las flores.

«El jarrón azul», pensó. La obra de Anna realzaría las nuevas flores.

Entonces sintió esa atracción y la ligera sensación de aturdimiento que a menudo le provocaba.

—Ay, ahora no, ahora no. Tengo una reunión en poco más de una hora.

Sin embargo, le fue imposible resistirse, era superior a ella. Incluso al plantearse enviar un mensaje de texto a Trey, ese pensamiento se esfumó de su cabeza. Y se dejó llevar por el impulso.

Echó a andar por la casa. El sonido del mar batiendo contra las rocas a través de la puerta abierta, de las ventanas abiertas, se le antojó lejano. Se le antojó a más de un kilómetro, más ilusorio que real mientras subía las escaleras.

El corazón se le aceleró a medida que avanzaba, a medida que el impulso la arrastraba más allá de la biblioteca, más allá del antiguo cuarto del bebé, escaleras arriba hasta la segunda planta.

Al salón dorado no. No entraría ahí, se prometió a sí misma. Encontraría el modo de controlar ese impulso irrefrenable.

Mientras cruzaba el largo pasillo, vio el latido, el pulso de la puerta. Oyó el latido en sus oídos. A pesar de que las garras húmedas y pegajosas del miedo le oprimían la garganta, continuó avanzando.

Hasta el estudio de Cleo, donde se hallaba el espejo. Aguardando.

Cleo tenía un gran lienzo en el caballete. Sonya sabía que era su trabajo de estudio. Algunas figuras, algo de color que apenas distinguió mientras el espejo la atraía hacia él.

«Tienes una gran misión por delante», le había dicho Imogene.

—De acuerdo. De acuerdo —repitió Sonya, y atravesó el cristal.

El estudio olía a pintura y a limpiador de pinceles, y un pelín, solo un pelín, a Eternity de Calvin Klein.

Ya no se encontraba en el estudio de Cleo, constató, al ver un par de sillas antiguas apoyadas contra la pared del fondo y lienzos apilados junto a la pared de detrás.

La luz que entraba a raudales era casi argéntea. La tormenta desatada al otro lado de las ventanas azotaba el mar y las olas se encrespaban con espuma blanca.

La tormenta se plasmaba, con la misma vehemencia y bravura, sobre el lienzo.

El hombre que había junto al caballete, con un pincel en una mano y una paleta de madera en la otra, estaba pintando la tempestad.

Iba vestido con tejanos y una gastada camisa de mezclilla, ambos manchados de pintura. El pelo, como el sol en contraste con la tormenta, le caía de cualquier manera sobre el cuello de la camisa.

¿Cuántas veces, se preguntó con el corazón en un puño, había observado a su padre justo así, con las piernas separadas, el pelo alborotado, centrado en cuerpo y alma en lo que creaba?

Observó a Collin Poole mientras este pintaba, y le pareció mágico lo mucho que su técnica se asemejaba a la de su hermano. Incluso su manera de sujetar el pincel, su manera de inclinar el cuerpo.

Y la música. *Heatseeker* [«A toda mecha»] de AC/DC.

Sí, su padre habría elegido un tema de rock duro para pintar una tempestad.

Pero ¿acaso Collin no oía el latido procedente del salón dorado? ¿Acaso no percibía la rabia que albergaba? Le extrañó que no ahogara cualquier otro sonido.

Entonces oyó otra cosa —pasos— justo antes de que Johanna entrara.

Johanna permaneció inmóvil unos instantes, mirando a Collin sin más, y todo cuanto sentía por él brilló en sus ojos.

Llevaba su pelo caoba recogido en una cola de caballo y, al igual que Collin, vestía unos tejanos y una camisa remangada. Iba descalza, y sostenía una taza en la mano.

Sonya alcanzó a oler el café, oscuro e intenso.

—Te dejo esto en la mesa de trabajo. —En su tono de voz, fuerte pero sereno, subyacía algo más. Sonya percibió la emoción latente—. No quiero interrumpirte.

—No me interrumpes. —Él se giró hacia ella y bajó el volumen de la música.

Y lo que sentía por Johanna brilló en sus ojos.

Sonya veía el rostro de su padre, oía la voz de su padre. Una lágrima resbaló por su mejilla cuando él sonrió.

—He conseguido lo que quería, y a ti siempre te querré más. —Collin hizo un gesto en dirección a la pintura—. ¿Qué opinas?

Johanna se acercó a él y apoyó la cabeza ligeramente contra su hombro.

—Me parece divino. Apasionado, lleno de fuerza y dramatismo. La forma en la que has plasmado los rayos golpeando el mar… Casi es posible oír el chasquido de la descarga eléctrica.

—Me haces mucho bien. —Él la estrechó entre sus brazos—. Todo mi mundo se expandió cuando apareciste en mi vida. Yo plasmaba el color sobre el lienzo, pero ignoraba qué era el color hasta que te conocí. No creía realmente en el amor hasta que te conocí.

Le levantó ligeramente la barbilla y la besó. Después permanecieron juntos contemplando la tormenta de fuera.

—En tan solo unos cuantos días más estaremos casados. —Collin se llevó la mano de Johanna a los labios—. Seremos los Poole de Poole Manor. Esperemos que esta tormenta pase y que no decida descargar de nuevo el día de nuestra boda.

—En ese caso, capearemos el temporal. Ni de coña voy a permitir que el aguacero me impida convertirme en tu esposa.

Daba la impresión de que Johanna, al igual que Collin, era ajena al estruendo, no de la tormenta ni de la música, sino de la guarida de Dobbs.

Johanna sonrió y posó la mano en la mejilla de Collin.

—Pensaba esperar hasta convertirme en tu esposa, hasta convertirnos en los Poole de la casa solariega, pero me resulta imposible. Y sé que teníamos previsto esperar hasta que estuviéramos casados para ponernos manos a la obra, pero… —Tomó la mano de Collin y la apretó contra su vientre—. ¿Lo notas?

Él tardó unos instantes, tan solo unos instantes, en pasar del asombro al shock y del shock a una explosión de júbilo.

—Estás… ¿Estás segura? Por supuesto que sí. De lo contrario no lo dirías. Dios mío, Johanna.

Ella se rio cuando él la cogió en volandas y la hizo girar.

—Johanna, Johanna. ¡Mierda! —La dejó en el suelo y le pasó las manos por los costados—. No debería hacer esto. ¿Estás bien? ¿Cómo te encuentras? ¿Te he hecho daño? ¿Le he hecho daño a él o a ella?

—Claro que no, y me siento de maravilla. Me siento fuerte, segura y muy feliz. Estoy estupendamente. Estamos estupendamente.

—A lo mejor te convendría sentarte. A lo mejor a los dos nos convendría sentarnos. Te juro que las piernas me flaquean.

—Entonces a lo mejor nos convendría tumbarnos. —Ella enganchó los brazos alrededor del cuello de Collin—. Juntos.

—No sería mala idea. —La cogió en brazos.

—Mantengámoslo en secreto hasta después de la boda, Collin. Que quede entre nosotros, solo entre nosotros, hasta entonces.

—No diré ni pío —prometió él mientras la sacaba del estudio—. No se lo diré absolutamente a nadie hasta que lo consideres oportuno. Y entonces anunciaré a los cuatro vientos que Johanna me convirtió en marido, que Johanna me convirtió en padre, que Johanna, mi Johanna, me dio lo más grande del mundo.

Se marcharon, mientras el café que ella le había llevado se enfriaba encima de la mesa de trabajo, mientras escampaba.

Otra lágrima resbaló por la mejilla de Sonya cuando se aproximó al espejo y lo atravesó.

El sol brillaba a través de las ventanas y creaba destellos sobre el cairel de Cleo.

Y la puerta del armario estaba abierta.

Temblorosa, acongojada por la muerte de personas a las que nunca llegó a conocer, se aproximó.

El cabello oscuro de la novia le caía en una cascada de rizos a la altura de la nuca. La amplia falda de su vestido constaba de una profusión de volantes que ascendían desde el vaporoso dobladillo hasta su estrecha cintura. Del canesú, y de los hombros a los codos, caían más volantes.

Sujetaba una sola rosa de color rosa. Su semblante estaba radiante de felicidad.

Con un suspiro, Sonya dijo:

—Marianne.

Llevó el cuadro abajo, donde la gata permaneció sentada sobre el poste del pie de la escalera y Yoda corrió a su encuentro.

Al ver la puerta principal cerrada, supo que alguien se había ocupado de ellos en el transcurso de su incursión en el pasado.

Con Yoda pisándole los talones, se dirigió a la sala de música y apoyó el retrato contra la pared. Pensó en la mujer dando a luz cuya muerte había presenciado, en la aflicción de su esposo.

Y, mientras contemplaba el retrato de Johanna, pensó en la mujer a la que acababa de ver, con una cola de caballo y los pies desnudos, que, al igual que la tercera novia, derrochaba felicidad.

Una mujer que —ahora lo sabía— murió con el germen de una vida en su vientre.

—Marianne. Te pondremos junto a las demás esta noche. Ahora mismo he de recomponerme. Tengo una reunión. Pero no me voy a olvidar de ti, ni de ninguna de vosotras. Tengo una gran misión por delante.

En su teléfono empezó a sonar *Crying* [«Llanto»] de Roy Orbison.

Con su promesa de chucherías en mente, al dirigirse a la cocina las encontró encima de la isla, junto con una nota con la misma primorosa letra cursiva que había visto en otra ocasión.

He cerrado la puerta y les he dado sus galletitas.

—Jack. Gracias.

Las flores se hallaban, dispuestas artísticamente en el jarrón azul de Anna, en el centro de la isla.

—Y Molly, gracias. Me he olvidado por completo de ellas...

Sacó una Coca-Cola, bebió un poco de pie junto a la ventana y aguardó a notar el subidón. Sin embargo, siguió sintiendo la pesadumbre en su corazón, el aturdimiento en su cabeza.

Salió airosa de la reunión y, si bien Clover guardó silencio, la fragancia de las flores silvestres flotó en el ambiente en el transcurso de la misma.

«No estoy sola», recordó para sus adentros.

Al término de la reunión continuó trabajando una hora más, incorporando sus cuidadosas notas antes de abrir el correo electrónico. Encontró dos consultas de empresas locales acerca de diseños de páginas web. No le infundieron un sentimiento de alegría, aún no, pero respondió antes de archivarlos.

«Mañana», pensó. Se alegraría por ello al día siguiente.

Así pues, se puso a realizar los cambios solicitados para la cubierta de un libro. Tras revisar y colgar publicaciones en varias redes sociales, reconoció que necesitaba poner fin a la jornada.

Por mucho que trabajara, por mucho que se concentrara, era incapaz de apartar ese retrato, ese rostro iluminado, de su cabeza.

Colgaría el retrato.

Como un fiel guardián, Yoda no se despegó de Sonya cuando esta se dirigió a la planta baja de nuevo. Se encontró a la gata sentada encima del piano en la sala de música: otra fiel guardiana.

—Eres la gata ideal para Cleo, y para la casa solariega. —Acarició a Pye durante unos instantes y seguidamente se puso en cuclillas para hacer arrumacos a Yoda—. Y tú eres perfecto en todos los sentidos.

Cuando colgó el retrato, retrocedió para contemplar a las cinco novias perdidas. Clover intervino para reconfortarla con *Let It Be* [«Déjalo estar»].

—¿Acaso puedo? No puedo dejarlo estar. Estoy aquí para impedirlo, y no sé cómo. Por Dios, por el amor de Dios, miro a esta hermosa novia con su precioso vestido de volantes y la veo agonizar entre sangre y dolor. Oigo llorar a los bebés que trajo al mundo. Veo a Hugh Poole llorar su muerte.

»Y veo a esa zorra entrar con sigilo para arrebatarle el anillo.

El timbre empezó a sonar, y Sonya juró oír una risotada estentórea y demencial junto con el fuerte dong.

—Ay, vete a tomar por culo. —Indignada, se sacudió el pelo—. Necesito airearme.

Escoltada por sus guardianes de cuatro patas, fue hacia la puerta a grandes zancadas y la abrió con brusquedad. Se encaminó a la escollera, donde las olas rompían con fuerza, donde el mar se desplegaba —con un azul resplandeciente— en una inmensidad infinita.

Ese perfecto día de junio, a medida que la primavera daba paso al verano, trajo consigo la salida de las embarcaciones de recreo. Observó cómo navegaban mar adentro por el océano, abajo en la bahía. Las velas izadas, los motores a toda velocidad.

A continuación, una manada de delfines avanzando a toda velocidad emergieron del agua de un salto y se sumergieron en picado.

Eso la calmó. Y, sin embargo, no le infundió un sentimiento de alegría.

Las ventanas de la casa se cerraron con estrépito por detrás de ella. Hizo oídos sordos.

«Hoy no voy a darte el gusto», pensó, incluso mientras la pesadumbre de su corazón le oprimía la garganta.

Ella no oyó el ruido del motor procedente de la carretera, pero Yoda sí: soltó su alegre ladrido y, cuando ella se giró, vio que se aproximaba la camioneta de Trey.

En ese instante la sobrepasó la profunda tristeza y pena que había contenido con el fin de sobrellevar, con el fin de plantar cara a la maldad y a la violencia que ensombrecía su hogar.

Mookie bajó de un salto y movió con ímpetu su larga cola; Yoda y él se olisquearon y movieron la cola como rivales en un concurso. Después salió Trey, con el pelo despeinado por el viento, con un traje gris, una corbata azul con el nudo flojo alrededor del cuello, y la baqueteada cartera de piel suave enganchada al hombro.

Sonya se derrumbó por completo mientras él cruzaba el jardín en dirección a ella.

—Como el último cliente del día me pillaba de paso… —Su sonrisa fácil al saludarla se borró de un plumazo y, con gesto preocupado, apretó el paso—. ¿Qué ha pasado?

Ella se limitó a abalanzarse a sus brazos, al tiempo que prorrumpía en llanto.

—Sonya...

—Solo abrázame durante unos instantes —logró decir—. Tan solo abrázame.

—Te tengo. Pero dime si estás herida. —Mientras le acariciaba la espalda, apretó los labios contra su pelo—. Solo dime si estás herida.

—No en ese sentido.

Ella lloró acurrucada contra él y, mientras los perros intentaban hacerse un hueco entre los dos y la gata daba vueltas en círculo, Trey negó con la cabeza.

—Vamos, desahógate. Desahógate.

Él, medio temiendo que los sollozos la rompieran como el cristal, siguió sujetándola. Le brindó su silencio, y le proporcionó el tiempo necesario para soltar lo que él consideraba una tremenda congoja.

Una congoja que a él se le clavó en el corazón mientras ella se deshacía en lágrimas entre sus brazos.

Cuando los sollozos remitieron, a Sonya le dio un largo estremecimiento.

—Me revienta haberle dado el gusto. Me revienta haberle proporcionado mis lágrimas.

—Espero que se ahogue en ellas. Anda, vamos dentro.

Ella negó con la cabeza y la apoyó contra su hombro con un suspiro.

—Necesito tomar el aire. Pensaba que necesitaba el mar, pero creo que necesito el jardín, su color, su alegría. ¿Te importa si caminamos?

Trey se echó hacia atrás y tomó la cara de Sonya entre las manos. Tenía los ojos enrojecidos, aún anegados en lágrimas adheridas a las pestañas.

—Sonya. —Al soltarla, la besó con delicadeza. Con delicadeza, a pesar de que en lo más profundo de su ser deseaba reducir a cenizas lo que quiera que hubiese provocado esa tormenta de dolor.

La agarró de la mano y, con la otra, hurgó en el bolsillo y sacó un pañuelo.

—Llevas un pañuelo encima —dijo ella mientras él le secaba las lágrimas—. Vas trajeado y llevas un pañuelo de algodón encima.

—Esta mañana he tenido un juicio, y un cliente emotivo.

—Ah, sí. Me lo dijiste... Lo del juicio, no lo del cliente. Eres demasiado discreto como para hablar de tus clientes. ¿Has ganado?

—De hecho, sí.

—Qué bien. Has llegado pronto, ¿no? Qué contenta estoy de que estés aquí. Qué contenta estoy de que hayas venido pronto. Aunque he llorado a moco tendido sobre tu bonito traje.

—¿Vas a decirme el motivo?

Ella asintió con la cabeza y echó a andar.

—He tenido una reunión, virtual, o sea que... Espera que rebobine. Bien entrada la mañana (para mí, no para Cleo) me tomé un par de horas para acompañarla a pintar el mural para el cuarto del bebé. Es una auténtica pasada.

—Eso me han dicho. ¿Sigue Cleo en la casa de Anna?

A su manera, pensó él, a su ritmo.

—Supongo, o a estas alturas estará de camino. Yo tuve que regresar para la reunión. Paré a comprar flores y brownies. Tú ibas a traer la cena, ¿no?

—La traerá Owen.

Mientras rodeaban la casa, él levantó la vista fugazmente hacia el salón dorado y, acto seguido, desterró los pensamientos asesinos de su cabeza.

—Al dejar salir a Yoda y a Pye, dejé la puerta abierta mientras guardaba los brownies y arreglaba las flores. Pero antes de que pudiera... —Se interrumpió de nuevo al caer en la cuenta—. Clover no me dio la bienvenida. Ella siempre me recibe con música cuando llego a casa, pero esta vez no. Acabo de caer en la cuenta. Me figuro que ella sabía lo que se avecinaba. ¿Importa eso? Puede que sí, puede que no.

»Estás dejando que divague —dijo—. Que hable sin orden

ni concierto. Lo de "¿Qué diablos ha pasado, Sonya?" y "¿Qué narices está pasando?" no es propio de ti.

—Si prestas atención, las cosas suceden sin orden ni concierto.

—Y tú lo haces, tú prestas atención. Y por eso ahora me siento más entera que desde... lo del espejo.

—¿Lo atravesaste?

—Cuando me disponía a preparar las flores, sentí la atracción, a mi pesar. También quería prepararme para la reunión. Mi intención era mandarte un mensaje, pero me resultó imposible. El espejo me arrastró hacia él.

Centró su atención en el jardín, para llenar la mente, para llenar los pulmones. Se recreó en los aromas, en los colores, en la alegría.

—A la segunda planta —continuó—. Yo me temía que se tratase del salón dorado. Dije para mis adentros que, con independencia de lo que pasara, no entraría. Pero me engañaba a mí misma: si me hubiera arrastrado hasta allí, no habría tenido escapatoria. Sin embargo, no fue el caso. El espejo estaba en el estudio de Cleo y, al atravesarlo, me interné en el de Collin. ¿Y si nos sentamos en la terraza?

Él se encaminó con ella hacia allí.

—¿Quieres un poco de agua? ¿Un vino?

—Luego, cuando termine de contarte esto. Se había desatado una tormenta, y él, Collin, estaba pintándola. Su aspecto era joven y..., Señor, cómo se parecía a mi padre. Más joven que las imágenes más nítidas que conservo de mi padre en mi memoria, pero de todas formas he visto fotos suyas. Y Collin tenía su misma postura, sujetaba el pincel como él. Con la camisa remangada igual que...

Se le apagó la voz y se llevó la mano a la cara.

Trey se levantó de la silla, tiró de ella para levantarla, y la acurrucó en su regazo.

—Sí, mejor así. Johanna entró con un café para él. Parecía muy contenta, feliz y, más allá de eso, pude percibir, pude ver su emoción. Y cuando él le habló, Trey, oí la voz de mi padre. Y en un tono... idéntico al que algunas veces usaba mi padre para dirigirse a mi madre. Percibí entre ellos lo que había percibido entre mi padre y mi madre. Ese vínculo. Esa compenetración.

»Hablaron sobre la boda, para la que faltaban escasos días. Poco después, ella le dio la noticia: estaba embarazada, Trey.

—¿Que Johanna estaba embarazada? No tenía la menor idea de eso. Mis padres mantenían una relación muy estrecha con Collin y Johanna, pero...

—Esa es la cuestión —le interrumpió Sonya—. Estaban muy emocionados, ambos, completamente eufóricos. Y ella le pidió que no dijera nada hasta después de la boda, que quedara solo entre ellos dos hasta que se casaran. Él dijo que guardaría el secreto hasta que ella lo considerara oportuno. Pero ella jamás tuvo la oportunidad de hacerlo, Trey. Como no llegó a hacerlo, él nunca se lo contó a nadie. Al menos esa es mi impresión.

—Que yo sepa, él jamás faltó a su palabra. De modo que cargó con ese peso solo.

—Eso te entristece —musitó ella, y posó la mano sobre su mejilla—. Tú le tenías un gran aprecio.

—Sí, así es. Cargó con ese peso, el de la pérdida de la mujer a la que amaba, de la criatura que habían engendrado y que deseaban. Y cargó con ese peso solo. Es una maldita tragedia. Pero... al menos disfrutaron de eso, Sonya. Durante unos cuantos días disfrutaron de esa felicidad plena. No todo el mundo tiene esa suerte, ni siquiera durante unos cuantos días.

—Trey, si ella viviera, si hubiera dado a luz, el bebé sería de la misma edad que nosotros. Ella habría salido de cuentas en las mismas fechas que mi madre.

—Y eso es un palo.

Ella cerró los ojos y apoyó la frente contra la de Trey.

—Se encontraron a través del espejo desde la infancia; de eso estoy segura. Y pienso, estoy convencida de que, de alguna manera, mi padre lo atravesó. Pintó la casa solariega, la veía en sueños. En lo que él atribuía a sueños. Me hace plantearme qué habría pasado en otras circunstancias. Y se me rompió el corazón al averiguar que no hay otras circunstancias posibles. —Posó la cabeza sobre el hombro de Trey—. Después, al regresar al estudio de Cleo, encontré el retrato de Marianne Poole.

—Menudo día de perros has tenido, guapa.

A su pesar, Sonya se rio.

—Y que lo digas. Lo bajé a la sala de música. Yoda y Pye ya estaban dentro, la puerta cerrada, y había una nota de Jack.

—¿No me estarás tomando el pelo?

—Qué va. Me dejó una nota en la que decía que después de que entraran él había cerrado la puerta y les había dado chucherías. Y Molly (tuvo que ser ella) había puesto las flores en un jarrón. Esos gestos, esos gestos tan amables me reconfortaron un poco.

»Tuve que asistir a la reunión, y luego trabajé lo que pude teniendo en cuenta mi estado. Bajé a colgar el retrato, pensando que eso me ayudaría a sentirme mejor, pero ni mucho menos. Tenía un nudo aquí. —Se llevó la mano a la garganta—. Después, cuando has llegado, me he derrumbado porque sabía que podía hacerlo. Me he permitido derrumbarme porque estabas aquí. Y eso, por fin, me ha aliviado. Ojalá no le hubiera proporcionado mis lágrimas y mi aflicción, pero me ha aliviado.

—No le has proporcionado nada. Has llorado a sus víctimas, y no le has proporcionado nada.

Clover metió baza con *Fighter* [«Luchadora»] de Christina Aguilera.

—Tiene razón —dijo Trey—. Lo eres.

—¡Estáis aquí! —Cleo salió a la terraza—. Me estaba preguntando… —Dejó la frase inacabada y se quitó rápidamente las gafas de sol—. ¿Qué te pasa? Son…

—Estoy bien. Ya estoy bien. —Se levantó para demostrarlo—. Pero, palabra de honor, soy incapaz de relatar el episodio entero de nuevo sin una copa de vino.

—Voy yo. —Trey le lanzó una elocuente mirada a Cleo al levantarse—. Y esta vez lo relataré yo. Puedes intervenir si paso algo por alto.

—Dudo que pases por alto gran cosa.

—Procuro no hacerlo. —Conforme bajaba los peldaños, Trey le hizo una seña a Cleo—. Dale un minuto, ¿vale?

—Ha estado llorando.

—Lo necesitaba. Igual necesita desahogarse otra vez, pero se encuentra bien. Solo dale un minuto.

Cuando Trey bajó, Cleo subió a la terraza. Se volvió a poner las gafas de sol y tomó asiento.

—Aunque va en contra de mi naturaleza, voy a hacerle caso. Te concedo un minuto.

—Te lo agradezco. —Sonya se sentó otra vez y cerró los ojos.

Y se recreó en el silencio.

Trey apareció con una botella de vino y tres copas. Tras servirlo, se acomodó.

Se lo contó todo, y Sonya se quedó maravillada ante su recopilación de detalles, algunos de los cuales ella apenas recordaba haber mencionado.

Eso formaba parte de lo que conllevaba ser un buen abogado, concluyó.

Mientras él lo narraba, Cleo alargó la mano hacia la de Sonya.

En solidaridad.

—Siento mucho no haber estado aquí, Son.

—No te disculpes. No estaba sola, lo supe en todo momento. Y ahora que ya ha pasado, y que he llorado a moco tendido con Trey, me alegro de haber visto a Collin y a Johanna juntos. Me alegro de haber sido testigo de lo mucho que se amaban, y de lo mucho que habrían querido a la criatura que habían engendrado. Vi a mi padre reflejado en él y, en cierto modo, a mis padres en aquella etapa de sus vidas, tan rebosantes de amor, de emoción y de planes.

»El estar aquí sentados ahora... —Con personas a las que quería, con el jardín esplendoroso, mientras empezaba a caer la tarde—. Sé, creo a pies juntillas, que el propósito de verlos, de encontrar el retrato de Marianne justo después, ha sido un recordatorio de lo que está en juego.

Alzó su copa en dirección a Trey.

—Has dicho que no le he proporcionado nada, que he llorado a sus víctimas y que no le he dado nada. Necesitaba oír eso. Y creerlo.

—Sus víctimas merecían que se llorase su muerte.

—Sí, lo merecen. Mi padre y Collin pintaron los retratos, y también en eso hay un propósito. Ellas se merecen que se las exhiba juntas, que se las recuerde. Eso es lo que estamos haciendo. Se merecen recuperar sus anillos. Y no sé cómo, pero vamos a conseguirlo.

—Estoy contigo, hasta el final —le dijo Cleo—. Oye, quiero ir a verla, a Marianne. Tienes razón: hay un propósito en esas obras. Así vemos por quién estamos luchando.

—Vayamos todos.

Entraron y se dirigieron a la sala de música.

—Es hermosa —musitó Cleo—. Irradia luz.

—Está radiante —convino Sonya—. Esa es la palabra que me vino a la cabeza. En la flor de la juventud. Ella, Clover, Lisbeth, todas rondan la misma edad.

—De nuevo es obra de Collin. —Cleo asintió con la cabeza al tiempo que se aproximaba al retrato para examinarlo de cerca—. Se van turnando.

—Para honrar su memoria —terció Trey—. No solo a la mujer que Collin amaba o a la que trajo al mundo a los dos, sino a todas las anteriores. Y todo apunta a que es aquí donde están destinadas a estar.

—En una sala dedicada a la música. —Sonya le sonrió.

Ambos perros soltaron un tenue ladrido y corrieron hacia el vestíbulo.

—Será Owen, con la cena. —Cleo retrocedió hasta el umbral y se asomó—. Estamos aquí —dijo en voz alta cuando él entró con una bolsa del Lobster Cage en la mano y Jones—. Con una nueva incorporación.

Él cruzó el pasillo, le entregó la bolsa a Cleo y observó con atención el retrato.

—Marianne Poole. Muy del estilo de Scarlett O'Hara. —Dirigió la mirada hacia Sonya y la escrutó—. ¿Qué pasa? ¿Te ha dado problemas Dobbs?

—No muchos.

—Ha habido mujeres que han llorado por mí, y sobre mi hombro, de modo que a mí no me engañas. ¿Qué pasa?

—Qué caballeroso por tu parte insinuar que está hecha unos zorros.

—Yo no he dicho que esté hecha unos zorros —puntualizó, y matizó—: Exactamente. —A Sonya le hizo gracia.

—Y a pesar de ello sigue siendo mi primo favorito.

—Bueno, insisto, ¿qué pasa?

—Te pondremos al corriente durante la cena... fuera. Hace una tarde demasiado bonita como para quedarse dentro. Tengo cara de haber tenido un ataque de llanto porque he tenido un ataque de llanto. Y me abren el apetito.

—Por mí bien.

Mientras cenaban, los perros rondaban a su alrededor y la gata observaba, Owen escuchó el relato.

Y no dijo gran cosa hasta el final.

—¿Estás bien ahora? —le preguntó a Sonya.

—Sí.

—Debió de causarte impresión verlo así, como tu padre.

—Se parecían mucho. Ya había visto fotos de ambos, pero esto ha sido... muy fuerte.

—Después de que Hugh se mudara a Nueva York, Collin me dijo algo. Lo afortunado que yo era de tener un hermano al que me unía un estrecho vínculo. Que, a pesar de que no viviéramos en el mismo sitio, siempre conservaríamos ese vínculo, creceríamos juntos y compartiríamos recuerdos y esas cosas. Hugh y yo siempre congeniamos, bueno, casi siempre. Mencionó lo curioso que era el hecho de que algún día los dos hermanos seríamos tíos. Y que el hecho de ser tío era casi como ser padre.

Owen se encogió cuando a Sonya se le empañaron los ojos.

—Ay, por favor, no te pongas a llorar otra vez.

—Me he emocionado un pelín. Es bueno saberlo. A ellos no les fue posible estar juntos, pero se conocieron. A través del espejo. Desde mi punto de vista, eso era importante para ambos.

—Es bueno saberlo.

30

Una radiante mañana de sábado, acariciada por la brisa, Cleo estrenó La Sirena. Se llevó a la gata y, ante su insistencia, Sonya se llevó al perro.

Mientras Cleo conducía en dirección al pueblo, Sonya echó otro vistazo con aire dubitativo al asiento trasero, donde Pye se encontraba hecha un ovillo, y Yoda, con sus rechonchas patas delanteras plantadas en el borde de la ventanilla semiabierta para airearse.

—La verdad es que no estoy segura, en especial esta primera vez, de que llevarlos a navegar sea la idea más acertada.

—Vamos todos. Va a ser un momentazo.

—Sí, pero ¿qué tipo de momentazo? ¿De júbilo y emoción, o de caos y zozobra?

—De lo primero. Tengo un fuerte pálpito. Has tenido una semana dura, Son. Es hora de divertirse a lo loco.

Era innegable que la semana había sido dura, pero la había sobrellevado. Y había sobrellevado las noches agitadas, el despertarse a las tres de la madrugada con las campanadas del reloj, la música, el llanto, y anticipando que el espejo la arrastraría a... algún lugar.

Peor aún, anticipando una nueva acometida de Dobbs.

—Amiga mía, estás estresada. Superestresada. Hoy vamos a poner fin a eso. Estoy emocionada. —Cleo le dio un ligero toque con el puño en el hombro—. ¡Emociónate! No he visto ni una pizca de mi velero salvo en los planos. ¡Y hoy vamos a navegar por la bahía! Los cuatro.

Sonya se recordó a sí misma que ya había navegado con Cleo antes. Y se consideraba bastante mañosa como segundo de a bordo, si bien es cierto que jamás había navegado con un felino o con un perro, y mucho menos con ambos a la vez.

En vez de mitigar su estrés, la idea no hizo más que aumentarlo.

—Confía en mí —insistió Cleo al detener el coche junto al taller de Owen para aparcar al lado del par de camionetas que ya se encontraban allí.

—La célebre frase.

Con todo, Sonya salió del coche y, pese a que Yoda la miró con tristeza al ver la correa, se la enganchó al collar. Cleo cogió a la gata en brazos junto con una enorme bolsa.

—¿Sabes? El taller de este hombre es más grande que su casa. Me pregunto qué dice eso de él.

—¿Que le apasiona su trabajo? —sugirió Sonya.

—A lo mejor. O a lo mejor que todavía no está tan volcado en su hogar como en su trabajo.

—Tu espacio de trabajo en Boston ocupaba más sitio que el resto del apartamento.

Cleo sonrió y se echó el pelo hacia atrás.

—¿A que sí? —Abrazó a Sonya con un brazo—. Presiento que me darás las gracias después de la travesía.

—Puede. Fijo que tengo previsto dar las gracias a los dioses de los marineros, de los perros y de los gatos, y a las mejores amigas leales cuando regresemos sanos y salvos.

—Puedes hacer las dos cosas, pero tranquila porque Owen lo ha construido para dos adultos, y no nos alejaremos de la bahía. Hay chalecos salvavidas para todos, aunque no los necesitaremos.

«Esperemos que no», pensó Sonya mientras rodeaban el taller en dirección al muelle, donde Trey se hallaba junto a Owen y dos perros más.

El velero, engalanado y reluciente, flotaba en el agua, con la sirena apostada en la proa con la cabeza erguida, el cabello ondeando. Sus compañeras se ubicaban a babor y a estribor.

La Sirena, con la vela de color rojo enrollada y lista para ser izada, brillaba bajo el sol. Cleo dejó escapar un chillido, soltó a Pye en las manos de Sonya y tiró la bolsa al suelo.

Echó a correr hacia Owen y a punto estuvo de tirarlo al agua cuando se abalanzó sobre él de un salto, enganchó las piernas alrededor de su cintura y lo besó apasionadamente.

—Yo le he echado una mano —comentó Trey. A continuación lanzó una mirada a Pye y a Yoda tan dubitativa como los pensamientos de Sonya—. ¿En serio?

—Eso parece. Guau, es una auténtica preciosidad. Qué tallas, Owen.

—Estoy ocupado. —Cuando inclinó la cabeza con ganas de otro beso, Cleo bajó de un salto, lo apartó de un empujón y se aproximó a la embarcación.

—¡Oh, es divino! ¡Es..., encaja conmigo de maravilla! —Se puso de rodillas y estiró el brazo para deslizar los dedos por las tallas.

—Es un trabajo precioso, Owen, una maravilla de trabajo.

—Ha quedado bastante bien. Y es sólido, está diseñado con una capacidad de carga superior a los ciento cincuenta kilos, de modo que soportará el peso de las dos sin problema. Además, lleva incorporada la correa de seguridad que querías. —Miró a Pye y a Yoda—. Al parecer ibas en serio con lo de traerlos. La gata lleva puesto un chaleco salvavidas rosa chillón...

—Naturalmente. A juego con el mío. A Yoda le compré una versión más masculina en morado, pero igual de estiloso.

Fue a por la bolsa que había dejado tirada en el suelo y le tendió a Sonya el chaleco salvavidas —también morado— antes de ponerse el suyo. Acto seguido sacó dos botellas de agua y se las dio a Owen.

—Lánzanoslas ahora, ¿vale?

—Igual no estaría de más repasar unas cuantas cosas —empezó a decir Trey.

—Ya la he informado —dijo Owen—. Sabe lo que se hace.

A modo de confirmación, Cleo sujetó a la gata bajo el brazo y saltó de la dársena a la cubierta de La Sirena.

Cuando recuperó el equilibrio, la dejó en el suelo.

Pye se encaminó hacia la proa y se apoltronó. Como un tope de mástil.

—Ay, Dios, allá vamos. —Sonya soltó a Yoda—. Rezad por nosotros.

Besó a Trey para que le diera suerte.

Sin la menor vacilación, Yoda saltó a la embarcación. Sonya, cruzando los dedos, lo siguió.

Trey se quedó mirando mientras se alejaban del muelle a remo.

—Eso promete. Pero, oye, igual deberíamos vaciarnos los bolsillos y descalzarnos. Por si las moscas.

—Están bien.

Y observaron cómo Cleo se desplazaba a barlovento, sorteando el hueco donde Yoda se había acomodado, y sujetaba la caña del timón con una mano.

E izaba la vela.

Su grito de triunfo resonó, y acto seguido el eco de la risa de Sonya, mientras La Sirena surcaba las aguas de Poole's Bay.

—Está navegando con una gata. —Owen se ajustó las gafas de sol sobre el puente de la nariz—. Y con un perro. La gata lleva puesto un chaleco salvavidas rosa, y esa mujer está manejando la embarcación como si hubiera nacido en el puesto de mando. Se acabó. Ya está. Es ella. Caray, es ella.

Trey le dio una palmadita en el hombro a Owen.

—¿Y acabas de averiguarlo?

—Debería haberme dado cuenta de que me iba a complicar la vida. Joder, sabía de buena tinta que me iba a complicar la vida. Ahora estoy perdido.

Trey desvió la mirada en dirección a Sonya, con los brazos levantados hacia el cielo.

—Pues ya somos dos.

En el velero, Cleo viró y La Sirena voló.

—Tenías razón. ¡Y tanto que sí! ¡Había olvidado lo que era simplemente dejarse llevar! Yoda está disfrutando. Míralo.

Con la cabeza levantada contra el viento, tenía sus pequeñas orejas hacia atrás. Y un brillo de absoluto deleite en los ojos.

—¡Y Pye!

Con paso seguro, la gata había cruzado la cubierta para sentarse junto a Cleo. Y parecía una reina satisfecha con el rendimiento de su barcaza.

—Necesitábamos esto. Nos lo merecemos. Madre mía, Son, esta embarcación se maneja de fábula. Ese hombre es increíble.

—Está claro que te ha calado. Este velero rezuma Cleopatra Fabares por los cuatro costados. Oh, qué día. Pero te equivocabas en una cosa: no es diversión a lo loco; es pura diversión.

—¿Y cómo va ese estrés?

—¿Qué estrés? —Riendo de nuevo, Sonya saludó con la mano en dirección a otra embarcación mientras uno de los pasajeros los fotografiaba.

Supuso que componían una curiosa estampa: dos mujeres, una gata y un perro en un bote con forma de sirena.

Pasaron una hora navegando hasta que Cleo puso rumbo de vuelta al muelle. Mientras Sonya amarraba el cabo y le quitaba el chaleco salvavidas a Yoda, Trey salió por la puerta doble del taller. Y por esta misma entró con brío el perro, tras saltar al muelle y sacudirse la humedad de su pelaje atigrado.

Trey cogió a la gata y le tendió la mano a Cleo.

—¿Qué tal la navegación?

—Perfecta. Nunca había manejado algo tan pequeño y a la vez tan majestuoso. —Cleo recuperó a la gata y la acarició con la nariz—. Nos chifla. ¿Está Owen ahí dentro?

—Sí. Y los refrescos también.

—Ahora mismo quiero las dos cosas.

Cuando se alejó, Trey le atusó el pelo a Sonya, revuelto por el viento.

—Te sienta bien.

—¿El qué?

—Todo, pero ahora mismo pareces contenta y relajada.

—Lo estoy. Y aunque yo no sé ni la mitad que Cleo acerca de barcos y de navegación, desde mi punto de vista tiene razón: es perfecto. —Lo agarró de la mano de camino al taller—. Había otros barcos navegando a nuestro lado, y desde algunos nos han fotografiado.

—No me extraña.

—Y una pareja nos preguntó a voces dónde habíamos comprado el velero. Si en algún momento Owen quisiera realizar más encargos personalizados para navegar en solitario, yo podría diseñarle una página web que sería la pera.

Al internarse en la inmensa nave, Sonya puso los ojos como platos.

—Es aún más grande de lo que parece por fuera.

Jamás había visto tantas herramientas. Utensilios de mano colgados en una pared, los más voluminosos colocados en estanterías. Había otros artilugios, de aspecto potente y que a su modo de ver imponían un poco, repartidos por el espacio, además de enormes aparadores con cajones que, según se figuraba, albergaban más herramientas. Bancos de trabajo, pilas y pilas de maderos, y otra estantería con lo que parecía utillaje antiguo, incluida la lijadora que Owen se había llevado de la casa solariega.

Más estantes con latas de resina, pintura y sellador.

Y apartado al fondo, un antiguo y baqueteado sofá junto a un sillón reclinable de los años sesenta que daba la impresión de haber pertenecido al abuelo de alguien, una cama para perros y una antiquísima nevera.

Y el buró.

—¿Es ese…? Ese es el buró que encontraste en el trastero.

Maravillada, se aproximó y deslizó el dedo sobre la superficie, ahora sedosa.

—¿Cómo te las ingeniaste para conseguir que parezca antiguo, maravilloso y flamante?

—Sudando tinta más que nada. Hay Coca-Cola y cerveza.

—Una Coca-Cola, gracias.

Cleo, que ya estaba bebiéndose una, la levantó señalando hacia el paño de pared sobre el buró.

—Vas a ponerla ahí, ¿verdad? A *La sirena*.

—Esa es la idea.

Bebió otro sorbo al tiempo que asentía lentamente con la cabeza.

—Es una buena idea. Es el lugar indicado para ella. Bueno, ahora mismo necesito que te sientes delante del buró. Que lo abras y que Jones se siente a tu lado.

—¿Por?

Ella rebuscó en su enorme bolso y sacó un cuaderno de dibujo.

—¿Llevas un cuaderno de dibujo encima?

—Siempre llevo un cuaderno de dibujo encima. Ve a sentarte. Es un escenario interesante. A cambio, os daré una vuelta, a ti y a Jones, en La Sirena.

—No entiendo para qué...

—Ya lo entenderás. Tú lo has pillado, ¿a que sí, Sonya?

—Pues sí. Bueno, si Trey me lleva a casa Yoda se vendrá conmigo, ya que veo que Pye se ha repantigado en lo alto del buró.

Cleo sonrió.

—¿Ves por qué somos amigas del alma de toda la vida? Me gustaría que después posaras manejando una de estas herramientas, cualquier lijadora o cincel. O, por ejemplo, aquella sierra de cinta.

—¿Sabes lo que es una sierra de cinta?

Cleo puso los ojos en blanco.

—Por supuesto que sé lo que es una sierra de cinta.

Owen miró, con cierta impotencia, a Trey.

—Caray.

—Vamos a quitarnos de en medio. En marcha, Mooks.

—Tengo un par de ideas para ti —le dijo Cleo a Trey.

—Definitivamente, vamos a quitarnos de en medio. —Trey empuñó la mano de Sonya y tiró de ella hacia la salida.

—Cuando Cleo tenga intención de retratarte, no tendrás escapatoria.

—Corro bastante deprisa.

—En vez de eso, ¿qué me dices si damos un paseo por High Street? Te invito a un cucurucho de helado.

—Trato hecho.

Un día relajado, pensó Sonya, sin trabajar y pasándolo en grande. Lo necesitaba y, mientras paseaban con los perros por la calle principal, llegó a la conclusión de que su equilibrio emocional se había restaurado por completo.

Se detuvieron en varias ocasiones para charlar brevemente con amigos y vecinos. Y eso le recordó la comunidad en la que se había integrado.

Le agradó ver algunas piezas de cerámica de Anna en el escaparate de Bay Arts. Al detenerse delante, Kevin salió a la puerta.

Sonreía de oreja a oreja, llevaba unas gafas de montura metálica doradas y lucía una pajarita.

—Os he visto de refilón. Antes que nada, Sonya, de nuevo, fue una fiesta increíble. John Dee y yo nos lo pasamos bomba.

—Nosotras también.

—Me alegro de verte, Trey, como siempre. Ayer mismo estuve con tu abuela.

—No para. ¿Cómo está tu madre?

—Bien, solo es un esguince. Se lesionó jugando al pickleball —explicó a Sonya antes de agacharse para acariciar con fuerza a los perros—. Hola, cachorros, hola. Quería decirte que mira por dónde esta mañana he vendido el último cuadro que trajo Cleo, a una pareja de Cambridge que ha venido a pasar un largo fin de semana. Se hospedan en el hotel.

—Se pondrá loca de contenta.

—Por favor, dile, si no hablo con ella antes, que estaría encantado de que me trajera cualquier otra obra que haya terminado. Y que sepas que doy el visto bueno a tu propuesta para la página web, la señalética y demás.

—Ahora soy yo la que está encantada. Empezaré a diseñar el esqueleto de la web la semana que viene.

—Estupendo. Hablamos. He de volver al tajo. Que disfrutéis de este día espectacular.

Así fue, desde la travesía y el posterior paseo, pasando por el sentimiento de pertenencia, hasta los margaritas que saborearon en la terraza mientras los hombres trajinaban con los filetes a la parrilla.

Clover amenizó el ambiente con música, Molly abrió las ventanas, y los tres perros y la gata retozaron en el jardín.

—Todos los días deberían ser como hoy —comentó Sonya.

—Ojalá. —Instantes después, Cleo sonrió—. Aunque nos aburriríamos.

—Me fastidia saber que es cierto. —Sonya hojeó el cuaderno de dibujo de Cleo—. Son geniales, aunque ya lo sabes. Será mejor que uses pintura al óleo para el retrato de Owen junto al buró.

—Mmm... Y quiero jugar con la luz y las sombras. En plan Hombre trabajando hasta tarde. Pero ahora mismo estoy de ánimo perezoso. Como que me apetece ver una peli después de cenar.

—Me has leído el pensamiento.

Mientras comían a la luz del sol, Sonya sonrió a Owen.

—He estado mirando sillas para la fachada delantera, tal vez con un banco bonito, de esos que soportan bien la intemperie. El caso es que no he encontrado nada original y fuera de lo común, nada con el carácter que merece la casa solariega.

Mirándola fijamente, él masticó un trozo de filete.

—¿Quieres que te fabrique un juego de sillas y tal vez un banco?

—Tú tienes un taller increíble, y herramientas de todo tipo. He bosquejado algunas ideas.

—Ajá. —Owen echó un vistazo a Trey, que se encogió de hombros.

—Lo hizo hace un rato. Reconozco que tienen buena pinta, la verdad. Son interesantes.

—Interesantes. Y digamos que, si las encontrara interesantes, ¿qué saco yo de esto?

—He pensado que, como Cleo también las utilizaría, ella podría ofrecerte favores sexuales a cambio.

—Esos ya los consigo.

—¿Sí? Pues se te pueden negar.

Él se volvió hacia Cleo en el acto.

—¡Anda ya! ¿En serio?

Ella se rio y alzó su copa de margarita.

—También me fijé en que cuentas con una bonita colección de herramientas antiguas. Abajo hay más de ese estilo. Podías coger todas las que quisieras.

—Igual echo un vistazo a los bocetos.

Al hacerlo y ver los amplios asientos, los anchos brazos, el labrado del sauce llorón en flor en los respaldos, resopló apretando los dientes.

—Vale, son interesantes. Pero sería conveniente inclinar un poco los asientos y los respaldos.

—Lo dejo a tu criterio.

—Tengo algo de teca, que iría bien para esto, pero la acacia falsa es más interesante.

—¿Es que es de imitación?

—No. Antaño se utilizaba para exteriores. Y tú buscas un estilo con carácter, que dé la sensación de que lleva aquí toda la vida. Aunque puede ser latoso trabajarla.

—No para ti. —Cleo parpadeó con coquetería a Owen.

—Voy a conseguir esos favores sexuales, Lafayette. Y algunas herramientas. —Apuntó con el dedo hacia Trey—. Tú has contribuido a meterme en este embolado, así que vas a ayudarme.

—Vale. Me gusta el proyecto. De lo contrario, la habría disuadido.

—Ah, ¿sí? —dijo Sonya.

—Es típico de él. Persuadir o disuadir a la gente de algo. Por lo general —añadió Owen— acaban pensando que la idea era propia.

—Que conste en acta que plantear el reto ha sido idea de Sonya y que aceptarlo ha sido cosa tuya. —Trey sonrió—. ¿Qué hay de esa película?

A las tres, el carillón del reloj sonó. Con el eco de la música de piano, Sonya se levantó y Trey salió de la cama al instante.

—Estoy despierta —le dijo Sonya—. Estoy despierta, pero tengo que… Necesito ir.

—Estaré a tu lado en todo momento, pero voy a avisar a Owen. No tienes por qué atravesar el espejo sola.

—Tengo que ir.

Cuando se internó en el pasillo y Trey se disponía a adelantarla para ir en busca de Owen, este y Cleo salieron del dormitorio.

—Alguien me ha despertado —dijo Owen—. Y no ha sido Cleo.

—Yo también he oído, como la vez anterior, a alguien decir «Sonya», y he notado una mano en el hombro.

—Estoy despierta, pero... ¿Tú también sientes la atracción?

—La verdad es que no. A lo mejor un poco... —Owen negó con la cabeza—. Pero la verdad es que no.

—Debo ir. No me queda otra.

Continuó hasta el final del pasillo conforme esa atracción la arrastraba cada vez más. Se detuvo en el descansillo y señaló hacia abajo.

—Está ahí. ¿Lo ves? Está ahí abajo.

—Lo veo. —Sin apartar los ojos del espejo, Trey la agarró de la mano—. No te sientas obligada a hacerlo, Sonya. Te ayudaré si prefieres evitarlo.

—No, quiero... Necesito hacerlo.

—Voy con ella. Tú quédate con Cleo. No hay reflejo. Hay movimiento en él, y alcanzo a oír música.

Trey no soltó a Sonya de la mano. A medida que bajaban las escaleras, vio el reflejo en el cristal del espejo. No oyó nada.

Al pie de las escaleras, puso la mano de Sonya en la de Owen, junto con toda su confianza.

—Cuida de ella.

—Lo haré.

Cleo sujetó con fuerza la cara de Owen entre las manos y lo besó.

—Cuídate tú también.

—Esa es la idea. ¿Lista?

—Da igual. He de hacerlo.

Juntos, atravesaron el espejo.

Y aparecieron en el majestuoso vestíbulo junto al retrato de Astrid Grandville Poole. La música, las voces procedentes del exterior, se escuchaban a través de las ventanas abiertas.

Owen identificó la canción, el fuerte sonido del bajo.

—Louie Louie. O sea, de los sesenta en adelante.

—No entiendo…

En ese preciso instante, la puerta se abrió de pronto y una mujer con una larga melena caoba cuyas ondas le caían sobre los hombros irrumpió en el vestíbulo. Llevaba una corona de capullos de rosa con lazos que caían por detrás.

Al apresurarse hacia las escaleras se recogió los bajos de su vaporoso vestido blanco. Con unos relucientes zapatos de tacón alto, Johanna Poole empezó a subir.

—Los zapatos le están matando los pies —murmuró Sonya—. Puedo leerle el pensamiento, lo mismo que sucedió con Arthur Poole.

Asió con fuerza la mano de Owen y siguió a la séptima novia.

1995

Estoy casada. Soy una mujer casada, una mujer casada con el mejor hombre que jamás he conocido. El único hombre al que jamás he amado de verdad.

A partir de hoy somos Collin y Johanna Poole.

Y, por el amor de Dios, ¿por qué me he puesto estos ridículos zapatos en el día más importante de mi vida?

Me río, me detengo en las escaleras y me descalzo. Y dejo escapar un largo suspiro de alivio.

—Porque son preciosos, y hoy tenía que estar preciosa.

Me sentí preciosa cuando vi el brillo y el amor en los ojos de Collin conforme iba a su encuentro.

Un día perfecto. Nuestro día perfecto.

Muevo mis doloridos dedos y me llevo la mano a la tripa.

Los tres.

Me muero de ganas de contárselo a Corry, de compartir la noticia con mi mejor amiga. ¡Voy a ser madre!

Pero hoy soy una novia, y eso es suficiente.

¡Más que suficiente una vez que me cambie de zapatos!

En lo alto de las escaleras, me giro en círculo y pienso en todos los planes que Collin y yo tenemos para la casa solariega.

Él la ha remozado un poco, de hecho, bastante, pero haremos más cosas.

Y necesitaremos un cuarto para el bebé. Bajo ningún concepto el que usaban sus antepasados, ya que se encuentra demasiado lejos de nuestro dormitorio y nosotros queremos tener cerca a nuestro bebé.

Además, esa habitación me entristece, me entristece muchísimo.

Llenaremos la casa de felicidad, de niños, y de arte y música. De amor, de amor por encima de todo.

Collin se ha visto privado de amor durante demasiado tiempo.

Y pensar que su propia abuela, la única que vivía de entre sus abuelos, rehusó asistir a la boda. Y su madre, tan distante, tan vacía en cierto modo, tampoco ha venido.

La puñetera es demasiado débil como para plantar cara a Patricia.

Menos mal que él tiene a Deuce y Corry, a Ace y Paula... y a los pequeños Trey y Anna. A todos los Doyle, su verdadera familia. Y ahora yo crearé un hogar, crearé una familia para Collin, con Collin. Y cubriré todas las carencias afectivas con las que creció.

En el dormitorio, pongo mis relucientes zapatos de novia en su sitio y sopeso otras opciones.

—Bueno, pues a tomar por saco los zapatos. Al fin y al cabo, la «novia descalza» encaja mejor conmigo.

Casi aturdida, decido prescindir de las medias, me las quito y me apresuro a unirme a la fiesta.

Me topo con una mujer de negro en el descansillo.

Extraño vestido para una boda: vestida casi como una novia, pero de luto.

Noto que se me eriza el vello de la nuca cuando me clava la mirada.

Pero como aquí soy yo la anfitriona ahora, le sonrío.

—Ah, hola. ¿Estás buscando el baño de señoras?

—Te busco a ti. A la séptima novia.

—Estoy bastante segura de ser la primera de Collin. Soy Johanna Poole. —Le tiendo la mano.

Ella, lejos de estrechármela, me empuña la izquierda, ¡y con qué fuerza! Acto seguido me arranca la alianza del dedo.

—¿Qué mosca te ha picado? —Me enfurezco mientras intento recuperar lo que es mío—. ¿Quién eres?

Cuando levantó las manos, vi seis anillos brillando en sus dedos y, por un instante, tan solo un instante, pensé en la maldición: una extraña y oscura historia de brujas y muertes a la que jamás di crédito.

Pero en ese momento sí que la creo.

Ahora, atemorizada, mi único pensamiento es huir, ir en busca de Collin.

Ella responde:

—¿Que quién soy? Soy, y siempre seré, la señora de la casa. Soy tu muerte.

Me giro para echar a correr, para echar a correr escaleras abajo. Para alejarme.

Algo me sujeta la cabeza, el cuello. Noto un súbito dolor lacerante, y seguidamente nada. Nada, mientras mi cuerpo cae dando tumbos por la bonita escalera.

Hester Dobbs, mirando hacia abajo desde el descansillo, levanta las manos de nuevo y los anillos parecen llamear en sus dedos.

—Siete novias con siete anillos, sangre y muerte sellan mi poder. Los anillos que llevo en la mano me pertenecen, y soy la señora de la casa por siempre jamás.

Hizo un ligero movimiento con una mano y la puerta principal se abrió.

—Encontradla, llorad su muerte, que yo me daré un festín con vuestras lágrimas. —Se volvió y miró a Sonya a los ojos—. Noto tu presencia, zorra de sangre Poole. Llegas demasiado tarde.

Cuando la gente irrumpió en tropel, mientras en la casa se proferían gritos y chillidos, ella se rio.

—Ah, qué sabor. Como el vino. Delicioso.

Como una sombra iluminada súbitamente por la luz del sol, se desvaneció.

—Será demasiado tarde para salvar a Johanna y a las otras seis, pero no puede ser demasiado tarde para mandar a Dobbs al infierno. No puede ser.

En vista de que temblaba, Owen la rodeó con el brazo.

—Ya no hay nada que podamos hacer aquí. Deberíamos volver.

Cuando se disponían a regresar, la gente comenzó a moverse de un lado a otro y a arremolinarse en torno al espejo como si este no existiera. Antes de atravesarlo, Sonya vio a Collin abrazado al cuerpo de Johanna, llorando desconsolado por ella, pronunciando su nombre, tal como había visto al primer Collin Poole abrazar y llorar desconsolado por Astrid.

Se le partió el corazón.

Cuando regresó al presente, Trey la estrechó entre sus brazos.

—Estás helada.

—Un poco. Era Johanna. Su boda. Subió a cambiarse de zapatos porque le dolían los pies. Estaba muy feliz.

—Vamos, siéntate. —La condujo al salón.

—Te prepararé un té.

Sonya negó con la cabeza en dirección a Cleo.

—Solo quiero agua, nada más. Siempre me siento muy descolocada después. ¿Owen?

—Para mí agua. No he podido hacer nada, nada, joder. Mi intención era ir a por Dobbs primero, pero me resultó imposible. Es como ver una obra de teatro y estar atrapado en la butaca.

Se sentó y se frotó la cara. Instantes después se levantó de inmediato cuando Cleo chilló. Y volvió a chillar al tiempo que el cristal se hacía añicos contra el suelo con estrépito.

Cleo se hallaba, paralizada, tapándose la boca con las manos como ahogando otro grito. Y con la vista clavada en el hombre colgado de una cuerda junto al pie de las escaleras del señorial vestíbulo.

—Cuidado con los cristales. —Owen sorteó casi todas las esquirlas y la levantó del suelo.

—¡Decidme que veis eso! ¡Decidme que lo veis!

—Es Collin Poole. —Sonya pugnó por respirar al tiempo que levantaba la mirada—. El Collin de Astrid.

Cuando la cuerda crujió, Astrid apareció inerte a sus pies, tendida con el vestido de novia empapado de sangre.

Y segundos después Johanna, ensangrentada y magullada a su lado.

Todos, todos los muertos de la casa solariega, aparecieron en su momento de agonía, miedo y desesperación.

Mientras la casa se llenaba de gritos, de sollozos, de súplicas, a medida que la desesperación condensaba el aire, una risotada —estentórea, desaforada, demencial— resonó como un trueno.

«Para viajar lejos no hay mejor nave que un libro».

Emily Dickinson

Gracias por tu lectura de este libro.

En **penguinlibros.club** encontrarás las mejores recomendaciones de lectura.

Únete a nuestra comunidad y viaja con nosotros.

penguinlibros.club

penguinlibros